教育部《普通高中语文课程标准》推荐书目

·最新·

语文新课标必读丛书

百年外国小说精选

宋兆霖 主编

浙江出版联合集团
浙江文艺出版社

出版说明

　　语文是最重要的交际工具，是人类文化的重要组成部分。语文教育不仅要培养学生的技能，更在于造就人，让学生"精神成人"。文学作品特别是中外文学经典的影响力是无可估量的，一本书能够让一个人受益终身，甚至能激励一代人的成长。

　　教育部《全日制义务教育语文课程标准》和《普通高中语文课程标准》(简称"新课标")的基本精神，是要培养新一代公民具备良好的人文素养和科学素养，具备创新精神、合作意识和开放的视野。"新课标"将中小学生的阅读和鉴赏放到重要的位置，并明确规定了不同阶段的学生的阅读总量。依循"新课标"的精神和要求，2003年和2004年，我社分别推出了"语文新课标必读丛书"第一辑、第二辑，共计92种，受到广大中小学师生的欢迎。

　　丛书出版以来，读者朋友给我们提出了许多建设性的意见，在此我们深表谢忱！为了更好地打造这个丛书品牌，我们多次邀请教育界、学术界、出版界的专家把脉会诊。在听取各界反馈意见后，我们根据中小学语文教学的最新动态，对"语文新课标必读丛书"作了书目的整合和内容的补充修订。

　　新推出的这套丛书有以下特色：

一、选目精当，强调人文精神。我们在收录教育部"新课标"建议课外阅读的相关书目的基础上，又增加主流教材要求阅读的名篇佳作以及中外优秀文学作品选本，从中总括出最能代表中华民族文化、世界文化精髓内涵的人文资源，让学生在审美欣赏中得到情操的陶冶、情感的升华。

二、版本精良，体现浙文社优势。这套丛书荟萃了浙文社的"外国文学名著精品丛书"、"中国现代经典作家诗文全编系列"、"世纪文存"、"学者散文系列"等在出版界颇具影响力的丛书的精华，得到了国内一流的作家、翻译家、学者的悉心襄助，保证了图书的上乘品质。

三、增加导读和附录，加强实用功能。为了便于学生阅读理解，更好地掌握作品的思想内涵、文学特点，增强阅读与欣赏的自学能力，提高学习与测试的实用程度，我们在新版中增加了导读和附录的内容。导读部分主要涵盖了作家个人生平介绍、作品文本解读、主要人物形象分析、相关知识链接、文学常识背景、同类作品比较阅读、学业测试提示等相关内容。

总的来说，新版丛书扩大了读者的视野，增强了实用性，紧密了教与学的联系。同时，我们将继续秉承以低定价来减轻学生负担的宗旨，内容增加了，书价依然保持不变。

在创建学习型社会、提倡全民阅读的背景下，我们推出这套丛书，希望能够让中小学生朋友喜欢。让我们携手进入阅读的精神家园，领略这片丰美而自由的天地！

浙江文艺出版社

目　　录

·1·

前　　言

宋兆霖

　　在人类历史上，20 世纪是最为光辉灿烂、成就非凡的年代，但也是最为动荡不安、风云变幻的年代。在这一百年中，人类遭受了两次世界大战的浩劫，经历了社会主义革命和民族解放运动，在科学技术上取得了日新月异的迅猛发展，从而在物质文明和精神文明方面都发生了巨大的变化。

　　文学离不开社会，离不开时代，社会变革和时代精神带动了审美情趣的变化，促进了艺术方法的发展。因而在 20 世纪这样的社会和时代的背景下，20 世纪文学，也成了人类文学史上最为缤纷多姿、最有创新精神的文学。在这一百年中，涌现出如此众多的思潮和流派，经历了如此深刻的变革和发展，产生了如此大量的作家和作品，就其创新和探索的广度与深度而言，也为任何一个世纪所无法比拟。仅以流派来说，即有现实主义、自然主义、意象主义、象征主义、未来主义、达达主义、表现主义、超现实主义、现代主义、迷惘的一代、愤怒的青年、意识流小说、荒诞派、黑色幽默、垮掉的一代、新小说派、存在主义、后现代主义、心理现实主义、魔幻现实主义、女性主义等等，令人眼花缭乱，目不暇接，打破了以往一贯的主流称霸和主流更迭的局面，形成了一种多元并存、多元竞争、多元交融和多元并进的态势。

　　20 世纪的文学，愈来愈多地受到哲学、心理学、语言学、人类学、医学、音乐、影视、物理学、电子学等学科的影响。在这样的影响下，20 世纪文学使人的主体精神得以大放异彩，向人的内心世界作了深入开掘。意识流小说的崛起，使全知全能的小说叙述角度，在艺术的真实性方面受到了怀疑。20 世纪的小说家们，已经不再局限于认识和展现人们周围的客观世界和传统意义上的主观世界，而是深入探索和揭示人的潜意识和无意识世界，即所谓的"第三现实世界"，如略萨所说："现实这一概念，不再限于真实的生活，还应包括主观的、想像的、梦境的、神话的、魔幻的、哲学的精神世界和情感世界。"而表现主义、荒诞派和黑色幽默的审丑倾向，也使传统的真、善、美艺术组合受到了挑战；还有主观心理时空，立体交叉结构，多角度叙述，蒙太奇手法，等等。这一切大大地拓展了20世纪的小说理论，开辟了20世纪小说的新天地，促进了小说艺术和小说手法的革新，改变了作家的艺术观念、风格、技巧，形成了思维多元化、风格个性化和手法多样化的局面，从而使得20世纪成了一个不断突破小说定义的时代，也就是一个需要不断为小说重新界定的时代，出现了乔伊斯、卡夫卡、福克纳、博尔赫斯、马尔克斯、罗伯-格里耶、昆德拉等等一大批写出"不像小说"的小说的小说家。著名古巴作家卡彭铁尔甚至说："当小说不像小说的时候，那就有可能成为伟大的作品，如像普鲁斯特、卡夫卡和乔伊斯那样——我们的时代，任何一部伟大的小说，都是从读者惊讶'这不是小说'开始的。"就连不少素来以现实主义手法进行创作的作家，在这种流派繁多、风格迥异的氛围中，对自身的模式也有了突破，加强了开放性和借鉴性，吸收了其他流派的许多手法，从而使自己的作品有了更大的生活容量、心理容量、审美容量、情感容量和哲理深度，以符合时空感扩大、节奏感加快、距离感缩短的当代生活。

在文学这一领域中，小说无疑已经发展成最主要的体裁，而小说这一体裁中，短篇小说是极为重要的形式。在各民族两种最古老的叙述文学形式，即英雄史诗和小故事、小笑话中，后者就是短篇小说的源头。因而任何国家的文学史上，都有短篇小说这一体裁，绝大部分作家都是通过写短篇小说走上文学创作道路的。而且正如英雄史诗中常常包含有许多小故事一样，长篇小说中也常常包含可以独立成篇的短篇小说，而一些长篇小说也是在短篇小说的基础上发展演绎而成的。大多数小说家成名之后，在创作长篇小说的同时，仍不放弃中、短篇小说的创作，而且还出现过一些专门或主要创作中、短篇小说的名家，20世纪的作家中即有欧·亨利、博尔赫斯等。

外国的短篇小说，自从印度的《五卷书》、阿拉伯的《一千零一夜》、意大利的《十日谈》、英国的《坎特伯雷故事集》、法国的《七日谈》等以来，不断地得到发展繁荣，到了20世纪，欧美的短篇小说更是呈现出五光十色、丰富多彩的繁荣局面。

短篇小说的特点是"短"，因而有其灵活性，能够及时地反映出人们的日常现实生活和思想感情，得以及时地在报纸杂志上发表。文学上的任何一种新思潮、新流派、新观念、新技巧,都能及时地被短篇小说所吸收、运用和推广,从而出现形形色色的哲理小说、意识流小说、新小说、荒诞派小说、垮掉的一代小说、黑色幽默小说、存在主义小说、魔幻现实主义小说、神怪小说、简约派小说、实验派小说、寓言体小说、诗体小说、纪实性小说、书信体小说、日记体小说,等等。

20 世纪的中、短篇小说已经逐步成为一种特别讲究精练艺术的文学形式,今天,中、短篇小说依然生气勃勃,充满活力,形成琳琅满目、色彩缤纷的势头。综观全貌,在题材内容和艺术手法方面,大致有如下情况:

在主题意识上,强调反映广义的现实,加强了历史使命感和社会责任感,关心世界前途、人类命运,表现了现代人对现代社会的思考。题材内容,多写凡人琐事、生老病死、衣食住行、七情六欲、喜怒哀乐,考虑的不外是善与恶、美与丑、生与死、爱与恨等永恒问题,侧重表现人的生存意义、生存状态、生存心理、生存环境和生存体验。

在艺术手法上,则八仙过海各显神通,除了继承了 19 世纪的一些传统手法外,在意识流、象征、隐喻、荒诞、反讽、幽默、魔幻、神话等诸多手法方面,都有了极大的拓展和创新。自 60 年代起,特别是 80 年代以来,由于在艺术手法上的多元交融,从而出现了许多优秀作品,涌现了一批优秀作家,如将不可思议的神话和最纯粹的现实生活融为一体的魔幻现实主义代表作家马尔克斯,把现实主义题旨和现代主义各种手法结合在一起的索尔•贝娄,善于交叉运用现实主义、超现实主义、象征主义、后现代主义创作手法的卡尔维诺,既运用现实主义、现代主义手法,又能保持阿拉伯风味的马哈福兹,立足于本土文化传统、表现日本传统美,同时又吸收多种外来叙事技巧的川端康成,等等。

20 世纪的小说浩如烟海,成就辉煌,我们编写这个集子,目的在于向我国广大的中学生介绍 20 世纪小说创作,特别是中、短篇小说创作的概貌及其流变,从纵的方面显示出中、短篇小说的发展、演变和沿革,从横的方面展现出中、短篇小说的题材、风格和技巧。通过这些,我们看到 20 世纪小说的概况,了解现状,看到今后的发展趋势。编写时,我们对各种思潮、流派、作家、题材、风格、手法都作了充分注意。在编写的过程中,着重参考了《20 世纪世界短篇小说》、《诺顿短篇小说集》、《世界伟大短篇 115 篇》、《世界小说 100 篇》、《Pickering 文学读本》、《经典短篇小说集》等近 30 种国外类似选集的选目,并根据我国中学生的情况，客观、全面地精选出20世纪中36位有代表性的著名作家的36篇名作。这些作品体现了20世纪中各种流派、风格，涉及的作家有现实主义代表作家契诃夫、马克·吐温，意识流代表作家乔伊斯、弗·吴尔夫，存在主义小说代表作家加缪，新小说派代表作家罗伯-格里耶，荒诞派小说代表作家卡夫卡，魔幻现实主义代表作家马尔克斯，心理现实主义代表作家欧茨，结构现实主义代表作家略萨……全书包括21个国家作家的作品，译者大多为各国文学的知名译家和研究专家。

为让中学生对入选作家和作品加深了解，在作品前冠有作家简介，就其生平情况、文学活动、代表作品、创作风格及创作手法，作了扼要的叙述。在作品后则附有思考题，意在对中学生作些启发性的提示，引发思考，以便开展进一步的讨论和研究。

参加本书选编工作的还有刘翔同志，他在寻找入选作品和撰写思考题方面，做了大量工作。

卡拉维拉斯县驰名的跳蛙

[美国]马克·吐温

雨　宁译

　　马克·吐温（Mark Twain，1835—1910）真名为萨缪尔·兰亨·克里曼斯（Samuel Langhorne Clemens），出身于密苏里州佛罗里达市一个律师家庭。他十二岁时便因父亲去世开始独自谋生，做过印刷工人、领航员、矿工，后成为记者，开始文学创作。马克·吐温是一位富有同情心和正义感的作家，对于美国社会的种种黑幕进行了无情的揭露和鞭挞。他的作品富有鲜明的美国民族特色，内容生动，引人入胜，他不仅继承了美国南方幽默文学的传统，而且把现实主义的精心刻画和浪漫主义的抒情描写交织在一起，形成了一种主题严肃、笔法幽默的独特艺术风格，开辟了口语体的新境界，在美国文学史上占有举足轻重的地位。他的代表作有长篇小说《汤姆·索耶历险记》、《哈克贝利·费恩历险记》、《王子与贫儿》，短篇小说《卡拉维拉斯县驰名的跳蛙》、《竞选州长》、《百万英镑》、《败坏了赫德莱堡的人》等。

　　我的一个朋友从东部写信给我，我按照他的嘱咐访问了性情随和、唠唠叨叨的老西蒙·惠勒，去打听我那位朋友的朋友，利奥尼达斯·斯迈利的下落，我在此说说结果吧。我暗地里有点疑心这个利奥尼达斯·斯迈利是编出来的；也许我的朋友从来不认得这么一个人，他不过揣摩着如果我向老惠勒去打听，那大概会使他回想起他那个丢脸的吉姆·斯迈利，他会鼓劲儿唠叨着什么关于吉姆的该死的往事，又长又乏味，对我又毫无用处，倒把我腻烦得要死。如果安的这种心，那可真是成功了。

　　在古老的矿区安吉尔小镇上那家又破又旧的小客栈里，我发现西蒙·惠勒正在酒吧间火炉旁边舒舒服服打盹，我注意到他是个胖子，秃了顶，安详的面容上带着引人欢喜的温和质朴的表情。他惊醒过来，向我问好。我告诉他我的一个朋友委托我打听一位童年的挚友，名叫利奥尼达斯·斯迈利,也就是利奥尼达斯·斯迈利牧师,听说这位年轻的福音传道师一度是安吉尔镇上的居民,我又说,如果惠勒先生能够告诉我任何关于这位利奥尼达斯·斯迈利牧师的情况,我会十分感激他的。

西蒙·惠勒让我退到一个角落里,用他的椅子把我封锁在那儿,这才让我坐下,滔滔不绝地絮叨着从下一段开始的单调的情节。他从来不笑,从来不皱眉,从来不改变声调,他的第一句话就用的是细水长流的腔调,他从来不露丝毫痕迹让人以为他热中此道;可是在没完没了的絮叨之中却始终流露着一种诚挚感人的语气,直率地向我表明,他想也没有想过他的故事有哪一点显得荒唐或者离奇;在他看来,这个故事倒真是事关重大,其中的两位主角也都是在勾心斗角上出类拔萃的天才人物。对我来说,看到一个人安闲自得地信口编出这样古怪的奇谈,从不露笑,这种景象也是荒谬绝伦的了。我先前说过,我要他告诉我他所了解的利奥尼达斯·斯迈利牧师的情况,他回答如下。我随他按他自己的方式讲下去,一次也没有打断他的话。

“从前,这儿有一个人,名叫吉姆·斯迈利,那时候是一八四九年冬天,也许是一八五○年春天,我记不准了,不知怎么的,不过我怎么会想到冬又想到春呢,因为我记得他初来矿区的时候,大渠还没有完工,反正,不管怎么样吧,他是你从来没见过的最古怪的人,总是找到一点什么事就来打赌,如果他能找到什么人跟他对赌的话;要是他办不到,他情愿换个个儿。只要对方称意,哪一头都合适,只要他赌上了一头,他就称心了。可是他很走运,出奇地走运,多少次总是他赢的。他总是准备好了,单等机会;随便提起哪个碴,他都没有不能打赌的,正像我刚才跟你说的,你可以随便挑哪一头。如果遇到赛马,赛完时你会发现他发了财,或者输得精光;遇到狗打架,他要打赌;遇到猫打架,他要打赌;遇到小鸡打架,他要打赌;哎,即使遇到两只小鸟停在篱笆上,他也要跟你赌哪一只先飞走;要是遇上野营布道会,那他是经常要到的,他会在沃克尔牧师身上打赌,他认为沃克尔牧师是这一带最擅长劝善布道的,可也真的,真是位善心的人。甚至如果他看见一个金龟子开始向哪儿走,他也会跟你打赌要多久它才会走到它要去的地方,如果你答应他了,他会跟着那个金龟子走到墨西哥,不过他不会去弄清楚它要到哪儿去或者在路上走多久。这儿的许多小伙子都见过这个斯迈利,都能跟你谈起他的事情。哎,对他这个人,这都从来没有关系,他什么都要赌,这个倒霉透了的家伙。有一回,沃克尔牧师的老婆得重病,躺了好久,仿佛他们都救不了她了;可是有一天早晨,牧师来了,斯迈利问起她身体怎样,牧师说她好多了,感谢上帝无限慈悲,身子轻松多了,靠老天保佑,她还会好的。斯迈利想也没想先说:‘唔,我愿意赌上

两块半，她不会好，怎么也不会。'

　　"这个斯迈利有一匹牝马，小伙子们管它叫做十五分钟驽马，不过这是闹着玩的，你知道，因为，当然啦，它总比这个快点。尽管它这么慢，又总是得气喘啦，马腺疫啦，要不就是肺病啦，还有这个那个毛病的，斯迈利倒常在它身上赢钱。他们常常开头先让它二三百码，然后算它在比赛，可是到了比赛临了儿那一截，它总是会激动起来，不要命似的，欢腾着迈步过来啦，它会柔软灵活地撒开四蹄，一会儿腾空，一会儿跑到栅栏那边，踹起好多灰尘，而且要闹腾一大阵，又咳嗽，又打喷嚏，又擤鼻涕，可它总是正好先出一头颈到达看台，跟你计算下来的差不离儿。

　　"他还有一只小不点儿的小叭儿狗，瞧那样子，你会认为一钱不值，只好随它去摆出要打架的神气，冷不防偷点什么东西。可是只要在它身上压下赌注，它就是另外一种狗了，它的下巴会伸出来，像轮船的前甲板似的，牙齿也龇出来，像火炉似的闪着凶光。别的狗也许要来对付它，吓唬它，咬它，让它摔倒两三跤，可是安德鲁·杰克逊①，这是那条狗的名字。安德鲁·杰克逊从来不露声色，像是心安理得，也不指望有什么别的，那一面的赌注于是一个劲地加倍呀加倍，直到钱全拿出来了，这时候，猛然间，它会正好咬住另外那条狗的后腿弯，啃紧了不放，不只是咬上，你明白，而是咬紧了不放，直到他们认输，哪怕要等上一年。斯迈利拿这条狗打赌，最后总是赢家，直到有一回他套上了一条狗，这条狗压根没有后腿，因为都给圆锯锯掉了，等到事情闹得够瞧的了，钱都拿出来了，它要施展最得意的招数了，它这才一下子看出它怎么上了当，这条狗怎么，打个比方说，把它诓进门了，它于是露出诧异的样子，后来就有点像泄气了，它再也不想打赢了，终于给弄得凄惨地脱了一层皮。它朝斯迈利望了一眼，仿佛说它的心都碎了，这完全是斯迈利的错，不该弄出这么一条没后腿的狗让它来施展招数，它打架主要依靠这一招，于是它一瘸一拐了一会儿，躺下死了。它是条好狗，这个安德鲁·杰克逊，它要是活下去，它会给自己扬名的，因为它有本事，它有天才——我知道它有才，因为它从来没有得到过好机会，可是像它这样在那种条件下能用这种办法打架的狗，如果说它没有才气，那也说不过去。我一想到它最后的一仗，想到打成了那个样子，我总是觉得难过。

　　"唔，这个斯迈利还养了些逮耗子的小猎狗、小公鸡、雄猫，还有形形色色的东西，闹得你不安，你无论拿出什么东西，他都不会没有跟你那个凑成一对的东西来跟你打赌。有一天，他捉住了一只青蛙，把它带回家了，

----

　　①　本是美国第七任总统(1829年至1837年在任)名，此处用作狗名。

他说他打算教育它；于是一连三个月他什么事也不干，只管待在他的后院里，教那只青蛙学会蹦蹦跳跳。你可以拿得稳，他也真让它学会了。他只要在那只青蛙后面轻轻戳一下，接下去你就会看见它在半空里打转，像个油炸面饼圈，你会瞧见它翻一个斤斗，也许翻两个，如果它起跳得顺当的话，还会跳下来四爪落地，稳稳当当，跟猫一样。他让它跳起来去捉苍蝇，让它经常练习，所以，凡是它看得见的苍蝇，每一次它都能捉住。斯迈利说，青蛙所需要的全靠教育，它差不多什么都办得到，我倒也相信他。嗨，我瞧见过他把丹尼尔·韦伯斯特①放在这儿的这块地板上，丹尼尔·韦伯斯特是这只青蛙的名字，他大喊一声："苍蝇，丹尼尔，苍蝇！"你连眨眼也来不及，它就一下子跳起来，捉住柜台那儿的一只苍蝇，又噗的一声重新落在地板上，扎扎实实，像一团泥巴，它落下来以后还用后脚来搔脑袋旁边，若无其事，仿佛它做的就是随便哪个青蛙也会做的，没有一点儿稀奇。你从来没见过像它这样又谦虚又耿直的青蛙，尽管它有那么高的天赋。等到要公公正正肩并肩比跳的时候，它能一蹦老远，让你见过的它的任何同类都比不上。肩并肩比跳是它的拿手好戏，你明白吧；遇到这种情形，斯迈利只要还有一分钱，也会在它身上压个赌注。斯迈利觉得他的青蛙神气得不得了，他也应当觉得自豪，那些走南闯北、哪儿都去过的人全说它压倒了他们所见过的任何青蛙。

"啊，斯迈利把这个畜生放在一个有洞的小方匣子里，有时还常把它带到镇上打个赌。有一天，有一个家伙，在矿区上人地生疏的一个家伙，他偶然碰见斯迈利和他那只匣子，他说：

"'你在那个匣子里装的什么东西？'

"于是斯迈利说，带着点漫不经心的口气：'也许是只鹦鹉，也许是只金丝雀，也许吧，不过它都不是，它不过是一只青蛙。'

"那个家伙拿过匣子，仔细地瞧了瞧，把它转过来转过去，然后说：'唔，倒也是的。啊，它有什么用处？'

"'啊，'斯迈利随口不当回事地说，'它只有一个用处，我认为，在卡拉维拉斯县里它能比随便哪只青蛙跳得更远。'

"那个家伙又拿起匣子，又仔仔细细瞧了很久，于是把它还给斯迈利，不慌不忙地故意说：'哦，我看不出这只青蛙有哪一点比别的青蛙好一点。'

"'也许你看不出，'斯迈利说，'也许你了解青蛙，也许你不了解青蛙，也许你有经验，也许你不过是个业余玩玩的，可以这么说吧。总之，我有我

---

① 本是美国政治家（1782—1852）名，此处用作青蛙名。

的看法,我愿意赌四十元,它能比卡拉维拉斯县里随便哪只青蛙都跳得远。'

"那个家伙琢磨了一会,然后说,像有点为难似的:'啊,我在这儿是个外乡人,我没有青蛙,要是我有一只青蛙,我愿意跟你打赌。'

"于是斯迈利说:'那没有关系,那没有关系,要是你愿意拿着我的匣子待一会儿,我就去给你找来一只青蛙。'于是那个家伙拿起匣子,把他的四十元和斯迈利的放在一起,坐下来等着。

"他坐在那儿待了好一阵,想了又想,于是把青蛙取出来,撬开它的嘴,用一只小茶匙把它喂足了打鹌鹑的铁砂,喂得几乎到了下巴颏,再把它放到地板上。斯迈利走到泥塘,在淤泥里溅来溅去好久,最后他捉到了一只青蛙,把它带回去交给了那个家伙,他说:

"'现在,要是你准备好了,把它放在丹尼尔旁边,让它的前爪跟丹尼尔的并齐了,我来发命令。'于是他说:'一——二——三——跳!'他和那个家伙都从后面碰了青蛙一下,新青蛙跳出去了,可是丹尼尔吸了口气,竖起它的肩膀——这样——像个法国人,不过这也没有用——它挪不动,它像铁砧子一样牢牢地定在那儿,它动也不能动,跟抛锚在那儿不差一点儿。斯迈利大吃一惊,他也觉得可恶,可是他一点也不知道这是怎么回事,当然啦。

"那个家伙拿起钱,动身就走,在他正要走出门口的时候,他用拇指在肩上猛然一甩——像这样——朝着丹尼尔,他又不慌不忙故意说:'哦,我看不出这只青蛙有哪一点比别的青蛙好一点。'

"斯迈利站着搔他的脑袋,向下对丹尼尔瞧了很久,最后,他说:'我真是纳闷,究竟为什么这只青蛙会出岔子——我倒想知道它是不是出了什么事;它好像鼓胀得很厉害,不知怎么的。'他抓住丹尼尔的颈背,一边把它拎起来,一边说,'哎哟,我敢赌咒,它少不了有五磅重咧!'他把它倒翻个儿,于是它喷出了两捧铁砂。这时候,他知道是怎么回事了,他气极了,他把青蛙放下立刻去追那个家伙,可是他从来没有捉住那个家伙。于是……"

(说到这里,西蒙·惠勒听见前院里有人叫他的名字,站起来去瞧要他干什么。)他在走出去之前转过身来对我说:"你就坐在你那儿,外乡人,放心待着吧——我去不了多一会儿。"

不过,请你原谅,我看把这个有事业心的流浪汉吉姆·斯迈利的经历继续说下去未必能使我得到许多关于利奥尼达斯·斯迈利牧师的消息,我就起身走了。

我在门口遇到爱交际的惠勒刚刚回来,他硬要留着我长谈,并且向我介绍：

"哦，这个斯迈利还有一头独眼的黄母牛，它没有尾巴，只不过那么一小截，像根香蕉似的，还有……"

"哦，让斯迈利和他那倒霉的母牛见鬼去吧！"我和颜悦色地轻轻地说，跟这位老先生告别之后我就走开了。

思 考 题

1. 西蒙·惠勒和第一个叙述者在性格和文化背景方面有什么不同？

2. 吉姆·斯迈利为什么会上陌生人的当？陌生人利用了吉姆性格上的哪些弱点？

3. 试述跳蛙事件和西蒙·惠勒在讲述这一事件之前的开场白之间的关系，两者哪个更重要？

4. 谁是这篇小说的嘲笑对象？它在人类易于受骗上当方面说了些什么？

5. 这篇小说喜剧风格的形成主要靠的什么？语言的功能发挥得怎么样？为什么说它是美国文学中边疆幽默故事的代表作？

灯塔看守人

［波兰］显克微支

施蛰存译

　　亨利克·显克微支(Henryk Sienkiewicz,1846—1916)出身于波德拉斯卡地区一个小贵族家庭,后全家迁居华沙。1866 年,进华沙大学攻读文学、历史和语言学。临毕业时,因抗议沙俄政府更改校名,愤然离校。1876 年,他以《波兰报》特派记者身份赴美国旅行采访,后又在法国、意大利旅居数年,直到 1882 年回国。显克微支是著名的历史小说家,代表作有历史小说三部曲《火与剑》、《洪流》、《伏沃迪约夫斯基先生》以及《你往何处去》和《十字军骑士》。此外还有著名的中、短篇小说《音乐迷扬科》、《灯塔看守人》、《奥尔索》、《黄金国》和长篇小说《漩涡》等。他的历史小说具有史诗风格,气势宏伟,情节曲折;他的中、短篇小说具有抒情的风格和悲愤的格调。显克微支的创作为发展波兰的现实主义文学作出了重大贡献。1905 年,他因"作为一个历史小说家的显著功绩和史诗般叙事风格取得的杰出艺术成就",获得诺贝尔文学奖。

一

　　有一次,离巴拿马不远的阿斯宾华尔岛外的灯塔看守人忽然失踪了。因为他是在暴风雨发作的时候失踪的,所以大家疑心这不幸的人是行走在灯塔所在的那个石骨嶙峋的小岛边上,被一个浪头卷去了。到了第二天,一向系在山凹里的他的小船都找不到了,于是这种猜测似乎就格外近情。灯塔看守人的职位空了出来,这是必须赶紧补派的。因为这个灯塔,对于本地的交通,以及从纽约到巴拿马来的船舶,都极为重要。蚊子湾里又多砂碛和礁石。在这些碛石中间,白天行船,已是很不容易;而到了夜间,尤其是因为在这热带的烈日所灼热的海面上常常升起浓雾,航行几乎是不可能的事。在这种时候,给许多船舶作惟一的向导的,便是这座灯塔。

　　找一个新的灯塔看守人,这是驻巴拿马的美国领事的任务,而且这任务竟也不小:第一,因为绝对必须在十二小时之内物色到这样一个人;第二,这个人必须是非常忠诚小心的——因此决不能把第一个来应征的人便贸然录用;而最后一个理由是,根本没有人愿意应征候补。灯塔上的生活是非常艰苦的,它对于那些喜欢过懒散自由的放浪生活的南方人,可以说是毫无吸引力。这个灯塔看守人差不多就等于一个囚犯。除了星期日以外,他不能离开他这全是石头的小岛。每天有一条小船从阿斯宾华尔岛上给他送粮食和淡水来,可是马上就开了回去。在这个面积不过一亩的孤岛上,再没有别的居民了。灯塔看守人就住在灯塔里;按照着规律管理它。在白天,他悬挂各种颜色的旗帜来报道气象,在晚上,他就点亮了灯。他必须爬上四百多级又高又陡的石级,才能到达塔顶上的灯边;有时在一日中还得上下好几回,要不是这样,这也就算不得艰苦的工作了。总而言之,这是一个僧人的生活,实际上还不止于此——这简直是一个隐居苦修者的生活。因此,无怪乎那领事艾沙克·法尔冈孛列琪先生要非常着急,不知道打哪儿去找这么一个有耐心的继任人;而就在这一天,竟意想不到地有一个人来自荐继任此职,法尔冈孛列琪先生的快乐如何,也就很容易了解了。来者是一个老人,约有七十来岁了,但是精神矍铄,腰背挺直,举止风度,都宛然是一个军人。他的头发已经全白,脸色黑得像一个克里奥尔人,但是看他那双蓝眼睛,可知他决不是一个南美洲人。他的脸色有些阴沉和悲哀,但却显得很正派。法尔冈孛列琪先生一眼就中意了他。只要盘问他一遍就成了。因此就有了底下这一番问答。

　　"你从什么地方来的?"

　　"我是个波兰人。"

　　"你以前在什么地方做事?"

　　"做过好些事,没有一定。"

　　"可是一个灯塔看守人是要肯长住在一个地方的。"

　　"我正是需要休息啊。"

　　"你办过公事没有?有没有公职人员的证明文件?"

　　这老人就从怀里掏出一块褪色的绸子,好像从一面旧旗上撕下来的一条。他把这个绸包解开来,说道:

　　"这些就是证件。这个十字勋章是在一八〇三年得到的;这第二个是西班牙的勋章,我在对卡罗斯的战争里得到的①;这第三个是法国勋章;第四个是我在匈牙利得到的。此后我又在美国跟南方打仗;可是这一次他们没给勋章。"

于是法尔冈孛列琪先生拿起那张文件来看。

"哦!史卡汶思基?这是你的名字吗?哦!在短兵相接的时候,缴获两面旗。你真是个勇敢的兵士了。"

"我也能够做一个忠诚小心的灯塔看守人。"

"做这件事是要每天好几回爬上塔楼去的。你的腿够不够劲?"

"我就是凭两条腿穿过大平原② 走来的。"

"你懂不懂海事?"

"我在一条捕鲸船上做过三年事。"

"你倒是各色各样的事情都做过了。"

"我没有懂得的就只有一个'安静'了。"

"为什么?"

老人耸耸肩膀道:"这就是我的命啊。"

"不过我总觉得你去看守灯塔,似乎太老了。"

"大人,"这个应征者忽然神情激昂地说,"我已经流浪得很疲倦了。你知道,我做过的事情也不少了。这是我心里热烈想望着的一个位置。我现在老了,我要的是休息。我得对自己说:'你得在这里待下去,这是你的港口了。'啊,大人,这件事情现在全得仰仗你。倘到将来,恐怕不容易碰上这么个位置。现在我恰巧在巴拿马,这是多么运气!我求求你——看上帝面上,我好比一只漂泊的孤舟,万一错过了港口,它就会沉没了。如果你愿意使一个老人得到幸福——我可以对你发誓,我是忠实的,但是——我已经厌倦于这样的流浪了啊。"

老人的蔚蓝的眼睛显出一种真挚的祈恳的神色,使这位心地淳善的法尔冈孛列琪先生感动了。

"好吧,"他说,"我就录用你。你去做灯塔看守人吧。"

老人脸上透出了莫可名状的喜悦。

"谢谢你。"

"你今天就可以到灯塔上去吗?"

---

① 1834年,西班牙王斐迪南之弟堂·卡罗斯为了和他的侄女伊萨贝拉争取王位继承权而引起的内战。1837年,堂·卡罗斯失败,奔法国,战争方结束。当时西班牙政府征募外籍兵团,史卡汶思基可能就参加了这个组织。

② 在美国东部与加利福尼亚之间的大草原,通称作"平原"。

“可以。”

“那么再会吧。还有一句话，万一有什么失职的情形，你就得革职的啊。”

“知道。”

当晚，当太阳在地峡彼端沉下，一个阳光辉耀的白天已经消逝，马上就接上了一个没有黄昏的夜晚，那新任的灯塔看守人显然已经就职了，因为灯塔已照常把明亮的光映射在海面上。夜色十分平静，是真正的热带景色，空中弥漫着澄澈的雾，在月亮四周形成了一大圈柔和而完整的彩晕；大海只因潮水升涨而微有动荡。史卡汶思基立在露台上，从下面看上去好像一个小黑点。他努力想收束他的种种思想，以接受他的新职位；但是他的心绪紧张得竟不能有秩序地思索。他此时的感觉，有些像一头被追赶的野兽，终于在人迹所不能到的山崖或洞窟里，获得了藏身之处。他终于获得了一个安静的时期，安全之感使他满身都洋溢着说不出的幸福。现在，在这个小岛上，回想起从前种种的漂泊、不幸和失败，简直可以付之一笑。他实在像一只船，帆樯绳索都被风暴所摧折，从云端里被抛入海底里了——一只被风暴打满了波浪和水花的船，但它还是曲折前进，到达了港口。当他把这种风暴的情景，和如今正在开始的安静的未来生活相比较的时候，这种惊涛骇浪便在他心头迅速地一一映现。一部分惊险的生活，他曾对法尔冈字列琪先生说过了；但是此外还有无数别的没有提起。原来他命运很坏，每当支起帐篷，安好炉灶，正想作久居之计，便总有大风吹来，摧倒他的木桩，熄灭他的炉火，逼得他归于毁灭。现在从灯塔的露台上看着闪烁的海波，他想起了平生所经历过的种种旧事。他曾经转战四方，而在流浪之中，又差不多什么事情都做过。由于热爱劳动和正直无私，他曾不止一次地积蓄过一些钱，但不管他能未雨绸缪，也不管他怎样小心谨慎，他的积蓄总还是分文不剩。他曾在澳洲做过金矿工，在非洲掘过钻石，又曾在东印度做过公家的雇佣兵，他又曾在加利福尼亚经营过一个牧场，——旱灾来破坏了他；他又曾在巴西内地与土人贸易，可是他的木筏在亚马孙河上撞碎了；他孑然一身，手无寸铁，几乎是赤身裸体的，在森林里流浪了好几个星期，采拾野果为生，随时都可能葬送在猛兽的嘴里。后来，他又在阿尔干萨斯州的海仑那城中开设一家铸铁厂，不幸碰上全城大火，他的厂也付之一炬。此后他还在落基山里给印第安人捉去，幸而遇到加拿大猎户，仿佛是个神迹似的，把他搭救出险。再后，他在一只往来于巴希亚及波尔多之间的船上做水手，又到一艘捕鲸船上充当渔师，这两条船都是出事沉没的。他在哈瓦那开过一个雪茄厂，当他生黄热病的时候，被他的合伙者席卷一空。最后他才来到阿斯宾华尔，或许这是他失败史的终点了——因为在这个石骨嶙峋的荒岛上，还有什么能来打扰他呢？水，火或人，全都扰他不到。但是从人这方面，史卡汶思基一生并没有受到过很多的迫害；因为他所遇到的，毕竟还是善人多于恶人。

但是在他看来，宇宙间地、水、火、风四种原形却仿佛都在迫害他。凡是与他相识的人，都说是他的命塞，于是解释他的种种遭遇，都以此为根据。到后来，连他自己也有些变成偏执狂了，他相信冥冥之中，有一只巨大而冤仇的手，在一切的陆地上或水面上到处跟着他。然而，他并不高兴把这种感觉说出来，只有当人家问到他，这只手可能是谁的，他才神秘地指着北极星说道："是从那个地方来的。"的确，像他这样接二连三的失败，真是古怪得很容易逼死人的，尤其是对于一个已经饱受过这些失败的人。但是史卡汶思基有的是一个印第安人的坚忍，还有一种从心地正直里来的极大的镇静的抵抗力。从前他在匈牙利的时候，曾经有过一次，因为不肯向人讨饶，不愿抓住人家意在搭救他而给他的鞍镫，因而身上受了许多剑刺。他的不肯向忧患低头，也正是如此。他正如爬上一座高山，勤奋得像蚂蚁一样。虽然跌落了一百次，他还是安静地开始第一百零一次的攀爬。他真是一个非常少见的奇人。这个老兵士，不知经过了几多次烈火中的锻炼，苦难中的磨砺，但是却还有着天真的童心。当古巴大疫的时候，他之所以害上黄热病，就是因为他把自己所有的奎宁丸完全施舍给病人，而自己不留一颗的缘故。

他还有这样一种卓越的品质——在这许多失意事之后，他还是满有信心，毫不失望，以为将来一切自会好转。在冬天里，他反而精神抖擞，还预言着未来的大事。他很耐心地等待着这些大事，整个夏季就在想望这些大事中过完了。但是冬季一个个地消逝，而史卡汶思基还是一无所遇，惟有头发却雪白了，终于他老了，渐渐地失去了他的精力；他的坚忍逐渐衰颓了，从前所有的沉静也变成多感了，于是这个千锤百炼的兵士竟变成为一个触处生愁的人。此外，在任何情景中，——例如看见了燕子，像禾花雀似的玄鸟，山上的雪，或是听到了旧时的悲歌，他常常会感触起深刻的乡愁，因而人也渐渐地憔悴下去。最后，只剩了一个念头在支配着他——那就是希望休息。这念头完全支配了这个老人，把他所有别的希冀和欲望全都吞没了，这个仆仆风尘的流浪人，除了想得到一角平安的地方，以静待天年之外，再也想不出有什么更宝贵、更值得希冀的事情了。或者，尤其是因为他被命运所驱策，流徙于天涯海角，使他忙碌得不遑喘息，于是以为人间最大的幸福，便只是不再流浪而已。这种菲薄的幸福，实在是他应该可以享受到的；但是因为他失意惯了，所以他的想望休息，正和一般人之想望一件绝不容易办到的事一样，因此他简直就不敢有此希望。如今在十二小时之内，他竟意外地得到了一个好像有人替他从世间百业中挑选出来的职位。所以我们就无怪乎他在晚间点亮了灯之后，就好像目眩神迷，——心中自问着这究竟是不是真的，而竟不敢回说是真的了。但同时，当老人在露台上一点钟一点钟地立下去，现实却给了他显著的证明。他呆看着，于是自己也相信其为真事了。他好像还是生平第一次看见大海。灯上的凸透镜在乌黑的海面上投射了一道巨大的三角形光亮，在这以外，老人的眼光所及，完全是远远的一片神秘而可怖的黑暗。但这遥远的黑暗好像在向着光亮奔来。长排的浪头一个接一个地从黑暗中翻滚出来，咆哮着一直扑奔到岛脚下，于是喷溅着泡沫的浪脊，在灯光中闪耀着红光，也看得清了。潮水愈涨愈高，淹没了沙礁。大洋的神秘的语声，清晰地传来，愈加响亮，有时像大炮轰发，有时像森林呼啸，有时又像远处人声嘈杂，有时又完全寂静；既而老人的耳朵里，听到了长叹的声音，或者也像一种呜咽，再后来又是一阵猛厉的大声，惊心动魄。终于海风大起，吹散了浓雾，但却带来了许多破碎的黑云，把月亮都遮没了。西风越吹越紧，海涛怒立，冲击着灯塔下的石矶，水花直舐着基墙。这是有一场风暴在远处开始发作了。昏黑而纷乱的海面上，有几点绿色的灯光正在船桅上闪烁。这些绿点儿正在忽上忽下，忽左忽右，飘摇不定。史卡汶思基走下塔顶，回到自己的卧室里。风暴开始在咆哮了。在塔外，船里的人正在与夜、黑暗及浪涛相斗争；而塔内却是安逸与平静。便是风暴的吼声也不能侵入这坚厚的墙壁，只有单调划一的时钟滴答声，在诱使这个疲倦的老人颓然入梦。

二

　　一小时又一小时，一日又一日，一星期又一星期地过去了。航海者都说，当海上风暴大作的时候，常常听到黑夜中有呼唤他们名字的声音。如果这大海的幽冥能够这样呼唤，那么当一个人老起来的时候，或许在另外一个更黑暗更神秘的幽冥中，也会有呼声来召唤的吧；一个人愈厌倦于生活，便愈觉得这些呼声的亲热。但是如果要听到这些呼声，就需要安静。况且，老年人大概都喜欢离群独处，好像先已有了入墓之感。对于史卡汶思基，这座灯塔也就一半等于坟墓了。没有比灯塔上的生活更单调的了。倘使有年轻人肯来担任这个职务，他们一定会随即就跑掉。所以看守灯塔的大概都不是年轻人，而且还是些忧郁好静、不涉世务的人。如果他们中有一个人偶尔离开灯塔，身入人丛，他总是踽踽独行，好像一个醉睡初醒的人。在普通的人生中，有种种细密的观感会指示人们去适应一切世事，但灯塔上却并无这种观感。一个灯塔看守人所能接触的，惟有一片苍茫高远的海天,漫无边际。上面是浑然的天,下面是浩然的水;而这个人的心灵便孤独地处于这二者之间。在这种生活中,所谓思想,简直就只是不断的默想。而且也没有一件事情能把这灯塔看守人从这种默想中惊醒过来,即使他的工作也没有这能力。今天与明天完全一样,正如串索上的两颗念珠,只有天气的变换,总算形成了惟一的不同。但是史卡汶思基却觉得这是生平最幸福的生活了。他黎明即起,早餐后,揩抹好灯上的凸透镜,于是坐在露台上,远望海景;他的眼睛永不厌倦当前的景色。在这浩大的蓝宝石似的洋面上,总看得见有好几群饱满的风帆,在阳光中闪耀,明亮得使人目眩。有时,还有许多船只,趁着所谓贸易风,排着长长的队伍,鱼贯而来,好像一串海鸥或信天翁。红色的浮筒在微波上徐徐漂荡。每天午后,总有好多浅灰色的像鸟羽似的烟,一阵一阵地从帆篷中间升起。这便是从纽约载了客人和货物到阿斯宾华尔来的轮船,航程所过,随后的浪花,曳成一条泡沫的路。在露台的那一边,史卡汶思基可以看见阿斯宾华尔全市及其忙忙碌碌的港口,港中帆樯林立,舳舻相继;再远些,便可见城中白色的屋宇及高耸的塔楼,都了如指掌。从他的灯塔顶上看来,那些小屋子就宛如海鸥的巢,船舶都如甲虫,而人在白石的大街上行走,却像点点的黑子。清晨,和缓的东风吹来了一阵喧哗的市声,就中以轮船的汽笛声最为响亮。到午后六时,港中一切动作渐次停息下来,海鸥都躲进岩穴里去;波浪渐渐衰弱,好像有些懒倦了;于是在陆地上,在海上,以及在这灯塔上,一时都归于寂静,不受任何喧扰。波浪退落之后,黄沙滩闪着光,在这汪洋大水上,宛如一个个金色的斑点;塔身在蔚蓝的天宇中,显得轮廓分明。一道道的夕阳从天空中照射在水上、沙滩上和崖壁上。这时候,便有一种十分甜蜜的疲倦侵袭了这老人。他觉得现在所享受的休息真是最美妙的;当他一想到这种美妙的休息可以尽他继续享受下去,便觉得心满意足,毫无缺憾。

史卡汶思基给他自己的幸福陶醉了;而且,因为一个人对于改善了的境况很容易满足,所以他渐渐地有了信仰与希望;他心想世上既然有人为残废人造屋,那么上帝为什么不终于也收容了他的残废人呢?一天天地过去,他对于这种思想愈加坚信了。这老人对于他的灯塔、灯、岩石、沙滩,和孤独的生活,都已渐渐熟习。而且他对于那些巢居于岩穴中的、每到薄暮时便飞集到塔顶上来的海鸥也熟习了。史卡汶思基常常将残余的食物丢给它们,不久它们都驯服了,此后每当他给它们喂食的时候,便有一大阵白翅在他周围飞扑,于是老人在这些海鸟中间走来走去,正如牧人在羊群中间一样。退潮的时候,他便走到沙滩低处,拾取潮汐所遗留下来的美味的玉黍螺和绮丽的鹦鹉螺。月明之夜,他便到塔下去捕捉那些常常成千累万地游到岩曲里来的鱼。后来,他竟深爱着这些石矶和这个小岛了。这小岛上并无树木,只是到处生着许多分泌出黏脂来的丛莽,但是远景甚美,尽足以给他弥补缺憾。下午,如果空气非常清朗,他可以看见那林木茂翳的整个地峡的全景。在这种时候,史卡汶思基就好比看到了一个大花园,——一丛丛的椰树,巨大的芭蕉,夹杂着像一个个华丽的花束,纷披于阿斯宾华尔万家屋宇之后。再远一些,在阿斯宾华尔及巴拿马之间,还有一个大森林,每天清晨及薄暮,都有蒸气升腾在这上面,凝结成一重红雾。——这个森林脚下积着死水,上面缠绕着古藤老蔓,无数巨大的兰草、棕榈、乳汁树、铁树、胶树充斥其间,发出一片林海的声音;这是一个真正的热带森林。

从望远镜中,老人非但能看见这些树木和阔大的香蕉树叶,他甚至还能看见成群的猿猴和巨大的鹳鹤,还有鹦鹉,不时成群地飞起,竟像一曲彩虹围绕在这茂林之上。史卡汶思基对于这种树林很为熟悉,因为他在亚马孙河上碎舟之后,曾在类似的林莽中流浪过好几个星期。在这种外表绮丽可亲的树林中,他看见有不知多少危险和死亡隐伏着。在夜间,他曾听到过附近有猿猴哀号,猛虎怒吼,又曾看见过蟒蛇像藤蔓一般缠绕在树身上;他还知道在这种沉寂的森林中的沼泽里,充满了电鱼与鳄鱼;他又知道在这种未开垦的荒野里,人的生活是多么艰苦,在这种地方,就是一片树叶,也比人大上十倍——总之,这是个充满了吸血的蚊虫、水蛭和巨大的毒蜘蛛的荒野。他因为对这种树林生活有过经验,亲眼看见过,亲身遭遇过;现在他能够从高处远眺这些荒野,欣赏它们的美丽,而自身不会受到它们的危害,因此就使他觉得格外快乐了。他的灯塔给他以万全的保护,只有在星期日,他才离开它几小时。那时他穿上了银纽扣的蓝色制服,胸前挂上了他那些勋章。当他走进教堂门的时候,他听见那些克里奥尔人都在窃窃私语道:"我们有了一位可敬的灯塔看守人了,他虽则是个洋鬼,却不是个异端。①"老人听了这话,昂起了他的乳白色的头,不免有些傲色。做完弥撒,他立刻就回到他的小岛上去,而且心中非常愉快,因为他对大陆还不很放心。在星期日,他还在城里买了西班牙报纸来看,或者向领事法尔冈孛列琪先生那里借看《纽约先驱报》;在这些报纸上,他急切地寻找着欧洲的新闻。所以这可怜的老人的心,虽然在灯塔上,却一直在怀念他那在另一半球上的故乡。有时,当供给他每天粮食饮水的小船来时,他

---

① 洋鬼(Yankee)是称呼美国人的俚语。美国人奉新教,克里奥尔人奉旧教,波兰人亦奉旧教。旧教徒称新教徒为"异端"。史卡汶思基被误认为美国人而奉旧教者,故尊敬之。

也下塔去和港警约翰生闲谈。但后来他好像有些害羞了。他不再进城去看报，也不再下塔来跟约翰生谈政治了。这样地过了好几个星期，没有一个人看见他，他也不见一个人。放在岸上的食物，过一天就不见了；灯光也仍旧每晚都照耀着，正如旭日每晨从这一片海面上升起来一样地准时不误；只有这两件事情，表示老人还住在这个塔上。显然这老人已对于人世很淡漠了。但这也不是因为怀乡之故，而是由于，他连怀乡之心都已经渐渐消失了。对于史卡汶思基，这小岛就是他整个的世界了。久而久之，他就惯常地这样想，他将一辈子都不离开这个灯塔了，因为他简直已经记不起，除此之外，世界上还有些什么。甚至，他竟变成一个神秘的人，他那双温和的蓝眼睛开始像小孩的眼睛一般呆望着，好像看定了远处的一个东西似的。当着四周这些异常单纯而伟大的景色，这老人已消失了他的一己的感觉；他的存在已经不再是一个人，而是逐渐与周围的云天沧海融为一体了。如果问他的周围之外还有些什么，他是一点都不知道的，只是无意识地有些感觉而已。最后，他就仿佛这些天、水、岩石、塔、黄金色的沙滩、饱满的风帆、海鸥、潮汐的升降——全都化合做浑然一体，成为一个巨大的神秘的灵魂；而他仿佛就沉没在这个神秘中，感受着这个自动自息的灵魂。他沉没在这中间，任其摇荡，恬然自忘其身；于是在他的逼仄的生命中，在这半醒半睡的状态中，他发现了一种伟大得几乎像半死的休息。

三

但是惊醒的时候来了。

某一天，小船送来了淡水和食物，一小时后，史卡汶思基从塔上下来，看见平时照例的那些东西之外，还多了一个粗布包裹。包上贴着美国邮票，写着："史卡汶思基大人收"。

老人满心奇怪地解开包裹，见是几本书；他捡起了一本，看了一看，随即放下；于是他的手大大地颤动起来。他遮掩着眼睛，好像不信似的，仿佛在做梦一般。原来这本书是波兰文的——这是什么意思？这又是谁寄来的？起初，他分明已经忘记了当他初来做灯塔看守人的时候，他曾从领事那里借看《纽约先驱报》，看见报上载着纽约成立了一个波兰侨民协会，于是他立刻捐助了半个月薪俸，因为他在塔上没有什么用度。那协会里就寄赠他这几本书，以表示答谢。这些书来得并不奇突，但是老人起先却没有想到。在阿斯宾华尔，又是在他这个灯塔上，在他孤寂的时候，却来了波兰文的书籍，——在他看来，这简直是一种非常的事情，一种从古昔发出来的声息，一种神迹。现在，正如那些水手在夜里一样，他好像听见有人用很亲爱的,可是几乎已经忘却了的声音叫唤着他的名字。他闭目静坐了一会儿,几乎要以为如果把眼睛一睁开,这梦境就会立刻消逝了。

包裹摊开在他面前,被午后的阳光照得清清楚楚,这上面的一本已经翻开了。当老人伸出手去想再把它拿起来的时候,他在寂静之中听见了自己心房的跳跃。他一看,这是一本诗集。封面上用大字印着书名,底下印着作者的名字。这个名字对于史卡汶思基并不陌生;他知道是一个大诗人的名字①,他曾经在一八三○年在巴黎读过他的著作。后来,从军于阿尔及尔及西班牙的时候,他曾经从自己本国人那里听到过这位大诗人的正在日益高扬的名字;但那时他却忙于打枪,身边简直不带一本书。一八四九年,他来到美洲,在颠沛流离的生活中,很难遇到一个波兰人,至于波兰文的书,更是一本也没有看到过。因此,他以更大的热忱,心房也跳得更活泼,翻开了第一页。这时他好像在这孤岛上,将要举行什么庄严的典礼了。实则,此刻正是很静穆的时候。阿斯宾华尔的大钟,正在鸣报下午五时。天宇清朗,净无云翳,只有几只海鸥在空中盘旋。大海好像在摇摇欲睡。岸边的波浪,都在喁喁低语,轻轻地漫上沙滩。远处阿斯宾华尔的白色房屋及离奇古怪的棕榈树丛,都好像在微笑。的确,这时候那小岛上真有一股神圣、肃穆、庄严的气氛。忽然,在这大自然的肃穆中,可以听到那老人的颤抖的声音,他正在高声吟哦,好像这样才能对他自己有更好的了解:

> 你正如健康一样,我的故乡立陶宛!
> 只有失掉你的人才知道他应该
> 怎样看重你,今天,我看见而且描写
> 你的极其辉煌的美丽,因为我正在渴望你。

到这里,他读不出声了。文字好像都在他眼前跳跃起来;仿佛心坎里有什么东西在爆裂,像波流似的从他心头渐渐地汹涌上来,塞住了他的喉咙,窒息了他的声音。过了一会儿,他勉强镇定下来,再读下去:

> 圣母啊,你守护着光明的琛思妥诃华,
> 你照临在奥思脱罗孛拉摩,又保佑着
> 诺武格罗代克城及其忠诚的人民,②
> 正如我在孩提的时候,我垂泪的母亲

---

① 这是指波兰大诗人密茨凯维支。
② 这三处地方都有着极灵验的圣母像。

> 把我交托给你,你曾使我恢复了健康,
> 当时我抬起了毫无生气的眼睛
> 一直走到你的圣坛,
> 谢天主予我以重生——
> 现在又何不显神迹使我们回到家乡。

读到这里,心如潮涌,不能自制。老人便哽咽起来,颓然仆地;银白色的头发拌和在海沙里。他离开祖国,已经四十年了;不听见祖国的语言,也已经不知多久;而现在这语言却自己来找上他——泛越重洋而到另一半球上访他于孑然独处之中,——这是多么可爱可亲,而又多么美丽啊!使这位老人站在那里哽咽不止的,并不是什么苦痛,——而只是一种油然而起的博大的爱心,在这种爱心之前,别的一切事情都是无足轻重的。所以他只以这一场伟大的哭泣来祈求热爱的祖国给他以饶恕,他的确已经把祖国丢在一边,因为他已经这样地老,而且又住惯了这个孤寂的荒岛,所以把祖国忘记得连忆念之心都在开始消失了。但是现在,仿佛由于一个神迹似的,它竟回到他身边来,于是他的心就跳跃起来。

过了好久,老人还躺在那里。海鸥在灯塔上空飞翔呼叫,好像在惊醒它们的老友,该当是把残食喂饲它们的时间了;所以,有些海鸥便从灯塔顶上飞下来,渐渐地愈来愈多,开始在地上啄着寻食,或是在老人头上拍着翅膀。这些翅膀的声音惊醒他,他已经哭了个痛快,这时才得宁静与和霁;但他的眼睛却反而神采奕奕。他不知不觉地把所有的食物都丢给这些海鸟,海鸟便呼噪着冲上前来争食,他自己却又取起那本书来。夕阳已经沉到巴拿马园林背后,正在徐徐地向地峡外降到别一个大洋上去;但是大西洋上还很光亮;室外尚能看得很清楚,于是他便读下去:

> 现在请把我渴望的心灵带到那些
> 山林中,带到那些绿野上去吧。

终于,短如一瞬的暮色沉下来,遮隐了白纸上的文字。老人便枕首于石上,闭着眼睛。于是那"守护着光明的琛思妥诃华的圣母"便把他的灵魂送回到那一片"被各种作物染成色彩斑斓的田野"[①]上。天上还闪耀着一长条一长条金色和红色的晚霞,他的魂梦便乘此彩云,回到挚爱的祖国,

---

① 所引三段诗句及此处引号中语,都见于密茨凯维支所著《塔杜须先生》第一卷开头的一节。

耳朵边听到了祖国的松林在呼啸,溪流也在潺潺私语。他看一切风物,都宛然如昔;一切都在问他:"你还记得吗?"他当然记得的!他看见了广大的田野,在这些田野之间,便是森林和村庄。这时天已入夜。平时在这时候,他的灯总已照耀在黑暗的海面上了;但是此刻他却正在祖国的村庄里。他的衰老的头俯在胸前,他正在做梦。种种景色,稍微有些纷乱的,都在他眼前很快地闪过。他没有看见他所诞生的屋子,因为已经给战争毁了;他也没有看见他的父母,因为当他还是一个孩子的时候,他们已经死了;但是村子里的景色,还依然如旧,好像他还是昨天才离开的,——整整齐齐的一排茅屋,窗子里都透着灯光,土阜,磨坊,相对的两个小池塘,通夜喧闹着蛙鸣。有一回,他曾经在这个村子里担任全夜守卫;现在,当时那些景象,又立刻历历呈现在眼前。一会儿他又是一个枪骑兵了,他正在那里站岗;远处便是一家小酒店,他不时向那里溜一眼。在夜的寂静中,可以听到喧哗、歌唱和叫喊的声音,还有呜呀呜呀的小提琴和低音四弦琴的声音。后来那些枪骑兵都上马疾驰而去,马蹄在石上踢出火星来,而他却骑马独自立在那儿,疲倦得很。时间慢慢地过去,终于人家的灯火都熄灭了;现在,眼光所看得到的地方,尽是一片迷蒙;已而浓雾升起,显然是先从田野里开始,如一片白云包裹了大地。你可以说,这简直是一片海洋。但这实在是田野;不久你就会在黑暗中听到秧鸡啼声,而芦苇丛中的白鹭也会叫起来了。夜色很平静,很冷——一个真正的波兰之夜!在远处,松林正在无风而自响,宛如海上的涛声。东方快发白了。真的,鸡已在篱落间啼起来,一家家地互相应和着;天上已经有鹳鸟在飞鸣而过。这枪骑兵觉得精神很爽快。有人曾经讲起过明天的战争。嗨!这将是像别的一切战争一样,挥着枪旗,呐喊着,厮杀上去的呀。青年人的血,尽管为夜寒所冻,却还如号角一般地在响着。但天已渐明,夜色逐渐衰淡下去;林树、丛莽、村庄、磨坊以及白杨,都已从黑暗中显现出来。井上的辘轳正在像塔楼上的金属旗那样吱吱地响。在鲜红的晨曦中,这是多么可爱,多么美丽的国土呀!啊,这至爱的国土,这惟一的国土!

别做声!这守望着的哨兵听见有脚步声在走近来。一定是有人来换班了。

忽然,有人在史卡汶思基头上喊道:

"喂,老头儿!起来!这是怎么回事?"

老人睁开眼来,吃惊地看着站在他面前的人。残余的梦境在他头脑里和现实斗争着,终于是这些梦境由模糊而至于消失。在他面前,站着的是港警约翰生。

"怎么啦?"约翰生问,"你病了吗?"

"没有。"

"可是你没有点灯。你得免职了。一条从圣吉洛谟来的船在海滩上出了事。幸亏没有淹死人,要不你还得吃官司呢。跟我一道上船走吧,其余的话,你会得在领事馆里听到的。"

老人脸色惨白;当夜他的确没有点灯。

几天之后,有人看见史卡汶思基在一条从阿斯宾华尔开到纽约去的轮船上了。这可怜的老人已经失业了。新的流浪的旅途又已展开在他面前;风又把这片叶子吹落,让它飘零在天涯海角,簸弄着它,直到快意而后止。这几天来,老人大大地衰颓了,腰背伛曲了下来,惟有目光还是很亮。在他新的生命之路上,他怀中带着一本书,不时地用手去抚摩它,好像惟恐连这一点点东西也会得离开他。

思 考 题

1. 你认为这位看守灯塔的波兰老人是怎样一个人?试简要叙述他的性格和品质。

2. 老人一生的遭遇和命运说明什么? 原因何在?

3. 作者是如何把大海的景色、老人的情思和对人生的感悟交融在一起的?

4. 当上灯塔看守人的老人始而深感幸福,继而茫然自失,最后乡情迸发导致失业,再次走上流浪之路,这样的写法作者的意图是什么?

5. 你认为这篇小说是否同时具有清雅抒情的风格和深沉悲愤的格调? 为什么?

宝 贝 儿

[俄罗斯]契诃夫

汝 龙译

　　安东·巴甫洛维奇·契诃夫（Антон Павлович Чехов，1860—1904）出身于罗斯托夫省塔甘罗格市一个小商人家庭。1884 年自莫斯科大学医学系毕业后，在兹威尼哥罗德等地行医，并从事文学创作。契诃夫以中、短篇小说闻名，一生共创作中、短篇小说四百七十多篇，其中短篇小说《万卡》、《苦恼》、《渴睡》、《套中人》、《宝贝儿》，中篇小说《草原》、《第六病室》等都是脍炙人口的名篇。此外他还创作了《三姊妹》、《樱桃园》等五部多幕剧。契诃夫的小说题材广泛，结构精巧，他创造了一种风格独特、言简意赅、文笔精练的抒情心理小说。他善于截取平凡的日常生活片断，凭借精湛的艺术手法对生活和人物作真实的描绘和刻画，幽默讽刺，入木三分。他的剧作题材、风格和小说相似，不追求曲折离奇的情节，多写凡人小事，从中揭示社会生活的重要内容。

　　退休的八品文官普列勉尼科夫的女儿奥莲卡① 坐在当院的门廊上想心事。天气挺热，苍蝇老是讨厌地缠住人不放。想到不久就要天黑，心里就痛快了。乌黑的雨云从东方朝这儿移动，潮湿的空气时不时地从那边吹来。

　　库金站在院子中央，瞧着天空。他是剧团经理人，经营着"季沃里"游乐场，借住在这个院里的一个厢房内。

　　"又要下雨了！"他沮丧地说，"又要下雨了！天天下雨，天天下雨，好像故意跟我捣乱似的！这简直是要我上吊！要我破产！天天要赔一大笔钱！"

　　他举起双手一拍，接着朝奥莲卡说：

　　"瞧！奥尔迦·谢敏诺芙娜，我们过的就是这种日子。恨不得痛哭一

―――――――――

　　①　奥尔迦的爱称。

场！一个人好好工作，尽心竭力，筋疲力尽，夜里也睡不着觉，老是想怎样才能干好，可是结果怎么样呢？先不先，观众就是些没知识的人，野蛮人。我为他们排顶好的轻歌剧、梦幻剧，请第一流的讽刺歌曲演唱家，可是他们要看吗？你当是他们看得懂？他们只要看滑稽的草台戏哟！给他们排庸俗的戏就行！其次，请您看看这天气吧。差不多天天晚上都下雨。从五月十日起下开了头，接连下了整整一个五月和一个六月。简直要命！看戏的不来，可是租钱我不是照旧得付？演员的工钱不是也照旧得给？"

第二天傍晚，阴云又四合了，库金歇斯底里般地狂笑着说：

"那有什么关系？要下雨就下吧！下得满花园是水，把我活活淹死就是！叫我这辈子倒霉，到了下辈子也还是倒霉！让那些演员把我扭到法院去就是！法院算得了什么？索性把我发配到西伯利亚去做苦工好了！送上断头台就是！哈哈哈！"

到第三天还是那一套。……

奥莲卡默默地、认真地听库金说话，有时候眼泪涌上她的眼眶。临了，他的不幸打动她的心，她爱上他了。他又矮又瘦，脸色发黄，头发往两边分梳，用尖细的男高音说话，说话时撇着嘴。他脸上老是带着沮丧的神情，可是他还是在她心里引起一种真挚的深情。她老得爱一个人，不这样就不行。早先，她爱她爸爸，现在他害了病，坐在一个黑房间里的一把圈椅上，呼吸困难；她还爱过她的姑妈，往常她姑妈每隔两年总要从布良斯克来一回；这以前，她在上初级中学的时候，爱过她的法语教师。她是个文静的、好心的、体贴人的姑娘，目光温顺、柔和，身体十分健康。男人要是看到她那丰满、红润的脸蛋儿，看到她那生着一颗黑痣的、柔软白皙的脖子，看到她一听到什么愉快的事情脸上就绽开的天真善良的笑容，就会暗想："是啊，这姑娘挺不错……"就也微微地笑。女人呢，在谈话中间往往会情不自禁地，忽然拉住她的手，忍不住满心喜爱地说：

"宝贝儿！"

这所房子坐落在城郊的茨冈居民区，离"季沃里"游乐场不远，她从生出来那天起就一直住在这所房子里，而且她父亲在遗嘱里已经写明，这房子将来归她所有。一到傍晚和夜里，她就听见游乐场里乐队的奏乐声，鞭炮劈劈啪啪地爆响，她觉得这是库金在跟他的命运打仗，猛攻他的大仇人——淡漠的观众，她的心就甜蜜地缩紧，她没有一点睡意了。等到天快亮，他回到家来，她就轻轻地敲自己卧室的窗子，隔着窗帘只对他露出她的脸和一边的肩膀，温存地微笑着。……

他向她求婚，他们结了婚。等到他挨近她，看清她的脖子和丰满结实的肩膀，他就举起双手轻轻一拍，说道：

"宝贝儿!"

他幸福,可是因为结婚那天昼夜下雨,沮丧的神情就始终没有离开他的脸。

他们婚后过得很好。她掌管他的票房,照料游乐场的内务,记账,发工钱。她那红润的脸蛋儿,可爱而天真,像在放光的笑容,时而在票房的小窗子里,时而在饮食部里,时而在后台闪现。她已经常常对她的熟人说,世界上顶了不起的、顶重要、顶不能缺少的东西就是戏剧,只有在戏剧中,人才能获得真正的享受,才会变得有教养,变得仁慈。

"可是观众懂得这层道理吗?"她说,"他们只要看滑稽的草台戏!昨天晚场我们演出《小浮士德》①,差不多全场的包厢都空着;要是万尼奇卡②和我换演一出庸俗的戏剧,那您放心好了,剧院里倒会挤得满满的。明天万尼奇卡和我准备上演《俄耳浦斯在地狱》③。请您过来看吧。"

凡是库金讲到戏剧和演员的话,她统统学说一遍。她也跟他一样看不起观众,因为他们无知,对艺术冷淡。她参加彩排,纠正演员的动作,监视乐师的行为。遇到本城报纸上发表对剧团不满的评论,她就流泪,然后跑到报馆编辑部去疏通。

演员们喜欢她,叫她"万尼奇卡和我",或者"宝贝儿"。她怜惜他们,借给他们少量的钱。要是他们偶尔骗了她,她只是偷偷地流泪,可是不向丈夫诉苦。

冬天他们也过得很好。整个一冬,他们租下本城的剧院演剧,只有短期间让出来,让给小俄罗斯剧团,或者魔术师,或者本地的业余爱好者上演。奥莲卡发胖了,由于心满意足而容光焕发。库金却黄下去,瘦下去,抱怨亏损太大,其实那年冬天生意不错。每天夜里他都咳嗽,她就给他喝覆盆子花汁和菩提树花汁,用香水擦他的身体,拿软和的披巾包好他。

"你真是我的心上人!"她抚平他的头发,十分诚恳地说,"你真招我疼!"

到大斋节④,他动身到莫斯科去请剧团。他一走,她就睡不着觉,老是坐在窗前,瞧着星星。这时候她就把自己比做母鸡。公鸡不在窠里,母鸡也总是通宵睡不着,心不定。库金在莫斯科耽搁下来,写信回来说到复活节

---

① 法国作曲家埃尔维(1825—1892)所作的轻歌剧。——俄文本编者注
② 库金的名字伊凡的爱称。
③ 法国作曲家奥芬巴赫(1819—1880)所作的轻歌剧。——俄文本编者注
④ 指复活节前为期四十天的斋戒,以纪念耶稣在荒野绝食。

才能回来，此外，他还在信上交代了几件有关"季沃里"的事。可是到受难周① 前的星期一，夜深了，忽然传来令人惊恐不安的敲门声，不知道是谁在使劲捶那便门，就跟捶大桶似的——嘭嘭嘭!睡意蒙眬的厨娘光着脚啪嗒啪嗒地踩过水洼，跑去开门。

"劳驾，请开门!"有人在门外用低沉的男低音说，"有一封你们家的电报!"

奥莲卡以前也接到过丈夫的电报，可是这回不知什么缘故，她简直吓呆了。她用颤抖的手拆开电报，看见了如下的电文：

> 伊凡·彼得罗维奇今日突然去世星期二应如何殡葬请吉示下。

电报上真是那么写的——如何殡葬，还有那个完全讲不通的字眼"吉"。电报上是歌剧团导演署的下款。

"我的亲人!"奥莲卡痛哭起来，"万尼奇卡呀，我的爱人，我的亲人!为什么当初我要跟你相遇?为什么我要认识你，爱上你啊?你把你这可怜的奥莲卡，可怜的、不幸的人丢给谁哟?……"

星期二他们把库金葬在莫斯科的瓦冈科沃墓地;星期三奥莲卡回到家，一走进房门，就倒在床上，放声大哭，声音响得隔壁院子里和街上全听得见。

"宝贝儿!"街坊说，在自己胸前画十字，"亲爱的奥尔迦·谢敏诺芙娜，可怜，这么难过!"

三个月以后，有一天，奥莲卡做完弥撒走回家去，悲悲切切，十分哀伤。凑巧她的邻居瓦西里·安德烈伊奇·普斯托瓦洛夫，也从教堂回家，跟她并排走着。他是商人巴巴卡耶夫木材场的经理。他头戴草帽，身上穿着白坎肩，坎肩上系着金表链，那样儿与其说像商人，不如说像地主。

"万事都由天定，奥尔迦·谢敏诺芙娜，"他庄重地说，声音里含着同情的调子，"要是我们的亲人死了，那一定是上帝的旨意，遇到那种情形我们应当忍住悲痛，顺从命运才对。"

他把奥莲卡送到门口，和她告别，就往前走了。这以后，那一整天，她的耳朵里老是响着他那庄重的声音，她一闭眼就仿佛看到他那把黑胡子。她很喜欢他。而且她明明也给他留下了好印象，因为过了不久，就有一位她不大熟悉的、上了岁数的太太到她家里来喝咖啡，刚刚在桌旁坐定，就立刻谈起普斯托瓦洛夫，说他是一个可靠的好人，随便哪个到了结婚年龄

---

① 基督教节日，在复活节前的一周，纪念耶稣受难。

的姑娘都乐于嫁给他。三天以后,普斯托瓦洛夫本人也亲自上门来拜访了。他没坐多久,不过十分钟光景,说的话也不多,可是奥莲卡已经爱上他了,而且爱得那么深,通宵都没睡着,浑身发热,好像害了热病,到第二天早晨就要人去请那位上了岁数的太太来。婚事很快就讲定,随后举行了婚礼。

普斯托瓦洛夫和奥莲卡婚后过得很好。通常,他吃午饭以前待在木材场里,饭后就出去接洽生意,于是奥莲卡就替他坐在办公室里,算账,卖货,直到黄昏时候才走。

“如今木材一年年贵起来,一年要涨两成。”她对顾客和熟人说。“求主怜恤我们吧,往常我们总是卖本地的木材,现在呢,瓦西奇卡① 只好每年到莫吉廖夫省去办木材了。运费好大呀!”她接着说,现出害怕的神情,双手捂住脸,“好大的运费!”

她觉得自己仿佛已经做过很久很久的木材买卖,觉得生活中顶要紧、顶重大的东西就是木材。什么“梁木”啦,“圆木”啦,“薄板”啦,“护墙板”啦,“箱子板”啦,“板条”啦,“木块”啦,“毛板”啦等等,在她听来,这些词儿包含着某种亲切动人的意味。……夜里睡觉的时候,她梦见薄板和木板堆积如山,长得没有尽头的一串大车载着木材出了城,驶往远处。她还梦见一大批十二俄尺长、五俄寸② 厚的原木竖起来,在木材场上开步走,于是原木、梁木、毛板,彼此相碰,发出干木头的嘭嘭声,一会儿倒下去,一会儿又竖起来,互相重叠着。奥莲卡在睡梦中叫起来,普斯托瓦洛夫就对她温柔地说:

“奥莲卡,你怎么了,亲爱的? 在胸前画十字吧。”

丈夫怎样想,她也就怎样想。要是他觉得房间里热,或者现在生意变得清淡,她就也那么想。她丈夫不喜欢任何娱乐,遇到节日总是待在家里。她就也照那样做。

“你们老是待在家里或者办公室里,”熟人们说,“你们应当去看看戏才对,宝贝儿,要不然,就去看看杂技也好。”

“瓦西奇卡和我没有工夫上剧院去,”她郑重地回答说,“我们是干活儿的人,我们哪儿顾得上去看那些胡闹的玩意儿。看戏有什么好处呢?”

每到星期六,普斯托瓦洛夫和她总是去参加彻夜祈祷,遇到节日就去做晨祷。他们从教堂出来,并排走回家去的时候,脸上总是现出感动的神情。他们俩周身都有一股好闻的香气,她的绸子连衣裙发出好听的沙沙

---

① 瓦西里的爱称。

② 1俄寸等于4.4厘米。

声。在家里，他们喝茶，吃奶油面包和各种果酱，然后又吃馅饼。每天中午，在他们院子里和大门外的街道上，总有红甜菜汤、煎羊肉或者烤鸭子等等喷香的气味，遇到斋日就有鱼的气味，谁走过他们家的大门口，都不能不犯馋。在办公室里，茶炊老是沸腾，他们招待顾客喝茶，吃面包圈。夫妇俩每个星期去洗一回澡，并肩走回家来，两个人都是满面红光。

"还不错，我们过得挺好，谢谢上帝，"奥莲卡常常对熟人说，"只求上帝让人人都能过着像瓦西奇卡和我这样的生活就好了。"

每逢普斯托瓦洛夫到莫吉廖夫省去采办木材，她总是十分想念他，通宵睡不着觉，哭。有一个军队里的年轻兽医斯米尔宁租住在她家的厢房里，有时候傍晚来看她。他来跟她谈天，打牌，这样就缓解了她的烦闷。特别有趣的是听他谈他自己的家庭生活。他结过婚，有一个儿子，可是他跟妻子分居，因为她对他变了心，现在他还恨她，每月汇给她四十卢布，作为儿子的生活费。听到这些话，奥莲卡就叹气，摇头，替他难过。

"唉，求上帝保佑您，"在分手的时候，她对他说，举着蜡烛送他下楼，"谢谢您来给我解闷儿，求上帝赐给您健康，圣母……"

她学丈夫的样，神情总是十分端庄、稳重。兽医已经走出楼下的门，她喊住他，说：

"您要明白，符拉季米尔·普拉托内奇，您应当跟您的妻子和好。您至少应当看在儿子的分上原谅她！……您放心，那小家伙心里一定都明白。"

等到普斯托瓦洛夫回来，她就把兽医和他那不幸的家庭生活低声讲给他听，两个人就叹气，摇头，谈到那男孩，说那孩子一定想念父亲。后来，由于思想上某种奇特的联系，他们俩就在圣像前面跪下叩头，求上帝赐给他们儿女。

就这样，普斯托瓦洛夫夫妇在相亲相爱和融洽无间中平静安分地过了六年。可是，唉，有一年冬天，瓦西里·安德烈伊奇在场里喝足热茶，没戴帽子就走出门去卖木材，得了感冒，病倒了。她请来顶好的医生给他治病，可是病越来越重，过了四个月他就死了。奥莲卡又成了寡妇。

"你把我丢给谁啊，我的亲人？"她送丈夫下葬后，痛哭道，"现在没有了你，我这个苦命的不幸的人怎么过得下去啊？好心的人们，可怜可怜我这个无依无靠的人吧。……"

她穿上黑色的丧服，缝上白丧章，不再戴帽子和手套了。她不出大门，只是间或到教堂去或者到丈夫的坟上去，老是待在家里，跟修女一样。直到六个月以后，她才去掉白丧章，打开百叶窗。有时候可以看见她早晨跟她的厨娘一块儿上市场去买菜，可是现在她在家里怎样生活，她家里的情形怎样，那就只能猜测了。大家也真是在纷纷猜测，因为常看见她在自家

的小花园里跟兽医一块儿喝茶,他对她念报上的新闻,又因为她在邮政局遇见一个熟识的女人,对那女人说:

"我们城里缺乏兽医的正确监督,因此有了很多疾病。常常听说有些人因为喝牛奶得了病,或者从牛马身上染来了病。实际上,对家畜的健康应该跟对人类的健康一样关心才对。"

她重述兽医的想法,现在她对一切事情的看法跟他一样了。显然,要她不爱什么人,她就连一年也活不下去,她在她家的厢房里找到了新的幸福。换了别人,这种行为就会受到指摘,不过对于奥莲卡却没有一个人会往坏处想,她生活里的一切事情都可以得到谅解。他们俩的关系所起的变化,她和兽医都没对外人讲,还极力隐瞒着;可是这还是不行,因为奥莲卡守不住秘密。每逢他屋里来了客人,军队里的同行,她就给他们斟茶,或者给他们张罗晚饭,谈牛瘟,谈家畜的结核病,谈本市的屠宰场。他呢,忸怩不安,等到客人散掉,他就抓住她的手,生气地轻声说:

"我早就要求过你别谈你不懂的事!我们兽医之间谈到我们本行的时候,你别插嘴。这真叫人不痛快!"

她惊讶而惶恐地瞧着他,问道:

"可是,沃洛杰奇卡①,那要我谈什么好呢?"

她眼睛里含着眼泪,搂住他,求他别生气。他们俩就都快活了。

可是这幸福没有维持多久。兽医随着军队开拔,从此不回来了,因为军队已经调到很远的地方去,大概是西伯利亚吧。于是剩下奥莲卡孤单单一个人了。

现在她简直是孤苦伶仃了。父亲早已去世,他的圈椅扔在阁楼上,布满灰尘,缺了一条腿。她瘦了,丑了,人家在街上遇到她,已经不像往常那样瞧她,也不对她微笑了。显然好岁月已经过去,落在后面。现在她得过一种新的生活,一种不熟悉的生活,关于那种生活还是不要去想的好。傍晚,奥莲卡坐在门廊上,听"季沃里"的乐队奏乐,鞭炮劈劈啪啪地响,可是这已经不能在她心头引起任何反响了。她漠然瞧着她的空院子,什么也不想,什么也不盼望,然后等到黑夜降临,就上床睡觉,梦见她的空院子。她固然也吃也喝,不过那好像是出于不得已似的。

顶顶糟糕的是,她什么见解都没有了。她看见她周围的事物,也明白周围发生了什么事情,可是对那些事物没法形成自己的看法,不知道该说什么好。没有任何见解,那是多么可怕呀!比方说,她看见一个瓶子,看见天在下雨,或者看见一个乡下人坐着大车走过,可是她说不出那瓶子、那

---

① 符拉季米尔的爱称。

雨、那乡下人为什么存在,有什么意义,哪怕拿一千卢布给她,她也什么都
说不出来。当初跟库金或普斯托瓦洛夫在一块儿,后来跟兽医在一块儿的
时候,样样事情奥莲卡都能解释,随便什么事她都说得出自己的见解,可
是现在,她的脑子里和她的心里,就跟那个院子一样空空洞洞。生活变得
又可怕又苦涩,仿佛嚼苦艾一样。

渐渐地,这座城向四面八方扩张开来。茨冈居民区已经叫做大街,在
"季沃里"游乐场和木材场的原址,已经造起了一座座新房子,出现了一条
条巷子。光阴跑得好快!奥莲卡的房子发黑,屋顶生锈,板棚歪斜,整个院
子长满杂草和荆棘。奥莲卡自己也老了,丑了。夏天,她坐在走廊上,她心
里跟以前一样又空洞又烦闷,充满苦味。冬天,她坐在窗前瞧着雪。每当她
闻到春天的清香,或者风送来教堂的丁当钟声的时候,往事就会突然在她
的脑海里涌现,她的心甜蜜地缩紧,眼泪扑簌簌地流下来,可是这也只有
一分钟工夫,过后心里又是空空洞洞,自己也不知道为什么要活着。黑猫
布雷斯卡依偎着她,柔声地咪咪叫,可是这种猫儿的温存不能打动奥莲卡
的心。她可不需要这个!她需要的是那种能够抓住她整个身心、整个灵魂、
整个理性的爱,那种给她思想、给她生活方向、温暖她那日益衰老的心灵
的爱。她把黑猫从裙子上抖掉,心烦地对它说:

"走开,走开!……用不着待在这儿!"

日子就照这样,日复一日、年复一年地过去了,没有一点欢乐,没有一
点见解。厨娘玛甫拉说什么,她就听什么。

七月里炎热的一天,将近傍晚,城里的牲口刚沿街赶过去,整个院里
满是飞尘,像云雾一样,忽然有人来敲门了。奥莲卡亲自去开门,睁眼一
看,不由得呆住了,原来门外站着兽医斯米尔宁,头发已经斑白,穿着便
服。她忽然想起了一切,忍不住哭起来,把头偎在他的胸口,一句话也说不
出来。她非常激动,竟没有注意到他们俩后来怎样走进房子,怎样坐下来
喝茶。

"我的亲人!"她嘟哝着说,快活得发抖,"符拉季米尔·普拉托内奇!
上帝从哪儿把你送来的?"

"我要在此地长住下来,"他说,"我已经退伍,离职后上这儿来试试运
气,过一种安定的生活。况且,如今我的儿子应该上中学了。他长大了。您
要知道,我已经跟妻子和好啦。"

"她在哪儿呢?"奥莲卡问。

"她跟儿子一起在旅馆里,我这是出来找房子的。"

"主啊,圣徒啊,就住到我的房子里来好了!这里还不能安个家吗?咦,
主啊,我又不要你们出房钱,"奥莲卡着急地说,又哭起来,"你们住在这

儿,我搬到厢房里去住就行了。主啊,我好高兴!"

第二天,房顶就上漆,墙壁刷白粉,奥莲卡双手叉腰,在院子里走来走去发命令。她的脸上现出旧日的笑容,她的全身充满活力,精神抖擞,仿佛睡了一大觉,刚刚醒来似的。兽医的妻子到了,那是一个又瘦又丑的女人,头发剪得短短的,现出任性的神情。她带着她的小男孩萨沙,他是一个十岁的小胖子,身材矮得跟他的年龄不相称,生着亮晶晶的蓝眼睛,两腮各有一个酒窝。孩子刚刚走进院子,就追那只猫,立刻传来了他那快活而欢畅的笑声。

"大妈,这是您的猫吗?"他问奥莲卡,"等您的猫下了小猫,请您送给我们一只吧。妈妈特别怕耗子。"

奥莲卡跟他讲话,给他茶喝。她胸膛里的那颗心忽然温暖了,甜蜜蜜地缩紧,仿佛这男孩是她亲生的儿子似的。每逢傍晚,他在饭厅里坐下,温习功课,她就带着温情和怜悯瞧着他,喃喃地说:

"我的宝贝儿,漂亮小伙子。……我的小乖乖,长得这么白净,这么聪明。"

"四面被水围着的一部分陆地称为岛。"他念道。

"四面被水围着的一部分陆地……"她学着说,在多年的沉默和思想空虚以后,这还是她第一回很有信心地说出她的意见。

现在她有自己的意见了。晚饭时候,她跟萨沙的爹娘谈天,说现在孩子们在中学里功课多难,不过古典教育也还是比实科教育强,因为中学毕业后,出路很广,想当医师也可以,想做工程师也可以。

萨沙开始上中学。他母亲动身到哈尔科夫去看她妹妹,从此没有回来。他父亲每天出门去给牲口看病,往往一连三天不住在家里。奥莲卡觉得萨沙完全没人管,在家里成了多余的人,会活活饿死。她就让他搬到自己的厢房里去住,在那儿给他布置一个小房间。

一连六个月,萨沙跟她一块儿住在厢房里。每天早晨奥莲卡到他的小房间里去,他睡得正香,手放在脸蛋底下,一点儿声息也没有。她不忍心叫醒他。

"萨宪卡①,"她难过地说,"起来吧,乖乖!该上学去啦。"

他就起床,穿好衣服,念完祷告,然后坐下来喝早茶。他喝下三杯茶,吃完两个大面包圈,外加半个法国奶油面包。他还没有完全醒过来,因此情绪不佳。

"你还没背熟你那个寓言哪,萨宪卡,"奥莲卡说,瞧着他,仿佛要送他

---

① 萨沙和萨宪卡都是亚历山大的爱称。

出远门似的，"我为你要操多少心啊。你得用功读书，乖乖。……还得听老师的话才行。"

"嗨，请您别管我的事！"萨沙说。

然后他就出门顺大街上学去了。他身材很矮，却戴一顶大制帽，背一个书包。奥莲卡没一点声息地跟在他后面走。

"萨宪卡！"她叫道。

他回头看，她就拿一个海枣或者一块糖塞在他手里。他们拐弯，走进他学校所在的那条胡同，他害臊了，因为后面跟着一个又高又胖的女人。他回过头来说：

"您回家去吧，大妈。现在我可以一个人走到了。"

她就站住，瞧着他的背影，眼睛一眨也不眨，直到他走进校门口不见了为止。啊，她多么爱他！她往日的爱恋从没有像这一回那么深；她的母性的感情越燃越旺，以前她从没有像现在这样忘我地、无私地、欢乐地献出自己的心灵。为这个头戴大制帽、脸蛋上有酒窝的旁人的男孩，她愿意交出她的整个生命，而且愿意含着温柔的眼泪愉快地交出来。这是为什么？谁说得出来这是为什么呢？

她把萨沙送到学校，就沉静地走回家去，心满意足，踏踏实实，满腔热爱。她的脸在最近半年当中变得年轻了，带着笑容，喜气洋洋，遇见她的人瞧着她，都感到愉快，对她说：

"您好，亲爱的奥尔迦·谢敏诺芙娜！您生活得怎样，宝贝儿？"

"如今在中学里念书可真难啊，"她在市场上说，"昨天一年级的老师叫学生背熟一则寓言，翻译一篇拉丁文，还要做习题，这是闹着玩的吗？……唉，小小的孩子怎么受得了？"

她开始讲到老师、功课、课本，她讲的正是萨沙讲过的话。

到两点多钟，他们一块儿吃午饭，傍晚一块儿温课，一块儿哭。她安顿他上床睡下，久久地在他胸前画十字，小声祷告，然后她自己也上床睡觉，幻想遥远而朦胧的将来，那时候萨沙毕了业，做了医师或者工程师，有了自己的大房子，买了马和马车，结了婚，生了子女。……她睡着以后，还是想着这些，眼泪从她闭紧的眼睛里流下她的脸颊。那只黑猫躺在她身旁，叫着：

"喵……喵……喵。"

忽然，响起了挺响的敲门声。奥莲卡醒了，害怕得透不出气来，她的心怦怦地跳。过半分钟，敲门声又响了。

"这一定是从哈尔科夫打来了电报。"她想，周身开始打抖，"萨沙的母亲要叫他上哈尔科夫去了。……哎，主啊！"

她绝望了,她的头、手、脚全凉了,她觉得全世界再也没有比她更倒霉的人了。可是再过一分钟就传来了说话声:原来是兽医从俱乐部回家来了。

"唉,谢天谢地。"她想。

她心里的一块石头慢慢地落了下来,她又觉得轻松了。她躺下去,想着萨沙,而萨沙在隔壁房间里睡得正香,偶尔在梦中说:

"我揍你! 滚开! 住嘴!"

思 考 题

1. 在这篇小说中,是怎样使读者加深对奥莲卡的了解的? 奥莲卡的心境是怎样逐步变化的?

2. 这篇小说关于女性的爱,表达了一些什么观点? 为什么对奥莲卡来说没了主见是最糟糕的事?

3. 小说的题目有什么含意? 作者对主人公抱什么态度?

4. 在小说结尾,萨沙在梦中说的"我要揍你! 滚开! 住嘴!"有什么含意?

5. 从创作手法上看,这篇小说最突出的地方在哪里?

带家具出租的房间

[美国]欧·亨利

王永年译

　　欧·亨利（O. Henry, 1862—1910）原名威廉·雪德尼·波特（William Sydney Porter），出身于北卡罗来纳州格林斯博罗镇一个医生家庭，曾当过药剂师、办事员、会计、出纳、编辑、记者，还因被控盗用银行款子判刑。在监狱中开始以"欧·亨利"笔名发表短篇小说，出狱后专心从事文学创作。他一生共创作长篇小说一部，短篇小说近三百篇，长篇小说《白菜与皇帝》的各章也可独立成短篇。欧·亨利是短篇小说的名家，他以新颖的构思、诙谐的语言、生动的叙述表现了20世纪初期的美国社会，特别是大城市中小人物的生活，开辟了美国式短篇小说的新领域。他的作品富于生活情趣，被誉为"美国生活的幽默百科全书"。他的"出人意料之外，又在情理之中"的"欧·亨利式结尾"在美国文坛享有盛名。《麦琪的礼物》、《警察与赞美诗》、《带家具出租的房间》、《爱情制剂》、《有天窗的房间》等都是他的短篇杰作。

　　下西区那个全是红砖建筑物的地区，有一大批人像时间那样动荡不安，难以捉摸。说他们无家可归吧，他们又有几十、几百个家。他们从一个带家具出租的房间搬到另一个带家具出租的房间，永远是短暂的过客——在住家方面如此，在思想意识方面也是如此。他们用快拍子唱着《甜蜜的家庭》；他们把门神装在帽盒里随身携带；他们的葡萄藤是攀绕在阔边帽上的装饰；他们的无花果树只是一株橡皮盆景①。

　　这个地区的房屋既然有成千的住客，当然应该有成千的故事传奇。毫

---

　　① 葡萄藤和无花果是安定的家庭生活的象征，典出《圣经·旧约·列王纪上》第4章第25节："所罗门在世的日子，从但到别是巴的犹太人和以色列人，都在自己的葡萄树下和无花果树下，安然居住。"

无疑问,这些故事大多是乏味的,不过在这许多飘零人的身后,如果找不出一两个幽灵来,那才叫怪呢。

某天晚上断夜的时候,有一个年轻人在这些摇摇欲坠的红砖房屋中间徘徊着,挨家挨户地拉门铃。到了第十二家的门口,他把他那寒酸的手提包放在台阶上,脱下帽子,擦擦帽圈和额头上的灰尘。铃声在冷静空洞的深处响了起来,显得微弱遥远。

他在第十二家的门口拉了铃,来了一个女房东,她的模样使他联想到一条不健康的、吃得太饱的蠕虫;蠕虫吃空了果仁,只留下一层空壳,现在想找一些可以充饥的房客来填满这个空间。

他打听有没有房间出租。

"进来。"女房东说。她的声音来自喉头,而喉头也仿佛长遍了舌苔。"我有一间三楼后房,刚空了一个星期。你想看看吗?"

年轻人跟她上楼。不知从哪儿来的一道微弱的光线冲淡了过道里的阴影。他们悄没声儿地踩在楼梯上的毡毯上。那条毡毯已经完全走了样,就连原先制造它的织机也认不出它了。它仿佛变成了植物,在那腐臭阴暗的空气里化为一块块腻滑的地衣或是蔓延的苔藓,附着在楼梯上,踩在脚下活像是黏糊糊的有机体。楼梯拐角的墙上都有空着的壁龛。以前,这里面也许搁过花草。果真这样的话,那些花草准是在污浊腐臭的空气中枯萎死去了。这里面也许搁过圣徒的塑像,但是不难想象,妖魔鬼怪早就在黑暗中把它们拉下来,拖到底下某个带家具的地窖里,让它们待在邪恶的深渊里了。

"就是这间。"女房东的长满舌苔的喉咙里发出声音说,"很好的房间。难得空出来的。夏天,这里住过几个非常上等的客人——从来没有麻烦,总是先付后住,从不拖欠房租。过道尽头就有自来水龙头。斯普罗尔斯和穆尼租了三个月。她们是演歌舞杂耍的。布雷塔·斯普罗尔斯小姐——你也许听人家说起过她——哦,那不过是艺名罢了——她的结婚证就是配好镜框挂在那儿的梳妆台上的。煤气灯在这儿,你瞧壁柜有多大。这个房间人人喜欢。从来没有空过很久。"

"你这里常有戏剧界的人来租房间吗?"年轻人问道。

"他们来来往往。我的房客中许多人同剧院有关系。是啊,先生,这里是剧院区。当演员的人不会在一个地方待上很久。有许多就在我这里住过。是啊,他们是来来去去的。"

他租下这个房间,预付了一星期的租金。他说他累了,立刻就住下来,同时数出了钱。女房东说这个房间的一切早已准备就绪,连毛巾和洗脸水都是现成的。她要出去的时候,年轻人把那个带在舌尖,问了千百次的话说了出来。

"你可记得，你的房客中间有没有一个年轻的姑娘——瓦许纳小姐——埃洛伊丝·瓦许纳小姐？她多半会在剧院里唱歌。一个漂亮姑娘，个子不高不矮，细腰身，金红色头发，左眉毛旁边有颗黑痣。"

"不，我记不得那个姓名。演戏的人常常改名换姓，正像换房间一样。他们一会儿来一会儿去。不，我想不起那样一个人了。"

不。问来问去老是"不"。五个月来不断打听，结果总是落空。五个月来，白天在剧院经理、代理人、戏剧学校和歌唱团那儿打听，晚上混在观众里，从阵容坚强的剧院看起，直到那些低级得不能再低的，连他自己都害怕在那里找到心上人的游乐场为止。他对她一往情深，千方百计要找到她。自从她离家出走之后，他知道准是这个滨水的大城市留住了她，把她藏在什么地方；可这个城市像是一片无底的大流沙，不断地移动着它的沙粒，今天还在上层的沙粒，明天就沉沦到黏土污泥里去了。

这间屋子带着初次见面的假客气迎接了刚来的客人，它那种强颜为欢、虚与委蛇的迎接像是妓女的假笑。破旧的家具反射出淡淡的光线，给人一种似是而非的慰藉；屋里有一张破旧的锦缎面睡榻和两把椅子，两扇窗户之间有一面尺把宽的廉价壁镜，墙上有一两只描金镜框，角落里放着一张铜床。

客人有气无力地往椅子上一坐。这时，屋子像通天塔①里的一个房间似的，讷讷地想把以前各色各样住户的情况告诉他。

肮脏的地席上有一块杂色斑驳的毯子，仿佛波涛汹涌的海洋中一个长方形的、鲜花盛开的热带岛屿。花花绿绿的墙纸上贴着无家可归的人从东到西都能看见的画片："法国新教徒的情侣"，"第一次口角"，"新婚的早餐"，和"泉边的普赛克"。歪歪斜斜、不成体统的布帘，像歌剧里亚马孙妇女的腰带，遮住了壁炉架那道貌岸然的轮廓。壁炉架上有一些冷冷清清的零碎东西——一两只不值钱的花瓶，几张女艺人的相片，一只药瓶，几张不成套的纸牌。房间的住户有如船只失事后被困在孤岛上的旅客，侥幸遇到别的船而被搭救上来带往另一个港口，便把这些漂货给扔下了。

先前的住户们遗留下来的痕迹渐趋明朗，正如一篇密码被逐一破译一样。梳妆台前地毯上那块磨秃的地方说明有许多漂亮女人在上面踩过。墙上的小手印表示小囚徒们曾经摸索着寻求阳光与空气。一块像开花弹影子似的四散迸射的痕迹，证实有过玻璃杯或瓶子连同它所盛的东西给

---

① 《圣经·旧约·创世记》第11章：巴比伦人要建造一座城和一座通天高塔，耶和华怒其狂妄，变乱了他们的口音，使他们彼此言语不通，无法取得协调，只得辍工。

扔在了墙上。壁镜上被人用金刚钻歪歪扭扭地刻出了"玛丽"这个名字。看情形,这个带家具出租的房间里的住户们,不论先后,总是怨气冲天——也许是被它的过分冷漠激惹得忍无可忍——便拿它来出气。家具给搞得支离破碎,伤痕累累;弹簧已经脱颖而出的睡榻,活像一只在极度的痉挛中被杀死的可怕的怪物。大理石的壁炉架,由于某种猛烈得多的骚动,被砍落了一大块。地板上的每一块凹痕和每一条裂纹,都是一次特殊的痛苦的后果。强加于这间屋子的一切怨恨和伤害,都是那些在某一时期称它为"家"的人所干的,这种情况说来几乎难以使人相信;但是燃起他们的怒火的也许正是那种始终存在而不自觉的、无法满足的恋家的本能,是那种对于冒牌的家庭守护神的愤恨。如果是我们自己的家,即使换了一间茅舍,我们也会加以打扫、装饰和爱护的。

坐在椅子上的年轻住客让这些念头恍恍惚惚地掠过心头。这时,别的房间里飘来了各种声音和气息。他听到一间屋子里传来淫荡无力的吃吃笑声;另外的屋子里传来独自的咒骂,掷骰子声,催眠曲和啜泣抽噎;楼上却有起劲的五弦琴声。不知哪里在砰砰嘭嘭地关门;架空电车间歇地隆隆驶过;后院的篱笆上有一只猫在哀叫。他呼吸着屋子里的气息——与其说是气息,不如说是一股潮味儿——仿佛地窖里的油布和腐烂木头蒸发出来的那种冷冰冰的、发霉的气味。

他正歇着的时候,屋里突然有了一阵浓烈、甜蜜的木犀草香味。它像是随着一股轻风飘来的,是那样确切、浓郁和强烈,以至像是一个有血有肉的来客。年轻人似乎听到有人在招呼他,便脱口嚷道:"什么事,亲爱的?"并且跳了起来,四下张望着。那阵浓郁的香味依附在他身上,把他团团包围起来。他伸手去摸索,因为这时他所有的感觉都混杂紊乱了。气味怎么能断然招呼一个人呢?一定是声音。不过,刚才触摸他的、抚摩他的竟会是声音吗?

"她在这间屋子里待过。"他嚷道,立刻想在屋里找出一个证据。因为他知道,凡是属于她的或者经她触摸过的东西,无论怎样细小,他一看就认识。这股缭绕不散的木犀草香味,她所偏爱并已成为她个人特征的香味,究竟是从哪儿来的呢?

这间屋子收拾得很马虎。梳妆台那薄薄的台布上零乱地放着五六只发夹——一般女人的无声无息、无从区别的朋友,拿语法术语来说,就是阴性,不定式,不说明时间。他知道从这些发夹上是找不到线索的,便不加理会。搜寻梳妆台的抽屉时,他发现一方被抛弃的、破烂的小手帕。他拿起手帕,往脸上一按。一股金盏草的香气直刺鼻子;他使劲把手帕摔在地上。在另一个抽屉里,他发现几枚零星的纽扣,一份剧院节目单,一张当铺的卡片,两颗遗漏的棉花糖和一本详梦的书。在最后一个抽屉里,有一个妇女用的黑缎子发结,使他一阵冷一阵热地踌躇了好一会儿。但是黑缎子发结只是妇女的一本正经、没有个性的普普通通的装饰品,并不说明问题。

接着,他像猎狗追踪臭迹似的在屋子里巡逡徘徊,扫视着墙壁,趴在地上察看角落里地席拱起的地方,搜索着壁炉架,桌子,窗帘,帷幔和屋角那只东倒西歪的柜子。他想找一个明显的迹象,却不理解她就在他身边,在他周围,在他心头,在他上空,偎依着他,追求着他,并且通过微妙的感觉在心酸地呼唤他,以至他那迟钝的感觉也觉察到了这种呼唤。他又一次高声回答:"哎,亲爱的!"同时回过头来,干瞪着眼,凝视着空间。因为到目前为止,他还不能从木犀草香味中辨明形象、色彩、爱情和伸出来迎接他的胳臂。啊,老天哪!那股香味是从哪里来的呢?从什么时候开始,气味竟能发出声音呼唤呢? 因此,他继续摸索着。

他在裂缝和角落里探查,找到了瓶塞和烟蒂。这些东西他都鄙夷而默不作声地放过了。可是当在地席的皱褶里找到半枝抽过的雪茄时,他狠狠地咒骂了一句,把它踩得粉碎。他把这间屋子从头到尾细细搜查了一遍。他发现了许多飘零的住户那凄凉的微细痕迹;可是关于他所寻找的,可能在这儿住过的,灵魂仿佛在这儿徘徊不散的她,却毫无端倪。

这时,他才想起了房东。

他从这间阴森森的屋子跑下楼,来到一扇微露灯光的门口。女房东听到敲门声,便出来了。他尽可能控制自己的激动。

"请问你,太太,"他恳求地说,"在我没来之前,谁住过这间屋子?"

"哎,先生。我可以再告诉你一遍。我早就说过,先前住在这儿的是斯普罗尔斯和穆尼。布雷塔・斯普罗尔斯小姐是剧院里的姓名,穆尼太太是真名。我的房子的正派是有名的。配了镜框的结婚证就挂在——"

"斯普罗尔斯小姐是什么样的——我是说长相怎么样?"

"唔,先生,黑头发,矮胖身段,一脸滑稽相。她们上星期二走的,已经一个星期了。"

"她们之前的房客是谁呢?"

"唔,一个做运货车生意的单身男人。他欠了我一星期的房租就走了。他之前是克劳德太太和她的两个孩子,他们住了四个月。再之前是多伊尔老先生,他的房钱是由他几个儿子付的。他住了六个月。这样已经推算到一年前了,再前面的我可记不清啦。"

他向她道了谢,垂头丧气地回到自己的屋子里。屋子里死气沉沉的。赋予它生命的要素已经消失了。木犀草的香味已经没有了。代替它的是发霉家具的腐臭的味道,是停滞的气氛。

希望的幻灭耗尽了他的信心。他坐在那儿,呆看着咝咝发响的煤气灯的黄光。过了片刻,他走到床边,把床单撕成一长条一长条的。他用小刀把这些布条结结实实地堵塞进窗框和门框的罅隙。安排停当后,他关掉煤气灯,再把它开足,却不去点火,然后死心塌地往床上一躺。

这晚轮到麦库尔太太去打啤酒。她去打了酒来,同珀迪太太一起坐在地下室里。那种地下室是房东太太们聚集的地方,也是蠕虫不会死的地方。①

“今晚我把三楼后房租出去了,”珀迪太太对着一圈薄薄的泡沫说,“房客是个年轻人。他上床已经两个钟头了。”

“真的吗,珀迪太太?”麦库尔太太极其羡慕地说,“你能把那种房间租出去,真不简单。那你有没有告诉他呢?”她非常神秘地哑着嗓子低声说了一些话。

“房间嘛,”珀迪太太用舌苔非常腻厚的音调说,“本来是备好家具出租的。我没有告诉他,麦库尔太太。”

“你做得对,太太;我们是靠房租过活的。你真有生意头脑,太太。人们如果知道床上有人自杀过,多半就不愿意租那间屋子。”

“就是嘛,我们要靠房租过活呀。”珀迪太太说。

“是啊,太太,一点不错。就是上星期的今天,我还帮你收拾三楼后房来着。这么漂亮的一个姑娘,想不到竟用煤气自杀——她那张小脸真惹人爱,珀迪太太。”

“就是嘛,她称得上漂亮,”珀迪太太表示同意,可又有点儿吹毛求疵地说,“可惜左眉毛旁边长了那么一颗黑痣。你把杯子再满上吧,麦库尔太太。”

思 考 题

1. 这篇小说可分成几部分?是什么东西把这几部分联在一起的?

2. 本篇的男主人公是怎样一个人?他对周围的世界有什么看法?是什么促使他以自杀了结一生?

3. 这个肮脏不堪、乱七八糟的房间象征着什么?木犀香味是否

---

① 参见《圣经·新约·马可福音》第9章第48节:“在那里(地狱)虫是不死的,火是不灭的。”

真的存在？它又暗示了什么？

4. 这篇小说的结尾是否"出人意料之外，又在情理之中"？为此作者做了哪些铺垫？

5. 试述情节在一篇小说中的作用，这篇小说在情节的安排上有哪些独到的地方？

死心眼的水手头目帕姆别

[英国]吉卜林
文美惠译

鲁德亚德·吉卜林(Joseph Rudyard Kipling,1865—1936)出生于印度孟买,六岁时送回英国接受正规教育,中学毕业后回印度工作,任编辑、记者,以后曾周游世界,并曾在美国定居,1896 年回英国。吉卜林的作品大多具有异国情调,情节曲折,语言生动,由于他具有敏锐的观察力,景物描绘色彩缤纷,细节叙述栩栩如生。他还擅长用雄浑粗犷的手法向读者展示神秘的东方世界,既有浪漫主义的丰富想像,又有现实主义的批判笔调。他的代表作有长篇小说《丛林之书》、《丛林之书续篇》、《吉姆》,短篇小说集《许多发明》、《日常的工作》、《各种各样的人》等。1907 年,瑞典学院授予他诺贝尔文学奖,以表彰他"观察的能力、新颖的想像、雄浑的思想和杰出的叙事才能"。

如果你考虑了这件事的前因后果,一定也会认为,他只能这么干。可是,水手头目帕姆别却被判了绞刑,而努尔基德也送了命。

三年前,从埃尔萨斯-洛思林根来的轮船"萨尔布鲁克"号正在亚丁①装煤。天气热极了。在三十英尺深舱底的右边第二号锅炉,管烧火的司炉是个桑给巴尔人,长得又高又胖,名叫努尔基德。他告假上岸。去的时候,他还只是个被人称为"穷酸小子"的司炉,他回来的时候手握酒瓶,成了地道的桑给巴尔苏丹王赛义德·布尔加西陛下。他在前舱口坐了下来,磨着牙根,嚼起了咸鱼和洋葱,高唱着遥远国度的歌。这些食物是帕姆别的,他是船上印度水手们的"塞朗",意思就是"水手头目"。他刚刚为自己煮好一顿饭,转身去借一撮盐。可是他回来一看,努尔基德又脏又黑的手指头已经伸进了他的米饭。

"塞朗"是有身份的人物,地位比司炉高得多,虽说工资没有司炉高。

---

① 在亚洲西南部,也门港口城市。

每当船长的轻便快艇被扯上吊艇架的时候,总是由他带头唱起"嗨!喔啦!嗨呀!咳!"的调子。船上的测深锤也由他搜上来。有时,当船上的人都在懒洋洋地休息时,他就穿上他最洁白的白布衣服,头上缠一块大红头巾,去和后甲板上乘客的小孩们玩。于是,乘客们便会给他一点钱。他把钱都积攒起来,等到了孟买、加尔各答或者槟城①,他就上岸去狂欢滥饮一番。

"吓!你这乌黑的胖家伙,你把我的饭吃掉了!"帕姆别说的是一种混杂的法兰克语。在东方语种不通行的地区,从塞得港以东一直往西去,用的都是这种语言,就连千岛群岛捕海豹船的水手,也能用这种语言和偶然迷路到那里的函馆②帆船上的人聊聊天。

"埃布利斯的小崽子,猴子脸,干鲨鱼肝,猪仔,我乃是赛义德·布尔加西苏丹王,是全船的统领。把你的猪食拿去。"努尔基德说罢便把装米饭的空锡镴盘子塞进帕姆别手里。

帕姆别拿起盘子朝努尔基德长着卷毛的头上砸去,盘子砸成了脸盆。努尔基德从刀鞘里拔出了刀,砍在帕姆别腿上。帕姆别也拔出了他的刀;可是努尔基德跳进了黑洞洞的船舱里,隔着格子门向帕姆别吐了一口唾沫。帕姆别的血染红了清洁的前甲板。

只有洁白的月亮看见了这一切;船上的高等船员正在主持装煤事宜,乘客们正在闷热的船舱里的床上辗转反侧。"好吧,"帕姆别到前边去包扎伤腿,说道,"我们以后再算账。"

他是个马来人,出生在印度。他在缅甸结过一次婚,妻子在施韦-达冈街上开了一家卖雪茄烟的店铺;他在新加坡也结过一次婚,娶的是个中国姑娘;他还在马德拉斯结过一次婚,娶的是一个卖鸡的伊斯兰教女人。由于邮政和电信的便利条件,英国水手没法像他那样一次又一次地结婚;但是土著水手是可以不受西方野蛮人那些野蛮的发明限制的。只要帕姆别偶尔记起他的某个妻子时,他还是一个好丈夫;可是,他同样是一个非常好的马来人;谁都最好别去招惹马来人,因为他从来不会忘记任何侮辱。何况这次帕姆别既流了血,他的饭也被糟踏了。

第二天清早,努尔基德醒来,什么也记不起了。他不再是桑给巴尔的苏丹王,而只是个热得要命的司炉。于是他跑到甲板上面,迎着晨风掀开他的外套。正在这时,一把出鞘的尖刀像条飞鱼,嗖地扎进厨房的木板墙上,离他右夹肢窝只有半英寸。他没到值班时间就跑进舱底,竭力回忆他对那把刀的主人说过些什么话。到了中午,当船上所有的印度水手都在吃

---

① 马来亚港口城市。
② 日本沿海城市。

饭的时候,努尔基德走到他们中间。他终究只是个性格温和、胆小怕死的
人,于是他开始进行磋商,他说道,"船上的人们,昨晚我喝醉了,我知道我
侮辱了你们当中的某一位。那一位是谁,可不可以站出来,让我告诉他我
是喝醉了呢?"

帕姆别量了一下努尔基德赤裸的胸膛离他有多远。如果他向努尔基
德扑过去,可能会被人绊倒,而对准胸膛盲目来一下,有时只会在胸骨上
划开一条口子,如果对方不是睡着了的话,常常很难扎进肋骨中间。所以
他什么也没有说;别的印度水手也什么都没有说。他们的脸一下子变得毫
无表情,这是东方人的习惯,凡是要发生命案或者出什么麻烦的时候,他
们都是这样的。努尔基德仔细地看着那些白眼球。他只是个非洲人,他无
法了解人的性格。他不由自主地发出一声叹息——几乎是呻吟——然后
回到炉前。印度水手们接着谈被他打断了的话题。他们在谈论煮米饭的最
好方法。

在轮船开往孟买的路途中,努尔基德充分感到了新鲜空气的匮缺。他
只是当人们全都在甲板上的时候,才敢到甲板上去呼吸空气;就连那样,
有一次一块沉重的大木头从船上的起重吊杆上砸了下来,离他的脑袋只
有一英尺远。还有一次,他刚刚踏上一块似乎牢牢系住了的格栅门,它却
在他脚下翻开,几乎使他跌进下面十五英尺深的货箱上;除此以外,在一
个难以忍受的夜晚,一把出鞘的刀从前甲板扔进船舱,这次他受了伤,流
了血。于是努尔基德提出了控诉;当"萨尔布鲁克"号抵达孟买后,他立刻
逃上岸去,混迹于八十万居民之中,直到这条船离开港口一个月,才另外
签约去了另一条船上工作。帕姆别也在等待,但是他的孟买老婆不让他得
到安宁,于是他就签了约到一条驶往香港的轮船"斯派切雷"号上去干活,
因为他明白,"只玩不干活,日子不好过"。在雾茫茫的南中国海上,他经常
想到努尔基德。每当"斯派切雷"号在港口遇见埃尔萨斯-洛思林根来的船
只,他就打听努尔基德的下落。他听说努尔基德已经坐上"格雷弗洛特"
号,绕过好望角到英国去了。帕姆别便坐上"沃思"号来到英国。这条船在
诺尔·莱特和"斯派切雷"号迎面相遇。努尔基德已经上了"斯派切雷"号,
这条船正开往加里喀特海岸。

"你是在寻找一个朋友,是吗,守口如瓶的煤篓子?"一位在商务机构
任职的先生说道,"容易极了。等在奈恩查码头那儿,一直等到他来到为
止。不论谁都会到奈恩查码头来。等着吧,可怜的异教徒。"这位先生说的
是真话。世界上有三座人人必经的大门,你只要耐心等待,就可以在这里
看到你要找的人。一扇大门是苏伊士运河的河口,不过死神也会光顾那里

的;第二扇大门是查林·克罗斯车站① ——那是所有走陆路的人必经之地;第三扇大门就是奈恩查码头了。在这三处地方,每处都有男男女女在等待着一定会到那里去的人。于是帕姆别开始在码头那里等待。时间对于他来说不成问题;他的妻子也会像他那样,一星期又一星期地、一个月又一个月地等下去。他有时等在"蓝钻石"号的烟囱旁边,或者等在"红朵特"号的烟囱旁,"黄斑纹"号旁,以及那些老是在雾气弥漫的海边装货卸货、挤撞着、呼啸着、咆哮着的无名的、破烂的海上流浪汉轮船旁边。他的钱花完了。这时,有个好心的先生叫帕姆别皈依基督教,帕姆别马上就成了基督教徒,他抓紧等船的工夫学宗教教义,并且向船员们分发宗教小册子,每星期可以拿到六七个先令。帕姆别一点也不在乎他信的是什么教;但是他明白,只要他向穿黑色长外衣的先生们说一句"我是个土著基督教徒,先生",他就能得到几个铜板;他还可以把宗教小册子拿到一家小酒店去卖,这家小酒店卖板烟论"撮",也就是说,比"半包"还少,而"半包"呢,又比"半英两"少,因此,这家小酒店的零卖生意十分兴隆。

可是像这样过了八个月,由于老是一动不动地站在泥泞地里,帕姆别患了肺炎;他十分不情愿地躺倒在他那间租金两先令六便士的房间里,怒气冲冲地咒骂命运。

那位好心的先生坐在他的床边,他发现帕姆别叽叽咕咕说着他听不懂的语言,也不肯听这位先生向他朗读向善的书,简直像是又变成了一个愚昧的异教徒,这使好心的先生感到痛心。可是有一天,半昏迷的帕姆别被码头附近街上传来的一个声音唤醒了。"我的朋友——他,"帕姆别低声说道,"快叫他——叫努尔基德来。快呀!是上帝把他送来的!"

"他想见见自己同种族的人。"好心的先生说;他走了出去,放开嗓门高声呼唤,"努尔基德!"一个肤色漆黑的人转过身来,他穿的是一件刺眼的白衬衣,一件崭新的外衣,一顶光耀夺目的帽子,还别着一枚胸针。努尔基德积累了多次航海的经验,很知道如何花钱和如何把自己打扮成一个世界公民。

"嗨!是的!"他听完了解释以后说道,"我在'萨尔布鲁克'号上指挥过他,可怜的黑家伙!老帕姆别,善良的老帕姆别。印度水手。请带我去见他,先生。"他跟在那位先生后面走进了房间。这位司炉一眼就看出那位好心的先生没有注意到的事:帕姆别穷得要命。努尔基德便把两只手伸进口袋,拳头攥得紧紧地向病人走去,嘴里喊着:"嗨,帕姆别,嗨!嘻!嘿啦!嗳!

---

① 英国伦敦的著名车站。

塔基诺! 塔基诺! 拴牢船尾,帕姆别。你认识的,帕姆别。你认识我。德种①,嘻! 瞧瞧! 你这又肥又懒的大个子印度水手!"

帕姆别伸出左手招呼他过来。他的右手放在枕头下面。努尔基德摘下了他华丽的帽子,朝帕姆别弯下腰去,他听见一声悄悄的低语。"多美呀!"那位好心的先生说,"东方人彼此就像赤子一般相爱!"

"大声说吧。"努尔基德往帕姆别身边更凑近一些说道。

"是关于那些鱼和洋葱的事……"帕姆别说道,他手中的尖刀沿着肋骨下面深深地扎了进去。

只听见一声沉重的呛咳,那个非洲人的身躯便慢慢地从床边出溜下去,他紧握的拳头松开了,撒下满满两把银币,滚得满屋都是。

"这下我可以死了。"帕姆别说。

但是他没有死。他受到了用金钱能买到的最好的医疗,他被救活过来,因为他还得上法庭受审;最后,他的健康恢复到了足以被绞死的地步,他就经过正式程序,被判了绞刑。

帕姆别倒不怎么在乎,只是那位好心的先生受到了沉重的打击。

思 考 题

1. 小说塑造了帕姆别和努尔基德两个人物,他们各自的性格特点是什么?

2. 小说中有关人物和事件的动态描写,对刻画人物、推动故事有什么重要作用?

3. 作者是如何用努尔基德自己的语言来刻画和塑造这个人物的?

4. 吉卜林是一位讲故事的高手,试分析他的叙事技巧和语言特色。

5. 从小说中对东方人的描写,可以隐约看出作者怀有怎样的思想倾向和意识形态背景?

---

① 军队俚语:看一眼。

无所不知先生

［英国］毛　姆
黄雨石译

威廉·萨墨塞特·毛姆（William Somerset Maugham，1874—1965）出生于巴黎，父亲是律师。他自幼父母双亡，由伯父接回英国抚养。他曾在德国海得尔堡大学学习，并曾在伦敦学医，取得医师资格。毛姆既是小说家，也是戏剧家，主要作品有长篇小说《人生的枷锁》、《月亮和六便士》、《寻欢作乐》、《刀锋》，短篇小说集《叶的震颤》、《阿金》，剧本《圈子》等。毛姆是个不知疲倦的旅行家，足迹几乎遍及全球，他的作品充满异国情调，故事真实生动。他还以奚落、揶揄的笔调刻画形形色色的殖民官员、商人、教士和种植园主的形象。短篇小说在毛姆的创作活动中占有相当重要的地位，创作手法深受莫泊桑的影响。他的短篇小说以写英国人在海外的生活最富特色，情节曲折多变，人物性格鲜明，文字干净利落，人情世态被他描绘得淋漓尽致。

我简直是在还没弄清麦克斯·开拉达是谁的时候，就非常讨厌他了。那时战争刚刚结束，远洋轮上的旅客十分拥挤。要想找到一个舱位非常困难，不论船上的工作人员给你找个什么地方，你都只好凑合着待下。你根本不可能找到一个单人舱。我算是很幸运，住进了一间只有两个床位的舱房。但我一听到我那位同伴的名字，就马上觉得凉了半截。它让我立即想起了紧闭着的窗孔和通夜严格密闭的舱房。我是从旧金山到横滨去的，同任何人在一间舱房里度过十四个昼夜就已经够受了，可要是我这位同行的旅客就叫个史密斯或者布朗什么的，那我的心情也不会那么沉重了。

我一上船，就看到开拉达先生的行李已经摊在下铺上。那样子我一看就讨厌：几个手提包上全挂满了各色各样的小牌子，装衣服的皮箱也实在太大。他已经打开了梳洗的用具，我看出他显然是上等"柯蒂先生化妆品"的一位老主顾，因为在脸盆边上我看到了他的香水、洗发膏和头油。开拉达先生用金色花纹刻着名字的各种乌木刷子，本身倒实在应该刷洗一番了。我真是丝毫也不喜欢这位开拉达先生，因此我跑到吸烟室去。我到柜台边去要来一副纸牌，一个人摆着玩，我几乎才刚刚拿起牌，便忽然有个人走过来对我说，他想我的名字一定叫什么什么的，不知对不对。

"我是开拉达先生。"他接着补充说，并微微一笑，露出了一排闪亮的牙齿，说着他就坐下了。

"噢，对了，我想我们俩共住一个舱房。"

"我把这看成是一件很幸运的事。你事先永远不知道你将和什么人住在一起，我一听说你是英国人就感到非常高兴。我赞成咱们英国人在国外的时候，大家总抱成一团儿，你当然明白我的意思。"

我眨巴眨巴眼睛。

"你是英国人吗？"我问得可能有点不得体。

"没错。你难道觉得我看着像美国人吗？我可是彻头彻尾的英国人。"

为了证明这一点，开拉达先生从他口袋里掏出一张护照，在我的鼻子下面使劲晃着。

乔治英王治下真是什么样奇怪的臣民都有。开拉达先生身材矮小，可非常健壮，黑黑的脸膛刮得干干净净的，一个很大的鹰钩鼻子，一双水汪汪的大眼睛。他的黑色的长发很亮，一缕缕鬈曲着。他口齿伶俐，但丝毫没有英国人的味道，而且老不停地打着各种手势。我几乎十分肯定，要是把他那份英国护照拿来仔细检查检查，准会看出开拉达先生实际是在一个比英国所能看到的更蓝的天空下出生的。

"你来点儿什么？"他问我。

我带着怀疑的神态看着他。当时禁酒令还没撤销，很显然这船上肯定一滴酒也不会有。不渴的时候，我也说不清我最讨厌的是什么饮料，是姜汁汽水还是柠檬汽水。可是开拉达先生却向我露出了一丝东方人的微笑。

"威士忌苏打水，或一杯什么也不掺的马丁尼酒，全都行，你只要说一声好了。"

说着他从他后面两个裤兜里各掏出一瓶酒来，放在我面前的桌子上。我愿意喝马丁尼，他于是向招待员要了一碟冰和两个玻璃杯子。

"这倒是很好的鸡尾酒。"我说。

"你瞧，这玩意儿我可有的是，船上要有你的什么朋友，你可以告诉他们，你结识了一个哥们儿，他那儿全世界所有的酒都应有尽有。"

开拉达先生很爱闲聊。他谈到纽约和旧金山。他喜欢讨论戏剧、绘画和政治。他非常爱国。英国国旗是一块颇能令人肃然起敬的布片儿，可是如果让一位从亚历山大港或贝鲁特来的先生去挥舞它，我却不能不感到它多少有点失去了原来的威严。开拉达先生很随和。我不喜欢装模作样，可是我仍然感觉到，在和一个完全陌生的人谈话时，他在我的名字前面加上一个先生之类的称呼，那还是必要的。开拉达先生无疑是为了让我不要感到生疏，对我并没有使用这类虚礼。我真不喜欢开拉达先生。当他坐下的时候，我已经把牌放在一边，可是现在，我想到我们才不过第一次见面，刚才这段谈话应该已经够长了，于是我又开始玩我的牌。

"那个三应该放在四上。"开拉达先生说。

在你一个人玩牌的时候，你翻起一张牌还没看清是个什么点子，旁边却有一个人告诉你这张牌该往哪儿放，天下再没有任何比这更让人厌烦的事了。

"马上就通了，马上就通了，"他叫喊着，"这张十应该放在 J 上。"

我带着满腔愤怒和厌恶玩完了那把牌。他马上把牌抓了过去。

"你喜欢用牌变戏法吗？"

"不喜欢，我讨厌用牌变戏法。"我回答说。

"来，我就让你瞧瞧这一手儿。"

他接连给我变了三种戏法。我对他说，我要到饭厅去占个位子。

"噢，那你甭操心了，"他说，"我已经替你占了一个位子。我想咱们俩既然同住一个舱房，那咱们完全可以就在一块儿吃饭吧。"

我可真不喜欢开拉达先生。

我不仅和他同住一间房，一天三次同在一张桌上吃饭，而且我要是想在甲板上散散步也没法甩掉他。你根本没有办法让他识趣点儿。他压根儿永远想不到别人不愿意跟他在一块儿。他始终认为你一定和他喜欢你一样喜欢他。要在你自己家里，你可以一脚把他踢下楼去，冲着他的脸砰地把门关上，他却还丝毫没想到，他是一个不受欢迎的客人。他跟谁都合得来，不出三天，船上所有的人他都认识了。他什么事都管，他帮助进行船上的清扫活动，他处理拍卖，他为比赛活动敛钱作奖金，他组织投环和高尔夫球比赛，组织音乐会，还管安排化装跳舞会。你不管什么时候，在任何地方都能见到他。他在船上肯定无人不恨。我们都叫他无所不知先生，甚至当面也这么叫。他把这看成是对他的一种恭维。而他最让人难以忍耐的，是在吃饭的时候。差不多足足一小时，他总让我们全都听着他的。他非常热忱，喜欢说笑，的确非常能言善辩。不论谈什么问题，他比谁都知道得更透彻，而且谁要是不同意他的意见，就会挫伤他那不可一世的虚荣心。不管谈一个什么哪怕是极不重要的问题，在他没有让你完全信服他的说法以前，他就决不肯撒手。他永远想不到他也可能会发生错误。他仿佛就是什么都知道。我们和一位大夫同坐在一张桌子上。开拉达先生当然可以一切都按他的意思安排，因为那位大夫非常懒散，而我是对什么都完全无所谓的,倒只有也是坐在那张桌子上的一个叫南塞的人比较麻烦一些。他和开拉达先生一样非常武断,而且对那种一味自以为是的态度十分痛恨。他们两人之间时断时续的争论已显得十分尖酸了。

南塞在美国使馆工作,驻地是神户。他是出生在美国中西部的一个块头很大的小伙子,多余的脂肪让他的皮肤绷得很紧,又因穿着一身买来的现成衣服,到处显着鼓鼓囊囊的。他这是又回到使馆去,因为他的妻子回家去待了一年,他不久前坐飞机回纽约去接他的妻子来了。南塞太太是一个身材矮小的女人,态度和蔼,讲话很幽默。使馆工作工资不多,她的衣服总穿得非常简单;但她很知道怎样打扮自己。她总让你看着有一种不同一般的味道。要不是因为她有一种也许一般女人都有,而现在在她们的言行中不常见到的那种气质,我也许根本不会注意到她了。你不论什么时候看她一眼,都不能不对她的谦虚神态留下深刻的印象。那神态简直像绣在她外衣上的一朵花一样。

有一天晚上,在晚饭桌边,无意谈到了珍珠问题。那会儿的报纸上曾经大谈聪明的日本人正在用人工的办法培育珍珠,那位大夫说,这样将不可避免地使天然珍珠的价格下落。人工珍珠现在看来就已经很好了;不要很久肯定就完全可以乱真。开拉达先生,一如他对任何问题一样,马上对这个新问题大发议论。他对我们讲述了关于珍珠的各方面的知识。我相信南塞对那些知识恐怕根本一无所知,可是他一抓到机会就忍不住要刺他一下,这样不到五分钟一场激烈的争论便在我们中间展开了。过去我已看到过开拉达先生情绪激烈滔滔不绝地发表他的议论,可是还从来没见他像现在这样激烈过。最后南塞又讲了句什么激怒他的话,他一拍桌子,大叫着说:

"听着,我讲的话可全是有根据的。我现在就是要到日本去研究一下日本养殖珍珠的事业。我是干这一行的,你去问任何一个内行人,他都会告诉你我所讲的没有一句不是事实。世界上最好的珍珠我全都知道,关于珍珠,如果还有什么我不知道的问题,那些问题也肯定只是微不足道的。"

这对我们却是一个新闻,因为开拉达先生,尽管非常健谈,可对谁也没讲过他是干什么的,我们只模糊地知道他到日本去是要进行某种商业活动。他这时十分得意地看着桌上所有的人。

"不管他们用什么办法培育,像我这样的专家永远一眼就能看出它是人工培育的。"他用手一指南塞太太戴的一条项链,"听我的话,你就放心吧,南塞太太,你戴的那根项链将来就决不会因此少值一分钱。"

天性谦虚的南塞太太不免脸一红,顺手把那项链塞进衣服里去。南塞向前探过头来。他对我们所有的人看一眼,脸上含着微笑。

"南塞太太的项链真够漂亮的，是吧？"

"我一见就注意到了，"开拉达先生回答说，"嗨，我当时心里想，这几颗珍珠可真不错。"

"当然，这项链不是我买来的。可我倒很想知道你认为这项链值多少钱。"

"噢，按正式价格大约在一万五千美元上下。可要是你们在五马路买的，你要说花了三万美元我也不会觉得奇怪。"

南塞皱着眉头笑着。

"我要一说你可会觉得奇怪了，这项链是南塞太太在我们离开纽约的先一天，在一家百货店里买来的，总共只花了十八个美元。"开拉达先生不禁满脸通红。

"胡扯。这不仅是真的，而且在这样大小的珍珠里，这串珍珠还是我所见到的最好的货色。"

"你愿意打赌吗？我跟你赌一百美元，这是假作的。"

"说定了。"

"噢，艾尔默，你不能拿一件十拿九稳的事去跟人打赌啊！"南塞太太说。

她脸上露出一丝淡淡的微笑，话音虽然很温柔，但显然十分不愿意他那样干。

"为什么不能？既然有机会白捡一笔钱，我要是不捡，那可是天下最大的傻瓜。"

"可这又怎么去证明呢？"她接着说，"总不能光听我的，或光听开拉达先生的。"

"让我细看看这项链，要是伪造的，我马上就会告诉你们，输一百块钱我倒是不在乎的。"开拉达先生说。

"取下来吧，亲爱的。让这位先生好好瞅个够。"

南塞太太犹豫了一会儿。她把她的双手放在项链的卡子上。

"我打不开这卡子，"她说，"开拉达先生完全应该相信我说的话。"

我忽然感到恐怕一件很不幸的事马上要发生了，可我一时也想不出该说点什么。

南塞一跳站了起来。

"我给你打开。"

他把那链子递给开拉达先生。那位自以为是的先生从口袋里掏出放大镜来仔细看了一会儿。在他光滑暗黑的脸上慢慢露出了胜利的微笑。他把项链交回去。他正准备讲话。忽然间他看到了南塞太太的脸。那脸色一片铁青,她似乎马上就要昏倒了。她圆睁着一双恐惧的大眼睛望着他,完全是一副苦苦哀求的神态;那神情是那样明显,我只能奇怪她丈夫为什么竟会没有注意到。

开拉达先生张着大嘴愣住了。他满脸涨得通红。你几乎可以看到他在内心进行的激烈斗争。

"我弄错了,"他说,"这是做得非常精巧的仿制品,可当然我用放大镜一看就马上知道这不是真的。我想这破玩意儿大约顶多也就值十八块钱。"

他掏出他的皮夹子,从里面拿出了一张一百元的钞票。他一句话没说把钱交给了南塞。

"这也许可以给你一个教训,让你以后别再这样自以为是了,我的年轻朋友。"南塞在接过钞票的时候说。

我注意到开拉达先生的手直发抖。

可以想像这件事马上在全船传开了,那天晚上他不得不忍受了许多人的冷嘲热讽。无所不知先生终于露了底儿,这可真是一个让人开心的大笑话。可是南塞太太却叫着头疼回到舱房里去了。

第二天早晨,我起床后开始刮脸。开拉达先生躺在床上,抽着一枝香烟。忽然我听到一阵轻微的摩擦声,接着看到有人从贴地的门缝里塞进一封信来。我打开门出去看看。门外什么人也没有。我捡起那封信,看到上面写的是开拉达先生。那名字是用印刷体字母写的。我把信交给他。

"谁来的?"他把信拆开,"噢。"

他从信封里掏出来的不是一封信,却是一张一百元的钞票。他看着我又一次脸红了。他把那信封撕得粉碎,把它交给我。

"劳你驾从窗孔扔出去,好吗?"

我替他扔掉,然后我笑着望着他。

"谁也不愿意让人瞧着像一个地地道道的大傻瓜。"他说。

"那些珍珠是真的吗?"

"我要有一个漂亮老婆,我决不会自己待在神户让她一个人在纽约待上一年。"他说。

到这时,我不再那么不喜欢开拉达先生了。他伸手摸出他的皮夹子,小心地把那一百元钞票放了进去。

思 考 题

1. 作者对开拉达先生究竟抱何种态度? 你个人怎样看待这位

"无所不知先生"？

　　2. 在"项链事件"中,南塞太太为什么会脸色铁青,快要昏倒,睁着恐惧的眼睛,露出苦苦哀求的神态? 是谁塞回那一百元钱?

　　3. 这个故事的高潮在哪里? 作者为高潮的出现作了哪些铺垫?

　　4. 试评析这篇小说的结尾。开拉达先生最后说的"我要有一个漂亮老婆,我决不会自己待在神户让她一个人在纽约待上一年"是什么意思?

　　5. 通过这篇小说,试归纳一下毛姆短篇小说的艺术特点。

神　　童

　　　　　　　　　　　［德国］托马斯·曼
　　　　　　　　　　　　　　刘德中译

　　托马斯·曼（Thomas Mann，1875—1955）出身于德国北部吕贝克市一个富有的粮商家庭。托马斯·曼中学毕业后即参加工作，同时进行文学创作。1901年，他的成名作和代表作之一的长篇小说《布登勃洛克一家》出版，引起轰动。该作品不仅结构严谨，观察精确，描写细腻，而且富有哲学玄思，具有"经典式"的思想主题和"创新式"的艺术手法。1924年发表的长篇哲理小说《魔山》为托马斯·曼的另一部代表作，作品用哲理性和思辨性的语言反映了第一次世界大战前夕的病态社会，被称为"时代小说"。从此在创作手法上也有所创新，在现实主义手法的基础上，充分运用了象征、精神分析等现代主义手法。重要的作品还有长篇小说《约瑟和他的兄弟们》、《浮士德博士》等。1929年，"主要由于他日益被公认为当代文学的经典之一的伟大小说《布登勃洛克一家》"，获得诺贝尔文学奖。

　　神童进来了——大厅里变得静悄悄的。

　　变得静悄悄的，然后因为靠边上什么地方有个天生的统治者和群众领导人物首先鼓了掌，人们鼓起掌来了。他们还没有听演奏，就鼓掌喝彩了；这是因为有个巨大的宣传工具为神童事先做了一番工作，人们已经受了迷惑，不管他们自己是否知道。

　　神童从一扇绣满了帝国式花冠和大仙花的华丽屏风后面走了出来，敏捷地沿着阶梯登上舞台，进入到掌声中去，就像进入到一个浴池里去一样，虽然有点不寒而栗，有点害怕，但毕竟是进到一个友好的环境里去。他向前走到舞台的边缘，微笑着，好像有人要给他拍照一样，虽然他是一个男孩，却像个贵妇人那样，娇滴滴地行了个礼，向观众答谢，样子挺讨人喜欢。

　　他全身的服装都是用白绸子做的，这在观众中间引起了相当的注意。

他穿一件式样别致的白绸子上装,下面系一根腰带;甚至他的鞋子也是用白绸子做的。白绸子短裤下面露出一双棕色的小腿,与裤子的颜色形成强烈的对比;原来他是个希腊孩子。

他叫彼彼·萨赛拉费拉卡斯。这就是他的姓名。除了他的经理人以外,谁都不知道"彼彼"是哪一个名字的缩写或亲昵称呼。经理人把这看做业务上的秘密。彼彼长一头平滑的黑发,一直披到肩膀,虽然这样,头路还是分在旁边,并且用一个小的绸蝴蝶结扎在一起,免得散在他那狭小而凸出的棕色前额上。他有着世界上最天真的一副小孩面貌,小鼻子还没有长大,嘴儿天真无邪;只是一对敏锐的黑眼睛下面的部分,已经显得疲乏,并且有两条明显的皱纹。他看起来好像是九岁,实际上是八岁,而对外却宣称为七岁。人们自己也不知道他们是否真正相信这点。也许他们心中有数,但还是相信,就像他们在很多情况下所习惯的那样。他们认为,为了成全一件美事,撒点谎是少不了的。依照他们的想法,如果不带一点善良的愿望来,心甘情愿不去严加追究一桩事,那么日常生活之余,哪儿还有什么欢乐和欣赏呢?在他们的庸俗的头脑中,这种想法确是有道理的。

神童答谢着,直到欢迎的鼓掌声止息,然后他就走到三角钢琴那儿去。这时观众最后一次看了一下节目单。第一个节目是《庄严进行曲》,第二个是《梦想曲》,第三个是《猫头鹰和麻雀》——全都是彼彼·萨赛拉费拉卡斯创作的。整个节目都是他创作的曲子,都是他的作品。他虽然还不会写曲谱,但所有这些作品都保存在他那微小而不平凡的脑袋里。正像那张由经理人所设计的广告上郑重而客观地登载着的那样,应该对这些作品的艺术价值给予一定的评价。看来这位经理人似乎经过一番斗争后,才不得不从批判的眼光承认这一点。

神童在旋转椅子上坐下,用他的小脚来寻找钢琴的踏板。这踏板借着一种巧妙的装置比一般的高得多,这样彼彼就可以够得到了。这是他自己的钢琴,无论到哪里去,他总是带着这琴一起去。钢琴放在木架上,由于经常搬动,油漆光泽已经受到相当大的损坏,但所有这一切只不过使这显得更有趣罢了。

彼彼把穿着白绸鞋的脚放在踏板上,然后做出一副机警的表情,两眼直愣愣地朝前看,右手提了起来。这是一只天真的棕色的小孩子手,但是手的关节强壮有力,不像小孩的那样,节骨显然受过严格的训练。

彼彼是为了观众才做出这种表情来,因为他知道应该稍稍逗他们欢喜。至于他自己呢,他暗地里也有他自己的特殊的乐趣,而这种乐趣他无法向别人描述。每当他坐在一架打开的钢琴前面时,他总有一种兴奋快乐的感觉,甚至由于暗自高兴而打起战来——这种感觉他永远不会失去。钢琴的键盘又呈现在他的面前。那七组黑白的音阶,曾经使他沉湎在冒险和非常紧张的遭遇里面。现在它们又呈现在他面前,还是那样洁白无疵,像一块擦干净的黑板一样。摆在他面前的是音乐,不折不扣的音乐!音乐在他面前伸展着,像诱人的大海一样。他可以跳进去兴高采烈地游泳,让海水把自己带走漂去,以至在暴风雨中完全沉没。但是,即使在这种情况下,他还是掌握主动,指挥着和控制着……他提起了右手。

大厅里鸦雀无声。这是第一个音发出之前的一种紧张气氛……演奏将怎样开始呢?终于开始了。彼彼用他的食指在三角钢琴上弹出了第一个音。这是在中间部位的一个音,出乎意料地洪亮,像喇叭吹奏的一样。其他的音也跟着响起来了。这是序曲——大家松了一口气。

这是第一流现代化旅馆中的豪华大厅,墙上挂着粉红色裸体油画,嵌着四周盘有花纹的镜子。厅里还有许多粗大的柱子,以及数不清的电灯。到处都是这些伞形花状的一束束的电灯,它们发射出一种宛若天堂里的金黄色光芒,照得大厅里比白昼还亮……没有一张座位空着,甚至边上的过道里和大厅后面还有人站着。上层社会的人士坐在前面几排,这儿的票价是十二个马克(经理人坚持的原则是,票价高才能引起观众的敬仰)。最上层阶级的人士对神童感到莫大的兴趣。观众中可以看到许多穿制服的人和各种经过精选的衣服样式……甚至有不少儿童在场,他们都受过良好的家庭教育,端端正正地坐着,两条腿从椅子上垂挂下来,闪闪发光的眼睛瞧着那个全身穿白绸子衣服的、才华出众的小伙伴……

在前面靠左边坐着神童的母亲。她是一位长得很肥胖的太太,双下巴擦了香粉,头上插着一根羽毛。在她旁边坐着经理人,他是一位属于东方类型的绅士,突出的袖口上有着大粒的金纽扣。在前排的中座上坐着公主。她是一位矮小皱缩的老公主,不过她鼓励艺术创作,只要它是高雅的。她坐在一张宽大的丝绒靠背椅子里,在她的脚前铺着波斯地毯。她的两只手合在一起,放在她那灰条子的绸衣服上,贴近胸部的下面,头偏向一边,观看演奏着的神童,那副神情又高贵又恬静。她旁边坐着她的宫女,这宫女甚至穿着绿条子的绸衣服,但她毕竟只是个宫女,所以背只好不靠在椅子上。

彼彼雄赳赳地演奏最后一段。这孩子弹起琴来可真有力气呀!人们简直不能相信自己的耳朵。进行曲的主题——一段活泼热情的调子——又一次以极其和谐的旋律雄伟而夸张地出现。彼彼每弹一拍时总把身子向后一仰,好像他是在游行的队伍里凯旋地迈步前进一样。最后他猛烈地结束了演奏,弯着身子从椅子的侧面下来,带着微笑等候鼓掌声。

掌声不约而同爆发了,令人感动并且充满热情。看哪,当这孩子在行他那贵妇人般的答礼时，他的腰多么纤细呀！鼓掌！鼓掌！等一下，让我把手套脱下来。好呀，小小的萨科费拉克斯，或者随你叫什么吧！真是个了不起的小鬼！

彼彼不得不从屏风后面出来谢幕三次，掌声才平息下来。迟到和晚来的人从后面挤了进来，好不容易地在挤满人的大厅里找到位子坐下来。于是音乐会的下一个节目开始了。

彼彼很快地弹完了《梦想曲》。这是一首完全由琶音构成的曲子，间或用柔和的声调演奏出一段旋律。接着他演奏《猫头鹰和麻雀》。这首曲子非常成功，激动了听众。它是一首道地的儿童乐曲，主题生动鲜明。低音部分使人感到仿佛有一只猫头鹰坐在那里，阴沉沉地眨着一双蒙胧的眼睛，而高音部分俨然是一只麻雀的喳喳声，它又顽皮又胆怯，正在嘲弄那只猫头鹰哩。这首曲子演奏完毕后，彼彼谢了四次幕。一个衣服上有着闪闪发光的纽扣的旅馆侍者，拿着三只庞大的月桂花环，登上舞台，站在一边，向他献上花环，而彼彼则向观众答礼和感谢。甚至公主也参加鼓掌，她非常温柔地拍她那双扁平的手，但并没有拍出声音来……

这个老练的小家伙多么善于招引别人的喝彩呀！他留在屏风后面让观众等他，走上舞台的台阶时，故意稍稍放慢步子，带着孩子气的高兴，看花环上的彩色缎带，虽然他早已看厌了。他矫揉、踌躇地答谢，让人们有足够的时间来尽情鼓掌，免得那宝贵的掌声损失了。他心里想：《猫头鹰》是我最卖座的曲子（这字眼是他从经理人那儿学来的）。随后还要奏狂想曲，其实这曲子好听多了，特别是在曲调转向升C调的那个地方。但是你们这些听众呀，尽管《猫头鹰》是我所作的第一首和最愚蠢的曲子，你们却盲目偏爱它。他矫揉地答谢着。

接着他演奏一首沉思曲和一首练习曲——节目的内容非常丰富。沉思曲的演奏和《梦想曲》一样，无可指摘，在练习曲里，彼彼充分地发挥了他的演奏技巧。可是和他的创作天才比较起来，他的演奏技巧还是略显逊色。然后就是狂想曲了。这是他最喜爱的曲子，他每次弹这曲子的时候，总弹得有点两样，处理得较自由。有时候，如果他那晚情况特别好的话，他自己也会因某些新的感受和创新而惊喜不止。

他坐下来弹琴，在又大又黑的三角钢琴前面，显得格外娇小和白得耀眼。舞台上，只有他一个人，他受到观众的爱戴，下面是一片模糊不清的人群。这人群仿佛只有一个共同心灵，又迟钝又沉重，而他必须用他个人超脱的、不同凡响的心灵来影响这些人的心灵……他柔软的黑头发和那白绸的蝴蝶结一起散落在额上，骨头突出、经过锻炼的手关节在弹奏，棕色的小孩面颊的肌肉明显地抖动着。

　　有时会出现几秒钟忘怀一切、只有他个人单独存在的时刻。这当儿，他那围着黑圈的奇特的小眼睛，就会溜向一边，避开观众，朝着边上画有图画的墙壁出神。他的视线透过墙壁，迷失在一个千变万化、充满不可思议的生活的远景中去了。但是，骤然间视线又从眼角上射回到大厅里来，于是他面前又是那群观众了。

　　"哀鸣、欢呼、飞腾和深深的坠落……我的狂想曲！"彼彼非常亲切地在想着，"听着，现在到了转向升C调的地方了！"转向升C调的时候，他缓慢地演奏变曲。他们注意到了吗？啊，没有，不可能的，他们没有注意！所以，他只好娇媚地向台下瞟一眼，让他们至少可以欣赏到什么。

　　观众一长排一长排地坐着，盯着神童看。他们也在他们平凡的头脑里想各种各样的事情。一位留白胡须的老绅士，食指上戴一只镌有印章的戒指，秃顶上长一个球状的东西，或者可以说是个肿瘤，他暗自这样想：扪心自问，我是应该感到惭愧的。我从来没有学会弹比《库法兹的三个猎人》更复杂的曲子，现在我已白发苍苍了，却坐在这里听这乳臭未干的神童大显身手哩。但是应该考虑到，天才是上苍赐给的。上帝的恩赐不容人们去干预，所以做个寻常的人，并不是什么耻辱。这有点像对待婴儿时期的耶稣一样。人们可以向一个小孩屈膝，而并不觉得害臊。这样做令人感到多么痛快呀！他不敢想：令人感到多么甜蜜呀！"甜蜜"的感觉，对于一个健壮的老人来说，是不体面的。可是，他感到甜蜜！确实感到这样！

　　一个长鹦鹉勾鼻子的商人这样想着："艺术……诚然，艺术给生活带来了一些光辉，一些丁丁当当的声音和白绸子衣服。但话又得说回来，这家伙搞得挺不错哩。足足卖出了五十个票价十二马克的座位，单单这就是六百个马克了——再加上其他座位的收入，扣除大厅租费、灯光费、节目说明，净余足足有一千个马克。这生意倒是可以做做。"

　　一位钢琴女教师在想："刚才他演奏的是肖邦呀！"她是一位尖鼻子的小姐，已经到了这种年龄，在这时希望泯灭了，理智却敏锐起来。她想："可以说他没有什么创造性。我随后还是这样说吧：他缺乏创造性。这样好听些。此外，他手的弹奏姿势完全不合规格。手背上应该能够放一枚银币……要是我教他，就拿戒尺来对付他。"

　　一位年轻姑娘，脸色苍白如蜡。她正处于多情善感的妙龄，她暗地里想："这是什么呀！他在演奏什么呀！他演奏的不正是爱情吗！但他还只是个小孩子哩！如果他吻我，那就好像是我的小弟弟吻我一样——算不上什么接吻。天下有没有这样的爱情，它无羁无绊，无依无靠，没有具体的对象，而只是一种热情奔放的孩子游戏？……咳，倘若我把这思想大声说出来，他们就会给我鱼肝油吃。世界就是这个样子呀。"

　　一位军官站着,靠在一根柱子上。他一面看彼彼的成功表演,一面想:
"你有一套,我有一套,各有各的妙处!"他还把脚后跟并在一起,向神童致
敬,就像他向所有的当权的人致敬一样。

　　至于评论家呢? 他是一位上了年纪的人,穿着发光的黑上装,卷起来
的裤子上溅着污泥。他坐在免费的座位上,心里想着:"瞧呀,这个彼彼,这
个小鬼!作为一个个人来说,他还得发育成长,但作为一个典型,一个艺术
家的典型,他已经成熟了。他像个艺术家那样,既有他的尊严,又对自己的
声誉毫不在乎;他心里埋藏着那神圣的火花,但还要像走江湖的那样炫耀
烜赫一番;他鄙视四周的一切,暗中却有他自己的神秘陶醉。但我可不能
写这些,因为这太好了。啊,老实说,我本来也会成为艺术家,如果我没有
把一切看得那么透彻的话……"

　　神童演奏完了,大厅里响起了暴风雨般的掌声。他不得不一再从屏风
后面走出来谢幕。那个衣服上有亮晶晶的纽扣的人,捧上了更多的花环:
四只是月桂花环,一只是紫罗兰花编成的七弦琴,一只是玫瑰花花球。要
把这一切礼物都一一交给神童,他的手臂实在不敷应用,于是经理人亲自
登上舞台来帮助他。他把一只月桂花环套在彼彼的脖子上,还温柔地抚摸
他的黑头发。忽然,他好像控制不住感情的冲动,弯下身子给了神童一个
吻,一个发出声响的吻,正好在他的嘴上。这时掌声就像暴风雨加剧成为
猛烈的飓风一样。这个吻像电流般地通过全场,观众神经质地打起战来。
一种要喧闹的疯狂欲望攫住了他们。放大嗓门喊出的喝彩声夹杂在热烈
的掌声中。彼彼的平凡小伙伴,在台下挥舞手帕……评论家却在想:"当
然,经理人的这一吻是少不了的。这是个摆惯了的噱头,但效果总是很好。
是啊,上帝呀,要是我不把一切看得那么透彻就好啦!"

　　于是神童的音乐会结束了。这音乐会是七点半开始的,到八点半结束
了。舞台上摆满了花环,在三角钢琴的灯架上还放着两小盆花。在最后一
个节目中,彼彼演奏了《希腊幻想曲》。这曲子最后一段是希腊国歌,倘若
这不是一个正式的音乐会,在场的希腊人会兴致勃勃地随着唱起来。为了
弥补这点,他们在结束的时候便尽情喧嚷,兴高采烈地大叫大闹,好像是
民族的示威游行一样。那位评论家却在想:"当然,国歌是少不了的。他们
把主题引到另一个领域去了。他们用尽一切方法来博得观众的喝彩。我一
定要指出,这样损害了艺术。但是,也许这正好是加强了艺术性呢。艺术家
是什么呢? 是个丑角。惟有艺术评论最高尚。但这我可不能写下来。"于是
他穿着溅满污泥的裤子离去了。

　　谢了大约十次幕以后,满头大汗的神童就不再到屏风后面去了。他下
去走到大厅里母亲和经理人那边。观众站在挪动得乱七八糟的椅子中间

鼓掌,并且挤向前来,想要从近处瞻仰一下彼彼。有些人也想看看公主。舞台前面密密麻麻地站着两群人,一群围着彼彼,另一群围着公主。看不出他们两人中到底谁正在接见他的臣民。宫女应命到彼彼儿去。她整了整他的绸上装,把它抚平,好让他在晋见时显得体面些,然后牵着他的手,把他引到公主面前,并且严肃地吩咐他吻公主殿下的手。"你怎么弹得出这些呢,孩子?"公主问,"在你坐下去的时候,这些是不是自然而然地跑到你的脑子里来的?"——"是的,夫人。"彼彼回答。但他内心里却在想:"咳,你这个又笨又老的公主!……"然后他又羞怯又冒失地转过身去,回到他自己人那儿。

外面的衣帽间里熙熙攘攘。人们把自己的号码举得高高的,伸展胳膊把皮大衣、围巾和套鞋从柜台上接过来。不知什么地方,钢琴女教师站在她的朋友当中,正在发表评论。"他缺乏创造性。"她大声说,并且向四周看看。

在一扇壁镜前面,两个尉官正帮助一位衣着华丽的少女在穿大衣和毛皮鞋子。他们是她的兄弟。她非常美丽,灰蓝色的眼睛,端正的高贵面庞,真不愧为一位贵族小姐。她穿好以后,就等待她的兄弟,并有点恼怒地对其中一个小声说:"不要在镜子前面站这么久呀,阿道夫!"她的兄弟在欣赏自己英俊、朴实的面孔,看得正出神哩,哎唷,可了不得!蒙她恩准,总应该让阿道夫中尉在镜子前面扣好外套呀! ——于是他们走了。在街上,路灯在雪雾中发出朦胧的微光。阿道夫中尉翻起领子,手插在大衣的斜口袋里,脚开始踢踢踏踏地跳起来。原来天气是这样的冷,以致他在冻硬的雪地上跳起一种小型的黑人舞来了。

一个头发蓬乱的姑娘,由一个阴沉沉的小伙子陪伴着,走在他们后面。她挥着两只胳膊,心里正在想:"一个孩子!一个娇小可爱的孩子!在那里面他甚至令人肃然起敬……"接着她便用响亮的嗓门和单调的声音说:"我们这些创造者,我们都是神童。"

"哎呀!"那位只会弹《库法兹的三个猎人》的老先生想道,"这话是什么意思!她俨然是一位彼提阿。"他的肿瘤现在已经被礼帽遮盖住了。

但是那个阴沉的小伙子听懂了她的话,慢腾腾地点了点头。

然后他们静默了。头发蓬乱的姑娘目送那三位尊贵的兄妹。她藐视他们,但一直盯着他们,直到他们在街角处消失。

思 考 题

1. 彼彼的演出到底怎么样?对他和他的演出有哪些有悖常情的

地方？

　　2.彼彼的演出是听众们关注的惟一事情吗？他们是否都爱好艺术？如果不是，那爱好什么？

　　3.经理人扮演了什么角色？

　　4.小说结尾时，头发蓬乱的姑娘说的"我们都是神童"是什么意思？作者要她说这话是什么意思？

　　5.根据这篇小说来看，艺术应该是什么？

邱园写意

〔英国〕弗·吴尔夫

杨静远 译

　　弗吉尼亚·吴尔夫（Virginia Woolf，1882—1941）出生于伦敦。父亲莱斯利·斯蒂芬为著名学者，她是在父亲的书房里受的教育。她的家是著名文艺团体"布卢姆斯伯里团体"的活动中心。她和伯纳德·吴尔夫结婚后共同创办了著名的霍加斯出版社。弗·吴尔夫是现代主义小说艺术的先驱之一，以擅长意识流手法著称。她一生致力于小说内容和手法的创新，力求深入刻画人物的内心世界，成为最早运用意识流手法进行小说创作的作家之一。她曾在《现代小说》一文中说："生活是一圈光晕，一个始终包围着我们的意识的半透明层。"她的主要作品有长篇小说《雅克布的房间》、《黛洛维夫人》、《到灯塔去》、《奥尔兰多传》、《海浪》、《岁月》、《幕间》，短篇名作《邱园写意》、《墙上的斑点》，论文集《普通的读者》等。1941年3月28日，弗·吴尔夫在故乡投河自尽。

　　椭圆形的花坛里，平地冒出百来枝花茎，半截处铺展开一丛丛心形的或舌状的叶子；花茎顶端，招摇着一簇簇红的蓝的黄的花瓣，花瓣表面，凸现着一粒粒彩色的斑点。从每一朵红的蓝的黄的花儿那幽深的喉管里，吐出一根直挺挺的花柱。末端稍稍变粗，由于沾满了金粉而显得不大光滑。花瓣硕大，能被夏日的微风吹拂得轻轻摇晃。花瓣摇动时，那红的蓝的黄的光彩互相交错重叠，把下面褐色地面上每一寸土都染上一个色泽极其斑斓驳杂的亮点。那亮光或是落在灰白光滑的卵石表面，或是落在蜗牛壳的棕色螺纹上，或是落在一滴雨珠上。由于那浓烈的红、蓝、黄的色调把水珠薄薄的表面鼓胀得那么饱满，你几乎以为它会爆裂开来，消失不见。可水珠并没有爆裂，转眼间又还原成本来的银灰色。亮光现在落在了一张叶子上，映出了表皮底下那枝枝纤纤的叶脉。跟着，亮光又往前移动，把它的光华照射到密密层层的心形或舌状叶片的穹隆下那大片绿阴丛中。这时，头上的风吹得强劲些了,五彩缤纷的亮光于是反回来投射到上面的空中,映入在这七月天来邱园游逛的男男女女的眼帘。

这些男男女女杂沓地信步走过花坛,他们走路的姿态特别漫无规律,与那些忽左忽右迂回曲折穿越草坪从花坛飞到花坛的白色蓝色蝴蝶不无相似之处。一个男的不拘形迹地走在一个女的前面,两人相距约莫六英寸光景。那女的走得较有目的性,只是时不时回头望望孩子们,别让他们落得太远。那男的是存心要走在女的前面,不过他这样做也许是无意识的,只为了好紧接着想自己的心事。

"十五年前,我跟莉莉也上这儿来过,"他心想,"我们坐在那儿小湖边一个什么地方,天气好热,整整一下午,我不停地求她嫁给我。有一只蜻蜓老是绕着我们转圈儿飞。那只蜻蜓的模样,还有她鞋尖上缀着的一个方方的银扣,我现在还记得清清楚楚。我嘴里说着话,眼睛却一直盯着她的鞋子,鞋尖上有一枚方方的银纽扣。一看到那只鞋不耐烦地挪动,我不用抬头就知道她要说什么。她的整个意思似乎都表现在那只鞋上,而我,我的爱,我的心愿,却都寄托在那只蜻蜓身上。不知怎的,我一心认定,要是那蜻蜓停下来,落在那片叶子上,就是那片中央有朵红花的阔叶上,她立马就会答应我的求婚。可那蜻蜓却只是一个劲儿转圈儿飞,硬是哪儿也不停——自然它不会停下来,幸亏没有停,要不然,我今天也不会跟爱丽诺和孩子们在这儿遛弯了。"

"你说,爱丽诺,你想过过去的事吗?"

"你问这干吗,赛蒙?"

"因为我在想过去的事。我想到莉莉来着,就是那个我可能娶的女人……喂,你怎么不说话?我想过去的事,你不乐意了吗?"

"我干吗要不乐意呢,赛蒙?在这个园子里,有多少男人和女人长眠在树底下,人来到这里,哪能不想起过去呢?那些男男女女,那些长眠树下的亡灵,他们的遗骸,不都是一个人的过去吗?不都是一个人的幸福,一个人的现实生活吗?"

"可我,想到的只是一个方方的银纽扣和一只蜻蜓——"

"我呢,想到的可是一个吻。那是二十年前的事了。六个小姑娘在那湖边,坐在画架前画睡莲。那是我第一次见到红睡莲。突然,我后脖颈上有人吻了一下。整个下午,我的手抖得那么厉害,都画不下去了。我拿出表来看那时刻,我只允许自己对这个吻回味五分钟——这个吻是多么珍贵啊——吻我的是一位灰白头发、鼻子上长着个疣子的老太太。我这辈子所有的吻,就是打这儿开始的。过来呀,卡罗琳,过来呀,赫伯特。"

他们走过了花坛,现在是四个人走成一排了。不多会儿,他们的身影在大树当中越缩越小,当阳光和树阴在他们背上滑过,投下大块摇曳不定的不规则的斑驳影像时,四个背影看起来几乎成了半透明的。

椭圆形的花坛里,那只蜗牛的壳刚被红的蓝的黄的光涂抹过一两分钟,此刻它仿佛在壳里微微蠕动了一下,跟着就在那松松的碎土上吃力地爬起来。它爬过时,松土纷纷翻起,滚向一边。蜗牛像是朝着一个明确的目标爬去。这一点,和那只奇形怪状的腿脚抬得老高的瘦长绿虫子不一样。那绿虫子原打算从蜗牛前面横穿而过,可又迟疑了一秒钟,颤动着触须,像是在略加思考,然后就朝着相反的方向快速而古怪地迈大步走开了。褐色的峭壁下,沟壑里一汪汪又深又绿的湖泊,扁平的刀刃般的树,从根到梢都在摇曳,圆圆的灰色大鹅卵石,一片又薄又脆的枯叶,叶面皱巴巴的——这许多的障碍横亘在花茎和花茎之间,阻挡着蜗牛通往目的地的去路。就在蜗牛来到一个拱起的帐篷般的枯叶前面,打不定主意是绕过去好还是闯过去好时,花坛前又走过了另几双人类的脚。

这回两个都是男的。年轻些的那个,脸上的神情平静得有点不大正常。他的同伴说话时,他抬起眼,直愣愣地盯着前方,同伴的话一说完,他就又望着地上,有时过了好半晌才开口,有时干脆一声不吭。年纪大些的那个,走起路来摇摇晃晃,歪里歪斜,时不时朝前一甩手,猛地一抬头,恰像一匹性子暴烈的拉车大马,在宅门前等得不耐烦了似的。不过那人的这些举动却没有什么用意,也没有什么打算。他简直说个没完,说着说着,冲自己微微一笑,仿佛是自问自答,然后又接着说下去。他是在谈论灵魂——死者的灵魂。据他说,那些亡灵此时此刻还在他耳边絮叨他们在天国的经历,都是些千奇百怪的事儿。

"威廉啊,天国,古人认为就是色萨利①。如今战争②一起,精灵们就在那山间出没游荡,像雷声一样隆隆作响。"他停顿了一下,仿佛在凝神谛听,又微微一笑,猛地一抬头,接着说起来。

"你只要有一个小电池,和一段包扎电线的胶皮,用来隔电——是叫隔电还是叫绝缘?得了,这些细节就不管它了,说了也没用,反正谁也听不懂——简短说来,把这个小装置搁在床头一个方便的地方,比方说,搁在一只干净的红木小几上。叫工匠把整个装置按照我的指示装配好,让那个寡妇用心去听,依照约定的暗号来召唤亡灵。必须是个女人!是个寡妇!穿孝服的女人——"

说到这里,他仿佛看见远处有个女人的衣衫晃动,在阴影里,那衣衫

---

① 希腊地名。据希腊神话,色萨利就是众神居住的奥林匹斯山所在地。
② 指第一次世界大战。

看起来就像是紫黑色的。他摘下帽子，一只手按在心口，一只手狂热地挥动着手势，口中念念有词，急匆匆地朝她走去。可是威廉一把揪住他的袖子，用手杖尖在一朵花上点了一下，为的是转移老人的注意。老人有点迷茫地盯着那花瞧上一阵，又把耳朵凑过去听，好像听到花里有个声音在说话。他作了回答。于是他聊起了乌拉圭的森林，说是在几百年前他同欧洲一位最美丽的年轻女郎一道去过那里。他嘴里嘟囔着乌拉圭的森林，那儿遍地是热带玫瑰蜡一般的花瓣，还有夜莺、海滩、美人鱼，还有海里淹死的女人，一边听由威廉推着他往前走，而威廉脸上那苦行僧的坚忍神情也越发沉郁了。

紧随老头儿后面，走来两位上了年纪的女人。她们对老头的举动颇感迷惑不解。这两个女人都属下层中产阶级，一个体形肥胖臃肿，另一个面色红润，手脚利落。就像大多数那种身份地位的人一样，她们看到别人——尤其是有钱人——行为举止怪异，表明大脑可能有毛病时，就毫不掩饰地特别来劲。不过究竟离得远了些，她们还不能判断那些举动仅仅是脾性怪癖，还是当真发了疯。她们冲着老人的背默默端详了一会儿，互相交换了一个怪怪的狡黠的眼色，便又接着起劲地拾掇起她们那杂乱无章的话头来：

"耐儿，伯特，罗特，塞斯，菲尔，爸，他说，我说，她说，我说，我说——"

"我的伯特，妹子，比尔，爷爷，老人，白糖，

白糖，面粉，鲑鱼干、蔬菜，

白糖，白糖，白糖。"

尽管这一大串词儿铺天盖地落了下来，那大块头女人的眼光却穿过它们望着那些冷漠坚定地挺立在土里的花枝，脸上露出有点好奇的神色。她看着那些花，就像一个从沉睡中乍醒的人，看到一只黄铜烛台的反光有些异样，就把眼闭上又睁开，再一次审视那黄铜烛台，等完全清醒过来，便一个劲儿盯着那烛台瞧。胖女人于是干脆在椭圆形花坛前站住了，不再佯装倾听另外那个女人说些什么。她站在那儿，一任对方的话语纷纷喷洒在头上，上半身微微前俯后仰，一心看起花来。末了，她提出，该去找个座位喝杯茶了。

那只蜗牛此刻已经思索过一番，既不绕过那片干树叶，又不从叶子上面爬过，还能有什么别的办法到达它的目的地呢？且不说爬过一片树叶要费多大的劲儿，而且那薄薄的一片，哪怕用触须碰一下，也会颤巍巍地抖动，发出怪吓人的爆裂声，是不是能承受得了它的体重，还很难说。这一点，终于使它打定主意从树叶下面爬过去，因为那片叶子有个地方高高翘起，正好可以容它从底下钻过去。蜗牛刚把头钻了进去，正审视那高高的

褐色顶棚,逐渐适应那阴森森的褐色光线,这时,另两个人又来到花坛前的草地上。这回两个都是年轻人,一男一女。两人都正当花季妙龄,如同粉红娇嫩的蓓蕾含苞欲放,又像蝴蝶的彩翅初长成,却还没有在阳光下翩翩起舞。

"真走运,今天不是星期五。"那男孩说。

"怎么?你相信运气?"

"星期五你得掏六便士。"

"六便士算什么?难道这还不值六便士吗?"

"什么是'这'?——你说的'这'是什么意思?"

"唉,随便什么——我的意思是——我的意思你还不明白?"

这几句对话,每一句说完都要间歇半晌。说话的声调也很平淡、单调。这一对儿一动不动地站在花坛边,合力把女孩的那把阳伞的尖头深深地按进柔软的泥土。他的手压在她的手上,两人一起撑伞的举动,以一种特殊的方式表明了他俩的感情。同样,那短短几句无关痛痒的话,也显示了某种内涵。话语的翅膀太短,承载不起那份沉甸甸的情意,没法负着它飞远,只好笨拙地落在他们周边的寻常事物上,可对于他俩那缺少经验的感触,分量已经够重的了。他们把伞按进土里时,不由得暗自琢磨,谁敢说,那里面潜藏着什么样的巉岩峭壁,谁敢说,在这明媚阳光的另一边不是冰天雪地?谁知道呢?谁见识过呢?她不过说了一句:不知道邱园的茶味道怎样?他立刻感到她的话背后隐隐浮现出一个庞然大物,耸立在他俩身后。雾霭缓缓地升起,显露出——天哪,那是些什么形象?——白色的小圆桌,女服务员先看看她,又看看他;还有一张他必得支付的两先令账单。他摸了摸兜里的硬币,暗自思忖,那是实打实的两先令账单,对所有的人都是实打实的,除了对他和她,而他也开始感到那是实打实的了。而且——可这时他兴奋起来,再也没法站着想下去。他猛地从地下拔出阳伞,急不可耐地要找喝茶的地方去,跟别人一道,像别人一样喝茶去。

"走,特丽西,是时候了,咱们喝茶去。"

"可上哪儿喝茶呀?"她问,声调激动得直发颤,两眼迷茫地环顾四周,阳伞拖在身后,由着自己被他拉着走过草坪上的小径。她把头东转转,西转转,又想去这儿,又想去那儿,竟把喝茶的事抛在脑后,只记得野花丛中有兰草,有仙鹤,有一座中国式的宝塔,还有一只红冠鸟。然而他拉着她只顾朝前走。

就这样,一对对一双双走过花坛,他们的步履同样散乱杂沓、漫无目的。层层叠叠苍翠的雾霭,包裹着他们。他们的形体起初还清晰分明,色彩还依稀可辨,随后,形体和色彩就都融解在苍翠的大气中了。天气可真热啊！热得连画眉都只想在花影下蹦跶,像机器鸟似的,每蹦一下要歇上好半响。白蝴蝶也不再扑朔迷离地漫天飞舞,而是三三两两一起一落,犹如旋转飘荡的片片雪花,落在最高一层的花上,勾勒出摇摇欲坠的白色大理石廊柱残垣般的轮廓。棕榈树暖房的玻璃屋顶闪闪发光,宛如阳光下展开了好大一个露天市场,里面摆满了亮晶晶的绿伞。透过飞机的嗡嗡声,夏日的苍穹在喃喃诉说自己那雄壮激越的胸臆。天边,一时间涌现了斑斑人影,黄的黑的粉红的雪白的,男的女的还有孩子,一见草坪上那大片黄澄澄的热浪,不由得裹足不前,纷纷躲进树阴下,像水滴般溶进了那金灿灿绿茸茸的天地,给它平添了隐隐的几点红的蓝的色调。看起来,好像一切粗大笨重的事物都被热气蒸倒,匍匐蜷缩在地上,一动不动,只是依然发出颤悠悠的声音,好似火焰从成排的蜡烛上面摇曳升腾而起。声音,对了,声音。无言的声音。那里面渗着深切的快意、炽烈的欲求,孩子的声音里则透着稚气的惊诧,打破了沉寂。打破了沉寂?不,这儿没有沉寂。公共汽车一直不停地在转动着轮子,变换着排挡。恰像一套硕大无朋的铸钢的中国匣子①,一个套着一个,不停地转动,整座城池在嗡嗡低语。而那无言的声音却盖过这一切喧嚣轰鸣,发出了嘹亮的呼声;同时,万紫千红的花瓣,也把自己的光华射向无垠的天空。

思 考 题

1. 为什么小说中对人物的描写还不及对花卉、昆虫的描写多?如此对待出于什么观点?

2. 对小说中出现的人物,你能想像出他们是怎样的人吗?他们有些什么共同的地方?

3. 试分析这篇小说的主旨,通过这篇小说作者要想表达的是什么?

4. 试述这篇小说中的意象和象征以及它们和主题的关系。文中把蜗牛人格化的意义在哪里?

5. 通过这篇小说你认为弗·吴尔夫在小说的内容、文体风格和叙事手法方面有些什么独特之处?

---

① 一种大的里面套小的,小的里面套更小的连环匣子。

阿　拉　比

[爱尔兰]乔伊斯

宗　白译

　　詹姆斯·乔伊斯(James Joyce,1882—1941)出身于都柏林一个贫穷的税务员家庭。大学毕业后到欧洲各地漂泊,开始进行文学创作,并曾做过教师和银行职员。他虽然长年在外漂泊,但他的作品题材、人物和背景大多集中在都柏林,这反映了他对故乡的依恋。他的代表作有长篇小说《青年艺术家的肖像》、《尤利西斯》、《芬尼根守灵》,短篇小说集《都柏林人》等。乔伊斯是20世纪富有独创性和影响很大的作家,他以倡导"意识流"创作方法而闻名。他在作品中力求捕捉那瞬间的感觉和印象,深入发掘本能的潜意识,刻意描绘瞬息万变的内心活动,通过自由联想、心理时间、内心独白等手段来传达意识的流程,从而拓展了小说的内蕴和容量,使人物的个性特征得到更为深入的揭示。他的小说以其新颖独创的形式,独树一帜的语言风格,入木三分的人物内心披露,以及对现代世界生活百科全书式的描绘而受到推崇,被认为是现代小说的巨匠。

　　北理查蒙德街的一头是不通的,除了基督兄弟学校的学童们放学回家那段时间外,平时很寂静。在街尽头有一幢无人住的两层楼房,跟一块方地上的其他房子隔开着。街上那些有人住的房屋则沉着不动声色的褐色的脸,互相凝视。

　　我们从前的房客,一个教士,死在这屋子的后客厅里。由于长期关闭,所有的房间散发出一股霉味。厨房后面的废物间里,满地都是乱七八糟的废纸。我在其中翻到几本书页卷起而潮湿的平装书:沃尔特·司各特所作的《修道院长》,还有《虔诚的圣餐者》和《维道克回忆录》。我最喜欢末一本,因为那些书页是黄的。屋子后面有个荒芜的花园,中间一株苹果树,四周零零落落地有几株灌木;在一棵灌木下面我发现死去的房客的一个生锈的自行车打气筒。教士是个心肠很好的人,他在遗嘱中把全部存款捐给了各种慈善机构，又把家具赠给他的妹妹。

到了日短夜长的冬天，晚饭还没吃完，夜幕就降落了。当我们在街上玩耍时，一幢幢房屋变得阴森森的。头上的夜空是一片变幻的紫罗兰色，同街灯的微光遥遥相映。寒气刺人，我们不停地玩着，直到浑身暖和。我们的喊叫声在僻静的街心回响。我们窜到屋子后面黑暗、泥泞的巷子里，玩粗暴的野孩子玩的夹道鞭打游戏；又跑到一家家幽暗阴湿的花园后门口，那里一个个灰坑发出难闻的气味。然后再到黑黝黝的满是马粪味的马厩去。马夫在那里梳马，或用扣着的马具，摇出铿锵的声音。当我们折回街道时，灯光已经从一家家厨房的窗子里透出来，把这一带照亮了。这时，假如我叔叔正拐过街角，我们便藏在暗处，直到他安抵家中。如果曼根的姐姐在门口石阶上呼唤弟弟回家吃茶点，我们就在暗中看着她对街道东张西望。我们等着看她呆住不走呢，还是进屋去。要是她一直不进去，我们就从暗处走出来，没奈何地走到曼根家台阶前。她在等我们，灯光从半掩的门里射出来，映现出她的身影。她弟弟在顺从她以前，总要先嘲弄她一番，我则靠着栏杆望着她。她一移动身子，衣服便摇摆起来，柔软的辫子左右摆动。

每天早晨，我躺在前客厅的地板上，望着她家的门，百叶窗拉下来，只留一英寸不到的缝隙，那样别人看不见我了。她一出门走到台阶上，我的心就怦怦跳。我冲到过道里，抓起书就奔，跟在她后面。我紧紧盯住她穿着棕色衣服的身影。走到分路的地方，我便加快步子赶过她。每天早晨都是如此。除了随便招呼一下之外，我从未同她讲过话。可是，她的名字总是使我愚蠢地情绪激动。

她的形象甚至在最不适宜于有浪漫的想像的场合也陪伴着我。每逢周末傍晚，我都得跟姑姑上街买东西，替她拎一些包儿，我们穿行在五光十色的大街上，被醉鬼和讨价还价的婆娘们挤来挤去，周围一片喧嚣：劳工们的诅咒、站在一桶桶猪颊肉旁守望的伙计的尖声叫嚷，街头卖唱的用浓重的鼻音哼着的关于奥唐纳万·罗沙[①] 的《大伙儿都来》，或一支关于爱尔兰动乱的歌谣。在我看来，这些噪声汇合成一片熙熙攘攘的众生相。我仿佛感到自己正端着圣餐杯，在一群对头中间穿过。有时，在莫名其妙地做祷告或唱赞美诗时，她的名字几乎从我嘴里脱口而出，我时常热泪盈眶（自己也说不清为什么）。有时，一股沸腾的激情从心底涌起，流入胸中。我很少想到前途。我不知道自己究竟会不会同她说话，要是说了，怎么向

---

① 奥唐纳万·罗沙（1831—1915）：爱尔兰政治鼓动家与作家，青年时期曾为革命文艺
　团体"凤凰社"的领导者之一，1871 年后移居美国。

她倾诉我迷茫的爱慕。这时,我的身子好似一架竖琴,她的音容笑貌宛如拨弄琴弦的纤指。

有一天,薄暮时分,我踅到教士在里面死去的后客厅内。那是一个漆黑的雨夜,屋子里一片沉寂。透过破碎的玻璃窗,我听到雨密密麻麻地泻在土地上,像针似的细雨在湿透了的泥地上不断跳跃。远处,有一盏街灯的光或是哪一家窗口透出来的光在下面闪烁。我庆幸自己不能看清一切。我的全部感官似乎想隐蔽起来,我觉得自己快要失去知觉了,于是把双手紧紧地合在一起,以致手颤抖了,同时喃喃自语:"啊,爱! 啊,爱!"

她终于跟我说话了。她一开口,我就慌乱不堪,呆在那儿,不知道说什么好。她问我去不去阿拉比①。我记不起怎么回答的。她说那儿的集市一定丰富多彩,她很想去哪。

"为啥不去呢?"我问。

她不断转动着手腕上的银镯子说,她不能去,因为这一星期女修道院里要做静修。那时,她弟弟正在和两个男孩抢帽子。我独自站在栏杆旁。她手中握着一枝熏衣草,低下头,凑近我。门对面,街灯的光照着她白嫩的脖子的曲线,照亮了披垂的头发,也照亮了搁在栏杆上的手。她从容地站着,灯光使她衣服的一边清晰可见,显出裙子的白色镶边。

"你真该去看看。"她说。

"要是我去的话,"我说,"一定给你捎点什么的。"

从那一晚起,数不清的愚蠢的怪念头充塞在我白天的幻想和夜半的梦中! 但愿出发之前那段乏味的日子一下子过去。学校里的功课使我烦躁。每当夜晚在寝室里或白天在教室中读书时,她的形象便闪现在啃不进的书页之间。Araby(阿拉比)的音节在静谧中向我召唤,我的心灵沉溺在寂静中,四周弥漫着迷人的东方气氛。我要求让我星期六晚上到阿拉比的集市去。我姑姑听了吃一惊,疑心我跟共济会② 有什么勾搭。在课堂里,我很少回答得出问题。我瞧着老师的脸从和蔼变得严峻。他说,希望你不要变得懒惰。我成天神思恍惚。生活中的正经事使我厌烦,它们使我的愿望不能尽快实现,所以在我看来,都像小孩子的游戏,单调乏味的小孩子游戏。

星期六早晨,我对叔叔说晚上我要到集市去。他正在前厅的衣帽架边手忙脚乱地找帽刷子,漫不经心地说:

---

① 阿拉比是阿拉伯的古名。此处是指一个以"阿拉比"命名的、布置成阿拉伯集市式样的百货商场。

② 一种互助性质的秘密社团,在欧美许多地方有分支机构。

"行,孩子,我知道了。"

他待在过道里,我就没法去前客厅,躺在窗边了。我悻悻地走出家门,到学校去。空气彻骨地阴冷,我心里一阵阵忐忑不安。

我回家吃饭,叔叔还没回来。时光还早呢。我坐着望了一会钟,滴答滴答的钟声使我心烦意乱起来,便走出房间,登上楼梯,走到楼上。那些高敞的空房间,寒冷而阴沉,却使我无拘无束。我唱起歌来,从一个房间跑到另一个房间。透过正面的玻璃窗,我看见伙伴们在街上玩。他们的喊声隐隐约约传到我耳边。我把前额贴住冰冷的玻璃窗,望着她住的那幢昏暗的屋子。大约一个小时过去了,我还站在那儿,什么都没看见,只在幻想中看见她那穿着棕色衣服的身影,街灯的光朦胧地照亮呈曲线的脖子、搁在栏杆上的手以及裙子下摆的镶边。

我再下楼时,看见当铺老板的遗孀莫塞太太坐在火炉边。这个长舌妇,为了某种虔诚的目的收集用过的邮票。我陪着吃茶点,得耐着性子听她嚼舌。开晚饭的时间早已过了一小时,叔叔还没回来。莫塞太太站起身来说,对不起,不能久等,八点过了,她不愿在外面待得太晚,夜里的风她受不了。她走后,我在屋里踱来踱去,紧攥着拳头。姑姑说:

"兴许今晚去不成了,改天再去看集市吧。"

九点,我忽然听见叔叔用弹簧锁钥匙在开过道门。接着听见他在自言自语,听到衣架被他挂上去的大衣压得直晃荡。我很了解这些举动的含义。晚饭吃到一半,我向他要钱到集市去。他已把这件事给忘得一干二净了。

"人们早已上床,睡过一阵子了。"他说。

我没笑,姑姑大声地说:

"还不给钱让他去?你已经叫他等得够长啦!"

他说非常抱歉,忘了这件事。然后又说他很欣赏那句老话:"只工作不去玩,任何孩子都会变傻。"他又问我去哪儿,于是我再讲一遍。他便问我知不知道《阿拉伯人向骏马告别》①。我走出厨房时,他正要给姑姑背诵那故事的开场白哩。

我紧紧攥着一枚两先令银币,沿着白金汉大街向火车站迈开大步走去。街上熙熙攘攘,尽是买东西的人,煤气灯照耀如同白昼,这景象提醒我快到集市去。我在一列空荡荡的火车的三等车厢找了个座位。火车迟迟不开,叫人等得恼火,过了好久才缓慢地驶出车站,爬行在沿途倾圮的房屋中间,驶过一条闪闪发亮的河流。在威斯特兰罗车站,来了一大群乘客,往

---

① 可能指《一千零一夜》中《乌木马的故事》。

车厢门直拥。列车员说,这是直达集市的专车,这才把他们挡回去。我独自坐在空车厢里。几分钟后,火车停在一个临时用木头搭起的月台旁。我下车走到街上。有一只钟被亮光照着,我瞅了一眼:九点五十分。我的面前矗立着一座大建筑物,上面闪亮着那魅人的名字。

我怎么也找不到花六便士就能进去的入口处。我生怕集市关门,便三脚两步穿过一个旋转门,把一个先令付给一位神情疲惫的看门人。我发现自己走进一个大厅,它周围环绕着只有它一半高的长廊。几乎所有的棚摊都关门了。大半个厅黑沉沉的。我有一种阒寂之感,犹如置身于做完礼拜后的教堂中。我怯生生地走到商场中间。那儿还有些人围着仍在营业的摊子。一块布帘上面用彩色电灯拼成"乐声咖啡馆"①。两个男人正在一只托盘上数钱。我倾听着铜币落盘时发出的丁当声。

我困难地想起到这儿来是为什么,便随意走到一个搭棚摊前,端详着那里陈列的瓷花瓶和印花茶具。棚摊门口有个女郎,正在同两位年轻的先生说笑,我听出他们的英国口音,模模糊糊地听着他们交谈。

"噢,我从没说过那种事。"

"哎,你肯定说过。"

"不,肯定没有!"

"难道她没说过?"

"说过的,我听见她说的。"

"啊,这是……小小的撒谎。"

那位女郎看见我,走过来问我要买什么。她的声音冷冰冰的,好像出于责任感。我诚惶诚恐地瞧着两排大坛子,它们排在棚摊门两侧,好似东方卫士;接着我低声说:"不买,谢谢。"

那女郎把一只花瓶移动了一下,然后回到两个年轻人身边去了。他们又谈起同一个话题。那女人回头瞟了我一两次。

我逗留在棚摊前,仿佛真的对那些货物恋恋不舍似的,尽管心里明白这样待着毫无意义。最后,我慢腾腾地离开那儿,沿着集市中间的小道走去。我把两个便士丢进口袋,跟里面一枚六便士的硬币碰响。接着,我听见长廊尽头传来熄灯的喊声。顿时,大厅上面漆黑一片。

我抬头凝视着黑暗,感到自己是一个受到虚荣心驱使和播弄的可怜虫,于是眼睛里燃烧着痛苦和愤怒。

---

① 原文为法语 Café Chantant:一种有音乐伴奏或举行音乐会的咖啡馆。

思 考 题

1. 为什么这篇小说说了不少看似离题的琐事？这些描写刻画了这个初恋少年性格的哪些方面？反映了怎样的心情？

2. 这篇小说里有哪些形象化的描述？它们对于烘托这篇小说的主题起了什么作用？

3. 为什么这个少年说"我仿佛感到自己正端着圣餐杯，在一群对头中间穿过"？在小说的结尾，他又突然明白了什么？

4. 作者是怎样来拉开叙述时间和故事发生时间的差距的？为什么要这样做？这对主题的深化起什么作用？

5. 试述这篇小说的风格。它有哪些新颖独特的形式和手法？

饥饿艺术家

［奥地利］卡夫卡
叶廷芳译

　　弗兰茨·卡夫卡（Franz Kafka，1883—1924）出生于当时奥匈帝国统治下的布拉格，父亲为犹太商人。1901 年，卡夫卡入布拉格大学攻读文学，后转修法律。取得法学博士学位后，一直在保险公司任职，业余从事文学创作。他的主要作品有长篇小说《美国》、《审判》、《城堡》，中、短篇小说《变形记》、《判决》、《在流放地》、《乡村医生》、《饥饿艺术家》、《地洞》等。卡夫卡的作品贯穿着社会批判精神，他着重批判现代的价值观，揭示小人物在社会生活中被"异化"、"孤立"、无处申诉、无法解脱的噩梦般的生存困境。卡夫卡有着独特的审美观念和审美方式，在创作手法上，他善于通过奇特的构思勾勒出夸张的画面，把现实与非现实、合理与悖理、常人与非人交织在一起，不指明时空，不说清背景，有时还穿插进直觉和梦幻，虽然貌似荒诞，其实寓意深远。正因如此，卡夫卡被认为是现代主义文学的创始人之一，他的作品已被视作现代主义文学的经典。

　　近几十年来，人们对饥饿表演的兴趣大为淡薄了。从前自行举办这类名堂的大型表演收入是相当可观的，今天则完全不可能了。那是另一种时代。当时，饥饿艺术家风靡全城；饥饿表演一天接着一天，人们的热情与日俱增；每人每天至少要观看一次；表演期临近届满时，有些买了长期票的人，成天守望在小小的铁栅笼子前；就是夜间也有人来观看，在火把照耀下，别有情趣；天气晴朗的时候，就把笼子搬到露天场地，这样做主要是让孩子们来看看饥饿艺术家，他们对此有特殊兴趣；至于成年人来看他，不过是取个乐，赶个时髦而已；可孩子们一见到饥饿艺术家，就惊讶得目瞪口呆。为了安全起见，他们互相手牵着手，惊奇地看着这位身穿黑色紧身衣、脸色异常苍白、全身瘦骨嶙峋的饥饿艺术家。这位艺术家甚至连椅子都不屑去坐，只是席地坐在铺在笼子里的干草上，时而有礼貌地向大家点头致意,时而强作笑容回答大家的问题,他还把胳臂伸出栅栏,让人亲手摸一摸,看他多么瘦削,而后却又完全陷入沉思,对谁也不去理会,连对他来说如此重要的钟鸣(笼子里的惟一陈设就是时钟)他也充耳不闻,而只是呆呆地望着前方出神,双眼几乎紧闭,有时端起一只很小的杯子,稍稍啜一点儿水,润一润嘴唇。

　　观众来来去去,川流不息,除他们以外,还有几个由公众推选出来的固定的看守人员。说来也怪,这些人一般都是屠夫。他们始终三人一班,任务是日夜看住这位饥饿艺术家,绝不让他有任何偷偷进食的机会。不过这仅仅是安慰观众的一种形式而已,因为内行的人大概都知道,饥饿艺术家在饥饿表演期间,不论在什么情况下都是点食不进的,你就是强迫他吃他都是不吃的。他的艺术的荣誉感禁止他吃东西。当然,并非每个看守的人都能明白这一点的,有时就有这样的夜班看守,他们看得很松,故意远远地聚在一个角落里,专心致志地打起牌来。很明显,他们是有意要留给他一个空隙,让他得以稍稍吃点儿东西;他们以为他会从某个秘密的地方拿出贮藏的食物来。这样的看守是最使饥饿艺术家痛苦的了。他们使他变得忧郁消沉;使他的饥饿表演异常困难;有时他强打精神,尽其体力之所能,就在他们值班期间,不断地唱着歌,以便向这些人表明,他们怀疑他偷吃东西是多么冤枉。但这无济于事;他这样做反而使他们一味赞叹他的技艺高超,竟能一边唱歌,一边吃东西。另一些看守人员使饥饿艺术家甚是满意,他们紧挨着笼子坐下来,嫌厅堂里的灯光昏暗,还用演出经理发给他们使用的手电筒照射着他。刺眼的光线对他毫无影响,入睡固然不可能,稍稍打个盹儿他一向是做得到的,不管在什么光线下,在什么时候,也不管大厅里人山人海、喧闹不已。他非常愿意彻夜不睡,同这样的看守共度通宵;他愿意跟他们逗趣戏谑,给他们讲他漂泊生涯的故事,然后又悉心倾听他们的趣闻,目的只有一个:使他们保持清醒,以便让他们始终看清,他在笼子里什么吃的东西也没有;让他们知道,他们之中谁也比不上他的忍饿本领。然而他感到最幸福的是,当天亮以后,他掏腰包让人给他们送来丰盛的早餐,看着这些壮汉在熬了一个通宵以后,以健康人的旺盛食欲狼吞虎咽。诚然,也有人对此举不以为然,他们把这种早餐当做饥饿艺术家贿赂看守以利自己偷吃的手段。这就未免太离奇了。当你问他们自己愿不愿意一心为了事业,值一通宵的夜班而不吃早饭,他们就会溜之乎也,尽管他们的怀疑并没有消除。

　　人们对饥饿艺术家的这种怀疑却也难于避免。作为看守,谁都不可能日以继夜、一刻不停地看着饥饿艺术家,因而谁也无法根据亲眼目睹的事实证明他是否真的持续不断地忍着饥饿,一点漏洞也没有;这只有饥饿艺

术家自己才能知道,因此只有他自己才是对他能够如此忍饥耐饿感到百
分之百满意的观众。然而他本人却由于另一个原因又是从未满意过的;也
许他压根儿就不是因为饥饿,而是由于对自己不满而变得如此瘦削不堪,
以至有些人出于对他的怜悯,不忍心见到他那副形状而不愿来观看表演。
除了他自己之外,即使行家也没有人知道,饥饿表演是一件如此容易的
事,这实在是世界上最轻而易举的事了。他自己对此也从不讳言,但是没
有人相信。从好的方面想,人们以为这是他出于谦虚,可人们多半认为他
是在自我吹嘘,或者干脆把他当做一个江湖骗子,断绝饮食对他当然不
难,因为他有一套使饥饿轻松好受的秘诀,而他又是那么厚颜无耻,居然
遮遮掩掩地说出断绝饮食易如反掌的实情。这一切流言蜚语他都忍受下
去,经年累月他也已经习惯了,但在他的内心里这种不满始终折磨着他。
每逢饥饿表演期满,他没有一次是自觉自愿地离开笼子的,这一点我们得
为他作证。经理规定的饥饿表演的最高期限是四十天,超过这个期限他决
不让他继续饿下去,即使在世界有名的大城市也不例外,其中道理是很好
理解的。经验证明,大凡在四十天里,人们可以通过逐步升级的广告招徕
不断激发全城人的兴趣,再往后观众就疲了,表演场就会门庭冷落。在这
一点上,城市和乡村当然是略有区别,但是四十天是最高期限,这条常
规是各地都适用的。所以到了第四十天,插满鲜花的笼子的门就开了,观
众兴高采烈,挤满了半圆形的露天大剧场,军乐队高奏乐曲,两位医生走
进笼子,对饥饿艺术家进行必要的检查、测量,接着通过扩音器当众宣布
结果。最后上来两位年轻的女士,为自己有幸被选中侍候饥饿艺术家而喜
气洋洋,她们要扶着艺术家从笼子里出来,走下那几级台阶,阶前有张小
桌,上面摆好了精心选做的病号饭。在这种时刻,饥饿艺术家总是加以拒
绝。当两位女士欠着身子向他伸过手来准备帮忙的时候,他虽是自愿地把
他皮包骨头的手臂递给了她们,但他却不肯站起来。现在刚到四十天,为
什么就要停止表演呢? 他本来还可以坚持得更长久,无限长久地坚持下
去,为什么在他的饥饿表演正要达到最出色的程度(唉,还从来没有让他
的表演达到过最出色的程度呢)的时候停止呢? 只要让他继续表演下去,
他不仅能成为空前伟大的饥饿艺术家——这一步看来他已经实现了——
而且还要超越这一步而达到常人难以理解的高峰呢(因为他觉得自己的
饥饿能力是没有止境的),为什么要剥夺他达到这一境界的荣誉呢? 为什
么这群看起来如此赞赏他的人,却对他如此缺乏耐心呢?他自己尚且还能
继续饿下去,为什么他们却不愿忍耐着看下去呢? 而且他已经很疲乏,满
可以坐在草堆上好好休息休息,可现在他得支立起自己又高又细的身躯,
走过去吃饭,而对于吃,他只要一想到就要恶心,只是碍于两位女士的分

上,他才好不容易勉强忍住。他仰头看了看表面上如此和蔼,其实是如此残酷的两位女士的眼睛,摇了摇那过分沉重地压在他细弱的脖子上的脑袋。但接着,一如往常,演出经理出场。经理默默无言(由于音乐他无法讲话),双手举到饥饿艺术家的头上,好像他在邀请上苍看一看他这草堆上的作品,这值得怜悯的殉道者(饥饿艺术家确实是个殉道者,只是完全从另一种意义上讲罢了);演出经理两手箍住饥饿艺术家的细腰,动作非常小心翼翼,以便让人感到他抱住的是一件极易损坏的物品;这时,经理很可能暗中将他微微一撼,以致饥饿艺术家的双腿和上身不由自主地摆荡起来;接着就把他交给那两位此时吓得脸色煞白的女士。于是饥饿艺术家只得听任一切摆布;他的脑袋耷拉在胸前,就好像它一滚到了那个地方,就莫名其妙地停住不动了;他的身体已经掏空;双膝出于自卫的本能互相夹得紧紧,但两脚却擦着地面,好像那不是真实的地面,它们似乎在寻找真正可以着落的地面;他的身子的全部重量(虽然非常轻)都落在其中一个女士的身上,她气喘吁吁,四顾求援(真想不到这件光荣差事竟是这样的),她先是尽量伸长脖子,这样至少可以使饥饿艺术家碰不到她的花容。但这点她并没有做到,而她的那位较为幸运的女伴却不来帮忙,只肯战战兢兢地执着饥饿艺术家的一只手——其实只是一小把骨头——举着往前走,在哄堂大笑声中那位倒霉的女士不禁哇的一声哭了起来,只得由一个早就站着待命的仆人接替了她。接着开始就餐,经理在饥饿艺术家近乎昏厥的半眠状态中给他灌了点流汁,同时说些开心的闲话,以便分散大家对饥饿艺术家身体状况的注意力,然后,据说饥饿艺术家对经理耳语了一下,经理就提议为观众干杯;乐队起劲地奏乐助兴。随后大家各自散去。谁能对所见到的一切不满意呢,没有一个人。只有饥饿艺术家不满意,总是他一个人不满意。

　　每表演一次,便稍稍休息一下,他就这样度过了许多个岁月,表面上光彩照人,扬名四海。尽管如此,他的心情通常是阴郁的,而且有增无已,因为没有一个人能够认真体察他的心情。人们该怎样安慰他呢?他还有什么可企求的呢?如果一旦有个好心肠的人对他表示怜悯,并想向他说明他的悲哀可能是由于饥饿造成的,这时,他就会——尤其是在经过了一个时期的饥饿表演之后——用暴怒来回答,那简直像只野兽似的猛烈地摇撼着栅栏,真是可怕之极。但对于这种状况,演出经理自有一种他喜欢采用的惩治办法。他当众为饥饿艺术家的反常表现开脱说:饥饿艺术家的行为可以原谅,因为他的易怒性完全是由饥饿引起的,而对于吃饱了的人并不是一下就能理解。接着他话锋一转就讲起饥饿艺术家的一种需要加以解释的说法,即他能够断食的时间比他现在所做的饥饿表演要长得多。经理夸奖他的勃勃雄心、善良愿望与伟大的自我克制精神,这些无疑也包括在他的说法之中;但是接着经理就用出示照片(它们也供出售)的办法,轻而易举地把艺术家的那种说法驳得体无完肤。因为在这些照片上,人们看到饥饿艺术家在第四十天的时候,躺在床上,虚弱得奄奄一息。这种对于饥饿艺术家虽然司空见惯、却不断使他伤心丧气的歪曲真相的做法,实在使他难以忍受。这明明是饥饿表演提前收场的结果,大家却把它解释为饥饿表演之所以结束的原因!反对这种愚昧行为,反对这个愚昧的世界是不可能的。在经理说话的时候,他总还能真心诚意地抓着栅栏如饥似渴地倾听着,但每当他看见相片出现的时候,他的手就松开栅栏,叹着气坐回到草堆里去,于是刚刚受到抚慰的观众重又走过来观看他。

几年后,当这一场面的目击者们回顾这件往事的时候,他们往往连自己都弄不清是怎么一回事了。因为在这期间发生了那个已被提及的剧变;它几乎是突如其来的;也许有更深刻的缘由,但有谁去管它呢;总之,有一天这位备受观众喝彩的饥饿艺术家发现他被那群爱热闹的人抛弃了,他们宁愿纷纷拥向别的演出场所。经理带着他又一次跑遍半个欧洲,以便看看是否还有什么地方仍然保留着昔日的爱好;一切徒然;到处都可以发现人们像根据一项默契似的形成一种厌弃饥饿表演的倾向。当然,冰冻三尺非一日之寒,现在回想起来,当时就有一些苗头,由于人们被成绩所陶醉,没有引起足够的重视,没有切实加以防止,事到如今要采取什么对策却为时已晚了。诚然,饥饿表演重新风行的时代肯定是会到来的,但对于活着的人们却不是安慰。那么,饥饿艺术家现在该怎么办呢?这位被成千人簇拥着欢呼过的人,总不能屈尊到小集市的陋堂俗台去演出吧,而要改行干别的职业呢,则饥饿艺术家不仅显得年岁太大,而且主要是他对于饥饿表演这一行爱得发狂,岂肯放弃。于是他终于告别了经理——这位生活道路上无与伦比的同志,让一个马戏团招聘了去;为了保护自己的自尊心,他对合同条件连看也不屑看一眼。

马戏团很庞大,它有无数的人、动物、器械,它们经常需要淘汰和补充。不论什么人才,马戏团随时都需要,连饥饿表演者也要,当然所提条件必须适当,不能太苛求。而像这位被聘用的饥饿艺术家则属于一种特殊情况,他的受聘,不仅仅在于他这个人的本身,还在于他那当年的鼎鼎大名。这项艺术的特点是表演者的技艺并不随着年龄的递增而减色。根据这一特点,人家就不能说:一个不再站在他的技艺顶峰的老朽的艺术家想躲避到一个马戏团的安静闲适的岗位上去。相反,饥饿艺术家信誓旦旦地保证,他的饥饿本领并不减当年,这是绝对可信的。他甚至断言,只要准许他独行其是(人们马上答应了他的这一要求),他要真正做到让世界为之震惊,其程度非往日所能比拟。饥饿艺术家一激动,竟忘掉了时代气氛,他的这番言辞显然不合时宜,在行的人听了只好一笑置之。

但是饥饿艺术家到底还没有失去观察现实的能力,并认为这是当然之事,即人们并没有把他及其笼子作为精彩节目安置在马戏场的中心地位,而是安插在场外一个离兽场很近的交通要道口,笼子周围是一圈琳琅满目的广告,彩色的美术体大字令人一看便知那里可以看到什么。要是观众在演出的休息时间拥向兽场去观看野兽的话,几乎都免不了要从饥饿艺术家面前经过,并在那里稍停片刻,他们本来是要在那里多待一会儿,从从容容地观看一番的,只是由于通道狭窄,后面拥来的人不明究竟,奇怪前面的人为什么不赶紧去观看野兽,而要在这条通道上停留,使得大家不能从容观看他。这也就是为什么饥饿艺术家看到大家即将来参观(他以此为其生活目的,自然由衷欢迎)时,就又颤抖起来的原因。起初他急不可待地盼着演出的休息时间;后来当他看到潮水般的人群迎面滚滚而来,他欣喜若狂,但他很快就看出,那一次又一次拥来的观众,就其本意而言,大多数无例外地是专门来看兽畜的。即使是那种顽固不化、近乎自觉的自欺欺人的人也无法闭眼不看这一事实。可是看到那些从远处蜂拥而来的观众,对他来说总还是最高兴的事。因为,每当他们来到他的面前时,便立即在他周围吵嚷得震天价响,并且不断形成新的派别互相谩骂,其中一派想要悠闲自在地把他观赏一番,他们并不是出于对他有什么理解,而是出于心血来潮和对后面催他们快走的观众的赌气,这些人不久就变得使饥饿艺术家更加痛苦;而另一派呢,他们赶来的目的不过是想看看兽畜而已。等到大批人群过去,又有一些人姗姗来迟,他们只要有兴趣在饥饿艺术家跟前停留,是不会再有人妨碍他们的了,但这些人为了能及时看到兽畜,迈着大步,匆匆而过,几乎连瞥也不瞥他一眼。偶尔也有这种幸运的情形:一个家长领着他的孩子指着饥饿艺术家向孩子们详细讲解这是怎么一回事。他讲到较早的年代,那时他看过类似的、但盛况无与伦比的演出。孩子呢,由于他们缺乏足够的学历和生活阅历,总是理解不了——他们懂得什么叫饥饿吗?然而在他们炯炯发光的探寻着的双眸里,流露出那属于未来的、更为仁慈的新时代的东西。饥饿艺术家后来有时暗自思忖:假如他所在的地点不是离兽笼这么近,说不定一切都会稍好一些。像现在这样,人们很容易就选择去看兽畜,更不用说兽场散发出的气味,畜生们夜间的闹腾,给猛兽肩挑生肉时来往脚步的响动,喂食料时牲畜的叫唤,这一切把他搅扰得多么不堪,使他老是郁郁不乐。可是他又不敢向马戏团当局去陈述意见;他是感谢这些兽类招徕了那么多的观众,其中时不时也有个把是为光顾他而来的,而如果要提醒人们注意还有他这一个人存在,从而使人们想到,他——精确地说——不过是通往厩舍路上的一个障碍,那么谁知道人家会把他塞到哪里去呢。

自然是一个小小的障碍,一个变得越来越小的障碍。在现今的时代居然有人愿意为一个饥饿艺术家耗费注意力,对于这种怪事人们已经习以为常,而这种见怪不怪的态度也就是对饥饿艺术家的命运的宣判。让他去就其所能进行饥饿表演吧,他也已经那样做了,但是他无从得救了,人们从他身旁扬长而过,不屑一顾。试一试向谁讲讲饥饿艺术吧!一个人对饥饿没有亲身感受,别人就无法向他讲清楚饥饿艺术。笼子上漂亮的美术字变脏了,看不清楚了,它们被撕了下来,没有人想到要换上新的;记载饥饿表演日程的布告牌,起初是每天都要仔细地更换数字的,如今早已没有人更换了,每天总是那个数字,因为过了头几周以后,记的人自己对这项简单的工作也感到腻烦了;而饥饿艺术家却仍像他先前一度所梦想过的那样继续饿下去,而且像他当年预言过的那样,他长期进行饥饿表演毫不费劲。但是,没有人记天数,没有人,连饥饿艺术家自己都一点不知道他的成绩已经有多大,于是他的心变得沉重起来。假如有一天,来了一个游手好闲的家伙,他把布告牌上那个旧数字奚落一番,说这是骗人的玩意,那么,他这番话在这种意义上就是人们的冷漠和天生的恶意所能虚构的最愚蠢不过的谎言,因为饥饿艺术家诚恳地劳动,不是他诓骗别人,倒是世人骗取了他的工钱。

又过了许多天,表演也总算告终。一天,一个管事发现笼子,感到诧异,他问仆人们,这个里面铺着腐草的笼子好端端的还挺有用,为什么让它闲着?没有人回答得出来,直到一个人看见了记数字的牌儿,才想起了饥饿艺术家来。他们用一根竿儿挑起腐草,发现饥饿艺术家在里面。"你还一直不吃东西?"管事问,"你到底什么时候才停止呢?""请诸位原谅。"饥饿艺术家细声细气地说;管事耳朵贴着栅栏,因此只有他才能听懂对方的话。"当然,当然。"管事一边回答,一边用手指摸了摸自己的额头,以此向仆人们暗示饥饿艺术家的状况不妙,"我们原谅你。""我一直在希望你们能赞赏我的饥饿表演。"饥饿艺术家说。"我们也是赞赏的。"管事迁就地回答说。"但你们不应当赞赏。"饥饿艺术家说。"好,那我们就不赞赏,"管事说,"不过究竟为什么我们不应该赞赏呢?""因为我只能挨饿,我没有别的办法。"饥饿艺术家说。"瞧,多怪啊!"管事说,"你到底为什么没有别的办法呢?""因为我,"饥饿艺术家一边说,一边把小脑袋稍稍抬起一点,撮起嘴唇,直伸向管事的耳朵,像要去吻它似的,惟恐对方漏听了他一个字,"因为我找不到适合自己口味的食物。假如我找到这样的食物,请相信,我不会这样惊动视听,并像你和大家一样,吃得饱饱的。"这是他最后的几句话,但在他那瞳孔已经扩散的眼睛里,流露着虽然不再是骄傲、却仍然是坚定的信念:他要继续饿下去。

"好,归置归置吧!"管事说,于是人们把饥饿艺术家连同烂草一起给埋了。而笼子里换上了一只小豹,即使感觉最迟钝的人看到在弃置了如此长时间的笼子里,这只凶猛的野兽不停地蹦来跳去,他也会感到赏心悦目,心旷神怡。小豹什么也不缺。看守们用不着思考良久,就把它爱吃的食料送来,它似乎都没有因失去自由而惆怅;它那高贵的身躯,应有尽有,不仅具备着利爪,好像连自由也随身带着。它的自由好像就藏在牙齿中某个地方。它生命的欢乐是随着它喉咙发出如此强烈的吼声而产生,以致观众感到对它的欢乐很受不了。但他们克制住自己,挤在笼子周围,舍不得离去。

思 考 题

1. 本篇的主人公是个怎样的人物?他代表的是什么?他体现了哪些准则和观点?

2. 饥饿艺术家和观众的关系说明了什么?观众态度的改变意味着什么?

3. 饥饿艺术家在小说结尾说的一番话以及他最后被一头幼豹所代替,其中有什么深刻的含义和象征?

4. 有人认为可以把这篇小说看成一篇阐述有独创性的艺术家及其对社会的关系的讽喻寓言,为什么?它还可以作哪些解释?

5. 以这篇小说为例,试述卡夫卡的审美观念、审美方式和创作手法。

马贩子的女儿

[英国]戴·赫·劳伦斯
主　万译

　　戴维·赫伯特·劳伦斯(David Herbert Lawrence,1885—1930)
出身于诺丁汉郡一个煤矿工人家庭。在诺丁汉大学受过两年师范教
育,当过小学教师、屠户会计、厂商雇员,1912年开始专门从事写作。
他一共创作长篇小说十一部,中、短篇小说七十二篇(内有五篇未完
成稿),还有诗歌、剧本、评论等。代表作为长篇小说《儿子与情人》、
《虹》、《恋爱中的女人》、《查泰莱夫人的情人》,短篇小说《马贩子的女
儿》、《骑木马冠军》、《普鲁士军官》,中篇小说《狐》等。劳伦斯在自己
的作品中强调人性的自由和灵与肉的和谐,即以解放人的原始本性
来对抗工业社会对人的物化、异化,求得人性的恢复。他反对理性,赞
美性爱,倾心于弗洛伊德的心理分析理论。他的作品以描写人物感情
与心理上的冲突为特色,被认为是现代心理小说的开创者之一,对当
代文学具有深远的影响。

　　“我说,梅布尔,你打算怎么办?”乔轻率而愚蠢地问。他自己觉得很踏
实,没等着听答话便转过脸去,把嘴里的一小片烟叶推到舌尖上,吐出来。
他对什么也不在意,因为他自己觉得很踏实。
　　这三兄弟和那个妹妹围坐在那张一无所有的早餐桌旁边,试图怎样
随便地来商议一下。上午递送来的信件最终决定了他们家的财产。一切全
完了。这间阴沉沉的饭厅,以及里面放着的沉重的桃花心木家具,看来都
好像在听候处置似的。
　　但是,商议并没有得出结果。这三个男人伸开四肢坐在桌旁,一面抽
烟,一面含含糊糊地默想着各自的情况,他们全显露出一种不可思议的软
弱无能的神气。那姑娘独自一个,是个身材相当矮小、一脸不高兴神色的
二十七岁大闺女。她过的生活和三个弟兄不一样。要不是因为她脸上那种
冷漠呆板的神情,她本来会显得很标致的。她的弟兄们管她这种神情说成

是像"牛头狗"。

屋子外边传来一阵杂乱的马蹄声。三个男人伸展开四肢坐在椅子上，回过脸去张望。几丛冬青树把那片狭长的草地和大部分隔开，在黑森森的树丛外边，他们可以看见一队大种马①从他们院子里摇摇摆摆地给牵出去遛遛。这是最后一回了。这些马将是他们经手的最后一批。三个年轻人用挑剔、冷漠的眼光注视着。他们生活中的失败使他们惊慌失措，笼罩着他们的灾难的意识使他们内心无暇顾到什么别的。

然而，他们却是三个一表人才、身体结实的家伙。大哥乔三十五岁，是个肩宽膀阔、外貌英俊、热切急躁的人。他脸色红润，常用一只粗手指把乌黑的口髭捻翘起来，两眼浅薄、浮躁，笑起来老喜欢色迷迷地露出自己的牙齿，可他的举止却是愚蠢的。这当儿，他眼睛里露出一种无可奈何的呆滞神色，一种没落下去的麻木神色，注视着马儿。

那队高大的拉车的马儿摇摇摆摆地走过去了。它们总共四匹，一匹接一匹拴着，朝由大路分出去的一条胡同走去，用大蹄子很神气地踏在细软、乌黑的泥地上，很放肆地摆动着滚圆的大屁股，在它们给牵进胡同，转过拐弯地方时还突然得得地跑了几步。它们的一摇一摆全显露出巨大的潜在气力，以及一种使它们俯首帖耳的愚蠢神态。走在前面的马夫回脸看看，猛地拉了一下牵马的绳子。于是那队马儿走进那条胡同不见了。当最末一匹马在树篱后边像沉睡中翻动一下那样摇摆着它的大屁股时，尾巴却紧张而僵硬地竖立起来，伸得笔直。

乔用呆滞的、无可奈何的眼睛注视着。对他说来，这些马儿几乎就像是他自己的身体。他觉得自己现在全完了。侥幸他跟一个和他同岁的女人订了婚，因此那个女人的父亲，邻近一所庄园上的大管家，将会给他安排一个工作。他预备结婚，干个固定的差事。他的好日子已经过去，现在他就要当牛当马了。

他不安地把脸转向一边，愈走愈远的马蹄声还在他的耳边回响。接着，他笨拙而不安地伸手到盘子里去拿了几小片熏肉边皮，有气无力地吹了一声口哨，把边皮扔给靠壁炉围栏趴着的那条狗。他瞅着狗把肉皮吞下，等待着那个畜生抬起头来盯视着他的眼睛。这时，他咧开嘴露出了一丝淡淡的笑容，用傻呵呵的尖嗓音说：

"你不会再吃到多少熏肉啦，知道吗，你这小畜生？"

狗微微地、凄凉地摇了摇尾，然后坐下去，盘起身子，又伏下去。

餐桌旁的人们又一筹莫展地不言不语。乔舒展开四肢，不安地坐在座

---

① 指英国英格兰中部产的一种供拉车用的大种马。

位上,在这次家庭会议散会之前,不愿意离开。二哥弗雷德·亨利坐得笔直,他四肢匀称,为人机灵。弗雷德·亨利比较镇静地看着马儿走过。要说他像乔一样,也是一个畜生的话,他却是个有所制约的畜生,而不是一个受制于人的。他随便哪种马都能驾驭,而且一举手一抬足都有一种精干熟练的神气。然而,他却无法支配生活中的种种情况。这时候,他把粗糙的褐色口髭朝上一抹,使它离开了上嘴唇,气恼地瞥了小妹妹一眼。小妹妹坐在一旁莫测高深、毫无表情。

"你去跟露西① 待上一阵子,好吗?"他问。那姑娘没有回答。

"我瞧不出你还有什么别的办法。"弗雷德·亨利坚持说。

"去当个女佣吧。"乔直截了当地插嘴说。

姑娘脸上纹丝不动。

"我要是她,就去接受护士的训练。"最小的兄弟马尔科姆说。他是家里的毛孩子,一个二十二岁的年轻人,生着一张轻快活泼的脸。

但是梅布尔压根儿没理会他。他们含讥带讽地围着她讲了这么多年,她已经听也不去听他们的话了。

云石大钟在壁炉台上柔和地敲了半点钟,那条狗从地毯上不安地抬起身子,朝早餐桌旁边的这几个人望望。可是他们继续开着这个毫无成果的家庭会议。

"唔,好吧,"乔突然不知所云地说,"我要行动起来啦。"

他把座椅往后一推,膝部猛地向下一屈,像骑马那样把两膝分叉开,然后走到壁炉前去。不过他并没有走出房,因为他急切地想知道其他的人怎么说,怎么做。他动手在烟斗里装上烟,低头望着狗,用矫揉造作的高嗓音说:

"跟我走吗? 跟我走,好吗? 你的眼光超出了你如今所能指望的,你听见吗?"

那条狗微微地摇摇尾巴,这个汉子把下颌支出去,用两手遮着烟斗,专心致志地抽着,在抽烟中忘记了一切,一面用心不在焉的褐色眼睛一直向下盯视着狗。狗儿悲伤而猜疑地抬起头来望着他。乔当真是按骑马的姿势把膝盖支出去站在那儿。

"你收到露西的来信吗?"弗雷德·亨利问他妹妹。

"上星期收到一封。"传来这么一句淡漠的回答。

"她怎么说来着?"

没有回答。

---

① 梅布尔的姐姐。

"她邀请你去住下吗？"弗雷德·亨利坚决地问下去。

"她说我要是乐意，可以上她那儿暂住。"

"唔，那么你最好就上她那儿去住。告诉她你星期一就去。"

这句话所得到的答复是一片沉默。

"这是你打算做的事情，是吗？"弗雷德·亨利有点儿恼怒地问。

可是她没有答理。屋子里一片无补于事、惹人气恼的寂静。马尔科姆愚蠢地咧着嘴傻笑。

"在今天和下星期三之间，你得拿定主意，"乔大声说，"要不然你就会流浪街头，无家可归。"

年轻女郎的脸色阴沉下来，不过她依然一成不变地坐着。

"杰克·弗格森来啦！"马尔科姆喊起来，他正在茫无目的地朝窗外张望。

"在哪儿？"乔大声喊着问。

"刚走过。"

"进来了吗？"

马尔科姆伸长脖子去看看大门。

"进来了。"他说。

大家都默不作声。梅布尔坐在桌子头上，像一个被判处死刑的人。接着，从厨房里传来一个人吹口哨的声音。狗连忙站起来，厉声叫着。乔把房门拉开，喊道：

"进来吧。"

过了一会儿，一个年轻人走进房来。他身上紧裹着一件大衣，围着一条紫色的羊毛围巾，粗毛呢的软帽很低地戴在头上，并没有摘下。他身材中等，脸相当长，脸色有些苍白，眼睛显得很疲乏。

"喂，杰克！怎么样，杰克！"马尔科姆和乔一起喊着。弗雷德·亨利只喊了一声"杰克"。

"情况怎么样？"新来的人问，显然是在对弗雷德·亨利说这句话。

"还是老样。我们星期三非离开不可。伤风感冒了吗？"

"是呀——而且是重伤风。"

"你干吗不待在屋里别出来？"

"我待在屋里不出来？等我两腿站不住的时候，我也许会有这样一个机会。"年轻人嗓音嘶哑地说，微微带有一点儿苏格兰口音。

"这倒挺有意思，是吗？"乔闹闹嚷嚷地说，"一位大夫哑着嗓子到处告诉人说，他伤风感冒啦。这在病人看来很糟糕，你说是吗？"

年轻的大夫迟缓地望望他。

"你有哪儿不自在吗?"他讽刺地问。

"我可不觉得怎样。他妈的,希望不会生病。你干吗要问?"

"我刚听你那么说,认为你很关心病人,不知你是否自己也患了病。"

"妈的,没有,我从来没有找哪个夸夸其谈的大夫瞧过病,希望往后也永远不会。"乔回答。

这当儿,梅布尔从桌旁站起身,他们大家这才似乎觉察到有她待在一旁。她把碟子叠起来。年轻的大夫望着她,不过并没有跟她说什么。他先前也没有招呼她。她捧着托盘走出房去,脸上漠无表情、纹丝不动。

"那么你们多会儿走呢,你们全体?"大夫问。

"我搭十一点四十分的那班车走,"马尔科姆回答,"你乘那辆马车①走吗,乔?"

"是呀,我不是已经告诉过你,我乘那辆马车走嘛。"

"那么我们最好去把它拉进来。再见,杰克,走前我可能见不到你啦。"马尔科姆跟大夫握握手说。

他走出去,乔跟在后面,看样子就像把尾巴夹在两腿之间走路那样。

"嗐,这可真糟,"大夫和弗雷德·亨利单独留下来后,这样嚷着说,"你星期三以前走,是吗?"

"这是命令。"另一个回答。

"上哪儿去,上北安普敦② 吗?"

"对啦。"

"真见鬼!"弗格森有点儿懊丧地喊了一声。

这两个人又默不作声了。

"你全安排好了,是吗?"弗格森问。

"差不多啦。"

又沉默了片刻。

"唔,我会想念你的,弗雷迪③,老弟!"年轻的大夫说。

"我也会想念你的,杰克。"另一个回答。

"非常想念你。"大夫沉思着说。

弗雷德·亨利侧过身去。他没什么话可说。梅布尔又走进房来,把餐桌收拾好。

"你打算怎么办呢,珀文小姐?"弗格森问,"上姐姐家去,是吗?"

---

① 原文为trap,系一种两轮轻便马车。

② 英国英格兰中部城市。

③ 弗雷德的昵称。

梅布尔用沉着、可怕的眼睛望望他。这双眼睛一向总使他感到很不自在，打乱他外表的平静。

"不是。"她说。

"那么，老天保佑，你打算怎么办呢？把你打算做的事说出来嘛！"弗雷德•亨利情绪激动而于事无补地喊着说。

可是她只是把头侧过去，继续干她的活儿。她把那块白桌布折叠起来，铺上了那块粗绒布。

"从来没有见过一个脾气这么坏的妞儿！"她哥哥嘟哝着。

但是她脸上毫无表情，干完了她的活儿，年轻的大夫一直很感兴趣地注视着她。随后，她走出房去了。

弗雷德•亨利咬紧嘴唇，睁大两眼盯视着她，碧蓝的眼睛一眨不眨，流露出尖刻对立的神色，同时还扮了一个嫌恶愠怒的鬼脸。

"你可以把她捣个稀巴烂，从她那儿所得出来的也就只有这点点。"他用压低了的细微的声调说。

大夫淡淡地笑了笑。

"那么她打算怎么办呢？"他问。

"我哪儿知道！"另一个回答。

房里静了一刹那。随后，大夫动了一下。

"我今儿晚上还会看见你的，是吗？"他对他的朋友说。

"是呀——在哪儿呢？咱们要上杰斯戴尔那边去吗？"

"我不知道。我感冒很严重。不过好歹我总要上'星月'① 那儿去。"

"让利齐和梅就错过这一晚，是吗？"

"正是这么回事——要是我晚上还觉得像现在这样的话。"

"全是一档子事——"

两个年轻男人穿过走道，一块儿走到后门口。这所屋子很大，可是现在已经没有仆人，完全荒废了。屋子后面有一片砖墙围起的小院子，院子外边有一个大广场，上面铺有红色的细砂石，两边都有马厩。在开阔的山坡上，是倾斜的、阴湿的冬季深色田野，向外一直延伸出去。

然而，马厩已经全空了。这一家人的父亲约瑟夫•珀文是一个没受过教育的人，生前当了一个相当发达的马贩子。那时候，这些马厩里养满了马，整天乱哄哄，尽是马儿、马贩子和马夫进进出出。那时候，厨房里也满是仆人。但是，近年来，景况衰败下去。老头儿第二次又结了婚，想挽回他

---

① 酒店字号。

的产业。如今他去世了，一切全付诸东流，什么也不剩，剩下的只有债务和险恶的家境。

有好几个月，梅布尔都没有仆人帮助待在这所大屋子里，为她的几个软弱无能的弟兄把这个家苦苦地硬撑着。她管家都管了十年啦。不过先前，开支不受限制。那会儿，不管事情多么难办，金钱的意识却使她高傲自信。男人们讲话也许很下流，厨房里的女佣也许名声很不好听，她的弟兄们也许有几个私生的野孩子。可是只要有钱，这姑娘就感到自己踏踏实实，并且冷漠无情地高傲、沉默。

除了马贩子和粗俗的男人外，没有客人上这所屋子来。自从姐姐离开以后，梅布尔就没有一个女性的伙伴了。可是她并不在乎。她经常上教堂去，还侍候她的父亲。而且她还经常怀念着自己的母亲。她过去很爱母亲，在她十四岁那年母亲就不在了。她过去以不同的方式也很爱她父亲，依靠他，在他身边觉得很安逸，一直到他五十四岁续弦再娶时为止。到那时，她坚决反对起他来。现在，他去世了，撇下他们，大家负着偿不清的债务。

在贫困的日子里，她受了很大的罪。但是，随便什么也动摇不了支配着这个家庭中每一成员的那种难以理解的、阴沉不露的动物自豪感。如今，就梅布尔来说，结局已经到来了。可是她依旧不肯自行筹划一下。她还要一成不变地走自己的老路。随时随刻，她都掌握着自己处境的锁钥。她虽然愚昧无知、固执己见，一天天却苦挨着活下去。她为什么要思考呢？她为什么要答复谁的问话呢？这是结局，这就够了，并没有一条出路。她用不着再躲躲藏藏地走过这座小城镇的那条大街，避开大伙儿的目光了。她用不着再自贬身份，走进店铺去购买最便宜的食品。这种局面已经结束。她什么人也不去想，甚至也不去想到自己。她愚昧无知、固执己见，快履行完毕自己的责任，快给自己带来最后的荣耀，接近已经获得荣耀的去世的母亲时，似乎感到了一种得意忘形的喜悦。

那天下午，她拿了一只小口袋，把大剪刀、海绵擦和小板刷放在里面，便走出去了。那是冬季一个阴沉沉的日子，深绿色的田野显得有些黯淡，空气给不远的一些铸工厂冒出的浓烟污染得黑糊糊的。她顺着人行道隐晦地快步穿过城镇，往教堂的墓地走去，根本没有注意任何人。

她到那儿总觉得很安稳，好像谁也看不见她似的，尽管按实在说，在教堂墓地墙外走过的人每一个都可以看见她。话虽如此，每回一到了这座耸立在那里的大教堂的阴影下，待在那些坟墓当中，她总立即感到超尘脱俗，到保存在教堂墓地那厚实的围墙内，好像到了另一个国度里那样。

她很细心地把坟堆上的草修剪短，又整理了一下铁皮十字架里那些白里带红的小菊花。等这一切做好以后，她从旁边一个坟堆上取来一只空罐子,舀了点儿水,仔细地,极其周密地用海绵擦蘸水揩了揩云石制的墓头石和盖顶石。

做这件工作使她感到真挚舒畅。她觉得直接接触到了自己母亲的世界。她尽心竭力,在一种近乎纯洁快乐的境界中穿过了那片园林,仿佛在干这种工作时,她和母亲取得了一种精微、亲密的联系似的。因为她在世上这儿所过的生活,远不如她从母亲那里继承下来的那个死亡的境界那么真实。

大夫的屋子正靠着教堂。弗格森不过是受人雇用的一名助理,整天忙着为乡村居民看病。这时候,他正匆忙地赶去诊治医疗室里的门诊病人。在他用敏捷的目光瞥过墓地时,他瞧见那个姑娘在坟堆旁干她的活儿。她显得专心致志、十分遥远,使人就像注视着另一个世界那样。他内心里有种神秘难解的因素给触动了。他边走边放慢脚步,同时像着了迷那样注意地看着她。

她抬起两眼,觉察到他在看着。他们的目光相遇了。接着,两人又立即看了一眼,每一个都多少感觉到自己被另一个发觉了。他脱了脱帽,沿着大路朝前走去。内心里,像一个幻象那样,他清楚地记忆着她从教堂墓地那块墓碑上抬起来的那张脸庞,她当时还用迟钝的、不祥的大眼睛望了望他。她脸上的神气,那的确是不祥的。它似乎使他感到迷惑。她眼睛里有一种使人惧怕的力量,吸住了他的全神,就仿佛他服了什么烈性的麻醉药似的。先前,他曾经感到软弱乏力、力竭神疲。这时候,他身上的活力又恢复了,他觉得从烦闷焦躁、日常生活的自我中获得了解脱。

他在医疗室尽快地办完了工作,匆匆忙忙地把候诊病人的药瓶里装满了便宜的药品。然后,在吃茶点的时间之前,他以一贯的匆促作风又出发去他负责的医疗地区的另一地段查看几个病人。平时,办得到的话,他总喜欢步行,但是遇到不舒服的时候,他特别喜欢这样。他认为走动就会使他的身体恢复过来。

黄昏就快到来了。冬日的天色昏暗、阴沉,一股寒气渐渐地、潮湿凛冽地袭来,使人的全部官能都麻木了。然而,他又为什么要思想和观看呢?他连忙攀登上那座小山,转弯越过深绿色的田野,沿着那条黑黢黢的煤屑小路向前走去。远处,隔着一片浅浅的乡间洼地,小城镇像仍在冒烟的灰烬那样,丛集在一起,一座塔楼,一座尖顶,一簇低矮、简陋的老屋子。而在市镇最近的边缘上,倾斜向那片洼地的,就是珀文家的屋子"老牧场"[①]。马

---

① 英国乡间和小城镇上的大宅子往往都有个名称,不兴使用门牌,这是珀文家大屋的名称。

厕和大屋子外边的一些披屋就坐落在朝他这面的斜坡上,他可以清清楚楚地看见。嗳,他不会再上那儿去多少次了!他这就要失掉另一个消遣的去处,另一个地方没法再去了:他在这个异乡的、简陋的小城镇上乐意交往的惟一朋友,也就要失去了。除了工作,单调乏味的苦差事,经常在矿工和铁工中由一个住处赶往另一个住处以外,别的什么也没有。这把他弄得筋疲力尽,可是同时,他又渴望这样。待在工人们的家里,可以说是在他们生活的最深处活动,这对他说来是一帖兴奋剂。他的神经既紧张又满意。他可以如此接近和深入那些生性粗犷、词不达意、但富有情感的男女的生活。他嘟哝埋怨,说他憎恶那个地狱般的小坑坑。但是,按实在说,它却使他心头激动,跟生性粗犷、感情强烈的人们的这种接触,是直接敷在他神经上的一帖兴奋剂。

在"老牧场"下面,在那块浅浅的、潮湿的绿色洼地上,有一片很深的四方形池塘。大夫浏览着这片景色时,敏锐的眼光忽然瞥见一个身穿黑衣的人影穿过那片场地的大门,往下朝池塘走去。他又看了看。那好像是梅布尔·珀文嘛。他的心里突然活跃起来,全神贯注。

她为什么往下面那儿走去呢?他在斜坡上面的那条小路上停住了脚,睁大眼睛注视着。在逐渐昏暗下去的天光里,他仅仅可以辨认出那个瘦小的黑身个儿在那块洼地上行走。他似乎在那片苍茫的暮色中看见了她,好像他是一个视力超群的人,与其说是用寻常的视力在看,不如说是凭想像力在看。然而,在他全神注意着时,他的确可以清晰地看见她。他觉得,在那个浓重、阴沉、越来越昏暗下去的暮色中,如果他把眼睛移开一会儿,他就会完全失去她的踪影。

他密切地盯视着她。这时候,她正一心一意地笔直向前移动,不像一个自己在行走的人,倒像一件传送着的东西,径直向下,越过那片场地朝着池塘走去。到那儿,她在岸边站了一会儿,始终没有抬起头来。接着,她缓缓地一步步踏进水去。

他一动不动地站着。那个瘦小的黑人影徐缓地、从容不迫地朝着池塘中央走去;她走得很慢,愈来愈深地走进了那片纹丝不动的池水;等水齐她胸部的时候,她还朝前移动。一刹那后,在那个阴暗的薄暮中,他便无法再看见她了。

"啊呀,不好!"他喊了一声,"真有这样的事!"

喊完,他便急急忙忙地直奔下去,跑过潮湿有水的田野,穿过树篱,向下冲进那块寒冷、落寞而朦胧的洼地里去。他花了好几分钟才来到池塘边,站在岸上,气喘吁吁,什么也瞧不见。接着,他的眼睛似乎看透了那汪死水。不错,水面下边,很可能那就是她的黑衣服的暗影。

他鼓起勇气缓慢地步进池塘里去。塘底是很深的松软的黏泥,他陷了下去。池塘里的水寒冷刺骨,浸透了他的两腿。在他挪动的时候,他可以闻到给他搅混了的泥浆的那股寒峭、腐烂的土腥味。他吸进去感到很不舒服。但是,尽管他觉得难闻,他却不去在意,更深入地蹚进池塘里去。冷森森的水高到大腿以上,淹过了他的胯骨,到了他的腹部。他的下半身已经完全浸没在那片寒冷的水里。池底那么松软而不可测,因此他不敢俯身向前,让嘴没到水下面。他又不会游泳,心里十分害怕。

接着,他稍许弯下点儿身子,在水底下张开两手,四面摸索,想要摸到她。那一池冰冷的死水在他的胸前晃荡。他又移动了一下,稍许深入一点儿,又用两手在水底下四处摸索。他一下摸到了她的衣服,但是它立即从他的手指下滑脱了。他死劲儿一着力,想要抓住它。

可是在这么做时,他失去了平衡,摔倒下去,他大为吃惊,在浑浊的泥水中窒息得透不过气来,拼命挣扎了好一会儿工夫。后来,经过一段似乎无穷无尽的时刻,他总算站稳了脚,又直起身子,露出水面,四下看了一眼。他嘘了口气,知道自己还活在世上。随后,他朝水面望了一眼。她已经漂浮起来,就在他的身边。他揪住她的衣服,把她拉近一点儿,转过身又朝岸上走去。

他走得很慢、很当心,聚精会神地徐徐前进。他愈走愈高,向塘边走了上去。现在,水只齐他的小腿了。他非常高兴,对于自己摆脱了池塘里的水满心快慰。他抱起她来,步履蹒跚地登上了岸,脱离了使人恐惧的灰暗、潮湿的黏土。

他把她放在岸上。她已经完全昏迷,浑身上下都在淌水,他使她把水从嘴里吐出来,努力抢救,来使她恢复知觉。没过多久,他便感到她已经又开始呼吸了。她的呼吸很均匀。大夫继续运用了一下急救法。他可以感到她在自己的手下起死回生,她已经活过来了。他揩了揩她的脸,用自己的大衣把她裹起,朝着朦胧、幽暗的世界环顾了一下,然后抱起她来,蹒跚地走下岸边,蹚过田野。

这条道路似乎想像不到会那么长,他的负担又非常重,因此他感到简直永远走不到那所屋子了。但是最后,他终于走进了马厩的院子,随后又进了屋后的院子。他推开房门,走进了大屋。在厨房里,他把她放下,让她躺在炉子前面的地毯上,叫唤了一声。屋里空无一人。不过炉火却在炉格里燃烧着。

这时,他又跪下来给她诊视了一下。她平平稳稳地呼吸着,眼睛睁得很大,仿佛已经恢复了知觉,可是眼神里又似乎缺少点儿什么。她内心里已经清醒过来,但是对周围环境还毫无知觉。

　　他跑上楼去,从一张床上取来了几床毯子,把它们放在炉火面前烘暖。然后,他脱去她那身湿透了的、一股土腥味的衣服,用一条毛巾把她身子擦干,再用毯子把她赤裸裸地裹了起来。接下来,他走进饭厅去寻找烈性的酒。那儿还有一点儿威士忌。他自己喝了一口,又灌了点儿到她嘴里去。

　　酒喝下后,立即见效。她正眼望着他的脸,好像已经看见他好半天,可是这时候才认出他来似的。

　　"是弗格森大夫吗?"她说。

　　"你说什么?"他回问她。

　　他正在把自己的上衣脱下,打算到楼上去找几件干衣服。那股死气沉沉、黏黏糊糊的泥水气味,叫他实在忍受不了。再说,他还为自己的健康感到十分担心。

　　"我刚才干什么来着?"她问。

　　"走下池塘里去啦。"他回答,一面像一个患了病的人那样哆嗦起来,简直无法来照料她。她两眼依然直勾勾地盯着他。他脑子里似乎黑暗下去,他一筹莫展地回望着她。慢慢地,他平静下来点儿,不大哆嗦了,精神也恢复过来,他虽然茫昧、恍惚,却又强健起来了。

　　"我精神失常了吗?"她问,同时两眼一直盯视着他。

　　"也许,一时精神不大正常。"他回答。他觉得很平静,因为他的气力已经恢复过来。那种奇怪的、使他烦躁的紧张情绪已经烟消云散了。

　　"我这会儿精神还不正常吗?"她问。

　　"你这会儿吗?"他默想了一会儿。"不,"他老老实实地回答,"我瞧你这会儿已经正常啦。"他把脸转向一旁。如今,他害怕起来,因为他感到头晕目眩,还模模糊糊地感到,在这个问题上,她的力量要比他来得强。而且,这时候她还目不转睛地一直注视着他。"你能不能告诉我,在哪儿可以找到几件干衣服好让我换上?"他问。

　　"你因为我也跳进池塘里去了吗?"她问。

　　"没有,"他回答,"我一步步走下去的。不过我也摔倒在里面,头也没在水里。"

　　他们静默了一会儿工夫。他踌躇不决,心里很想走上楼去换一身干衣服,但是内心里又有另一种欲望。她似乎吸引住了他。他的意志似乎沉沉睡去,撇下他软弱无力地站在她面前。不过,他身体里却感到很温暖。他根本没再哆嗦,尽管他的衣服完全湿透,紧贴在身上。

　　"你干吗要救出我来呢?"她问。

　　"因为我不希望你做这么一件愚蠢的事。"他说。

"这并不愚蠢。"她说，一面躺在地板上，头下面枕着一只沙发靠垫，依旧凝视着他。"这是该做的正当事情。我最清楚了，当时我最清楚。"

"我去把这身湿衣服换掉。"他说。可是他还是没有力量从她身边走开，要到她打发他走的时候再走。这会儿就仿佛她掌握住了他身体中的活力，他无法自行脱身出去那样。再不然，或许他并不真想抽身走开。

突然，她坐起来。这时，她才觉察到自己当下的情况。她感到了身上裹着的毯子，意识到自己的四肢。有一刹那，她好像要失去理智那样。她用狂热的眼光向四下里看看，仿佛寻找什么似的。他心头畏惧地静静站着。她看到了自己的衣服乱扔在一旁。

"谁给我把衣服脱掉的？"她问，眼睛毫不躲闪地正视着他的脸。

"是我，"他回答，"为了把你救活过来。"

有好一会儿，她坐在那儿，使人害怕地凝视着他，嘴唇张开着。

"你爱我吗？"她问。

他就那样站在那儿，睁大眼睛望着她，给她吓呆住了。他心灵似乎软了下去。

他站在那儿，她跪着朝前挪动了几步，用胳膊抱住了他，抱住了他的腿，把胸部紧贴在他的膝盖和大腿上，以莫名其妙的、激动而自信的动作紧紧揪住了他，死命搂住他的大腿，同时抬起脸来，用闪亮的、腼腆的、使她容光焕发的眼睛望着他，流露出第一次占有的喜悦，把他拉向她的脸庞，她的颈子。

"你爱我，"她特别快活地嘟哝说，显得情意绵绵、十分得意、满怀信心，"你爱我。我知道你爱我，我知道。"

说完，她热情洋溢地吻着他的膝部，隔着湿漉漉的衣服，热情地、不分青红皂白地连连吻着他的膝盖，他的两腿，似乎完全忘却了一切。

他低头望着她那乱蓬蓬的、濡湿的头发，她那野兽般裸露着的肩膀，觉得惊愕、惶惑、害怕。他先前从来没有想到爱她这件事。当他搭救她，把她弄活过来时，他是大夫，她是病人。他私下可一丝一毫也没有想到过她。不，这样把个人因素拉扯进去对他来说，是很不愉快的，是一件破坏他职业荣誉的行为。让她在这儿搂抱住他的膝盖，这真糟糕。这糟糕透了。他对这件事很起反感，大起反感。然而——然而——他却没有力量一下子离开。

她带着同样的热切爱慕与恳求的神色和那种同样的超逸、吓人的得意光彩又望望他。由于那股炽热的柔情似乎从她脸上像一道亮光那样闪射过来，他简直无能为力。然而，他却从来没有打算爱上她。他从来没有打算这样。同时，他内心里有个什么倔强的意志却又无法退让。

"你爱我，"她用深沉、热狂而自信的低声又说了一遍，"你爱我。"

她的两手正在拉他，拉他俯下身去凑近她。他心里有些害怕，甚至有点儿毛骨悚然。因为，说真的，他并没有意思爱上她。但是，她的手正在把他拉向她。为了使自己站稳，他急忙伸出一只手去，扶住她那赤裸裸的肩膀。一股火焰似乎燃烧起了扶住她柔软肩膀的那只手。他没有意思爱上她：他的全部意志力都反对他屈服。这真糟糕。然而，摸到她肩膀所带来的感觉却是动人心弦的，她脸上的光彩也是妩媚俏丽的。或许，她是疯了吗？他极不乐意向她屈服。但是，内心里有个什么又感到痛苦。

有一会儿，他一直瞪眼望着房门，不去看她。可是他的手仍旧放在她的肩上。突然一下，她变得寂静无声。他低下头看看。她的眼睛因为恐惧，因为疑虑，这时候睁得很大，脸上的光彩正在渐渐逝去，一丝可怕的苍白色阴影又回上来了。他经受不住她眼神里那种探询的光芒，以及在这种探询后面的那种死亡的神色。

他心里止不住叫了声苦，软弱下去，听凭自己的情感向她屈服。一丝温和的微笑一下闪现到了他的脸上。她眼睛始终没有离开过他的脸，这时候她的两眼里渐渐地、渐渐地充满了泪水。他看着这种不可思议的水珠涌入她的眼睛，像一种慢慢涌上来的泉水。于是他的心似乎烧灼起来，在他的胸膛里熔化了。

他不忍心再去看她。他跪倒在地，用胳膊抱住她的头，使她的脸紧紧地伏到了他的脖子上。她寂静无声。他的心却似乎破碎了，在胸膛里以一种说不出的痛苦燃烧着。他觉得她慢慢落下的热泪沾湿了他的脖子。但是他一动也不能动。

他感到热泪沾湿了他的颈项和颈窝；他仍然一动不动，暂时逗留在一段人类那永无休止的时光里。直到这会儿，他才觉得把她的脸庞紧紧抱在自己的胸前，已经成为无法摆脱的了；他决不能再让她走开。他决不能让她的头离开自己胳膊的紧紧搂抱。他想要永远像这样待下去，听凭他的感情使他受到痛苦的损伤，这种痛苦对他说来也是活力。他不自觉地低下头去望着她那濡湿、柔软的褐色头发。

接着，好像是突如其来地，他闻到了池塘污水的那种令人作呕、混浊难闻的气味。就在这时刻，她从他身边退缩开一点儿，对他望望。她的两眼显得脉脉含情、深不可测。他有点儿害怕这双眼睛。他开始吻她，自己也不知道自己正做着的是什么事。他希望她的眼睛里没有这种可怕的脉脉含情、深不可测的神色。

等她把脸再转过来对着他时，一阵淡淡的、娇媚的红晕在她脸上闪闪发光，她眼睛里又显露出了那种可怕的欢乐光彩。这种光彩实在叫他惊吓，然而现在，他又想要看到它，因为他更加惧怕那种疑虑的神色。

"你爱我吗?"她有点儿畏缩，结结巴巴地说。

"是的。"他费了很大气力才说出了这么一句话。倒不是因为这句话不真实，而是因为它仅仅一会儿工夫以前才成为真实的，他这么一说，似乎就把他新近划破的心又划破开了。而就连这时候，他也不大希望这是真实的。

她抬起脸来对着他，他俯身向前，轻轻地亲了一下她的嘴。这是海誓山盟的一次亲吻。而在他吻着她时，他的心又在胸膛里紧缩起来。他从来就没有打算爱上她。可是现在，事情已经成为过去。他已经下定决心顺从了她。他撇在后面的一切都已经干枯萎缩，化为乌有了。

在这一吻之后，她的眼眶里渐渐又充满了泪花。她寂静地坐着，没有挨近他，脸低垂向一旁，两手合起来放在膝上。泪珠缓缓地扑簌簌落下。这时候万籁俱寂，一点儿声响也没有。他也呆若木鸡、默默无语地坐在炉前的地毯上。破碎的心里那种说不出的痛苦，似乎要销毁了他。他竟会爱她吗? 这就是恋爱吗! 他竟会给感情这样撕裂开来! 他，还是一个大夫哩! 人家要知道了，管保会怎样嘲笑啊! 他想到人家可能会知道，就感到满心痛苦。

在这种想法所带来的难以理解、无可逃避的痛苦中，他又朝她看了一眼。她正坐在那儿，垂着头默然沉思。他瞥见一滴泪珠落下，心里又突然一下灼热起来。他第一次看到她的一个肩膀完全没有遮盖起，一只胳膊也袒露着，他还可以瞥见她的一只娇小的乳房。他只是朦朦胧胧地瞥见，因为屋子里这时候已经变得几乎黑洞洞的了。

"你干吗哭?"他用改变了的嗓音问。

她抬起头来望着他。在泪水后面，她对自己当下情况的醒悟，第一次使她眼睛里闪出了一种娇羞、晦暗的神色。

"说真的，我没在哭。"她说，有点儿惊慌地注视着他。

他伸出手去，很温柔地握住了她那只光胳膊。

"我爱你! 我爱你!"他用柔和、颤动的低声说，跟他平时完全不一样。

她退缩了一下，垂下头去。他的手这样温柔、体贴地抓着她的胳膊，使她觉得十分伤感。她抬起脸来望着他。

"我想去一下，"她说，"我想去给你取几件干衣服来。"

"为什么?"他说，"我没问题。"

"可我想去一下，"她说，"我想让你把你的衣服换掉。"

他放开了她的胳膊。她用一条毯子把自己裹起来，一面有点儿慌张地望着他。但是她还是没有站起身。

"亲亲我。"她依恋地说。

他亲了她一下,不过是很短暂的,而且还有点儿愠怒。

随后,过了短短一刹那,她乱七八糟地用那条毯子裹着身体,紧张不安地站起来。他注视着她慌慌张张,竭力想脱出身子把自己裹裹好,使她可以行走。他冷漠无情地注视着她,这她知道。她向前走去,毯子在身后拖曳着,他瞥见了她的两脚和一条雪白的腿。这时,他尽力想记起自己用毯子把她裹起时她的情景。但是那时候,他并不想记住,因为她当时对他压根儿算不了什么。当她对他压根儿算不了什么的时候,他的本性决不容他记住她那时的情形。

那所黑洞洞的屋子里传来的一阵磕磕撞撞、低沉迟钝的声音使他吓了一跳。接下来,他听见梅布尔的嗓音:——"这儿有几件衣服。"他站起身,走到楼梯脚下,把她扔下的衣服拾起来。随后,他回到炉火前边,把自己全身擦干,再把干衣服换好。等他穿着完毕以后,他对自己的外貌咧开嘴好笑起来。

炉火在微弱下去,因此他连忙加上了煤。除了从冬青树外边暗淡地射进来的街灯灯光以外,屋子里这时候一片漆黑。他在壁炉台上找到了火柴,把煤气灯点亮。然后,他把自己衣服口袋里的东西全部取出来,又把他的湿衣服等等聚成一堆,扔进洗碗槽里。接下去,他慢慢地收拾起了她的湿衣服,把它们另作一堆放在洗碗槽的铜盖子上面。

根据大钟,这时候是六点。他自己的表已经停了。他应该回到医疗室去。他等了一会儿,她还是没有下楼来。他于是走到楼梯脚下,叫唤道:

"我非得走啦。"

几乎立刻他就听见她走下楼来了。梅布尔穿上了自己最好的那件黑纱衣服,头发梳得整整齐齐,不过依旧是潮乎乎的。她望着他——情不自禁地笑了笑。

"我可不喜欢瞧见你穿着这身衣服。"她说。

"我样子很可笑吗?"他回答。

他们彼此都有点儿矜持。

"我来给你沏点儿茶。"她说。

"不,我非得走了。"

"你非走不可吗?"她又把眼睛睁得很大,紧张、怀疑地望着他。他再一次从自己胸膛里所感到的痛苦中知道,自己是多么爱她。他走过去,弯下身,以内心的痛苦的一吻温柔地、热情地吻了吻她。

"我头发上的这股气味实在难闻。"她心烦意乱地嘀咕说,"而且我还这么可怕,我还这么可怕!啊呀,我太可怕啦。"她痛苦、伤心地呜咽起来,

"你不会乐意爱我的,我太叫人讨厌啦。"

"别胡扯,别胡扯,"他说,竭力安慰她,亲吻她,把她搂在怀里,"我要你,我要娶你,我们这就结婚,尽快,尽快结婚——要是办得到的话,明儿就结婚。"

但是她一个劲儿地呜咽哭泣,还喊着说:

"我觉得糟透啦。我觉得糟透啦。我觉得对你来说,我实在叫人讨厌。"

"不,我要你,我要你。"他就这样回答,盲目地、声调可怕地回答。这种声调几乎比她惟恐他不要她的那种畏惧心理还使她惊骇。

思 考 题

1. 小说开始说的珀文家的情况在哪些方面帮助我们了解梅布尔和随后发生的事件?

2. 池塘事件有什么象征意义?这一事件在梅布尔和弗格森医生的心中产生了什么心理上和情感上的变化?

3. 这篇小说要说的是性爱的本能吗?是男女之间的关系吗?

4. 试述这篇小说的价值观。它反对的是什么?赞扬的是什么?作者又是如何巧妙地加以处理的?

5. 这篇小说的基调是什么?它在语言和细节描写方面作出了什么贡献?

苍　　蝇

[新西兰]曼斯菲尔德

王　竞译

　　凯瑟琳·曼斯菲尔德(Katherine Mansfield,1888—1923)出身于新西兰惠灵顿一个银行家的家庭。为了实现以写作为生的抱负,十九岁时只身前往伦敦。她在婚姻生活上曾遭受不幸,后与评论家默里同居,直至1918年正式结婚。曼斯菲尔德以短篇小说著称。她的小说常以普通人的日常生活为题材,多为描写他们的内心世界,在艺术上则深受契诃夫的影响。她的主要贡献在于拓宽了短篇小说的表现力。她的小说没有曲折的情节,但她善于通过那些凝结人们生活体验的"生活片断",通过意象、象征等等的暗示,使读者领悟生活的真谛。她的小说风格细腻,富有诗意。主要作品有短篇小说集《在德国公寓里》、《鸽巢及其他》、《孩子气及其他》,文学评论集《小说与小说家》等。《序曲》、《花园茶会》、《苍蝇》、《她的第一次舞会》都是她的短篇佳作。

　　"你这儿可真舒适。"年迈的伍德菲尔德先生尖声细气地说道。此刻他正坐在他那当老板的朋友的书桌旁的一只靠手椅中。他从那只很大的绿皮靠手椅中向外观望,仿佛婴孩从童车中向外张望一般。他想说的话已说完,是告辞的时候了。然而他还不想走。自从他退休以来,自从他中风……他妻子和几个女儿叫他每天都待在家里,只有星期二是例外。每星期二她们给他穿戴整齐,让他到城里商业区去走走。至于他在那里干些什么,他妻子和女儿们一无所知。她们猜想,老头肯定是去找几个老朋友闲聊打扰他们工作。……也许如此吧。然而我们大家对于最后的乐趣都是依依不舍的,就像树木依恋最后几片树叶一般。伍德菲尔德坐在那儿,一边抽着雪茄,一边不胜艳羡地望着他那位老板朋友,那老板坐在办公椅里摇动着,身材粗壮,脸色红润。虽比他年长五岁,但仍很结实,仍然掌握着公司的经营大权。看见他真令人高兴。

老头流露出渴望羡慕的神色，又加了一句："说真的，这儿真舒服啊！"

"是啊，是很舒服。"那老板赞同地说，一边用裁纸刀翻动着《金融时报》。事实上他颇以这办公室自豪。他喜欢听别人赞美，尤其喜欢听老伍德菲尔德的称赞。坐在办公室中，让戴着围巾的脆弱的老伍德菲尔德好好欣赏一下，他觉得十分高兴，踌躇满志。

"我最近把它整修布置了一番。"那老板解释道。过去几个星期中——多少个星期？——他一直是这么解释的。"新的地毯，"他指着那鲜艳的上面有白色大圆圈图案的红地毯，"新的家具。"他朝那个巨大的书柜和那只桌子点了下头。那桌子的四条腿宛若扭转的糖蜜似的。"电热器！"他兴高采烈地朝着倾斜的铜盘中柔和地灼热发光的五根透明的珍珠似的小圆柱挥了挥手。

但他没有向老伍德菲尔德提及桌子上那帧照片。照片中一个身穿军装的脸色严肃的青年站着，后面是照相馆布景：一个阴森森的公园，天空中乌云密布。那照片不是新的，它摆在桌子上已经有六年多了。

"我刚才有件事想告诉你。"老伍德菲尔德说道。他在竭力回想，眼神变得暗淡了。"是什么事情来着？早晨出来时我还记在心上。"他那双手哆嗦着，胡子上方的脸上也泛出了红晕。

可怜的老头，时日不多了，那老板想道。他和善地向老头眨眨眼，打趣地说，"我来告诉你吧。我这儿有点喝的东西。你喝两口再出去，大有好处，外面冷着呢。这可是上等货。小孩喝下去也不会伤身体。"他从表链上取下一个钥匙，打开书桌下方的一个食品柜，拿出一个黑沉沉矮墩墩的瓶子。"就是这好东西，"他说，"给我这酒的那个人私下悄悄地告诉我说那是从温莎古堡的酒窖里弄来的。"

老伍德菲尔德一看见酒瓶惊奇得张大了嘴。假如那老板从食品柜里拿出来的是一只白兔，也不会使他更为吃惊。

"是威士忌，对吗？"他无力地尖声说道。

那老板转过瓶子，爱抚似的让他看商标。确实是威士忌。

"你知道，"他说道，抬头望着那老板，"她们在家里不让我沾一滴威士忌。"他看上去仿佛就要哭泣似的。

"啊，这方面我们可比娘儿们高明了。"那老板说着，俯身过去从身子上水瓶旁边取过两只平底无脚酒杯，慷慨大方地倒了一指深的酒。"喝下去。对你有好处。别掺水。在这样的酒中掺水那真是罪过了。嗳！"他举杯一饮而尽，掏出手帕，急忙擦了一下髭须，然后他朝伍德菲尔德瞟了一眼。老伍德菲尔德正在从容不迫地品尝。

老头儿咽了口酒，沉默了一会儿，然后声音微弱地说道："味道真醇厚！"

酒使他暖和了。酒力慢慢地升到他那年老寒冷的脑际——他忽然想起刚才想要说的话了。

"我想起来了，"他说道，费劲地从椅子里站起来，"我想你很想听一下的。上星期我的几个女儿到比利时去给里奇扫墓。她们碰巧也见到了你儿子的墓。两墓之间似乎距离很近！"

伍德菲尔德停顿了一下，可是那老板没有应声。只见他眼睑颤动了一下，这说明他听见了。

"姑娘们对那公墓的情况颇为满意，"老头儿嗓音尖细地说道，"墓地照料得很好。即使在家乡也不过如此。你没有去过，是吗？"

"没有，没有！"由于种种原因老板没有去看过墓地。

"好几英里全是坟墓，"伍德菲尔德声音颤抖地说，"全都像花园一般干净。所有的坟上都种着鲜花。道路又宽又好。"从他说话的声音可以看出他对又宽又好的道路十分赞赏。

又是一阵沉默。随后老人忽然兴奋起来。

"你可知道在我那几个女儿住的旅馆里一罐果酱要多少钱？"他说道，"十个法郎！我说那简直是抢劫。只那么一小罐，格特鲁德说和半克郎银币差不多大小的一小罐。她只吃了一匙，他们就要她付十法郎。格特鲁德干脆把那罐子也带走了。教训教训他们。做得也对。他们想利用我们的感情来为自己赚钱。他们认为我们到那儿去扫墓，什么价钱都愿付。就是这么回事。"他转身朝门口走去。

"完全对，完全对！"那老板喊道。至于什么事情完全对，他可一点也不知道。他绕过书桌，跟在脚步拖曳的老伍德菲尔德后面走到门口，送他出去。伍德菲尔德走了。

那老板在门口待了好一会儿，两眼愣愣出神。那头发灰白的办公室信差在他那小房间门口闪进闪出，一边望着老板，活像一条狗，渴望主人带它出去溜达一下。"梅西，半小时之内我不见客，"那老板说道，"懂吗？谁也不见。"

"是，先生。"

门关了。坚定沉重的脚步重又走过那鲜艳的地毯，肥胖的身躯跌入弹簧椅中，那老板倾身向前，双手捂住脸。他想要，他打算，他已准备好大哭一场。……

刚才老伍德菲尔德突然说出的关于他儿子的坟墓的那些话，对他是个可怕的打击。仿佛大地开裂，他看到他儿子躺在那儿，而伍德菲尔德的女儿们在俯视着他似的。说来也怪，虽然事隔六年多了，老板每想起儿子似乎总是看到他儿子的面容丝毫不变地,整整齐齐地穿着制服躺着,长眠不醒。"我的儿子啊!"老板痛苦地呻吟着。但没有泪水流出来。过去,在他儿子刚死后的几个月甚至一两年中,他一说这几个字,就立即悲痛欲绝,只有大哭一场后,才感觉轻松一点。那时他曾跟人说过,曾对大家说过,时间医治不了他的创伤。别人可能会恢复过来,可能会渐渐淡忘,但他不会。怎么忘得了呢?他儿子是独生子。老板自从儿子出生后就拼命工作为儿子积起这份家产;要不是为儿子,其他还有什么意义呢?生活本身就毫无意义了。他那样含辛茹苦地奴隶般地工作,克勤克俭,几十年坚持不懈,难道不就是为了使儿子有朝一日能接替他,继承他没干完的事业吗?

那时他的这一愿望是近乎实现的。战争爆发前他儿子在他办公室里学了一年经营管理的方法。每天早晨父子俩一起上班,下班同乘一列火车回家。许多人都庆贺他有这么好的一个儿子。那也毫不奇怪,他儿子确实学得十分出色。他深受公司里职员的爱戴,上上下下每个人以至老梅西都对他赞不绝口,但他一点儿也没有被惯坏。一点也没有。他仍然保持聪明朴实的本性,对每个人说话都很得体,他脸上稚气十足,老是喜欢说:"简直妙极了!"

然而那一切现在都已成为过去,一去不复返了。仿佛从未发生过似的。那一天,梅西递给他那份宛若霹雳一声天崩地裂的电报"兹沉痛通知阁下……"那天他离开办公室回家时已完全被悲哀压垮,生活彻底毁灭了。

六年过去了。六年……时间过得真快!就像是昨天发生的事情似的。老板从脸上挪开双手。他有点困惑不解。似乎什么地方不对劲。他感觉到不大对劲。他决定站起来看一下他儿子的照片。那帧照片并不是他最喜欢的一张。脸上的表情不大自然。那神情相当冷淡,甚至有点严肃。他儿子可不是那般模样的。

此时老板发现一只苍蝇掉进了他办公桌上的那只宽而大的墨水瓶之中,正在软弱无力地然而是拼命地挣扎,想爬出来。救命!救命!那苍蝇的腿在竭力挣扎。但墨水瓶的边缘又湿又滑,那苍蝇又掉下去了,并开始在墨水中浮游。老板取过一支钢笔,把苍蝇从墨水中捞出来,放在一张吸墨纸上。那苍蝇在黑糊糊的墨汁中躺了一会儿。随后它前腿开始动了几下,站稳后把它那小小的湿透的身体撑起来。随后那苍蝇便开始进行把墨水从翅膀上擦去的艰巨工作。它用一条腿自上至下自上至下地擦拭一只翅膀,活像用磨刀石磨长柄大镰刀似的。歇了一阵后,那苍蝇像是跐起脚似的竭力展开一片翅膀,过后又展了展另一片翅膀。最后翅膀终于可以活动了。随后它坐着像只极微小的猫似的开始洗脸了。这时我们可以想像它那小小的前腿相互轻轻地欢快地擦拭的情景。可怕的危险业已过去；总算九死一生逃得性命；又可以重新开始生活了。

　　然而此时那老板忽然心血来潮想出个念头。他把钢笔浸入墨水之中，把他那粗壮的手腕靠在吸墨纸上。正当那苍蝇想试试翅膀之时，一滴巨大的沉重的墨水不偏不倚滴落在它身上。它将怎么办呢？怎么办呢？那小小的可怜虫似乎完全被吓倒了，不知所措了，它不敢动弹，不知还会发生什么事情。但是，过了一会儿，它显得十分费力地朝前拖了几步。前腿开始动弹，站稳了，随后又重新开始刚才那洗面擦翅膀的工作，不过这次它动作更迟滞了。

　　真是个勇敢的小鬼，老板想道。他十分佩服那苍蝇的勇气。办事就得这样；就应该有这种气概。百折不挠。这只是……此时苍蝇又完成了它那艰巨的工作。老板赶紧再把钢笔注满墨水，再次把一滴墨水不偏不倚滴在那苍蝇洗擦干净的身上。这次看它怎么办？焦急地等了一会儿。看哪，它的前腿又在动弹了。老板松了一口气，他俯下身去，亲切地对那苍蝇说："你这个小机灵……"他真的想朝它吹气帮它把身体擦干。然而，此时那苍蝇有点战战兢兢，有气无力了。老板决定最后再来一次，便把钢笔浸入墨水瓶中。

　　果真如此。最后一滴墨水滴落在吸墨纸上，那苍蝇躺在墨水中不动了。它那后腿粘贴在身体上，前腿已不见了。

　　"来，"老板说道，"快！"他用钢笔拨动苍蝇——不起作用。毫无动静，而且也不再会有动静了。苍蝇死了。

　　老板用裁纸刀的一端挑起死苍蝇，把它扔在废纸篓中。但此时突然一阵难以忍受的悲痛攫住了他，使他十分惊恐。他跳起来，按铃召唤梅西。

　　"给我拿些吸墨纸来，"他严厉地说，"快点！"那老信差离开后，他开始回想刚才他在思考什么事情来着。我刚才在想什么？是……他掏出手帕，擦了一下衣领里的颈脖。他无论如何记不起来了。

思　考　题

　　1. 从小说的开头部分看，老板是怎样一个人？后来有些什么变化？试述你对他的最终看法。

　　2. 苍蝇象征了什么？苍蝇以及老板对苍蝇的态度使你看清了什么？

　　3. 年迈的伍德菲尔德和信差梅西在小说中起什么作用？

　　4. 在小说的结尾，老板突然记不起刚才在想什么了，这意味着什么？

　　5. 在这篇小说中，作者要想告诉我们的是什么？她采用了哪些手法来拓宽短篇小说的表现力？

纪念爱米丽的一朵玫瑰花

[美国]福克纳

杨岂深译

威廉·福克纳(William Faulkner,1897—1962)出身于密西西比州的新奥尔巴尼一个没落庄园主的家庭。1902年,随全家迁至该州的奥克斯福镇,并在那儿上学。1918年7月,他进入在加拿大的英国皇家空军学校学习。同年年底,因第一次世界大战结束回到家乡,进密西西比大学学习一年,并开始创作诗歌、散文和短篇小说。此后曾担任书店店员及邮局职员等工作,并曾赴欧洲游历。1925年底,他返回奥克斯福镇,专心从事写作,成为美国南方文学派代表作家。他的"约克纳帕塔法世系"小说创造性地运用意识流、多视角叙述、对位结构、象征隐喻等手法,为小说的叙事艺术作出了杰出的贡献。代表作有长篇小说《喧哗与骚动》、《我弥留之际》、《押沙龙,押沙龙!》、《圣殿》、《八月之光》等。1949年,他以"对当代美国小说作出了强有力的和艺术上无与伦比的贡献",获得诺贝尔文学奖。

一

爱米丽·格里尔生小姐过世了,全镇的人都去送丧:男子们是出于敬慕之情,因为一个纪念碑倒下了。妇女们呢,则大多数出于好奇心,想看看她屋子的内部。除了一个花匠兼厨师的老仆人之外,至少已有十年光景谁也没进去看看这幢房子了。

那是一幢过去漆成白色的四方形大木屋,坐落在当年一条最考究的街道上,还装点着有19世纪70年代风味的圆形屋顶、尖塔和涡形花纹的阳台,带有浓厚的轻盈气息。可是汽车间和轧棉机之类的东西侵犯了这一带庄严的名字,把它们涂抹得一干二净。只有爱米丽小姐的屋子岿然独存,四周簇拥着棉花车和汽油泵。房子虽已破败,却还是执拗不驯,装模作样,真是丑中之丑。现在爱米丽小姐已经加入了那些名字庄严的代表人物的行列,他们沉睡在雪松环绕的墓园之中,那里尽是一排排在南北战争时期杰斐逊战役中阵亡的南方和北方的无名军人墓。

爱米丽小姐在世时,始终是一个传统的化身,是义务的象征,也是人们关注的对象。打1894年某日镇长沙多里斯上校——也就是他下了一道黑人妇女不系围裙不得上街的命令——豁免了她一切应纳的税款起,期限从她父亲去世之日开始,一直到她去世为止,这是全镇沿袭下来对她的一种义务。这也并非说爱米丽甘愿接受施舍,原来是沙多里斯上校编造了一大套无中生有的话,说是爱米丽的父亲曾经贷款给镇政府,因此,镇政府作为一种交易,宁愿以这种方式偿还。这一套话,只有沙多里斯一代的人以及像沙多里斯一样头脑的人才能编得出来,也只有妇道人家才会相信。

等到思想更为开明的第二代人当了镇长和参议员时,这项安排引起了一些小小的不满。那年元旦,他们便给她寄去了一张纳税通知单。2月份到了,还是杳无音信。他们发出一封公函,要她便中到司法长官办公处去一趟。一周之后,镇长亲自写信给爱米丽,表示愿意登门访问,或派车迎接她,而所得回信却是一张便条,写在古色古香的信笺上,书法流利,字迹细小,但墨水已不鲜艳,信的大意是说她已根本不外出。纳税通知附还,没有表示意见。

参议员们开了个特别会议,派出一个代表团对她进行了访问。他们敲敲门,自从八年或者十年前她停止开授瓷器彩绘课以来,谁也没有从这大门出入过。那个上了年纪的黑人男仆把他们接进阴暗的门厅,从那里再由楼梯上去,光线就更暗了。一股尘封的气味扑鼻而来,空气阴湿而又不透气,这屋子长久没有人住了。黑人领他们到客厅里,里面摆设的笨重家具全都包着皮套子。黑人打开了一扇百叶窗,这时,便更可看出皮套子已经坼裂;等他们坐了下来,大腿两边就有一阵灰尘冉冉上升,尘粒在那一缕阳光中缓缓旋转。壁炉前已经失去金色光泽的画架上面放着爱米丽父亲的炭笔画像。

她一进屋,他们全都站了起来,一个小模小样,腰圆体胖的女人,穿了一身黑服,一条细细的金表链拖到腰部,落到腰带里去了,一根乌木拐杖支撑着她的身体,拐杖头的镶金已经失去光泽。她的身架矮小,也许正因为这个缘故,在别的女人身上显得不过是丰满,而她却给人以肥大的感觉。她看上去像长久泡在死水中的一具死尸,肿胀发白。当客人说明来意时,她那双凹陷在一脸隆起的肥肉之中,活像揉在一团生面中的两个小煤球似的眼睛不住地移动着,时而瞧瞧这张面孔,时而打量那张面孔。

她没有请他们坐下来。她只是站在门口,静静地听着,直到发言的代表结结巴巴地说完,他们这时才听到那块隐在金链子那一端的挂表嘀嗒作响。

她的声调冷酷无情。"我在杰斐逊无税可纳。沙多里斯上校早就向我交代过了。或许你们有谁可以去查一查镇政府档案,就可以把事情弄清楚。"

"我们已经查过档案,爱米丽小姐,我们就是政府当局。难道你没有收到过司法长官亲手签署的通知吗?"

"不错,我收到过一份通知,"爱米丽小姐说道,"也许他自封为司法长官……可是我在杰斐逊无税可交。"

"可是纳税册上并没有如此说明,你明白吧。我们应根据……"

"你们去找沙多里斯上校。我在杰斐逊无税可交。"

"可是,爱米丽小姐——"

"你们去找沙多里斯上校。"(沙多里斯上校死了将近十年了。)"我在杰斐逊无税可纳。托比!"黑人应声而来。"把这些先生们请出去。"

二

她就这样把他们"连人带马"地打败了,正如三十年前为了那股气味的事战胜了他们的父辈一样。那是她父亲死后两年,也就是在她的心上人——我们都相信一定会和她结婚的那个人——抛弃她不久的时候。父亲死后,她很少外出;心上人离去之后,人们简直就看不到她了。有少数几位妇女竟冒冒失失地去访问过她,但都吃了闭门羹。她居处周围惟一的生命迹象就是那个黑人男子拎着一个篮子出出进进,当年他还是个青年。

"好像只要是一个男子,随便什么样的男子,都可以把厨房收拾得井井有条似的。"妇女们都这样说。因此,那种气味越来越厉害时,她们也不感到惊异。那是芸芸众生的世界与高贵有势的格里尔生家之间的另一联系。

邻家一位妇女向年已八十的法官斯蒂芬斯镇长抱怨。

"可是太太,你叫我对这件事又有什么办法呢?"他说。

"哼,通知她把气味弄掉,"那位妇女说,"法律不是有明文规定吗?"

"我认为这倒不必要,"法官斯蒂芬斯说,"可能是她用的那个黑鬼在院子里打死了一条蛇或一只老鼠。我去跟他说说这件事。"

第二天,他又接到两起申诉,一起来自一个男的,用温和的语气提出意见。"法官,我们对这件事实在不能不过问了。我是最不愿意打扰爱米丽小姐的人,可是我们总得想个办法。"那天晚上全体参议员——三位老人和一位年纪较轻的新一代成员在一起开了个会。

"这件事很简单,"年轻人说,"通知她把屋子打扫干净,限期搞好,不然的话……"

"先生,这怎么行?"法官斯蒂芬斯说,"你能当着一位贵妇人的面说她那里有难闻的气味吗?"

于是,第二天午夜之后,有四个人穿过了爱米丽小姐家的草坪,像夜盗一样绕着屋子潜行,沿着墙角一带以及在地窖通风处拼命闻嗅,而其中一个人则用手从挎在肩上的袋子中掏出什么东西,不断做着播种的动作。他们打开了地窖门,在那里和所有的外屋里都撒上了石灰。等到他们回头又穿过草坪时,原来暗黑的一扇窗户亮起了灯:爱米丽小姐坐在那里,灯在她身后,她那挺直的身躯一动不动像是一尊偶像一样。他们蹑手蹑脚地走过草坪,进入街道两旁洋槐树树阴之中。一两个星期之后,气味就闻不到了。

而这时人们才开始真正为她感到难过。镇上的人想起爱米丽小姐的姑奶奶韦亚特老太太终于变成了十足疯子的事,都相信格里尔生一家人自视过高,不了解自己所处的地位。爱米丽小姐和像她一类的女子对什么年轻男子都看不上眼。长久以来,我们把这家人一直看做一幅画中的人物:身段苗条、穿着白衣的爱米丽小姐立在背后,她父亲叉开双脚的侧影在前方,背对爱米丽,手执一根马鞭,一扇向后开的前门恰好嵌住了他们俩的身影。因此当她年近三十,尚未婚配时,我们实在没有欣喜的心理,只是觉得先前的看法得到了证实。即令她家有着疯癫的血液吧,如果真有一切机会摆在她面前,她也不至于断然放过。

父亲死后,传说留给她的全部财产就是那座房子;人们倒也有点感到高兴。到头来,他们可以对爱米丽表示怜悯之情了。单身独处,贫苦无告,她变得懂人情了。如今她也体会到多一便士就激动喜悦、少一便士便痛苦失望的那种人皆有之的心情了。

她父亲死后的第二天,所有的妇女都准备到她家拜望,表示哀悼和愿意接济的心意,这是我们的习俗。爱米丽小姐在家门口接待她们,衣着和平日一样,脸上没有一丝哀愁。她告诉她们,她的父亲并未死。一连三天她都是这样,不论是教会牧师访问她也好,还是医生想劝她让他们把尸体处理掉也好。正当他们要诉诸法律和武力时,她垮下来了,于是他们很快地埋葬了她的父亲。

当时我们还没有说她发疯。我们相信她这样做是控制不了自己。我们还记得她父亲赶走了所有的青年男子,我们也知道她现在已经一无所有,只好像人们常常所做的一样,死死拖住抢走了她一切的那个人。

三

　　她病了好长一个时期。再见到她时,她的头发已经剪短,看上去像个姑娘,和教堂里彩色玻璃窗上的天使像不无相似之处——有几分悲怆肃穆。

　　行政当局已订好合同,要铺设人行道,就在她父亲去世的那年夏天开始动工。建筑公司带着一批黑人、骡子和机器来了,工头是个北方佬,名叫荷默·伯隆,个子高大,皮肤黝黑,精明强干,声音宏亮,双眼比脸色浅淡。一群群孩子跟在他身后听他用不堪入耳的话责骂黑人,而黑人则随着铁镐的上下起落有节奏地哼着劳动号子。没有多少时候,全镇的人他都认识了。随便什么时候人们要是在广场上的什么地方听见呵呵大笑的声音,荷默·伯隆肯定是在人群的中心。过了不久,逢到礼拜天的下午我们就看到他和爱米丽小姐一齐驾着轻便马车出游了。那辆黄轮车配上从马房中挑出的栗色辕马,十分相称。

　　起初我们都高兴地看到爱米丽小姐多少有了一点寄托,因为妇女们都说:“格里尔生家的人绝对不会真的看中一个北方佬,一个拿日工资的人。”不过也有别人,一些年纪大的人说就是悲伤也不会叫一个真正高贵的妇女忘记“贵人举止”,尽管口头上不把它叫做“贵人举止”。他们只是说:“可怜的爱米丽,她的亲属应该来到她的身边。”她有亲属在亚拉巴马;但多年以来,她的父亲为了疯婆子韦亚特老太太的产权问题跟他们闹翻了,以后两家就没有来往。他们连丧礼也没派人参加。

　　老人们一说到“可怜的爱米丽”,就交头接耳开了。他们彼此说:“你当真认为是那么回事吗?”“当然是啰。还能是别的什么事?……”而这句话他们是用手捂住嘴轻轻地说的;轻快的马蹄得得驰去的时候,关上了遮挡星期日午后骄阳的百叶窗,还可听出绸缎的窸窣声:“可怜的爱米丽。”

　　她把头抬得高高——甚至当我们深信她已经堕落了的时候也是如此,仿佛她比历来都更要求人们承认她作为格里尔生家族末代人物的尊严;仿佛她的尊严就需要同世俗的接触来重新肯定她那不受任何影响的性格。比如说,她那次买老鼠药、砒霜的情况。那是在人们已开始说“可怜的爱米丽”之后一年多,她的两个堂姐妹也正在那时来看望她。

　　“我要买点毒药。”她跟药剂师说。她当时已三十出头,依然是个削肩细腰的女人,只是比往常更加清瘦了,一双黑眼冷酷高傲,脸上的肉在两边的太阳穴和眼窝处绷得很紧,那副面部表情是你想像中的灯塔守望人所应有的。“我要买点毒药。”她说道。

"知道了，爱米丽小姐。要买哪一种？是毒老鼠之类的吗？那么我介绍——"

"我要你们店里最有效的毒药，种类我不管。"

药剂师一口说出好几种，"它们什么都毒得死，哪怕是大象。可是你要的是——"

"砒霜，"爱米丽小姐说，"砒霜灵不灵？"

"是……砒霜？知道了，小姐。可是你要的是……"

"我要的是砒霜。"

药剂师朝下望了她一眼。她回看他一眼，身子挺直，面孔像一面拉紧了的旗子。"噢噢，当然有，"药剂师说，"如果你要的是这种毒药。不过，法律规定你得说明作什么用途。"

爱米丽小姐只是瞪着他，头向后仰了仰，以便双眼好正视他的双眼，一直看到他把目光移开了，走进去拿砒霜包好。黑人送货员把那包药送出来给她；药剂师却没有再露面。她回家打开药包，盒子上骷髅骨标记下注明："毒鼠用药"。

四

于是，第二天我们大家都说"她要自杀了"；我们也都说这是再好没有的事。我们第一次看到她和荷默·伯隆在一块儿时，我们都说："她要嫁给他了。"后来又说："她还得说服他呢。"因为荷默自己说他喜欢和男人来往，大家知道他和年轻人在麋鹿俱乐部一道喝酒，他本人说过，他是无意于成家的人。以后每逢礼拜天下午他们乘着漂亮的轻便马车驰过；爱米丽小姐昂着头，荷默歪戴着帽子，嘴里叼着雪茄烟，戴着黄手套的手握着马缰和马鞭。我们在百叶窗背后都不禁要说一声："可怜的爱米丽。"

后来有些妇女开始说，这是全镇的羞辱，也是青年的坏榜样。男子汉不想干涉，但妇女们终于迫使浸礼会牧师——爱米丽小姐一家人都是属于圣公会的——去拜访她。访问经过他从未透露，但他再也不愿去第二趟了。下个礼拜天他们又驾着马车出现在街上，于是第二天牧师夫人就写信告知爱米丽住在亚拉巴马的亲属。

原来她家里还有近亲，于是我们坐待事态的发展。起先没有动静，随后我们得到确讯，他们即将结婚。我们还听说爱米丽小姐去过首饰店，订购了一套银质男人盥洗用具，每件上面刻着"荷·伯"。两天之后人家又告诉我们她买了全套男人服装，包括睡衣在内，因此我们说："他们已经结婚了。"我们着实高兴。我们高兴的是两位堂姐妹比起爱米丽小姐来，更有格里尔生家族的风度。

　　因此当荷默·伯隆离开本城——街道铺路工程已经竣工好一阵子了
——时,我们一点也不感到惊异。我们倒因为缺少一番送行告别的热闹,
不无失望之感。不过我们都相信他此去是为了迎接爱米丽小姐作一番准
备,或者是让她有个机会打发走两个堂姐妹。(这时已经形成了一个秘密
小集团,我们都站在爱米丽小姐一边,帮她踢开这一对堂姐妹。)一点也不
差,一星期后她们就走了。而且,正如我们一直所期待的那样,荷默·伯隆
又回到镇上来了。一位邻居亲眼看见那个黑人在一天黄昏时分打开厨房
门让他进去了。

　　这就是我们最后一次看到荷默·伯隆。至于爱米丽小姐呢,我们则有
一段时间没有见到过她。黑人拿着购货篮进进出出,可是前门却总是关
着。偶尔可以看到她的身影在窗口晃过,就像人们在撒石灰那天夜晚曾经
见到过的那样,但却有整整六个月的时间,她没有出现在大街上。我们明
白这也并非出乎意料;她父亲的性格三番五次地使她那作为女性的一生
平添波折,而这种性格仿佛太恶毒,太狂暴,还不肯消失似的。

　　等到我们再见到爱米丽小姐时,她已经发胖了,头发也已灰白了。以
后数年中,头发越变越灰,变得像胡椒盐似的铁灰色,颜色就不再变了。直
到她七十四岁去世之日为止,还是保持着那旺盛的铁灰色,像是一个活跃
的男子的头发。

　　打那时起,她的前门就一直关闭着,除了她四十左右的那段约有六七
年的时间之外。在那段时间,她开授瓷器彩绘课。在楼下的一间房里,她临
时布置了一个画室,沙多里斯上校的同时代人全都把女儿、孙女儿送到她
那里学画,那样的按时按刻,那样的认真精神,简直同礼拜天把她们送到
教堂去,还给她们两角五分钱的硬币准备放在捐献盆子里的情况一模一
样。这时,她的捐税已经被豁免了。

　　后来,新的一代成了全镇的骨干和精神,学画的学生们也长大成人,
渐次离开了,她们没有让她们自己的女孩子带着颜色盒、令人生厌的画笔
和从妇女杂志上剪下来的画片到爱米丽小姐那里去学画。最后一个学生
离开后,前门关上了,而且永远关上了。全镇实行免费邮递制度之后,只有
爱米丽小姐一人拒绝在她门口钉上金属门牌号,附设一个邮件箱。她怎么
也不理睬他们。

　　日复一日,月复一月,年复一年,我们眼看着那黑人的头发变白了,背
也驼了,还照旧提着购货篮进进出出。每年十二月我们都寄给她一张纳税
通知单,但一星期后又由邮局退还了,无人收信。我们不时在楼底下的一
个窗口——她显然是把楼上封闭起来了——见到她的身影,像神龛中的

一个偶像的雕塑躯干,我们说不上她是不是在看着我们。她就这样度过了一代又一代——高贵,宁静,无法逃避,无法接近,怪僻乖张。

她就这样与世长辞了。在一栋尘埃遍地、鬼影憧憧的屋子里得了病,侍候她的只有一个老态龙钟的黑人。我们甚至连她病了也不知道,也早已不想从黑人那里去打听什么消息。他跟谁也不说话,恐怕对她也是如此,他的嗓子似乎由于长久不用变得嘶哑了。

她死在楼下一间屋子里,笨重的胡桃木床上还挂着床帷,她那长满铁灰头发的头枕着的枕头由于用了多年而又不见阳光,已经黄得发霉了。

五

黑人在前门口迎接第一批妇女,把她们请进来,她们话音低沉,发出唧唧声响,以好奇的目光迅速扫视着一切。黑人随即不见了,他穿过屋子,走出后门,从此就不见踪影了。

两位堂姐妹也随即赶到,他们第二天就举行了丧礼,全镇的人都跑来看看覆盖着鲜花的爱米丽小姐的尸体。停尸架上方悬挂着她父亲的炭笔画像,一脸深刻沉思的表情,妇女们唧唧喳喳地谈论着死亡,而老年男子呢——有些人还穿上了刷得很干净的南方同盟军制服——则在走廊上,草坪上纷纷谈论着爱米丽小姐的一生,仿佛她是他们的同时代人,而且还相信和她跳过舞,甚至向她求过爱,他们把按数学级数向前推进的时间给搅乱了。这是老年人常有的情形。在他们看来,过去的岁月不是一条越来越窄的路,而是一片广袤的连冬天也对它无所影响的大草地,只是近十年来才像窄小的瓶口一样,把他们同过去隔断了。

我们已经知道,楼上那块地方有一个房间,四十年来从没有人见到过,要进去得把门撬开。他们等到爱米丽小姐安葬之后,才设法去开门。

门猛烈地打开,震得屋里灰尘弥漫。这间布置得像新房的屋子,仿佛到处都笼罩着墓室一般的淡淡的阴惨惨的氛围:退了色的玫瑰色窗帘,玫瑰色的灯罩,梳妆台,一排精细的水晶制品和白银做底的男人盥洗用具,但白银已毫无光泽,连刻制的姓名字母图案都已无法辨认了。杂物中有一条硬领和领带,仿佛刚从身上取下来似的,把它们拿起来时,在台面上堆积的尘埃中留下淡淡的月牙痕。椅子上放着一套衣服,折叠得好好的;椅子底下有两只寂寞无声的鞋和一双扔了不要的袜子。

那男人躺在床上。

我们在那里立了好久,俯视着那没有肉的脸上令人莫测的龇牙咧嘴的样子。那尸体躺在那里,显出一度是拥抱的姿势,但那比爱情更能持久、那战胜了爱情的熬煎的永恒的长眠已经使他驯服了。他所遗留下来的肉体已在破烂的睡衣下腐烂,跟他躺着的木床粘在一起,难分难解了。在他身上和他身旁的枕上,均匀地覆盖着一层长年累月积下来的灰尘。

后来我们才注意到旁边那只枕头上有人头压过的痕迹。我们当中有一个人从那上面拿起了什么东西,大家凑近一看——这时一股淡淡的干燥发臭的气味钻进了鼻孔——原来是一绺长长的铁灰色头发。

思 考 题

1. 爱米丽是怎样一个人?有着怎样的内心世界?她对现代生活的态度怎么样?她代表了什么?

2. 人们对爱米丽的态度怎样?在整个叙述过程中有无变化?他们之间的关系说明了什么?

3. 这篇小说的主题是什么?它的标题有什么含意?它反映了作者的哪些观点?

4. 作者为什么要写进这么多可怕的事?有什么意义?恐怖、怪诞对小说主题的表现起什么作用?

5. 试分析这篇小说的创作风格和写作技巧。它表现了福克纳的哪些叙事手法?表现了美国南方文学的哪些特点?

伊豆的舞女

[日本]川端康成
叶渭渠译

川端康成(1899—1972)出身于大阪市一个医生家庭。他两岁丧父,三岁丧母,十五岁失去惟一亲人,成为孤儿,因而从小伤感、孤寂。1920年入东京帝国大学英文系,后转国文系。1924年东大毕业后,和横光利一等人创办《文艺时代》,发起新感觉派运动,从此走上文学创作道路。1926年发表小说《伊豆的舞女》,一举成名,奠定了在日本文坛的地位。此后相继发表小说《浅草红团》、《雪国》、《山之声》、《湖》、《睡美人》、《古都》等。川端康成坚持"日本传统是河床,西方潮流是流水"的观点,立足于本土文化传统,表现日本传统美,并吸收多种外来叙事技巧,从而形成了自己的独特风格,但他的"感觉在先,唯美至上,艺术第一"的艺术观,有时在一定程度上影响了一些作品的价值。1968年,川端康成"以其敏锐的感觉,高超的叙事技巧,表现了日本人的精神实质",获得诺贝尔文学奖。他于1972年4月16日晚在寓所口含煤气管自杀身亡。

一

山路变得弯弯曲曲,快到天城岭了。这时,骤雨白亮亮地笼罩着茂密的杉林,从山麓向我迅猛地横扫过来。

那年我二十岁,头戴高等学校① 的制帽,身穿藏青碎白花纹上衣和裙裤,肩挎一个学生书包。我独自到伊豆旅行,已是第四天了。在修善寺温泉歇了一宿,在汤岛温泉住了两夜,然后登着高齿木屐爬上了天城山。重叠的山峦,原始的森林,深邃的幽谷,一派秋色,实在让人目不暇接。可是,我的心房却在猛烈跳动。因为一个希望在催促我赶路。这时候,大粒的雨点

---

① 高等学校,即旧制大学预科。

开始敲打着我。我跑步登上曲折而陡峭的山坡,好不容易爬到了天城岭北口的一家茶馆,嘘了一口气,呆若木鸡地站在茶馆门前。我完全如愿以偿。巡回艺人一行正在那里小憩。

舞女看见我呆立不动,马上让出自己的坐垫,把它翻过来,推到了一旁。

"噢……"我只应了一声,就在这坐垫上坐下。由于爬坡气喘和惊慌,连"谢谢"这句话也卡在嗓子眼里说不出来了。

我就近跟舞女相对而坐,慌张地从衣袖里掏出一根香烟。舞女把随行女子跟前的烟灰碟推到我面前。我依然没有言语。

舞女看上去约莫十七岁光景。她梳理着一个我叫不上名字的大发髻,发型古雅而又奇特。这种发式,把她那严肃的鹅蛋形脸庞衬托得更加玲珑小巧,十分匀称,真是美极了。令人感到她活像小说里的姑娘画像,头发特别丰厚。舞女的同伴中,有个四十出头的妇女、两个年轻的姑娘;还有一个二十五六岁的汉子,他身穿印有长冈温泉旅馆字号的和服外褂。

舞女这一行人至今我已见过两次。初次是在我到汤岛来的途中,她们正去修善寺,是在汤川桥附近遇见的。当时有三个年轻的姑娘。那位舞女提着鼓。我不时地回头看看她们,一股旅行的情趣油然而生。然后是翌日晚上在汤岛,她们来到旅馆演出。我坐在楼梯中央,聚精会神地观赏着那位舞女在门厅里跳舞。

……她们白天在修善寺,今天晚上来到汤岛,明天可能越过天城岭南行去汤野温泉。在天城山二十多公里的山路上,一定可以追上她们的。我就是这样浮想联翩,急匆匆地赶来的。赶上避雨,我们在茶馆里相遇了。我心里七上八下。

不一会儿,茶馆老太婆把我领到另一个房间去。这房间大概平常不用,没有安装门窗。往下看去,优美的幽谷,深不见底。我的肌肤起了鸡皮疙瘩,牙齿咯咯作响,浑身颤抖了。我对端茶进来的老太婆说了声:"真冷啊!"

"哎哟!少爷全身都淋湿了。请到这边取取暖,烤烤衣服吧。"

老太婆话音未落,便拉着我的手,把我领到自己的起居室去了。

这个房间里装有地炉,打开拉门,一股很强的热气便扑面而来。我站在门槛边踟蹰不前。只见一位老大爷盘腿坐在炉边。他浑身青肿,活像个溺死的人。他那两只连瞳孔都黄浊的、像是腐烂了的眼睛,倦怠地朝我这边瞧着。身边的旧信和纸袋堆积如山。说他是被埋在这些故纸堆里,也不过分。我呆呆地只顾望着这个山中怪物,怎么也想像不出他还是个活人。

"让你瞧见这副有失体面的模样……不过,他是我的老伴,你别担心。

他相貌丑陋，已经动弹不了，请将就点吧。"老太婆这么招呼说。

据老太婆谈，老大爷患了中风症，半身不遂。他身边的纸山，是各县寄来的治疗中风症的药方，以及从各县邮购来的盛满治疗中风症药品的纸袋。听说，凡是治疗中风症的药方，不管是从翻山越岭前来的旅客的口中听到的，或是从新闻广告中读到的，他都一一打听，照方抓药。这些信和纸袋，他一张也不扔掉，都堆放在自己的身边，凝视着它们打发日子。天长日久，这些破旧的废纸就堆积如山了。

老太婆讲了这番话，我无言以对，在地炉边上一味把脑袋耷拉下来。越过山岭的汽车，震动着房子。我落入沉思：秋天都这么冷，过不多久白雪将铺满山头，这位老大爷为什么不下山呢？我的衣衫升腾起一股水蒸气，炉火旺盛，烤得我头昏脑涨。老太婆在铺面上同巡回演出的女艺人攀谈起来。

"哦，先前带来的姑娘都这么大了吗？长得蛮标致。你也好起来了，这样娇美。姑娘家长得真快啊。"

不到一小时的工夫，传来了巡回演出艺人整装出发的声响。我再也坐不住了。不过，只是内心纷乱如麻，却没有勇气站起来。我心想：虽说她们长期旅行走惯了路，但毕竟还是女人，就是让她们先走一两公里，我跑步也能赶上。我身在炉旁，心却是焦灼万分。尽管如此，她们不在身旁，我反而获得了解放，开始胡思乱想。老太婆把她们送走后，我问她：

"今天晚上那些艺人住在什么地方呢？"

"那种人谁知道会住在哪儿呢，少爷。什么今天晚上，哪有固定住处的哟。哪儿有客人，就住在哪儿呗。"

老太婆的话，含有过于轻蔑的意思，甚至煽起了我的邪念：既然如此，今天晚上就让那位舞女到我房间里来吧。

雨点变小了，山岭明亮起来。老太婆一再挽留我说："再待十分钟，天空放晴，定会分外绚丽。"可是，说什么我再也坐不住了。

"老大爷，请多保重，天快变冷了。"我由衷地说了一句，站了起来。老大爷呆滞无神地动了动枯黄的眼睛，微微点了点头。

"少爷！少爷！"老太婆边喊边追了过来，"你给这么多钱，我怎么好意思呢。真对不起啊。"

她抱住我的书包，不想交给我。我再三婉拒，她也不答应，说要把我直送到那边。她反复唠叨着同样的话，小跑着跟在我后头走了一町远。

"怠慢了，实在对不起啊！我会好生记住你的模样。下次路过，再谢谢你。下次你一定来呀。"

我只是留下一枚五角钱的银币，她竟如此惊愕，感动得热泪都快要夺眶而出。而我只想尽快赶上舞女。老太婆步履蹒跚,反而难为我了。我们终于来到了山岭的隧道口。

"太谢谢了。老大爷一个人在家,请回吧。"我说过之后,老太婆好歹才放开了书包。

走进黑魆魆的隧道,冰凉的水滴滴答答地落下来。前面是通向南伊豆的出口,露出了小小的亮光。

<h1 style="text-align:center">二</h1>

山路从隧道出口开始,沿着崖边围上了一道刷成白色的栏杆,像一道闪电似的伸延过去。极目展望,山麓如同一副模型,从这里可以窥见艺人们的情影。走了不到七百米,我追上了她们一行。但我不好突然放慢脚步,便佯装冷漠的样子,赶过了她们。独自走在前头二十米远的汉子,一看见我,就停住了步子。

"您走得真快……正好,天放晴了。"

我如释重负,开始同这汉子并肩行走。这汉子连珠炮似的向我问东问西。姑娘们看见我们两人谈开了,便从后面急步赶了上来。

这汉子背着一个大柳条包。那位四十岁的女人,抱着一条小狗。大姑娘挎着包袱。另一个姑娘拎着柳条包。各自都拿着大件行李。舞女则背着鼓和鼓架。四十岁的女人慢慢地也同我搭起话来。

"他是高中生呢。"大姑娘悄声对舞女说。

我一回头,舞女边笑边说:

"可能是吧。这点事我懂得。学生哥常来岛上的。"

这一行是大岛波浮港人。她们说,她们春天出岛,一直在外,天气转冷了,由于没做过冬准备,计划在下田待十天左右,就从伊东温泉返回岛上。一听说是大岛,我的诗兴就更浓了。我又望了望舞女秀美的黑发,询问了大岛的种种情况。

"许多学生哥都来这儿游泳呢。"舞女对女伴说。

"是在夏天吧?"我回头问了一句。

舞女有点慌张地小声回答说:"冬天也……"

"冬天也?……"

舞女依然望着女伴,舒开了笑脸。

"冬天也能游泳吗?"我重问了一遍。

舞女脸颊绯红,非常认真地轻轻点了点头。

"真糊涂,这孩子。"四十岁的女人笑了。

到汤野，要沿着河津川的山涧下行十多公里。翻过山岭，连山峦和苍穹的色彩也是一派南国的风光。我和那汉子不住地倾心畅谈，亲密无间。过了荻乘、梨本等寒村小庄，山脚下汤野的草屋顶，便跳入了眼帘。我断然说出要同她们一起旅行到下田。汉子喜出望外。

来到汤野的小客店前，四十岁的女人脸上露出了惜别的神情。那汉子便替我说：

"他说，他要跟我们搭伴呢。"

她漫不经心地答道："敢情好。'出门靠旅伴，处世靠人缘'嘛。连我们这号微不足道的人，也能给您消愁解闷呢。请进来歇歇吧。"

姑娘们都望了望我，显出若无其事的样子。她们一句话也没说，只是羞答答地望着我。

我和大家一起登上客店的二楼，把行李卸了下来。铺席、隔扇又旧又脏。舞女从楼下端茶上来。她刚在我的面前跪坐下来，脸就臊红了，手不停地颤抖，茶碗险些从茶碟上掉下来，于是她就势把它放在铺席上了。茶碗虽没落下，茶却洒了一地。看见她那副羞涩柔媚的表情，我都惊呆了。

"哟，讨厌。这孩子有恋情呢。瞧，瞧……"四十岁的女人吃惊地紧蹙起双眉，把手巾扔了过来。舞女捡起手巾，拘谨地揩了揩铺席。

我听了这番意外的话，猛然联想到自己。我被山上老太婆煽起的遐思，戛然中断了。

这时候，四十岁的女人端详了我一番，抽冷子说：

"这位书生穿藏青碎白花纹布衣，真是潇洒英俊啊。"

她还反复地问身旁的女人："这碎白花纹布衣，同民次的是一模一样的。瞧，对吧，花纹是不是一样呢？"

然后，她对我说：

"我在老家还有一个上学的孩子。现在想起来了，你这身衣服的花纹，同我孩子那身碎白花纹是一模一样的。最近藏青碎白花纹布好贵，真难为我们啊。"

"他上什么学校？"

"上普通小学五年级。"

"噢，上普通小学五年级，太……"

"是上甲府的学校。我长年住在大岛，老家是山梨县的甲府。"

小憩一小时之后，汉子带我到了另一家温泉旅馆。这以前，我只想着要同艺人们同住一家小客店里。我们从大街往下走过百来米的碎石路和石台阶，过了小河边公共浴场旁的一座桥。桥那边就是温泉旅馆的庭院。

我在旅馆的室内浴池洗澡，汉子跟着进来了。他说，他快二十四岁了，

妻子两次怀孕,不是流产,就是早产,胎儿都死了。他穿着印有长冈温泉字
号的和服短外褂,起先我以为他是长冈人。从长相和言谈来看,他是相当
有知识的。我想,他要么是出于好奇,要么是迷上了卖艺的姑娘,才帮忙拿
行李跟着来的。

　　洗完澡,我马上吃午饭。早晨八点离开汤岛,这会儿还不到下午三点。
汉子临回去时,从庭院里抬头望着我,同我寒暄了一番。

　　“请拿这个买点柿子尝尝吧!从二楼扔下去,有点失礼了。”我说罢,把
一小包钱扔了下去。汉子谢绝了,想要走过去,但纸包却已落在庭院里,他
又回头捡了起来。

　　“这样不行啊。”他说着把纸包抛了上来,落在茅屋顶上。我又一次扔
了下去。他就拿走了。

　　黄昏时分,下了一场暴雨。巍巍群山染上了一层白花花的颜色。远近
层次已分不清了。前面的小河,眼看着变得浑浊,成为黄汤了。流水声更响
了。这么大的雨,舞女们恐怕不会来演出了吧。我心里这么想,可还是坐立
不安,一次又一次地到浴池去洗澡。房间里昏昏沉沉的。同邻室相隔的隔
扇门上,开了一个四方形的洞,门框上吊着一盏电灯。两个房间共用一盏
灯。

　　暴雨声中,远处隐约传来了冬冬的鼓声。我几乎要把挡雨板抓破似的
打开了它,把身子探了出去。鼓声迫近了。风雨敲打着我的头。我闭目聆
听,想弄清那鼓声是从什么地方传来、又是怎样传来的。良久,又传来了三
弦琴声。还有女人的尖叫声、嬉闹的欢笑声。我明白了,艺人们被召到小客
店对面的饭馆,在宴会上演出。可以辨出两三个女人的声音和三四个男人
的声音。我期待着那边结束之后,她们会到这边来。但是,那边的宴席热闹
非凡,看来要一直闹腾下去。女人刺耳的尖叫声像一道道闪电,不时地划
破黑魆魆的夜空。我心情紧张,一直敞开门扉,惘然呆坐着。每次听见鼓
声,心胸就豁然开朗。

　　“啊,鼓女还在宴席上坐着敲鼓呢。”

　　鼓声停息,我又不能忍受了,我沉醉在雨声中。

　　不一会儿,连续传来了一阵紊乱的脚步声。他们是在你追我赶,还是
在绕圈起舞呢?嗣后,又突然恢复了宁静。我的眼睛明亮了,仿佛想透过黑
暗,看穿这寂静意味着什么。我心烦意乱,那舞女今晚会不会被人玷污呢?

　　我关上挡雨板,钻进被窝,可我的心依然阵阵作痛。我又去浴池洗了
个澡,暴躁地来回划着温泉水。雨停了,月亮出来了。雨水冲洗过的秋夜,
分外皎洁,银亮银亮的。我寻思:就是赤脚溜出浴池赶到那边去,也无济于
事。这时,已是凌晨两点多钟了。

三

翌日上午九时许,汉子又到我的住处来访。我刚起床,邀他一同去洗澡。南伊豆是小阳春天气,一尘不染,晶莹透明,实在美极了。在浴池下方的上涨的小河,承受着暖融融的阳光。昨夜的烦躁,自己也觉得如梦似幻。我对汉子说:

"昨夜里闹腾得很晚吧?"

"怎么,都听见了?"

"当然听见了啰。"

"都是本地人。本地人净瞎闹,实在没意思。"

他装出无所谓的样子。我沉默不响。

"那伙人已经到对面的温泉浴场去了……瞧,似乎发现我们了,还在笑呢。"

顺着他手指的方向,我看见河对面那公共浴场里,热气腾腾的,七八个光着的身子若隐若现。

一个裸体女子突然从昏暗的浴场里首先跑了出来,站在更衣处伸展出去的地方,做出一副要向河岸下方跳去的姿势。她赤条条的一丝不挂,伸展双臂,喊叫着什么。她,就是那舞女。洁白的裸体,修长的双腿,站在那里宛如一株小梧桐。我看到这幅景象,仿佛有一股清泉荡涤着我的心。我深深地嘘了一口气,扑哧一声笑了。她还是个孩子呢。她发现我们,满心喜悦,就这么赤裸裸地跑到日光底下,踮起足尖,伸直了身躯。她还是个孩子呢。我更是快活兴奋,又嘻嘻地笑了起来。脑子清晰得好像被冲刷过一样。脸上始终漾出微笑的影子。

舞女的黑发非常浓密,我一直以为她已有十七八岁了呢。再加上她装扮成一副妙龄女子的样子,我完全猜错了。

我和汉子回到了我的房间,不多久,姑娘到旅馆的庭院里观赏菊圃来了。舞女走到桥当中。四十岁的女人走出公共浴场,看见了他们两人。舞女紧缩肩膀,笑了笑,让人看起来像是在说:要挨骂的,该回去啦。然后,她疾步走回去了。四十岁的女人来到桥边扬声喊道:

"您来玩啊!"

"您来玩啊!"大姑娘也同样说了一句。

姑娘们都回去了。那汉子到底还是静坐到傍晚。

晚间,我和一个纸张批发商下起围棋来,忽然听见旅馆的庭院里传来的鼓声。我刚要站起来,就听见有人喊道:

"巡回演出的艺人来了。"

"嗯,没意思,那玩意儿。来,来,该你下了。我走这儿了。"纸商说着指了指棋盘。他沉醉在胜负之中了。我却心不在焉。艺人们好像要回去,那汉子从院子里扬声喊了一句:"晚安!"

我走到走廊上,招了招手。艺人们在庭院里耳语了几句,就绕到大门口去。三个姑娘从汉子身后挨个向走廊这边说了声:"晚安。"便垂下手施了个礼,看上去一副艺伎的风情。棋盘上霎时出现了我的败局。

"没法子,我认输了。"

"怎么会输呢? 是我方败着嘛。走哪步都是细棋。"

纸商连瞧也不瞧艺人一眼,逐个地数起棋盘上的棋子来,他下得更加谨慎了。姑娘把鼓和三弦琴拾掇好,放在屋角上,然后开始在象棋盘上玩五子棋。我本是赢家,这会儿却输了。纸商还一味央求说:"怎么样,再下一盘,再下一盘吧。"

我只是笑了笑。纸商死心了,站起身来。

姑娘们走到了棋盘边。

"今晚还到什么地方演出吗?"

"还要去的,不过……"汉子说着,望了望姑娘们。

"怎么样,今晚就算了,我们大家玩玩就算了。"

"太好了,太高兴了。"

"不会挨骂吧?"

"骂什么? 反正没客,到处跑也没用嘛。"

于是,她们玩起五子棋来,一直闹到十二点多才走。

舞女回去后,我毫无睡意,脑子格外清醒,走到廊子上试着喊了喊:

"老板! 老板!"

"哦……"一个年近六旬的老人从房间里跑出来,精神抖擞地应了一声。

"今晚来个通宵,下到天亮吧。"

我也变得非常好战了。

四

我们相约翌日早晨八点从汤野出发。我将高中制帽塞进了书包,戴上在公共浴场旁边店铺买来的便帽,向沿街的小客店走去。二楼的门窗全敞开着。我无意之间走了上去,只见艺人们还睡在铺席上。我惊慌失措,呆呆地站在廊道里。

舞女就躺在我脚跟前的那个卧铺上,她满脸绯红,猛地用双手捂住了脸。她和中间那位姑娘同睡一个卧铺。脸上还残留着昨夜的艳抹浓妆,嘴唇和眼角透出了些许微红。这副富有情趣的睡相,使我魂牵梦萦。她有点目眩似的,翻了翻身,依旧用手遮住了脸面,滑出被窝,坐到走廊上来。

"昨晚太谢谢了。"她说着,柔媚地施了个礼。我站立在那儿,惊慌得手足无措。

汉子和大姑娘同睡一个卧铺。我没看见这情景之前,一点儿也不知道他们俩是夫妻。

"对不起。本来打算今天离开,可是今晚有个宴会,我们决定推迟一天。如果您非今儿离开不可,那就在下田见吧。我们订了'甲州屋'客店,很容易找到的。"四十岁的女人从睡铺上支起了半截身子说。

我顿时觉得被人推开了似的。

"不能明天再走吗?我不知道阿妈推迟了一天。还是有个旅伴好啊。明儿一起走吧。"

汉子说过后,四十岁的女人补充了一句:

"就这么办吧。您特意同我们做伴,我却自行决定延期,实在对不起……不过,明天无论发生什么情况,我们也得起程。因为我们的宝宝在旅途中夭折了,后天是七七,老早就打算在下田做七七了。我们这么匆匆赶路,就是要赶在这之前到达下田。也许跟您谈这些有点失礼,看来我们特别有缘分。后天也请您参加拜祭吧。"

于是,我也决定推迟出发,到楼下去。我等候他们起床,一边在肮脏的账房里同客店的人闲聊起来。汉子邀我去散步。从马路稍往南走,有一座很漂亮的桥。我们靠在桥栏杆上,他又谈起自己的身世。他说,他本人曾一度参加东京新派剧①剧团。据说,这剧种至今仍经常在大岛港演出。刀鞘像一条腿从他们的行李包袱里露出来②。有时,也在宴席上表演仿新派剧,让客人观赏。柳条包里装有戏装和锅碗瓢勺之类的生活用具。

"我耽误了自己,最后落泊潦倒。家兄则在甲府出色地继承了家业。家里用不着我啰。"

"我一直以为你是长冈温泉的人呢。"

"是么?那大姑娘是我老婆,她比你小一岁,十九岁了。第二个孩子在旅途上早产,活了一周就断气了。我老婆的身子还没完全恢复过来呢。那位是我老婆的阿妈。舞女是我妹妹。"

---

① 新派剧是与歌舞伎相抗衡的现代戏。

② 刀鞘是新派剧表演武打时使用的道具。露出刀鞘,表明他们也演新派剧武打。

"嗯,你说有个十四岁的妹妹?……"

"就是她呀。我总想不让妹妹干这行,可是还有许多具体问题。"

然后他告诉我,他本人叫荣吉,妻子叫千代子,妹妹叫薰子。另一个姑娘叫百合子,十七岁,惟独她是大岛人,雇来的。荣吉非常伤感,老是哭丧着脸,凝望着河滩。

我们一回来,看见舞女已洗去白粉,蹲在路旁抚摸着小狗的头。我想回到自己的房间去,便说:

"来玩吧。"

"嗯,不过,一个人……"

"跟你哥哥一起来嘛。"

"马上就来。"

不大一会儿,荣吉到我下榻的旅馆来了。

"大家呢?"

"她们怕阿妈唠叨,所以……"

然而,我们俩正摆五子棋,姑娘们就过了桥,嘎嘎地登上二楼来了。和往常一样,她们郑重地施了礼,接着依次跪坐在走廊上,踟蹰不前。第一个站起来的,是千代子。

"这是我的房间,请,请不要客气,进来吧。"

玩了约莫一个小时,艺人们到这旅馆的室内浴池洗澡去了。她们再三邀我同去,因为有三个年轻女子,所以我搪塞了一番,说我过一会儿再去。舞女马上一个人上楼来,转达千代子的话说:

"嫂嫂说请您去,好给您搓背。"

我没去浴池,同舞女下起五子棋来。出乎意料,她是个强手。循环赛时,荣吉和其他妇女轻易地输给我了。下五子棋,我实力雄厚,一般人不是我的对手。我跟她下棋,可以不必手下留情,尽情地下,心情是舒畅的。房间里只有我们两人。起初,她离棋盘很远,要伸长手才能下子。渐渐地,她忘却了自己,一心扑在棋盘上。她那显得有些不自然的秀美的黑发,几乎触到我的胸脯。她的脸倏地绯红了。

"对不起,我要挨骂啦。"她说着扔下棋子,飞跑出去。阿妈站在公共浴场前。千代子和百合子也慌里慌张地从浴池里走上来,没上二楼就回去了。

这天,荣吉从一早直到傍晚,一直在我的房间里玩乐。又淳朴又亲切的旅馆老板娘告诫我说:请这种人吃饭,白花钱!

入夜,我去小客店。舞女正在向她的阿妈学习三弦琴。她一眼瞧见我,就停下手了。阿妈说了她几句,她才又抱起三弦琴。歌声稍为昂扬,阿妈就说：

"不是叫你不要扯开嗓门唱嘛！可你……"

从我这边，可以望见荣吉被唤到对面饭馆的三楼客厅里念什么台词。

"那是念什么？"

"那是……谣曲呀。"

"念谣曲，气氛不谐调嘛。"

"他是个多面手，谁知他会演唱什么呢。"

这时，一个四十开外的汉子打开隔扇，叫姑娘们去用餐。他是个鸟商，也租了小客店的一个房间。舞女带着筷子同百合子一起到贴邻的小房间吃火锅。她和百合子一起返回这边房间的途中，鸟商轻轻地拍了拍舞女的肩膀。阿妈板起可怕的面孔说：

"喂，别碰这孩子！人家还是个姑娘呢。"

舞女口口声声地喊着大叔大叔，请求鸟商给她朗读《水户黄门漫游记》。但是，鸟商读不多久，便站起来走了。舞女不好意思地直接对我说"接着给我朗读呀"，便一个劲儿请求阿妈，好像要阿妈求我读。我怀着期待的心情，把说书本子拿起来。舞女果然轻快地靠近我。我一开始朗读，她就立即把脸凑过来，几乎碰到我的肩膀，表情十分认真，眼睛里闪出了光彩，全神贯注地凝望着我的额头，一眨也不眨。好像这是她请人读书时的习惯动作。刚才她同鸟商也几乎是脸碰脸的。我一直在观察她。她那双娇媚地闪动着的、亮晶晶的又大又黑的眼珠，是她全身最美的地方。双眼皮的线条，也优美得无以复加。她笑起来像一朵鲜花。用笑起来像一朵鲜花这句话来形容她，是恰如其分的。

不多久，饭馆女佣接舞女来了。舞女穿上衣裳，对我说：

"我这就回来，请等着我，接着给我读。"

然后，走到走廊上，垂下双手施礼说：

"我走了。"

"你绝不能再唱啦！"阿妈叮嘱了一句。舞女提着鼓，微微地点点头。阿妈回头望着我说：

"她现在正在变嗓音呢……"

舞女在饭馆二楼正襟危坐，敲打着鼓。我可以望见她的背影，恍如就在跟她贴邻的宴席上。鼓声牵动了我的心，舒畅极了。

"鼓声一响，宴席的气氛就活跃起来。"阿妈也望了望那边。

千代子和百合子也到同一宴席上去了。

约莫过了一小时，四人一起回来了。

"只给这点儿……"舞女说着，把手里攥着的五角钱银币放在阿妈的手掌上。我又朗读了一会儿《水户黄门漫游记》。她们又谈起宝宝在旅途中天折的事来。据说,千代子生的婴儿十分苍白,连哭叫的力气也没有。即使这样,他还活了一个星期。

对她们,我不好奇,也不轻视,完全忘掉她们是巡回演出的艺人了。我这种不寻常的好意,似乎深深地渗进了她们的心。不觉间,我已决定到大岛她们的家去。

"要是老大爷住的那间就好啰。那间很宽敞,把老大爷撵走就很清静,住多久都行,还可以学习呢。"她们彼此商量了一阵子,然后对我说,"我们有两间小房,山上那间是闲着的。"

她们还说,正月里请我帮忙,因为大家已决定在波浮港演出。

后来我明白了,他们的巡回演出日子并不像我最初想像的那么艰辛,而是无忧无虑的,旅途上更是悠闲自在。他们是母女兄妹,一缕骨肉之情把他们联结在一起。只有雇来的百合子总是那么腼腆,在我面前常常少言寡语。

夜半更深,我才离开小客店。姑娘们出来相送。舞女替我摆好了木屐。她从门口探出头来,望了望一碧如洗的苍穹。

"啊,月亮……明儿就去下田啦,真快活啊!要给宝宝做七七,让阿妈给我买把梳子,还有好多事呢。您带我去看电影好不好?"

巡回演出的艺人辗转伊豆、相模的温泉浴场,下田港就是她们的旅次。这个镇子,作为旅途中的故乡,它飘荡着一种令人爱恋的气氛。

五

艺人们各自带着越过天城山时携带的行李。小狗把前腿搭在阿妈交抱的双臂上,一副缱绻的神态。走出汤野,又进入了山区。海上的晨曦,温暖了山腹。我们纵情观赏旭日。在河津川前方,河津的海滨历历在目。

"那就是大岛呀。"

"看起来竟是那么大。您一定来啊。"舞女说。

秋空分外澄澈,海天相连之处,烟霞散彩,恍如一派春色。从这里到下田,得走二十多公里。有段路程,大海忽隐忽现。千代子悠然唱起歌来。

他们问我:途中有一条虽然险峻却近两公里路程的山间小径,是抄近路还是走平坦的大道?我当然选择了近路。

这条乡间小径,铺满了落叶,壁峭路滑,崎岖难行。我上气不接下气,反而豁出去了。我用手掌支撑着膝头,加快了步子。眼看一行人落在我的后头,只听见林间送来说话的声音。舞女独自撩起衣服下摆,急匆匆地跟

上了我。她走在我身后,保持不到两米的距离。她不想缩短间隔,也不愿拉
开距离。我回过头去同她攀谈。她吃惊似的嫣然一笑,停住脚步回答我。舞
女说话时,我等着她赶上来,她却依然驻足不前。非等我起步,她才迈脚。
小路曲曲弯弯,变得更加险峻,我越发加快步子。舞女还是在后头保持两
米左右的距离,埋头攀登。重峦叠嶂,寥无声息。其余的人远远落在我们的
后面,连说话的声音也听不见了。

“家在东京什么地方?”

“不,我在学校住。”

“东京我也熟识,赏花时节我还去跳过舞呢……是在儿时,现在什么
也不记得了。”

后来,舞女又断断续续地问了一通:“令尊健在吧?”“您去过甲府吗?”
她还谈起到了下田要去看电影,以及婴儿夭折一类的事。

爬到山颠,舞女把鼓放在枯草丛中的凳子上,用手巾擦了一把汗。她
似乎要掸掉自己脚上的尘土,却冷不防地蹲在我跟前,替我抖了抖裙裤下
摆。我连忙后退。舞女不由自主地跪在地上,索性弯着身子给我掸去身上
的尘土,然后将撩起的衣服下摆放下,对站着直喘粗气的我说:

“请坐!”

一群小鸟从凳子旁飞起来了。这时静得只能听见小鸟停落在枝头上
时摇动枯叶的沙沙声。

“为什么要走得那么快呢?”

舞女觉得异常闷热。我用手指冬冬地敲了敲鼓,小鸟全飞了。

“啊,真想喝水。”

“我去找找看。”

转眼间,舞女从枯黄的杂树林间空手而归。

“你在大岛干什么?”

于是,舞女突然列举了三两个女孩子的名字,开始谈了起来。我摸不
着头脑。她好像不是说大岛,而是说甲府的事。又好像是说她上普通小学
二年级以前的小学同学的事。完全是东拉西扯,漫无边际。

约莫等了十分钟,三个年轻人爬到了山顶。阿妈还晚十分钟才到。

下山时,我和荣吉有意殿后,一边慢悠悠地聊天,一边踏上归程。刚走
了两百多米,舞女从下面跑了上来。

“下面有泉水呢。请走快点,大家都等着你呢。”

一听说有泉水,我就跑步奔去。清澈的泉水,从林阴掩盖下的岩石缝
隙里喷涌而出。姑娘们都站在泉水的周围。

“来,您先喝吧。把手伸进去,会搅浑的。在女人后面喝,不干净。”阿妈

说。

　　我用双手捧起清凉的水，喝了几口。姑娘们眷恋着这儿，不愿离开。她们拧干手巾，擦擦汗水。

　　下了山，走到下田的市街，看见好几处冒出了烧炭的青烟。我们坐在路旁的木料上歇脚。舞女蹲在路边，用粉红的梳子梳理着狮子狗的长毛。

　　"这样会把梳齿弄断的！"阿妈责备说。

　　"没关系。到下田买把新的。"

　　还在汤野的时候，我就想跟她要这把插在她额发上的梳子。所以她用这把梳子梳理狗毛，我很不舒服。

　　我和荣吉看见马路对面堆放着许多捆矮竹，就议论说：这些矮竹做手杖正合适，便抢先一步站起身来。舞女跑着赶上，拿来了一根比自己身子还高的粗竹子。

　　"你干吗用？"荣吉这么一问，舞女有点着慌，把竹子摆在我前面。

　　"给您当手杖用。我拣了一根最粗的拿来了。"

　　"可不行啊。拿粗的人家会马上晓得是偷来的。要是被发现，多不好啊。送回去！"

　　舞女折回堆放矮竹捆的地方以后，又跑了过来。这回她给我拿了一根中指般粗的。她身子一晃，险些倒在田埂上，气喘吁吁地等待其他妇女。

　　我和荣吉一直走在她们的前面，相距十多米远。

　　"把那颗牙齿拔掉，装上金牙又有什么关系呢？"舞女的声音忽然飞进了我的耳朵。我扭回头来，只见舞女和千代子并肩行走，阿妈和百合子相距不远，随后跟着。她们似乎没有察觉我回头，千代子说：

　　"那倒是，你就那样告诉他，怎么样？"

　　她们好像在议论我。可能是千代子说我的牙齿不整齐，舞女才说出装金牙的话吧。她们无非是议论我的长相，我不至于不愉快。由于已有一种亲切之情，我也就无心思去倾听。她们继续低声谈论了一阵子，我听见舞女说：

　　"是个好人。"

　　"是啊，是个好人的样子。"

　　"真是个好人啊，好人就是好嘛。"

　　这言谈纯真而坦率，很有余韵。这是天真地倾吐情感的声音。连我本人也朴实地感觉到自己是个好人。我心情舒畅，抬眼望了望明亮的群山。眼睑微微作痛。我已经二十岁了，再三严格自省，自己的性格被孤儿的气质扭曲了。我忍受不了那种令人窒息的忧郁，才到伊豆来旅行的。因此，有人根据社会上的一般看法，认为我是个好人，我真是感激不尽。山峦明亮起来,已经快到下田海滨了。我挥动着刚才那根竹子,斩断了不少秋草尖。

途中,每个村庄的入口处都竖立着一块牌子:

"乞丐、巡回演出艺人禁止进村!"

六

"甲州屋"小客店坐落在下田北入口处不远。我跟在艺人们之后,登上了像顶楼似的二楼。那里没有天花板,窗户临街。我坐在窗边上,脑袋几乎碰到了房顶。

"肩膀不痛吗?"

"手不痛吗?"

阿妈三番五次地叮问舞女。

舞女打出敲鼓时那种漂亮的手势。

"不痛。还能敲,还能敲嘛。"

"那就好。"

我试着把鼓提起来。

"唉呀,真重啊。"

"比您想像的重吧。比您的书包还重呢。"舞女笑了。

艺人们和住在同一客店的人们亲热地相互打招呼。全是些卖艺人和跑江湖的家伙。下田港就像是这种候鸟的窝。客店的小孩儿跑着走进房间,舞女把铜币给了他。我刚要离开"甲州屋",舞女就抢先走到门口,替我摆好木屐,然后自言自语似的柔声说道:

"请带我去看电影吧。"

我和荣吉找了一个貌似无赖的男子带了一程路,到了一家旅店,据说店主是前镇长。浴罢,我和荣吉一起吃了午饭,菜肴中有新上市的鱼。

"明儿要做法事,拿这个去买束花上供吧。"我说着,将一小包为数不多的钱让荣吉带回去。我自己则不得不乘明早的船回东京,因为我的旅费全花光了。我对艺人们说学校里有事,他们也不好强留我了。

午饭后不到三小时,又吃了晚饭。我一个人过了桥,向下田北走去,攀登下田的富士山,眺望海港的景致。归途经过"甲州屋",看见艺人们在吃鸡火锅。

"您也来尝尝怎么样?女人先下筷虽不洁净,不过可以成为日后的笑料呢。"阿妈说罢,从行李里取出碗筷,让百合子洗净拿来。

明天是宝宝夭折四十九天,哪怕推迟一天走也好嘛。大家又这样劝我。可是我还是拿学校有事做借口,没有答应她们。阿妈来回唠叨说:

"那么,寒假大家到船上来迎您,请通知我们日期。我们等着呢。就别去住什么旅馆啦,我们到船上去接您呀。"

房间里只剩下千代子和百合子,我邀她们去看电影,千代子按住腹部让我看:

"我身体不好,走那么些路,我实在受不了。"

她脸色苍白,有点筋疲力尽。百合子拘束地低下头来。舞女在楼下同客店里的小孩儿游玩儿,一看见我,她就央求阿妈让她去看电影。结果脸上掠过一抹失望的阴影,茫然若失地回到了我这边,替我摆好了木屐。

"算了,让他带她一个人去不好吗?"荣吉插进来说。阿妈好像不应允。为什么不能带她一个人去呢? 我觉得不可思议。我刚要迈出大门,这时舞女抚摸着小狗的头。她显得很淡漠,我没敢搭话。她仿佛连抬头望我的勇气也没有了。

我一个人看电影去了。女解说员在煤油灯下读着说明书,我旋即走出来,返回旅馆。我把胳膊肘支在窗台上,久久地远眺着街市的夜景。这是黑暗的街市。我觉得远方不断隐约地传来鼓声。不知怎的,我的眼泪扑簌簌地滚落下来了。

七

动身那天早晨七点钟,我正在吃早饭,荣吉从马路上呼喊我。他穿了一件带家徽的黑外褂,这身礼服像是为我送行才穿的。姑娘们早已芳踪杳然。一种剜心的寂寞,从我心底里油然而生,荣吉走进我的房间,说:

"大家本来都想来送行的,可昨晚睡得太迟,今早起不来,让我赔礼道歉来了。她们说等着您冬天再来。一定来呀。"

早晨,街上秋风萧瑟。荣吉在半路上给我买了四包"敷岛"牌纸烟、柿子和"熏"牌清凉剂。

"我妹妹叫薰子。"他笑眯眯地对我说,"在船上吃橘子不好。柿子可以防止晕船,可以吃。"

"这个送给你吧。"

我脱下便帽,戴在荣吉的头上。然后从书包里取出学生制帽,把皱折展平。我们俩都笑了。

快到码头,舞女蹲在岸边的倩影赫然映入我的心中。我们走到她身边以前,她一动不动,只顾默默地把头耷拉下来。她依旧是昨晚那副化了妆的模样,这就更加牵动我的情思。眼角的胭脂给她的秀脸添了几分天真、严肃的神情,使她像在生气。荣吉说:

"其他人也来了吗？"

舞女摇了摇头。

"大家还睡着吗？"

舞女点了点头。

荣吉去买船票和舢板票的工夫,我找了许多话题同她攀谈,她却一味低头望着运河入海处,一声不响。每次我还没把话讲完,她就一个劲点头。

这时,一个建筑工人模样的汉子走了过来:

"老婆子,这个人合适呢。"

"同学,您是去东京的吧？我们信赖您,拜托您把这位老婆子带到东京,行不行啊？她是个可怜巴巴的老婆子。她儿子早先在莲台寺的银矿上干活,这次染上了流感,儿子、儿媳都死掉了。留下三个这么小不丁点的孙子。无可奈何,俺们商量,还是让她回老家。她老家在水户。老婆子什么也不清楚,到了灵岸岛,请您送她乘上开往上野站的电车就行了。给您添麻烦了。我们给您作揖。拜托啦。唉,您看到她这般处境,也会感到可怜的吧。"

老婆子呆愣愣地站在那里,背上背着一个吃奶的婴儿。左右手各拖着一个小女孩,小的约莫三岁,大的也不过五岁光景。那个污秽的包袱里带着大饭团和咸梅。五六个矿工在安慰着老婆子。我爽快地答应照拂她。

"拜托啦。"

"谢谢,俺们本应把她们送到水户的,可是办不到啊。"矿工都纷纷向我致谢。

舢板猛烈地摇晃着。舞女依然紧闭双唇,凝视着一个方向。我抓住绳梯,回过头去,舞女想说声再见,可话到嘴边又咽了回去,然后再次深深地点了点头。舢板折回去了。荣吉频频地摇动着我刚才送给他的那顶便帽。直到船儿远去,舞女才开始挥舞她手中白色的东西。

轮船出了下田海面,我全神贯注地凭栏眺望着海上的大岛,直到伊豆半岛的南端,那大岛才渐渐消失在船后。同舞女离别,仿佛是遥远的过去了。老婆子怎样了呢？我窥视船舱,人们围坐在她的身旁,竭力抚慰她。我放下心来,走进了贴邻的船舱。相模湾上,波浪汹涌起伏。一落座就不时左跌右倒。船员依次分发着金属小盆①。我用书包当枕头,躺了下来。脑子空空,全无时间概念了。泪水簌簌地滴落在书包上。脸颊凉飕飕的,只得将书包翻了过来。我身旁睡着一个少年。他是河津一家工厂老板的儿子,去东京准备入学考试。他看见我头戴一顶高等学校的制帽,对我抱有好感。

---

① 供晕船者呕吐用。

我们交谈了几句之后,他说:

"你是不是遭到什么不幸了?"

"不,我刚刚同她离别了。"

我非常坦率地说了。就是让人瞧见我在抽泣,我也毫不在意了。我若无所思,只满足于这份闲情逸致,静静地睡上一觉。

我不知道海面什么时候昏沉下来。网代和热海已经耀着灯光。我的肌肤感到一股凉意,肚子也有点饿了。少年给我打开竹叶包的食物。我忘了这是人家的东西,把紫菜饭团抓起来就吃。吃罢,钻进了少年学生的斗篷里,产生了一股美好而又空虚的情绪,无论别人多么亲切地对待我,我都非常自然地接受了。明早我将带着老婆子到上野站去买前往水户的车票,这也是完全应该做的事。我感到一切的一切都融为一体了。

船舱里的煤油灯熄灭了。船上的生鱼味和潮水味变得更加浓重。在黑暗中,少年的体温温暖着我。我任凭泪泉涌流。我的头脑恍如变成了一池清水,一滴滴溢了出来,后来什么都没有留下,顿时觉得舒畅了。

思　考　题

1. 这篇小说的主题是什么?

2. 小说的主题是通过青年学生沉重的主观意识表现出来的。小说里,在青年学生的主观感觉、体验中,主要有几个印象系列?它们在小说中是如何有机地统一起来的?

3.《伊豆的舞女》是川端康成文学生涯的一块里程碑。试着从这篇小说谈谈川端康成早期文学作品的立足点及其创作精神。

杀　人　者

〔美国〕海明威
董衡巽译

　　欧内斯特·海明威（Ernest Hemingway，1899—1961）出身于芝加哥郊区橡树园一个中产阶级家庭。第一次世界大战时，曾作为救护队员赴意大利前线，负重伤回国后在报社工作。20年代初任驻欧记者，前往巴黎，一面从事写作，相继发表长篇小说《太阳照样升起》和《永别了，武器》，一举成名，成为"迷惘的一代"代表性作家。西班牙内战和第二次世界大战期间，曾赴西班牙和欧洲战场采访并参加战斗，还曾来过中国。战后长期定居古巴。1961年7月2日，因疾病缠身，在美国家中用猎枪自杀。海明威是一位有着独特个性、经历和风格的作家，他精通叙事艺术，善于塑造"硬汉性格"以及用简洁的对话表现人物的内心，作品文体简约，语言鲜活，其代表作还有长篇小说《丧钟为谁而鸣》、中篇小说《老人与海》等。1954年，"因为他精通叙事艺术，突出地表现在近著《老人与海》中；同时也因为他在当代风格中所产生的影响"，获得诺贝尔文学奖。

　　亨利餐室的门开了，进来了两个人。他们挨着柜台坐下。

　　"你们吃什么？"乔治问他们。

　　"我不知道，"其中一个说，"你想吃什么，艾尔？"

　　"我不知道，"艾尔说，"我不知道想吃什么。"

　　外边，天黑了下来。窗外的路灯亮了。这两个人看菜单。尼克·亚当斯在柜台另一头看着他们。他们进来的时候，他正跟乔治在说话。

　　"我要一客烤嫩猪肉，配苹果酱，土豆泥。"第一个人说。

　　"这菜还没做出来。"

　　"那你为什么写在上面？"

　　"那是正餐，"乔治说，"六点钟才有。"

　　乔治看看柜台后面墙上的钟。

"现在五点。"

"钟上是五点二十。"第二个人说。

"这钟快二十分。"

"噢,该死的钟,"第一个说,"你们有什么吃的?"

"有各种三明治,"乔治说,"你可以要火腿蛋,熏肉蛋,肝跟熏肉,要不,来一块牛排。"

"来一客炸鸡肉饼,加青豆、奶油汁跟土豆泥。"

"那是晚上的菜。"

"我们要的都是晚上的菜,嗯? 你们就是这样干买卖。"

"有火腿,熏肉蛋,肝——"

"我要火腿蛋。"名叫艾尔的那个人说,他头戴礼帽,身穿胸前横扣的黑大衣。他的脸又小又白,绷紧着嘴唇。他围着围巾,戴着手套。

"我要熏肉蛋。"另一个说,他身材跟艾尔一样大小。他们面孔不一样,可是穿得像一对双胞胎。两个人的大衣都绷得很紧。他们坐在那儿,身子往前倾,胳膊肘靠在柜台上。

"有什么喝的?"艾尔问。

"啤酒、佐餐酒、姜汁水。"

"我问你有什么喝的?"①

"就是我说的那一些。"

"这是个很热闹的镇,"那一个说,"他们叫它什么?"

"萨密特。"②

"听说过吗?"艾尔问他朋友。

"没有。"那朋友说。

"他们这儿晚上干什么?"

"吃正餐,"他朋友说,"他们到这儿来,都吃正经的大菜。"

"对。"乔治说。

"你觉得对?"艾尔问乔治。

"当然。"

"你这小伙子挺聪明,是不是?"

"当然。"乔治说。

"唔,你不聪明,"那个小个子说,"他聪明吗,艾尔?"

"他笨,"艾尔说,他转向尼克,"你叫什么名字?"

---

① 指烈性酒。

② Summit,芝加哥附近一个小镇,又有"绝顶"的文意,含有讥讽。

"亚当斯。"

"又是个聪明小伙子，"艾尔说，"是个聪明小伙子吗，麦克斯？"

"这镇上聪明小伙子多。"麦克斯说。

乔治把两盆菜放在柜台上，一盆火腿蛋，一盆熏肉蛋。他放下两碟炸土豆做配菜，关上通厨房的那扇小门。

"哪一盆是你的？"他问艾尔。

"你不记得了？"

"火腿蛋。"

"真是个聪明人。"麦克斯说。他往前拿火腿蛋。两个人都戴着手套吃。乔治看着他们吃。

"你看什么？"麦克斯望了望乔治。

"没看什么。"

"去你的。你是在看我。"

"说不定这孩子是闹着玩的，麦克斯。"艾尔说。

乔治笑了起来。

"你不用笑，"麦克斯对他说，"你根本不用笑，明白吗？"

"明白。"乔治说。

"他以为他明白。"麦克斯对艾尔说，"他以为他明白。好小伙子。"

"唔，他是个思想家。"艾尔说。他们继续吃。

"柜台那头那个聪明人叫什么名字来着？"艾尔问麦克斯。

"嗨，聪明人，"麦克斯对尼克说，"你同你朋友到柜台那一边去。"

"什么意思？"尼克问。

"没什么意思。"

"你最好过去，聪明人。"艾尔说。尼克绕过柜台。

"什么意思？"乔治问。

"他妈的你甭管，"艾尔说，"谁在厨房里？"

"那个黑人。"

"什么意思，那个黑人？"

"做菜的。"

"叫他进来。"

"干吗？"

"叫他进来。"

"你们以为你们是在什么地方？"

"我们知道是他妈的很清楚是在什么地方，"那个叫麦克斯的人说，"我们的样子傻吗？"

"你说傻话，"艾尔对他说，"你他妈的跟孩子吵什么？听着。"他对乔治说："叫那个黑人到这儿来。"

"你们要对他干什么？"

"没什么。你动动脑子，聪明人。我们会对黑人干什么？"

乔治打开通厨房的窄门。"塞姆，"他叫道，"你进来一会儿。"

通厨房的门开了，黑人进来。"什么事？"他问。这两个在柜台边上的人看了他一眼。

"行，黑鬼。你就站在那儿。"艾尔说。

黑人塞姆腰系围裙站着，看着这两个人。"是，先生。"他说。艾尔从凳子上下来。

"我跟黑鬼和聪明人回厨房去，"他说，"回厨房去，黑鬼。你跟他一起去，聪明人。"小个子跟在尼克和厨子塞姆后面，回进厨房。他们一进门就把门关上。叫麦克斯的那个人坐在柜台边上，面对着乔治，他不看乔治，却看着柜台后面那一排镜子。亨利餐馆原来是由小酒店翻造的。

"唔，聪明小伙子，"麦克斯说，一边望着镜子，"你为什么不说话？"

"你们这是干什么？"

"嗨，艾尔，"麦克斯叫道，"聪明人想知道这是干什么。"

"你干吗不告诉他呢？"艾尔的声音从厨房里传来。

"你想这是干什么？"

"我不知道。"

"你想是干什么？"

麦克斯一边说话，眼睛一直看着镜子。

"我不愿意说。"

"嗨，艾尔，聪明人说他不愿意说这是干什么。"

"好啦，我听得见。"艾尔在厨房里说。他已经用酱油瓶子推开小门，那门是为了把盆子传到厨房里用的。"听着，聪明人，"他对乔治说，"你站得离柜台远一点。麦克斯，你往左边靠一靠。"他像是照相师在布置拍团体照。

"你说，聪明人，"麦克斯说，"你看要发生什么事？"

乔治一句话不说。

"我告诉你，"麦克斯说，"我们要杀一个瑞典人。你认识一个大个子，名叫奥尔·安德瑞森的瑞典人吗？"

"认识。"

"他天天晚上到这儿吃饭，对不对？"

"有时候来。"

"他六点钟到这儿,对不对?"

"要来就六点。"

"这些我们都知道,聪明人,"麦克斯说,"说说别的吧。看过电影吗?"

"偶尔看看。"

"你应该多看看电影。像你这样聪明小伙子,多看电影有好处。"

"你们为什么要杀奥尔·安德瑞森?他干了什么对不起你们的事情?"

"他没干什么对不起我们的事情。他见都没见过我们。"

"他只能见我们一次。"艾尔从厨房里说。

"那你们为什么要杀他?"乔治问。

"我们为一个朋友要杀死他。受一位朋友的委托,聪明人。"

"闭嘴,"艾尔从厨房里说,"你说得他妈的太多了。"

"我让聪明人开开心。你说呢,聪明人?"

"你说得他妈的太多了,"艾尔说,"黑鬼跟我的聪明人自己开心。我把他们捆得像修道院里的一对女朋友。"

"我想你在修道院待过。"

"你没法知道。"

"你住过清净修道院。你就在那里待过。"

乔治抬头看了一看钟。

"如果有什么人进来,你同他们说,厨子出去啦,要是他们不肯走,你告诉他们,你自己到厨房给他们做去。听明白了,聪明小伙子?"

"听明白了,"乔治说,"这以后你们把我们怎么办?"

"那要看情况啰,"麦克斯说,"这种事你一时之间不好说。"

乔治抬头看钟。六点一刻。临街的门开了。一个电车司机进来。

"你好呀,乔治。"他说,"晚饭有了吗?"

"塞姆出去了,"乔治说,"大概过半小时回来。"

"那我上街那一头去吧。"司机说。乔治看钟。六点二十分。

"好,聪明小伙子,"麦克斯说,"你真是个小规矩人。"

"他怕我打掉他脑袋。"艾尔从厨房里说。

"不,"麦克斯说,"不是这么回事。这聪明人不错。是个好小伙子。我喜欢他。"

六点五十五分时,乔治说:"他不会来了。"

还有两个人来过餐馆。其中有一次乔治进厨房做了一客火腿蛋三明治,给一个人带回去吃。在厨房里面,他看见艾尔,礼帽搭在后脑勺,坐在小门旁边凳子上,一枝短铳散弹枪的枪口挨着架子靠着。尼克和厨子背靠背待在角落里,两人嘴里各塞了一条毛巾。乔治做好三明治,用油纸包上,装进口袋,那人付了钱便走了。

"聪明人样样都会干,"麦克斯说,"他会做菜,什么都会。你可以教出一个好老婆来,聪明小伙子。"

"真的吗?"乔治说,"你的朋友奥尔·安德瑞森不会来了。"

"再等他十分钟。"

麦克斯看着镜子和钟。时钟指向七点,接着七点五分。

"来吧,艾尔,"麦克斯说,"咱们走吧。他不会来了。"

"再等五分钟。"艾尔从厨房里说。

过了五分钟进来个人,乔治说厨子病了。

"你们干吗不再雇一个厨子?"那人说,"你们不是在开饭店吗?"他走了出去。

"走吧,艾尔。"麦克斯说。

"这两位聪明人跟黑人怎么办?"

"他们没事。"

"你说没事?"

"当然。我们完事了。"

"我不喜欢这样,"艾尔说,"不利索。你话说得太多。"

"啊,管他的,"麦克斯说,"我们也得开开心啊,是不是?"

"反正,你说得太多。"艾尔说。他从厨房出来。他的大衣太紧,短铳枪在他腰部下面微微鼓起。他戴着手套把大衣拽平。

"再见,聪明人,"他对乔治说,"算你走运。"

"真的,"麦克斯说,"你应该去赌赛马,聪明人。"

这两人走出门去。乔治从窗户望着他们从弧光灯下走过,穿过街去。他们外套紧,帽子高,像玩杂耍的。乔治推开转门,走进厨房,给尼克和厨子松绑。

"我吃不消啦。"厨子塞姆说。

尼克站起来。他从没让人在嘴里塞过毛巾。

"我说。"他说,"怎么一回事?"他想故作镇静。

"他们要杀奥尔·安德瑞森,"乔治说,"他们想在他进来吃饭的时候枪杀他。"

"奥尔·安德瑞森?"

"不错。"

厨子用拇指按按他的嘴角。

"他们都走了吗?"他问。

"是呀,"乔治说,"他们已经走了。"

"我不喜欢这种事。"厨子说。

"喂，"乔治对尼克说，"你最好去看看奥尔·安德瑞森。"

"好吧。"

"你们最好别夹在里头，"塞姆厨子说，"你们最好离远远的。"

"你不想去就不要去，"乔治说。

"夹在里头对你们没好处，"厨子说，"躲开点儿吧。"

"我去看他，"尼克对乔治说，"他住在什么地方？"

厨子走开了。

"毛孩子总是自以为是。"他说。

"他住在赫奇公寓。"乔治对尼克说。

"我去。"

外边，弧光灯从光秃秃的树枝间照下来。尼克沿电车道走去，到了下一盏弧光灯拐进一条小街。街旁三座房子就是赫奇公寓。尼克走上两级台阶。他按铃，一个女人来开门。

"奥尔·安德瑞森在这儿住吗？"

"你要见'他'？"

"是啊，他要是在家的话。"

尼克随着那女人走上一段楼梯，又折回到走廊的一端。她敲门。

"谁？"

"有人来看你，安德瑞森先生。"女人说。

"我是尼克·亚当斯。"

"进来。"

尼克推开门，走进房里。奥尔·安德瑞森和衣躺在床上。他原是重量级拳击手，个子太高，床容不下。他枕两个枕头躺着。他没有看尼克。

"什么事？"他问。

"我是亨利餐馆的，"尼克说，"有两个人来过餐馆，把我跟厨子绑起来，说要杀你。"

他的话听来有点可笑。安德瑞森没说什么。

"他们把我们关在厨房里，"尼克继续说，"他们要在你进餐馆吃饭的时候打死你。"

奥尔·安德瑞森望着墙，什么也不说。

"乔治觉得我最好来告诉你一声。"

"这件事，我没有什么办法可想。"奥尔·安德瑞森说。

"我可以告诉你他们是什么样子。"

"我不想知道他们是什么样子，"奥尔·安德瑞森说，他望着墙，"谢谢你跑来告诉我。"

"那没什么。"

尼克望着躺在床上这条大汉。

"你要不要我去告诉警察?"

"不,"安德瑞森说,"那没有什么用。"

"我有什么可以帮忙的吗?"

"没有。没有什么忙可以帮。"

"说不定就是吓唬吓唬。"

"不,这不是吓唬。"

奥尔·安德瑞森翻过身去,面朝墙壁。

"惟一的一件事情是,"他朝着墙说,"我还没有打定主意出不出去。我整天待在这儿。"

"你不能离开这个镇吗?"

"不,"奥尔·安德瑞森说,"这么跑来跑去,我跑够了。"

他望着墙,"现在没有什么办法了。"

"你不能想办法把这事解决了吗?"

"想不出。我做错了事。"他仍然用这样平板的声音说话,"没有什么办法。过一会儿,我会打定主意到外边去。"

"我要回去看乔治去了。"

"再见。"奥尔·安德瑞森说,他没有朝尼克方向看,"谢谢你来一趟。"

尼克走出去。他关门的时候看见奥尔·安德瑞森和衣躺在床上,望着墙。

"他已经在房里待了一整天,"楼下女房东说,"我看他是不舒服。我跟他说'安德瑞森先生,像今天这么好的秋天你该出去散散步',可是他不愿意出去。"

"他不想出去。"

"他不舒服,真叫人难过,"女人说,"他是个大好人。你知道,他是拳击场里的。"

"我知道。"

"你不看他脸上那副样子,不会知道他是拳击场里的。"女人说。他们站在临街的门里说话,"他还挺和气。"

"好吧,赫奇太太,再见。"尼克说。

"我不是赫奇太太,"女人说,"这是赫奇太太的房子。我只是替她看管的。我是贝尔太太。"

"再见,贝尔太太。"尼克说。

"再见。"女人说。

尼克沿黑暗的街道走去,到弧光灯下的拐角转弯,沿电车道走到亨利餐馆。乔治在里头,在柜台后面。

"你见奥尔了吗?"

"见了,"尼克说,"他在屋里,不出来。"

厨子听见尼克的声音,从厨房推开门。

"我听都不想听。"他说着关上门。

"你告诉他了吗?"乔治问。

"我当然告诉他了,不过他全知道。"

"他打算怎么办?"

"没怎么办。"

"他们会杀死他的。"

"我看会杀死他的。"

"他一定是在芝加哥惹下了什么事。"

"我看也是。"尼克说。

"真是糟糕的事情。"

"可怕的事情。"

他们没有说下去。乔治拿过一条毛巾来擦柜台。

"我不知道他干了什么事?"尼克说。

"出卖了什么人。他们就因为这个要杀他。"

"我要离开这个镇。"尼克说。

"行,"乔治说,"走了也好。"

"他在家里待着,又明明知道自己会让人给杀死,我想起来就受不了。这他妈的太可怕了。"

"那,"乔治说,"你最好别去想它。"

思　考　题

1. 这篇小说中对两个杀手是怎样刻画的?作者为什么要这样来刻画?它的深层意义是什么?

2. 尼克、乔治、塞姆三人对这件事在态度上有什么不同?尼克最后说"我要离开这个镇",说明什么?

3. 奥尔·安德瑞森为什么一直面壁躺着,对暗杀他的事似乎无动于衷?这说明什么?

4. 贝尔太太是怎样一个人,她在小说中起什么作用?代表了什么?

　　5. 这篇小说在结构、语言上有什么独特之处? 特别是简洁的对话起了什么作用? 它反映了海明威文体风格的哪些特点?

小径分岔的花园

[阿根廷]博尔赫斯
王永年译

豪尔赫·路易斯·博尔赫斯(Jorge Luis Borges,1899—1986)出身于布宜诺斯艾利斯一个有英国血统的律师家庭。第一次世界大战爆发,全家移居瑞士,在日内瓦上中学,在剑桥读大学。1921年回到布宜诺斯艾利斯,在公共图书馆任职,同时进行文学创作。主要作品有短篇小说集《恶棍列传》、《小径分岔的花园》、《阿莱夫》、《死亡与罗盘》、《布罗迪埃的报告》,诗集《布宜诺斯艾利斯的激情》、《面前的月亮》、《阴影颂》、《老虎的金黄》、《深沉的玫瑰》等。博尔赫斯的作品主要表现了他的人生哲理的主题:世界是一团混乱,人生活在世界上,就像走进迷宫,既丧失了目的,也找不到出路。他善于从客观的角度来观察现实,描绘气氛,网织人事,给人的感觉是理智、澄澈、冷静、安详。他的作品充满哲理、象征、虚幻、荒诞和东方的神秘气氛,对拉美魔幻现实主义的兴起具有深刻的影响。

献给维多利亚·奥坎波①

利德尔·哈特写的《欧洲战争史》第二百四十二页有段记载,说是十三个英国师(有一千四百门大炮支援)对塞尔-蒙托邦防线的进攻原定于1916年7月24日发动,后来推迟到29日上午。利德尔·哈特上尉解释说延期的原因是滂沱大雨,当然并无出奇之处。青岛大学前英语教师余准博士的证言,经过记录、复述、由本人签名核实,却对这一事件提供了始料不及的说明。证言记录缺了前两页。

……我挂上电话听筒。我随即辨出那个用德语接电话的声音。是理查

---

① 维多利亚·奥坎波(1891—1979),阿根廷散文作家、文学评论家,曾编辑《南方》杂志,著有《证言》、《弗吉尼亚·吴尔夫论》等。

德·马登的声音。马登在维克托·鲁纳伯格的住处,这意味着我们的全部辛劳付诸东流,我们的生命也到了尽头——但是这一点是次要的,至少在我看来如此。这就是说,鲁纳伯格已经被捕,或者被杀①。在那天日落之前,我也会遭到同样的命运。马登毫不留情。说得更确切一些,他非心狠手辣不可。作为一个听命于英国的爱尔兰人,他有办事不热心甚至叛卖的嫌疑,如今有机会挖出日耳曼帝国的两名间谍,拘捕或者打死他们,他怎么会不抓住这个天赐良机,感激不尽呢?我上楼进了自己的房间,可笑地锁上门,仰面躺在小铁床上。窗外还是惯常的房顶和下午六点钟被云遮掩的太阳。这一天既无预感又无朕兆,成了我大劫难逃的死日,简直难以置信。虽然我父亲已经去世,虽然我小时候在海丰一个对称的花园里待过,难道我现在也得死去?随后我想,所有的事情不早不晚偏偏在目前都落到我头上了。多少年来平平静静,现在却出了事;天空、陆地和海洋人数千千万万,真出事的时候出在我头上……马登那张叫人难以容忍的马脸在我眼前浮现,驱散了我的胡思乱想。我又恨又怕(我已经骗过了理查德·马登,只等上绞刑架,承认自己害怕也无所谓了),心想那个把事情搞得一团糟、自鸣得意的武夫肯定知道我掌握秘密。准备轰击昂克莱的英国炮队所在地的名字。一只鸟掠过窗外灰色的天空,我在想像中把它化为一架飞机,再把这架飞机化成许多架,在法国的天空精确地投下炸弹,摧毁了炮队。我的嘴巴在被一颗枪弹打烂之前能喊出那个地名,让德国那边听到就好了……我血肉之躯所能发的声音太微弱了。怎么才能让它传到头头的耳朵?那个病恹恹的讨厌的人,只知道鲁纳伯格和我在斯塔福德郡,在柏林闭塞的办公室里望眼欲穿等我们的消息,没完没了地翻阅报纸……我得逃跑,我大声说。我毫无必要地悄悄起来,仿佛马登已经在窥探我。我不由自主地检查一下口袋里的物品,也许仅仅是为了证实自己毫无办法。我找到的都是意料之中的东西。那只美国挂表,镍制表链和那枚四角形的硬币,拴着鲁纳伯格住所钥匙的链子,现在已经没有用处但是能构成证据,一个笔记本,一封我看后决定立即销毁但是没有销毁的信,假护照,一枚五先令的硬币,两个先令和几个便士,一支红蓝铅笔,一块手帕和装有一颗子弹的左轮手枪。我可笑地拿起枪,在手里掂掂,替自己壮胆。我模糊地想,枪声可以传得很远。不出十分钟,我的计划已考虑成熟。电话号码簿给了我一个人的名字,惟有他才能替我把情报传出去:他住在芬顿郊区,不

---

① 荒诞透顶的假设。普鲁士间谍汉斯·拉本纳斯,化名维克托·鲁纳伯格,用自动手枪袭击持证前来逮捕他的理查德·马登上尉。后者出于自卫,击伤鲁纳伯格,导致了他的死亡。——原编者注

到半小时的火车路程。

　　我是个怯懦的人。我现在不妨说出来，因为我已经实现了一个谁都不会说是冒险的计划。我知道实施过程很可怕。不，我不是为德国干的。我才不关心一个使我堕落成为间谍的野蛮的国家呢。此外，我认识一个英国人——一个谦逊的人——对我来说并不低于歌德。我同他谈话的时间不到一小时，但是在那一小时中间他就像是歌德……我之所以这么做，是因为我觉得头头瞧不起我这个种族的人——瞧不起在我身上汇集的无数先辈。我要向他证明一个黄种人能够拯救他的军队。此外，我要逃出上尉的掌心。他随时都可能敲我的门，叫我的名字。我悄悄地穿好衣服，对着镜子里的我说了再见，下了楼，打量一下静寂的街道，出去了。火车站离此不远，但我认为还是坐马车妥当。理由是减少被人认出的危险；事实是在阒无一人的街上，我觉得特别显眼，特别不安全。我记得我吩咐马车夫不到车站入口处就停下来。我磨磨蹭蹭下了车，我要去的地点是阿什格罗夫村，但买了一张再过一站下的车票。这趟车马上就开：八点五十分。我得赶紧，下一趟九点半开车。月台上几乎没有人。我在几个车厢看看：有几个农民，一个服丧的妇女，一个专心致志在看塔西佗的《编年史》①的青年，一个显得很高兴的士兵。列车终于开动。我认识的一个男人匆匆跑来，一直追到月台尽头，可是晚了一步。是理查德·马登上尉。我垂头丧气、忐忑不安，躲开可怕的窗口，缩在座位角落里。我从垂头丧气变成自我解嘲的得意。心想我的决斗已经开始，即使全凭侥幸抢先了四十分钟，躲过了对手的攻击，我也赢得了第一个回合。我想这一小小的胜利预先展示了彻底成功。我想胜利不能算小，如果没有火车时刻表给我的宝贵的抢先一着，我早就给关进监狱或者给打死了。我不无诡辩地想，我怯懦的顺利证明我能完成冒险事业。我从怯懦中汲取了在关键时刻没有抛弃我的力量。我预料人们越来越屈从于穷凶极恶的事情；要不了多久世界上全是清一色的武夫和强盗了；我要奉劝他们的是：做穷凶极恶的事情的人应当假想那件事情已经完成，应当把将来当成过去那样无法挽回。我就是那样做的，我把自己当成已经死去的人，冷眼观看那一天，也许是最后一天的逝去和夜晚的降临。列车在两旁的桦树中徐徐行驶。在荒凉得像是旷野的地方停下。没有人报站名。是阿什格罗夫吗？我问月台上几个小孩。阿什格罗夫，他们回答说。我便下了车。

---

　　① 塔西佗(55？—120？)，古罗马历史作家。传世作品除《编年史》外，有《演说家的对话》、《日耳曼地方志》、《历史》等。《编年史》记述的是公元14年(奥古斯都之死)至68年(尼禄之死)间的事情。

月台上有一盏灯光照明，但是小孩们的脸在阴影中。有一个小孩问我：您是不是要去斯蒂芬·艾伯特博士家？另一个小孩也不等我回答，说道：他家离这儿很远，不过您走左边那条路，每逢交叉路口就往左拐，不会找不到的。我给了他们一枚钱币（我身上最后的一枚），下了几级石阶，走上那条僻静的路。路缓缓下坡。是一条泥土路，两旁都是树，枝丫在上空相接，低而圆的月亮仿佛在陪伴我走。

有一阵子我想理查德·马登用某种办法已经了解到我铤而走险的计划。但我立即又明白那是不可能的。小孩叫我老是往左拐，使我想起那就是找到某些迷宫的中心院子的惯常做法。我对迷宫有所了解：我不愧是彭㝡的曾孙，彭㝡是云南总督，他辞去了高官厚禄，一心想写一部比《红楼梦》人物更多的小说，建造一个谁都走不出来的迷宫。他在这些庞杂的工作上花了十三年工夫，但是一个外来的人刺杀了他，他的小说像部天书，他的迷宫也无人发现。我在英国的树下思索着那个失落的迷宫：我想像它在一个秘密的山峰上原封未动，被稻田埋没或者淹在水下，我想像它广阔无比，不仅是一些八角凉亭和通幽曲径，而是由河川、省份和王国组成……我想像出一个由迷宫组成的迷宫，一个错综复杂、生生不息的迷宫，包罗过去和将来，在某种意义上甚至牵涉到别的星球。我沉浸在这种虚幻的想像中，忘掉了自己被追捕的处境。在一段不明确的时间里，我觉得自己抽象地领悟了这个世界。模糊而生机勃勃的田野、月亮、傍晚的时光，以及轻松的下坡路，这一切使我百感丛生。傍晚显得亲切、无限。道路继续下倾，在模糊的草地里岔开两支。一阵清悦的乐声抑扬顿挫，随风飘荡，或近或远，穿透叶丛和距离。我心想，一个人可以成为别人的仇敌，成为别人一个时期的仇敌，但不能成为一个地区、萤火虫、字句、花园、水流和风的仇敌。我这么想着，来到一扇生锈的大铁门前。从栏杆里，可以望见一条林阴道和一座凉亭似的建筑。我突然明白了两件事，第一件微不足道，第二件难以置信：乐声来自凉亭，是中国音乐。正因为如此，我并不用心倾听就全盘接受了。我不记得门上是不是有铃，还是我击掌叫门。像火花迸溅似的乐声没有停止。

然而，一盏灯笼从深处房屋出来，逐渐走近：一盏月白色的鼓形灯笼，有时被树干挡住。提灯笼的是个高个子。由于光线耀眼，我看不清他的脸。他打开铁门，慢条斯理地用中文对我说：

"看来鼓熙情意眷眷，不让我寂寞。您准也是想参观花园吧？"

我听出他说的是我们一个领事的姓名，我莫名其妙地接着说：

"花园？"

"小径分岔的花园。"

我心潮起伏,难以理解地肯定说:

"那是我曾祖彭㝰的花园。"

"您的曾祖?您德高望重的曾祖?请进,请进。"

潮湿的小径弯弯曲曲,同我儿时的记忆一样。我们来到一间藏着东方和西方书籍的书房。我认出几卷用黄绢装订的手抄本,那是从未付印的明朝第三个皇帝下诏编纂的《永乐大典》的逸卷。留声机上的唱片还在旋转,旁边有一只青铜凤凰。我记得有一只红瓷花瓶,还有一只早几百年的蓝瓷,那是我们的工匠模仿波斯陶器工人的作品……

斯蒂芬・艾伯特微笑着打量着我。我刚才说过,他身材很高,轮廓分明,灰眼睛,灰胡子。他的精神有点像神甫,又有点像水手;后来他告诉我,"在想当汉学家之前",他在天津当过传教士。

我们落了座;我坐在一张低矮的长沙发上,他背朝着窗口和一个落地圆座钟。我估计一小时之内追捕我的理查德・马登到不了这里。我的不可挽回的决定可以等待。

"彭㝰的一生真令人惊异,"斯蒂芬・艾伯特说,"他当上家乡省份的总督,精通天文、星占、经典诠诂、棋艺,又是著名的诗人和书法家;他抛弃了这一切,去写书、盖迷宫。他抛弃了炙手可热的官爵地位、娇妻美妾、盛席琼筵,甚至抛弃了治学,在明虚斋闭户不出十三年。他死后,继承人只找到一些杂乱无章的手稿。您也许知道,他家里的人要把手稿烧掉;但是遗嘱执行人——一个道士或和尚——坚持要刊行。"

"彭㝰的后人,"我插嘴说,"至今还在责怪那个道士。刊行是毫无道理的。那本书是一堆自相矛盾的草稿的汇编。我看过一次:主人公在第三回里死了,第四回里又活了过来。至于彭㝰的另一项工作,那座迷宫……"

"那就是迷宫。"他指着一个高高的漆柜说。

"一个象牙雕刻的迷宫!"我失声喊道,"一座微雕迷宫……"

"一座象征的迷宫,"他纠正我说,"一座时间的无形迷宫。我这个英国蛮子有幸悟出了明显的奥秘。经过一百多年之后,细节已无从查考,但不难猜测当时的情景。彭㝰有一次说:我引退后要写一部小说。另一次说:我引退后要盖一座迷宫。人们都以为是两件事;谁都没有想到书和迷宫是一件东西。明虚斋固然建在一个可以说是相当错综的花园的中央;这一事实使人们联想起一座实实在在的迷宫。彭㝰死了;在他广阔的地产中间,谁都没有找到迷宫。两个情况使我直截了当地解决了这个问题。一是关于彭㝰打算盖一座绝对无边无际的迷宫的奇怪的传说。二是我找到的一封信的片断。"

艾伯特站起来。他打开那个已经泛黑的金色柜子,背朝着我有几秒钟之久。他转身时手里拿着一张有方格的薄纸，原先的大红已经退成粉红色。彭㝠一手好字名不虚传。我热切然而不甚了了地看着我一个先辈用蝇头小楷写的字：我将小径分岔的花园留诸若干后世（并非所有后世）。我默默把那张纸还给艾伯特。他接着说：

"在发现这封信之前，我曾自问：在什么情况下一部书才能成为无限。我认为只有一种情况，那就是循环不已、周而复始。书的最后一页要和第一页雷同，才有可能没完没了地连续下去。我还想起一千零一夜正中间的那一夜，山鲁佐德① 王后（由于抄写员神秘的疏忽）开始一字不差地叙说一千零一夜的故事，这一来有可能又回到她讲述的那一夜，从而变得无休无止。我又想到口头文学作品，父子口授，代代相传，每一个新的说书人加上新的章回或者虔敬地修改先辈的章节。我潜心琢磨这些假设；但是同彭㝠自相矛盾的章回怎么也对不上号。正在我困惑的时候，牛津给我寄来您见到的手稿。很自然，我注意到这句话：我将小径分岔的花园留诸若干后世（并非所有后世）。我几乎当场就恍然大悟；小径分岔的花园就是那部杂乱无章的小说；若干后世（并非所有后世）这句话向我揭示的形象是时间而非空间的分岔。我把那部作品再浏览一遍，证实了这一理论。在所有的虚构小说中，每逢一个人面临几个不同的选择时，总是选择一种可能，排除其他；在彭㝠的错综复杂的小说中，主人公却选择了所有的可能性。这一来，就产生了许多不同的后世，许多不同的时间，衍生不已，枝叶纷披。小说的矛盾就由此而起。比如说，方君有个秘密；一个陌生人找上门来；方君决心杀掉他。很自然，有几个可能的结局：方君可能杀死不速之客，可能被他杀死，两人可能都安然无恙，也可能都死，等等。在彭㝠的作品里，各种结局都有；每一种结局是另一些分岔的起点。有时候，迷宫的小径汇合了：比如说，您来到这里，但是某一个可能的过去，您是我的敌人，在另一个过去的时期，您又是我的朋友。如果您能忍受我糟糕透顶的发音，咱们不妨念几页。"

在明快的灯光下，他的脸庞无疑是一张老人的脸，但有某种坚定不移的，甚至是不朽的神情。他缓慢而精确地朗读同一章的两种写法。其一，一支军队翻越荒山投入战斗；困苦万状的山地行军使他们不惜生命，因而轻而易举地打了胜仗；其二，同一支军队穿过一座正在欢宴的宫殿，兴高采

---

① 山鲁佐德，阿拉伯民间故事集《一千零一夜》中讲故事的女子。相传萨桑国国王因痛恨王后与人有私，将其杀死，此后每日娶一少女，翌晨即杀掉。宰相之女山鲁佐德为拯救无辜的女子，自愿嫁给国王，每夜讲故事，引起国王兴趣，免遭杀戮。她的故事讲了一千零一夜。

烈的战斗像是宴会的继续,他们也夺得了胜利。我带着崇敬的心情听着这些古老的故事,更使我惊异的是想出故事的人是我的祖先,为我把故事恢复原状的是一个遥远帝国的人,时间在一场孤注一掷的冒险过程之中,地点是一个西方岛国。我还记得最后的语句,像神秘的戒律一样在每种写法中加以重复:英雄们就这样战斗,可敬的心胸无畏无惧,手中的钢剑凌厉无比,只求杀死对手或者沙场捐躯。

从那一刻开始,我觉得周围和我身体深处有一种看不见的、不可触摸的躁动。不是那些分道扬镳的、并行不悖的、最终汇合的军队的躁动,而是一种更难掌握、更隐秘的、已由那些军队预先展示的激动。斯蒂芬·艾伯特接着说:

"我不信您显赫的祖先会徒劳无益地玩弄不同的写法。我认为他不可能把十三年光阴用于无休无止的修辞实验。在您的国家,小说是次要的文学体裁;那时候被认为不登大雅。彭㝱是个天才的小说家,但也是一个文学家,他绝不会认为自己只是个写小说的。和他同时代的人公认他对玄学和神秘主义的偏爱,他的一生也充分证实了这一点。哲学探讨占据他小说的许多篇幅。我知道,深不可测的时间问题是他最关心、最专注的问题。可是《花园》手稿中惟独没有出现这个问题。甚至连'时间'这个词都没有用过。您对这种故意回避怎么解释呢?"

我提出几种看法;都不足以解答。我们争论不休,斯蒂芬·艾伯特最后说:

"设一个谜底是'棋'的谜语时,谜面惟一不准用的字是什么?"我想一会儿后说:

"'棋'字。"

"一点不错,"艾伯特说,"小径分岔的花园是一个庞大的谜语,或者是寓言故事,谜底是时间;这一隐秘的原因不允许手稿中出现'时间'这个词。自始至终删掉一个词,采用笨拙的隐喻、明显的迂回,也许是挑明谜语的最好办法。彭㝱在他孜孜不倦创作的小说里,每有转折就用迂回的手法。我核对了几百页手稿,勘正了抄写员的疏漏错误,猜出杂乱的用意,恢复、或者我认为恢复了原来的顺序,翻译了整个作品;但从未发现什么地方用过'时间'这个词。显而易见,小径分岔的花园是彭㝱心目中宇宙的不完整然而绝非虚假的形象。您的祖先和牛顿、叔本华不同的地方是他认为时间没有同一性和绝对性。他认为时间有无数系列,背离的、汇合的和平行的时间织成一张不断增长、错综复杂的网。由互相靠拢、分歧、交错,或者永远互不干扰的时间织成的网络包含了所有的可能性。在大部分时间里,我们并不存在;在某些时间,有你而没有我;在另一些时间,有我而没有你；再有一些时间，你我都存在。目前这个时刻，偶然的机会使您光临舍间；在另一个时刻，您穿过花园，发现我已死去；再在另一个时刻，我说着目前所说的话，不过我是个错误，是个幽灵。"

"在所有的时刻，"我微微一震说，"我始终感谢并且钦佩你重新创造了彭冣的花园。"

"不可能在所有的时刻，"他一笑说，"因为时间永远分岔，通向无数的将来。在将来的某个时刻，我可以成为您的敌人。"

我又感到刚才说过的躁动。我觉得房屋四周潮湿的花园充斥着无数看不见的人。那些人是艾伯特和我，隐蔽在时间的其他维度之中，忙忙碌碌，形形色色。我再抬起眼睛时，那层梦魇似的薄雾消散了。黄黑二色的花园里只有一个人，但是那个人像塑像似的强大，在小径上走来，他就是理查德·马登上尉。

"将来已经是眼前的事实，"我说，"不过我是您的朋友。我能再看看那封信吗？"

艾伯特站起身。他身材高大，打开了那个高高柜子的抽屉；有几秒钟工夫，他背朝着我。我已经握好手枪。我特别小心地扣下扳机：艾伯特当即倒了下去，哼都没有哼一声。我肯定他是立刻丧命的，是猝死。

其余的事情微不足道，仿佛一场梦。马登闯了进来，逮捕了我。我被判绞刑。我很糟糕地取得了胜利：我把那个应该攻击的城市的保密名字通知了柏林。昨天他们进行轰炸；我是在报上看到的。报上还有一条消息说著名汉学家斯蒂芬·艾伯特被一个名叫余准的陌生人暗杀身亡，暗杀动机不明，给英国出了一个谜。柏林的头头破了这个谜。他知道在战火纷飞的时候我难以通报那个叫艾伯特的城市的名称，除了杀掉一个叫那名字的人之外，找不出别的办法。他不知道（谁都不可能知道）我的无限悔恨和厌倦。

思　考　题

1. 作者为什么要在小说的开头提到《欧洲战争史》？他为什么要从余准博士即将受到绞刑时往前倒叙？

2. 这篇小说对时间、人的决定和现实的本质作了怎样的评述？

3. 余准博士为什么在小说的结尾说自己"无限悔恨和厌倦"？是什么引起的？

4. 这篇小说中间谍活动的情节跟小说的主题有什么关系？为什么要这样写？

　　5."小径分岔的花园"象征了什么？这篇小说表现了作者怎样的人生哲学？它是用哪些手法来表现的？

菊　　花

［美国］斯坦贝克

苏索才　王建红译

　　约翰·斯坦贝克（John Ernst Steinbeck，1902—1968）出身于加利福尼亚州萨利纳斯市一个小厂主家庭。大学期间即时常辍学，靠打工维持生活，他曾做过农牧场雇工、木工学徒、油漆匠、筑路工、猎场看守、报刊记者等，接触过许多社会底层的人，熟悉他们的日常生活和思想感情。他的作品爱憎分明，充分反映了作者的人道主义精神，也体现了作者所极力倡导的人与人之间的同情和友爱。后期作品采用某些现代派手法，将叙事与抒情融为一体，穿插回忆和独白，描写了社会道德的沦丧，表现了作家对精神危机的忧虑。代表作有长篇小说《愤怒的葡萄》、《烦恼的冬天》，中篇小说《人鼠之间》、《珍珠》等。1962 年，由于他"通过现实主义的、富有想像的创作，表现出富有同情的幽默和对社会的敏锐的观察"，获得诺贝尔文学奖。

　　灰色法兰绒毯一般的冬雾高高地笼罩着萨里那斯山谷，把山谷与天空以及外部世界截然隔断开来。雾障犹如一只锅盖严严实实扣在山峦之上，使得峡谷看上去成了一口密封的大锅。宽阔平坦的田野上，犁过的土地形成了一道道垄沟，黑油油的泥土泛着金属般的光泽。萨里那斯河对岸山脚下的农庄里，布满金黄色麦茬的田地，仿佛正沐浴着淡淡的阴冷阳光。其实，眼下已经进了十二月，阳光根本照不进山谷。沿河两岸密密的柳树丛中，枝头上的叶片早已变成了深黄色。

　　这是一个安宁的时令，一切全都处在等待之中。空气虽然清冷，但并非刺骨般的严寒。一阵从西南方向吹来的微风，给农民带来了几分希望，以为用不了多久或许就会下一场喜雨。然而，雨和雾不可能是同时来的。

　　河对岸，亨利·爱伦的农庄里已经没有什么活儿可干了，因为干草已经割完、垛好，果园也彻底犁过，一旦真下起雨来，雨水就可以深深地渗入到土里，只有散布在高处山坡上的牛身上乱蓬蓬的、脏乎乎的。

在花园里干活的伊丽莎·爱伦正抬起眼睛朝自家院子后头望去。她看见丈夫亨利正在和两个穿制服的男人说着什么。他们站在拖拉机棚旁边，一只脚蹬着那台小小的福德森牌拖拉机，一边抽着烟，一边议论着那台机器。

伊丽莎望了一会儿之后，重又干起活来。她现年三十五岁，脸蛋儿清瘦，但却很精神，一双眼睛明若秋水。她身上穿着工作服，略显臃肿，一顶男式黑帽一直压住眉毛，脚上的鞋十分笨重，花格子外衣几乎让一个灯芯绒的大围裙全给罩住了，围裙上有四个大口袋，里面装着平头剪、小铲、小耙、花种等随手用的东西。为了保护手不被弄伤，她干活的时候总是戴着厚厚的皮手套。

她在用锋利的小剪刀修剪着已经枯萎了的花枝的过程中，不时地抬头望望那几个站在拖拉机棚旁边的男人。她那成熟而俊俏的脸蛋儿上带着一副殷切的神情，就连使用剪刀的动作都显得过急过重。菊花的枝茎在她这样精力充沛的人手里，实在是太细太柔嫩了。

她用手套的背面撩开垂到眼前的头发，在脸蛋儿上留下一块泥斑。粉刷得洁白的房子就在她的身后，房子的四周密密麻麻地栽着齐窗高的红色天竺葵。这所小小的农舍打扫得一尘不染，连窗户也擦得亮晶晶的，门前的台阶上还放着一块干干净净的蹭鞋垫。

伊丽莎又朝拖拉机棚瞥了一眼。那两个陌生人正在往她家的小拖拉机里钻。她摘下一只手套，把粗壮的手指伸进陈茎环绕着的翠绿新菊丛中，拨开枝叶，低头审视着长得密集的嫩芽：没有蚜虫，也没有地鳖、蜗牛和夜盗蛾。这些害虫还没来得及一显身手，就已经被她那有力的手指给消灭了。

伊丽莎被忽然响起的丈夫的说话声吓了一跳。原来他已经悄悄地走到她身后，趴在防止牛羊鸡狗钻进花园的铁丝网上。

"你又在侍弄这个了，"他说，"你又有了不小的新收获嘛。"

伊丽莎直起腰，重新戴上手套。"是啊，明年一定长得很好。"她的口气和表情中都洋溢着喜悦。

"你生来心灵手巧，"亨利一本正经地说，"今年的黄菊，有的竟长到十英寸都不止哩。我倒是希望你能到果园里去花些工夫，把苹果侍弄得也长这么大。"

她的眼睛亮了起来："说不定还真能办到呢。确实，我生来有这个本事，我妈妈就是这样。她随便往地里插根什么都能活。她说过，这是因为有一双善于栽种东西的手。"

"当然，种花确实需要花工夫。"他说。

"亨利,刚才和你讲话的是什么人?"

"哦,对了,我来就是要跟你说这事儿的。他们是西部肉类公司的。我卖给他们三十头三岁小牛。价钱差不多完全按我要的。"

"好哇,"她说,"你还真行。"

"我想,"他接着说道,"今儿个是礼拜六,咱们到萨里那斯去下馆子吧,饭后再看场电影——高兴高兴,你说怎么样?"

"好哇,"她又接着重复了一遍,"哦,是的,这好极了。"

亨利用开玩笑的口气说:"今天晚上有拳击比赛,你想去看看吗?"

"啊,不,"她气急败坏地说,"不,我可不喜欢拳击。"

"跟你开个玩笑嘛,伊丽莎。咱们去看电影。让我想想。现在是两点,我先要找斯科提去把牛赶下山来,这大概需要两个小时。咱们五点左右进城,到科米偌斯饭店吃饭,行吗?"

"当然行。我觉得挺好,到外面去吃饭好极了。"

"那就这样吧,我去牵两匹马来。"

伊丽莎说道:"看来,我还有时间把这些新苗栽一部分。"

她听见丈夫到谷仓那边叫了斯科提。没过一会儿,就看到他们俩骑着马爬上淡黄色的山冈去赶牛了。

花园里有一小块培育菊秧的方形沙质苗圃。伊丽莎用小铲把沙土翻了又翻,接着刮平、拍实,又并排挖出了十条栽苗的垄沟。然后她又折回到苗床,拔起娇嫩的菊秧,剪去所有的叶子,整整齐齐地放成一堆。

这时,大路上传来了吱吱嘎嘎的车轮声和沉重的马蹄声。伊丽莎抬头望去,顺着那条靠河一边密密麻麻地栽了一排柳树和白杨的乡村大道驶来了一辆由古里古怪的牲口拉着的古里古怪的大车。这是一辆装有弹簧的旧式四轮马车,车上支着帆布篷,很像早期移民穿过大草原时用的大篷车。这辆车由一匹枣红色老马和一头灰白色的小叫驴拉着。一个胡子拉碴的大汉坐在篷布下面赶着牲口踽踽而行,一条又瘦又丑的杂种狗悠闲地跟在两个后轮之间。布篷上歪歪扭扭地漆着"修理锅盆、刀剪、割草机"的字样。这些字排成两行,"修理"二字尤为赫然醒目。这些字的下边还沥沥滴滴地拖着许多小小的黑漆点儿。

伊丽莎蹲在地上望着这辆快要散架的怪车,等着它驶过去。可是它却不再往前走了,而拖着歪歪扭扭、吱吱嘎嘎的轮子拐进了通向她家房前的小道。那条瘦狗嗖的一声从轮子底下窜出来,冲到了前面。她家的两条狗登时跑了过去。三条狗全都停了下来,高高翘起的尾巴轻轻地抖动着,腿绷得笔直,以外交官的威严,缓缓地兜起了圈子,寻衅般地互相嗅着。马车在伊丽莎前面的铁丝网边停了下来。那条外来狗自觉寡不敌众,于是便垂下尾巴，竖起颈毛，龇着牙溜回到了马车底下。

坐在车上的汉子嚷道："怯阵的狗绝不是好狗。"

伊丽莎哈哈一笑说："看得出来，通常它要隔多久才会害怕一次？"

听见她的笑声，那汉子也开怀地笑了起来。"有时候儿个礼拜都不这样。"他说着，笨手笨脚地蹬着轮子爬下了车。那匹马和那头驴没精打采地耷拉着脑袋，活像没有浇过水的花儿。

伊丽莎发现那人出奇的魁梧，虽然头发和胡子都已花白，但却不显得很老。他身上的破旧黑上衣皱巴巴、油渍渍的。他的笑声一停，脸上和眼睛里的笑意也跟着立即消失了。他的眼睛乌黑，带着海员和驭手所特有的深沉忧郁的神情。他搁在铁丝网上的那双长满老茧的手裂了好多道口子，每道口子变成了一条黑线。他抬手摘下头上的破帽子。

"我通常是不走这条路的，夫人，"他开口说，"顺着这条土路能不能走到河对岸直通洛杉矶的公路上去？"

伊丽莎站起身来，把剪刀塞进围裙的口袋里说："嗯，能倒是能，不过得绕个大弯儿，从沙滩上涉水过去。我看你的车马过不了那个沙滩。"

那汉子粗声粗气地答道："你要是知道了这头牲口的本事，准会咋舌头的。"

"要等它们受惊的时候吧？"伊丽莎问道。

他微微一笑："是的，是得等到它们受惊的时候。"

"依我看，"伊丽莎说，"你还是退回到去萨利纳斯的路上去，从那儿上公路，要省许多时间。"

他伸出一只粗大的手指在铁丝网上剁着，使之像唱歌一样发出嗡嗡的响声，"我不急，夫人。我每年都要从西雅图到圣地亚哥来回走一趟。这要花去我大部分时间，一来一回各半年，总是赶好天走。"

伊丽莎摘下手套，塞进放着剪子的围裙口袋，抬起手摸了摸帽子的下檐，想把几根滑出来的头发掖回去。"这样过日子，倒像是挺有意思的。"

那个大汉像个老相识似的趴在铁丝网上。"你大概看到车上的字了吧。我是补锅磨剪刀的。你有什么活儿要干吗？"

"噢，没有，"伊丽莎急忙答道，"根本没有这种活儿。"她的眼神变得严厉起来，表示出拒绝之意。

"剪刀是最难磨的了，"他解释道，"许多人想自个儿磨，结果把好端端的剪刀给糟蹋了。不过我会磨，因为有专门工具。这东西小巧得很，还有专利哩。非常管用。"

"我可用不着。我的剪刀全都挺快的。"

"那好吧，有锅也行，"他一本正经地继续说道，"瘪的漏的都能修。我能把它拾掇得像新的一样，你就不用再去买新的了。这是在替你着想哩。"

"没有，"伊丽莎断然地说，"告诉你了，我这儿没有这样的活儿要干。"

顿时，那人脸上露出了做作的沮丧表情。他的声音也变得低沉起来，仿佛央求似的说："我今天什么活儿也没揽到，没准儿连晚饭都吃不上。你知道，我通常走的不是这条路。从西雅图到圣地亚哥，一路上我都有熟人。他们总是把活儿给我留着，因为知道我不仅活儿干得好，而且工钱也要得少。"

"对不起，"伊丽莎气哼哼地说，"我这儿没你干的活儿。"

他的目光从伊丽莎的脸上移开，盯着地面，朝四下里扫了一圈，最后落到了伊丽莎一直在收拾的菊花上："夫人，那里种的是什么呀？"

伊丽莎脸上的怒气和敌意顿时消失了："噢，那是菊花，大花白菊和黄菊。我每年都种一些，花儿开得比这一带哪家的都大。"

"是那种茎很长的花吧？看上去是不是跟猛一口喷出来的五颜六色的烟圈儿一样？"

"一点不错，你形容得很对。"

"乍闻起来有股怪味儿，要等习惯了才行。"他说。

"是一种清爽的苦味儿，"伊丽莎反驳说，"一点儿都不难闻。"

那人赶紧变了口气："我也挺喜欢这种味儿的。"

"我今年种的这种花儿可以开到十英寸那么大。"她说。

那汉子趴在铁丝网上，把身子朝前凑了凑："你瞧，我认识一位太太，就住在这条路的前边一点儿。她家的花园可真是少有的好，什么样的花儿都有，就是缺菊花。上回我替她补过一个铜底盆——那活儿可真难做啊，不过……不过我还是干得不错，她对我说：'你要是碰上好的菊花想法给我带些种子来。'她就是这么对我说的。"

伊丽莎的眼神一下子活跃而热烈了："看来她准是对菊花不大在行。用种子当然也可以繁殖，不过用插枝的办法却要方便得多。"

"噢，"他说，"这么说，我没法给她带一点去啰。"

"哟，能带的，"伊丽莎大声嚷道，"可以把秧苗插在湿沙土里，让你随身带走，只是别忘了浇水。它们会在这个小花盆里长根，然后就可以移栽了。"

"要是能得到一些，她准会很高兴的，夫人。这品种好看吗？"

"好极了，"她说，"哦，真的很好。"她两眼闪闪发亮，摘下破帽子，露出一头乌黑漂亮的头发，"我这就把它们移到花盆里去，让你马上带走。到院子里来吧。"

那汉子穿过栅门，伊丽莎却兴冲冲地顺着天竺葵丛中的小径朝屋后跑去,回来时,手里捧着一只挺大的红花盆。她连手套也忘了戴,立即跪到苗圃旁边,用手捧起沙土放到崭新发亮的花盆里,接着,又拾起早已准备好的花秧,使劲地按进沙土里,又贴着根把土压实。那汉子站在她身后。"我告诉你怎么弄,"她说,"你要记住,好去教给那位太太。"

"好的,我一定用心记着。"

"你听好,这些花秧大约一个月以后就会长根。到时候,就得分开移栽,散栽,每棵间隔一英尺左右,要栽在这样的肥土里,懂吗?"她说着,抓起一把黑油油的土让他看,"它们很快就会长高。还要记住:叫她一进七月就把花枝剪短,只留下八英寸左右的根。"

"在开花之前吗?"他问。

"对,开花以前,"她的脸绷得紧紧的,有些兴奋,"它们马上就会再长起来的,九月底前后就开始打骨朵儿。"

她打住话头,稍微犹豫一下,"打骨朵儿的时候要特别当心照料,"她有些迟疑地说,"我也不知道该怎么对你说才好。"她探寻地盯着对方的眼睛,微张着嘴,像是在谛听着什么。"我尽量给你讲清楚,"她说道,"你听说过种花人的手吗?"

"可以说没有,夫人。"

"那好,我也只能讲讲大概的感觉。那是在疏花的时候。一切全凭你的手指尖儿,你随手摆弄就行了,它们自个会知道留什么不留什么的。你能感觉出那是怎么一回事儿。它们会一个又一个地摘去那些多余的骨朵儿,绝不会弄错。它们天生是为了种花的。你明白吗?你的指头和花自然相通。你可以感觉得出来,可以在胳膊上感觉得出来,手指就像长了眼睛一样,绝对不会弄错。你可以感觉得出来的。等你有了这种感觉,干什么就都不会出差错了。你明白吗? 听懂我的话了吗?"

她跪在地上,仰起脸望着他。她激动得胸脯一起一伏。

那汉子眯缝起眼睛,不大自然地避开她的目光。"也许我也有体会,"他说,"有时候夜里坐在车上……"

伊丽莎打断了他的话头,声音有些嘶哑:"我从来没有像你那样生活过,可我明白你的意思。夜里漆黑一片——嗨,星星不断地眨着眼睛,四周静悄悄的。你仿佛一点一点地升腾起来,晶莹的星星钻进了你的躯体。就像这样:灼热、强烈……而又舒适。"

她跪在那儿,把手朝那汉子裹在油污的黑裤子里的腿伸去。她那战战兢兢的手指几乎碰到了他的裤子,但却突然垂到了地上。

她蜷缩着身子,活像一条摇尾乞怜的狗。

那个汉子说道:"是不错,就像你说的一样,只是碰上没饭吃的时候,可就不是那么回事了。"

听到这句话,她直挺挺地站了起来,脸上显出羞愧的神色。她把花盆轻轻地送到他怀里。"拿去,放到车上去,不过要放在座位上看得见的地方。或许我能找点活儿给你干。"

她在屋后的废铜烂铁堆里翻出了两口破得不成样子的平底铝锅,拿来交给他:"瞧,这锅没准儿还能修一修吧。"

他的神态顿时变了,摆出行家里手的架式:"我可以把它们修得像新的一样漂亮。"他在马车后面安好了一个铁砧,又从一只满是油垢的工具箱里翻出一把小铁锤。伊丽莎走出院门,瞧着他敲打铝锅上的凹痕。他抿着嘴,显出一副很有把握、十分在行的样子。每次碰到难办的地方,他就咂一下嘴唇。

"你就睡在车上吗?"伊丽莎问。

"就睡在车上,夫人。不管是晴天还是雨天,我都像一头牛似的躺在车里。"

"一定挺有趣,"她说,"这一定特别有趣,要是女人也能那样就好了。"

"那可不是女人可以过的日子。"

她咧开嘴巴,露出了牙齿。"你怎么知道的?凭什么这么说?"她问。

"我不知道,夫人,"他申辩道,"我当然不知道。喏,瞧你的锅吧,修好啦,无须再买新的。"

"多少钱?"

"嗨,就给五角钱吧。我总是尽可能少收钱,而且把活儿干好。所以在那边我一路上都有称心如意的主顾。"伊丽莎回屋里拿出来一枚五角钱的硬币放到他的手里。"总有一天你会大吃一惊,碰上个竞争对手的。我也会磨剪刀,小盆子上的坑坑洼洼我也能敲平。我会让你瞧瞧女人的能耐。"

他把锤子放回到那只积满油垢的工具箱里,又随手把小铁砧收了起来。"对女人来说,这种生活太孤单了,夫人,也太担风险,整夜都有野兽在车底下爬来爬去。"他说着爬上车辕,用一只手扶着小叫驴的白色屁股,稳住身子,然后坐到驭手座上,抓起缰绳。"多谢了,夫人,"他说,"我一定照你说的去做,这就往回走,上萨里那斯大路。"

"记住,"她喊道,"要是一时赶不到,可别让土干了啊。"

"土,夫人……土?噢,明白啦。你说的是花盆里的土,保证干不了。"他一声吆喝,牲口舒适地伸了伸脖子,拉紧了套具。那条杂种狗也回到了两只后轮中间的位置上去。大车掉了头,慢悠悠地离开了农舍门前的小路,顺着河岸朝老路折去。

伊丽莎站在铁丝网前,望着那辆篷车缓缓离去。她端着肩,仰着头,眯缝着眼睛,眼前的情景渐渐迷蒙起来。她翕动着嘴唇,仿佛是在无声地道白:"再见——再见。"接着她又低声说道:"那是一条光明的路,那儿有一道火红的闪光。"听到自己的话声,她吓了一跳。她定下神来,环顾了一下四周,看看是否有人听见了。只有那两条牧羊犬听到了她的话。它们正躺在土堆上睡觉,听到声音后,冲着她抬了抬脑袋,接着又伸出下巴,重新趴下睡着了。伊丽莎转过身,急匆匆地跑进了屋子。

她走进厨房,伸手摸了摸炉子后面的水罐。因为中午做过饭,满满的一罐子水已经热了。她进了洗澡间,脱下沾满泥土的衣裳丢到墙角,接着就用一小块浮石擦起身子来,从小腿一直擦到大腿、腰部、胸脯、手臂,最后把全身的皮肤都擦得通红。她把身子擦干之后,便走进卧室,站在镜子前面,端详起自己的身体来。她收紧腹部,挺起胸脯,又转过身扭头瞧了瞧脊背。

过了一会儿,她才开始慢慢地穿起衣服来。她穿上了自己最新的内衣,最漂亮的长袜和能够显出她的姣美的外衣。最后又仔细地梳好头发,描了眉毛,涂上了口红。

她还没有打扮好,就听到了一阵得得的马蹄声夹杂着亨利和那个帮工赶牛进圈的吆喝声。等到大门砰的一声关上了之后,她已收拾停当,等待亨利的到来。

走廊里响起了亨利的脚步声。他一边朝屋子走来,一边嚷道:"伊丽莎,你在哪儿?"

"在屋里穿衣服呢。我还没拾掇好呢。给你留了洗澡的热水。快一点,时间不早了。"

听到浴室里响起了哗啦哗啦的水声,伊丽莎把他那套黑色外衣摆到了床上,旁边放着衬衣、袜子和领带,然后又把那双擦得锃亮的皮鞋放到了床边的地板上。一切停当之后,她走到走廊上,挺着身子拘谨地坐了下来。她向傍河的大路望去,路边的柳树垂着经过霜打变黄的叶子。在灰蒙蒙的浓雾衬托下,那树叶宛如一道淡淡的阳光。在这阴沉的傍晚,这算是惟一的色彩了。她坐在那儿,好长时间一动没动,眼睛也只是偶尔才眨一下。

亨利砰地推开房门,边从屋里走出来,边把领带塞到背心里面去。伊丽莎的身体变得僵硬起来,脸也绷紧了。亨利蓦地收住脚步,打量着她:"哎——哟,伊丽莎,你真好看!"

"好看?你觉得我好看吗?你说'好看'是什么意思?"

亨利茫然无措地答道:"我也不清楚。我是说你跟平时不一样了。又壮实又快活。"

"我壮实？唔，壮实。你说的'壮实'是什么意思？"

他显出困惑的神色，"你是在开玩笑吧，"他无可奈何地说，"你是故意捣鬼。瞧你壮得简直能把一头小牛按在膝盖上掰成两半，快活得能把一头小牛像个西瓜一样吃个精光。"

她当即失去了原来的呆板语气："亨利，别这么说。你不知道自己在胡说些什么，"她重又恢复了刚才那副样子，"我的确很壮，"她自信地说，"过去我一直不知自己有多壮。"

亨利朝拖拉机棚望去。当他把目光重新转回到她身上的时候，眼睛里又充满了兴奋。"我去把车开出来，趁我发动的时候，你去穿上外衣。"

伊丽莎走进屋里。她听到亨利把车开到了大门口，让发动机打着空转，但仍然磨磨蹭蹭，花了好大工夫才戴上帽子，帽子戴好之后还东拉西按，直到亨利把发动机熄掉了，她才一下子套上外衣，走出屋来。

小小的双人敞篷汽车顺着河边的泥土路颠颠簸簸地朝前开去，惊起了成群的飞鸟，把野兔赶进了灌木丛。两只仙鹤扑打着沉重的翅膀越过柳树钻进河里。

伊丽莎发现远处的路面上有一堆黑乎乎的东西。她当即明白了。

当他们从那堆东西旁边经过时，她竭力想避而不见，可是眼睛却不听使唤。她难过地喃喃说道："他本来可以扔到公路下面去的，也费不了多少事，真的费不了多少事。可是他把花盆留下了，"她暗自解释说，"他要花盆，所以就不可能把花扔到公路下面去了。"

汽车拐了个弯，她看见那辆篷车就在前头。她猛地把整个身子转向丈夫，这样汽车开过时，就看不见那辆支着篷子的大车和那两头极不般配的牲口了。

没一会儿工夫，马车就被抛到了后面。事情到此结束。她真的没有回头去看。

为了压过马达声，她扯大嗓门说道："今晚一定好极了，美美地吃它一顿。"

"瞧，现在你又跟刚才不一样了。"亨利埋怨说。他一只手放开驾驶盘，拍了拍她的膝盖，"我应该带你到外面去吃饭。这对咱俩都有好处。在这农庄里日子太单调了。"

"亨利，"她问道，"吃饭的时候可以喝点酒吗？"

"当然可以。哈！真是个好主意。"

她沉默了片刻，然后问道："亨利，职业拳击比赛上，人伤得厉害吗？"

"有时候会受点伤，不是经常的。问这干吗？"

"是这么回事，我从书上看到，他们把鼻子打破了，血一直流到胸口。

还说连拳击手套都叫血浸透了,变得沉甸甸的。"

亨利把她从头到脚打量了一遍。"你怎么啦,伊丽莎?我还不知道你看过这样的书呢。"他突然把车煞住,向右一拐,驶上了萨利纳斯河的大桥。

"有女人去看拳击比赛的吗?"她问。

"噢,当然有。你怎么啦,伊丽莎?你想去看吗?我怕你不喜欢,不过,你真想去的话,我就带你去。"

她没精打采地瘫坐在座位上。"噢,不,不。我不想去。真的不想去。"她把脸转向一边,"只要能喝酒就行了。这就足够了。"她竖起了外衣的领子,不让丈夫看见她像个老妇人似的正在悄悄地哭泣。

思 考 题

1. 伊丽莎和丈夫有着怎样的婚姻关系?跟补锅人的短暂相见在她心中唤醒了什么?

2. 小说开头有关自然景色的描写起着什么作用?伊丽莎沐浴一幕有什么意义?

3. 伊丽莎三十五岁和没有孩子这两点为什么对这篇小说来说很重要?她的精于园艺和乐于送花给人说明什么?

4. 伊丽莎的苦恼是什么?主要原因在哪里?试述菊花的象征意义。

5. 发现菊花幼苗的命运对伊丽莎起了什么作用?为什么她要问丈夫拳击比赛时人是否伤得厉害?她最后的话"只要能喝酒就行了。这就足够了"含义是什么?

马尔戈的微笑

[法国]尤瑟纳尔

廖练迪译

　　玛格丽特·尤瑟纳尔(Marguerite Yourcenar,1903—1987)出身
于比利时首都布鲁塞尔一个富裕而有教养的家庭,十六岁时写的长
诗《幻想园》即获得印度大诗人泰戈尔的好评。她三十年代开始在文
坛崭露头角,第二次世界大战爆发后迁居美国,曾一度在大学任教。
尤瑟纳尔的主要作品有小说《阿列克西,或徒劳的搏斗》,长篇历史小
说《阿德里安回忆录》、《熔炼》,短篇小说集《东方奇观》、《像水一样流
……》,中篇小说《一弹解千愁》,剧本《戏剧一集》、《戏剧二集》,回忆
录《虔诚的回忆》等。尤瑟纳尔的作品着重探讨超越时间的人类固有
本性。她深受古典主义的熏陶,但自由无羁的表达才是她艺术的追求
与本质。她的厚重的历史感和人类文化意识使她的作品具有一种持
久的魅力。1980年,她当选为法兰西学院院士,为三百多年来第一位
女院士。

　　轮船像一只随波逐流的水母在平静的海面上飘荡。一架飞机在山峦
之间一抹狭窄的天空中盘旋,犹如愤怒的蜂群,发出刺耳的嗡鸣。这是盛
夏的一个风和日丽的午后,太阳已经在门的内奇罗① 那光秃、贫瘠的阿尔
卑斯山后面消失,巴尔干半岛弯弯曲曲的岸边,清晨海水一片碧绿,现在
却变成了深灰色。虽然简陋低矮的房舍和明净清幽的景物都具有斯拉夫
特色,但那灰暗的色调和万里无云的晴空却不能不使人联想起东方和伊
斯兰教。大部分旅客已经上岸,正在同穿着白色制服的海关人员和身佩三
棱剑、威武如天兵的士兵们交谈。只有希腊考古学者、埃及帕夏② 和法国
工程师还留在甲板上面。工程师要了一瓶啤酒,帕夏在喝威士忌,考古学

---

　　① 为原南斯拉夫的一个共和国。
　　② 穆斯林国家的一种显要官职。

者却喜欢柠檬水。

"这个国家真令人神往，"工程师说，"科多尔和拉古斯① 两个海港，也许是从巴尔干到乌拉尔的大斯拉夫王国通往地中海仅有的出口。这个国家没有受到欧洲地图上国界变迁的影响，始终向内地扩展。由海路去内地必须经过里海、芬兰、黑海等地形复杂的海峡和达尔马提亚② 海岸。在这块辽阔的土地上，种族的多样性并没有破坏它的统一，正如大大小小的波浪无损于大海的壮丽一般。不过，现在我感兴趣的不是地理，也不是历史，而是科多尔：按他们的说法，也就是卡塔罗海口。正像我们从这艘意大利客轮甲板上所能看到的那样，科多尔港隐蔽得很好，海湾内波涛汹涌，公路弯弯曲曲一直到采蒂聂。在斯拉夫传说和史诗中，科多尔不过是一个很普通的地名。不信基督教的科多尔，曾在阿尔巴尼亚穆斯林的枷锁下度过艰难的岁月。帕夏，您是知道的，塞尔维亚史诗中对这些穆斯林从未给予过正确的评价。而您呢，路卡迪，您像主人熟悉自己庄园的每个角落一样，对历史了如指掌，您不会对我说，您没有听人说过马尔戈·克拉列维奇吧？"

"我是考古学者，"希腊人说着放下柠檬水杯，"我只懂得琢磨过的石块，而您的塞尔维亚英雄却是用血肉筑成的雕塑品。不过，这个马尔戈曾经引起我的兴趣。尽管塞尔维亚的信徒们在他的故土建立了一些颇为壮观的寺院，我还是在远离他的传奇故事广为流传的希腊找到了他的踪迹。"

"那是在阿托斯，"工程师插话说，"马尔戈·克拉列维奇巨人般的尸骨就安葬在那座圣山上。从中世纪以来，除了安葬在那里的死者的身份外，那座山一切如故。六千个盘着头发、蓄着长须的僧侣，每天还在为他们虔诚的恩主能够升天堂而祈祷。这位君王治下的特雷比德松族早在几个世纪以前就灭亡了。令人宽慰的是，人们并没有很快就把往事忘得一干二净。一些长老在祷告的时候，还经常提起世界上的某个地方或者十字军时代的某个家族。如果我没有记错的话，马尔戈是在波斯尼亚③ 或克罗地亚同奥托曼的土耳其人作战的过程中牺牲的。但他的遗愿是要在信奉东正教的西奈半岛安眠。当时有一条小船不顾东部海中的暗礁和土耳其舰队的伏击，成功地把他的遗体运到了西奈。这是一个动人的故事，不知为什

①　均为原南斯拉夫海港。
②　位于原南斯拉夫克罗地区，濒临亚德里亚海。
③　为原南斯拉夫的一个共和国。

么，它使我想起了阿尔蒂尔① 最后一次跨海出征。

　　"西方是有英雄人物的，但是像中世纪的骑士受盔甲的束缚一样，清规戒律捆住了他们的手脚。而这位粗犷的塞尔维亚人，的确是个名副其实的英雄。他的每一次冲杀，在土耳其人眼里简直就跟高大的古松劈头盖脑地从山顶上滚下来一般。我对你们讲过，那时候，门的内奇罗处于伊斯兰教统治之下。塞尔维亚邦的人口太少，无法公开同穆斯林争夺黑山的所有权。马尔戈·克拉列维奇同伊斯兰国家中假意皈依的基督徒、心怀不满的官吏和因失宠而生命受到威胁的帕夏建立了秘密联系。他越来越需要同这些人直接接触。但是，尽管他有着女人一样的美貌，个头儿却太高了，即便化装成乞丐、盲乐师或女人，也不可能混进敌人营垒：人家一看到那过分高大的身躯，立刻就会认出他来。船舶想找个僻静的海湾靠岸也是不可能的，因为悬崖上设有数不清的岗哨，时刻准备对付单枪匹马、来去无踪的马尔戈。然而就在那里隐约可以看见一条小船，船上藏着一个游泳能手，只有鱼儿才能在水底跟上他的行踪。马尔戈游泳的本领可以和邻邦伊塔克的尤利西斯② 媲美。他还善于引诱女人，常常通过海上的复杂水道去科多尔的一幢木屋脚下。那幢房子的木料已经被虫子蛀蚀，不停地在海浪中摇晃。斯古塔里帕夏的遗孀，日夜思念着他，早早就出来迎候。她瞒着家里的仆人，用油揉搓并用自己的身体在床上温暖那被海水泡得冰凉的身子，晚上，还提供方便让他与自己的代理人及同伙会面。天刚蒙蒙亮，她就来到冷清的厨房给马尔戈准备好最可口的饭菜。而马尔戈呢，则不得不对她那软塌塌的乳房、粗壮的大腿和连成一线的眉毛强作欢颜，接受这位半老徐娘热烈而又多疑的爱情。当他跪下祷告时，看见寡妇随地吐痰，肺都气炸了。马尔戈打算游回拉古斯的前一天晚上，寡妇又下厨房做饭去了，泪水模糊了她的眼睛，使她不能像平日那样专心，结果把羊肉烧老了。当这个倒霉的女人把菜端上桌子的时候，马尔戈刚刚喝完酒，不由得大发雷霆，用沾满肉汁的双手揪住她的头发，吼道：

　　"'该死的母狗，你想让我吃百岁老羊肉？！'

　　"'这是一头肥羊，'寡妇回答说，'是羊群里最嫩的一头。'

　　"'肉根本咬不动，就跟你这个老妖婆的肉一样，还带着讨厌的膻味，'醉醺醺的年轻基督徒说，'你烧的肉比地狱里的还难吃！'

　　"说完，他一脚把肉从开着的窗户踢进了海里。

---

　　① 公元 6 世纪英国威尔士地区的传奇式国王。
　　② 希腊英雄，传说中的国王，特洛伊战争的主角之一，木马计就是他提出的。伊塔克是他的王国。

　　"寡妇默默地擦去了地板上的油渍和满脸的泪水,显得同前一天晚上一样温柔和热情。天亮时,刮起了北风,海面上掀起层层巨浪。寡妇温存地劝他改个日子再动身。他同意了。正午,烈日当空,马尔戈躺下睡了一觉;当他醒来站在百叶窗前伸懒腰时,突然瞧见外边刀光闪闪:一队土耳其士兵已经包围木屋,封锁了所有的出口。马尔戈急忙跑到探向海面的阳台。波涛拍击岩石,发出雷鸣般的轰响。在风急浪险的海湾里,看不到一只小船的影子。马尔戈撕掉衬衣,一头扎了下去。山头朝他脚后飞驰,他朝山脚下猛跌。士兵们由寡妇领着屋里屋外搜了一遍,没有找到这个年轻的巨人。最后,他们看见撞坏了的阳台栏杆和扔在地上的破衬衣,才恍然大悟,呐喊着冲到了海滩。他们又恨又怕。每当恶浪涌到脚前,他们就都不由自主地向后倒退。在他们看来,北风的呼啸就像是马尔戈的笑声,四溅的浪花仿佛是马尔戈啐到他们脸上的唾沫。马尔戈游了两个小时没能前进一步;敌人对准他的脑袋射出的支支利箭却都被大风吹得偏离了方向。他在绿色的海浪里时隐时现。最后,寡妇把自己的披巾牢牢地拴到一根阿尔巴尼亚人用的长腰带上,让一个专捕金枪鱼的老渔民用它套住了马尔戈,马尔戈被勒得半死,拖了了岸边。他在老家山上打猎时,经常见到猎物用装死的办法逃走。如今,他也本能地效法起来。小伙子被土耳其人拖到海滩上,他全身青紫,仿佛早在三天之前就已经断了气:人的身体冰凉僵硬,头发沾满泡沫,贴在凹陷的太阳穴上。他闭着眼睛看也不看傍晚时分的辽阔天空,紧紧绷着被海水泡紫的嘴唇,无力地垂着双臂,即使伏在他那宽厚的胸脯上也听不见心脏跳动的声音。村中的要人们纷纷弯下腰去端详他的面容,长胡须轻轻地扎着他的面颊。他们看了一会儿之后,直起身子,异口同声地说道:

　　"'真主!他死了,像只烂耗子,像条死狗。把他扔进藏污纳垢的大海里去吧,免得他的尸体弄脏我们的土地。'

　　"但是狠毒的寡妇哭过一阵之后狂笑了起来。

　　"'再大的风浪也淹不死马尔戈,'她说,'一个丝套是勒不死他的。你们看,他没有死。如果把他扔进大海,波浪就会把他送回故乡。对他来说,大海就像我这个可怜的女人一样软弱。快去拿钉子和铁锤来!现在,耶稣也帮不了他的忙啦。你们就像钉死耶稣那样,把这个狗东西钉到十字架上,看他的膝盖会不会痛得发抖,看他死不认账的嘴巴会不会喊叫。'

　　"刽子手们从修船工的案子上拿来了钉子和铁锤。他们把钉子搋进年轻的塞尔维亚人的手心,用尖石刺穿了他的脚掌。但是,马尔戈忍着,身子一动不动,脸上仍然毫无表情,连肌肉也没有抽搐过一下,只有几滴淡淡的鲜血从伤口慢慢渗了出来,因为他不仅能控制自己的心脏,而且也能控

制血流。于是,长者们把铁锤扔得老远,凄然喊道:

"'请真主宽恕,我们折磨了一个死人!在他的脖子上拴一块大石头,让大海把他带走,同时也把我们的过错埋进深渊吧!'

"'要用一千根钉子和一百把铁锤才能把马尔戈·克拉列维奇弄死,'险恶的婆娘说道,'把烧红的木炭放到他的胸口,看他会不会像蜕皮的虫子一样蜷缩。'

"刽子手从捻缝工的火炉里钳来木炭,在被海水冻得冰凉的游水者的胸膛上划了一个大圆圈。燃着的木炭如同凋谢了的红玫瑰,熄灭了,变成了黑色。马尔戈胸前的灼伤就像巫师跳舞时在草地上踩出的脚印。但是,小伙子一声不哼,连眉头也没有皱一下。

"'真主,我们造孽了,'刽子手们喊道,'只有上帝才有权对死者用刑,我们这样侮辱他,他的兄弟和甥侄是不会善罢甘休的。因此,最好把他塞进麻袋,再坠上石头,不让大海泄露我们扔下去的是什么人。'

"寡妇说:'该死的东西!他会用胳臂肘捅破麻袋把石头摘掉。我说不如让村里的姑娘们到沙滩上来跳舞,看他动不动心。'

"人们跑去把话带到村里,姑娘们赶忙换上节日盛装,带着长鼓和短笛来到海滩上,手拉手围着尸体跳起舞来。领头的姑娘手里挥动着红手帕,舞步轻盈,像羚羊在欢跳,像山鹰在翱翔。她长得很漂亮,褐色的头发和白嫩的脖子更使她格外迷人。任凭少女的赤足轻轻地踢着自己的身体,马尔戈纹丝不动。不过,他的心却由于激动而越跳越快,越来越乱。尽管担心被人识破,他的嘴角还是艰难地绽出一丝幸福的微笑。他的双唇在轻轻地嗫着,像是在接吻。由于时近黄昏,刽子手们和寡妇谁都始终没有察觉到这一生命的迹象。惟独艾希被小伙子的英俊吸引,明亮的眼睛一直盯在他的脸上。突然,她的红手帕掉到了马尔戈的头上,遮住了他的微笑。姑娘胸有成竹地说:'对着一个死去的基督徒无遮无盖的脸跳舞,我觉得不太好,所以我就把他的脸给盖了起来。要不然看了怪碜人的。'

"说完,她又继续跳舞,以分散刽子手们的注意力。她在等待晚祷时刻的来临。到那时,人们都得离开海滩。终于,从清真寺的塔顶传来了喊声:'该拜真主啰!'男人们纷纷涌向简陋的小清真寺;疲惫不堪的姑娘们趿着拖鞋三三两两地朝镇上走去。艾希一边走,一边不时地回头张望。只有多疑的寡妇独自留下来守着那具假尸。突然,马尔戈坐了起来,揪住寡妇红棕色的头发,用右手拔出左手上的钉子,猛地扎进她的咽喉;接着又用左手取下右手上的钉子,刺进她的前额。随后,马尔戈拔出穿过脚掌的尖石,用它挖掉了寡妇的眼睛。当刽子手回到海滩时,发现赤条条的男尸已经不翼而飞,剩下的是一具血肉模糊的女尸。海面上的风暴已经平息,但是超重的小船始终没能追上隐没在海浪中的逃亡者。马尔戈终于回到了自己的国家,而且还带着那位曾经引出他的微笑的美丽姑娘。不过,打动我的,不是他的荣誉,也不是他们俩的幸福,而是他的巧妙伪装和忍受折磨时嘴角上的微笑。对他说来,欲望真是既甜蜜又痛苦。你们看,天色黑了,在这科多尔的海滩上,人们几乎可以想像出把灼热的炭火用作刑具的刽子手、翩翩起舞的姑娘们和顶不住女色诱惑的小伙子的形象。"

"真是一个离奇的故事,"考古学者说,"不过,您的说法也许是比较新的,想必还有老一点儿的传说,我倒想打听打听。"

"这您就不对了,"工程师说,"我讲的这个故事,是去年冬天为东方快车①线路开隧道时,从一个村子的农民那里听来的。我不想说您那些希腊英雄的坏话,路卡迪。他们一气之下钻进帐篷不再出来,他们为死难朋友号啕痛哭,他们倒拽着敌人尸体绕着攻克下来的城池兜圈子。但是,请相信我的这一看法:《伊利亚特》中还缺少阿喀琉斯②的微笑。"

思 考 题

1. 马尔戈装死时经受种种酷刑而纹丝不动,为什么见了美丽少女却禁不住露出微笑?他知道这样做的后果吗?

2. 马尔戈的微笑、艾希在他脸上盖上红手帕以及最后的两人双双逃走,表明了什么?象征了什么?

3. 工程师最后说的"《伊利亚特》中还缺少阿喀琉斯的微笑"是什么意思?

4. 尤瑟纳尔的这篇作品着重阐释了人类固有的什么本性?

5. 通过这篇作品试述尤瑟纳尔小说的艺术特点和魅力所在。

---

① 巴黎与土耳其伊斯坦布尔之间的国际列车。

② 《伊利亚特》是叙述特洛伊战争的史诗,相传为荷马所作。希腊英雄阿喀琉斯同主帅阿伽门农争吵后退居自己的帐篷拒绝作战,后因好友帕特洛克罗斯战死,再度上阵,终于刺死特洛伊主将赫克托耳,并拖着他的尸体在帕特洛克罗斯的墓前绕了几圈。

傻瓜吉姆佩尔

[美国]辛　格

万　紫译

　　艾萨克·巴什维斯·辛格(Issac Bashevis Singer,1904—1991)
出生于波兰的莱昂辛地区,他的父亲和祖父都是犹太教的"拉比",
1935 年,他随兄移居美国。家庭环境、宗教教育以及在犹太人居住区
的生活,使得他得以熟悉犹太教的法典和宗教仪式,熟悉犹太民族的
风俗习惯和犹太人的性格特征,从而使他的作品有了与众不同的艺
术特色,想像丰富,情节生动,文笔清新,语言幽默。辛格一直坚持用
意第绪语创作,被认为是当代最会讲故事的作家,人们普遍认为他的
短篇小说最为出色。代表作有短篇小说集《傻瓜吉姆佩尔》、《市场街
的斯宾诺莎》,长篇小说《卢布林的魔术师》、《肖莎》等。1978 年,由于
"他的充满激情的叙事艺术,这种艺术既扎根于古老的犹太文化传
统,又反映了人类的普遍处境",获得诺贝尔文学奖。《傻瓜吉姆佩尔》
一文由另一位诺贝尔文学奖获得者索尔·贝娄译成英文。

一

　　我是傻瓜吉姆佩尔。我不认为自己是个傻瓜。恰恰相反。可是人家叫
我傻瓜。我在学校里的时候,他们就给我起了这个绰号。我一共有七个绰
号:低能儿、蠢驴、亚麻头、呆子、苦人儿、笨蛋和傻瓜。最后一个绰号就固
定了。我究竟傻些什么呢? 我容易受骗。他们说:"吉姆佩尔,你知道拉比
的老婆养孩子了吗?"于是我就逃了一次学。唉,原来是说谎。我怎么会知
道呢? 她肚子也没有大。可是我从来没有注意过她的肚子。我真的是那么
傻吗? 这帮人又是笑,又是叫,又是顿脚又是跳舞,唱起晚安的祈祷文来。
一个女人分娩的时候,他们不给我葡萄干,而在我手里塞满了羊粪。我不
是弱者。要是我打人一拳,就会把他打到克拉科夫去。不过我生性的确不
爱揍人。我暗自想:算了吧。于是他们就捉弄我。

我从学校回家,听到一只狗在叫,我不怕狗,当然我从来不想去惊动它们。也许其中有一只疯狗,如果它咬了你,那么世上无论哪个鞑靼人都帮不了你的忙。所以,我溜之大吉。接着我回头四顾,看见整个市场的人都在哈哈大笑。根本没有狗,而是小偷沃尔夫・莱布。我怎么知道这就是他呢?他的声音像一只嗥叫的母狗。

当那些恶作剧和捉弄人的人发觉我易于受骗的时候,他们每个人都想在我身上试试他的运气。"吉姆佩尔,沙皇快要到弗拉姆波尔来了;吉姆佩尔,月亮掉到托尔平去了;吉姆佩尔,小霍台尔・弗比斯在澡堂后面找到了一个宝藏。"我像一个机器人一样相信每一个人。第一,凡事都有可能,正如《先人的智慧》里所写的一样,可我已经忘记书上是怎样说的。第二,全镇的人都对我这样,使我不得不相信!如果我敢说一句,"嘿,你们在骗我!"那就麻烦了。人们全都会勃然大怒:"你这是什么意思?你要把大家都看做是说谎的?"我怎么办呢?我相信他们说的话,我希望至少这样对他们有点好处。

我是一个孤儿。抚养我长大的祖父眼看快要入土了。因此他们把我交给了一个面包师傅,我在那儿过的是什么日子啊!每一个来烤一炉烙饼的女人或姑娘都至少要耍弄我一次。"吉姆佩尔,天上有一个市集;吉姆佩尔,拉比在第七个月养了一只小牛;吉姆佩尔,一只母牛飞上屋顶,下了许多铜蛋。"一个犹太教学堂的学生有一次来买面包,他说:"吉姆佩尔,当你用你那面包师傅的铲子在刮锅的时候,救世主来了。死人已经站起来了。""你在说什么?"我说,"我可没有听见谁在吹羊角!"他说,"你是聋子吗?"于是大家都叫起来,"我们听到的,我们听到的!"接着蜡烛工人里兹进来,用她嘶哑的嗓门喊道:"吉姆佩尔,你的父母已经从坟墓里站起来了。他们在找你。"

说真的,我十分明白,这类事一件都没有发生;但是,在人们谈论的时候,我仍然匆匆穿上羊毛背心出去。也许发生了什么事情。我去看看会有什么损失呢?唔,大伙儿都笑坏了!于是我发誓不再相信什么了,但是这也不行。他们把我搞糊涂了,因此我连粗细大小都分不清了。

我到拉比那儿去请教。他说:"圣书上写着,做一生傻瓜也比作恶一小时强。你不是傻瓜。他们是傻瓜。因为使他的邻人感到羞辱的人,自己要失去天堂。"然而拉比家的女儿叫我上当。当我离开拉比的圣坛时,她说:"你已经吻过墙壁了吗?"我说:"没有,做什么?"她回答道:"这是规矩;你每次来以后都必须吻墙壁。"好吧,这似乎也没有什么害处。于是她突然大笑起来。这个恶作剧很高明,她骗得很成功,不错。

我要离开这儿到另外一个城市去。可是这时候,大家都忙于给我做媒,跟在我后面,几乎把我外套的下摆都要撕下来了。他们钉住我谈呀谈的,把口水都溅到我的耳朵上。女方不是一个贞洁的姑娘,可是他们告诉我她是一个纯洁的处女。她走路有点一瘸一拐,他们说这是因为她怕羞,故意这样的。她有一个私生子,他们告诉我,这孩子是她的小弟弟。我叫道:"你们是在浪费时间,我永远不会娶那个婊子。"但是他们义愤填膺地说:"你这算是什么谈话态度!难道你自己不害羞吗?我们可以把你带到拉比那里去,你败坏她的名声,你得罚款。"于是我看出来,我已经不能轻易摆脱他们。我想他们决心要把我当做他们的笑柄。不过结了婚,丈夫就是主人,如果这样对她说来是很好的话,那么在我也是愉快的。再说,你不可能毫无损伤地过一生,这种事想也不必想。

我向她那间建筑在沙地上的泥房子走去;那一帮人又是叫,又是唱,都跟在我后面。他们的举动像要狗熊的一样。到了井边,他们一齐停下来了,他们怕跟埃尔卡打交道。她的嘴像装在铰链上一样,能说会道,词锋犀利。我走进屋子,一条条绳子从这面墙拉到那面墙,绳子上晾着衣服。她赤脚站在木盆旁边,在洗衣服。她穿着一件破破烂烂的旧长毛绒长袍。她的头发编成辫子,交叉别在头顶上。她头发上的臭气几乎熏得我气也喘不过来。

显然她知道我是谁,她朝我看了一下,说:"瞧,谁来啦!他来啦,这个讨厌鬼。坐吧。"

我把一切都告诉她了,什么也没有否认。"把真情实话告诉我吧,"我说,"你真的是一个处女,那个调皮的耶契尔的确是你的小兄弟吗?不要骗我,因为我是个孤儿。"

"我自己也是个孤儿,"她回答,"谁要是想捉弄你,谁的鼻子尖就会弄歪。他们别想占我的便宜。我要一笔五十盾的嫁妆,另外还要他们给我募一笔款子。否则,让他们来吻我的那个玩意儿。"她倒是非常坦率的。我说:"出嫁妆的是新娘,不是新郎。"于是她说:"别跟我讨价还价。干脆说'行',或者'不行'——否则你哪里来就回哪里去。"

我想,用"这个"面团是烤不出面包来的。不过我们的市镇不是穷地方。人们件件答应,准备婚礼,碰巧当时痢疾流行。结婚的仪式在公墓大门口举行,在小小的洗尸房的旁边。人们都喝醉了。当签订婚书的时候,最高贵、虔诚的拉比问:"新娘是个寡妇还是离婚了的女人?"会堂执事的老婆代她回答:"既是寡妇又是离婚了的。"这对我是个倒霉的时刻。可是我怎么办呢,难道从婚礼的华盖之下逃走吗?

唱啊,跳啊,有一个老太太在我对面紧抱着一只奶油白面包。喜事的主持人唱了一出《仁慈的上帝》以纪念新娘的双亲。男学生们像在圣殿节①一样扔刺果。在致贺词之后有大批礼物：一块擀面板、一只揉面槽、一个水桶、扫帚、汤勺以及许多家用什物。后来我一眼看见两个魁梧的青年抬着一张儿童床进来。"我们要这干吗？"我问。于是他们说道："你别为这个伤脑筋了。这东西很好，迟早要用的。"我认识到我是在受人欺骗。然而，从另一方面看来，我损失点什么呢？我沉思着：且看它结果如何吧。整个市镇不可能全都发狂。

二

晚上我到我妻子睡的地方，可是她不让我进去。"唷，得了，要是这样，他们干吗让我们结婚呢？"我说。于是她说："我月经来了。""可是昨天他们还带你去行婚前沐浴仪式，那么月经是以后来的啰，是这样吗？""今天不是昨天，"她说，"昨天也不是今天。如果你不高兴，你可以滚。"总而言之，我等着。

过了不到四个月，她要养孩子了。镇上的人都捂住嘴窃笑。可是我怎么办？她痛得不能忍受，乱抓墙壁。"吉姆佩尔，"她叫道，"我要死了，饶恕我！"屋子里挤满女人。一锅锅开水。尖叫声直冲霄汉。

需要做的是到会堂里去背赞美诗，这就是我做的事。

镇上的人喜欢我这样做，那很好。我站在一个角落里念赞美诗和祈祷文，他们对着我摇头。"祈祷，祈祷！"他们告诉我，"祈祷文永远不会使任何女人怀孕的。"一个教徒在我嘴里放一根稻草，说："干草是给母牛的。"另外还有些类似的事情。上帝作证！

她养了一个男孩。星期五，在会堂里，会堂执事站在经书柜前面，敲着读经台，宣布道："富裕的吉姆佩尔先生为了庆祝他养了个儿子，邀请全体教友赴宴。"整个教堂响起一片笑声。我的脸上像发烧一样。可是我当时毫无办法。归根到底，我是要负责为孩子举行割礼仪式的。

半个镇上的人奔跑而来。挤得你别想另外再插进一个人来。女人拿着加过胡椒粉的鹰嘴豆，从菜馆里买来一桶啤酒。我像任何人一样吃啊，喝啊，他们全都祝贺我。然后举行割礼，我用我父亲的名字给孩子取名，愿我父亲安息。大家都走了以后，只剩下我和我老婆两人。她从帐子里伸出头来，叫我过去。

"吉姆佩尔，"她说，"你为什么一声不响？你丢钱了？"

---

① 圣殿节，在阿甫月（犹太历十一月）九日，纪念古代耶路撒冷圣殿的毁灭。

"我还能说什么呢?"我回答,"你对我干的好事!如果我的母亲知道这件事,她会再死一次。"

她说:"你疯了,还是怎么的?"

我说:"你怎么能这样愚弄一家之主?"

"你怎么啦?"她说,"你脑子里想到什么啦?"

我看我得公开地、直截了当地说出来。"你以为这是对待一个孤儿的办法吗?"我说,"你养了一个私生子。"

她回答:"把你这种愚蠢的想法从头脑里赶出去吧。这个孩子是你的。"

"他怎么可能是我的呢?"我争辩说,"他是结婚后才十七个星期就养下来的。"

她告诉我孩子是早产的。我说:"他是不是产得太早了?"她说,她曾经有一个祖母,怀孕也是这么些时间,她类似她的这位祖母,好像这一滴水同那一滴水一样。她对此起的誓赌的咒,如果一个农民在市集上这样做了,你也会相信他的。坦白地说句老实话,我不相信她。不过第二天我跟校长说起这件事,他告诉我,亚当和夏娃也发生过一模一样的事情。他们两个人睡到床上去,等到他们下床时,已经是四个人了。

"世上的女人没有一个不是夏娃的孙女。"他说。

这就是事情的原原本本。他们证明我愚蠢。但是谁真正知道这些事情的原因呢?

我开始忘记我的烦恼。我着迷地爱这个孩子,他也喜欢我。他一看见我就挥动他的小手,要我把他抱起来。如果他肚子痛,我是惟一能使他平静下来的人。我给他买了一个小小的骨环① 和一顶涂金的小帽子。他总是受到某个人的毒眼②,于是我就得赶快去为他求取一张符箓,给他驱邪。我像一只牛一样做工。你知道家里有个婴儿要增加多少开支啊。关于这个婴儿的事我不想说谎。我也没有为此而厌恶埃尔卡。她对我又发誓又诅咒,我没有对她感到腻烦。她有何等的力量!她只要看你一眼,就能夺去你说话的能力。还有她的演说!油嘴滑舌,出口伤人,不知怎么的还充满了魅力。我喜欢她的每一句话,纵然她的话刺得我遍体鳞伤。

晚上我带给她我亲自烤的一只白面包,还有一只黑面包以及几只罂粟籽面包卷。为了她,每一样能抓到手的东西我都要偷,都要扒:杏仁饼、葡萄干、杏仁、蛋糕。我希望我能得到饶恕,因为我从罐子里偷了安息日的

---

① 骨环是给婴儿长牙齿时咬嚼的。

② 按照迷信说法,有一种毒眼能使人遭殃。

食物，那是妇女们拿到面包铺的炉灶里来烤烤热的。我还偷肉片，偷一大块布丁，一只鸡腿或鸡头，一片牛肚，凡是我能很快地夹起来的我都偷。她吃了，变得又胖又漂亮。

整个星期我都得离家住在面包房里。每逢星期五晚上，我回家来，她总要找一点借口，不是说胃痛，就是说肋痛，或者打嗝，或者头痛。你也知道这些女人的借口到底是怎么回事。我有一段痛苦的经验。真叫人受不了。再说，她的那个小兄弟——私生子，渐渐长大了。他打得我一块块肿起来，等到我要还手打他时，她就开口了，狠狠地咒骂，使我只觉得一阵绿雾在我眼前飘荡。一天有十来次，她以离婚来威胁我。换一个人处在我的地位就要不告而别，不再回家。但是我却是忍受这种处境而一声不吭的人。一个人要干点什么？肩膀是上帝造的，负担也是上帝给的。

有一天晚上，面包铺发生了一桩灾难。炉灶炸了，我们铺子里几乎起火。大家没事可干，只得回家。于是我也回家了。我想，让我也尝尝不是在安息日前夜躺在床上的乐趣。我不想惊醒睡熟了的小东西，踮着脚走进屋子。到了里面，我听到的似乎不是一个人的鼾声，而仿佛是两个人在打鼾，一种是相当微弱的鼾声！而另一种仿佛是快要宰的公牛鼾声。唉，我讨厌这种鼾声！我讨厌透了。我走到床边，事情忽然变得不妙了。埃尔卡身旁躺着一个男人模样的人。另外一个人处在我的地位就要嚷叫起来，闹声足够把全镇的人都吵醒。可是我想到了，那样会把孩子惊醒。我想，像这样一点点小事情为什么要使一只小燕子受惊呢。那么，好吧，我就回到面包房去，躺在一只面粉袋上。一直到早晨不曾闭眼。我直打哆嗦，好像患了疟疾。"我蠢驴当够了，"我对自己说，"吉姆佩尔不会终身做一个笨蛋的。即使像吉姆佩尔这样的傻瓜，他的愚蠢也有个限度。"

早晨，我到拉比那里去求教。这事在镇上引起很大的骚乱。他们立刻派会堂执事去找埃尔卡。她来了，带着孩子。你猜她怎么样？她不承认这件事，什么都不承认，语气硬得像骨头和石头！"他神经错乱了，"她说，"我是不懂梦里的事情的，不懂见神见鬼。"他们对她叫嚷，警告她，拍桌子，但是她却开她的炮："这是诬告。"她说。

屠夫和马贩子站在她一边。屠宰场的小伙子走过来对我说："我们一直在注意你，你是一个可疑的人。"这时候孩子把屎拉在身上了。拉比的圣坛[①] 那儿有约柜，那是不准亵渎的，因此他们把埃尔卡送走了。

我问拉比说："我该怎么办？"

"你得立刻跟她离婚。"他说。

---

① 圣坛是会堂里信徒座位前的地方。拉比就在那里主持宗教仪式。

"如果她不答应怎么办?"我问。

他说:"你务必和她离婚,这就是你必须做的一切。"

我说:"呃,好吧,拉比,让我考虑考虑。"

"没有什么要考虑的,"他说,"你不能再和她同住一间房了。"

"如果我要去看孩子呢?"我问。

"别管她,这个婊子,"他说,"别管那一窝跟她在一起的杂种。"

他作的决定是我连她的门槛都不可跨进去——在我这一生中永远不能再进去。

白天我还不感到怎么烦恼。我想该发生的事情必定要发生,疮必定要出脓。可是到了晚上,当我躺在面粉袋上的时候,我觉得这一切太伤心了。我难以抑制地渴念着她,渴念着孩子。我需要的是发怒,可是那恰恰是我的不幸,我不能使这件事在我心里产生真正的愤怒。首先——我就是这样想的——谁也免不了有时候会犯错误。在你的生活中不可能没有错误。大概和她在一起的那个小伙子引诱她,送她礼物等等。而女人是头发长见识短的,所以他哄得她同意了。不过后来她既然否认这件事,也许我看到的只是一丝幻象?幻觉是有的。明明看见一个人影,或者一个侏儒,或者什么东西,但是等你走近了,却没有了,什么东西也没有。要是真的这样,我对她太不公正了。当我想到这里,我就开始哭了。我啜泣着,眼泪流湿了我睡的面粉袋。早晨我到拉比那里去,告诉他我弄错了。拉比用羽毛笔写下来,他说,如果事情是这样,他必须重新审理整个案子。在他结案之前,我不能去接近我的老婆,但是我可以请人给她送面包和钱去。

三

九个月过去了,所有的拉比才达成协议。信件来来往往。我没有想到,关于这样一件事情,需要那么多的学问。

在这期间,埃尔卡另外还养了一个孩子,这次是一个女孩。安息日我到会堂里祈求上帝赐福给她。他们叫我走到《摩西五书》[①]跟前,我给这孩子取了我岳母的名字——愿她安息。镇上那些爱开玩笑的人和多嘴的人,到面包房来臭骂了我一顿。由于我有了烦恼和悲伤,全弗拉姆波尔镇的人都兴高采烈。但是我决心永远相信人家对我说的话。不相信又有什么好处?今天你不相信你的老婆,明天你就会不相信上帝。

---

① 《摩西五书》即《圣经·旧约》开头五卷《创世纪》、《出埃及记》、《利未记》、《民数记》和《申命记》。

我们铺子里有一个学徒是她的邻居,我请他每天带给她一只面包或者玉米面包,或者一块蛋糕,或者一些圆面包或者烤面包圈,只要有机会,就给她一块布丁、一片蜜糕,或者是结婚用的果子卷——凡是我能搞到的就给。学徒是一个好心的小伙子,有好几次他自己加上一些东西。他过去惹我生很大的气,拉我的鼻子,戳我的肋骨,但是他到我家里去了以后,他变得又和气又友好了。"好啊,吉姆佩尔,"他对我说,"你有一个非常体面的娇小的老婆,还有两个漂亮的孩子。你不配跟他们在一起。"

"可是人家说她有一些事儿呢。"我说。

"哦,他们就是喜欢多嘴多舌,"他说,"他们除了胡说乱道就没有别的事可干了。你别去理它,就像理上一个冬天有多冷一样。"

有一天,拉比派人来叫我去,他说:"吉姆佩尔,关于你老婆的事情,你肯定是你搞错了?"

我说:"我肯定。"

"哦,不过你要注意!你是亲眼看见的。"

"一定是个影子。"我说。

"什么影子?"

"我想,就是一根横梁的影子。"

"那么你可以回家了。你得谢谢扬诺弗拉比,他在迈莫尼迪兹① 著作中找到了对你有利的冷僻的资料。"

我抓住拉比的手,吻它。

我要立刻跑回家去。和老婆孩子分离了这样长一段时间可不是一件小事情。后来我考虑:现在我还是先回去工作,到晚上再回家,我对什么人也不说,然而在我心里却把这一天当做一个节日。女人们照例地取笑我,挖苦我,她们每天都是如此的。可是我心里想:你们这些饶舌的人,尽管去胡说吧。已经真相大白了,就像油浮在水面上。迈莫尼迪兹说过这是对的,那么这就是对的了!

晚上,我盖好面团让它发酵,带着我那一份面包和一小袋面粉,就向家里走去。月亮很圆,群星闪烁,不知道什么事使人感到毛骨悚然。我急急向前走着,在我前面有一道长长的影子。这是冬天,刚刚下过雪。我想唱支歌,但是时间已经晚了,我不想惊醒居民们。于是我想吹口哨,不过我记起一句老话:你在晚上不要吹口哨,它会把精灵引出来。因此我悄悄地尽快走着。

当我走过那些基督徒的院子时,里面的狗对我吠了起来。但是我想:

---

① 迈莫尼迪兹(1135—1204),犹太血统的西班牙人,拉比、医生、哲学家。

你们叫吧,叫掉你们的牙!你们算什么东西,不过是狗!而我是一个人,一个漂亮妻子的丈夫,两个有出息的孩子的父亲。

当我走近我老婆的房子时,我的心开始剧烈地跳动,好像一个犯罪的人的心一样。我不怕什么,可是我的心却怦怦地跳着!跳着!嘿,不能往回走。我悄悄地抬起门闩,走进屋去。埃尔卡睡得很熟。我瞧着婴儿的摇篮,百叶窗关着,但是月光从裂缝里穿进来。我看见新生婴儿的脸,我一看到她,立即就爱上她,她身上的每一部分我都爱。

随后我走近床边。我看到的只是睡在埃尔卡旁边的学徒。月光一下子没有了。房间里一片漆黑。我哆嗦着,我的牙齿直打战。面包从我手中落下来,我的老婆醒了,问:"是谁呀?"

我喃喃地说:"是我。"

"吉姆佩尔?"她问,"你怎么会在这儿的?我想你是禁止到这儿来的。"

"拉比说过了。"我回答,像发烧一样抖着。

"听我说,吉姆佩尔,"她说,"出去到羊棚里看看羊好不好,它恐怕是病了。"我忘记说了,我们是有一只山羊。当我听说山羊有病时,我就走到院子里,这只母山羊是一只很好的小生物。我对它几乎有一种对人的感情。我犹豫地举步走到羊棚前,打开小门,山羊四脚直立在那里。我把它浑身摸遍了,拉拉它的角,检查了它的乳房,没有找到任何毛病,它大概是树皮吃得太多了,"晚安,小山羊,"我说,"保重。"这个小小的牲畜用一声"咩"来回答,仿佛感谢我的好意。

我回到房里,学徒已经不见了。

"小伙子在哪儿?"我问。

"什么小伙子?"我老婆回答。

"你是什么意思?"我说,"学徒。刚才你和他睡在一起的。"

"今天晚上、昨天晚上我都梦见过精灵,"她说,"他们会显灵,把你杀死,连肉体带灵魂!一个恶鬼附在你身上了,使你眼花缭乱。"她叫道:"你这个讨厌的畜生!你这个白痴!你这个幽魂!你这个野人!滚出去,否则我要把全弗拉姆波尔镇上的人都从床上叫起来!"

我还没有移动一步,她的弟弟就从炉灶后面跳出来,在我后脑上打一拳。我以为他已经把我的脖子打断了。我觉得我身上有个地方被打坏了,于是我说:"不要吵架。这样吵会让人家怪我把幽魂和鬼都引来了。"她就是要达到这个目的。"没有人愿意再碰我烘的面包了。"

总之,我好歹使她安静下来了。

"好吧,"她说,"够了。你躺下来,让车轮把你碾碎吧。"

第二天早晨,我把学徒叫到一边。"你听我说,小兄弟!"我说。我把他的事情揭穿。"你说什么?"他两眼盯着我,好像我是从屋顶或者什么东西上掉下来似的。

"我发誓,"他说,"你最好还是去找个草药医生或者找个巫医。我怕你脑子出毛病了,不过我给你瞒着。"事情就这样过去了。

长话短说,我和我老婆过了二十年。她给我养了六个孩子,四女两男。各种各样的事情都发生过,但是我既没有听到过,也没有看见过。我相信她,这就完啦。拉比最近对我说:"信仰本身是有益的,书上写着,好人靠信念生活。"

我老婆突然生病了。开始时是一个小东西,乳房上有一个小肿瘤。但是显然她是注定活不长的,她没有寿命。我在她身上花了很大一笔钱。我忘记说了,这时候,我自己开了一家面包房。在弗拉姆波尔镇上也算是个富翁了。巫医每天来,邻近地区所有的女巫医也都请来过。他们决定用水蛭吸血,随后试用拔火罐。他们甚至从卢布林请了一个医生来,但是已经太晚了。在她死以前,她把我叫到她床边,说:"饶恕我,吉姆佩尔。"

我说:"有什么要饶恕的?你是一个忠诚的好妻子。"

"唉,吉姆佩尔!"她说,"想到所有这些年来,我是怎样欺骗你的,我感到自己是多么丑啊。我要干干净净去见我的上帝,因此我必须告诉你,这些孩子都不是你的。"

她的话使我迷惑不解,不亚于挨了当头一棒。

"他们是哪个的呢?"我问。

"我不知道,"她说,"我有一大批……不过孩子,都不是你的。"她说时,她的头往旁边一倒,她的眼睛失去神采,埃尔卡就此结束生命。在她变白了的嘴唇上留着一丝微笑。

我想,她虽然死了,仿佛还在说:"我欺骗了吉姆佩尔,这就是我短短一生的意义。"

四

埃尔卡的丧事完毕以后,一天晚上,当我躺在面粉袋上做梦的时候,恶魔自己来了,对我说:"吉姆佩尔,你为什么醒了?"

我说:"我该做什么呢?吃肉包子吗?"

"全世界都欺骗你,"他说,"所以你应该欺骗全世界了。"

"我怎么能欺骗全世界呢?"我问他。

他回答:"你可以每天积一桶尿,晚上把它倒在面团里,让弗拉姆波尔的圣人们吃些脏东西。"

"将来的世界要审判我怎么办呢?"我说。

"没有将来的世界,"他说,"他们用花言巧语来欺骗你,说得你相信你自己肚子里有一只猫,尽是胡说八道!"

"那么,好吧,"我说,"不是还有一个上帝吗?"

他回答:"根本没有上帝。"

"那么,"我说,"那儿是什么呢?"

"黏糊糊的泥沼。"

他站在我的眼前,长着山羊胡子和角,长长的牙齿,还有一条尾巴。我听了这些话,要去抓他的尾巴,但是我从面粉袋上摔下来,几乎摔断肋骨。现在我得对造化的召唤作出答复,我走过去,看见发好的面粉团,它似乎在对我说:"干吧!"简单地说,我让自己被魔鬼引诱了。

黎明时,学徒进来。我们做面包,撒上香菜籽,放到炉灶上烘。于是学徒走了,我留着,坐在炉灶前小沟内的一堆破布上。好啦,吉姆佩尔,我想,对于他们加在你身上的全部羞辱,你已经报了仇。外面浓霜闪烁,然而在炉灶旁是温暖的,熊熊的火焰使我的脸感到热乎乎的。我垂着头,打起瞌睡来。

忽然我在梦中看见埃尔卡,她穿着尸衣。她叫我:"你干了什么,吉姆佩尔?"

我对她说:"这都是你的过错。"接着就哭起来。

"你这傻瓜!"她说,"你这傻瓜!因为我弄虚作假,难道所有的东西也都是假的吗?我从来骗不了什么人,只骗了自己。我为此付出了一切代价,吉姆佩尔。他们在这儿什么都不会饶恕你的。"我瞧着她的脸,她的脸是黑的,我一吓,就醒了,依然默默地坐着。我意识到一切都处于成败关头。眼前踏错一步,我就会失去永久的生命。但是上帝保佑我。我抓起一柄长铲,把面包从炉灶里取了出来,拿到院子里,开始在冰冻的土地上掘一个洞。

当我正在掘洞的时候,我的学徒转来了。"你在干什么,老板?"他问,脸色变得灰白,像一具死尸。

"我的事,我自己知道。"我说,我当着他的面,把面包全部埋掉。

然后我回到家里,从隐藏的地方取出我的积蓄,分给我的孩子们。"我今天晚上见到你们妈,"我说,"她变黑了,可怜的家伙。"

他们惊讶得说不出一句话来。

"好吧,"我说,"忘记一个叫吉姆佩尔的人曾经存在过。"我披上我的短大衣,穿上靴子,一只手拿着装祈祷披巾的袋子,一只手拿着我的手杖,吻了一下门柱圣卷①。人们在街上看见我时,感到万分诧异。

"你要去哪里?"他们问。

我回答道:"去见见世面。"我就这样离开了弗拉姆波尔。

我漫游各地,好人没有一个不理我。过了好多年,我老了,白发苍苍;我听到了大量的故事、许多谎言和弄虚作假的事情,但是随着年岁的增长,我越来越懂得实际上是没有谎言的。现实中没有的事情晚上会在梦中遇见。这个人遇到的事,也许另一个人不会遇到;今天不遇到,也许明天遇到;如果来年不遇到,也许过了一世纪会遇到。这有什么区别呢?我常常听到一些故事,我会说:"这种事情是不会发生的。"然而不到一年,我会听到那种事情竟然在某处发生。

从这个地方到那个地方,在陌生的桌子上吃饭,我常常讲些永远不会发生的、不可信的故事:关于魔鬼,魔术师,风车之类。孩子们跟在我后面,叫道:"爷爷,给我们讲个故事。"有时他们指名要我讲一些故事,我尽可能使他们满意。一个胖小子有次对我说:"这就是你以前对我们讲过的故事。"这个小淘气,他说得对。

梦里的事情也是跟以前一样的。我离开弗拉姆波尔已经好多年了,但是我一闭上眼睛,我就到了那儿。你想我看见谁了?埃尔卡。她站在洗衣盆旁边,像我们初次见面时一样。但是她容光焕发,她那双眼睛像圣徒的眼睛一样神采奕奕。她对我说些稀奇古怪的话,讲些奇异的事情。我一醒过来,就完全忘记了。但是只要梦不断做下去,我就感到安慰,她回答我全部疑问,她的话结果都是对的。我哭着恳求她:"让我和你在一起。"她安慰我,告诉我要忍耐。这日子不会太远了。有时她抚摸我,吻我,贴着我的脸哭泣。当我醒来时,我还感觉到她的嘴唇,尝到她的眼泪的咸味。

毫无疑问,这世界完全是一个幻想的世界,但是它同真实世界只有咫尺之遥。我躺在我的茅屋里,门口有块搬运尸体的木板。掘墓的犹太人已经准备好铲子。坟墓在等待我,蛆虫肚子饿了;寿衣已准备好了——我放在讨饭袋里,带在身边。另一个要饭的等着继承我的草垫。时间一到,我就会高高兴兴地动身。这将会变成现实,那儿没有任何纠纷,没有嘲弄,没有欺骗。赞美上帝:在那儿,连吉姆佩尔都不会受欺骗。

---

① 一块长方的小羊皮卷,一面记有《圣经·旧约·申命记》第9章4至9节和第11章13至21节,另一面写着上帝名字,纸卷盛在小匣内,挂于门柱上,作为一种避祸的辟邪物。犹太教徒进出大门时,用右手手指按一按圣卷,然后吻一吻手指。

思 考 题

1. 吉姆佩尔是怎样一个人？他为什么要听任镇上的人骗他？他到底是傻还是聪明？

2. 吉姆佩尔是怎么对待埃尔卡的？他为什么如此容忍埃尔卡的所作所为？

3. 吉姆佩尔为什么要离开镇子？他最后说的"实际上是没有谎言的""这世界完全是一个幻想的世界,但是它同真实世界只有咫尺之遥"是什么意思？

4. 作者要想通过这篇小说告诉我们什么？他的意图和目的是什么？

5. 这篇小说表现了辛格的哪些艺术特色？故事情节在本篇中起什么作用？为什么要用第一人称叙述？在人物的塑造上有什么成功之处？它吸取了民间文学中的哪些手法？

一个人的遭遇

[俄罗斯]肖洛霍夫
草　婴译

　　米哈伊尔·亚历山大罗维奇·肖洛霍夫(Михаил Александрович Шолохов,1905—1984)出生于顿河地区维约申斯克镇的克鲁日伊林村,中学辍学后,当过办事员、泥水匠、会计等,1924年开始发表小说。肖洛霍夫以四卷本长篇巨著《静静的顿河》著称于世。这部作品生动真实地表现了哥萨克民族在1914至1921年动荡岁月中的历史,气势雄浑,格调悲壮,成为深广的历史内容和个人的悲剧命运有机结合的艺术典范。《新垦地》是作家另一部反映顿河地区哥萨克农村生活的长篇小说。它不仅真实地反映了一场重大的历史性运动,而且塑造了一大批血肉丰满、性格鲜明的人物。《一个人的遭遇》是肖洛霍夫的短篇代表作,它开拓了战争文学的新领域。1965年,由于他"在描绘顿河的史诗式作品中,以艺术家的力量和正直,表现了俄国人民生活中具有历史意义的面貌",获得诺贝尔文学奖。

**献给一九○三年入党的苏共党员
叶夫盖尼雅·格里高利耶夫娜·列维茨卡雅**

　　在顿河上游,战后的第一个春天显得特别爽朗,特别蓬勃。三月底,从亚速海一带吹来暖洋洋的春风,吹了两天两夜,就把顿河左岸的沙滩清清楚楚地显露出来;草原上积雪的谷地和宽涧也膨胀起来,小河凿开冰面,汹涌奔流,这样一来,道路就简直无法通行了。

　　在这交通阻塞的倒霉的日子里,我正巧要到布康诺夫镇去一下。距离不能算远,总共才六十公里光景,但要走完这段路,可并不太简单。我跟一个同志在日出以前出发。一对喂得饱饱的马,紧紧地套上挽索,勉强拖着一辆沉重的马车。车轮陷在混和着冰雪的湿漉漉的沙地里,一直陷到轮毂。一小时以后,在马的腰部和大腿上,在后鞧的细皮带下,已经密密地出

现了一圈圈白色的汗花，同时在早晨新鲜的空气里，强烈而醉人地散发着
马汗和暖烘烘的柏油的味儿——马具上涂过大量的柏油。

　　碰到马特别难走的地方，我们就下车步行。浸水的雪在靴子底下发出
吱咕吱咕的声音，走起来很吃力；道路的两旁还结着薄冰，被阳光照得像
水晶一样闪闪发亮，那里就更加难走。走了六小时光景，才走了三十公里，
来到叶蓝卡河的渡口。

　　这条河并不大，在莫霍夫斯基村前面，夏天里有几处常常干涸，如今
在那赤杨丛生的河滨的沼地上，河水泛滥了整整有一公里宽。要渡河就得
乘一种不稳的平底小船，这种船载重不能超过三人。我们把马打发回去。
在对岸集体农庄的板棚子里，有一辆饱经风霜的老爷吉普车在等着我们，
这还是冬天留在那边的。我跟司机两人提心吊胆地跳上破旧的小船。那位
同志和行李就留在岸上。船一解缆，在腐朽的船底里，水就像喷泉一样从
好几个地方喷出来。我们用手头的一些东西堵上漏洞，一路上舀着船底的
水。一小时以后，我们已经来到叶蓝卡河的对岸。司机从村庄里放出车子，
又走到船旁，拿起桨说：

　　"这个该死的木盆要是在水里不垮台，大约再过两个钟头可以回来，
不会再早啦。"

　　村庄远在一边，埠头附近一片寂静。这种冷清的光景，只有在深秋和
初春人烟稀少的地方才有。河里飘来潮湿的水汽，还送来腐烂的赤杨树的
苦涩味儿，而从那迷失在紫色雾霭中的遥远的霍皮奥尔河草原那边，微风
送来了刚从积雪底下解放出来的土地的永远新鲜而又难以捉摸的香气。

　　附近的河滩上，横着一片倒下的篱笆。我在篱笆上坐下来，很想抽枝
烟，可是，伸手到棉袄的右边口袋里一摸，才发现那包白海牌纸烟已经湿
透，真是懊恼极了。在渡河的时候，波浪从低沉的船舷上泼进来，浑浊的河
水一直泼到我的腰部。那时我可没工夫想到纸烟，我得抛下桨，尽快地把
水舀出去，使小船不至于沉没。现在我却深深地后悔自己的疏忽。我小心
翼翼地掏出那包泡过水的烟，蹲下身去，把潮湿变黄的烟卷一枝枝摊在篱
笆上。

　　已经是中午了。太阳照得像五月里一样热。我希望纸烟快些晒干。太
阳照得那么热，我简直后悔不该穿士兵的棉袄裤出来。这是开春以来真正
暖和的第一天。就这样独个儿坐在篱笆上，完全置身在寂静和孤独中，并
且摘下头上那顶旧的军用暖帽，让微风吹干因为用力划船而被汗湿透的
头发，茫然地凝视着那飘在浅蓝色天空中的朵朵白云，真是惬意极了。

　　一会儿，我看见有个男人，从村庄尽头的房子后面走来。他手里拉着
一个很小的男孩子，照身材看来大约五六岁，不会再多。他们吃力地朝埠

头蹒跚走着,到汽车旁边,转身向我走来。这是一个背有点驼的高个子,走到我面前,嗓子低沉地说:

"你好,老兄!"

"你好!"我握了握那只向我伸来的又大又硬的手。

他向孩子弯下身去说:

"向伯伯问好,乖儿子。你瞧,他跟你爸爸一样,是个司机。只不过咱们开的是大卡车,他开的可是这种小车子。"

那孩子用一双天空一样清澈的蓝眼睛朝我望望,露出一丝笑意,大胆地伸给我一只嫩红的冰凉小手。我轻轻地握了握它,问:

"你这个老头儿,手怎么这样冷呀?天气这么暖和,可你却冻坏啦?"

小家伙显出天真动人的信任神气,靠在我的膝盖上,惊奇地扬起两条淡白的眉毛。

"伯伯,我怎么是老头儿呢?我完全是个小孩子,我完全没有冻坏;手冷,那是因为抛过雪球了。"

那父亲除下干瘪的背囊,懒洋洋地在我身旁坐下来说:

"带着这种客人真倒霉!他简直把我累坏啦。你的步子迈得大一点,他就得跑步了。嘿,要迁就这种步兵真伤脑筋。一步路得分三步走,可这样他还是跟不上我,就像乌龟跟不上马一样。可你又得随时留意他。你一转身,他不是溜到大水洼去玩,就是在什么地方折下一条冰箸儿,像吃糖一样吃起来。不,带着这种客人旅行,真不是男人干的事,何况还得步行呢。"他沉默了一下,然后问:"你怎么,老兄,是在等你的首长吗?"

我觉得不便向他说明我不是司机,就回答说:

"得等一会啦。"

"他们是从对岸来吗?"

"是的。"

"你知道船快到了吗?"

"怕要过两个钟头吧。"

"那么得等一阵子。嗯,那咱们就来歇一会儿吧,反正我也不忙着上哪儿去。刚才我走过来一看:有个咱们的司机弟兄的车抛锚了,就想,让我去跟他一块儿抽阵烟吧。抽烟也罢,死也罢,一个人总很难受。你的日子倒过得不错呀,抽纸烟。看样子,你把纸烟弄湿了,是不是?嘿,老兄,泡过水的烟,就好比害过病的马,说什么也不中用啦。还是来抽抽我的辣烟草吧。"

他从草绿色单裤的插袋里,掏出一只卷得像管子的、红绸做的破旧烟荷包来。他解开烟荷包,我看到它角上绣着一行字:"送给亲爱的战士,列别江中学六年级女学生赠。"

我们吸着很辣的土烟草,沉默了好一阵。我正想问,他带着孩子上哪儿去,有什么事逼他在这种泥泞的日子赶路,但他抢在我的前面问:

"你怎么,战争时期一直在开车吗?"

"差不多一直在开。"

"在前线吗?"

"是的。"

"咳,老兄,我在那边可吃够苦头啦。"

他把一双黧黑的大手搁在膝盖上,弓起了背。我从侧面望了望他,不知怎的忽然感到很难受……你们可曾看到过那种仿佛沉浸在极度悲痛中、充满了绝望的忧郁、叫人不忍多看的眼睛吗?在这位偶然碰到的对谈者的脸上,我看到的,就是这样的一双眼睛。

他从篱笆上折下一条弯曲的枯枝,默默地拿它在沙土上划了一阵,划出一些莫名其妙的图形,这才开了口:

"有时候夜里睡不着觉,在黑暗中睁大一双眼睛想想:唉,生活,生活,你究竟为什么要那样折磨我?为什么要那样惩罚我?不论黑夜,不论白天,我都得不到解答……不,永远得不到!"他忽然醒悟过来,亲热地推推儿子说,"去吧,宝贝,到河边玩去,在大河旁边孩子们总可以找着点儿什么的。可得留神,别把脚弄湿了!"

刚才当我们默默地吸烟的时候,我偷眼瞧瞧这父子俩,就惊奇地发现一个我觉得很古怪的情况。孩子穿得很简单,但衣服的料子很坚固:一件旧的薄羊皮统子的上装,前襟长了些,不过很合身;一双玲珑的小皮靴,稍微宽大些,里面可以穿一双羊毛袜;上装的一只袖子曾经撕破过,却又很精细地缝上了,——这种种都说明一个女人的照顾,一双能干的母亲的手。父亲的样子可不同了:棉袄上有好几个地方烧了洞,只是粗枝大叶地补上;破旧的草绿色裤子上的补丁,不是好好地缝上去,而是用稀稀落落的男人的针脚钉上去的;脚上穿着一双差不多全新的军用皮鞋,可是一双很厚的羊毛袜却被虫蛀破了,它们没有接触到女人的手……当时我心里想:"要不是个鳏夫,就是跟妻子的关系搞得不好。"

他用眼睛送走儿子,低沉地咳了几声,重又开口。我全神贯注地听着:

"开头我的生活过得平平常常。我是伏龙涅什省人,生于一九〇〇年。国内战争中参加过红军,是在基克维泽师里。在饥饿的一九二二年,上古班给富农当牛马,总算没有饿死。可是父亲、母亲和妹妹都在家里饿死了。只剩下我一个人,无亲无故,孤苦伶仃。嗯,一年后从古班回家,卖掉小房子,来到伏龙涅什城里。开头在木工合作社干活,后来进了工厂,当上了钳工。不久结了婚。老婆是在儿童保育院长大的。是个孤女。可真是个好姑娘!又快活,又温柔,又聪明,又体贴,我可实在配不上她。她从小就知道生活的苦难,也许因此养成了这样的性格。旁人看来,她也不见得怎么样出色,但是要知道,我可不是旁人,我看得清清楚楚。对我来说,天下没有比她更漂亮更称心的人了,过去没有,将来也不会有!

"我下工回家,筋疲力尽,有时候就凶得像个恶鬼。你粗声粗气对待她,她决不会用粗言粗语回答你。不,从来不会!她又娴静,又亲热,不知道怎么样服侍你才好。我们的收入虽少,她还是努力让你吃得又香又甜。你向她瞧瞧,气也消了,过一会儿就会去拥抱她,还会说:'对不起,亲爱的伊林娜,我对你太粗暴了。你要知道,今天我干活很不顺利。'于是我们又太太平平,我自己也觉得心安理得。嘿,老兄,你知道这对工作有怎么样的意义吗?第二天早晨,我一骨碌爬起来,走到厂里,不论什么活到了手里,都顺顺当当,头头是道!瞧吧,家里有个贤慧的老婆,有着怎么样的意义。

"有时我领到工钱,偶尔跟同志们去喝一杯。有时喝了酒回家,一路上踉踉跄跄,那副样子旁人看来一定很可怕吧。你会觉得大街太狭窄,当然更不用说小巷子了。那时候我是个强壮的小伙子,身体结实得像魔鬼,很能喝酒,就是醉了,也还能自己走回家去。不过,有时候最后一程路只好放了头挡,那就是说,爬了回去,但还是爬得到的。可她对你既不责备,也不叫嚷,更不吵闹。我的伊林娜只是笑笑,连笑也笑得很小心,怕我喝醉了酒动气。她一面给我脱鞋,一面细声细气地说:'安德留沙,你靠墙睡吧,要不睡着了会从床上滚下来的。'嗯,我就像一袋麦子一样倒下了,什么东西都在眼睛前面晃动。只在睡意蒙眬中,听到她用一只手轻轻地抚摩着我的头,嘴里喃喃地说些亲热的话,这是说,她在疼我……

"早晨她在上工前两小时把我叫起来,让我好活动活动身子。她知道,酒没有醒,我是什么东西也吃不下的。嗯,她就拿出一条酸黄瓜,或者还有什么清淡的东西,又倒了一小杯伏特加,说:'喝一点儿解解酒吧,安德留沙,只是以后别再喝了,我的好人儿。'难道还可以辜负这样的信任吗?我喝干酒,用一双眼睛默默地谢了她,又吻了吻她,乖乖地上工去了。如果在我喝醉的时候,她粗声粗气,吵吵闹闹,那么,老天爷在上,我到第二天还会去喝个够的。有些家庭就是这样子的,做老婆的傻得很。这种傻婆娘我可见得多了,我知道的。

"不久我们有了孩子,先是生了个儿子,过了几年又生了两个姑娘……从此我跟同志们不再来往了。全部工钱都拿回家去,家里人口也多了,根本顾不上喝酒。碰到休息日喝一杯啤酒,而且只要一杯,决不多喝。

"一九二九年那年,汽车吸引了我。我学会了开车,就开起卡车来。后来着了迷,不想再回工厂了。我觉得开车有趣多了。就这么过了十年,也没留神时光是怎么过去的。过得就像做了一场梦。嘿,十年算得了什么! 你可以随便问问哪一个上了年纪的人,他可曾发觉日子是怎么过去的? 一点也不会发觉的! 往事就像迷失在远远的雾中的草原。早晨我出来的时候,四下里什么都是清清楚楚的;可是走了二十公里,草原就给烟雾笼罩了,从这边望过去,已经分不清哪儿是树林,哪儿是野草,也分不清哪儿是耕地,哪儿是草地了……

"这十年间我白天黑夜地干着活。我的收入很好,我们的日子过得不比人家差。孩子们也叫人高兴: 三个人学习的成绩都是'优',儿子阿拿多里对数学特别有才能,连中央的报纸都提到过他。他对这门科学哪来那么大的才能,嘿,老兄,可连我都不知道。不过这使我觉得脸上很光彩,我为他骄傲,是的,真为他骄傲!

"十年中间,我们稍微积蓄了一些钱,在战前盖了一座小房子,有两个房间,还有贮藏室和走廊。伊林娜又买了两只山羊。人生在世,还需要什么呢? 孩子们吃的是牛奶糊,有房子住,有衣服穿,有鞋穿,可以说心满意足了,只是我的房子盖的不是地方。划给我的那块地皮,面积有六百平方米,离开飞机厂不远。要是我的小房子盖在别的地方,生活也许会换一个样子了……

"这时候战争爆发了。第二天军委来了通知书,第三天就得上军车。我那一家四口都来送我: 伊林娜、阿拿多里和两个女儿——娜斯金卡和奥柳施卡。三个孩子都很坚强。嗯,两个女儿难免眼泪汪汪。阿拿多里只是抽动肩膀,好像怕冷一样,他那时已经十六岁了,可是我的伊林娜……我们共同生活十七年来,我从来没有看见过她那种样子。那天夜里,我那件衬衣的肩膀和胸口这儿都被她的眼泪给湿透了,第二天早晨也是同样的情形……走到火车站,我真不忍瞧她: 嘴唇哭肿了,头发从围巾里散露出来,眼睛浑浊而没有表情,好像一个精神失常的人。指挥员宣布上车,她却扑在我的胸上,双手紧紧地勾住我的脖子,浑身哆嗦,好比一株刚砍倒的树……孩子们也劝她,我也劝她,——毫无用处! 别人家的女人跟丈夫、跟儿子谈着话,我那个却贴在我的身上,好比一张叶子贴在树枝上,还浑身哆嗦,连一句话也说不出来。我对她说: '坚强些,我亲爱的伊林娜! 你就对我说一句告别的话吧。'她这才一面哭,一面说,每说一个字,抽一口气: '我的……亲人……安德留沙……咱们……今世……再也……见不着……见不着面啦!'……

"人家看着本来已经心碎了,可她还要说出这样的话来。其实她应该知道,我跟他们分手也很难受,又不是到丈母娘家里去吃薄饼。这当儿我可火了! 我用力拉开她的手,轻轻地往她的肩膀上一推。仿佛是轻轻地一推，但那时我的力气大得厉害；她站不住脚跟，一连后退三步，接着又伸出双手，一步步向我走来，我就对她嚷道："难道人家是这么离别的吗？我还好好儿的，你干什么提前就把我给活活地埋掉哇?!'嗯，我又抱了抱她，我看见她简直疯了……"

他讲到一半忽然中断了，在一片寂静中，我听到他的喉咙里有样东西在翻腾，在咕噜咕噜地发响。别人的激动也感染了我。我斜眼瞧瞧这个讲述的人，但在他那死气沉沉的眼睛里，却看不到一滴眼泪。他坐着，颓丧地低下头，只有那两只不由自主地垂下的大手在微微哆嗦，还有下巴和刚毅的嘴唇也在哆嗦……

"不用了，朋友，别讲了！"我低声说，但他大概没有听见我的话。接着他竭力克制住激动，用一种变得异样的嘶哑的声音说：

"为了当时推了她一下，我就是到死，就是到生命的最后一刻，也不能原谅自己呀！"

他重又沉默了好一阵。他试着卷一支烟，可是报纸破了，烟草都撒在膝盖上。最后，他勉强卷成了一枝，狠命吸了几口，这才一面咳嗽，一面继续说：

"我摆脱伊林娜，捧住她的脸吻了吻，她的嘴唇却冷得像冰。我跟孩子们告了别，向车厢跑去，在火车开动时跳上踏板。火车慢慢地离了站，在我老婆和孩子们的旁边经过。我看见我那几个孤苦伶仃的孩子挤在一块，向我挥着手，他们想笑，可是没有笑成。伊林娜两手狠抱住胸部，嘴唇白得像纸，还在喃喃地说着些什么，眼睛一眨不眨地望着我，整个身子向前俯冲着，仿佛要顶着狂风开步走来……她就这样一辈子留在我的记忆里：一双紧紧抱住胸部的手，两片苍白的嘴唇，一对充满泪水的睁得老大的眼睛……我在梦里看见她，多半也是这个样子……当时我干什么要推她呀？直到现在一想起来，心还像被一把钝刀割着似的……

"我们在乌克兰的白教堂附近编了队。发给我一辆'吉斯5号'①，我坐着它开到前线。嗯，关于战争用不着跟你讲了，你亲眼看见过，知道开头是怎么个情况。我常常收到家里的来信，但自己却偶尔才寄一封信回去。有时候也在信里写道，一切平安，有些小接触，现在虽然退却，但不久可以集合力量，到那时就要让德国佬尝尝滋味了。别的还有什么可写的呢？日子那么沉闷，根本没心思写信。再说，我这个人也不喜欢婆婆妈妈，喊怨叫苦，最看不惯那种爱哭鼻子的家伙，他们不论有事没事，天天给老婆情人写信，眼泪鼻涕把信纸弄得一塌糊涂。说什么他的日子很难过，很痛苦，又

———————————
　　①　苏联造的一种大汽车。

担心被敌人打死。这种穿裤子的畜生，流着眼泪鼻涕诉苦，寻求同情，可就是不想一想，那些倒霉的女人孩子，在后方也并不比我们舒服，整个国家都是依靠她们！我们的女人孩子要有怎样的肩膀才不至于被这种重担压垮呢？可是她们没有被压垮，终究支持下来了！而那些流眼泪拖鼻涕的脓包，还要写那种信诉苦，真好比拿一根木棍敲着勤劳的妇女的腿。她们收到这种信，可怜的人，就会垂下双手，再也没心思干活了。不行！你既然是个男人，既然是个军人，就得忍受一切，应付一切，如果需要这么做的话。但如果在你身上女人的味儿比男人的还要多些，那你干脆去穿上打褶的裙子，好把你那干瘪的屁股装得丰满些，至少从后面望过去也多少像个婆娘，你去给甜菜除除草，去挤挤牛奶好了，前线可不用你去，那边没有你，臭味儿也已经够叫人受的啦！

"不过，我连一年仗都没有打满……在这个时期里，受过两次伤，但两次都很轻：一次伤了胳膊上的肌肉，另一次伤了一条腿；第一次是中了飞机上打下来的子弹，第二次是被弹片击伤的。德国人从上头和旁边把我的汽车打了好多个窟窿。可是我呀，老兄，开头总算走运。不过，走运，走运，最后可走到绝路上来了……一九四二年五月，我在洛佐文基城下，在一种极其狼狈的情况下被俘虏了：德国人当时攻势很猛，而我们的一个一百二十二毫米榴弹炮炮位上差不多没有炮弹了；我的车子给装上炮弹，装得车顶都碰到了；我自己干装运活儿，干得军服的肩膀都让汗湿透了。我得鼓足劲儿赶，因为仗打到我们的跟前了：左边不知谁的坦克在隆隆地响，右边在射击，前面也在射击，而且已经闻到焦味了……

"我们汽车连的指挥员问我说：'冲得过去吗，索科洛夫？'其实还问这个干什么呢。同志们也许正在那边流血牺牲，难道我能待在这儿不理不睬吗？我就回答他说：'什么话！我应该冲过去，这就是了！''好吧，'他说，'那就快去！开足马力！'

"我就开足马力赶去。我生平没有开过那样的快车！我知道运的不是土豆，运这种货得非常小心，可是弟兄们在那边空着一双手作战，一路上又是炮火连天，这种时候哪儿还谈得到什么小心呢！跑了约莫六公里的样子，眼看着就可以拐到村道、开到炮台所在的深沟里了。但这时候我抬头一看——嚯，圣母娘娘——我们的步兵在大路两边的原野上跑着，而迫击炮弹已经在他们中间炸响了。叫我怎么办呢？总不能向后转吧？我就拼命开足马力！离炮位还有一公里的样子，车子已经拐到村道上，可是，老兄，我却没有能开到自己弟兄那儿……大概是远射炮的一颗重磅炮弹落在我的车旁了。我没有听到爆炸，什么也没有听到，只觉得头脑里好像有一样东西破裂了，别的就什么也记不得了。当时怎么能保住性命，我不明白；在那离开排水沟八米的地方躺了多久,我也没法知道。等到清醒过来,可怎么也站不起来:我的脑袋抽动,浑身哆嗦,好像发寒热一样,眼睛里一片漆黑,左肩膀格格地发响,周身痛得要命,仿佛被人家狠狠地打了两天两夜。我在地面上爬了好一阵,才勉强站了起来。不过,还是一点也不明白,我这是在什么地方,出了什么事。我的记性丢得干干净净。可又怕再倒下去。我怕一倒下,就再也起不来了,就完蛋了。我站着,摇摇摆摆,好像暴风雨中的杨柳。

"等到恢复知觉,冷静下来,往四下里一望,我的心仿佛让什么人用老虎钳给夹住了:周围横七竖八地散着我运来的炮弹,我那辆车子翻倒在不远的地方,车轮朝天,车身给打得稀烂,可是战斗已经转移到我的后头去了……叫我怎么办哪?

"不瞒你说,这时候我的两腿发软,身子就像一束割下的草那样倒下来,因为心里明白,我已经落在包围中了,说得更恰当些,给法西斯俘虏了。是的,在战争中就有这样的事……

"唉,老兄,当你明白,你已经无可奈何成了俘虏的时候,那真是不好受哪。谁没有亲身经历过,谁就无法一下子体会这玩意儿是怎么个滋味。

"嗯,这样我就躺在地上,还听见坦克隆隆地响着。四辆德国中型坦克,开足马力在我旁边经过,往我刚才运炮弹来的方向驶去……这叫人感到是个什么滋味?后来,牵引车拉着大炮开过,炊车开过,最后步兵也过去了,人数并不多,大概不会超过一个作战连吧。我望了望,用眼角向他们望了望,又把脸贴住地面,闭上眼睛:我不想看见他们,打从心底里感到厌恶……

"我以为他们都过去了,就抬起头来,只见六个自动枪手,在离开我一百米光景的地方大踏步走来。我一看,他们从大道上拐个弯,一直向我走来。一声不响地走来。我想:'嗐,我的末日到啦。'我坐了起来,不愿躺着死去,接着又站了起来,他们之中的一个,在离开我几步远的地方动了动肩膀,卸下自动枪来。嗬,人这个东西真有意思:在这一刹那间我既不慌张,也不胆怯。只是眼睛瞧着他,一面心里在想:'他马上要向我来上一梭子了,可是会打在哪儿呢?打在脑袋上,还是胸膛上?'仿佛他射穿我身体的哪一部分,在我倒不是一码事似的。

"这是个年轻的小伙子,模样儿长得倒不错,头发黑黑的,嘴唇很薄,抿成一条缝,眯着眼睛。'这家伙会不加考虑地打死我。'我心里想。果然不错:他举起枪来了,——我盯住他的眼睛,一声不响;而另外一个,大概是个上等兵吧,岁数大一些,可以说是上了年纪了,不知嚷了一声什么,把他推到一旁,走到我的面前,叽里咕噜地说了一通德国话,弯起我的右胳膊,摸摸肌肉。摸了摸之后，说：'喔——唷——唷！'接着指指道路，指指太阳落下的地方，意思是说：'走吧，给我们帝国当牛马去吧。'呸，摆出主人的架子来了，畜生！

"那个头发黑黑的家伙，仔细看看我的靴子——我那双靴子看上去很不错——用手指指说：'脱下。'我在地上坐下来，脱了靴子，交给他。他就不客气地从我的手里一把抢了过去。我又解下包脚布递给他，并且从脚到头地打量他。他可嚷起来了，用他们的话骂着，同时又抓住了自动枪。其余的几个都哈哈大笑起来，接着他们就平静地走开了。只有那个头发黑黑的家伙，在走到大路上以前，回头看了我三次，像一头小狼似的闪亮眼睛，生着气，可是为什么呢？仿佛是我脱了他的靴子，不是他脱了我的靴子似的。

"唉，老兄，我可实在没地方躲避。只得走到大路上，恶声恶气地用花巧的伏龙涅什土话骂了一阵，开步向西方走去。去当俘虏！……当时叫我走路可实在不行，一个钟头只走了一公里，决不会更多。你心里想往前走，身子却东倒西歪，一步拖一步，好像喝醉酒的人。走不多远，一队我们的俘虏赶了上来，都是跟我同一师的。约莫有十个德国自动枪手押着他们。那个领队的赶上了我，一句话不说，就举起自动枪，拿枪柄用力朝我头上打了一下。我要是倒下的话，他准会一梭子把我结果在地上，但是我们的弟兄一把抱住了我，把我推到队伍中间，扶着我走了半小时的样子。等到我清醒过来，其中一个弟兄悄悄地对我说：'上帝保佑你，千万别倒下！拼着所有的力气走吧，要不，他们会把你打死的。'我就拼着所有的力气走去。

"太阳一落山，德国人就加强了押送队，卡车又运来了大约二十个自动枪手，加快速度赶着我们往前走。我们中间那些伤重的，跟不上大伙儿，就在路上被枪毙了。有两个人想逃跑，可是没考虑到，夜里在有月亮的原野上，人家他妈的看得你清清楚楚。嗯，当然啰，这两个也被打死了。半夜里，我们来到了一个烧剩了一半的村庄。我们被赶进一座屋顶打坏的教堂里去过夜。石头地上没有一根麦秆，我们大家又都没有大衣，只穿着一身单军衣，因此可铺的东西一层也没有。有几个人连上装都没有穿，只穿着粗布衬衣。这些多半是下级指挥员。他们都把军官制服脱掉，使人家无法认出他们是军官还是战士。还有那些炮手也没有穿军服。他们原来光着身子在大炮旁边干，因此就这么光着身子给俘虏了。

"夜里下了好大一场雨，弄得我们个个浑身湿透。教堂中间的圆顶不是被重炮就是被飞机炸毁了，旁边的屋顶也给弹片打得全是窟窿，连祭坛上都找不到一块干燥的地方。这样，我们就只好通夜在教堂里逛来逛去，好像一群羊关在黑暗的羊圈里。半夜里我听到有人推推我的胳膊问：'同志，你没有受伤吗？'我回答他说：'你要什么呀，老兄？'他又说：'我是个军医，也许我能帮你些什么忙吧?'我就向他诉苦说，我的左肩在格格地发响，肿了，痛得厉害。他断然地说：'把上装和衬衣脱下。'我就把这些都脱下了，他动手用细细的手指在我肩膀上摸着，痛得我眼前发黑。我把牙齿咬得咯吱咯吱响，对他说："你准是个兽医，不是给人看病的医生。你这没心肝的，干什么在人家痛的地方按得那么重啊?'他却依旧摸着，还恶狠狠地回答说：'你给我闭嘴！也想来跟我啰嗦。等着吧，还要痛得更厉害些呢。'说着就那么重重地拉动我的胳膊，痛得我眼睛里直冒火星。

"我清醒过来，问道：'你这是在干什么呀，该死的法西斯分子！我这只胳膊让人给打碎了，可你还要那么扯它。'我听到他轻轻地笑了起来，说：'我还以为你会用右手打我，没想到倒是个挺老实的小伙子。你那只胳膊并没有打坏，只是脱臼了，可我已经给你摇上了。嗯，现在怎么样，好一些吗?'真的，不知怎的我觉得痛慢慢地消失了。我衷心地向他道了谢，他却继续在黑暗中摸着走过去，悄悄地问：'有受伤的吗?'瞧吧，这才是真正的医生！他就是当了俘虏，就是在黑暗中，还是干着自己伟大的事业。

"这是一个安静的夜晚。德国人不让我们出去大小便。这一层，当我们成双行地被赶进教堂的时候，押送队的长官就警告过我们了。真不凑巧、我们中间有个教徒急于要大便。他忍着，忍着，忍好一阵，后来却哭了起来，说：'我不能亵渎神圣的教堂！我是个信徒，我是个基督教徒！弟兄们，叫我怎么办呢?'你知道，我们是些怎样的人吗?有的笑，有的骂，有的给他出了各种各样可笑的主意。他弄得我们大家都很快活，可是这件倒霉事结束得却很惨：他开始敲门，请求放他出去一下。嗐，可求出祸事来了：法西斯分子隔着门扫射了好一阵，这个教徒就被打死了；另外又死了三个人，还有一个受了重伤，到早晨也死了。

"我们把死人抬在一个地方。大家坐下来。安静下来，开始想心事，觉得事情的开头不太妙……过了一会儿，大家压低嗓子，喊喊喳喳地谈起话来：谁是什么地方来的，哪一省人，怎么被俘的。在黑暗中，那些同排或者同连的同志，彼此找不到，就低低地互相叫唤着。我听见身旁有两个人在悄悄地说话。一个说：'如果明天上路以前，要我们排队，并且供出政委、共产党员和犹太人来，那你，排长，可别躲起来！这你逃不掉的。你以为脱掉上衣，就可以冒充士兵吗?不成！我可不愿替你承担责任。我第一个就把你指出来！我知道你是党员，还曾经鼓动我入党，现在你可得对自己的事负责了。'说这话的人离我很近，就在我的身旁，坐我的左边，而在他的另一边，有个年轻的声音回答说：'克雷日乌夫，我一向怀疑你不是个好人。特别是那次你推说不识字，拒绝入党。不过我从没想到，你会成为叛徒。你不是念完七年制学校的吗?'那个家伙却懒洋洋地回答排长说：'哼，念完了，那又怎样？'他们沉默了好一阵，然后，从声音上听出来，那个排长又悄悄地说：'不要出卖我吧，克雷日乌夫同志。'那个家伙却低低地笑着说：'同志们都留在战线的那一边，我可不是你的同志，你也用不着求我，反正我要把你指出来的。到底自己的性命要紧。'

"他们沉默了，可我给这么卑鄙的行为气得直打哆嗦。我心里想：'呸，我决不让你这畜生出卖自己的指挥员！有我在，你就别想自己走出这教堂，你只能让人家像死牲口那样拖出去！'天蒙蒙亮，我看到：我旁边仰天躺着一个阔嘴大脸的家伙，双手枕在头底下，他旁边坐着一个瘦削的小伙子，鼻子朝天，脸色苍白，两手抱住膝盖，身上只穿一件衬衣。'嘿，'我心里想，'这小伙子是对付不了这匹胖骟马的。得由我来结果他。'

"我推推小伙子的胳膊，悄悄地问：'你是排长吧？'他什么也没有回答，只是点了点头。'这家伙要出卖你吗？'我指指躺在地上的那一个说。他又点了点头。'喂，'我说，'捉住他的脚，不要让他踢！快点儿！'我自己就扑在那个家伙身上，同时手指拼死命掐住他的喉咙。他甚至都来不及嚷一声。我在他的身上压了几分钟，才直起身来。叛徒完蛋了，舌头也伸出来歪在一边！

"干完以后，我觉得非常不舒服，很想洗一洗手，仿佛我不是掐死了一个人，而是掐死了一个虫子……这是我有生以来第一次杀人，杀的又是自己人……不，他怎么能算是自己人呢？他还不如一个敌人，他是叛徒。我站起来，对排长说：'换个地方吧，同志，教堂大得很。'

"正像那个克雷日乌夫所说的那样，第二天早晨我们所有的人都在教堂旁边给排起队来，并且被自动枪手们包围了。三个党卫队军官开始挑选他们认为有罪的人。他们问，谁是共产党员，谁是指挥员，谁是政委，可是一个也没有。也没有一个出卖同志的坏蛋。其实，我们中间几乎有半数是党员，还有指挥员，当然也有政委。从两百多个人中只抓了四个人。一个犹太人和三个俄罗斯士兵。俄罗斯人遭了难，因为他们三个人都皮肤浅黑，头发鬈曲。德国人走到他们面前，问：'犹太？'他们回答说是俄罗斯人，可是德国人连听都不要听。'出来！'——就完了。

"这几个可怜的人就被枪毙了，我们又被继续向前赶。那个跟我一起掐死叛徒的排长，直到波兹南始终走在我的旁边；头一天，一路上还不时握握我的手。在波兹南，我们因为这么个缘故给分开了。

"嗯，是这么一回事，老兄，从第一天起我就想逃回自己人这边来。不过逃，一定要有把握，可是在到达波兹南、被送进正式俘虏营以前，我一直没碰上适当的机会。到了波兹南的营里，可来了这样的机会啦：五月底，把我们派到营附近的树林子里，去给我们那些死去的战俘挖墓。当时我们的弟兄生痢疾死了很多。有一天我一面挖着波兹南的泥土，一面向四下里望望，结果发现两个卫兵坐在地上吃点心。还有一个在太阳下打瞌睡。我扔下铁锹，悄悄地走到一丛灌木后面……然后就一直朝太阳出来的方向跑去……

"看来，那些卫兵不是很快就发觉的。我当时身体那么虚弱，哪儿来力气能一昼夜跑了将近四十公里，——这连我自己都不知道。可是我的梦想落空了：第四天，在我已经离开那该死的俘虏营很远的地方，我被捉住了。几条警犬循着我的脚印跑来，它们在没有割过的燕麦地上把我找到了。

"那天天一亮，我不敢在旷野里走，而到树林子又至少有三公里路，于是就在燕麦地里躺下来休息。我用手掌揉碎麦子，稍微吃了些，又在口袋里装了些作为存粮，忽然听到狗叫声和摩托车的嗒嗒声……我的心停止了跳动，因为狗的声音越来越近了。我把身子紧贴在地上，双手遮住头，至少不让那些畜生咬坏我的脸。嗐，它们跑过来，一下子就把我身上的破衣服撕光，弄得我像刚出娘胎一样了。它们在燕麦地上把我随便拖来拖去。最后，一条公狗前脚搭在我的胸上，眼睛盯住我的喉咙，不过还没有更进一步来对付我。

"德国人骑着两辆摩托车开近了。他们先自己尽兴地把我打了一顿，后来又放狗来对付我，弄得我全身血肉模糊，没有一块完整的地方。就这样，把我光着身子，血淋淋地带回营里。因为逃跑坐了一个月禁闭，但我还是没有死……我还是活了下来！

"回想起来真是难受，老兄，但要把当俘虏所吃的苦全讲出来，那就更加难受。你一想起在德国所受的那种不是人受的苦难，一想起所有的那些在俘虏营里给折磨死的朋友们，同志们，——你的心就不是在胸膛里，而是在喉咙口跳着了，你就会喘不过气来……

"在被俘的两年中，我被他们赶来赶去，哪儿没有到过！在这段时期里，我走遍了半个德国，我到过萨克森，在硅酸盐厂里做过工；到过鲁尔，在矿井里运过煤炭；到过巴伐利亚，在土方工程上干得折断了腰；还到过绍林吉亚；在德国的土地上，他妈的哪儿没有到过。那边的风景可以说到处不同，但是枪杀和鞭打我们的弟兄，却是到处相同。那些天杀的坏蛋和寄生虫，打起人来那么狠毒，在我们这儿就是畜生也从来没有这样被人打过。真是拳打脚踢，什么都来；橡皮棍子，各种铁器，拿起就打，更不用说步枪柄和别的木器了。

"他们打你，为了你是俄罗斯人，为了你还活在世界上，为了你在给他们这批流氓干活。他们打你，还为了你眼睛看得不对，走路走得不对，转身转得不对……他们打你，只是为了有朝一日把你打死，为了让你咽下自己最后一滴血倒下去。德国所有的焚尸炉,怕也不够给我们的所有的人用吧……

　　"给我们吃的东西到处相同:一百五十公斤面包代用品,还和着一半木屑,再是一些冬油菜做的稀粪。开水——有些地方供给,有些地方不供给。也用不着我多说,你只要想一想:战前我的体重有八十六公斤,到秋天可只剩下五十公斤都不到了。真可谓瘦得皮包骨头,眼看着这副骨头都要扛不动了。活儿不断派下来,不让你说半个不字,而且那么繁重,就是运货的马也吃不消的。

　　"九月头上,我们一百四十二名苏联战俘从库斯特林城郊的营里,被转移到离德累斯顿不远的Б—14号营里。当时在这个营里,我们的人将近有两千名。大家都在采石场里干活,用手工凿下、敲开、弄碎德国的石头。定额是每人每天四个立方米。请注意,当时大家就是不干这活,也只剩下一口气了。结果是:我们这一百四十二个人,过了两个月就只剩下五十七个了。老兄,你说怎么样?惨不惨?当时我们简直来不及埋葬自己的弟兄,可营里又散布着一个消息,说什么德国人已经占领斯大林格勒,正在向西伯利亚猛进。灾难一个接着一个,压得你眼睛离不开地面,仿佛你自己在请求,情愿埋在这人地生疏的德国土地里。而看营的卫队却天天喝酒唱歌,寻欢作乐。

　　"有一天晚上,我们下了工,回到营棚里,雨下了整整一天,我们身上的破衣服简直绞得出水来;大伙儿都在冷风中哆嗦,好像狗一样,冷得上牙对不拢下牙。又没有地方烘衣服,没有地方烤火,再加肚子里饿得比死还难受。可是晚上我们是没有东西吃的。

　　"我脱下身上湿漉漉的破衣服,扔在木板床上说:'他们要我们采四方石子,其实我们每人坟上只要一方石子也足够了。'就是说了这些话,可是我们中间有个坏蛋,他把我这些牢骚向营的警卫队长告密了。

　　"营的警卫队长,或者照他们的说法,俘房营长,是个叫米勒的德国人。个子不高,可挺结实,全身白得出奇:头发是白的,眉毛是白的,眼睫毛是白的,甚至于那双暴眼睛也是淡白的。俄国话讲得就跟咱们一样,而且重音打在О字上,仿佛是个土生土长的伏尔加流域人。骂起娘来可是个了不起的好手。也不知道那畜生打从哪儿学来这一手。他叫我们在住区——他们把营棚叫做住区——前面排起队来,自己带着一群党卫队员,伸出右手,在队形前面走着。他的手上戴着皮手套,皮手套里还有铝制的衬垫,用来保护手指。他一面走,一面每隔一个人打着我们的鼻子,打得皮破血流。他把这叫做'预防感冒'。天天都是这样。营里总共有四个住区,他就今天给第一区举行'预防',明天给第二区,这样轮流下去。这是个做事很认真的孬种，从来没有休息日。只有一件事，他这蠢货可无法了解：原来在他动手打人以前，为了使自己发火，总要在队形前面骂上十分钟。他不分青红皂白，娘天娘地地乱骂，我们听了反而感到舒服：仿佛听到了自己的本乡话，仿佛从家乡吹来一阵微风……要是他知道，这样骂法只给我们带来满足，那他一定不会用俄国话骂，而光用他们的德国话骂了。只有我的一个莫斯科朋友，可对他大为生气，他说：'当他骂人的时候，我就闭上眼睛，仿佛已经回到莫斯科，坐在扎采普街上的啤酒馆里，并且想喝啤酒，简直想得头都发晕了。'

"嗯，就是这个警卫队长，在我说了关于几方石子的话以后，第二天把我叫了去。那天晚上营棚里来了个翻译，还带着两个卫兵。'哪一个是安德烈·索科洛夫？'我答应了一声。'跟我们走，营长本人叫你去。'明明白白为什么叫我去。要毙了我。我跟同志们告了别，他们都知道我是去送命的。我叹了一口气，走了。走到院子里，我抬头望望星星，跟星星也告了别，心里却想：'你的苦可吃到头啦，安德烈·索科洛夫，照营里的叫法是，第三百三十一号。'不知怎的，我忽然可怜起伊林娜和孩子们来，后来这种怜爱的感情也消失了。我开始鼓起勇气来，好跟一个士兵应该做到的那样，毫无恐惧地看住手枪的枪口，不让敌人在我最后的一分钟看见我也很舍不得离开人世……

"在警卫队长的办公室里，窗台上放着鲜花，干干净净，好像我们这儿漂亮的俱乐部。桌子周围坐着全营的长官。总共五个人，狂饮着白酒，吃着咸肉。桌子上放着一大瓶刚开瓶的白酒，还有面包、咸肉、渍苹果、各种打开的罐头食物。我对这些东西看了一眼，说实话，我感到那么恶心，差点儿呕吐起来。我饿得像一只狼，早已跟人吃的东西绝了缘，现在面前却摆着那么多好东西……我勉强忍住恶心，好容易才使自己的眼睛离开桌子。

"米勒喝得醉醺醺的，就坐在我的面前，玩弄着手枪，把它从这只手抛到那只手，同时眼睛一眨不眨地瞧着我，好像一条蛇。嗯，我就双手贴住裤子缝，碰响磨坏的靴跟，大声报告说：'警卫队长，战俘安德烈·索科洛夫遵命来到。'他就问我说：'怎么样，俄国佬，你说采四方太多吗？'我说：'不错，警卫队长，太多。''你说做坟只要一方就够了吗？''不错，警卫队长，足够了，甚至还有得多。'

"他站起来说：'我特别抬举你，为了你这些话，现在亲自来枪毙你，这儿不方便，咱们到院子里去，你到那儿去送命吧。'我对他说：'听便。'他站起来，想了想，然后把手枪扔在桌上，倒了一大杯白酒，拿起一小片面包，又在面包上放了一小块咸肉，把这些一齐交给我，说：'临死以前干一杯吧，俄国佬，为了德国军队的胜利。'

　　"我刚从他的手里接过玻璃杯和点心，一听到这话，全身好像给火烧着一样！心里想：'难道我这个俄罗斯士兵能为德国军队的胜利干杯吗?!哼，你未免也太过分了，警卫队长！我反正要死了，让你跟你的白酒也给我滚吧！'

　　"我把玻璃杯搁在桌上，放下点心，说：'谢谢您的招待，但我不会喝酒。'他微笑着说：'你不愿为我们的胜利干杯吗？那你就为自己的死亡干杯吧。'这对我有什么损失呢？我就对他说：'我愿意为自己的死亡和摆脱痛苦而干杯。'说完拿起玻璃杯，咕嘟咕嘟两口就喝了下去，但是没有动点心，只是很有礼貌地用手掌擦擦嘴唇说：'谢谢您的招待。我准备好了，警卫队长，走吧，您打死我得了。'

　　"他却那么仔细瞧瞧我说：'你死以前吃些点心吧。'我回答他说：'我只喝一杯酒，我是不吃点心的。'他又倒了一杯，递给我。我喝干第二杯，还是不碰点心，希望壮壮胆，心里想：'最好能在走到院子，离开人世以前喝个醉。'警卫队长高高地扬起两条白眉毛问：'你怎么不吃啊，俄国佬？不用客气！'我再一次回答他说：'对不起，警卫队长，我喝两杯也不习惯吃点心。'他鼓起腮帮，嘡地响了一声，接着哈哈大笑，一面笑，一面叽里咕噜地说着德国话，显然是在把我的话翻译给朋友们听。那几个也哈哈大笑，移动椅子，向我转过嘴脸来。我发现他们对我的态度有些不同，似乎温和些了。

　　"警卫队长给我倒了第三杯，他的两手笑得直打哆嗦。我慢腾腾地喝干了这一杯，咬了一小口面包，把剩下的放在桌上。我很想让这帮该死的家伙瞧瞧，我虽然饿得要命，但决不会因为他们的小恩小惠而噎死。我有我做俄国人的骨气和骄傲，他们不论用什么手段，都不能把我变成畜生的。

　　"随后警卫队长摆出严肃的神气，整了整胸前的两个铁十字章，不带武器，从桌子后面走出来说：'听好，索科洛夫，你是一个真正的俄国兵，你是一个勇敢的军人。我也是一个军人，我尊敬值得尊敬的敌人。我不枪毙你了。再说，今天我们英勇的军队已经开到伏尔加河畔，完全占领了斯大林格勒。这对我们来说是一件大喜事，因此我特别宽大，送你一条命。回到你的住区里去吧，这是因为你的胆量而给你的。'说着从桌子上拿起一个不太大的面包和一块咸肉，交给我。

　　"我使劲夹住面包，左手拿了咸肉，因为这种意外的转变而弄得完全不知所措了，也没有说声谢谢，就来了个向后转，拔脚向门口走去，同时心里想：'要是现在他在我的肩膀中间来上一枪，我就不能把这些东西带到朋友们那儿啦。'不，总算没有事，这一次死神又在我的身旁滑过去了，只让我感到身上一阵冰凉……

"我从警卫队长办公室出来,脚步还很稳健,但一到院子里就瘫痪了。我跟跟跄跄地走到营棚里,就倒在水泥地上失去了知觉。弟兄们在黑暗中把我推醒说:'讲吧!'嗯,我想起了办公室里的经过,就给他们讲了一遍。'咱们怎样分配这些东西呢?'睡在我旁边的那个同志问,他的声音有些哆嗦了。'大家平分。'我回答他说。我们等到了天亮。面包和咸肉用麻线切开来。每个人分到火柴盒子那么大的一片面包,连一粒面包屑都没有放弃。嗯,至于咸肉呢,你自己明白,只够抹一抹嘴唇。不过分得没有一个人有意见。

"不久,我们有三百个身体最结实的,被调到沼泽地带去排水,后来又送到鲁尔的矿井里。我也在那边一直呆到四四年,这时候,我们已经把德国人的脖子扭歪了,法西斯分子不再瞧不起俘房了。有一次,我们全体做日班的给排起队来,接着一个外地来的上尉通过翻译说:'谁在部队里或者战前当过司机的,向前一步走。'我们过去当过司机的七个人,就向前跨了一步。每人发到一件穿旧的工作服,由卫兵押送来到了波茨坦。到了那边,我们就给分散。我被分配在'托德'工作,——这是德国人的一个修建道路和防御工事的鬼机关。

"我给一个少校级的德国工程师开'超级奥普尔'①。嚯,真是个胖得吓坏人的法西斯分子!矮身材,大肚子,横里竖里一样长,屁股大得像个胖婆娘。前面军服领子上挂着三层下巴,后面脖子上露出三条胖折。照我看,他的身上至少有三普特②净脂肪。走起路来呼哧呼哧,好比火车头;坐下吃起东西来,那副样子真吓得死人!有时候,整天大吃大喝,从水壶里倒着白兰地。偶尔我也沾到一点光:他在半路上停下来,切着香肠,干酪,又吃又喝;有时候情绪好,也扔给我一块,好像给狗吃一样。他从来不把东西交在人家手里,仿佛这样会辱没他的身份。不过,不论怎么说,比起在俘房营里来,情况不知好多少了;我也开始逐渐恢复人样了,虽然是慢慢地,但在恢复了。

"我把这位少校从波茨坦送到柏林,又从柏林送回波茨坦,送了两个星期的样子。后来,上级派他到接近前线的地带去修防御工事,来对付我们的部队。当时我完全忘掉了睡眠:通夜考虑着,怎样逃回祖国,逃回自己人的地方来。

"我们来到了波洛次克市。黎明时分,两年来我第一次听到,我们的大

---

① 德国造的一种小汽车。

② 一普特＝16.38公斤。

炮在轰隆轰隆地响。嘿,老兄,你可知道我那颗心跳成什么样吗?连我打光棍那会儿去同伊林娜见面,都没有这样跳过!战事已经进展到波洛次克以东十八公里的地方了。城里的德国人都变得格外凶狠,神经紧张,我那个胖子酒可喝得更多了。白天跟他一起在城外跑来跑去,他下着命令怎样修造工事,夜里他就一个人喝酒,喝得全身浮肿,连眼袋都挂下来了……

"我想:'嗯,可不用再等了,我的时候到了!而且不光是自己一个人跑掉,还得把我那个胖子也给带上,我们那儿用得着他!'

"我在瓦砾场里找到一个两公斤重的砝码,把它裹在擦汽车的破布里,这样万一用得着它敲人,就不会敲出血来;又在路上捡到一段电话线;努力准备好一切必要的东西,藏在前面的座位底下。在跟德国鬼子们分手前两天,晚上我加好汽油回来,看见路上有个喝得烂醉的德国下士,双手扶着墙走着。我停下车,把他带到瓦砾场,剥下他的军服,扯下他头上的船形帽。把这些东西也都塞在座位底下,一溜烟跑了。

"六月二十九日早晨,我那个少校叫我把他送到城外,往特罗斯尼察的方向开去。他在那边领导修工事。我们出发了。少校在后面的座位上安安静静地打瞌睡,我的心可几乎要从胸膛里跳出来。我开得很快,但一到城外就减低速度,后来停下车,跳出来,向四下里望望:后面老远的地方有两部卡车慢慢地开过来。我拿出砝码,把车门开得大一些。胖子仰靠在座位的靠背上,打着呼噜,仿佛躺在老婆的身边。嘿,我就拿起砝码朝他的左太阳穴重重地敲了一下。他的头垂下了。为了保险起见,我又给了他一下,但我不想把他打死。我得把他活活地带回来,他会给我们的人讲好些东西的。我从他的手枪皮套里抽出'巴拉贝仑'①,塞进自己的口袋里,把螺丝刀插在后座的靠背上,用电话线套住少校的脖子,再紧紧地捆在螺丝刀上。这样,在开快车的时候,他就不至于歪在一边,或者倒下来。我连忙套上德国军服,戴上船形帽,跳上汽车,一直向那炮声隆隆、战斗激烈的地方开去。

"我在两个火力点中间冲过德国人的前沿阵地。几个自动枪手从掩蔽部里窜出来,我就故意减低速度,好让他们看见车上坐着少校。他们却大声叫嚷,摆动双手,表示不可以开到那儿去,我就假装不明白,踩大油门,开足八十公里。等到他们明白过来,动手用机枪向汽车扫射的时候,我可已经来到真空地带,像兔子一样兜来兜去,绕着弹坑飞跑了。

"这时候,德国人从后面开着枪,而自己人又偏偏用自动枪迎面向我乱射。挡风玻璃给打穿四个地方,散热器也被子弹打坏了……不过,我抬

---

① 一种自动快发手枪。

头一看，已经来到了湖边的小树林里，我们的人向汽车跑来。我冲进树林，打开车门，倒在地上，吻着地面，连气都喘不过来了……

"一个年轻的小伙子，军服上佩戴着草绿色肩章——这种肩章我还没有看见过，——他第一个向我跑来，咬牙切齿地说：'啊哈，该死的德国佬，迷路啦？'我扒下身上的德国军装，把船形帽扔在脚下，对他说：'你这个好啰嗦的蠢货，我的乖儿子！我是地地道道的伏龙涅什人，怎么会是德国佬呢？我被俘虏了，懂吗？快把车上那头骗猪解下来，拿好他的皮包，领我到你们的指挥员那儿去。'我把手枪交给了他们。中间经过好几个人的手，傍晚才来到一个上校那儿，——他是师长。这以前，他们已经给我吃过东西，洗过澡，还审问过我，又给了我一套制服，因此当我到掩蔽部里去见上校的时候，我已经照规矩穿着一身军服，灵魂和肉体都干干净净了。上校从桌子后面站起来，迎着我走来。他当着所有军官的面拥抱了我，说：'谢谢你，战士，谢谢你从德国人那里带来的那份宝贵礼物。你那个少校，加上他的皮包，对我们来说，可比二十个'舌头'更宝贵。我要请求司令部，让你得到政府的奖赏。'我听了这几句话，被他的好意大大感动了，嘴唇尽打哆嗦，不听使唤，好容易才说：'上校同志，请把我编到步兵连去吧。'

"上校却笑了，拍拍我的肩膀说：'你连站都站不稳，怎么能打仗呢？今天我就把你送到医院去。到那边去给你治治，养养胖，然后给你一个月假期回家，等你假满回来，我们再瞧瞧，把你分配到什么地方去吧。'

"上校和掩蔽部里的军官，个个都亲切地跟我握手道别。我出来的时候，激动极了，因为两年来没有受到过人的待遇。嗐，再有，老兄，当我跟首长谈话的时候，我的头好一阵习惯成自然地缩在肩膀里，仿佛怕挨打一样。你瞧，在法西斯的俘房营里把我们弄成什么样啦……

"我立刻从医院里写了一封信给伊林娜。我很简单地写了写，怎么当了俘虏，又怎么带着德国少校逃回来。嗐，也不知道我怎么会像孩子那样吹起牛来的。我忍不住告诉她说，上校答应要奖赏我……

"有两个星期，我除了睡就是吃。他们每次给我吃得很少，但是次数很多，不然，如果让我尽量吃的话，我会胀死的，这可是医生说的。我完全养足了力气。可是过了两个星期，却什么东西也吃不下了。家里没有回信来，说实话，我开始发愁了。根本不想吃东西，晚上也睡不着觉，各种古里古怪的念头尽在脑子里转……第三个星期，我收到从伏龙涅什来的一封信。但那不是伊林娜写的，而是我的邻居，木匠伊凡·季莫斐耶维奇写的。唉，但愿老天爷不要让人家也收到这样的信！……他告诉我说，还是在一九四二年六月里，德国人轰炸飞机厂，一颗重型炸弹落在我的房子上。伊林娜和两个女儿正巧在家里……唉，他写道，连她们的影子都没有找到，在原来的房子那儿只留下一个深深的坑……当时我没有把信念到底。我的眼前一片漆黑,心缩成一团,怎么也松不开来。我倒在床上,躺了一会儿,才又把信念完了。那邻居写道,轰炸的时候阿拿多里在城里。晚上他回到村子里,瞧了瞧弹坑,连夜又回城里去了。临走以前对邻居说,他将请求志愿上前线。就是这样。

"等到我心松开了,血在耳朵里冲击的时候,就想起我的伊林娜在车站上怎样跟我难舍难分。这么看来,她那颗女人的心当时就预感到,我跟她再也不能在这个世界上见面了。可我当时却推了她一下……有过家,有过自己的房子,这一切都是多年来慢慢经营起来的,可这一切都在刹那间给毁了,只留下我一个人。我想:'我这悲惨的生活会不会是一场梦呢?'在俘房营里,我差不多夜夜——当然是在梦中——跟伊林娜,跟孩子们谈话,鼓励他们说:我会回来的,我的亲人,不要为我悲伤吧,我很坚强,我能活下去的,我们又会在一块儿的……原来,两年来我是一直在跟死人谈话呀?!"

讲话的人沉默了一会儿,接着低低地用另一种声音,断断续续地说:

"嗯,老兄,咱们来抽枝烟吧,我憋得喘不过气来了。"

我们抽起烟来。在春水泛滥的树林里,啄木鸟响亮地啄着树干。和煦的春风依旧那么懒洋洋地吹动干燥的赤杨花,云儿依旧那么像一张张白色的满帆在碧蓝的天空中飘,可是在这默默无语的悲怆时刻里,那生气蓬勃、万物复苏的广漠无垠的世界,在我看来也有些两样了。

沉默很难受,我就问道:

"那么后来呢?"

"后来吗?"讲话的人勉强回答说:"后来我从上校那儿得到了一个月的假期,一个星期以后就来到了伏龙涅什了。我走到我们一家住过的那地方。一个很深的弹坑,灌满了黄浊的水,周围的野草长得齐腰高……一片荒凉,像坟地一样静。唉,老兄,我实在难受极了!站了一会儿,感到穿心的悲痛,又走向火车站。在那边我连一小时也待不下去,当天就回到了师里。

"不过,过了三个月,我又像太阳从乌云里出来那样喜气洋洋啦:阿拿多里找到了。他从前线寄了一封信给我,看样子是从另一条战线寄来的。我的通讯处,他是从邻居伊凡·季莫斐耶维奇那儿打听来的。原来,他先进了炮兵学校,他的数学才能在那边正巧用得着。过了一年毕业了,成绩优良,上前线去了,而信就是从前线写来的。他说,已经获得大尉的军衔,指挥着一个四十五毫米炮炮兵连,得过六次勋章和许多奖章。一句话,各方面都比做老子的行多啦。我又为他感到骄傲得了不得!不论怎么说,我的亲生儿子当上大尉和炮兵连长了,这可不是开玩笑的!而且还得了那么多光荣的勋章。尽管他老子只开开'斯蒂贝克'①,运运炮弹和别的军需品,但那没有关系。老子这一辈子已经完了,可是他,大尉的日子还在后面哪。

"夜里醒来,我常常做着老头儿的梦:等到战争一结束,我就给儿子娶个媳妇,自己就住在小夫妻那儿,干干木匠活儿,抱抱小孙子。一句话,尽是些老头儿的玩意。可是,就连这些梦想也完全落空啦。冬天里我们一刻不停地进行反攻,彼此就没工夫常常写信。等到战事快要结束,一天早晨,在柏林附近我寄了一封短信给阿拿多里,第二天就收到回信。这时候我才知道,我跟儿子打两条不同的路来到了德国首都附近,而且两人间的距离很近。我焦急地等待着,巴不得立刻能跟他见面。哎,见是见到了……五月九日早晨,就是胜利的那一天,我的阿拿多里被一个德国狙击兵打死了……

"那天下午,连指挥员把我叫了去。我抬头一看,他的旁边坐着一个我不认识的炮兵中校。我走进房间,他也站了起来,好像看见一个军衔比他高的人。我的连指挥员说:'索科洛夫,找你。'说完,他自己却向窗口转过身去。一道电流刺透我的身体,我忽然产生一种不祥的预感。中校走到我的跟前,低低地说:'坚强些吧,父亲!你的儿子,索科洛夫大尉,今天在炮位上牺牲了。跟我一块儿去吧!'

"我摇摇晃晃,勉强站住脚跟。现在想起来,连那些都像做梦一样,跟中校一起坐上大汽车,穿过堆满瓦砾的街道,还模模糊糊地记得兵士的行列和铺着红丝绒的棺材。我现在想起阿拿多里,唉,老兄,就像此刻看见你一样清楚。我走到棺材旁边。躺在里面的是我的儿子,但又不是我的儿子。我的儿子是个肩膀狭窄、脖子细长、喉结很尖的男孩子,总是笑嘻嘻的;但现在躺着的,却是一个年轻漂亮、肩膀宽阔的男人,眼睛半开半闭,仿佛不在看我,而望着我所不知道的远方。只有嘴角上仍旧保存着一丝笑意,让我认出他就是我的儿子小多里……我吻了吻他,走到一旁。中校讲了话。我的阿拿多里的同志们、朋友们,擦着眼泪,但是我没有哭,我的眼泪在心里枯竭了。也许正因为这个缘故吧,我的心才疼得那么厉害。

"我在远离故乡的德国土地上,埋葬了我那最后的欢乐和希望。儿子的炮兵连鸣着礼炮,给他们的指挥员送丧。我的心里仿佛有样东西断裂了……我丧魂落魄地回到自己的部队里。不久我复员了。上哪儿去呢?难道回伏龙涅什吗?决不!我想起在乌留平斯克住着一个老朋友,他还是冬天里因伤复员的,曾经邀我到他那儿去过。我一想起他,就动身到乌留平

---

① 美国造的一种大卡车。

斯克去。

　　"我那个朋友和他的老婆住在城郊,自己有一所房子,却没有孩子。他虽然有些残疾,但仍旧在一个汽车队里当司机,我在那儿找了个工作,就搬到他们的家里去住,他们很热情地招待我。我们把各种货物运到各个区里,秋天又被调去运输粮食。就在这时候我认识了我的新儿子。哪,就是在沙地上玩着的那一个。

　　"有时候,开了长途回来,到了城里,第一件事就是到茶馆去吃些什么,当然啰,也免不了喝这么一百克解解疲劳。说实话,我又迷上这鬼玩意儿啦……有一次就在茶馆附近看见这个小家伙,第二天又看见了。可真是个脏小鬼:脸上溅满西瓜汁,尽是灰土,头发蓬乱,脏得要命,可是他那双小眼睛啊,却亮得像雨后黑夜的星星!他那么惹我喜爱,说也奇怪,从此我就开始想念他了,开了长途回来,总是急于想看见他。他就是在茶馆附近靠人家给他的东西过活的,——人家给他什么,他就吃什么。

　　"第四天,我从国营农场装了一车粮食,一直拐到茶馆那儿,我的小家伙正巧在那边,坐在台阶上,摆动一双小脚,显然,他是饿了。我从车窗里伸出头来,向他叫道:'喂,凡尼亚!快坐到车上来吧,我带你到大谷仓里去,再从那儿回来吃中饭。'他听到我的叫声,身子哆嗦了一下,跳下台阶,爬上踏脚板,悄悄地说:'叔叔,你怎么知道我叫凡尼亚呢?'同时圆圆地睁着那一双小眼睛,看我怎样回答他。嗯,我就对他说,我是一个见过世面的人,什么都知道。

　　"他从右边走了过来,我打开车门,让他坐在旁边,开动车子。他是个很活泼的小家伙,却不知怎的忽然沉默起来,想了一会儿,一双眼睛不时从他那两条向上鬈曲的长睫毛下打量我,接着叹了一口气,这样的一个小雏儿,可已经学会叹气了。难道他也应该来这一套吗?我就问他说:'凡尼亚,你的爸爸在哪儿啊?'他喃喃地说:'在前线牺牲了。''那么妈妈呢?''妈妈当我们来的时候在火车里给炸死了。''你们是从哪儿来的呀?''我不知道,我不记得……''你在这儿一个亲人也没有吗?''一个也没有。''那你夜里睡在哪儿呢?''走到哪儿,睡到哪儿。'

　　"这时候,我的眼泪怎么也忍不住了。我就一下子打定主意:'我们再也不分开了!我要领他当儿子。'我的心立刻变得轻松和光明些了。我向他俯下身去,悄悄地问:'凡尼亚,你知道我是谁吗?'他几乎无声地问:'谁?'我又同样悄悄地说:'我是你的爸爸。'

　　"天哪,这一说可说出什么事来啦!他扑在我的脖子上,吻着我的腮帮、嘴唇、脑门,同时又像一只鸲鹆一样,响亮而尖利地叫了起来,叫得连车窗都震动了:'爸爸!我的亲爸爸!我知道的!我知道你会找到我的!一定会找到的!我等了那么久,等你来找我!'他贴在我的身上,全身哆嗦,好像风里的一根小草。我的眼睛里像是上了雾,我也全身打战,两手发抖……我当时居然没有放掉方向盘,真是怪事!但我还是不由得冲到水沟里,弄得马达也停了。在眼睛里的雾没有消散以前,我不敢再开,生怕撞在什么人身上。就这么停了五分钟的样子,我的好儿子还一直紧紧地贴住我,全身哆嗦,一声不响。我用右手抱住他,轻轻地把他压在我的胸口上,同时用左手掉转车子,回头向家里开去。我哪儿还顾得上什么谷仓呢?根本把它给忘了。

"我把车子抛在大门口,双手抱起我的新儿子,把他抱到屋子里。他用两只小手勾住我的脖子,一直没有松开。他又把他的小脸蛋,贴在我那没有刮过的腮帮上,好像粘住了一样。我就是这样把他抱到屋子里。主人夫妇俩正巧都在家里。我走进去,向他们眨眨眼,神气活现地说:'你们瞧,我可找到我的凡尼亚了!好人们,接待我们吧!'他们这对没有孩子的夫妇,一下子就明白是怎么一回事,马上跑来跑去,忙了起来。我却怎么也不能把儿子从我的身上放下。好容易总算把他哄下了。我用肥皂给他洗了手,让他在桌子旁边坐下。女主人给他在盘子里倒了菜汤,看他怎样狼吞虎咽地吃着,看着掉下了眼泪来。她站在火炉旁,用围裙擦着眼泪。我的凡尼亚看见她哭,跑到她跟前,拉拉她的衣襟说:'婶婶,你哭什么呀?爸爸在茶馆旁边把我找到了,大家都应该高高兴兴,可您还哭。'她呀,嗐,听了这话,哭得更厉害,简直全身都哭湿啦!

"吃过饭,我带他到理发店去,给他理了个发;回到家里,又亲自给他在洗衣盆里洗了个澡,用一条干净的单子把他包起来。他抱住我,就这样在我的手里睡着了。我小心翼翼地把他放在床上,把车子开到大谷仓,卸了粮食,又把车子开到停车处,然后连忙跑到铺子里去买东西。我给他买了一条小小的呢裤子,一件小衬衫,一双凉鞋和一顶草帽。当然啰,这些东西不但尺寸不对,质料也不合用。为了那条裤子,我还挨了女主人的一顿骂。她说:'你疯啦,这么热的天气叫孩子穿呢裤子!'说完就把缝纫机拿出来放在桌上,在箱子里翻了一通。过了一小时,她就给我的凡尼亚缝好一条缎短裤,一件短袖子的白衬衫。我跟他睡在一块儿,好久以来头一次安安静静地睡着了。不过夜里起来了三四次。我一醒来,看见他睡在我的胳肢窝下,好像一只麻雀栖在屋檐下,我的心里可乐了,简直没法用言语来形容!我努力不翻身,免得把他弄醒,但还是忍不住,悄悄地坐起来,划亮一根火柴,瞧瞧他的模样儿……

"我天没亮就醒了,不明白为什么感到那么气闷,原来是我这个儿子从被单里滚出来,伸开手脚,横躺在我的身上,一只小脚正巧压在我的喉咙上,跟他一块儿睡很麻烦,可是习惯了,没有他又觉得冷清。夜里,他睡熟了,我一会儿摸摸他的身体,一会儿闻闻他的头发,我的心就轻松了,变软了,要不它简直给忧伤压得像石头一样了……

"开头他跟我一起坐在车子上跑来跑去,后来我明白了,那样是不行的。我一个人需要些什么呢?一个面包,一个葱头,一撮盐,就够我这样的士兵饱一整天了。可是跟他一起,事情就不同:一会儿得给他弄些牛奶,一会儿得给他烧个鸡蛋,又不能不给他弄个热菜。但工作可不能耽搁。我硬着心肠,把他留在家里,托女主人照顾。结果他竟一直哭到黄昏。到了黄昏,就跑到大谷仓来接我,在那边一直等到深夜。

"开头一个时期,我跟他一块儿很吃力。有一次,天还没断黑我们就躺下睡觉了,因为我在白天干活干得很累,他平时像小麻雀一样唧唧喳喳说个不停,这次却不知怎的忽然不做声了。我问他说:'乖儿子,你在想什么呀?'他却睁睛盯住天花板,反问我说:'爸爸,你把你那件皮大衣放到哪儿去啦?'我这一辈子不曾有过什么皮大衣呀!我想摆脱他的纠缠,就说:'留在伏龙涅什了。''那你为什么找了我这么久哇?'我回答他说:'唉,乖儿子,我在德国,在波兰,在整个白俄罗斯跑来跑去,到处找你,可你却在乌留平斯克。''那么乌留平斯克离德国近吗?波兰离我们的家远不远?'在睡觉以前我们就这样胡扯着。

"老兄,你以为关于皮大衣,他只是随便问问的吗?不,这都不是没有缘故的。这是说,他的生父从前穿过这样的皮大衣,他就记住了。要知道,孩子的记性,好比夏天的闪光!突然燃起,刹那间照亮一切,又熄灭了。他的记性就像闪光,有时候突然发亮。

"也许,我跟他在乌留平斯克会再待上一年,可是十一月里我闯了祸:我在泥泞地上跑着,在一个村子里我的车子滑了一下,这时候正巧有条牛走过,就给撞倒了。嗯,当然啰,娘儿们大叫大嚷,人们跑拢来,交通警察也来了,他拿走了我的司机执照,虽然我再三请求他原谅,还是没有用。牛站起来,摇摇尾巴,跑到巷子里去了,可我却失去了执照。冬天就干了一阵木匠活儿,后来跟一个朋友通信——他是我过去的战友,也是你们省里的人,在卡沙里区当司机——他请我到他那儿去,他来信说,我可以先去当半年木工,以后可以在他们的省里领到新的开车执照。哪,我们父子俩现在就是要到卡沙里去。

"嗜,说句实话,就是不发生这次撞牛的事,我也还是要离开乌留平斯克的。这颗悲愁的心可不让我在一个地方长待下去。等到我的凡尼亚长大些,得送他上学了,到那时我也许会安定下来,在一个地方落户。可现在还要跟他一块儿在俄罗斯的地面上走走。"

"他走起来很吃力吧?"我说。

"其实他很少用自己的脚走,多半是我让他骑在肩上,扛着他走的;如果要活动活动身体,他就从我的身上爬下来,在道路旁边跳跳蹦蹦跑一阵,好比一只小山羊。这些,老兄,倒没什么,我跟他不论怎么总可以过下去的,只是我的心荡得厉害,得换一个活塞了……有时候,心脏收缩和绞痛得那么厉害,眼睛里简直一片漆黑。我怕有一天会在睡着的时候死去,把我的小儿子吓坏。此外,还有一件痛苦的事:差不多天天夜里我都梦见死去的亲人。而梦见得最多的是:我站在带刺的铁丝网后面,他们却在外边,在另外一边……我跟伊林娜、跟孩子们天南地北谈得挺起劲,可是刚想拉开铁丝网,他们就离开我,就在眼前消失了……奇怪得很,白天我总是显得挺坚强,从来不叹一口气,不叫一声'哎哟',可是夜里醒来,整个枕头总是给泪水湿透了……"

这当儿树林里传来了我那个同志的叫声和划桨声。

这个陌生的、但在我已经觉得很亲近的人,站了起来,伸出一只巨大的、像木头一样坚硬的手:

"再见,老兄,祝你幸福!"

"祝你到卡沙里一路平安。"

"谢谢,喂,乖儿子,咱们坐船去。"

男孩子跑到父亲跟前,挨在他的右边,拉住父亲的棉袄前襟,在迈着阔步的大人旁边急急地跑着。

两个失去亲人的人,两颗被空前强烈的战争风暴抛到异乡的沙子……什么东西在前面等着他们呢?我希望:这个俄罗斯人,这个具有不屈不挠的意志的人,能经受一切,而那个孩子,将在父亲的身边成长,等到他长大了,也能经受一切,并且克服自己路上的各种障碍,如果祖国号召他这样做的话。

我怀着沉重的忧郁,目送着他们……本来,在我们分别的时候可以平安无事,可是,凡尼亚用一双短小的腿连跳带蹦地跑了几步,忽然向我回过头来,挥动一只嫩红的小手。刹那间,仿佛有一只柔软而尖利的爪子抓住了我的心,我慌忙转过脸去。不,在战争几年中白了头发、上了年纪的男人,不仅仅在梦中流泪;他们在清醒的时候也会流泪。这时重要的是能及时转过脸去。这时最重要的是不要伤害孩子的心,不要让他看到,在你的脸颊上怎样滚动着吝啬而伤心的男人的眼泪……

思 考 题

1. 索科洛夫作为一个普通的俄罗斯人,他的遭遇和命运代表了什么? 它有着什么时代意义和社会意义?

2. 作者是以怎样的角度来描写战争的? 从中看出他对战争有些什么感受? 对历史作了怎样的思考?

3. 为什么说这篇小说篇幅短、容量大,具有宏伟、深沉的史诗色彩? 作者是如何来达到这一点的?

4. 为什么说这篇小说为表现战争题材的作品开拓了新领域?

5. 读了这篇小说后,对主人公的遭遇,对这对相依为命的"父子"你有什么感受? 引起你什么联想?

声名狼藉的家

〔埃及〕马哈福兹
袁松月译

　　纳吉布・马哈福兹(Najib Mahafuz,1911—　)出身于开罗一个中产阶级家庭,1934年自开罗大学哲学系毕业后,先后在宗教基金部、文化部和社科与文艺最高委员会任职。1971年进《金字塔报》,成为专职作家。他的主要作品有长篇小说《命运的嘲弄》、《米达格胡同》、《宫间街》、《思宫街》、《甘露街》、《米格玛尔公寓》、《我们街区的孩子们》、《平民史诗》,中、短篇小说《声名狼藉的家》、《罪行》、《尼罗河上的絮语》、《卡尔纳克咖啡馆》等。马哈福兹的创作道路在一定程度上体现了阿拉伯当代小说的发展进程。在创作题旨上,他从历史小说转到社会小说,最后又转到探索人类社会命运前途的社会哲理小说。在创作手法上,他从现实主义手法到大量吸收现代主义手法,最后又积极探索小说的民族形式,保持浓郁的阿拉伯风味。1988年,由于他“通过大量刻画入微的作品,形成了全人类所欣赏的阿拉伯语言艺术风格”,获得诺贝尔文学奖。

　　当一位太太请求他接见时,他正在专心致志地伏案工作。

　　“早上好,艾哈迈德先生。”那位太太一边坐下一边说。

　　这是一位中年妇女,脸颊憔悴得深深地陷下去,嘴巴微微鼓出,两只眼睛闪现着疲惫的目光,身上那套丧服更使她显得愁眉苦脸、悲伤凄苦。从她的谈话中,艾哈迈德很快知道了那妇女求见的目的,她希望顺顺当当地办完手续,领到抚恤金。艾哈迈德正准备把她转到年金处处长那儿去,不料瞥见她那双疲惫的眼睛一直紧紧地盯着自己看。他原以为她会用一种拘谨不安和羞涩的眼神看自己。这是怎么一回事呢?难道她认识自己?他这么想着想着,记忆里一下子出现了她,并照亮了往事的黑暗。于是他茫然若失地叫起来:

　　“是太太你?”

那太太不好意思地垂下眼帘,微微激动地说:

"是的,我的运气还算不错,认识你总稽查阁下。"

艾哈迈德已经想不起她的名字,但是他所熟悉的小名咪咪却一下子跃入他的脑海中。是咪咪!她现在的模样显然要比她的实际年龄大,其实她还不到五十岁呢。他也许想找出一个理由,说明他为什么没有立即认出她——这无疑是她意料中的事,便说:

"我正在忙着工作,看你一眼也是心不在焉的,所以完全没有认出你来。"

她满脸堆笑地说:

"我的样子变多了,愿真主保佑你远离邪恶。生活已经耗尽了我的精力。我有三个女儿,两个已经出嫁,还有一个待嫁。正当我们的生活开始好转时,我那可怜的丈夫却去世了。"

接着两人寒暄起来,各自询问对方的家庭情况。那妇人口若悬河地开始从结婚、丈夫去世,说到他们原来住在开罗,后来迁居到了阿高里姆。艾哈迈德在她滔滔不绝地叙述时,好不容易从记忆的长河中找回了昔日咪咪的形象。在这之后,他给她写了一张纸条介绍她去找年金处处长,这次会见才结束了。

艾哈迈德把她送到门口,回到自己的座位上。他已经坠入往事的梦中,在梦中的迷雾里寻找那个年月。是哪一年呢?噢,是一九二五年。

那一年发生了许多历史事件,但是咪咪和咪咪那个奇特的家庭比那一切都重要。那是一个古老的大村庄,坐落在巴迪拉沙漠地带。灰蒙蒙的街道,一两层楼的小住宅在街道两边鳞次栉比,住宅的门外高高地悬挂着路灯,每个家庭都处在神秘的气氛中。那里女人不多,恋爱是禁止的,结婚是人所履行的一种手续。然而哈拉瓦家的人却与众不同,显得异常孤独。这个声名狼藉的家是人人皆知的,关于这个家有许多可怕的闲言碎语,小伙子和姑娘们只要一提到它,便会被当做是一种罪恶而受到斥责,周围的人也会因此与他们断交,这个家真像是瘟神似的。艾哈迈德已经记不清是什么事了,却只记得那个倒霉的日子,它因而也成为历史事件。唉,那到底是怎么回事呢?

那家的女主人是个风流的女子,嫁给了一个大职员。尽管她已五十岁,生完咪咪也不会再生育了,可是上街还要戴上全副的装饰品,在人们面前显示它们的漂亮和光泽。她被认为是本地区第一个外出不戴黑面纱或白面纱的女人。她有四个女儿,也和她一样不戴面纱,涂脂抹粉,在外面走。而对没有订婚的姑娘来说,这是绝对不允许的。她们每星期或与男主人,或独自到库兹莫拉夫戏院去通宵看戏,早上只要没有人离开,她们是决不会离开戏院的。有哪一个女人，哪一个男人，哪一个姑娘是这种样子的！更不像话的是，这家人正规地欢迎别家人来访时，男男女女竟毫无区别地混杂在一起。① 地区里的年轻人都高兴地聚集在灯光闪烁的接待室下面，倾听从房间里传出的一阵阵欢笑声、弹奏声和唱歌声。同时从窗口看里面戴着红毡帽的人在相互使眼色，说俏皮话，或长篇大论，幻想着美好的事情。毫不奇怪，只要一提到哈拉瓦家，人们便会把它与"放荡"这个词联系在一起。这家人完全知道邻居们对他们的看法和感情，但还是我行我素，毫不在意。她们走在马路上目空一切，旁若无人，好像根本不是本地区的后裔。

咪咪经常出现在马路上或者商店里，而且总是一个人。那时候她还是个十五岁的小姑娘，长得很漂亮，酷似她的妈妈和姐姐们。艾哈迈德已经记不起她那时的容貌，只能想起她曾把乌黑发亮的头发结成两条粗粗的辫子，有一双蔚蓝的眼睛，下颏上方有个小酒窝。艾哈迈德常常用充满爱恋的目光惊奇地窥视她。最初，他的目光里还有些对她轻蔑和讥讽的味道，后来完全变成欣赏和神魂颠倒了。于是他悲哀地对自己说："多可惜啊！"一两年后，小姑娘长大了，艾哈迈德对她爱得发狂。为了不被人说闲话，他始终把这个秘密埋藏在心里。有人去勾引过她，想把她当做容易上钩的猎物来品尝，但都不知道用心计。一天晚上，咪咪出人意料地瞥了他一眼。当时两个人都站在糕点铺里，她在无意中赐给了他一个令人心醉的目光。于是他飘飘然起来，心里充满了胜利的喜悦。他心里翻滚着的幸福浪潮吞掉了一切邪恶，使他不再卷入那些畜生的流言蜚语中去认为那是个名声不好的家。他相信自己心里的感觉比所有人说的都要危险。在斋月的那些夜晚，两人遥遥相望，饶有兴趣地玩耍耐风火柴。他在马路上点一根火柴，咪咪便在窗口点一根。他们相约到巴德提的沙漠幽会。每当这种时候，艾哈迈德总是发现自己惶惑不安，而咪咪却毫无顾忌地向他问好，用她的勇敢来回报他那副失魂落魄的样子。

"你穿西装显得比穿大袍更潇洒，我喜欢潇洒。"咪咪有一次这么说。

一句话就道出了她的新发现和令人不安的大胆。他们在辽阔的大沙漠里显得很不起眼，尽管这样，艾哈迈德还是小心翼翼地说：

"也许有人看见我们了。"

"会有谁呢？"咪咪问道。

"家里人或者邻居。"

清凉的秋风吹拂着她的两条大辫子，她轻蔑地耸了耸双肩，问道：

---

① 阿拉伯人招待客人有男女宾之分，分别设有男宾女宾的接待室。

"我们到动物园去,你看怎么样?"

艾哈迈德尽管常常有很好的机会去吻咪咪,但他总是很有教养地克制着自己。为了约个适当的时间,咪咪把家里的电话号码告诉了他。也许这个号码至今还保留在他昔日的记事本里。

"我们是不是一起去动物园?"咪咪问道。

"不,还是在那里碰面,在那里分手为好。"他恳求似的说。

那是一个幸福的日子,他们在动物园门口碰面了。两人手拉着手漫步而行。摸着咪咪的手,一股幸福快乐的暖流涌上艾哈迈德的心头。似乎为了对她放心,他问道:

"你是怎么对你妈妈说的?"

"我就说去动物园。"咪咪简单地回答。

"说你自个儿去?"艾哈迈德不理解地问。

"我说和你一起去。"咪咪摇摇头,仍然简单地回答。

艾哈迈德哈哈大笑,表示对她的话不相信。可是当他看见咪咪一本正经的样子时,禁不住又问:

"她同意了吗?"

"是的,但很不热心。"

他真不知如何去相信这一切。咪咪接着又说:

"她对我说,离那个男孩远一点,他跟别人是一样的,他家的人也像那些邻居。"

他感到自己是个被驱逐的人,处在茫然不知所从的窘境中,犹如站在铁栅栏危险的尖顶上。

"那么她已经知道我们俩在这儿了!"他忧心忡忡地说。

"我敢和你打赌,你会放弃希望的。"

"为什么?"

"有谁了解我呢?"

她明明知道谁了解她,却还要装出那副样子! 随后咪咪站在拱桥上,凝视着被树叶覆盖着的水面,建议到假山洞里去。但是艾哈迈德紧紧握住她的手说:

"告诉我吧!"

"你不会相信的,"她大胆地注视着他的眼睛说,"她知道我们两人在这儿,同时也知道你哥哥娶了三个老婆![①]"

"那是他的自由。"

① 《古兰经》里规定穆斯林可以娶三个老婆。

"请别生气,你生气就证实了她的看法。现在你该知道你问的是什么了吧?"

他的心里充满了悲伤,事实远远超出了他的想像。他们两人生活在遥遥相望的两个世界里,尽管他爱她更加如痴如狂。接着他低声问道:

"她怎么会同意你来呢?"

"为什么不同意? 这有什么错?"

他没有回答她的话,于是她的口气带着一点讥讽的味道说:

"为什么你也同意了呢?"

他还是没有回答她的问话。她又问道:

"难道我们应该分开吗?"

艾哈迈德为了使她满意,便热情地安慰她,带着歉意说:

"请别生我的气,是我不对,很不对。请原谅我是第一次与姑娘约会。"

"你对我怎么看?"咪咪怀疑地望着他。

"你一切都好,我……我爱你,咪咪。"他赶紧消除她的疑虑。

咪咪的脸上绽开了笑容,两人一起走到长椅子前,旁边是一块绿茵茵的草地,两人就在上面坐下来,默默地并肩坐着。

"让我们谈谈你的前途吧!"咪咪首先打破沉默说。

于是他谈起了从司法学院毕业后的辉煌前程,不久的将来,他不是当上法院的顾问,便是当上机关里的稽查员,这真是一个美好的梦。

"这样太美妙了,可是我又怎么办呢?"咪咪问道。

艾哈迈德发现自己像一只四面都被围住的关在笼子里的野兽一样,为了控制自己的恐惧心理,他十分简单地说:

"结婚。"

咪咪莞尔一笑,把脸转过去,目光凝视着青草地的边缘。她把人和动物的嘈杂声全都忘得一干二净。

"可是我们还得等好多年,怎么办呢?"她仍然遥望着远处,问道。

"你一定要等待,等到我毕业。"他叹了一口气恳求道。

"我一定会高兴地等待你。可是我需要有点什么能够在别人面前表明我是在等待你。什么都行,用哪一种方式把我们联系在一起好呢?"

艾哈迈德立刻把咪咪的要求和那个声名狼藉的家联系在一起想,他变得张口结舌,半天说不出一句话。

"你说什么?"

"我现在对你提的这个要求,其实是很容易办到的。"

"你不能为了我不提出这个要求吗?"他用仅能听见的声音叹息着,感到自己不停步地跑完了漫长的历史进程。

"你不愿意？没有足够的勇气？难道我们家就可怕到这种地步？"

"不，事情还没有到这一步……"

"你不用骗人了，我什么都明白。我母亲没有错，我们整条街的人都是愚蠢透顶的人。我们比所有的人都体面，这些你是应该知道的。"

"你误解了我的意思，我有……我恳求你设身处地为我想一想，给我……"他痛苦地喊叫着说。

"犹豫也没什么，让我们把过去说过的一切都忘记吧，全都是彻头彻尾的废话！"

"可是我爱你，让它成为我们两人的秘密，直到……"

"我们家的人不喜欢保密！"

"难道你非要踩着我的脚不放吗？"

"我决不会踩你脚的！"

接着她怒火冲天，几乎要把手中的小手帕撕破。她又说：

"求真主保佑。我对这条街上的人一个也尊敬不起来，别饶恕他们，别饶恕他们！"

他们就这样永远分手了。

艾哈迈德眼望着椅子，脑子在迎接往事的急流，他的记忆中只留下星星点点的回忆。辛劳和丧事使寡妇筋疲力尽，但她对真正的胜利无比自豪。往事像紫色的晨景环绕着他。他想起那个名声不好的家庭的姑娘是怎样一个接着一个出嫁的。尽管耳朵里多少次听见人们说这些姑娘不可娶，决不会有人要娶她们。以后有消息传来说，那几个姑娘对丈夫出奇地顺从，当时他为此心乱不宁。

一天的工作结束后，艾哈迈德回到家里，吃完饭就躺下睡觉了。他要为去奥巴拉消夜作准备，他和他的妻子、三个女儿都受到邀请去那儿。邀请他们的是他大女儿的同事，在部里的翻译处供职。尽管邀请者还没有用任何方式肯定和他千金的关系，但他还是接受了邀请。夜幕降临，他的妻子、女儿都在为等待已久的晚会进行梳妆打扮，以便在灯光下得到人们赞赏的眼光。她们都兴致勃勃地忙着作准备。这时他独自踱到书房，毫不奇怪地从一个抽屉里取出一本陈旧的日记本，那抽屉是专门保存地契、保险单之类珍贵东西的。他在那个梦想得到诱人皇冠的青年时代，已经习惯一天又一天记下那些爱国事件和社会大事。他把日记本翻到一九二五年，在那些日子的中间找到了那个电话号码。他不知受什么驱使，竟然伸手拨了那个老电话号码。

"喂……"

"是哈拉瓦家吗？"他的脸上显出诙谐的微笑。

"不,先生。这儿是卖粗布的塔姆里巴商店。"一个粗嗓子的声音回绝了他。

思 考 题

1. 这篇小说反映了当年阿拉伯世界的什么社会问题？蕴含着什么哲理？

2. 艾哈迈德和咪咪为什么不能结合在一起？他们的根本分歧是什么？

3. 小说是如何通过男、女主人公的大量对话来展现他们的性格和灵魂的？

4. 小说结尾,艾哈迈德拨了那个老电话号码,结果对方回称是一家商店,这一细节有何深意？引起你什么联想？

5. 试分析这篇小说所具有的独特的阿拉伯语言艺术风格。

来　　客

［法国］加　缪

郭宏安译

　　阿尔贝·加缪（Albert Camus，1913—1960）出身于阿尔及利亚蒙多维城一个农业工人家庭。他自幼丧父，家境贫寒，靠勤工俭学读完大学，曾当过商号雇员、政府机关职员、演员和记者，参加过反法西斯的抵抗运动。加缪曾是萨特的朋友，因而常被列入存在主义体系，实际上他的思想与萨特的相距甚远，有人称之为"荒诞哲学"。加缪的小说是形象的哲学，蕴含着哲学家对人生的严肃思考和艺术家的强烈激情。通过小说，他试图阐明世界和人生的荒诞，对后期的荒诞派戏剧和新小说影响甚大。他的代表作有小说《局外人》、《鼠疫》、《堕落》，剧本《卡里古拉》、《正义者》，散文集《反与正》，随笔《西西弗的神话》、《反抗者》等。1957年，加缪因"他的重要文学作品透彻认真地阐明了当代人的良心所面临的问题"，获得诺贝尔文学奖。

　　小学教师达吕望着两个人朝山上走来，一个骑马，一个步行。学校建在半山腰上，他们还没有爬上门前的那段陡峭的斜坡。广阔的高原上一片荒凉，他们踏着雪，在乱石丛中艰难而缓慢地走着。看得出来，马不时地打滑。还听不见它的声音，但看得见它的鼻孔里喷出的热气。两个人当中，至少有一个是熟悉这地方的。他们沿着小路走着，这条路已经被一层又白又脏的雪盖住几天了。达吕估计半小时之内他们上不了山。天气很冷，他回到学校去找件粗毛线衣穿。

　　他穿过空荡冰冷的教室。黑板上，用不同颜色的粉笔画着法国的四条大河，已经朝着它们的出海口流了三天了。干旱持续了八个月，滴雨未下却在十月中突然下起雪来，散居在高原上各村庄里的二十来个学生都不来上课了。只好等着天气转晴。达吕只在教室旁自己住的屋子里生火，这屋子也朝着东面的高原。一扇窗户，和教室的窗户一样，向南开着。从这边看，几公里之外，高原开始向南倾斜。天气晴朗的时候，可以看到一道紫色的山梁雄踞在天际,那儿是沙漠的门户。

　　达吕暖和了一些,又转回到他刚才看见那两个人的窗前。他们不见了,他们是在爬那个山坡。夜里雪停了,现在天色不那么阴沉。清晨到来的时候,光线暗淡,云层不断升高后仍未见怎么明亮。直到下午两点钟,天仿佛才开始大亮。但这总比近三天来的天气好多了。那三天里,天色一直黑沉沉的,纷纷扬扬的大雪下个不停,变幻不定的狂风摇撼着教室的双重门。达吕只好长时间地枯坐在屋子里,只是到隔壁耳房喂鸡或取煤时才出去一下。幸亏北面邻近的塔吉德村有辆小卡车,在大雪前两天给他送来了给养。四十八小时之后,小卡车还要来。

　　不过,即使大雪封山,他也有东西对付,小屋里堆满了一袋袋的小麦,那是政府存放在他那里的,以便分给那些家庭遭受旱灾的学生。实际上,灾难落到了他们每一个人的头上,因为他们都很穷。达吕每天把口粮分给孩子们。他很清楚,这几天气候恶劣,他们一定缺粮了。也许,晚上会有学生的父亲或兄长来,他就能把粮食分给他们了。反正要和下一个收获季节接上气。运小麦的船已经从法国开来了,最艰苦的阶段已经过去。但是,难以忘怀的是这场灾难,这群在阳光下流浪、衣衫褴褛、骨瘦如柴的人们,那连续数月干得像烧过的石灰一样的高原,那渐渐蜷缩龟裂、真像焙烧过似的土地,那一块块劈啪作响、脚一踩便化作粉末的石头。羊只成千成千地死去,这里那里也有一些人咽气,但是无人问津。

　　在这场灾难中,他几乎像修道士一样地生活在这所偏僻的学校里,所求无多,安于淡泊艰苦的生活。他有粗施灰粉的四壁,有狭窄的沙发,有白木书架,有井,有每周粮水的供应,他已经觉得自己像个大老爷了。可是突然下起了这场大雪,既不事先通报一声,也不等等雨水的缓解。这地方就是这样,生活是严酷的,即使没人也是如此,有了人也无济于事。然而,达吕生于斯,长于斯,到了别的地方,他就有流落之感。

　　他走出房门,来到学校前面的平地上。那两个人已经爬到了半山坡。他认出骑马的人是巴尔杜克西,一个他认识已久的老警察。巴尔杜克西用绳子牵着一个阿拉伯人,此人跟在他后面,绑着手,低着头。警察举手打了个招呼,达吕没有理会,全神贯注地看着那个阿拉伯人。那人身着褪色的蓝长袍,足登凉鞋,但穿着米灰色粗羊毛袜,头上包着又窄又短的缠头。他们越走越近。巴尔杜克西稳住牲口,免得伤了阿拉伯人,两个人一起慢慢地往前走。

　　走到人语可闻的距离时,巴尔杜克西叫道:"从艾拉莫尔到这儿才三公里,可整整走了一个钟头!"达吕没有应声。他穿着厚厚的毛衣,显得又矮又胖,正看着他们上山。那个阿拉伯人一直低着头。他们上了平地,达吕招呼道：“好啊，进来暖和暖和吧。”巴尔杜克西费劲地下了马，手里还攥着绳子。他朝小学教师微微一笑，小胡子向上翘着。他的深色的小眼睛深嵌在晒黑的额头下面，嘴的四周满是皱纹，使他具有一种专心致志的神气。达吕接过辔头，把马牵到耳房，又回到来客那里，他们已在学校里等他了，他把他们让进自己的房间，说：“我去教室里生火，我们在那儿舒服些。”当他回到房间里的时候，巴尔杜克西已经坐在沙发上了。他解开了拴阿拉伯人的绳子，此人正蹲在炉子旁边，朝窗户那边望着。他的手一直绑着，缠头已推到脑后。达吕先是看到了他的大嘴唇，饱满，光滑，几乎黑人；但他的鼻子高直，目光阴沉，充满了焦急的神色。缠头下露出固执的额头，被太阳晒得黝黑，此时冻得有些发白，当他转过脸来，目光直直地看了达吕一眼时，那整个脸上又不安又倔强的表情使他大吃一惊。“到那边去吧，”达吕说，“我去准备薄荷茶。”“谢谢，”巴尔杜克西说，“真是一桩苦差事！我真想退休了。”他一边又用阿拉伯语对犯人说：“来吧，你。”阿拉伯人站了起来，双手绑在前面，慢慢走进教室里去。

　　达吕端来茶，还拿了把椅子。可是巴尔杜克西已经高高地坐在第一张课桌上了，阿拉伯人背靠讲台蹲着，面对位于讲桌和窗户中间的火炉。达吕把茶杯递给犯人，看到他的手绑着，犹豫了一下：“也许可以给他松绑了吧。”“当然，”巴尔杜克西说，“那是为了路上押送才绑的。”他正要起来，只见达吕已经把茶杯放在地上，双膝跪在阿拉伯人身旁。此人一声不吭，目光焦急地看着他给自己松绑。松开之后，他两手来回地揉搓着勒肿的手腕，然后端起茶杯，小口小口地迅速吸着滚烫的茶水。

　　“好，”达吕说，“你们这是要到哪儿去啊？”

　　巴尔杜克西从茶杯里撅出小胡子：“就到这儿，孩子。”

　　“这样的学生可真怪！你们要在这儿过夜吗？”

　　“不。我要回艾拉莫尔。而你，你把这个伙计送到坦吉特去。那儿有人在混合区等你。”

　　巴尔杜克西望着达吕，亲切地微笑着。

　　“你在瞎说些什么呀，”达吕说，“你在嘲弄我吗？”

　　“不，孩子。这是命令。”

　　“命令？可我不是……”

　　达吕犹豫了，他不愿意让这位科西嘉老人难过：“反正，这不是我的事。”

　　“嘿！这是什么意思？打起仗来，什么都得干。”

　　“那好，我等着宣战。”

　　巴尔杜克西点点头。

"好。不过,命令在此,与你也有关。现在好像局势不太稳。大家都在说要发生暴乱了。从某种意义上说,我们已经被动员了。"

达吕还是那副固执的样子。

"听着,孩子,"巴尔杜克西说,"你要明白,我很爱你。我们十几个人在艾拉莫尔,要在像一个小省那么大的地方上巡逻,我得回去。他们让我把这个怪物托付给你,我就立刻回去。不能把他放在那边。他村里的人闹起来了,要把他抢回去。你得在明天白天把他送到坦吉特。你这么壮,二十来公里的路吓不倒你。然后就完事大吉。你又会见到你的学生们,过着安静的日子。"

墙外传来了马的喷鼻声和马蹄的踢踏声。达吕望望窗外,天确实转晴了,阳光普照着白雪皑皑的高原。一旦积雪融尽,太阳就会重抖威风,继续烧烤这片石头地。一连多少天,总是那样蓝的天空还会把干燥的阳光倾泻到这片阒无人踪的荒凉大地上。

"说来说去,"他说着转向巴尔杜克西,"他究竟干了些什么?"

没等警察开口,他又问:

"他说法语吗?"

"不,一个字也不会。我们找了他一个月,他们把他藏起来了。他杀了自己的表兄弟。"

"他反对我们吗?"

"我不认为。但谁能知道呢。"

"他为什么杀人?"

"我想是家庭纠纷吧。好像是一个欠了一个的粮。弄不清楚。反正是他一砍刀杀了他的表兄弟。你知道,像宰羊一样,嚓!……"

巴尔杜克西做了个用刀抹脖子的动作,引起了阿拉伯人的注意,不安地望着他。达吕突然感到怒火中烧,他厌恶这个人,厌恶所有的人,厌恶他们的卑鄙的恶意,厌恶他们无休无止的仇恨,厌恶他们嗜血成性的疯狂。

茶壶在炉子上咝咝作响。他又给巴尔杜克西倒了一杯茶,迟疑了一下,也给阿拉伯人倒了一杯。他还是那么贪婪地喝着,他的胳膊抬起来,掀开了长袍,小学教师看见他的胸脯瘦削,但是肌肉发达。

"谢谢,孩子,"巴尔杜克西说,"现在,我走了。"

他站起来,朝阿拉伯人走去,一边从口袋里掏出一根绳子。

"你干什么?"达吕冷冷地问。

巴尔杜克西怔住了,给他看绳子。

"没有必要。"

老警察犹豫不决。

"随你便。你当然是有武器啰？"

"我有猎枪。"

"在哪儿？"

"在箱子里。"

"你应该把它放在床边。"

"为什么？我没有什么可害怕的。"

"你疯了，孩子。如果他们造反了，谁也逃不掉，我们可都是一条船上的人啊。"

"我会自卫的。就是看见他们来了，我也有时间准备好。"

巴尔杜克西笑了，然后，小胡子突然遮住了仍旧很白的牙齿。

"你有时间？好。我也是这么说来着。你总是有点冒冒失失的。就是因为这个，我才爱你，我的儿子原来也这样。"

同时，他掏出了手枪，放在桌子上。

"留下吧，从这儿到艾拉莫尔用不了两枝枪。"

手枪在漆成黑色的桌面上闪闪发光。警察朝他转过身来，小学教师闻到了他身上的皮革味和马腥味。

"听着，巴尔杜克西，"达吕突然说，"这一切都叫我恶心，首先是你那个家伙。但是，我不会把他交出去的。打仗，可以，如果需要的话。但是这样不行。"

老警察站在他面前，严肃地望着他。

"你这是干蠢事，"他慢慢地说，"我也不喜欢干这种事。尽管这么多年了，用绳子捆人，我还是不习惯，甚至感到羞耻。但是，也不能让他们为所欲为啊。"

"我不会把他交出去的。"达吕又说了一遍。

"这是命令，孩子。我再重复一遍。"

"我知道。跟他们说我对你说过的话：我不会把他交出去的。"

看得出来，巴尔杜克西在努力思索。他望着阿拉伯人和达吕。他终于下了决心。

"不，我什么也不对他们说。如果你要背弃我们，那随你的便，我不会揭发你的。我接到命令押送犯人，我执行了。你现在签字吧。"

"这是没有用的。我不会否认你把他送到我这里来的事。"

"别对我这么不好。我知道你会说真话的。你是本地人，你是个男子汉。但你得签字，这是规矩。"

达吕打开抽屉，拿出一小方瓶紫墨水，一枝红色木杆的钢笔，上士牌的笔尖，这是他用来写示范字的。他签了字。警察小心地将公文折好，放进皮包，然后，朝门口走去。

"我送送你。"达吕说。

"不必，"巴尔杜克西说，"礼貌没有用。你让我下不来台。"

他看了看站在原地不动的阿拉伯人，愁眉苦脸地翕了翕鼻子，转身朝着大门走去，说道："再见，孩子。"门在他的身后关上了。巴尔杜克西在窗前露了一下头，随即消失了。他的脚步声淹没在积雪中。马在墙外骚动，鸡群受惊。片刻之后，巴尔杜克西牵着马，又重新打窗前走过。他没有回头，径直朝斜坡走去，不见了，马也随即不见了。一块巨石缓缓地滚动，发出了响声。达吕朝犯人走去，那犯人没有动，目不转睛地望着他。达吕用阿拉伯语说了句："等着。"就朝房间走去。在他跨过门槛的当儿，又改变了主意，回转身来，从桌上拿起手枪，装进口袋。然后，他没有掉头，进了房间。

他久久地躺在沙发上，望着暮色四合的天空，听着寂静无声的四周。正是这寂静，使他在战后初来此地时感到难受。起初，他要求在山梁脚下的小城里给他一个位子。那座山梁横亘在沙漠和高原之间，一道道石壁，北面是绿色和黑色的，南面是玫瑰色和淡紫色的，划出了永恒的夏天的边界。后来，他被任命到更北的地方，就在这高原之上。开始时，在这片只长石头的不毛之地，孤独和寂静使他感到痛苦。有时候，他看到地上有些沟垄，还以为有人种庄稼，其实那是为了找盖房子的石头才挖的。这里，耕耘只是为了收获石头。有时候，村民们也刮走一些土，堆在坑里，以后再上在贫瘠的菜园里。这地方就是如此，四分之三的土地上全是石头。城镇在这里诞生、繁荣，然后消失；人来到这里，彼此相爱或相互厮杀，然后死去。在这个荒凉的地方，无论是他，还是他的客人，都无足轻重。然而，达吕知道，离开了这个地方，他和他都不能真正地生活下去。

他站起身来，教室里一点声音也没有。一阵真诚的喜悦涌上心头，他感到惊奇，因为他居然想到阿拉伯人可能已逃之夭夭，他又要幽居独处而无须下什么决心了。然而，犯人还在，只不过是直挺挺地躺在炉子和写字台中间了。他睁着两眼，望着天棚。这种姿势使他的厚嘴唇更显眼了，一副赌气的样子。"跟我来。"达吕说。阿拉伯人站起来，跟他进了房间。小学教师指了指窗户底下桌子旁边的一把椅子。阿拉伯人坐了下来，眼睛一直盯着他。

"饿了吗？"

"嗯。"犯人说。

达吕摆上两副餐具。他拿来了面粉和油，在盘子里做了一张饼，点着了小煤气炉。饼在炉子上烤着，他又从耳房里拿来了奶酪、鸡蛋、椰枣和炼乳。饼烤好了，他把它放在窗台上晾着，又把炼乳兑上水加热，最后摊了几个鸡蛋。他在干这些活的时候,碰着了装在右边口袋里的手枪。他放下碗,走进教室,把手枪放进写字台的抽屉里。当他回到房间的时候,天已黑了。他点上灯,给阿拉伯人端来饭。"吃吧。"他说。阿拉伯人拿起一块饼,很快放到嘴边,却又停住了。

"你呢?"他问。

"你先吃,我一会儿也吃。"

阿拉伯人微微张开厚嘴唇,迟疑了片刻,随即决然地大口吃起来。

阿拉伯人吃完了,望着小学教师。

"你是法官吗?"

"不是,我看守你到明天。"

"为什么你跟我一块儿吃饭?"

"因为我饿了。"

阿拉伯人不说话了。达吕起身出去,从耳房里拿来一张行军床,在桌子和炉子之间摆好,与他自己的床垂直。他还从立在墙角当书架用的大箱子里拉出两条被子,铺在行军床上。他停下来,觉得没什么可干的了,就在床上坐下来。的确没什么可干的了,也没什么可准备的了。应该好好看看这个人。于是,他端详起他来,试图想像出一张怒火中烧的脸。不成。他只看到一种既阴沉又明亮的目光和一张兽性的嘴。

"你为什么杀了他?"他问,声音中的敌意使他自己都吃了一惊。

阿拉伯人掉开了目光。

"他逃跑。我在后面追。"

他抬眼望着达吕,目光中充满了一种痛苦的探询。

"现在,他们要把我怎么样呢?"

"你害怕了?"

阿拉伯人绷紧了脸,眼睛望着别处。

"你后悔了?"

阿拉伯人看了看他,张着嘴。显然,他不懂。达吕被激怒了。同时,他的圆滚滚的身体夹在两张床之间,他觉得自己既笨拙又做作。

"你睡在那儿,"他不耐烦地说,"那是你的床。"

阿拉伯人不动,他叫住达吕:

"喂! 你说!"

小学教师看了看他。

"警察明天还来吗?"

"不知道。"

"你跟我们一起吗?"

"不知道。为什么？"

犯人站了起来，躺在被子上，两脚朝着窗户。电灯光直照着他的眼睛，他立刻就闭上了。

"为什么？"达吕站在床前，又问了一遍。

阿拉伯人顶着耀眼的灯光睁开眼睛，竭力不眨眼地望着他。

"跟我们一起吧！"他说。

夜半时分，达吕还没睡着。他早就脱光了衣服上了床，平时他总是光着身子睡觉的。但他现在不穿衣服躺在房间里，却犹豫了。他觉得自己不堪一击，真想起来穿上衣服。随后，他耸了耸肩膀，他见过的多了，如果需要的话，他会把对手打成两截的。他躺在床上就能监视那个人。那人平躺着，始终一动不动，在强烈的灯光下闭着眼睛。达吕关了灯，黑夜仿佛顿时凝固了。渐渐地，黑夜又活动起来，窗外，没有星星的天空在轻轻地晃动。他很快就辨认出眼前躺着的那个躯体。阿拉伯人一直没动，但此时他的眼睛好像睁开了。小学校周围，吹过一阵微风。它也许会驱散乌云，那么太阳就又会露面了。

夜里，风紧了。母鸡轻轻地骚动了一阵，随即平静下来。阿拉伯人侧过身子，背朝着达吕，达吕似乎听见他叹了口气。他观察他的呼吸，那呼吸更有力，更均匀了。他倾听着这近在咫尺的喘息声，睡不着觉，沉入遐想之中。近一年来，他都是一个人睡在这间房里，现在多了一个人，他感到别扭。而且还因为这个人使他必然生出一种友爱之情，而这正是他在当前的情势中所不能有的，他很清楚：睡在一个房间里的人，士兵也好，囚徒也好，彼此间有着一种奇特的联系，每天晚上，他们脱去甲胄和衣服，彼此间的差别消除了，一起进入那古老的梦幻和疲劳之乡。但是，达吕翻了翻身，他不喜欢这类胡思乱想，该睡觉了。

过了一会儿，阿拉伯人不易察觉地动了动。达吕还没有睡着。阿拉伯人又动了一下，达吕警觉起来。阿拉伯人几乎像梦游者一样，缓缓地抬起了胳膊。他在床上坐起来，不动，等了等，并未朝达吕转过头来，好像在全神贯注地倾听着什么。达吕没动，他刚刚想到手枪放在写字台的抽屉里。最好是立即行动。不过，他仍在观察。阿拉伯人像刚才一样，悄无声息地把脚放在地上，等了等，然后慢慢直起身来。达吕正要叫住他，他已经走动了，这一次动作很自然，但是脚步非常轻。他朝着通向耳房的门口走去，小心地拉开门闩，出去了，只带了一下门，并没有关上。达吕没有动，只是想："他逃了。这下可轻松了！"他竖起了耳朵。鸡没动，这么说他已经出去了。一阵微弱的水声。阿拉伯人又回来了，仔细地关好门，悄悄地上了床。这时，达吕才恍然大悟。于是，他转过背去，睡着了。又过了一会儿，他仿佛在沉睡中听见学校周围有轻轻的脚步声。"我在做梦,我在做梦!"他心想。他又睡着了。

他醒来的时候,天已大亮,一股清冽纯净的空气从没有关严的窗缝里钻了进来。阿拉伯人蜷缩在被窝里,张着嘴,睡得正香。达吕推了推他,他一惊,一骨碌爬起来,死盯着达吕,好像认不出来似的,其惊恐之状使达吕不由得退了一步,说:"别怕,是我,该吃饭了。"阿拉伯人点了点头,说:"好。"他的脸上恢复了平静,但是表情仍然是茫然的,冷淡的。

咖啡已经煮好。他们俩双双坐在行军床上,喝着咖啡,啃着烤饼。然后,达吕把阿拉伯人领进耳房,指了指水龙头,让他洗脸。他自己回到房间,叠好被子和行军床,又整理了自己的床,收拾了房间。他穿过校园,来到平地上。太阳已经升上蓝天,温柔而明亮的阳光洒满了荒凉的高原。陡坡上,有些地方的积雪已经融化。石头又要露出来了。他蹲在高原边上,凝视着这一片荒凉的土地。他想到了巴尔杜克西。他伤了他的心,可以说是把他赶走了,好像他不愿意做一条船上的人似的。警察的告别还在他耳畔回响,不知为什么,他此时感到出奇的空虚和脆弱。这时,从学校的另一端传来了犯人的咳嗽声。达吕几乎是身不由己地听着,他生气了,愤愤地扔了一块石头,那石头在空中呼啸一声,钻进雪里。这个人的愚昧的罪行激怒了他,可是把他交出去,又有损荣誉,甚至连想一想,他都觉得是奇耻大辱。他咒骂自己的同胞,他们把这个阿拉伯人交给他,他也咒骂这个人,他竟敢杀人,却不知道逃走。达吕站了起来,在平地上转来转去,又站住不动等了一会儿,然后走进学校。

耳房里,阿拉伯人正弯腰对着水泥地,用两个手指头刷牙。达吕看了他一眼,说:"跟我来。"他带着阿拉伯人进了屋。他在毛衣外套了一件猎装,穿上行军鞋。他站在那儿,等着阿拉伯人戴上缠头,穿上凉鞋。他们走进校园。达吕指着大门对他的同伴说:"走吧。"阿拉伯人不动。达吕又说:"我一会儿就来。"阿拉伯人出去了。达吕回到房中,拿了些面包干、椰枣和糖,包成一包。在教室里,他临走时在写字台前犹豫了一下,随后跨过门槛,走出大门,把门关紧。"从那儿走。"他说。他朝东走去,犯人跟在后面。他又折回,察看了一下房子的周围,一个人也没有。阿拉伯人望着他,好像大惑不解。"走吧!"达吕说。

他们走了一小时,在一座石灰岩的尖峰旁停下休息。雪化得越来越快,太阳立即将一个个小水坑吸干,飞快地清扫着大地,高原渐渐变干,像空气一样颤动起来。他们重新上路的时候,土地已经在他们脚下咔咔作响了。前面远处,一只鸟劈开天空,发出一阵欢快的鸣叫。达吕深深地吸了口气,啜饮着清凉的阳光。蓝天如盖,到处是金黄的色调,面对这片亲切辽阔的大地,达吕心中兴奋的心情油然而生。他们沿着斜坡往南又走了一小时,来到一个岩石松脆的平坦高地上。高原从这儿开始倾斜,向东伸向一片低洼的平原,几株枯瘦的树木历历在目,向南伸向大片的岩石堆,使景色显得参差错落。

达吕朝这两个方向审视了一番。远处,只见天地相接,没有一个人影。他朝阿拉伯人转过身来,后者正茫然注视着他呢。达吕把包裹递给他,说道:"拿着吧,里面是椰枣、面包和糖。你可以坚持两天。这儿还有一千法郎。"阿拉伯人接过包裹和钱,双手捧在胸前,好像不知拿这些东西怎么办才好似的。"现在你看,"达吕指着东方对他说,"那是去坦吉特的路。你走两个小时就到了。在坦吉特有政府和警察局,他们正等着你呢。"阿拉伯人望着东方,仍然把包裹和钱捧在胸前。达吕抓住他的胳膊,粗暴地拉着他转向南方。在他们所处的高地的脚下,可以影影绰绰地看到一条路。"那是穿过高原的路。从这儿走一天,你就可以找到牧场,开始见到游牧人了。根据他们的规矩,他们会接待你,保护你的。"阿拉伯人转向达吕,脸上透出某种恐惧的表情。"听我说。"他说。达吕摇了摇头:"不,别说了。现在,随你吧。"他转身朝学校的方向跨了两大步,以一种犹豫不决的神情看了看呆立不动的阿拉伯人,走了。有好几分钟,他只听见自己踏在冰冷的土地上的脚步声,很响亮,他没有回头。过了一会儿,他还是回头看了看。阿拉伯人还站在高地边上,胳膊已经放下,他在望着小学教师。达吕觉得喉咙一紧。他烦躁地骂了一句,用力挥了挥手,又走了。他走出很远之后,又停下看了看。小山上已空无一人。

太阳已经相当高了,晒得他的前额火辣辣的。他犹豫了片刻,又转身往回走了。开始时步履迟疑,随即变得坚定。他走近小山,汗流浃背。他奋力攀登,上得山顶,已是气喘吁吁了。南面,蓝天下一片山石赫然在目,东面平原上却已升起一片热腾腾的水汽。在那片薄雾中,他发现阿拉伯人正在通往监狱的路上慢慢走着,他的心收紧了。

过了一会,小学教师仁立在教室的窗前,茫然地望着那一片从高空奔泻到整个高原上的灿烂阳光。在他身后的黑板上,他刚刚看到,曲曲弯弯的法国河流之间,有一行写得很笨拙的粉笔字:"你交出了我们的兄弟。你要偿还这笔债。"达吕凝视着天空、高原和那一片一直伸向大海的看不见的土地。在这片他如此热爱的广阔土地上,他是孤零零的。

思　考　题

1. 达吕是怎样一个人?和巴尔杜克西有什么不同?在这篇小说

中,他的信仰和态度有什么改变?

2. 达吕面临着什么左右为难的问题?他决定怎样来对待那个阿拉伯人? 写在黑板上的话是否公正?

3. 阿拉伯人为什么选择通往监狱的通路,而抛弃通往自由之路?

4. 作者为什么一再强调达吕的孤独? 故事的背景对于这种孤独感起什么作用?

5. 这篇小说有哪些深层的含义? 它反映了作者的哪些观点?

魔　桶

[美国]马拉默德
董衡巽译

　　伯纳德·马拉默德(Bernard Malamud,1914—1986)出生于纽约布鲁克林区,父母系俄国犹太移民。他自纽约市立学院和哥伦比亚大学毕业后,一直在大学任教并从事文学创作。马拉默德擅长写下层犹太人的悲喜剧,他笔下的主人公多为小店主、伙计、小贩和失意的知识分子等,通过他们揭示犹太移民在当代美国社会中的困境。他善于刻画这些小人物朴实善良的性格,反映他们对新生活的向往和理想的幻灭,尤其是通过他们所受的苦难,着重探究人的坚忍的毅力、同情心和高尚道德的价值,从而使他的作品具有抑恶扬善、人与人应该理解相爱的道德寓意。马拉默德的文笔幽默、风趣,他还擅长用现代技巧充实传统的讲故事的艺术。他曾获得普利策奖、罗森塔尔小说奖等多项文学奖。他的代表作有长篇小说《店员》、《基辅怨》、《杜宾传》,短篇小说集《魔桶》、《白痴优先》等。

　　前些日子,纽约居民区住着一个在雅西哇大学攻读犹太教法典的学生,名叫列奥·芬克尔。他住的房间很小,有点简陋,书倒是挤得满满的。芬克尔学了六年,眼看六月份就要当上拉比①,有个熟人给他出了个主意,劝他最好先结婚,这样就能赢得更多的信徒。可是结婚,眼下一点眉目也没有,他心里闹腾了两天,终于把宾尼·沙兹曼请到家里来。沙兹曼是个做媒的,芬克尔在犹太人的《前锋日报》上见过他登的两行广告。
　　一天晚上,那位媒人在芬克尔住的灰砖公寓黑洞洞的四楼过道里出现,手里拿着黑色公事包,上面束着皮带,公事包用的年代久了,已经磨损。沙兹曼替人撮合亲事已有多年,他身材瘦小,仪表不俗,帽子很旧,上

---

　　①　拉比是希伯来文rabbi的音译,原意"吾主"、"夫子",是犹太人对师长的尊称。这里是指犹太的法学博士和犹太教士。

衣穿在身上又紧又短。他喜欢吃鱼,嘴里一股腥味儿。他和蔼的态度,奇妙地配上一副伤感的眼神,虽掉了几颗牙,样子倒不讨人厌。他的声音、嘴唇、稀疏的胡子、瘦削的指头,动起来蛮有生气,但一静下来,他那温柔、蓝色的眼睛里便流露出一丝深深的悲哀。列奥原觉得处境尴尬,心里紧张,不过见了沙兹曼这一特征,心里略觉自在些。

他开门见山告诉沙兹曼为什么请他来,说他家乡是克利夫兰,父母亲结婚较晚,幸尚健在,除父母以外,他在这世界上就孑然一身了。他六年来几乎一心扑在学习上,结果可以想见,顾不上参加社交活动,也没有时间同年轻妇女交往。因此,他想与其自讨苦吃,弄出差错——瞎闯、丢丑,不如请一位见过世面的人在这方面给他出出点子。他顺便提到,说媒是一项古老而又体面的职业,在犹太人中间极受推崇,它既办了必须办的事,又不碍着幸福。再说,他自己的双亲也是经人介绍成的亲。他们双方都没有什么家私,结了婚在经济上虽然谁也沾不上谁的光,两口子却始终相亲相爱,结果总算美满。沙兹曼听这话里带点歉意,感到窘迫而惊异。于是,后来他心里觉得有一种消失了多年的、对自己职业的荣誉感,他衷心赞同芬克尔的看法。

他俩着手办事。列奥请沙兹曼坐在屋里惟一一处敞亮的地方:临窗一张桌子旁边,下面是灯火通明的街市。他自己坐在媒人身旁,面朝着他,使劲地抑制着痒得难受的嗓子。沙兹曼急切地打开公事包,取出一叠薄薄的、用久了的卡片,拿下一根宽松的橡皮圈。他翻卡片的动作和声音,叫列奥感到肉体上的痛苦,因此,他假装没看见,只顾定神眺望窗外。虽然还是二月天气,冬天倒快过去了,这类事他多年来还是头一回注意到。他看着银白色的、圆圆的月亮在空中穿过各种动物形状的云层,他半张着嘴望着月儿钻进一只大母鸡,又穿出来,像从母鸡身上自动生下的蛋。沙兹曼装着仔细看卡片上的字,却透过刚戴上的眼镜,不时偷看年轻人那副仪表堂堂的仪容,心里挺满意那个又长又威严的学者鼻子,棕色的眼睛里深藏着学问,两片嘴唇长得灵巧而又严峻,还有那凹陷下去的黑黝黝的腮帮子。他看了看四周一架又一架的书,轻轻地满意地嘘出一口气。

列奥看了看卡片,只见沙兹曼手上摊的是六张。

他失望地问道:"就这么几张?"

"我办公室有多少卡片,我说了你也不会相信,"沙兹曼回答,"抽屉都塞到顶了,我只好放在一个桶里。可每个姑娘都配得上新毕业的拉比吗?"

列奥听了脸上一红,悔不该在寄给沙兹曼的履历表上将自己什么都填写上了。他原想最好填上他严格的标准与特长,好让做媒的明了,现在又后悔填过了头,没有限制在绝对必需的几项以内。

他支支吾吾地问道:"你顾客材料里有相片吗?"

"先是家庭,陪嫁多少,还有前景如何,"沙兹曼边回答边解开他太紧身的上衣扣子,往椅子背上一靠,"末了才是相片,拉比。"

"管我叫芬克尔先生吧。我还没当上拉比呢。"

沙兹曼说好吧,却叫他博士,待列奥听话不太专心的时候又改称拉比。

沙兹曼整了整角质架的眼镜,轻轻地清了清嗓子,用讨好的音调念头一张卡片。

"莎菲·P,二十四岁。守寡一年。无儿女。中学毕业,上过两年大学。父亲愿出八千元陪嫁费。经营批发业,生意兴隆。还有房产。母系亲属都当教师,有一个演员。二号街上有点声望。"

列奥惊异地抬起头来:"你说是寡妇?"

"寡妇不等于坏了女儿身啊,拉比。她可能跟她丈夫才同居了四个月。男的有病,她原不该嫁给他的。"

"我从来没想到要娶个寡妇。"

"这是因为你没有经验。寡妇,尤其像这位又年轻又健壮的姑娘,可真是你想娶的称心的人儿。她这一辈子会对你感激不尽。你信我的话,我要是想讨新娘子,就找个寡妇。"

列奥想了一想,摇摇头。

沙兹曼耸了耸肩,做了一个极其轻微的失望姿势。他把这张卡片放在木头桌子上,开始念下一张:

"莉莉·H,中学教师。正规教师,非代课。有存款和新道奇车一辆。在巴黎住过一年。父亲是有成就的牙科医生,有三十五年经验。愿找有专长的男子。相当美国化的家庭。机不可失。"

"这人我认识,"沙兹曼说,"我真希望你能见见这位姑娘。是个宝贝儿。还非常聪明。你可以成天同她谈书,谈戏,她什么都懂。还懂时事。"

"我没听你提到她的年龄吧?"

"她的年龄?"沙兹曼把眉毛一扬,"她的年龄是三十二。"

列奥过了一会儿说:"恐怕太大了一点。"

沙兹曼笑了一声说:"你多大了,拉比?"

"二十七。"

"你说二十七跟三十二有什么不同?我自己老婆就大我七岁。我吃什么亏了?一点没吃亏。要是罗思柴尔德①的女儿想嫁给你,你会在乎她的

_____
① 罗思柴尔德:有名的犹太银行家。

年龄,说个'不'字?"

"是的。"列奥干巴巴地说。

沙兹曼不去理会"是的"后面"不"的意思。"大五岁算不了什么。我担保,你跟她过上一个礼拜,包管你忘了她多大了。大五岁是什么意思?难道不是比年轻的多活了几年,多懂点事?上帝保佑,这姑娘啊,这五年可没有白过。她长一岁,身价高一等。"

"她在中学教什么?"

"语文。你要听她讲法国话呀,准以为是在听音乐。我干这行买卖二十五年了,我全心全意推荐她。请相信我,我不说瞎话,拉比。"

"下一张是谁?"列奥突然问。

沙兹曼勉强地拿起第三张卡片:

"鲁丝·K,十九岁。好学生。如有合适对象,父亲愿出一万三千元现金。她父亲是医学博士,胃病专家,生意兴隆。内兄开服装铺。上等人家。"

瞧沙兹曼那副神气,像是打出了一张王牌。

"你说十九岁?"列奥颇有兴致地问道。

"一天不多,十九岁。"

"她长得好吗?"列奥红了红脸,"漂亮吗?"

沙兹曼吻了吻手指尖:"一个小宝贝儿。这点我敢担保。我今天晚上打电话通知她爸爸,你就会知道什么叫美人儿。"

列奥不放心:"你能肯定她这么年轻?"

"准没错儿。她爸爸可以拿出生证给你看。"

"你肯定她没有问题?"列奥还是不放心。

"谁说有什么问题?"

"我不明白像她这么年轻的美国姑娘,干吗还要托媒人。"

沙兹曼脸上掠过一丝微笑。

"跟你一样啊,你怎么去,她怎么来。"

列奥脸红了:"我是因为时间紧顾不上。"

沙兹曼自知这话说得唐突,忙解释道:"是她爸爸来托我的,不是她。他希望女儿找到最中意的丈夫,所以亲自出马挑选。我们找到合适的人了,他就介绍给他女儿,鼓励他们成全好事。这样办的亲事,要比年轻、没经验的女儿家自己去闯好得多。这个,我不说,你也知道。"

"可是,你说这位年轻姑娘不相信谈恋爱吗?"列奥心里不踏实。

沙兹曼正想大笑,但抑制住了,冷静地回答说:"碰上意中人才爱得起来,碰不上没法爱。"

列奥张着干燥的嘴唇,没有言语。沙兹曼朝下一张卡片瞥了一眼,列奥看在眼里,就提出一个聪明的问题:"她健康情况怎么样?"

"非常好,"沙兹曼回答说,呼吸有些困难,"当然啰,她右腿有点儿瘸,是她十二岁那年让车给撞的,可是她又聪明又漂亮,谁也不会注意她腿瘸。"

列奥心事重重地站了起来,走到窗前。他分外痛苦,责备自己不该请媒人上门。末了,他摇了摇头。

"为什么不考虑?"沙兹曼提高了嗓门追问。

"我讨厌胃病专家。"

"她爸爸干什么跟你有什么相干?你跟她结了婚,还要她爸爸干什么?谁说他每个星期五晚上非得上你家来?"

这样的谈话,列奥听不下去,就把沙兹曼打发走了。沙兹曼满眼忧虑,返回家去。

媒人一走,列奥心里虽松快些,第二天却精神不振。他想起这是由于沙兹曼没能给他推荐一位称心的姑娘而引起的。沙兹曼才不在乎列奥那号顾客呢。后来列奥发现自己迟疑不决,拿不定主意要不要找一个比沙兹曼更有修养的媒人,这时他忽然怀疑起来:尽管他嘴上是这么说,尽管他尊重自己的双亲,其实他根本不相信托媒这种做法。这个念头,他即刻打发掉了,可心里还是不安。他成天徘徊在林间——错过了一次重要的约会,忘了把衣服送出去洗,在百老汇一家馆子吃了饭忘了付钱,只好拿着账单跑回去;女房东和她一个朋友在街上见了他,挺有礼貌地跟他打招呼,"晚上好,芬克尔博士。"他居然认不出来。天黑了他才平静下来看书,心里得到些安宁。

他刚坐下来,就有人敲门。列奥还没来得及说请进来,爱情商人沙兹曼早已站在他房间里了。他脸色灰白,瘦削,一副饥饿相,好像站着就要断气似的。可是这个做媒的不知怎么抽动一下肌肉,就露出一脸笑容。

"晚安,我受欢迎吧?"

列奥点了点头,见了他心烦,却又不愿打发他走。

沙兹曼还是满脸笑容,将公事包放在桌上:"拉比,今儿晚上我给你带来了好消息。"

"我早告诉你别叫我拉比。我还在读书呢。"

"你不用操心啦。我替你找到一个第一流的新娘。"

"这事你别提了吧!"列奥装出毫无兴趣的样子。

"到你举行婚礼那一天,整个世界都会纵情欢乐。"

"沙兹曼先生,请你别说了。"

"可是先得让我恢复恢复体力。"沙兹曼有气无力地说道。他笨手笨脚地解开皮带,从皮包里拿出一个油光光的纸口袋,打里面拿出一只带果仁的面包圈儿,又取出一条熏白鱼。他用手很快地一下撕掉了鱼皮,就狼吞虎咽地嚼了起来,边吃边咕哝说:"整整忙了一天。"

列奥看着他吃。

"你有点西红柿吗?"沙兹曼犹豫地问。

"没有。"

媒人闭上眼睛嚼着。吃完以后,他仔细清理掉碎屑,将吃剩下来的鱼放回纸袋,卷起来。他的目光透过眼镜向房间四周扫了一圈,只见书堆里有一只单炉心煤气灶,就低声下气地问道:"能给杯茶喝吗,拉比?"

列奥心里过意不去,站起来冲茶。他放了一块柠檬,两块方糖,沙兹曼见了乐不可支。

沙兹曼喝了茶,体力和精神都恢复了。

"你说说,拉比,"他亲切地问道,"我昨天提到的那三位,考虑过了没有?"

"没什么好考虑的。"

"怎么啦?"

"一个也不称心。"

"什么样的才称心呢?"

列奥反正说不清,便没言语。

沙兹曼没等他答话就说:"你还记得我同你说的那个姑娘,那位中学老师吗?"

"就是三十二岁的那个?"

没想到沙兹曼笑了起来:"二十九岁。"

列奥瞟了他一眼:"从三十二岁降下来了?"

"弄错了,"沙兹曼认了错,"我今天问了牙科医生。他领我到保险柜面前,让我看了出生证。去年八月,她正好二十九岁。那阵子她在山上度假期,家里人就在山上给她做的生日。她爸爸头一次跟我说的时候,我忘了记下年龄,跟你说了个'三十二'。现在想起来了,那是另外一个顾客,是个寡妇。"

"就是你说的那个寡妇吗? 我记得她是二十四吧?"

"那又是一个。这世界上寡妇多,能怨我吗?"

"不怨你。反正我对寡妇没有兴趣,中学教师呢,也没有兴趣。"

沙兹曼握紧拳头,抱在胸前,两眼瞧着天花板,虔诚地叫道:"犹太孩子啊,对中学教师没有兴趣的人,我有什么好说的呢? 那你对什么有兴趣呢?"

列奥红了脸，但是克制了自己。

沙兹曼说："她能说四种语言，自己在银行里还存了一万元钱，你对这么个好姑娘没兴趣，还对什么有兴趣呢？她爸爸保证再给一万二。她还有一辆新汽车，漂亮的衣服，谈什么都头头是道，她可以给你成立最美满的家庭，给你生孩子。你这不是快进了人间天堂了吗？"

"她要有这么好，干吗不早十年结婚呢？"

"干吗？"沙兹曼哈哈大笑，"干吗，因为她挑剔。就是这缘故。她要挑最好的。"

列奥一声不响，心里觉得有趣，他竟陷进去了。可是，沙兹曼已经引起了他对莉莉·H 的兴趣，他认真考虑起来，想去拜访她。媒人看出自己这番话说动了列奥，心里就有数，他俩一会儿准能达成协议。

一个星期六傍晚之前，列奥·芬克兰同莉莉·海斯康恩沿着河滨道散步，列奥心里嘀咕，沙兹曼是不是躲在近处什么地方。列奥姿态挺直，步子轻快，头戴一顶黑色软呢帽，好不醒目，帽子还是他早晨匆匆忙忙从橱顶上扬满灰尘的盒子里取出来的，一件出客穿的、庄重的黑上装掸得干干净净。列奥还有一根手杖，是他一个远亲送给他的，可是列奥马上放弃这份诱惑，没有用它。莉莉长得小巧，不算难看，一身装束透露出春意。她兴致勃勃，什么都谈，无所不晓。列奥掂量掂量莉莉说的话，发现她特别有头脑——又可以给沙兹曼记上一分。他总疑心沙兹曼躲在什么地方，说不定爬在沿街一棵大树上，用一面小镜子给莉莉姑娘发什么信号；也说不定有个羊腿潘神①，隐起身子，在他们前面边跳舞边吹着成亲的小曲儿，一面将野花的蓓蕾和紫葡萄撒了一路，象征着他俩早生贵子，其实呢，连结婚的影儿都没有哩。

莉莉开口说话，列奥才清醒过来。"我刚才正想着沙兹曼先生，这人真怪，您说呢？"

列奥不知说什么好，只点点头。

她鼓起勇气红着脸往下说："我倒是挺感谢他介绍我们认识。您呢？"

他很有礼貌地回答，"我也感谢他。"

"我是说，"她笑了一声，仪态还算大方，起码给人印象不俗，"我们这样认识，您不在乎吧？"

列奥倒是喜欢她这么直来直去，明白她是想把关系弄好，有点生活经

_____

① 潘神：古希腊神话中的畜牧神，人身羊足。

验、又有胆量的人才敢这么做。没见过世面的不敢这样子提出话头。

　　他回答说他不在乎,沙兹曼这种职业古老而又体面,说不定有所收获,有其价值,不过,他又说,弄不好常常白费工夫。

　　莉莉同意他的说法,只是叹了一口气。他们蹓跶了一会儿,过了好长时间,莉莉不自在地笑着说:"我问您一点私事,行吗?说实话,我倒挺关心这个问题。"列奥耸了耸肩,可她还是用为难的口吻说下去:"你怎么会干你这一行的? 我说是不是灵感的突然冲动。"

　　列奥隔了一会儿慢慢地说道:"我对法典一直有兴趣。"

　　"你在法典里面见到上帝显身?"

　　列奥点点头,转换一个话题:"我听说你在巴黎住过一段时间,是吗,海斯康恩小姐?"

　　"噢,是沙兹曼先生告诉您的吧,芬克尔拉比?"列奥微微一怔,她继续说道,"那是好久以前的事,都快忘了。我只记得是姐姐结婚我才回来的。"莉莉还是不肯放松,哕嗦着嗓子问道:"您是什么时候倾心上帝的?"

　　列奥目不转睛地盯着她。他渐渐明白过来,原来她说的不是列奥·芬克尔,而是个完全不相识的人,一个神秘人物,说不定是沙兹曼为她胡编出来的什么热情的先知,既不是活人,也不是死人。列奥浑身哕嗦,又气又怯。这骗子显然是耍了花招,哄她上当,也哄了他。他原想结识一位二十九岁的年轻妇女,谁知这张脸又紧张又急切,一眼就看出过了三十五,眼看快要衰老。亏得他涵养功夫好,才同她谈得这么久。

　　他严肃地说道:"我不是个有天赋的虔诚信徒。"他搜索着词儿往下说,心里觉得又惭愧又害怕。他紧张地说:"我看我皈依上帝,不是因为我爱他,而是因为我不爱他。"

　　这份招供说得很刺耳,因为它来得突然,使他很激动。

　　莉莉吓得往后缩。列奥看见许多面包像鸭子似的在他头上高高飞过,就像他昨天晚上数着才睡着的带翅膀的面包。接着,上天开恩,下起雪来,列奥相信这也许是沙兹曼的又一计谋。

　　列奥对媒人大为恼火,发誓他一进门就把他撵出去。可是沙兹曼那天晚上没有来。列奥气消了以后,又感到莫名的绝望。开头他只道是莉莉不称他的心,但是不久就弄清楚了,原来他当初找沙兹曼的时候,究竟怎么打算,自己心里没个谱。他心里像有一阵六只手在拽的那种空虚感,慢慢地领悟到,他请媒人上门,原来是自己没本事。他同莉莉·海斯康恩见了面、谈了话之后才悟出这一点,吓得他不轻。她追根究底,问个没完,惹得他没好气,结果倒是给他而不是给她弄清了自己同上帝究竟是什么关系,他从这一点得到启发,恍然大悟,原来他除了父母亲,谁也不爱。也许情况正好倒过来:正因为他不爱人类,所以也不能全力爱上帝。在列奥看来,他整个一生都现了原形,头一回见到自己的本相——没人爱他,他也不爱人。这番认识虽然不完全出乎意料,却很痛心,害得他惊惶失措,靠了极大的努力才控制住。他双手捂住脸,哭了起来。

打这以后的一个星期是他一生中最难熬的日子,他吃不下饭,体重减轻,胡子黑蓬蓬、乱糟糟的。课堂讨论他不去参加,书几乎没有打开过。他严肃考虑要不要退出雅西哇大学,只是学了多年,弃于一旦,想起来特别难受,好比眼睁睁瞧着一本书撕成一页一页,往街上撒,而且这么一来,他两位老人家要受不了。可是,他活到现在,没有认识自己;只怪自己不好,读了五书①,加上所有的评注本,都没有领悟到这个真理。他不知道上哪儿求教,在这片孤寂凄凉之中,又有谁可以依靠。他虽然常常想到莉莉,却总鼓不起劲儿下楼给她打电话。他动不动就发脾气,尤其是对女房东,因为她老喜欢打听他各种私人的事儿;有时候反过来,他明明意识到自己惹人厌,就在楼梯上拦住她,低三下四地向她赔不是,弄得她受不了,只好跑掉。然而,他从中也得到点自我安慰,觉得自己是犹太人,而犹太人生来就得受苦。漫长而又难过的一周过去了,他慢慢恢复了平静,也恢复了生活的目标,一切照常行事。他的人虽不完美,理想却是完美的。至于找老婆这件事,一想到还得找,就急得他心口灼热,不过他现在对自己有了新的了解,说不定找起来会比从前顺利些。说不定他会产生爱情,有了爱情自会有老婆。这是神圣的寻求,要沙兹曼干什么?

骨瘦如柴、两眼惊恐的媒人,那天晚上来了。他一副空等一场而灰心丧气的样子,好像他在莉莉·海斯康恩小姐身边等了一个星期电话,可电话一直没打来。

沙兹曼漫不经心地咳嗽了一声,开门见山,说到正题:"你觉得她怎么样?"

列奥火气上来,禁不住训斥道:"沙兹曼,你为什么哄我?"

沙兹曼脸色由苍白变成死白,这世界像雪崩似的压在他身上。

列奥追问:"你不是说二十九岁吗?"

"我担保……"

"她肯定三十五岁。起码三十五岁。"

"这你可别说死了。她爸爸跟我说……"

---

① 即摩西五书:《创世记》、《出埃及记》、《利未记》、《民数记》和《申命记》。

"甭管她爸爸。最糟糕的是你也骗了她。"

"我怎么骗她来着,你说?"

"你跟她说的关于我的事,不是那么一回事。你把我说得高,结果呢,我反而低。她把我当成一个完全不同的人,当成半神秘的神仙拉比。"

"我只说你是虔诚的信徒。"

"我可以料想得到。"

沙兹曼叹了一口气:"这是我的毛病。"他承认。"我老婆说我不该把婚事当买卖做,可是我见了两个好人儿能天生地配对儿,心里一高兴,话就多了起来。"他苦笑了一声,"就因为这个缘故,沙兹曼才落得个穷光蛋啊。"

列奥气消了:"好吧,沙兹曼,我看这事就算完了吧。"

媒人眼神急切,盯着他。

"你不想讨老婆了?"

列奥回答:"想讨,不过我决计另想办法。托媒人这种办法,我没兴趣了。说真话,我现在认为,结婚之前先得有爱情,就是说,我爱上谁就跟谁结婚。"

沙兹曼大吃一惊:"爱情?"他过了一会儿说道:"我们这些人,爱情就是生活,不是女人。犹太区的人……"

列奥说:"我知道,我知道。这事儿我常想。我跟自个儿说,爱情应当随着生活和信仰而来,不是为爱情而爱情。不过,在我这个处境,我有我的需要,应当满足这个需要。"

沙兹曼耸了耸肩,回答道:"拉比,你听我说,你要爱情,我也可以替你找。我有这么漂亮的顾客,包管你一见钟情。"

列奥苦笑着说:"恐怕你不明白我的意思。"

但是沙兹曼急急忙忙松开公事包的皮带,从里面抽出一个吕宋纸袋来。

"照片。"说着,他很快把信套放在桌上。

列奥叫他拿回去,可是沙兹曼好似乘风而去,早没影儿了。

三月来临。列奥回到原来正常的生活。他虽然没全复原,打不起精神来,却在安排更活跃的社交活动。这当然难免要付出代价,不过列奥善于精打细算,临到细无可细之时,还能精益求精。这些日子,沙兹曼拿来的照片一直放在桌上吃灰尘。列奥坐在那里学习或者喝茶,偶尔也朝信套瞟上一眼,可从来没打开看过。

日子一天天过去,他在社交活动中,却与任何女性没有值得一提的发展——以他的处境而论,事情自有难处。一天早晨,列奥使劲地爬上楼梯,进了屋,望着窗外的街市。天气虽好,他看去却是昏暗。他看了一会街上熙来攘往的人流,转身返回小屋,心中闷闷不乐。那包照片还在桌上。他突然狠下心来,把信套撕开。他在桌子边上站了半个钟头,心情激动,仔细察看沙兹曼放在里面的照片。末了,他叹了口长气,放回桌子上。一共六张,各有动人之处,可是看得久了,一个个都成了莉莉·海斯康恩:都消失了青春,动人的笑容隐藏着饥渴,没有一个具有真实的个性。生活没有理会她们的拼命叫喊,还是在她们身旁流了过去;这些都是放在有鱼腥味的文件包里的照片。可是,过了一会儿,列奥想把照片装回去的时候,发现里面还有一张,是花两毛五分钱照的那种快照。列奥定神看了一会儿,不由得叫出声来。

这张脸把他迷住了,为什么呢,他开头说不清。她给人一种青春的印象,好比春天的花朵,然而,她岁月销蚀,又留下了风尘的浪迹。这从她分外熟悉而又完全陌生的眼神里看得出来。他印象鲜明,像在哪儿见过她,他几乎叫得出她的名字来,似乎见过她亲笔写下的名字,可是怎么也想不起来。不,这怎么可能呢,他该想得起来。她这脸蛋儿是够动人的,却不能说漂亮得出众,不能这样说,这一点他心里明白,只是她脸上有一种什么东西,使他心摇神驰。把她的五官分别开来看,其他几张照片上面的妇女比她还强些。但是她一下子跳到他的心上——她享受过生活,起码是想享受,还不止这个,也许悔不该当初过那种生活——心灵上似乎受过很深的创伤:这从她那对含恨的眼睛深处、从她灵魂所蕴藏和闪发出来的光彩之中看得出来;她打开了未来的境界:她有自己的个性。列奥要的就是她这样的人。他集中眼力凝视着照片,头都看痛了,眼睛眯成缝,于是,好像有一团迷雾突然在他脑子里膨胀开来,他感到对她害怕起来,省悟到他得到的可是一种邪恶的印象。他哆嗦了一下,轻轻地说,这个,我们都不能幸免。列奥冲了一小缸子茶,没放糖,坐下来呷茶,让心情平静一下。但是,茶还没有喝完,他又兴奋起来,细细看那张脸,发现她确实美丽:在列奥·芬克尔眼里是美丽的。只有这样的姑娘才能了解他,才能帮助他寻求他一直在寻求的东西。说不定她会爱上他。她怎么会成了废牌,扔进沙兹曼的桶里,他怎么也猜不透,但是他明白他得赶紧去找她。

列奥冲下楼去,一手抓起勃朗克斯电话簿,找沙兹曼家的地址。电话簿上没有他家的地址,也没有办事处的地址。曼哈顿电话簿上也没有他。可是列奥记得,他在《前锋日报》"私人事务"栏上见过沙兹曼登的广告,当场就把地址记在一张小纸条上。他上楼进了屋,在纸堆里翻啊,找啊,就是没有。这真要命。他需要媒人的时候,却哪儿都找不见。幸好,列奥想起在皮夹子里找了找,发现一张卡片上记着沙兹曼在勃朗克斯街的地址。没有电话号码,原因是……他想起来了,他原先就是写信同沙兹曼联系的。他披上衣服,没脱睡帽就戴上帽子,急急忙忙赶到地铁车站。地点是在勃朗克斯街到底,他一路上坐也坐不住,不止一次想掏出照片来,看看这位姑娘的脸蛋儿是不是他印象中的模样,可是他终究克制住了,还是让照片放在上衣里边的口袋里,她贴得这么近,他心里高兴。火车刚到站,他早就等在车门口,一个箭步冲了出去,不一会儿就找到了沙兹曼在广告上说的那条街。

他要找的那幢楼离地铁不到一条街的路程,不过这不是一幢办公楼,不像统楼,也不像出租办事处的商品楼。这是一幢非常破旧的公寓。列奥在电铃下这一块脏布片上发现用铅笔写的沙兹曼的名字,他爬过三层黑洞洞的楼梯,到了他的房门口。列奥敲敲门,开门的是一个患着气喘病、头发灰白的瘦小女人,穿着毡做的拖鞋。

"什么事?"她问,那口气是料到不会有什么事,一副爱听不听的样子。列奥敢说以前也见过她,不过明白这只是他的幻觉。

"沙兹曼……在这里住吗? 宾尼·沙兹曼,"他问道,"那个做媒的?"

她打量他好一会儿才回答:"在这里住。"

他觉得很窘:"他在家吗?"

"不在。"她虽张着嘴,却没有第二句话。

"事情很急。能告诉我他在哪儿办公吗?"

"在天上。"她朝上指了一指。

"你说他没有办事处?"列奥问。

"在他袜子里。"

他偷偷朝屋里瞟一眼。里面又暗又脏,一间大屋子,用半拉开的帘子隔成两半,靠里面,只见一张中间下陷的铁床。近门的地方挤满了东倒西歪的椅子、旧柜子、一张三条腿的桌子,架上尽是锅碗瓢盆,还有一大堆厨房用具。没见沙兹曼和他那只魔桶的影子,说不定那也是虚幻的想像。一股炸鱼味儿憋得列奥腿都软了。

"他在哪儿呢?"列奥不罢休,"我得见你丈夫。"

临了,她回答说:"谁知道他上哪儿去了。他一想起个什么新主意,就窜出去了。你回家吧,他会去找你的。"

"跟他说列奥·芬克尔来过。"

她像没听见的样子。

他下了楼梯,闷闷不乐。

可是,沙兹曼正气喘吁吁地等在列奥的房门口。

列奥又惊又喜:"你怎么比我早到?"

　　"我赶来的。"

　　"进屋吧。"

　　他们进了屋。列奥弄茶,给了沙兹曼一块沙丁鱼夹馅面包。他们正喝着茶,列奥转过身去,拿起那包照片,递给沙兹曼。

　　沙兹曼放下杯子,殷切地问道:"有你喜欢的吗?"

　　"这里面没有。"

　　媒人转过脸去。

　　"我要的是这一位。"列奥递过照片去。

　　沙兹曼戴上眼镜,哆哆嗦嗦地拿起照片。他脸色大变,叫唤了一声。

　　"怎么啦?"列奥喊道。

　　"对不起,这张照片我弄错了。她不是介绍给您的。"

　　沙兹曼激动地把吕宋信套往包里胡乱一塞,又把照片揣在口袋里,飞快地奔下楼去。

　　列奥愣了一会儿,赶紧追出去,在门口堵住了媒人。女房东尖叫起来,可这两个人全不理会。

　　"把照片还给我,沙兹曼。"

　　"不过。"眼睛里神色痛苦得可怕。

　　"那你告诉我,她是谁。"

　　"我不能告诉您,对不起。"

　　他想走,可是列奥气极了,一把拽住沙兹曼紧小的上衣,发疯似的摇着他。

　　"请别这样,"沙兹曼叹口气,"别这样。"

　　列奥不好意思地放了手,央求他:"你告诉我她是谁,我非常非常想知道。"

　　"她配不上您。她是个野姑娘,野,不要脸。不配给拉比做老婆。"

　　"野是什么意思?"

　　"像一头畜生。像一只狗。在她眼里,贫穷就是罪孽。所以,我现在只当她是死了。"

　　"天啊,你这是什么意思?"

　　"她,我不能介绍给您。"沙兹曼喊道。

　　"你干吗这么激动?"

　　"您问干吗,"沙兹曼边说边哭了起来,"她是我的孩子,我的斯姐拉,她应当入地狱,烧死。"

　　列奥上了楼,往床上一躺,一头埋进被窝里,把自己的一生寻思了一番。他虽然一会儿就睡着了,可是心里没法排遣掉她。他醒过来,捶着胸。他祷告上帝,别让自己想她,可是,祷告一点儿不灵。他这几天日子过得很痛苦,心里不断挣扎,可别让自己爱上她;但是怕真的不爱她了,所以又不敢这样。临了,他想出一个办法:规劝她改邪归正,自己呢,皈依上帝。这个想法一会儿使他厌恶,一会儿又叫他兴奋。

他在百老汇一家咖啡馆撞见沙兹曼,这时候,他才明白自己最后打定了主意。沙兹曼独自一人坐在靠后面的一张桌子边,吮着一根鱼骨头。媒人面容憔悴,瘦得快剩一个影子了。

沙兹曼抬起头,开头没认出是他。列奥养起一撮尖胡子,眼里尽是智慧。

他说:"沙兹曼,爱情终于来到我的心上。"

媒人挖苦他:"一张照片能产生爱情?"

"这不是不可能的。"

"你如果能爱她,就能爱别人。有些新顾客才寄来一些照片。我给你看看吧。有一位真是个小宝贝儿。"

列奥咕哝道:"我就是要她。"

"你别傻了,博士。别操心她了。"

"帮我同她联系吧,沙兹曼,"列奥谦卑地说,"也许我能帮着做点什么。"

沙兹曼停下不吃了,列奥心情激动,知道事情已经停当。

然而,列奥离开咖啡馆的时候,却生了一阵绞心的疑虑:事情朝这个路子发展,是不是沙兹曼一手策划的。

列奥接到来信,说她在某个拐角同他见面。一个春天的夜晚,她在路灯底下等他。列奥来了,手里拿着一束紫罗兰和玫瑰花蕾。斯妲拉站在路灯柱子旁边,吸着烟。她一身白的装束,配上红色的鞋子,正合他的心意,只是他心慌意乱,看花了眼,以为身上穿红的,脚上穿白的。斯妲拉不安地、腼腆地等着。列奥老远就看到:她的眼睛分明是她父亲的眼睛,流露出无比的纯洁。他在心中描绘:他怎么从她的身上获得新生。空中回荡着提琴的声音,闪烁着烛光。列奥奔向前去,花儿冲着斯妲拉。

沙兹曼靠在拐角的墙边,为死者唱着祷文。

思 考 题

1. 在这篇小说中,沙兹曼和列奥两人的生活价值观在哪些方面有所不同？

　　2. 在列奥自我发现的过程中,莉莉·海斯康恩起了什么作用？斯妲拉起了什么作用？斯妲拉的照片为什么那么吸引列奥？

　　3. 沙兹曼到底是怎样一个人？他为什么不愿把斯妲拉介绍给列奥？他是否暗揣什么目的？

　　4. 小说中有什么迹象暗示沙兹曼的活动中有诈？本篇的结束语揭示了什么？

　　5. 试述一个精彩的故事在一篇小说中的作用。

寻找格林先生

〔美国〕贝　娄

董乐山译

　　索尔·贝娄(Saul Bellow,1915—　)出生于加拿大魁北克省的拉辛,在蒙特利尔度过自己的童年。九岁时随父母迁居美国芝加哥,在那里上完中学后,先后在芝加哥大学、西北大学和威斯康星大学取得学士和硕士学位。自1938年以来,除短期在商船上服役以及担任过一段时间的编辑、记者外,他大部分时间在芝加哥大学、纽约大学、普林斯顿大学等校任教,现为芝加哥大学教授和社会思想委员会主席。贝娄于1941年开始发表作品,现在被公认为第二次世界大战后美国最杰出的小说家。他的创作思想和创作手法反映了现代主义和现实主义的互相交融。他运用具有喜剧性的自嘲和严肃的思考相结合的"贝娄风格",对人类的生存困境、知识分子的精神危机和人生的意义和价值进行了全面的剖析和探索。代表作有长篇小说《奥吉·马奇历险记》、《赫索格》、《雨王汉德森》、《洪堡的礼物》等。1976年,他以"对当代文化富有人性的理解和精妙的分析"获得诺贝尔文学奖。

　　　　凡你手所当做的事,要尽力去做……①

　　工作辛苦吗?不,这实际上不算太辛苦。不错,他走路爬楼梯有点不习惯,但是乔治·格里布对他的新工作感到最吃不消的,倒不是身体上遇到的困难。他的工作是在黑人区送救济金支票,他虽然是芝加哥本地人,这一带他可不十分熟悉——需要发生一场经济萧条才把他带到这里来。不,这算不上是辛苦的工作,这不是用距离或重量来衡量的,但是他开始感到工作的压力,慢慢意识到它的特殊困难。街道和门牌号码,他倒可以找到,

---

　　① 《圣经·旧约·传道书》第9章第10节:"凡你手所当做的事,要尽力去做;因为在你所必去的阴间,没有工作,没有谋算,没有知识,也没有智慧。"

可是对象却不在应在的地方,他觉得自己好像是个对于狩猎对象的伪装缺乏经验的猎人。这一天的天气也不好——时当秋令,天气寒冷阴暗,还刮着风。不过,不管怎么样,他的军式雨衣深深的口袋里装的不是猎枪子弹,而是支票本,上面的穿孔是供归档装订用的,这使他想起了自动钢琴穿孔带上的小洞。而且他看上去也不太像个猎人,他完全是个城里人的模样,穿着这件爱尔兰密谋分子的雨衣,腰带系得紧紧的。他身材细长,但是不高,腰板挺直,下身穿着一条旧花呢裤,裤腿边上已经磨破发毛了,显得有些寒酸。他保持着这种挺直的姿势,脑袋冲在前面,因此他的脸部由于天气严寒而冻得发红;他的脸是过惯户内生活的人的脸,灰色的眼睛老是在想着什么事情,但是又似乎避免作出肯定的结论。他的金黄色的鬈发留着鬈脚,又硬又长,有一种突出的效果,使你感到有点意外。他既不像看上去那么温和,也不像看上去那么年轻;尽管如此,他本人并没有作什么努力要显出自己实际并不是那样。他受过教育,是个单身汉;在某些方面来说,为人很简单;他喜欢喝一口,但不贪杯;他的运气一直不好。他没有存心要掩饰的事情。

他觉得今天的运气比平时好。今天早上他去报到上班的时候,他原以为会关在救济站里做办公室职员的工作,因为他曾经在闹市区当过职员,结果却不是如此,因此他很高兴可以在街上不受拘束地跑跑,而且他欢迎寒气袭人,甚至烈风吹刮,至少在开始的时候是这样。但在另一方面,他分发救济金支票的工作却进行得不很顺利。不错,这是市政工作,做市政工作是没有人要你太卖劲的。他的主管,那个年轻的雷纳先生实际上就是这样告诉他的。但是他仍旧想把工作做好。别的不说,他如果能够知道多快就能发完一叠支票,他就可以知道他能给自己腾出多少时间来。再说,救济对象一定也在等着钱花。当然,这不是最重要的考虑,尽管对他来说肯定是重要的。不,他想做好工作,仅仅是为了做好工作,像样地完成自己的任务而已,因为他很少有机会找到一个需要花这种精力的工作。这种特殊的精力,他现在充沛到快要溢出来了;只要一开始流出来,就源源不绝。不过,至少在目前,他感到犹豫。他找不到格林先生。

因此他穿着那件下摆很大的军式雨衣站在那里,手里拿着一只大封套,口袋里露出一些纸,心里在纳闷,那些身体衰弱有病因而不能到救济站来领自己的救济金的人,为什么这么难找到。不过雷纳早就告诉过他,在开始的时候,要找到他们不是很容易的,并且给他出了一些主意,教他怎样进行。"如果你能见到邮递员,那么他是你第一个可以打听的人,而且最有把握。如果你碰不上他,就到附近的商店和做小买卖的那里去试一试。再不行,就找看门的或是街坊打听。不过你会发现,你离要找的人越近,人们愿意告诉你的东西越少。他们什么也不愿意告诉你。"

"因为我是个生人。"

"因为你是个白人。我们应该找个黑人来干这个工作。但是目前找不到人,当然你也得吃饭,而且这是公开招工。总得提供就业机会。这话对我也适用。告诉你,我自己不想出去。我比你资格老三年,如此而已。而且还有个法学学位。否则很可能是你坐办公室,由我在这大冷天出去跑外勤。付给咱俩的工资都是一样的,原因也完全一模一样。我的法学学位与这有什么相干?不过你得把这些支票送出去,格里布先生,如果你有股倔劲儿,那就好办多了,因此我希望你有股倔劲儿。"

"是啊,我是很倔的。"

雷纳左手拿着一块橡皮,在他那污旧的办公桌上使劲地擦划着,他说:"当然啰,对这样一个问题,你还能有什么别的回答?反正,你会碰到的困难是,谁的情况,他们也不愿意告诉你。他们以为你是便衣侦探,或者是去收分期贷款的,或者是替法院送传票的,诸如此类的人。要等到你在那一带露了几个月的面,大家才知道你不过是从救济站来的。"

这是感恩节前阴暗的、地冻天寒的天气;寒风同烟雾捣蛋,一股劲儿往下吹,格里布忘了带手套,他把手套落在雷纳的办公室了。没有人肯承认认识格林。时间已经过了下午三点,邮递员最后一次信已经送过了。最近的一家杂货铺主人,也是个黑人,从来没有听说过有人叫图利弗·格林的,至少他是这么说。格里布有点相信他说的是实话,因为他最后说服了那个人,他不过是要送一张支票。但是他拿不准。他需要经验才能懂得脸色表情,而且更需要毅力,不让轻易给打发走,不让轻易给拒绝掉,甚至需要在必要时敢吓唬人的勇气。如果那个杂货铺主人是知道那个人的,那么他把他打发走得太容易了。不过,既然他的顾客大部分都是领救济金的,那他为什么要不让你送救济金呢?也许格林先生,或者格林太太,如果有一位格林太太的话,光顾另外一家杂货铺。有没有格林太太呢?格里布一份档案记录也没有看,这是他的工作发生巨大障碍的一个原因。雷纳应该让他看几小时档案。但是显然他认为没有必要,大概认为这项工作并不重要。送几张支票为什么要作周密的准备?

现在该找一下看门的了。格里布在十一月底的寒风和阴暗中察看了一下那幢楼房——一边是踩得乱七八糟的冻硬的空地,一边是堆废旧汽车的场子,再过去是一眼望不到头的高架市内火车架子工程,看上去弱不禁风,到处还烧着一堆堆垃圾;两个歪歪斜斜的砖砌门廊齐三层楼那么高,一段水泥阶梯通到地下室。他下到地下室的过道里,试试一扇扇的门,终于有一扇给推开了,他发现自己是在锅炉房里。那里有个人朝着他站起来,踩着地上的煤渣,在帆布包着的水管子下弯着腰,向他走来。

"你是看门的吗?"

"你有什么事?"

"我要找个人,他住在这里,叫格林。"

"叫什么格林?"

"哦,也许你这里姓格林的不止一个?"格里布有了新的希望,高兴地说,"这个叫图利弗・格林。"

"我帮不了你的忙,先生。我一个也不认识。"

"是个残废。"

看门的弯着腰站在他面前。他会不会就是个残废者?哦,上帝!要是他就是,那会怎么样?格里布的灰色眼睛兴奋地吃力地想看个清楚。可是不对,他只是个子很矮,背有点驼。一张刚从沉思中惊醒过来的脸,硬邦邦的络腮胡子,低垂宽阔的肩膀。他的黑衬衫和当做围裙系在腰上的麻袋发出一股汗水和煤灰的臭味。

"怎么残废?"

格里布想了一想,然后用毫不掩饰的坦率的轻松口气说:"我不知道。我从来没有见过他。"这可糟了,但是不这样说,惟一的别的办法就是说谎瞎猜,这他又不会。"我是给出不了门的人送救济金支票来的。他要不是残废,他就会自己来领了。因此我这才说他是个残废。起不了床,离不开椅——有那样一个人吗?"

这种坦率是格里布的拿手好戏,他从小就会这样。可是在这里却帮不了他的忙。

"没有,先生。我有这样的四幢楼房要照看。我不是每个房客都认识,更不用说三房客了。房客换得很快,每天都有人搬进搬出。我说不准。"

看门的张开他的肮脏的嘴唇,但在鼓风机嗡嗡地把空气猛抽进锅炉里燃起烈焰的呼呼声中,格里布听不清他的话。不过,他知道他说的是什么。

"那么,好吧,谢谢你。对不起,打扰你了。我再爬到楼上去看看,是不是会碰上认识他的人。"

他在回到寒冷的空气和早降的暮色中以后,从地下室口就近绕到夹在门廊砖柱之间的大门,开始爬到第三层。灰泥碎片在他脚下给踩碎了,两旁的铜条表明早已卸走的地毯的原来界线。在过道里,寒气比街上还袭人,冷得有点彻骨。过道的厕所马桶像泉水一样涌。他听到房子外面的风刮得像锅炉房的鼓风机那么呼呼叫,就不快地想,这可真是躲风避雨的好建筑。接着他在昏暗中擦了一根火柴,在墙上涂涂抹抹的字迹中寻找姓名和门牌号码。他看到"伍第·杜第① 去见耶稣",还有弯弯曲曲的线条、漫画、淫猥的粗话、咒骂等等。原来金字塔中封闭的厅堂里也是有装饰的,还有人类起源时期的洞穴。

他的卡片上的材料是:图利弗·格林——第3D号公寓。但是门上都没有姓名,没有号码。他缩起脖子,眼睛冻得流出了泪,呼出的尽是雾气,就这样走过了整条走廊,心里想,他不幸不是那种脾气,否则他就会使劲敲门,大声叫喊:"图利弗·格林",直到有个水落石出才罢休。但是他不是这种大吵大闹的脾气,因此他继续划火柴,来回照着墙头。在过道后面的一个角落里,他发现有一扇门,刚才没有见到过,他想最好试一试。他敲门时听起来好像是间空屋子,但是一个年轻的黑女人来应门,比孩子大不了多少。她只开了一道门缝,怕屋子里的暖气跑掉。

"什么事,先生?"

"我是从普雷阿里大道的区救济站来的。我找一个叫图利弗·格林的人,给他送支票来。你知道他吗?"

不,她不知道;但是他觉得她一点也没有听懂他说的话。她的脸迷迷糊糊的像在梦中一样,很温柔,很黑,但是神情冷漠,与世隔绝。她穿着一件男人的短上衣,把衣领紧紧地揪住。她的头发分成三股,两股向两边横梳,另外一股蓬松地耸在前面。

"这里有人可能知道他吗?"

"我上星期才租了这间屋子。"

他看到她冻得打哆嗦,但甚至她的哆嗦都是梦游中的哆嗦,她俊秀脸上的光亮大眼睛中,没有显出她明显地感到寒冷的样子。

"好吧,小姐,谢谢你,谢谢。"他说完便去试另外的地方了。

这次让他进了屋。他很感激,因为屋子里很暖和。里面尽是人,他进去时他们都沉默着没有说话——有十个人,也许是十二个人,也许更多,像在议会中开会那样坐在长条板凳上。严格地说,屋子里没有光线,只是由于窗户透进亮来,使屋子显得不太黑。他觉得好像每个人的个儿都很大,男人们穿的是厚厚的工作服和冬大衣,女人们穿戴着毛衣、帽子、旧皮领子,也显得臃肿。而且,除此以外,还有床和被褥,一只发黑的炉灶,一架钢琴,上面的报纸堆得同天花板一般高,一张芝加哥繁华时代才能见到的老式餐桌。格里布脸上冻得白里透红,身材又小,一走到这些人中间,显得像个小学生。他虽然受到笑脸和热情相迎,但他还没有张嘴就知道,所有的潮流都是逆着他的方向的,他不会有什么进展。但是他还是开口问道:"这

---

① 美流行连环画中人物。

里有人知道,我怎么能够把一张支票送到图利弗·格林先生手里吗?"

"格林?"说话的是开门让他进来的那个男人。他穿着一件短袖方格衬衫,他的长脑袋长得很怪,像一顶大檐军帽一样又大又长,前额青筋毕露。"我从来没听人说起过他。他住在这里吗?"

"救济站给我的地址就是这里。他是个病人,等着他的支票。有谁能告诉我到哪儿去找他吗?"

他坚持不让,等待答复。他的猩红色羊毛围巾裹着脖子,拖在军式雨衣外面,口袋里是一叠沉甸甸的支票和正式表格。他们一定认出了他不是个收账的雇来在下午挣外快的大学生,狡狯地想冒充救济站职员,而是个年龄较大的人,自己也知道什么叫做需要,饱尝过一般人所没有尝到过的艰辛。如果你看一看他眼圈下面和嘴角周围的痕迹,这就够明显的了。

"有谁知道这个病人吗?"

"没有,先生。"他看到四周围的人都摇着头,微笑着表示不知道。一个知道的人也没有。也许这是实话,他思量着,沉默地站在那个有着一股泥土味和混合着香气的人味的阴郁的地方,这时谈话声嗡嗡地继续着。但是他是永远拿不准的。

"这个人怎么啦?"大檐军帽脑袋问。

"我从来没有见过他。我能够告诉你们的是,他不能自己来领救济金。我是头一天到这一区来。"

"他们会不会把号码给弄错了?"

"我想不会。还有什么地方我可以去打听到他?"他感到他这股固执劲儿使他们觉得很好笑,他自己也感到有点好笑,他居然敢对他们这样固执。他虽然个子比他们瘦小,却一点也不怕,毫不退缩,灰色的眼睛正眼瞧着他们,感到又好笑,又有点儿大胆。有个坐在条凳上的人在嗓子眼里说了一句话,说的是什么却听不清楚,一个女人听了尖声大笑,但又马上止住了。

"那么,没有人肯告诉我?"

"没有人知道。"

"要是他住在这里,至少他总得向谁付房租。这所房子是谁管的?"

"格里特哈姆公司。在第三十九号街。"

格里布在小本子上记了下来。但是,回到了街上以后,一张纸片给风吹过来,紧贴在他的腿上,这时他在考虑下一步走什么方向,他觉得这个线索似乎太靠不住了。也许这个格林租的不是一套公寓,而是一间屋子。有的时候,有多到二十个人住一套公寓的;房地产经租人只知道承租的租户。有时,甚至经租人也不能告诉你租户是谁。在有些地方,床位甚至早晚分班出租,守夜的、野鸡汽车司机、夜宵餐室的快餐厨师,白天睡了觉以后,就把床位转让给一个姊妹、侄子,甚至刚下公共汽车的陌生人。在芝加哥的格罗夫村和阿希兰之间的这个残败破落地区里,有大量大量新来的人,从这所房子搬到那所房子,从这间屋子搬到那间屋子。你见到他们怎么知道他们是谁呢?他们背上没有扛着行李,看上去也没有什么特色。你见到的只是一个人,一个黑人,在街上走,或者坐在电车里,像别人一模一样,手里捏着一张转车票。因此,你能知道什么呢?格里布想,格里特哈姆公司经租人对他的问题只会感到好笑。

但是,如果知道格林是个老头子,是个瞎子,或者是个痨病鬼,那他的工作就会简单多了。如果当初他花一个小时翻看一下档案,记些笔记,他就不用处在这样不利的地位了。雷纳把那叠支票给他时,他曾问过:"对于这些人,我该了解些什么?"当时雷纳的神色好像是要责备他过于夸大这项工作的重要性。他微笑着,因为那时他们的关系已经不错,但尽管如此,雷纳还是要说这样的话。他正要讲时,救济站里由于斯泰卡和她的孩子而乱成一片。

格里布为了谋得这份差使等了很长时候。他是通过市政厅法律顾问办公室的一个老同学的门路才得到了这份差使,那个老同学从来不是什么好朋友,可是突然对他表示同情和关心起来——此外,也乐于表示,甚至在这样艰难的时世,自己也混得很不错,很有办法。是啊,他跟着民主党政府混得很有办法。格里布到市政厅去找他,他们至少一个月有那么一次,在饭馆里一起吃一顿中饭,或者喝杯啤酒,这么有一年之久,终于有可能把这份差使搞到手。他不在乎给定在最低职员一级,甚至当送信的也不在乎,不过雷纳以为他是在乎的。

这个雷纳是个与众不同的家伙,格里布一见就喜欢他。第一天格里布照例来得很早,但是他等了很久,因为雷纳迟到了。他终于窜进了他的隔开的小办公室,好像他刚从来回疾驰于印第安纳大道的红色大电车上跳下来。他的瘦削粗犷的脸给风吹得生疼,他咧着嘴,上气不接下气地在自言自语。他戴着一顶浅顶小呢帽,穿着丝绒翻领整洁地围着脖子的大衣,围着一条使他的下巴神经质地抽搐得更加显眼的丝质围巾,坐在转椅上摇来转去,双脚离地;因此他坐着老是有点儿在颠。这时,他斜眼打量格里布,他的眼睛上下长得出奇,略带嘲意。这两个人就这样坐了一会儿,没说话,这时,那个主管把帽子从头发梳得乱糟糟的头上摘下来,放在膝上。他的冻得发青的手不太干净。一根钢梁横在这间临时隔开的小办公室里,原来是挂机器皮带的。这所房子以前是家工厂。

"我比你年轻,我希望你听到我的命令不会觉得不好受,"雷纳说,"不过这些命令也不是我作出来的。你多大了，大概？"

"三十五。"

"你以为会在办公室里做文书工作。但是结果却是，我得派你出去。"

"我不在乎。"

"咱们这一区的主要对象是黑人。"

"这我想到过。"

"那很好。你能对付下来的。C'est un bon boulot。①你会法语吗？"

"会一点儿。"

"我知道你是个大学老师。"

"你到过法国吗？"格里布问。

"没有，我学的是伯烈兹学校②的法语。我学了已有一年多，我敢说，就像全世界别的地方的人一样，中国的办公室小厮啦，坦噶尼喀的战士啦，都在学。事实上，我法语说得挺棒。这就是文明的吸引力。这有点估计过高了，但是你想要什么？Que voulezvous③？我订阅《Le Rire》④和所有小报，就像在坦噶尼喀一样。那里一定很神秘。但是我学法语的原因是我想当外交官。我有一个表哥是外交信使，照他的说法，这工作非常吸引人。他坐 wagonlits⑤，读各种书籍。而我们却——你以前干什么？"

"我售货。"

"在哪儿？"

"在欲购从速公司卖罐头肉。在地下室。"

"在这以前呢？"

"在戈德布拉特公司卖窗帘。"

"固定工作？"

"不，每星期四、六两天。我也卖过鞋子。"

"原来你也卖过鞋子。那么，在这以前呢？其实这都在你档案里。"他打开记录，"圣奥拉夫学院，古典语言讲师。一九二六年至一九二七年，芝加哥大学，研究员。我也学过拉丁文。我们交换一下语录怎么样——'Dum spiro spero'。"

"'Da dextram misero.'"

---

①　法语："这是个好差使。"

②　伯烈兹学校是一家有名的速成外语函授学校。

③　法语："你要什么？"

④　法语幽默杂志《笑》。

⑤　法语：火车卧铺。

"'Alea jacta est.'"

"'Excelsior.'"①

雷纳放声大笑。别的工作人员过来从隔板上探过头来看他们是怎么回事。格里布也大笑,感到高兴,随便。在一个神经紧张的早晨,能这样散散心,是很难得的。

他们笑完了以后,在没有人看着和听见的时候,雷纳很严肃地说:"你当初为什么学拉丁文? 是要当神甫吗?"

"不是。"

"就只是为学而学? 为文化? 唉,学些大家都认为有出路的东西吧!"他的叫喊在笑音里带一点儿凄戚。"我拼死拼活,才有条件学了法津,通过了法学考试,因此我每星期比你多挣十二元钱,算是经过生活磨炼的报酬。但是我作为一个有文化的人告诉你,虽然什么东西看上去都不是真实的,但是不论什么东西都代表一件别的东西,这件东西代表另外一件东西,那件又代表另外一件——二十五元一星期和三十七元一星期之间是很难相比的,不论最后的现实是什么。你认为,对你心目中的希腊人来说,这是不是清楚? 希腊人是有思想的民族,但是他们不肯放弃奴隶。"

这大大超过了格里布原来设想的第一次同他的主管谈话的内容。他太羞怯,无法表示他感到的惊异。他笑了一笑,兴奋起来,摸了摸照在他头上的阳光和满头的尘土。"你也认为我的错误是这么严重吗?"

"你说得不错,是很严重。你现在知道了,你的背上吃到了艰难时世的鞭子。你早就应该有吃苦头的准备。你们家的人一定挺有钱,才能送你上大学。如果我说话冒犯了你,请你打断我好了。你的母亲惯你吗? 你的父亲姑息你吗? 你是不是娇生惯养长大的,因此有条件可以去打破沙锅问到底,找出最后代表一切其他事物的是什么东西,而别人却都在这个分崩离析的体面世界里干活劳动?"

"嗯,不是的,不完全是这样。"格里布微笑道。分崩离析的体面世界! 一点也不假。但是现在是挨到他叫对方吃一惊了:"我们家并不有钱。我父亲是芝加哥最后一个地道的英国管家……"

"你开玩笑吗?"

"我为什么要开玩笑?"

"穿着号衣?"

"穿着号衣。在黄金湖岸。"

---

① 常用拉丁文语录:"只要有口气,总是有希望。""把你的右手伸给倒霉的人。""骰子已经掷下。""再高一点。"

"而他希望你受上等人的教育？"

"他并不希望。他送我到军工学院去学化学工程。但是他死后我转了学。"

他自己停下来，心里想雷纳怎么这样快就使他交起心来。他刚把你的档案卷宗放在桌上，你的所有材料就都摊开来了。后来，到了街上，他仍在回想，要不是斯泰卡太太的大声吵闹打断了他们的谈话，他可能交心交到什么程度，他可能还会被引出些什么话来。

可就是在那个时候，一个年轻妇女，雷纳手下的一个工作人员，跑进小办公室嚷嚷道："你们没有听见这吵闹吗？"

"我们什么也没有听到。"

那是斯泰卡，使劲地在那里嚷嚷。记者们都来了。她说她给报馆打了电话，她真的打了。

"可是她要干什么？"雷纳问。

"她把洗好的衣服带了来，在这里熨烫，用咱们的电流，因为救济金里不包括她的电费。她在问讯处的桌子旁边支起了烫衣板，她的孩子都跟着她，一共六个。他们上学一星期从不超过一次。她因为名声关系，总是拖着他们到处跑。"

"这场好戏我可不想错过。"雷纳说着跳了起来。格里布跟着那个秘书一起到了外面说："这个斯泰卡是谁？"

"他们管她叫'联邦街的输血妈妈'。她是在医院里卖血为生的。他们大概一品脱付十元钱。当然这不是闹着玩的，但是她把这件事大肆宣扬，她和她的孩子们老是上报。"

在进口处那个狭隘的地方，有一小群人围观着，一边是工作人员，一边是领救济金的，中间隔着一道三夹板栏杆。斯泰卡一边用男人一样的嗓子粗声粗气地叫喊着，一边把熨斗一会儿使劲地在板上来回推着，一会儿又砰地掷在铁座上。

"我父亲母亲坐统舱来的，我生在我们自己的房子里，在休伦湖边的罗贝。我可不是肮脏的移民。我是美国公民。我的丈夫是在法国中了毒气的退伍军人，肺比一张纸还单薄，连自己上厕所也有困难。我的这六个孩子，我得卖自己的血才能替他们买鞋子穿。就是一条小小的蹩脚的白色圣餐领带，也是出了两滴血换来的；为了我的瓦佳上教堂不至于给别的姑娘取笑，我得买一块小小的蚊帐一样的面纱，可是他们戈德布拉特公司要了我的血。我就是靠这样过日子。要是我得靠救济金生活，那早就完了。可是领救济金的人可不少——都是假的！他们没有弄不到手的东西，他们随时都可以到绥夫特阿莫公司当工人包火腿。他们通过屠宰场找他们去干活。他们从来不需要失业。只是他们宁可躺在懒床上，吃公家的。"她一点也不怕，在这个主要是黑人的救济站里，这么大声骂黑人。

格里布和雷纳挤到前面去，想从近处看一看那个女人。她正在发火，又很得意。她是个又宽又大的金发女人，戴着一顶绣着粉红绸带的布帽。她腿上没有穿袜子，脚上穿着一双黑色球鞋，围裙敞开，里面穿着件男人汗衫没有束紧她的一对肥大乳房，因此当她在烫衣板上来回熨她孩子的衣服的时候，妨碍她的胳膊的活动。孩子们都默然不语，脸色发白，好像锁着一般，站在她的背后，身上穿的是羊皮夹克衫和伐木夹克衫。她已经占领了救济站，因此感到十分高兴。但是她所申诉的情况倒是确实的。她说的是实话。但是她的举止像个说谎的。她的小眼睛里的神色深藏不露，就是在她发脾气的时候也好像在临时编造瞎凑似的。

"他们派穿着丝衬裤的大学生出身的调查员来，想叫我别来。她们比我强吗？谁告诉她们的？把她们开除掉。让她们走，去结婚，这样你们就不用把人家的电费从开销中扣掉了。"

救济站总主管尤因先生止不住她，只好双臂交叉在胸前，站在他手下的人员前面，光着脑袋，露出了秃顶，像个中学校长似的——他以前的确当过中学校长——对他的下属说："等一会她累了，就会回去的。"

"不，她不会回去的，"雷纳对格里布说，"她会达到目的。她甚至比尤因还了解救济工作。她领救济已经多年了，她总是能够达到目的的，因为她会大吵大闹。尤因也知道。他一会儿就会让步了。现在他不过是要留些面子。要是名声不好，市里救济局长要申斥他的。她比他厉害，到时候她比谁都厉害，包括国家和政府。"

格里布以他特有的微笑作答，完全不表同意。谁会听斯泰卡的命令，她的大吵大嚷会带来什么变化？

不会的，格里布在她身上看到的东西，那种吸引大家听她叫嚷的力量，是因为她的叫嚷表示了血和肉的战争，也许使这个地方，这些情况，变得有点愚蠢可笑，而且肯定显得很丑恶。起初，当他出来以后，斯泰卡的精神有点儿使他觉得主宰着这整个地区，这个地区由于她而有了色彩；他在街边一堆堆烧着的垃圾里，高架火车下面的火堆里，昏暗中发红的小巷里看到了她的色彩。后来，当他走进酒店喝一杯黑麦酒时，那啤酒杯上的水珠，同西区波兰人街道的联想，又使他想起了她。

他因为掏手帕不便，用围巾抹一抹嘴角，又出去继续送支票。空气寒冷刺骨，他身边出现了几片雪花。一列火车开过，高架哆嗦一下，轨道上留下了一阵冰凉的嘶嘶声。

他穿过马路，走下一节木板阶梯，进了地下室里的一家杂货铺，推门时引起了一阵门铃响。这家铺子长长的，光线很暗，一阵熏肉、肥皂、桃干、鱼腥味扑鼻而来。小小的火炉里，炉火闪烁，卷着火舌，铺子主人在等着，他是个意大利人，长而瘦削的脸，硬邦邦的胡子。他的手插在围裙里取暖。

不，他不认识格林。你认识人，但不一定知道他们的名字。同一个人可能第二次不用同一个名字。警察也不知道，多半也不在乎。如果有人给枪杀，或者给捅了一刀，他们就把尸体搬走，也不找杀人凶手。首先，没有人会告诉他们什么情况。因此他们就对验尸官随便起个名字，事情就此了结。再说，他们反正也不在乎。他们就是要把事情弄个水落石出，也办不到。这些人中间究竟在搞些什么鬼名堂，没有人能知道哪怕是十分之一。他们捅刀子，偷东西，什么坏事都干得出来，男男女女，父母子女，比畜生还不如。他们为所欲为，害怕的心情一会儿就烟消云散。世界历史上，还没有过这种情况。

他滔滔不绝地说着，越说越荒诞不经，感情激动，越说越离奇可怕：好像由想像和臆造所增大的一窝蜂的人，一个紧紧地抱成一团、打不开的大疙瘩，一个由脑袋、大腿、肚子、胳膊做成的肉轮，在他的铺子里隆隆滚过。

格里布觉得必须打断他。他厉声说："你在说些什么呀！我只不过问你一下，认不认得这个人。"

"我连一半还没说完哩。我在这里六年了。你也许不愿意相信这个。可是，要是真的呢？"

"还是一样，"格里布说，"总归有个办法可以找到一个人。"

那个意大利人靠在柜台上想说服格里布，他的一双挨得很近的眼睛奇怪地盯着，他的肌肉也绷紧着。现在，他放弃了希望，在凳子上坐了下来。"唉，我想是吧。偶尔有那么一次。可是我一直在告诉你，连警察也没有什么办法。"

"他们总是在追什么人。这不是一码事。"

"好吧，你一定要找，你就继续找吧。我帮不了你的忙。"

可是他没有继续去找。他没有更多的时间花在格林身上。他把格林的支票挪到这一叠支票的最后面。名单上的下一个名字是温斯顿·菲尔德。

他没有碰到什么困难就找到了后院里的一座平房。这所院子里有两座平房，中间只隔开几码。格里布很熟悉这种一院二屋的布局，那是在填平沼泽，修筑马路之前大批大批盖起来的，它们都一模一样——篱笆旁边一条木板便道，比街面低很多，三四根拉晒衣绳的球头木桩，绿漆的木板，灰暗的鹅卵石，到后门要经过一段很长很长的阶梯。

一个十二岁的男孩领他进了厨房，那个老头儿就在那里，坐在桌边的一把轮椅上。

"哦,这位是政府派来的人,"格里布掏出支票来时,他对那男孩说,"你去把我的文件匣拿来。"他在桌上清出一块地方。

"哦,你不用这么费事了。"格里布说。但是菲尔德还是摆出了他的证件:社会保险卡、救济证、曼特诺州立医院的信件,还有一九二〇年圣地亚哥发的海军退役证。

"这就够了,"格里布说,"请签字吧。"

"你得知道我是谁,"那个老头儿说,"你是政府派来的。这不是你个人的支票,这是政府的支票,在没有得到确凿证明以前,你没有权利把它给人。"

他喜欢这样煞有介事地办这手续,格里布就不再表示反对。菲尔德把他匣子里的东西都倒了出来,摆全了那些证件和信。

"这是我过去经历的全部证明。只差一份死亡证书,他们就可以把我注销了。"他说这话时带着一种相当高兴的扬扬得意和了不起的神情。他还不签字,只是直挺挺地把那支细小的钢笔捏在手中,靠在他那条穿黄绿色灯芯绒裤的腿上。格里布不去催他。他感觉到那个老头儿因为没有人同他说话而憋得慌。

"我得买质量好一些的煤,"他说,"我差我的小孙子到煤厂去买煤,他们把煤屑装满他的手推车。这个炉子不是烧煤屑的。全都从炉箅子上漏下来了。我要的是富兰克林县产的鸡蛋大小的块煤。"

"我把这情况报告上去,看看有什么办法可想。"

"我想是不会有什么办法的。这个你知道,我也知道。头痛医头,脚痛医脚是不行的,惟一彻底的办法是要有钱。钱,那是惟一的阳光,它照到哪里,哪里就亮,它没有照到的地方,就是你看到的惟一发黑的地方。我们黑人一定得有自己的有钱人。没有别的办法。"

格里布坐在那里,他的发红的前额上面平平地盖着剪得短短的头发,他的双颊缩在翻起的衣领中——在铁炉的白云母片中,烧成块结的煤发出了熊熊火光,但是屋子里仍不暖和,——坐在那里听着那个老头儿介绍他的计划。这个计划是用认捐的办法,每个月在黑人中间制造一个百万富翁。这个每月一次造出来的聪明善良的年轻人要签个合同,保证把这笔钱用在兴办只雇黑人做工的企业。这件事通过散发连锁信和口头办法来宣传。每个有工资收入的黑人每月认捐一元钱。五年之内就有六十个百万富翁。

"这样就会引起尊敬,"他用嗓子堵塞的声音说话,听起来像个外国音,"你一定得把那些丢在彩票和赛马上的钱统统拿过来,好好组织一下。只要他们能从你身上骗到钱,他们就不会尊敬你。钱,这是人类的太阳!"

菲尔德是个混血黑人，可能有印第安人奇罗基族的血统，也可能有纳却兹族的血统；他的皮肤有点发红。他在这间黑暗的屋子里说到金色的太阳的时候，他说话的声音和他的模样——长着一头乱发的平板的脑袋、混血种的脸、厚厚的嘴唇，手里仍旧握着那支笔，都像一个神话里的地下国王，老判官米诺斯本人①。

这时他才接过支票，签了字。为了不要弄脏支票存根，他用指节按着。桌子被压得咯吱咯吱地发响，厨房里那堆脏垃圾的中心上面盖着面包、肉、罐头和废纸。

"你认为我的计划行不通？"

"这值得考虑。应该想些办法，这我同意。"

"只要大家肯做，这就行得通。就是这样。不管什么时候，这是惟一关键。只要他们都一样理解了，他们大家。"

"这话不错。"格里布站了起来说。他的目光和那老人的目光相遇。

"我知道你得走了，"他说，"那么好吧，愿上帝保佑你，小伙子，你对我没有使坏，这我马上可以看出来。"

他又经过低于路面的院子回去。有人在一个棚里小心翼翼地护着一枝蜡烛，那里有个人在卸一辆婴儿车上的劈柴，两个人在热烈地交谈着。当他走到尽头上有遮顶的过道时，他听到吹在树枝上和刮在房屋正面的风啸声，后来到了人行道上，他看到了河面上和工厂顶上数百英尺高的寒空中高压电线架上像针眼一样小的红灯——那些小尖点。从这里开始，他的视野就被挡住了，一直到南支流和它的堆满木材的河岸，还有河边的起重机。市区的这一部分在芝加哥大火②后曾经重建，不到五十年又成了一片废墟，工厂都钉上了木板，房屋都人去楼空，败落倾圮，中间还长了杂草。但使你感到的并不是荒凉之感，而是一种组织上的不善，放走了一股巨大的精力，从这一片大荒地放出的一种四散逃跑、无所依附、不受控制的力量。不仅大家都一定感到这一点，而且格里布觉得，他们也被迫要这样。在他们自己的体内放走精力。他觉得他也不例外。就说他的父母做过仆人吧，可没有让他做仆人。他想，他们从来没有做过这样的差使，这并不是有什么具体的人要求这样做，大概也不是血肉所能完成的。也没有人能够证明为什么要完成这项工作，或者能够看到这样完成的结果会引到何方。这并不是说，他想要摆脱这项工作，他明白过来，板着脸沉思。相反，他有事情要做。被迫感到有这种精力，而又没有工作可做——这是可怕的；

---

① 希腊神话中克里特国王，曾命达达勒斯建造迷宫。

② 发生在1871年。

这是痛苦;他知道这个滋味。现在是下班的时候了,六点钟。他要是高兴就可以回家去了,回到他的屋子里,用热水洗把脸,倒一杯酒喝,躺在床上看看报,吃几片涂肝泥酱的饼干,然后出去吃晚饭。但是想到这些确实使他感到有点恶心,好像吞了一口冷气。他还有六张支票没有送,他决心至少要送到一张:格林先生的支票。

因此他又开始。他还有四五个黑漆漆的街区要走,经过一些空地、待拆的房子、旧的地基、关闭的学校、黑暗的教堂、土墩,他想,看到过这一带重建更新的人,现在还活着的一定有不少。现在已增添了第二层废墟了;好几世纪的历史就是通过人类的积累完成的。人口的增加使得这个地方人为地发展;庞大的人口又使它垮了下来。有些东西一度是这么新,这么具体,以至无论谁都会看到它们是代表某种东西的,如今却已经垮了。因此,格里布想,它们的秘密显了出来。这秘密就是,它们是有了协调才代表自己的,有了协调事物就自然而没有什么不自然,当这些东西本身垮了的时候,这种协调就露了底。否则,是什么东西使城市看上去不会显得古怪呢? 罗马,几乎是永恒的,并没有引起这种思想。它是永恒地如此真实的吗? 但是在芝加哥,循环如此迅速,熟悉的东西死而复生,不过有了变化,在三十年内又一次死去,你看到这个共同的协议或盟契,你不得不思考那些表面的和现实的问题。(他想起了雷纳,不禁莞尔微笑。雷纳是个聪明的小伙子。)你一旦理解到了这一点,许许多多事情就容易明白了。例如,为什么菲尔德先生想出这样一个计划。当然,如果大家都同意创造一个百万富翁,那真正的百万富翁是会出现的。如果你想要知道菲尔德先生怎么会有灵机想到这个办法,咳,那还不是因为他从厨房窗口可以看到那个蓝图,一个成功的计划的骨架——高架市内火车和它的蓝色、绿色的信号灯。人们既然同意付几毛钱坐高架市内火车,高架市内火车就一举成功。但是在开始的时候,看起来却多么荒谬,多么不现实。但是那个修建高架市内火车的大金融家叶尔克斯[①]却知道,他能够使大家同意那么做。从这个计划本身来看,完全是纸上谈兵,近乎一种表面的东西。因此,为什么要对菲尔德先生的主意感到奇怪呢?他抓住了一个原则。于是格里布也想到,叶尔克斯先生建立了叶尔克斯天文台,捐赠了好几百万块钱,他在纽约王宫般的博物馆里,或者在驶向爱琴海的游艇上的时候,怎么会产生捐钱给天文学家的念头?是因为他对自己的奇怪事业的成功感到畏惧,因

---

① 查尔斯·泰森·叶尔克斯(1837—1906),美国金融家,获得芝加哥地面和高架火车的实际垄断权。设在威斯康星州日内瓦湖叶尔克斯天文台的大望远镜由他赠送给了芝加哥大学。

此愿意花钱探明宇宙中存在和表面是不是一致。是的,他想知道什么是永恒的;血肉是不是《圣经》中的草①,因此他把钱捐出来在许多恒星的烈火中烧掉。那么,好吧,格里布又想,这些东西之所以存在,是因为大家同意与它们一起存在——我们已经到了这样地步,——同时,还有一种现实,它并不取决于同意,而在这种现实的内部,同意是一种花招。但是需要呢?那种使得这么许许多多的人保持职位的需要呢?请你告诉我,你这个不问世事微不足道的君子,老实人——他用这些话来嘲讽自己。为什么把同意给了苦难?为什么丑恶得这样令人痛苦?因为有什么东西是阴沉的,永远丑恶的?想到这里,他叹了一口气,不再想下去了,觉得口袋里有一张真实的支票给一个无疑一定是真实的格林先生,这在目前就已经够了。但愿他的街坊不会认为有必要隐瞒他的下落。

这次,他到二楼就止了步。他划了一根火柴,找到一扇门。马上有个人来应门,格里布已经准备好了支票,没有等到他开口就给他看。"图利弗·格林先生住在这里吗? 我是从救济站来的。"

那个男人把门缝缩小一些,对他背后一个人说话。

"他住在这里吗?"

"唔——唔。不。"

"或者这所楼里的什么地方? 他是个病人,不能去领钱。"他把支票挪到亮处给那个人看,光线里尽是烟雾,空气里有猪油烧煳了的味道,那个男人推开帽檐看一看支票。

"唔——唔。从来没有见过这名字。"

"这里没有人使拐棍吗?"

那个人似乎在想,但是格里布的印象是,他只不过为了礼貌起见稍等一会回绝。

"不,先生。我没有见过那样的人。"

"我整个下午都在找这个人。"格里布突然恶狠狠地说,"我现在得把他的支票带回救济站去。真奇怪,你为了他好,有东西给他,却找不到这个人。要是我带来了坏消息,大概就会很快找到他了。"

对方的脸上流露出一种同意的表示:"我想是吧。"

"你光有一个名字,凭这个名字又找不到你,那么你有名字又有什么用? 它不代表任何东西。他很可能没有什么东西要代表。"他继续说,脸上

---

① 见《圣经·旧约·以赛亚书》第40章第6节:"凡有血气的,尽都如草,他的美容,都像野地的花。"

微笑着。这是对他想大笑一场的愿望的最大让步。

"不过,现在,我想起来了,有时候我偶尔看到有个驼背的小老头儿。他可能是你要找的人。就在楼下。"

"哪里?右边,还是左边?哪扇门?"

"我不知道哪扇门。瘦脸,驼背,小个子,挂着一条拐棍。"

但是一楼哪一家都没有人应门。他走到过道尽头,靠火柴的光寻找,只找到一条通到院子里去的出口,下面却没有阶梯,距地面约有六英尺。不过在院子小巷附近有一所平房,像菲尔德先生家那样的老房子。跳下去不安全。他跑到大门口,通过地下室过道,到了院子里。那房子里有人住。上面窗帘里有一线灯光露出来。那只斗状破邮箱下面的卡片上写的名字是格林!他兴高采烈地按了铃,推一下锁着的门。接着门锁轻轻地喀嚓响了一下,门打开了,他的前面是一条长长的楼梯。有人慢慢地走下来——是一个女人。在昏暗的灯光中,他得到的印象是,她一边走,一边在把头发弄得整齐些,因为他看到她举起了胳膊。但是,她举起胳膊是为了找个扶手的地方,她是摸索着下来的,跌跌撞撞地碰到墙上。接着,他觉得奇怪,她的脚踩在地上很轻,她似乎没有穿鞋子。楼梯口极其寒冷。大概是他的门铃把她从床上拉了起来,她忘记穿鞋子了。接着他看到她不仅没有穿鞋子,而且没有穿衣服;她全身一丝不挂,一边下楼,一边自言自语,一个很胖的女人,赤身露体,喝醉了酒。她磕磕撞撞地撞在他身上。她的乳房虽然只碰到他的雨衣,但这一接触使他像触电一般震动了一下,退靠在门上。瞧,他打猎打到了什么!

那个女人自言自语,正因为受到了侮辱在生气:"这么说,我不能操——嗯!我要让那个婊子养的瞧瞧,我能操,我干吗不能操?"

他现在怎么办呢?格里布问自己。唉,他应该走掉。他应该转身就走。他不能同这个女人说话。他不能让她赤条条地站在寒风里。他想转身,但是发现自己转动不了身子。

他说道:"这里是格林先生住的地方吗?"

但是她仍在自言自语,没有听到他的话。

"这是格林先生的家吗?"

她终于把她生气的、酒醉的眼光转到他身上:"你有什么事?"

说着,她的眼光又散了开去,生气的亮晶晶的眼光中有一滴血。他奇怪她怎么不觉得冷。

"我是从救济站来的。"

"好吧,来干什么?"

"我这里有一张给图利弗·格林的支票。"

这次她听到了他的话，伸出手来。

"不，不，是给格林先生的。他得签字。"他说，他今天晚上怎样才能找到格林签字呀！

"我来给他收下，他不能签字。"

他拼命摇头，想到了菲尔德先生关于证件的告诫："我不能让你收下。这是给他的。你是格林太太吗？"

"我可能是，也可能不是。谁想知道？"

"他在楼上吗？"

"好吧，你自己送上楼去吧，你这个傻瓜。"

的确，他是个傻瓜。他当然不能上楼去，因为格林很可能也是喝醉了酒，全身赤裸。也许他马上就会在楼梯口出现。他眼巴巴地往上望去，在电灯下面是一道又高又窄的棕色的墙。空的！仍旧是空的！

"去你妈的！"他听见她叫。为了送一张支票好买煤和衣服，他却让她在那里受冻。她并不感到冷，但是他的脸感到了严寒和自嘲而发烧。他退身离开她。

"我明天再来，告诉他。"

"啊，去你妈的。永远别再来了。你深更半夜到这里来干什么？别再来了。"她大声嚷着，使他看到了她的舌头有多宽。她叉着双腿，站在寒冷的过道里，过道像一个长长的匣子。她的双手扶着栏杆和墙。这所房子本身的形状就好像是个匣子，一个粗糙的、高高的匣子，发出刺眼冷淡的灯光，耸立在天寒地冻的夜空中。

"如果你是格林太太，我就把支票交给你。"他改变了主意说。

"那么给我吧。"她拿了过去，左手接过给她的钢笔，想靠在墙上签署收条。他回头看了一眼，好像是要看看清楚，有没有人看到了他的疯狂，几乎觉得有人站在隔壁废旧汽车零件商店的一堆旧轮胎上。

"但是，你是格林太太吗？"他现在想起来问。但是她已拿着支票上楼去了。如果他犯了错误，惹了麻烦，现在要挽救已经太迟了。但是他也不打算去操这个心。虽然她可能不是格林太太，他相信格林先生是在楼上。不论那个女人是谁，她代表格林，而这次格林是不会让他见到面的了。唉，你这个傻小子，他自怨自艾地说，你以为你已经找到了他。那有什么关系呢？也许你真的找到了他——那又怎样呢？但是重要的是，的确有一个真实的格林先生，他们不能不让他见一面，因为他似乎是代表敌意的体面世界而来的。虽然自嘲很慢才会消失，而且他的脸仍因此而感到热辣辣的，但是，他也有一种高兴的感觉。"因为毕竟，"他说，"他是可以找到的！"

思 考 题

1. 乔治·格里布是怎样一个人？他和雷纳在哪些方面有所不同？

2. 乔治·格里布寻找格林先生的经历说明了什么？为什么有一个"真实的格林先生"对他来说越来越显得重要？

3. 试述这篇小说的背景。它呈现在我们面前的是一幅怎样的图景？

4. 这篇小说有些什么象征意义？读后使我们得出一些什么结论？

5. 这篇小说反映了索尔·贝娄的哪些创作思想和创作手法？

流浪汉胡安尼托

[西班牙] 塞　拉

朱景冬译

卡米洛·何塞·塞拉(Camilo Jose Cela,1916—　)出身于西班牙北部加利西亚地区拉科鲁尼亚省德隆市伊里亚·弗拉维亚县一海关官员家庭。1936年,因西班牙内战爆发,他自大学辍学从军,战后回马德里,当过小职员、画匠、电影演员、斗牛士和柔道教练。1942年,他的第一部小说《帕斯库亚尔·杜阿尔德一家》问世,一举成名,这部作品被誉为西班牙文学一个新的里程碑。塞拉是一位富有挑战精神和革新精神的作家,他不仅是战后复苏和重建西班牙文学的先驱者,开辟了一代文风,而且对拉丁美洲文学也产生了重大影响。他的代表作还有长篇小说《蜂房》、《为亡灵弹奏玛祖卡》、《黄杨木》,短篇小说集《关于发明的争执》、《风磨》等。1989年,由于"他的作品内容丰富,情节生动而富有诗意",获得诺贝尔文学奖。

胡安尼托·奥蒂斯·雷博亚多,互济会的会员,有一天喝得醉醺醺的,讲起了发生在巴西的那件事,堂安塞尔莫听得津津有味。

大陆的老人们——检查员、药剂师、牧师——惊异地张着嘴、瞪着眼望着他。在他们看来,胡安尼托·奥蒂斯·雷博亚多是最了不起的人物。年迈的海员们……

胡安尼托这样开始了他的故事:

一

我被逐出巴西时当局说,如果我不搭乘从桑托斯港起锚的第一艘轮船离开的话,就把我投入牢狱。于是我上了又脏又热、像个黑女佣那样喘着粗气的"月光号",在迈阿密,金色的迈阿密上了岸。

在美国,我谁也不认识(我的科芬氏表兄弟们不可指望,因为那时他们连招呼也不愿意跟我打了）。但是使我感到欣慰的是,倘若"月光号"驶向南非、火地岛或斯匹次卑尔根群岛,那就更糟了,这种欣慰完全取决于个人的愿望。

上岸时我身无分文。现在,当我回忆起使我挣到头一个美元的工作时,我痛苦地想到在"月光号"的食品库里粘在我身上的那股咖啡的香甜味道,想到了那些喝黑啤酒和其他廉价饮料的酒鬼们让我尝一口的大面包块。

可是又有什么办法呢!时间过去了,我在露天里睡觉的一个个夜晚和在围墙里偷香蕉时警察对我的一次次追赶,终于把我的外套和汗衫上散发的那股扑鼻的香味驱散了。许多年后的今天,再回忆这些往事已经没有什么兴味了。

诸位算得出,十年来一个到处奔波的人的外套会改变过多少次颜色!一个到处奔波的人会换过多少次外套!

我是黄昏时分下的船。"月光号"在早晨九点左右就靠了岸。但是当我准备上岸时,海关上一位穿白衣服的先生大概认为我不十分适合同美国公民接触,便毫不客气地(的确如此)对我说,我不能上岸。

我当然进行了分辩。我对他说,你有什么了不起,我不是东方人,也不是黑人,等等。但是海关的先生换了一副表情,把一枝雪茄塞在嘴里,对身边的一名活像拳击手的警察使了个眼色。

那个家伙揪住了我的脖子,就像酒吧的看门人揪住酗酒的年轻人那样,把我揪回到跳板上。鉴于他的用意十分明显,穿的又是带毛驴斑点的衣服,最好还是别惹他。我想,最明智的做法是保持冷静,不吱声,回船上去,并假装比一只母猴还害怕,还羞愧。我必须故作镇静,因为上帝很清楚,我只要小有冒犯,那个野蛮的家伙就会打断我的腰。

我回到"月光号"上后,船员们对我爱理不理。我没有能够付足船费,他们用那种仇恨的目光望我,就像船长怒视流浪汉。那种目光,让人一生都不能忘,它本身就表明了他们的意图。

最使船长恼火的是,不能把混上船的人丢到海里去。海水很脏,像美国的港口那样漂着油污。可以猜想,水底下一定有鲨鱼或巨鳐在可怕地游动……

我们可不敢异想天开!

我郑重地向船长(一个比巴科① 酒量还大、至少跟堂奥帕斯② 一样不

---

① 巴科,希腊酒神。
② 堂奥帕斯,公元 8 世纪入侵西班牙的哥特人。

忠实的爱尔兰人)保证,太阳落山后我再去试试能不能有运气上岸。然后我便在厨房涮锅或烧火,免得开饭的时候厨师把我忘在脑后。

一到傍晚,我就告别厨师(多奇怪啊! 他对我并不那么坏),顺着靠岸的船舷慢慢腾腾地走来走去,同时望着码头:阻拦我的那个警察(或许是另一个很像他的警察)仍然站在那里,站得比松树还挺。最后我等得不耐烦了,便把心一横,以圣父、圣子和圣灵的名义念了一声"阿门"(这是实话),纵身跳了下去。

我还记得跳进水里时产生的那种可怖心情,因为我当时想到了巨鳐浮到水面上把水搅得哗哗响的情景。不过,我是个游水的好手,衣服又不碍事,因为我穿的只是那时流行的时装,那种低级闪光绸很轻,用手帕一捆就能叼在嘴里。我很快游到灌了半船水的小船下,恐惧的心情才消失。我没有表,不知花了多少时间才把小船里的水舀干。但是我估计一定不止五六个小时。

舀完水后,我在海边上选了一个合适的地方,向那里划去。我用的是单桨,为的是不弄出太大的声响。划到那里后,我才彻底放了心。

我不知道哥伦布登陆时是不是像我这样感到兴奋。想到美国那么大,美国的警察那么渺小,巴西的警察那么遥远,我一时觉得快活极了,一辈子都不会忘记那个时刻。

我把衣服脱下来晾上,然后坐在一块石头上,就像亚当坐在尘世的乐园里,只不过身上觉得更冷些罢了。

在我对面,"月光号"的货物已经卸了一半,露出了它的红色吃水线……

月亮悬在天空中,警察立在码头上,鲨鱼在海里游动。

二

有的时候,心情平静会是一种危险。担心却能驱散睡意,避免衣服被人偷走。

我清早醒来时,咳嗽得比绵羊还厉害,身上感到比患疟疾的人还冷。此刻我痛苦地看到,在那个黄金般的国度里,还有比我更贫穷、更不幸的人。

我可以起誓,我不知道什么使我感到更难过:是偷我衣服的那个人(他准是个衣衫褴褛的穷人)的不幸,还是我明白在富足的迈阿密我并不是惟一的流浪汉。

过了一阵,旭日伸开了它那金灿灿的长发……我一只手捂在身前,一只手捂在身后（诸位应该明白，我必须遮掩一下），急急忙忙向最近的一家酒吧走去。

酒吧名叫"我的小屋"。

我按了门铃。按铃的时间极短，好让我的手继续执行重要的使命。然后我等待着。不一会儿门就开了。

可能是我那副样子实在不能让人平静，但也可能是情况并非那么严重，竟使人仅仅晕倒而已。

一位妇女倒在地上，我想帮助她苏醒过来，这时走来一位先生（大概是她丈夫）、两个男孩、一个女孩、一个女佣……

最初我恢复了来时的姿势：一只手捂在身前，一只手捂在身后。但是后来，当妇人醒过来、大家像对待一只疯狗似的打我时，我只得背靠着墙壁，用那只空出来的手保护自己，因为我想，我不能像圣塞巴斯蒂安① 那样任凭他们折磨我。

由于我会讲的一点点英语跟那个家庭讲的不同，所以没有办法达到彼此了解。

他们对我大喊大叫，大打出手。一等我有了机会（那位先生把他的脸挨近了我），我就狠狠地给了他一个嘴巴，打得他吐出了几颗槽牙，天晓得是不是还吐出了半个舌头。这么一来，双方才偃旗息鼓，安静下来。

那位先生被拖上楼去。他们扔给我一条长裤，虽然有点瘦，但是总算遮住了我那罪孽的肉体。

我的双手已经自由，我想还是谨慎为妙，不要去触犯神圣的上帝，趁早离开"我的小屋"。我没有过多地耽搁（这样做常常为我带来恶果），抓起椅子上搭着的一件风雨衣，披在身上，从进来时走的那道门溜了出去。

老妇人们之所以有一副软心肠，一定是受了年迈的尤罗帕② 的影响。

我这么说，是因为我一定现出一副比屡屡受到狗群、孩童和警察追赶还值得人们可怜和同情的外表。而老妇人们是乐于表示同情的。

从我开始受到追赶到我钻进那座基督教小教堂，那奔跑的情景我一想起来就心惊肉跳。

教堂的神圣气氛使众生的激动情绪得到平息。牧师把我称为他的孩子，给我一杯茶水；他女人为我缝好了裤子；由于被逼着跑跳，裤子扯破了，破口子就那么露着，等着缝补。但愿诸位能够知道，到底由于什么遥远的联系，当时我想起了我放牛的童年时代和我父母的那头黑白花的小牛。

---

①　圣塞巴斯蒂安，法国武士，公元288年在罗马被箭射死。

②　尤罗帕，腓尼基国王阿吉诺尔的女儿。

那样的孱弱不堪的时光,谁没有经历过呢?

牧师在讲经台上进行着美丽的布道,他的女人(她肯定把布道词背下来了)在厨房里对我重复着。那一群追赶我的暴徒慢慢地平静下来,竟然有一种比追赶一个穿破裤子的外国人更有趣的东西转移了他们的注意力。感谢上帝!

牧师来到我们(他女人和我)面前,这样对我说:"小伙子,你躲过了一场大难。你假若是个黑人!"不记得我是怎样回答他的,但是我确实知道我好像是这么说的:不,先生,感谢上帝,我是西班牙科鲁尼亚省贝坦索斯镇人。

后来他问起我的打算。当我告诉他我一生的惟一梦想是再也别见到巴西警察时,他对我谈起了崇高的目标和其他的琐事。最后还竭力对我讲解他的教派的学说。据他说,一个教派不仅仅是一个教派,它也是人类未来的精神与物质繁荣的基础。

由于我们欧洲人和亚洲人是惟一拥有著名祖先的人,所以我对那些美国人总是抱将信将疑的态度,我总觉得他们带有一种骗人的气味,不知诸位怎么看。

不是因为我是个仁慈善良的修士,远非如此。但是至少我们这些西班牙人和中国人、法国人和日本人、意大利人和印度人在不知道怎么解决问题,不知道跟谁斗争的时候,能够克制自己,能够忍受。但我们不会从事教派的创立活动。

我是在严肃地跟诸位讲话。

好,我接着讲:牧师发现我有点不愿意充任他的教派的创办成员,就对我谈起一种合作商店:合伙者如果现在没有财产,可以用将来的财产担保买东西。尽管起初我觉得这个主意并不那么纯正,但后来我想,只要我能有东西吃就行,上帝会宽恕我的。于是我对他说,好吧。我参加。

为了发给我合作商店的证件,曾发生过一些小麻烦。但是到末了还是把贴着照片的证件交给了我。

牧师把我带到慈善协会,开始接受新的思想。

我在那里遇见了"我的小屋"的主人,他很有礼貌地要我原谅他,说他对我们思想的一致性一无所知。我还遇见了那个揪我脖子的警察和给他下命令的那个穿白衣服的先生,他们对我也说了类似的话。最先追赶我的那个老妇人、被我吓晕的那位夫人和偷我衣服的那个孩子也在那里。那个孩子长得消瘦、英俊,说话吞吞吐吐,把一包在海滩上偷去的我的衣服和一张名片交给我。名片上写道:

约翰·昂德佩蒂科特

　　在我们的先知路易斯·哈奇韦面前为使其会友赤身裸体深感惭愧。

　　他们那种热情是应当效法的真正榜样。

　　在会友们中间,我碰到一位同胞(来自西班牙卢戈省昌塔达镇的莫德斯托·劳雷伊罗)。他对我说,旅游者轻蔑地把救世主协会称为慈善机构。在对我说这件事时他是那么气愤,无论如何我也不敢反驳他。

　　我要莫德斯托介绍我去见迈阿密的有生力量,因为迈阿密(尽管诸位认为相反)是这样一个城市(跟一切地方一样),市长自认为是世界的中心。莫德斯托比赫尔米雷斯主教更富有加里西亚人气质。他对我说,有生力量,真正的有生力量,那只可能是我以前欢呼过的力量。

　　我不再坚持,并不是因为别的,而是因为我看到坚持也没有用。于是我向一小群人走去,那里有两个美丽的姑娘。当我听到她们那么不恭不敬地议论伊布森时,我感到十分惊讶。在那个时期,旅行的恶习已经在我的心里扎了根,听到光荣的南极发现者受到蔑视,怎么能不气得发抖呢?

　　我告诉她们,至今在我面前还没有人敢于议论伊布森、阿蒙森和华尔特·斯各特。好像神不知鬼不觉似的,她们把自己的愚蠢言论收了起来,准备到更合适的场合发泄。怎么会有这种事?

　　在聚谈会上有一个小老头,装腔作势地肯定说他有一位法国叔叔。他参加了大家的谈话,相当机警地使话题脱离了伊布森——在我面前,从来也没有人敢谈伊布森,——长篇大论地讲了一通后,谈了几条定义——据他说,是人类针对尊严的概念确立的。好像人类没有更重要的事情需要做似的!

　　他像一位马赛或圣艾蒂安的真正的议员,滔滔不绝地讲着。由于他讲的东西我不懂,而且我认为他讲的东西和良好的习惯背道而驰,我便猛一挥手打断了他的话,让他闭嘴,告诉他,他讲的蠢话够多了。

　　这位法国人的侄子让我给他拼读"蠢话"这个词,因为他觉得没有听清楚。但是当我尽可能正确地为他读"F—O—L—L—Y"一词时,他竟做起怪相来,说什么我不懂得正音,说我是个到处流浪的斗牛士、不适应环境的人、思想的逃避者和不够格的教友。如果说我容忍他这么说,那是因为我觉得他讲的这一切很有意思。

　　当他恢复平静后,又主动重新开始了交谈。但是作为跟我谈论那些事情的先决条件,他要求我举止庄重。

　　我从来也不曾试图掌握关于尊严的新奇概念,虽说我总是认为尊严就是填满肚子的能力。问题是,我几乎无意之中打开了话匣子,随心所欲地跟他谈起来。我的话居然很受欢迎。最后我说:你要求我有尊严吗?请给我钱! 我说得恰到好处,博得一阵喝彩。

这时我想起那位希腊先哲。我想他是叫伊索斯塞勒斯,他曾对参议院说:你们想转动地球吗? 想? 那就请给我一个支点!

我觉得那个时代他所拥有的伟大思想和高尚姿态是和达弗尼斯与克洛埃① 的英俊及科斯梅与达米安② 的诚实一致的。

赞美在上天支配一切的上帝! 只要有那样的四个机会,演说家的什么声誉不能建树呢?

三

当十年后我被推为迈阿密商会会长和慈善协会的合作商店负责人的时候,有一天我突然想起了贝坦索斯。

我和自己进行了几次可怕的斗争。其结果是我的精神往往变得委靡不振。

我打好行李,动身了。

临行前,我给商会的秘书留了一张字条。字条上写道:

> 贝坦索斯的一个厨房伙计,名叫塞拉芬。他在帕平③ 高压锅里煮过鹰嘴豆。
>
> 再见!

胡安尼托的舌头早就不听使唤了。

"烧酒早晚会要他的命!"堂大卫说。

"他说话怎么总是有始无终呢?"堂洛伦索气愤地大叫。

思　考　题

1. 为什么大陆的老人们认为胡安尼托是最了不起的人物?

---

① 达弗尼斯与克洛埃,4世纪希腊作家隆戈的田园小说《达弗尼斯与克洛埃》的主人公。

② 科斯梅与达米安,罗马王狄俄克勒西亚诺时代的殉道者。

③ 帕平(1647—1714),法国物理学家,有过许多以蒸汽做动力的发明。

2. 在迈阿密码头,海关人员和警察对胡安尼托的态度说明什么? 胡安尼托参加慈善协会后,为什么人们对他的态度都发生了变化?

3. 胡安尼托有关"尊严"的观点,表明了什么? 它有什么言外之意?

4. 这篇小说的结尾有什么与众不同的地方? "他说话怎么总是有始无终呢"这句话点明了什么?

5. 通过这篇小说试述现代流浪汉小说的基本特点和表现手法。

请告诉他们，不要杀我

[墨西哥]鲁尔福
屠孟超译

　　胡安・鲁尔福(Juan Rulfo,1918—1986)出生于哈利斯科州的萨约拉镇。童年时即父母双亡，被迫进孤儿院。他没有正式受过高等教育，全仗业余自学提高文学素养。1945年开始发表作品，并和小说家何塞・阿雷奥共同创办了文学刊物《面包》。鲁尔福一生著述不多，但每有所著，必成精品。1953年出版的收有十七个短篇的短篇小说集《烈火平原》，以荒诞怪异的情节，新颖独特的手法，揭示了大革命后的墨西哥农村生活，因而被誉为"农村题材小说大师"。中篇小说《佩德罗・巴拉莫》为鲁尔福的代表作。在描述拉美的"神奇现实"中，成功地借鉴了西方现代主义的各种手法，打破传统的时空观、叙事观，真实地反映了当地印第安人和混血居民的现实生活。它和《烈火平原》一起被认为是拉美魔幻现实主义文学的奠基石。此外，还有电影脚本《金鸡》，也是魔幻现实主义的一部佳作。

　　"胡斯蒂诺，请你告诉他们，不要杀我！快，快去对他们说。叫他们发发善心吧，你就这样对他们说。叫他们发发善心，不要杀我。"

　　"我不能去说，那边有个军曹，他压根儿不想听有关你的事情。"

　　"你要想办法让他听你说话。你得使点心眼。你就说，若为了吓唬吓唬我，这样做够了嘛。你对他们说，放了我也是替上帝行善。"

　　"这可不是吓唬吓唬你，看来他们是真想杀你。我不想再去说了。"

　　"再去一次吧，就这一次，看看能不能达到目的。"

　　"不，我不想去了。我不去的理由是因为我是你的儿子。如果我老是去找他们，他们就会知道我是什么人了。他们会把我给枪毙的。最好还是听其自然吧。"

　　"去吧，胡斯蒂诺，告诉他们，可怜可怜我吧。你就对他们说这么一句话。"

胡斯蒂诺咬了咬牙,又摇了摇头说:

"我不去。"

说完,他还摇了好一会儿头。

"你去告诉军曹,让他放你去见上校。你告诉上校,我已年迈,不中用了,杀了我又有什么好处呢?毫无好处。不管怎么说,他总也该有灵魂吧。你去告诉他,为了使他的灵魂得救,不要杀我。"

胡斯蒂诺从坐着的石凳上站起来,走到畜栏的门口,回过头来说:

"好吧,我去。可是,要是弄得不好,把我也给枪毙了,谁来照顾我的妻儿?"

"上帝,胡斯蒂诺,上帝会照顾他们的。你只管去,看看能为我做点什么,这是当务之急!"

他是在清晨被带来的,现在已是晌午了。他仍然在那儿,被捆缚在一根树杈上等候发落。他的心总是安定不下来。他本想打个盹来定定神,但却一点倦意也没有。他也不觉得饥饿。他没有任何别的愿望,只希望活下去。现在,当他清楚地知道他们要杀害他的时候,求生的欲望就更加强烈了,这种欲望只有死而复生的人才有。

当时,又有谁能告诉他,那件他以为已老掉牙的早已在记忆中被埋葬掉的事还会给重新翻出来呢?这就是他当时不得不杀死堂罗贝的那件事。事实完全不是如阿里玛村的人们说的那样。他当时这样做,有他的理由的。他回忆起了那件事。

堂罗贝·台莱洛斯是石门庄园的主人,也是他的教父。但是,作为他的教父和石门庄园的庄园主,却不让他在牧场上放养牲口,因此,他胡凡西奥·纳瓦就不得不杀死他了。

开始时,由于对方是自己的教父,他还忍耐着。后来,天遇大旱,他眼睁睁地瞧着自己的牲口一头一头地饿死,而他的教父堂罗贝却仍旧不让他的牲畜在牧场上吃草。于是,他便砸开栅栏,把他那些骨瘦如柴的牲畜赶到草场上去吃个够。这件事使堂罗贝很不高兴,他命人修补好栅栏,而他,胡凡西奥·纳瓦却又将栅栏砸了一个大洞。就这样,这个洞白天补,晚上砸。他那些以往只能闻到牧草的芳香,从来没有尝一尝的牲口这时总是在夜里等候在栅栏边上。

他与堂罗贝屡次争执,却未能取得一致。

直到有一天堂罗贝对他说:

"你听着,胡凡西奥,如果再有一头牲口走进我的牧场,我就将它宰了。"

他回答说：

"您也听着，堂罗贝。牲口是不懂人事的。它们去找草吃，这与我无干。如果你想打死它们，你就看着办吧。"

"他宰了我一头小牛。"

"这件事发生在三十五年前，大概是在三月份吧，因为那年四月我为了逃避通缉，已躲到山上去了。我为了不进牢房，给了法官十头牛，还典当了房产，但这都无济于事。后来，为了不使他们追捕我，把家里剩余的东西全都变卖了。但是，他们还是通缉我了。因此，我便和我儿子来到这块我拥有的名叫'鹿棒'的土地上。我儿子长大成人，与媳妇伊纳西娅结了婚，生有八个儿女。所以，说起来这件事早已过去了，看来早就该忘记了。但是，情况并非如此。

"我当时估计，花上一百来个比索，事情可以完全了结。那死去的堂罗贝是个无亲无友的人，家中当时只有他妻子和两个刚学步的孩子。他的遗孀很快就死了，听说是悲伤死的。孩子被送到远方的亲戚家里去了。因此，对他们根本用不到害怕。

"但是，人们总是说我是个被通缉的逃犯，他们吓唬我，敲我的竹杠。只要有人进村，他们就来对我说：

"'胡凡西奥，那边来了几个陌生人。'

"于是，我常常逃到山上，躲在草莓丛中，只靠吃马齿苋度日。有时不得不像被狗追赶一样，半夜三更逃出家门。我这一辈子就是这样过来的。这不是一年两年，而是整整一辈子啊。"

后来他认为不会再有人来找他的麻烦了，他相信人们早已将此事弃之脑后。然而，当局又找上门来了。他当时还以为这样一来他至少可以安安稳稳地度他的晚年了。他想："我老了，他们会放过我的，这样总能做到吧。"

他是满怀着这样的希望的。以往，他为了摆脱死亡而作了这么多年斗争；他担惊受怕，东奔西窜，让青春白白地消逝。而当他的身体由于东躲西藏，久经风霜，只剩下一把老骨头的时候，他却突然这样死去，这对他来说，真是难以想像的。

要是他当时不让他自己的妻子出走，情况又会怎样呢？那天一大早，他获悉他妻子跑掉的消息，他头脑中连去找一找她的念头都没有。他让她出走，至于她跟什么人走，到什么地方去，他都没有进行查询，反正只要他自己不下山就行。他妻子的出走就像其他的财物散失掉一样，他没有过问。他惟一关心的是自己的生命，对自己的生命他是不惜一切代价要加以保护的。他不能让他们杀死自己,不能,尤其是现在,更不能。

　　然而,人们将他从鹿棒庄园抓来此地,就是要他的命。当时他们用不到捆绑他,他就跟他们来了。是他自己走来的,恐怖已束缚住了他的手脚。他们发现,他那老态龙钟的样子,想跑也跑不了,他那两条像干枯的绳索一样的腿早已被死亡吓瘫了。因为他是来赴死刑的,是来死的,这点他们已早告诉他了。

　　从那时起他就知道这一点了。他开始感到胃在抽搐,每当他感到死亡即将来临,他很快便有这个感觉。这时,他眼睛里流露出求生的渴望,嘴里泛着酸水,这酸水他又不由自主地咽入肚中。同时,他还觉得双脚十分沉重,脑袋则轻飘飘的,心脏在靠近肋骨的部位使劲地跳着。不,他无法习惯他将被杀死这样的念头。

　　事情应该还会有点儿希望。在某一方面可能还会有希望。也许他们搞错了吧,也可能他们要追捕的是另一个胡凡西奥·纳瓦,而不是他。

　　他垂着双手默默地走在那几个人中间。黎明前一刻天色昏暗,天上没有星星。一阵微风过后,卷走了一些干土,却吹来了更多的泥土,这些泥土充满了像路边的尘土那样的尿味。

　　尽管天黑,他那一双由于岁月的流逝而变小了的眼睛却一直注视着他脚下的土地。在这块土地上他度过了自己的大半辈子,在这块土地上他度过了六十个年头,他曾把这块土地上的泥土攥在手中,像品肉味一样地品尝过它。他两只眼睛长时间地瞧着这块土地,有滋有味地观察着每一小块土地,似乎这是他看到的最后一块土地了。他几乎已经知道,这就是他看到的最后一块土地了。

　　接着,他看了看和他一起走的人,好像要和他们说些什么。他是想对他们说,放了他吧,放他走吧:"小伙子们,我可没有伤害过什么人。"他想这么说,但是他没有说出口。"过一会儿再对他们说吧。"他想,他没有开口,只是看着他们。他甚至可以将他们想像成自己的朋友,但他又没有这样做,因为他们不是他的朋友。他不了解这些人,不知他们是什么人,他看着他们在他身边走着,他们不时地弯下身子看看该往哪条道路走。

　　他第一次见到这些人是在前一天暮色降临的时候。那时,天已漆黑一团,他们踩着嫩绿的玉米苗,翻过地垄走来。他走下山去,对他们说,那儿的玉米才破土出苗呢。但是,这些来人并没有止步。

　　他及时地发现了他们。他总是有运气及时发现一切。他满可以在山上躲起来,或者在山上转悠上几个小时,等来人走后再下来。反正玉米是没有什么收成了。这个时候本是雨季,但今年没有下雨,嫩玉米苗已给晒得枯萎了。过不了多久,玉米便会全枯干了。

所以，他刚才走下山来，像跌进一个永远也爬不出来的深洞似的落到这帮人的手中，真不值得。

现在，他和这些人走在一起，强压着想对他们说一说请他们释放自己的愿望。他看不清他们的脸，只看见一会儿靠近他、一会儿离开他的几个人影。因此，他开始讲话，也不知道对方有没有听清。他说：

"我没有伤害过任何人。"他说了这句话，但情况没有丝毫变化。看来，没有一个黑影听到了他的话，没有一张脸回过头来看他一眼，他们仍像先前一样朝前走着，他们仿佛都睡着了。

于是，他想，在这样的情况下没有什么可说的了，他得在别的地方寻找希望了。他又一次垂下了双手，夹在那四个被夜色弄模糊的人影中间，走进村子里的头几间房子里去。

"我的上校，人已带到了。"

他们停在大门的门洞前。他必恭必敬地将帽子脱下拿在手里，等待着有人出来。但是，传出来的只是人声：

"什么人？"里面的人问道。

"是鹿棒庄园的那一个，我的上校，就是您命令我们去抓来的这个人。"

"你问他在阿里玛住过没有？"里面的那个人又说。

"喂，你听着，你在阿里玛待过没有？"站在他面前的军曹重复着这个问题。

"待过。请告诉上校，我就是那儿人。我直到最近一直居住在那儿。"

"问他认识不认识瓜达罗贝·台莱洛斯。"

"你认识不认识瓜达罗贝·台莱洛斯？"

"是堂罗贝吗？我认识。请告诉少校，我认识堂罗贝，他已经死了。"

这时，里面的人改变了说话的腔调：

"我知道他死了。"

接着，那个人好像在用香蒲隔离的另一个房间里与另一个人在说话。

"瓜达罗贝·台莱洛斯是家父。我长大后去找他，但人们对我说他已经死了。在知道赖以扎根的东西已经死去的情况下长大成人，可不是一件容易的事。我们就是这样过来的。

"后来，我知道是有人用刀把他砍死的，还用一根长矛插进他的胃部。听说他失踪了两天多，找到他时，他躺在河滩上，还没有完全断气，还恳求别人照顾他家庭呢。

"随着时间的流逝，这件事似乎被人们遗忘了。我也确实想忘掉它。但是，当你知道干这件事的人还活着，还幻想长生不老以满足他那腐朽的灵魂时，这件事就难以忘怀了。虽说我不认识这家伙，但是我不能宽恕他。当我获悉他在什么地方时，我产生了要结果他的性命的勇气。我不能饶恕他，让他活下去，他压根儿就不该出生。"

在门外可以清楚地听到他这番言论。接着，他又下令：

"把他带走！先将他捆绑一会儿，让他吃点苦头，然后再枪毙他。"

"请你看我一眼，上校，"他请求着，"我已经不中用了。你不杀我，用不了多久我也会老死的。请别杀我……"

"把他带走！"里面那个人又说。

"……上校啊，我已经付出代价了，我已付出许多代价了。我已失去了一切，我受到各种惩罚。近四十年来，我像得了瘟疫一样一直藏匿着，还老是提心吊胆，生怕随时都会被杀死。我不能这样死去，上校。至少得让我祈求上帝，请他宽恕我。请你别杀我！也请你告诉他们不要杀死我。"

他仿佛遭到拷打一般，拿帽子捶打着地面大声地叫喊着。

里面那个人立刻回答说：

"把他给捆起来，再让他喝点酒，让他喝醉了，子弹打在身上就不痛了。"

现在他终于平静下来了。他被遗弃在那棵树的树杈下，他儿子胡斯蒂诺早先来过后走了，又回去了，这次他又来了。

他儿子将他的尸体放在驴背上，紧紧地捆绑在牲口的坐垫上，免得在路上掉下来。他将他的脑袋塞进一只麻袋里，免得别人看了他的样子害怕。然后，他在驴身上抽了几鞭上路了。为了能早点赶回鹿棒庄园为死者安排守灵，他走得很快。

"你儿媳和孙子们见到你都会大吃一惊的。"他边走边说，"他们见到你的脸，一定不相信这就是你。这些人胡作非为，在你脸上打了那么多枪，打了那么多洞，他们看到了后，还会以为你是让狼给咬死的呢。"

思　考　题

1. 这篇小说为什么要采取倒叙的方式？小说的背景和气氛对刻画人物起什么作用？

2. 这篇小说包括多少种不同的叙事口吻？各起什么作用？它们的共同作用是什么？

3. 胡凡西奥为什么要走下山来，落入追捕者的手中？

　　4.在对待生与死的态度上，在人跟环境的关系上，在决定自己命运的个人能力上，这篇小说说了些什么？

　　5.试述这篇小说的文体风格，这种文体风格跟小说的主题、内容之间的关系怎么样？

密　　室

［法国］罗伯-格里耶
刘文荣译

　　阿兰·罗伯-格里耶（Alain Robbe-Grillet，1922—　　　）出生于布雷斯特，自农学院毕业后，曾到非洲和西印度群岛做过研究工作。罗伯-格里耶50年代开始发表作品，为"新小说派"的代表作家之一。他认为传统的现实主义把所有的事物都包裹在一些观念和感情性质的网里，剥夺了人们与外在现实的直接接触，已不适用于当代社会。他倡导没有故事性、没有诗情画意的文学，认为在文学作品中物比人更重要。他惯于通过人的心理、感觉、情欲、想像，甚至一个无名无姓人物的错乱思想行为来描写事物。他曾一度专事电影创作，认为电影比小说更适于客观记录世界，描绘现代人变幻不定的心理状态，表现时间的跳动，现实、想像、幻觉、梦境的交错。主要作品有小说《橡皮》、《窥视者》、《嫉妒》、《在迷宫里》、《纽约的革命计划》，电影《不朽的女人》，论文集《主张一种新小说》等。

献给古斯塔夫·莫罗①

　　首先看到的是一摊红色斑迹，一种深暗的、泛泛有光的红色，带着几乎是漆黑的暗影。它形成不规则的玫瑰花形状，边沿分明，以不同的长度向四面八方漫流开去，分散、变细而成为一条条波状曲线。从整体看，它在灰白色的平面上分明突出，成圆周形，既阴暗而又珍珠似的粼粼发光，圆周的半边，柔和的曲线与一大片同样灰白的颜色相连接，在若明若暗的气氛中，光晕漫射而炯然有色。这是个阴影笼罩的地方，白色已成灰色：一所牢房，一处地下室，或者就是一座大教堂。

---

　　① 古斯塔夫·莫罗（1826—1898）法国象征主义画家，以描写神话和宗教题材的色情画而著名，他的作品常以死亡为主题。本篇描写的即为莫罗一幅同名的画。

进深处,那儿站满一根根圆形立柱,一道道重复而单调的影子一直排到宽阔的石板楼梯前,楼梯向上而稍稍转弯,越接近那高高的穹顶就显得越狭窄,到了穹顶处就终止了。

除了这楼梯和圆柱,整个背景上空然无物。然而,在显眼的前景上,一具摊开着四肢的躯体隐约可见,衬着红色的斑迹,又显得色调分明——这是一具白色的躯体,那丰腴而柔软的肌肉简直可以触摸,毫无疑问,它是虚弱不堪的。从相仿的角度看去,那血色的半圆边上又有一个同样的圆形,这个圆形完整无缺;而且,由于它周围的光晕部分颜色较深,因此可以一览无余,而旁边的那个却是溃不成形,至少是残缺不全的。

在背景上,靠近楼梯顶端的地方,可看到一个黑色的侧面人影飘然欲行,一个身披长斗篷的男子正要踏上最后一级楼梯,他毫不耽搁,因为事情已经告成。在银光闪烁的白铁高台上,放着一只香炉,一缕轻烟从中袅袅升起。那具乳白色的躯体就躺在香炉附近,血正从左边胸房里涌流而出,沿着肋部流向臀部。

这是一具体态丰满圆润的女子躯体,并不肥胖,浑身一丝不挂。她仰天而卧,胸部由于背压着扔到了地板上的厚软垫而微微抬起,地板上铺着东方地毯。她身腰细挑,颀长的脖颈扭向一边,头歪着,遮蔽在暗影里,但那面部表情依然可辨,嘴半张半闭,双目圆睁,目光阴寒而凝滞,一大蓬黑色长发散乱而错杂地堆积在一件揉得乱糟糟的睡衣上,睡衣看上去是天鹅绒的,手臂和肩膀也压在这睡衣上。

这是一种寻常可见的紫红色天鹅绒,也可以是由于光线的缘故才显得这样。不过,那软垫的颜色里也总含有紫色、棕色或蓝色的意味,就像地毯上的东方式花纹颜色一样——软垫只有很小一部分遮蔽在睡衣下面,由于那胸和肩压在上面,很显眼地翘了起来。朝前一点,同样的颜色点缀在铺地石上、圆石柱上、拱形门廊上、楼梯上,以及那隐匿于房间深处的模糊难辨的底色上。

这房间的大小很难确定,一眼看去,那个年轻被害者的躯体似乎已占据了房间里很大一块地方;但是那与房间相接的宽阔楼梯似乎给人以这样的暗示:这儿并不是房间的全部,在它的左右四周实际上还存在着相当大的面积,因为在它边沿上依次排列着的圆柱间正透露着模糊不清的深棕色和蓝色,说不定,在那儿还有沙发,另有厚地毯和成堆的软垫及衣料,另有被害者和香炉。

同样,很难说清楚那亮光是从哪儿照进来的。无论是圆柱上还是地板上,都没有迹象表明光线的方向。没有一扇窗,也没有任何其他光源。整个场面似乎是由这具乳白色的躯体照亮的——那鼓起的胸部,那曲线柔和的大腿,那圆润的前腹,那丰满的臀部,那八字叉开的双腿,还有那表示性的、令人刺激、曾供人取乐而业已无用的黑色毛丛。

那个男子往回走了好几步。现在,他站在楼梯的第一级上,又准备走上去。楼梯的台基又宽又深,就像高楼大厦前,或者神庙和剧院前的台基那样;它越到上面就越狭窄,同时又慢慢地形成螺旋形,弧圈很大,到了接近穹顶时还没有形成半个圆周,上面又有一段没有扶手的又陡又窄的梯级,梯级的线条模模糊糊,甚至可以说完全隐没在浅黑的颜色中。

然而,那个男子并没有看着这个方向,虽然他的脚步依然在移动;他的左脚跨上第二节楼梯,右脚已碰到第三级,他提着腿,一面在回头最后看一看那情景。他把一只手叉在腰里,那披挂在肩上的飘动着的长斗篷由于这种迅速的圆周运动而卷了起来——他回头转身的动作也同样敏捷。斗篷的一角停留在空中,仿佛是被一阵风吹起似的;这斗篷角扭曲而成一个歪斜的S形,斗篷看上去是红丝织成而且绣有金色绲边。

那个男子面无表情,不过有点紧张,好像正在期待——也许是害怕——什么突如其来的事情,或者是在用最后的一瞥审视一下眼前的一片死寂。他回头张望,整个身体呢,又微微前倾,看上去他没有停止登楼。他左手握着斗篷边,右手臂正竭力弯向左边,伸向立有扶手的地方,好像这楼梯上有一道栏杆似的,这个不谐调的动作几乎叫人不可思议,除非从这种显然想抓握并不存在的支撑物的动作里,突然冒出一道真的栏杆来。

至于他视线的方向,毫无疑问是投向那具躺在软垫上的被害者躯体的。那具躯体正摊成"大"字,什么都显露无遗,胸脯抬起,头部后倾。但是,由于站在楼梯的底部,那男子的视线被圆柱挡着,也许看不到她的脸。那年轻女子的右手正好触到圆柱的底部。消瘦的手腕上戴着一只铁制的腕箍。手臂几乎全部隐蔽在暗影里,只有手掌部分才有足够的光线,使人辨出那些抵住立柱下面圆形突出物的纤细的手指。圆柱上系着一根黑色金属链条,链条紧结腕箍,把那手腕牢牢地缚在圆柱上。

手臂的顶端,那压在软垫上的圆圆的肩膀也明晰而注目,脖颈、喉咙同样如此,而另一个肩膀、腋窝和腋下的细毛,还有同样被拉直、手腕被缚于另一根圆柱底部的左手臂,则占据着非常突出的地位;这一边的金属腕箍和链条暴露得无遮无蔽,就是最微小的细部也都一目了然。

同样清楚也同样占据突出地位的是在另一边,一条同样的链条,不过要粗一些,正直接缚在脚踝上,绕圆柱两周,一头系住安装在地板上的一个大铁环。离开左脚大约一码远,是右脚——看来两腿叉得不很开——毫无疑问,右脚也是缚着的,不过,左脚以及左脚上的链条则描绘得细致入微。

　　脚很小,细嫩而雅致。在好几个地方,链条弄破了皮肤,不过可以看到,肌肉上并没有很深的伤痕。链环是椭圆形的,很细,样子像一只只眼睛。与此相比,那地板上的铁环简直可用来拴马;它钉装在一根笨重的铁桩上,紧贴地面。离此几英寸远,是一张小地毯的边沿,地毯揉得很皱,显然,这是被害者试图挣扎而又肯定受到强制时,由于手脚扭动而留下的痕迹。

　　那个男子依然站在大约一码远的地方,身体稍稍前倾,看着那具躯体。他看看她的脸,目光游弋不定。她的黑眼睛由于眼旁的黑晕而显得更大了,嘴像嘶叫似的张开。那个男子由于站立的姿势,只能看到他的模糊的侧面,他的脸色虽然严峻,又冷静又呆滞,但从中还是可以体会到某种强烈的兴奋。他的背微微弯曲。那只仅能看到的左手离躯体不很远,正提着一件衣服,衣服是深色料子的,拖曳到地板上,这肯定是一件绣有金丝的长披风。

　　那男子的巨大黑影大部分被那具赤裸裸的躯体遮蔽着,那躯体上又满是血迹,血从乳房里流出来,分岔成一条条细流,流到胸部和肋部苍白的表皮上,越流越细。有一条流到了腋窝处,又沿手臂径直流成一条细细的线;有的细流经过腰部,又沿腹侧流到臀部,在大腿上分成更细的网络并开始凝结。三四条很细的血流伸展到两腿间的那个洞穴旁边,相互交叉混合,流到两条大腿叉开而成的 V 字的尖端处,在黑色的毛丛里消失了。

　　看,那具躯体现在依然完整无缺:黑色的毛丛和洁白的大腿,线条柔和的臀部,纤细的腰肢,还有,向上一点,那珍珠般圆润的胸脯这时正上下起伏着,急速地呼吸,节奏越来越快。那个站在她身旁的男子跪下一条腿,把身体凑近一点。惟一可稍稍动弹的那颗披着长鬈发的头正左右晃动着,挣扎着;终于,女子的嘴咧开了,身上的伤口洞开着,大量的血在涌流,密密地分布在柔软的皮肤上,那双有意被蒙上阴影的眼睛令人可怕地越张越大,同时嘴也越张越大,头在剧烈扭动。这样持续一段时间后,渐渐地显得无力了,头只是慢慢地左右摇动,最后颓然后倾,在一大蓬散乱在天鹅绒上的乌黑头发中间兀然不动了。

　　在楼梯的顶端,那扇小门现在已经打开,一道微黄的、但持续不变的光线射进来,衬着这光线,分明可见的是那个身披长斗篷的男子的黑色身影。他又跨上几级阶梯便到了门槛边。

　　接着,整个背景变得一片空白,巨大的房间连同其中的紫色阴影及石头圆柱也已向四面八方消散而隐匿,那旋形的、令人难忘的无扶手楼梯一面上升而进入黑暗之中,一面变得越来越狭窄,越来越模糊,最后升到拱顶的上端,在那儿消失不见了。

那具躯体上的伤口已经凝合,它的光晕也开始渐渐暗淡,而旁边的那只香炉里,一缕轻烟透过静止的空气袅袅升起;起先是一个烟圈,向左飘动,随后轻快地直接上升,又转回香炉的正上方,继续向右越过香炉,又转弯回到原来的方位,这样,形成一条明确无误的曲线,而且弧度越来越大,笔直上升,升向画面的顶端。

思　考　题

1. 这篇小说描述的是一幅画,读后你对画家的创作意图有些什么想法?

2. 这篇小说营造的是一种什么气氛?作者在动作、时间等方面是如何表达的?

3. 在这篇小说中,作者采用了哪些电影技巧和表现手法?

4. 这篇小说的结尾有什么独特之处?它有没有什么言外之意?

5. 这篇小说在哪些方面跟传统小说有所不同?它反映了"新小说派"的哪些观点和表现手法?

道地的赛尔基索夫牌

[土耳其]雅·凯马尔

徐　鹃译

　　雅夏尔·凯马尔(Yasar Kemal,1922—　　　)出身于阿达纳省一个农民家庭。因家境贫寒,中学未毕业即辍学谋生,当过雇工、鞋匠、看门人、小职员、小学教师等。后进入《共和国报》工作,当上记者、编辑。他1939年开始发表作品。他的主要作品有长篇小说《瘦子麦迈特》、《披荆斩棘》、《中流砥柱》、《铁地铜天》、《长生草》、《山的传说》、《来自查克贾的艾费》、《铁匠铺惨案》、《海在咆哮》、《孑然一身》、《土丘上的石榴树》,短篇小说集《炎热》、《凯马尔短篇小说集》,剧本《洋铁桶》等。凯马尔的作品多为描写形形色色为自身生存而苦苦挣扎的小人物,反映现实生活中的矛盾和冲突,具有深刻的社会意义。他继承了土耳其民间文学的优秀传统,叙事手法多样,语言生动幽默,具有鲜明的艺术风格。他的农村题材小说被誉为"现代土耳其农村生活的百科全书"。

　　戴胜鸟欢快地摆动着它那华丽的、五彩缤纷的尾巴从路上掠过,不一会儿又飞落在原地。哈吉横骑在毛驴背上。不管天有多热,他总是把帽檐拉得低低的,直盖在右耳上。小毛驴格登格登地走得又快又稳,在身后掀起一片炉灰般炽热的尘土。毛驴走起来很有节奏,使人觉得像坐在羽绒垫上一样舒服。至于马嘛,愿安拉惩罚它,那种牲畜走起来一摇一晃的,简直会把人颠死,屁股都会给磨掉一层皮!要说骑骆驼,那倒蛮惬意,你一骑上去就不想下来。可你如果去问哈吉,他保管对你说,再没有什么牲口能比得上他那头灰毛驴了!哈吉倒不计较什么缎子被面、羽绒褥垫之类的铺盖,只要骑上他那头灰毛驴,在灼热的阳光下到地里走上一趟,那简直就甭提够多美了!……

　　灰毛驴每天都要在猫着腰、抡起镢头刨地的长工们面前威风凛凛地走上那么两三趟,然后停下来,昂起头、翘起尾巴嘶叫上好一阵,接着再长长地撒上一泡尿……哈吉腿长,伸展开来就会碰到地面,他只好蜷起腿,就这样他的脚离地也只有一寸光景,驴子要撒起尿来还会溅他满脚都是。遇到这种情景,长工们都会一齐哄笑起来,哈吉却恨得咬牙切齿,大骂他们是"狗杂种";他一骂,长工们笑得更欢。这时候,要是那"黑皮"阿伊谢也在场,他就会一面冲着她走去,一面嚷道:"都是你在挑动他们捉弄我,看我不把你按在地下才怪……"这时,那"黑皮"阿伊谢会猛地举起锄头,对他喝道:"滚开,你这条老狗!"这一来,哈吉就把人家的取笑给转移开了。有时候他常想:"这个阿伊谢可真是个好女人,她把大伙儿的嘲笑都给引开了。"

他会对她说:"你把那些对我的嘲笑都给带走了,但愿安拉把你也给带走,'黑皮'埃谢①!"

这一下"黑皮"阿伊谢可生气了:

"我年纪还轻,真主带走我,还不如带走你这个灰毛老王八呢!把你带去至少还能顶点用,你老婆也好再找个年轻丈夫……"

这种玩笑往往就这样开上半个钟头,接着哈吉会变得严肃起来,大伙儿也就沉默了,这时候,就是用刀子也甭想撬开他们的嘴巴。等到午后通常要起风的时候,大伙儿也就把哈吉给忘了,开始唱起山歌。哈吉的那头灰毛驴呢,又开始竖起耳朵嘶叫起来……

有一天,好像还是个炎热得叫人受不了的大热天。哈吉不停地吩咐前来问话的长工干这干那。他显得火气很大,在他当包工头的十五年间,还没见过他发那么大的脾气呢,他肯定是受了老爷的申斥了。

长工们的背后,有个卖水果的小贩赶着头瘸腿驴子在歇脚,从他的脸庞和红彤彤的面颊就可以断定他是达然代② 人;他站在那儿的姿势叫人看了很不顺眼,一望而知是个坏种。

哈吉还在责骂那些长工:"你们这些没良心的狗东西!草没有除净,把棉花倒给碰坏了。老爷会骂我的,会把我打得半死。哼!反正跟你们不相干,什么倒霉事都落到我头上。我哈吉都替你们害臊!还没有到歇的时候就忙着歇去了,这可不行!……"

长工们都低着头一声不响地静听哈吉的责骂,突然那灰毛驴又嘶叫起来;跟着,达然代人的驴子也应声附和,此起彼伏,好不热闹,引得长工们忍不住哈哈大笑起来。哈吉没料到会出现这样的场面,他发火了,气急败坏地破口大骂,可又无可奈何,因为长工们一笑起来可就没个完。哈吉

---

①　埃谢系阿伊谢的爱称。

②　土耳其地名。

气得不知如何是好,光在那儿打转,他觉得血直往上涌,接着又开始拼命抽打那灰毛驴。"这该死的哈吉!"长工们心里暗暗骂道。哈吉抽打毛驴时,他们越发笑得前仰后合。

最后哈吉终于打累了,脖子上青筋直暴,显得筋疲力尽。他似乎已在毛驴身上出了一口气,可嘴里还在骂骂咧咧:"愿安拉惩罚你们才好!'黑皮'阿伊谢这个婊子,你也在笑啊?"

"黑皮"阿伊谢对他说:

"看你那模样,连驴子都在笑你呢!"

哈吉说:"你个婊子,就是你把这些长工带坏了,你个脏猪,还没到时候,你就让他们歇着去了。"

"黑皮"阿伊谢可不服气,她说:"又怪我?你既然算个工头,就该有块表嘛,而且该有两块、三块才是!"

其他长工也附和着说:"是啊,你得有块表才行啊!""我们哪知道到没到钟点啊?"

结果还是哈吉的不是。

听他们提到表,站在他们后面的达然代人的眼睛陡然亮了起来。他把手伸进裤兜里,摸着他那块个头很大的怀表。这块表大概足有三年不走了,在这三年里,怀表的主人为了使表脱手,一直在物色一个傻瓜。这块表要是用劲摇上一阵,还可以走上五六分钟,然后就会像一个停止注水的磨盘一样,怎么也不动了。达然代人在口袋里使劲摇了一阵以后,就把表递到离他不远的长工面前:

"我倒有块表要卖,噢,这还是我爸爸留给我的纪念品呢!"

长工们一听,哄叫了起来:"这个达然代人有块表要卖!"

"咦,一块表!"

"表……"

哈吉也向小贩身边慢慢地凑过来,不慌不忙地伸手接过表来掂了掂,还真有点分量。他听说过,表是分量越重越好,他放心了。这表足足有小乌龟那么大,放到耳边一听,还在滴答滴答地走着。哈吉心想:"还好,我已经在村秘书那儿学会怎么看表了,两天我就会了,俗话说'有志者事竟成'嘛!"

达然代人一下把表夺了过去,拼命摇了一阵才又交给哈吉。他说:"你看,像马达一样,走起来多带劲!你把它贴在耳朵上,贴紧了听听!你以为这种表在土耳其能买得到啊?不,不,先生,这是我爸爸留下的纪念品;要不是我出门在外,手头又紧,我才不会卖呢,你哪怕出一百万我也不卖……"

　　他又把表用力摇了一阵,然后拿它挨个儿贴紧长工们的耳朵,说道:
"大家都来看啊!你们瞧见过这么好的表吗?走起来就像马达,跟奥列佛·
基利特拉克马达一样。你听滴答滴答走得多带劲,看它有多重啊……"

　　长工们都随声附和:"我们算是信了,这么好的表可真没见过!"

　　"像马达一样!"

　　"真跟马达一个样!"

　　"完全一样!"

　　"听它走起来滴答滴答多带劲! ……"

　　达然代人又使尽全身力气把表摇了一阵,交给哈吉。

　　哈吉终于忍不住了:"表倒不坏,是个好表,可……要多少钱呢?"

　　达然代人并不直接回答他,只是说:

　　"这表走起来真像马达一样。"

　　哈吉又钉了一句:"你要多少钱?"

　　达然代人还是没有直接回答:"这是我爸爸留下的纪念品。"

　　哈吉说:"表再好,总抵不上一匹马或是一头骆驼吧?"

　　达然代人答道:"难道还不值一头灰毛驴的价钱吗?"

　　哈吉连忙摇头:"不值,不值;驴子比马、比骆驼强多了。"

　　"黑皮"阿伊谢禁不住插嘴道:"嗯,驴子比你老婆还好呢!你还是让这
外乡人给开个价吧!"

　　达然代人又从哈吉手里把表拿了过去,摇晃起来,嘴里还不住念叨:
"这可是我爸爸留下的纪念品啊! ……"

　　哈吉脑子里蓦地闪过一个念头。他从达然代人手里抓过表,说:"把你
的手伸过来!"

　　达然代人伸出了手,哈吉紧紧握住说:"嗯,那头灰毛驴归你,表算是
我的了。"

　　"但愿你称心如意,"达然代人又把表拿过去使劲摇了一阵,接着说,
"看,就跟马达一个样,还带着秒针呢……"说完骑上毛驴,转过山背后不
见了。

　　哈吉对这块表真是百看不厌,爱不释手;欣赏一阵,又贴紧耳朵听上
一阵,高兴得手舞足蹈。他心想:"怪不得人常说,'乡巴佬生了孩子,急着
要看是不是个儿子。'"想到这儿,不禁有点不好意思,就把表放进兜里。

　　他对长工们说:"我原来的表比这还好,那块表啊,走起来也跟马达一
样,谁知让人家给偷了。"

　　"但愿你用得称心如意,"长工们说,"往后你可得让我们按时歇息按
时开工了。"

"按时，按时，一定按时。"哈吉说。

他忽然觉得身边少了点什么似的，东张西望了一阵之后才想起来，他的灰毛驴没有了，他觉得有点心酸，大概为了安慰自己，他把手伸进兜里，摸了摸那块表，于是自言自语地说："走起来跟马达一样。"

他内心有股强烈的愿望，想把表掏出来看看，"乡巴佬生了孩子……"他又想起了那句话，终于忍住了。

他走到长工们的身边：

"唉，我原来那块表啊……"他说，"不过这表也不错……走得跟马达一样。"

这时，他又想起了他的表。他把那块沉甸甸的怀表掏了出来，目不转睛地看了很久很久。

突然，他想起了长工们：

"快，快上工，时候早过了，过一个钟头了，快点儿！"

长工们已经休息好一阵了，他们高兴地说："看，有表就有这点好处，还真亏了那个达然代人。"

哈吉把表贴近右耳，顿时吓得丢了魂似的，面如土色，——原来表不走了。他又把表贴近左耳听了听，一会儿挪到右耳，过一会儿又挪到左耳，就这样来来回回折腾了好久。看到哈吉有些异样，长工们问道："怎么啦，哈吉？"哈吉很快就镇定下来——否则就露了马脚——忙说："没什么，没什么……"

他嘴上这么说，心里却很不踏实，急得如同热锅上的蚂蚁，不停地踱来踱去。

他忽而自言自语地嘟哝了一句：

"天哪，那头毛驴可值一条银项链的钱哪！"

后来他又尽量安慰自己："他给我的时候还像马达一样，滴答滴答走得挺好的。我从来没用过表……表一到我的手就给弄坏了，真丢人……走得好好的表让我弄坏了……明天我就到镇上去修修……"

这一夜他都没合眼，伤心得怎么也睡不着，他想："像我这么个人配用这样好的表吗？一块多好的表啊！可真是块好表啊！走起来就像五十匹马力的奥列佛·基利特拉克马达一样，可一沾我的手就坏了……"

钟表匠是个长着寿星眉的严厉的老头。"昨天我拿一头毛驴换的，那可是头马一样的驴子啊！刚买来的时候还走得跟马达似的，一到我手里就坏了，我把这么好的怀表给弄坏了……"

钟表匠戴起放大镜，打开表盖，仔细瞧了瞧，突然他一下合上表盖，对着哈吉气咻咻地说：

"你这个吹牛大王,跟我开什么玩笑?里头连零件都不全,还说什么拿一头马一样的驴子换的呢!"

哈吉哭丧着脸说道:"我把那头马一般的灰毛驴都给他了!安拉在上,我确实给了呀!"

那人把怀表往桌上一摔:

"拿去,拿了快滚!我还要干活儿呢!"

哈吉怎么也不相信这老头的话,又把表拿到另一个修钟表的铺子。尽管这次他没有再被粗暴地赶出来,但他终于弄清楚了,这表算是没法修了。

他失望地无精打采地往回走着,不禁又伤心起来:"那个达然代来的小伙子把表交给我的时候,不是还像五十匹马力的奥列佛·基利特拉克马达一样,走得好好的吗?要是零件不全,它能走吗?走不了啊!这些修钟表的净说瞎话,这些坏家伙都是些骗子!唉,我还算个人吗?买到手的时候还好端端的一块表,一下子就给我弄坏了。这些不要脸的钟表匠……哼,我再给别人去看看……"

他忽然想起,摄影师"瞎子"麦迈特·阿里也曾修过钟表,刚才把他给忘了。于是他又赶忙转回去,等跑到"瞎子"麦迈特·阿里那儿,已经是汗流浃背,满面尘土。

他立刻取出怀表递过去,麦迈特·阿里仔细察看了一番。

哈吉说道:"这是我用一头马一般的毛驴换来的。我把我的灰毛驴都给他了,这表怎么就不走了呢?"

"瞎子"麦迈特·阿里进到里屋,把表用力摇了一阵,表又滴答滴答地走起来。

"怎么不走!还是块新表呢!"他对哈吉说。

哈吉把表贴在耳朵上一听,又高兴起来了。

"要不,我怎么把灰毛驴给他呢,哪能不走!"

"瞎子"麦迈特·阿里说:"嗯,这是道地的赛尔基索夫牌,你把它往石头上扔都不会坏,就这么结实!"

哈吉给了"瞎子"五个里拉。这时天色已晚,他立即小跑着往回赶。

快进村时,他又拿出表来抚摸了一番;接着又拿起挂在胸前的银表链,一看,配起来还满相称。心想:"哼,让那些冤家对头眼热吧!毛拉韦利见了会妒嫉的,让那个王八蛋妒嫉死才好呢!嗯,这表走起来还真像五十匹马力的马达一般……"他美滋滋地抚摸着怀表,然后又把它贴紧耳朵听着。他蓦地愣住了,站在那里呆若木鸡,只见他一会儿把表放到左耳听听,一会儿又放到右耳,可它怎么也不走了。

哈吉气得从牙缝里迸出两句话："我还算个人吗？只要一到我的手里，这表马上就坏。"

村里的人都说："真没见过像哈吉这样精明的人啦！他用一头驴子就换了一块表，还是道地的赛尔基索夫牌。"

一碰到这种情况，哈吉就得意起来："这块表走起来就像五十匹马力的马达一样。别说一头驴子，就是十头驴子也值得！那个穷光蛋，准是因为出门在外才把他爸爸留下的纪念品给卖了，要不这样的表他会卖吗？难道他疯了？当时我该再给那小伙子几个里拉才对。现在可没办法了！"

人们安慰他说："没关系，哈吉，他再来时你给他就是了。看得出来，这可不是那种便宜货，这是道地的赛尔基索夫表，谁肯拿它来换头毛驴啊？"

哈吉生气地说："什么便宜货不便宜货的，这可确确实实是他老子留下的纪念品。那穷小子一定是手头紧……"

表老是指着十一点，而村子里惟一有表的就是哈吉，村里人谁想知道时间就来问他，领着大家做礼拜的人也好，长工们也好，那些干活的农民以及做祷告的村民都来问他……

每逢有人问他时间，哈吉总是慢腾腾地掏出表来，先放到耳边听上一会儿，然后再拿到面前看上半天，这才告诉人家钟点。要是正好是做午后那次祈祷的时候，他就说"三点"；要是傍晚时分，就说"六点"；中午，说"十一点"或是"十二点差十分"。每当有人问他钟点，他都带着慈祥的目光看着人家说："多好的表啊，老兄！多好的表啊！愿那个达然代人的父母安息吧！……这是道地的赛尔基索夫牌，走起来一分也不差，声音就跟五十匹马力的马达一样。这是咱村里惟一的一块表……下次见着那个达然代人，我还要再给他几个里拉。他准是手头紧才卖掉的，真造孽！"

对这块表，那些长工也格外满意。

眼看快到中午了，他们就问哈吉："还不到十二点啊？"

哈吉先把那块小乌龟大小的怀表在手上盘弄半天，然后放到耳边听听，再用右手抚摸一阵，还要说上一句"为那个达然代人做多少祈祷也不嫌多"；然后，才根据日头随便说上一个时间："还有五分钟"，"还有十分钟"，"还有二十分钟"……过一会儿，根本还不到他说的时间，他就吹起了下工哨子。

有一天，哈吉糊涂起来了，还不到时间，他就让长工们收工了。他觉察到有点不对头，想从休息时间中扣回来，但时间没有掌握好，本来应该一个小时的休息，他只给了一刻钟；这下长工们都大叫大嚷地闹起来，不肯去上工。

哈吉气得大声吼叫：

"我没占谁的便宜,连一分钟也没少让你们歇;这不是什么蹩脚怀表,这是道地的赛尔基索夫牌……"

他拿起那块个头很大的怀表贴在耳边,对长工们说:"你们看,这表走得跟马达一样。你们是十二点差五分开始歇的,我是一点五分吹的上工哨子,让你们多歇了十分钟。这是道地的赛尔基索夫牌,一分都不会差……"

他把怀表使劲摇了一下,放到耳边。表又走了,他高兴得失魂似的惊叫起来:

"你们拿去放到耳边听听,看看这表走得多带劲,滴答滴答的,就像基利特拉克马达一样。"

他把表挨个贴紧长工们的耳朵,让所有在场的长工都听了听。"你们还有什么好说的?"他问道。

长工们不服,说:"歇多少时候难道我们没数吗?这是块破表!"

大家又七嘴八舌地嚷了起来:"是块破表","老爷表"……

哈吉听到这话,恼羞成怒,跺着脚大骂起来,那么多年,长工们还第一次看到哈吉这副样子,他们真担心他是疯了。哈吉一面把表在手中来回倒腾,一面吼叫道:"你们倒说说,这是块破表吗?这是道地的赛尔基索夫表,走起来像马达一样,难道你们没看见?它是我当着大伙儿面拿一头毛驴换的,为的就是不让你们长工吃亏嘛……"

长工们一声不吭,只是说:"您别往心里去,哈吉!"

从此以后,哈吉再也没有这样糊涂过;他非常小心,以至一小时的休息时间,给上一个半小时。他再也没给人留下什么口实,让人家说那是块破表。

于是长工们也改口了,说:"要说表嘛,这么好的表在丘库洛瓦①地区还真没见过第二块,走起来一分不差。以前歇一个钟头实际上连一半也没有;现在,嗯,现在可没说的了……但愿安拉赐福给那个卖表的达然代人……"

哈吉颇为得意。他说:"遇着他,我还要再给他几个里拉,一头毛驴能换到这样的表吗?肯定这穷小子是缺钱用了……"

长工们对哈吉说:"再给他点钱吧,哈吉,再给他点儿,不能给人留下话把儿!"

总而言之,哈吉没死之前,赛尔基索夫表的银表链始终在他的胸前闪闪发亮,每逢有人问他时间,他总是非常客气地告诉人家。

---

① 地名,指土耳其南部阿达纳一带平原。

他死后，人们在他的身上和家里到处搜遍了；他的毛衣口袋、夏尔伐① 裤子口袋、缠腰带……连箱子都给翻了个底朝天，可哪儿也没找到他那块表，怀表就这样不翼而飞了。

思　考　题

1. 哈吉是怎样一个人？试述他的性格特点。

2. 作者是如何塑造"黑皮"阿伊谢这个人物的？她在这篇小说中起什么作用？

3. 哈吉死后为什么人们哪儿也没找到他的那块表？

4. 读了这篇小说后，你能大略描绘一下土耳其农村的现实生活么？

5. 这篇小说在语言上有什么特色？它在哪些方面具有民间文学的风格？

---

① 土耳其农村常见的一种裤脚收紧而裤裆很大的裤子。

恐　龙

[意大利]卡尔维诺
袁华清译

伊塔洛·卡尔维诺(Italo Calvino,1923—1985)出身于古巴圣地亚哥拉斯维加斯城一个园艺师家庭。两岁时随父母回意大利,曾在都灵大学攻读文学。1947年出版长篇小说《蛛巢小径》一举成名,从此走上文学创作道路。他的主要作品还有总称为《我们的祖先》的长篇三部曲《分成两半的子爵》、《攀树的男爵》和《不存在的骑士》,长篇小说《看不见的城市》、《如果在一个冬夜,有一位旅人》、《帕洛马》,短篇小说集《宇宙趣谈》、《艰难的爱情》等。卡尔维诺在创作上勇于创新,勤于探索,特别在后期作品中大量运用了跨文体写作。他的作品题材广泛,风格多样,结构奇特,寓意深邃。他常常交叉运用现实主义、超现实主义、象征主义、后现代主义等创作手法,以惊人的想像力、精确的语言、诙谐的笔调和深邃的寓言征服读者。他还善于用幻想和现实交混的笔法,揭示当代人的孤独、不安、冷漠和缺乏人道主义精神。他常被评论家们称为"真正的后现代主义作家"。

从三叠纪到侏罗纪,恐龙不断进化发展,在各大洲称王称霸长达十五亿年之久。后来它们却很快灭绝了,原因何在,至今仍然是个谜。或许是不能适应气候和植物在白垩纪发生的巨大变化的缘故。反正到了白垩纪末期,恐龙全部死了。

恐龙全部死了,但我除外——Qfwfq作了确切说明。一段时期内,大约五千万年吧,我也是恐龙。我不后悔自己是恐龙。当时是恐龙就意味着手中握有真理,到处大受尊敬。

后来情况变了。详情不必细述,无外乎各种麻烦、失败、错误、疑惑、背叛、瘟疫接踵而至。地球上出现了一批与我们为敌的新居民。他们到处捕杀我们,使我们失去了安身之地。现在有人说,对没落感兴趣,盼着被消灭,是我们恐龙当时的精神特征。我不知道是否真的如此,我可从来没有那种想法。其他恐龙如果有那种想法,那是因为它们知道劫数难逃了。

我不愿回忆恐龙大批死亡的年代。我当时没想到我能逃脱厄运,但一次长距离的迁徙却使我得以死里逃生。我走过了一个布满恐龙尸骨的地带,真像是一个大坟场。骨架上的肌肉已被啄食殆尽,有的只剩下一块鳍甲,有的只剩下一根犄角、一片鳞片或一块带鳞片的皮肉。这些就是它们的昔日仪态的遗存物。地球的新主人们用尖嘴、利喙、脚爪、吸盘在恐龙的遗骸上撕食着,吮吸着。我一直往前走,直到再也看不见生者和死者的踪影时,才停住脚步。

那是一片荒漠的高原,我在那里度过了许多年华。我避开了伏击和瘟疫,战胜了饥馑和寒冷,终于活了下来。我始终很孤独。永远待在高原上是不行的,有一天,我下了山。

世界变样了。我再也认不出早先的山脉、河流和树木了。第一次遇见活物时,我藏了起来。那是一群新人①,个子矮小,但强壮有力。

"喂,你好!"他们看见了我。这种亲昵的打招呼方式使我顿觉一惊。我赶紧跑开,但他们追了上来。几千年来,我已习惯于在我的周围引起恐惧,我也习惯于对被惊吓者的反应感到恐惧。现在这一切都没有了。"喂,你好!"他们走到我身边,仿佛没事似的,对我既不害怕,也不怀敌意。

"你干吗跑?想到什么了?"原来他们只想向我问路。我结结巴巴地说,我不是当地的。"你为什么跑呀?"其中一个说,"像是看见了……恐龙!"其他人哈哈大笑。但我却第一次听出,他们的笑声中含有忧惧。他们笑得不自然,另一个沉着脸对刚才那人说:"别瞎说。你根本不知道恐龙是什么……"

看来恐龙继续使新人感到恐惧。不过,他们大概好几代没见过恐龙了,如今见了也认不出来。我继续走路,尽管惶悚不安,却迫不及待地希望再有一次这样的经历。一个新人姑娘在泉边喝水。就她一人。我慢慢走上前,伸出脖子,在她旁边喝水。我心里想,她一看见我,就会惊叫一声,没命地逃跑。她会喊救命,大批新人会来追捕我……我对自己的所作所为后悔了。要想活命,就应该马上把她撕成碎片:像从前那样……

姑娘转过身来说:"嗳,水挺凉的,对吧?"她用柔和的声调,讲了一些跟外地人相遇时常说的客套话。她问我是否来自远方,旅途中是否淋着了雨,还是一直好天气。我没想到跟"非恐龙"能这样交谈,只是愣愣地呆着,几乎成了哑巴。

---

①　也称"智人",指古人阶段以后的人类,约十万年前出现在地球上。

　　"我天天到这儿喝水，"她说，"到恐龙这儿……"

　　我猛地仰起头，瞪大了眼睛。

　　"是的，我们管它叫这个名字，恐龙泉，自古就这么叫。据说从前这儿藏着一条恐龙，是最后的几条恐龙之一。谁到这儿来喝水，它就扑到谁身上，把他撕成碎片。我的妈咻！"

　　我打算溜走。"她马上就会明白我是谁，"我思忖道，"只要仔细看我几眼，就会认出来的！"我像那些不愿被别人看的人那样，垂下了脑袋。我蜷起尾巴，仿佛要把它藏起来。她笑吟吟地跟我告别，干自己的事去了。由于神经过于紧张，我觉得很疲乏，如同进行了一场搏斗，一场像当初那样的用利爪和尖齿进行的搏斗。我发现自己甚至没有回答她的告别。

　　我来到一条河边。新人们在这里筑有巢穴，以捕鱼为生。他们正用树枝筑一条堤坝，以便围成一个河湾，减缓水的流速，留住鱼群。他们见我走近，马上停止干活，抬头看看我，又互相看看，仿佛在默默询问。"这下完了，"我想，"准要吃苦头了。"我做好了朝他们扑去的准备。

　　幸好我及时控制住了自己。这些渔夫丝毫不想跟我过不去。他们见我身强力壮，问我是否愿意留下，跟他们待在一起，给他们扛树枝。

　　"这个地方很安全，"他们见我面有难色，便打了包票，"从我们的曾祖父时代起，就没见过恐龙……"

　　谁也没怀疑我是恐龙。于是我留下了。这儿气候很好。食物虽然不合我们恐龙的胃口，但还能凑合。活儿对我来说不算太重。他们给了我一个绰号——"丑八怪"。没别的原因，只因为我的长相跟他们不同。我不晓得你们用什么名字称呼新人，是叫潘托特里还是别的？他们当时还没有完全定型，后来才进化成名副其实的人类。因此，有的人跟别人很像，但也有的人跟别人完全两样。所以我相信在他们中间我并不十分显眼，虽然我属于另一类。

　　但我没有完全适应这种想法。我仍旧认为自己是四面受敌的恐龙。每天晚上，他们讲起那些代代相传的恐龙故事时，我总是提心吊胆地往后缩，躲到暗处。

　　那些故事令人毛骨悚然，听的人脸色刷白，心惊胆战，不时发出一声惊叫。讲的人也吓得声音发抖。过不久，我还知道，大家虽然很熟悉故事内容（尽管内容十分丰富），但每次听故事照样会害怕得瑟瑟发抖。在他们眼里，恐龙就是魔鬼。他们描述得绘声绘色，具体到了每一个细节。仅凭这些细节，他们永远不能识别真正的恐龙。他们认为我们恐龙只想着怎么杀死新人，似乎我们从一开始就认识新人是地球上最重要的敌人，我们从早到晚的惟一任务是追逐他们。但我回忆往昔时想起的却是我们恐龙遭到的一系列厄运、痛苦和牺牲。新人们讲的恐龙故事同我的亲身经历相差甚远。他们讲的仿佛是同我们毫无关系的第三者，我完全可以不予理会。我听着这些故事，发现以前从没想到我们会给新人留下这种印象。这些故事尽管荒诞不经，但从新人的独特角度来看，有些细节是属实的。我听着他们由于恐怖而编出的故事，想起了我自己感到的恐怖。这两种恐怖在我的脑海中交混。所以，当我得知我们是怎样吓得他们瑟瑟发抖时，我自己也吓得瑟瑟发抖了。

他们轮流讲故事，每人讲一个。他们忽然说："嗳，丑八怪能给咱们讲点什么呢？"转而对我说，"你难道没故事可讲吗？你们家从来没跟恐龙打过交道吗？"

"打过交道，可是……"我期期艾艾地说，"那是很久以前的事……唉，你们要知道……"

正好这时，凤尾花——就是我在泉边遇见的那个姑娘——前来给我解围，"你们别麻烦他……他是外地人，对这儿还不习惯，咱们的话讲得还不流利……"

他们终于换了一个话题。我松了口气。

凤尾花和我已经建立起一种推心置腹的关系，但我们之间并没有太亲昵的举动。我从来不敢去碰她。我们谈得很多；唔，说得准确点，是她滔滔不绝地给我讲她的生平。我怕暴露自己，怕她会怀疑我的身份，所以一直吞吞吐吐，欲言又止。凤尾花向我叙述她的梦中所见："昨晚我梦见一条怪吓人的大恐龙，鼻孔里往外喷火。它走到我跟前，揪住我的后颈把我带走了，想把我活活吃掉。这个梦很可怕，很吓人，但奇怪的是，我却不害怕。怎么跟你说呢？我挺喜欢这条恐龙……"

我应该从她的话里听出许多弦外之音，尤其是明白这一点：凤尾花愿意被恐龙袭击。是时候了，我该去拥抱她了。然而我却想道，新人们想像中的恐龙和我这条恐龙是大不相同的。这个想法打消了我的勇气。我觉得自己跟恐龙更不一样。就这样，我坐失了良机。平原上的捕鱼季节结束了，凤尾花的哥哥回到家里。姑娘受到了严密看管，我们的交谈次数大大减少了。

她的哥哥叫查亨，一见我就疑心重重。"他是谁？从哪儿来的？"他指着我问其他人。

"他叫丑八怪，是外地人，帮我们扛树枝，"他们告诉他，"怎么啦？他有什么古怪的地方吗？"

"我来问问他，"查亨板着脸说，"喂，你有什么古怪的地方吗？"

我该怎么回答呢？"我？什么也没有……"

"噢，这么说，你认为你不古怪喽？"他笑道。这次到此结束。我料到更坏的事在后头。

这个查亨是村里脾气最暴的一个。他在世界各地转悠过，懂的东西显然比其他人多得多。他听见别人谈起恐龙时，总是露出鄙夷不屑的神情。"纸上谈兵，"他有一次说，"你们是纸上谈兵。我倒想看看，这里真的来一条恐龙时，你们会怎样。"

"恐龙很久就绝迹了。"一个渔夫插嘴说。

"没有多久……"查亨冷冰冰地说，"谁也没说田野上就没有恐龙活动了……在平原地区，咱们的人日夜轮流放哨，每个人都可信任。他们不让不认识的人待在身边……"他故意朝我瞥了一眼。

没必要跟他捉迷藏了，最好让他把话全说出来。我上前一步问："你跟我过不去吗？"

"我只对那些不知道生在谁家、来自何处、吃我们的饭、追我们的姐妹的人过不去……"

一个渔夫替我辩护："丑八怪的饭是靠干活挣来的，他干活很卖力气……"

"他扛得动树枝，我不否认，"查亨固执己见，"但到了需要我们进行殊死斗争保护自己的危险时刻，谁能保证他不干坏事呢？"

大家七嘴八舌地议论开来。奇怪的是，他们从没考虑到我有可能是恐龙。我的惟一罪名是：我跟他们长得不一样，又是外地来的，所以不堪信任。他们之间的分歧在于，如果恐龙重新出现，我的在场会增加多大危险。

"他的嘴脸长得像蜥蜴，我想看他在作战时有多大能耐……"查亨继续用轻蔑的口吻刺激我。

我走到他跟前，指着他的鼻子不客气地说："你现在就可以看我有多大能耐，如果你敢跟我较量一番的话。"

他没料到这点，朝左右望望。其他人在我们身边围成一圈，没别的法子，只好较量一番了。

我上前一步。他张嘴来咬我，我一扭头闪开，然后飞起一脚把他踹倒在地，仰天躺着。我扑到他身上。这是错误的一招。许多恐龙就是这么死的：它们以为敌人不能动弹了，不料它们的胸部和腹部却突然受到躺在地上的敌人的利爪和尖齿的致命攻击。仿佛我不知道这种事，没有目睹过这种惨象似的。好在我的尾巴很听话，它使我保持平衡，没有被查亨掀翻在地。我使出了很大劲，渐渐觉得没有力气了……

这时，一个围观者大喊一声："加油，恐龙！"我以为他们认出了我。一不做二不休，干脆露出本来面目吧。反正也隐瞒不住了，就让他们像原先那样吓得魂不附体吧。于是我使劲打着查亨,一下,两下,三下……

　　他们拉开了我们俩。"查亨,我们不是告诉过你吗?丑八怪肌肉发达,跟它是开不得玩笑的!"他们一边哈哈大笑,一边拍着我的肩膀表示祝贺。我原以为面目已暴露,因此不明白这是怎么回事,后来才晓得"恐龙"是他们的口头禅,专门用来鼓励角斗中的双方,意思是:"你更有劲,加油!"他们当时讲这话到底是为了鼓励我还是鼓励查亨也搞不清楚。

　　从那天起,大家更加看得起我了。查亨也对我佩服得五体投地,老跟着我,看我怎样表现我的力气。应该说,他们对恐龙的看法也有了一些变化,他们好像已经倦于用同一种方式对恐龙作出评价。他们知道时尚已经发生变化。这时,他们若是对村里的某件事看不惯,往往这么说:在恐龙中间这种事是不会发生的,恐龙在许多方面可以起表率作用,恐龙在这种或那种场合的表现(如在私生活中)是无可指责的,如此等等,不一而足。总之,这些谁也说不出所以然的恐龙死后,似乎赢得了新人的赞扬。

　　有一次我忍不住问他们:"别胡扯了,你们知道恐龙是什么样子的吗?"

　　他们反问道:"住嘴,你知道什么?你不是也从来没见过恐龙吗?"

　　或许该把事实真相和盘托出了。"当然见过,"我大声说,"如果你们爱听,我甚至可以向你们描绘恐龙的模样!"

　　他们不信,以为我想愚弄他们。他们对恐龙的新看法,在我看来,几乎同老看法一样不能容忍。除了我为自己的同类遭受厄运而深感痛苦外,还因为我作为恐龙家族的一员,了解恐龙的生活。我知道,当时在恐龙中间占统治地位的,是一种狭隘的、充满偏见的、不能与新形势同步前进的思想方法。可我现在发现,新人把我们那个局限的、可以说是枯燥乏味的小世界奉为圭臬!我被迫接受他们的意志,对我的同类表示某种我从来也没有过的神圣的敬意!不过,归根到底,这样做也是可以的:这些新人同鼎盛时期的恐龙有什么区别呢?他们认为待在自己的村子里,筑上堤坝,撒网捕鱼,是万无一失的。他们也变得自尊自大、颉颃傲世了……我开始对他们表现出我一度对自己的环境表现过的同样的冷漠。他们越赞扬恐龙,我就越恨他们,越恨恐龙。

　　"你知道吗,昨晚我梦见家门口来了一条恐龙,"凤尾花对我说,"一条很威武的恐龙。是恐龙王子,或是恐龙国王。我把自己打扮得漂漂亮亮,头上缠了一条饰带,走到窗前,打算引起恐龙的注意。我朝它鞠了一躬,可它仿佛没瞧见,连看也不看我一眼……"

　　这个梦向我提供了凤尾花对我有感情的另一个证据。她准把我的胆怯误作可恨的骄傲了。现在回想起来很清楚,当时我只要继续保持那种骄傲态度,故意同她若即若离,我就能完全征服她。但我不是那样,而是被她的剖白深深感动了。我扑通一声跪倒在她脚旁,噙着眼泪说:"不,不,凤尾花,你的看法不对,你比任何恐龙都好,好一百倍。在你面前我觉得很渺小……"

凤尾花愣住了,往后退了一步。"你说什么呀?"她没料到这点,茫然不知所措了。她觉得这个场面很不愉快。等我明白过来,已经太晚了。我赶紧克制自己,但我和她之间已经出现了尴尬的气氛。

后来发生了许多情况,我顾不上思考这件事了。几个探子气喘吁吁地跑进村:"恐龙回来了!"他们看见,平原上跑来了一群从来没见过的怪兽,按这种速度第二天早晨就能到达这个村子。新人们发出警报。

你们可以想像,我听到这个消息后,心里滋生了一种什么感情。我的同类没有灭绝,我可以重新跟我的兄弟们在一起,恢复原先的生活方式了! 然而,在我记忆中重新出现的原先的生活是一系列无数的溃败、逃跑和危险;恢复原先的生活方式只能意味着再受一次煎熬,回到那个我希望业已结束的阶段。我已经在这个村子里取得一种新的宁静,失去这种宁静,我将感到很遗憾。

新人们的想法各不相同。有人害怕,有人希望战胜宿敌。还有人心想,既然恐龙能够活下来,现在还要报仇雪耻,这表明它们是不可抵御的,它们的胜利——即使是一次残酷的胜利——可能会对所有人有好处。换句话说,新人们既想自卫,又想逃跑,既希望消灭敌人,又希望被敌人消灭。这种混乱的思想状态在他们混乱的自卫准备工作中得到了反映。

"等一等!"查亨大声说,"咱们当中,只有一个人能担起指挥的重任!就是咱们当中力气最大的丑八怪!"

"说得对!应该让丑八怪担任指挥!"其他人异口同声地说,"对,对,让丑八怪当司令!"他们都表示愿意听我的命令。

"唔,不,你们怎么能让我,一个外地来的……我没能力……"我推辞道,但我没办法说服他们。

怎么办?当天夜里我通宵未眠。我的恐龙血统要求我逃离村庄,去找我的兄弟。但新人们接纳了我,招待了我,给我以信任。我应该忠于他们,站在他们一边。后来,我觉得恐龙也好,新人也好,都没资格让我效劳。恐龙们若是企图用入侵和杀戮的方式恢复它们的统治,这表明它们没有吸取教训,它们不该活下来。而新人们把指挥权交给我,显然找到了一个最好的计策:把全部责任推到一个外来者身上。打赢了,我是他们的救星,打输了,他们就把我当替罪羊交给敌人,以平息敌人的怒火;或者把我看做叛徒,是我把他们交到敌人手中的,何况这样又可以实现那个说不出口的希望被敌人消灭的意愿。总之,我既不愿为恐龙出力,也不愿为新人卖命。让他们互相残杀吧!我对双方都无所谓。我应该赶快逃走,让他们去混战吧,我不想重蹈覆辙了。

当天夜里,我趁黑溜出村子。我的第一个冲动是,尽量远离战场,回到原先的秘密藏身处。但我的好奇心更强;我想看看自己的同类,想知道谁将获胜。因此,我躲在山顶那几块俯视着河湾的岩石后面,等着明天。

晨光熹微中,地平线上出现了一些以很快的速度行进的影子。我还没看清这些影子,就排除了来者是恐龙的可能性,因为恐龙的动作不会这么笨拙。我终于认出了它们,真叫我啼笑皆非。原来是一群犀牛,最原始的犀牛。它们的躯体硕大,皮肤粗糙,长着坚硬的犀角,动作笨拙,一般不伤人,只吃草。新人们居然把它们当成了曾在地球上称王称霸的恐龙!

这群犀牛发出雷鸣般的吼声飞奔而来,啃食了几丛灌木后,又朝天边跑去了。它们甚至没发现这儿有渔夫。

我跑回村庄。"你们全搞错了!那不是恐龙!"我宣布道,"而是犀牛!已经走了!没有危险了!"为了替自己夜里开小差辩护,我又加上一句:"我出去侦察了一番,以便探明情况向你们汇报!"

"我们不知道它们不是恐龙,"查亨慢悠悠地说,"但我们知道你不是英雄。"他转过身不理我了。

当然,他们很失望:对恐龙大失所望,对我也大失所望。现在,他们讲的恐龙故事全成了笑话,可怕的恐龙在这些笑话中成了可笑的动物。我不想受他们的庸俗想法的影响。我认为,宁愿灭绝,而不愿在一个对我们不利的世界中苟且偷生,这是灵魂高贵的表现。我之所以活了下来,只是为了在那些以庸俗的嘲笑来掩盖自己恐惧的人当中继续以恐龙自居。新人们除了嘲笑和恐惧外,能有什么别的选择呢?

凤尾花又给我讲了一个梦,表明她的态度与其他人不同。"我梦见一条恐龙,模样很可笑,浑身绿油油的。大伙儿取笑它,揪它的尾巴;我却走上前保护它,把它带走,抚慰它。我发现它长相虽然可笑,内心却很伤感,那双黄红色的眼睛不断往外淌眼泪。"

听了这些话,我有什么感触?是讨厌把自己和她梦见的形象等同起来吗?是拒绝接受那种称之为怜悯的感情吗?还是对他们亵渎恐龙的尊严感到无动于衷? 我突然产生了骄傲心理,板起面孔冲她说出几句轻蔑的话:"你为什么要用这些越来越稚气的梦来打扰我呢?你梦见的全是庸俗透顶的事!"

凤尾花放声大哭。我耸耸肩走开了。

这事发生在堤坝上。除我们俩外还有另外几个人。渔夫们没听见我们谈什么,但看见了我发脾气和姑娘掉眼泪。

　　查亨认为有必要干涉。"你以为自己了不起吗?"他恶狠狠地说,"竟敢欺负我妹妹!"

　　我停下脚步,不做声。他若想打架,我就奉陪。但村里人的习惯近来有了改变,他们对一切事情都采取无所谓态度。渔夫中的一个人尖着嗓子说:"算啦,算啦,恐龙!"我知道,这是最近常用的开玩笑说法,意思是"别这么气势汹汹的","别夸大其词",等等。可我听后却热血沸腾了。

　　"对,告诉你们吧,我就是恐龙,"我大声说,"一条名副其实的恐龙!你们要是没见过恐龙,那就看看我吧!"

　　大伙哈哈大笑起来。

　　"昨天我可真见了一条恐龙,"一个老头说,"它刚从冰天雪地里钻出来。"周围的人马上不做声了。

　　老头当时下山回村。解冻了,一条古老的冰川融化了,一具恐龙的骨架露了出来。

　　这个消息传遍了全村。"看恐龙去!"大家朝山上跑。我跟在他们后面。

　　穿过一片乱石滩,跨过几根砍倒在地的树干,越过一个布满飞禽尸骨的泥淖后,眼前出现了一道山坳。解脱了霜冻的束缚的岩石,蒙上一层碧绿的苔藓,一具硕大的恐龙骨架横卧在乱石之间:一条长长的颈椎骨,一根弯曲的胸椎,一排长蛇形的尾骨。胸腔弯成弧形,像是一面船帆;大风吹动胸椎上的扁平棘突时,胸腔里仿佛搏动着一颗看不见的心脏。头骨扭向一边,颌骨大张着,似乎在发出最后一声惊叫。

　　新人们有说有笑地朝这里跑来。他们看见恐龙的头盖骨时,觉得那个空空的眼窝在瞪着他们。新人们在几步外停下,一句话也讲不出来。过了一会儿,他们转过身往回走,重新有说有笑起来。这时,只要他们当中一个人把目光从恐龙骨架移到正在凝视这副骨架的我的身上,就会发现我和恐龙长得一模一样。但谁也没这样做。这些骨骼,这些利爪,这些杀戮过生灵的四肢,这时讲的是一种谁也不懂的语言,人们除了想起"恐龙"这个与当前的经历毫无联系的模棱两可的名字外,从中得不到任何启示。

　　我继续望着这副骨架。它是我父亲,我哥哥,我的同类,我自己。我认出来了,这些被啄去肌肉的骨骼是我的四肢,这个嵌在岩石上的凹印是我的身形。这就是我们的已经永远失去的往昔,这就是我们的尊严,我们的过失,我们的毁灭。

　　如今,新出现的心不在焉的地球占有者,将把这具遗骸的所在地当做名胜古迹,他们将看着命运怎样把"恐龙"这个名字变成一个毫无意义的、念起来含糊不清的单词。我不能听之任之。与恐龙的真正本性有关的一切东西都应该隐藏起来。入夜，当新人们在这具骨架四周睡觉时，我搬走了恐龙的每一根骨头，把它们掩埋好。

早晨，新人们发现骨架无影无踪了，但他们并没有为此过久地担忧。与恐龙有关的众多秘密中又增添了一个秘密。他们马上就把这个秘密逐出了自己的脑海。

但骨架的出现还是在新人的头脑中留下了痕迹。他们回忆恐龙时准会联想到它们的悲惨结局。他们现在讲恐龙故事时，着重表达对我们蒙受的苦难的同情和哀怜。我不知道该对他们的怜悯抱什么态度。有什么可怜悯的呢？我们恐龙得到了充分进化，达到过鼎盛时期，得意扬扬地称王称霸了很长一段时期。我们的灭绝是一首伟大的终曲，可以与我们的光辉过去相提并论。这些傻瓜懂得什么？每当我听到他们对恐龙表示哀怜时，我都想挖苦他们一番，讲几个杜撰的荒唐故事。反正现在谁也不知道恐龙的真实情况，这个秘密只有我知道。

一群流浪汉在村里停下，其中有一个年轻姑娘。我看见她后大吃一惊：如果我的眼睛没看错，她的血管里不仅流着新人的血，而且还有恐龙的血。她是一个混血儿。她自己知道吗？从她的自若神态判断，她大概不知道。或许她的父母不是恐龙。她的祖父母，或者曾祖父母，甚至是先祖，有可能是恐龙。这位恐龙后裔的性格和举止带有明显的恐龙特征，但谁也没看出来，她自己也没发现。她长得很标致，脸上老挂着笑靥，身后马上就有了一群追求者，其中最喜欢她、追她追得最紧的是查亨。

夏天已经来临，年轻人到河边相聚。"你也去吧！"查亨邀我同行。我们虽然吵了不少次，他倒一直想跟我交朋友。话刚说完，他就围着混血儿打转了。

我走到凤尾花跟前。也许已经到了作出解释、达成谅解的时候。"昨夜你梦见什么了？"我没话找话地问。

她低着头。"我梦见了一条恐龙受了伤，在垂死挣扎。它低下高贵而美丽的脑袋，感到很痛苦，十分痛苦……我看着它，无法移开自己的视线。我发现，看着它受苦我隐约感到高兴……"

凤尾花的唇边露出一个恶意的笑容。以前我从来没见过她这样。我很想对她说，我不想介入她这种卑劣的、不足称道的感情游戏。我要享受生活，我是一个幸福家族的后裔。我开始围着她跳舞，用尾巴拍打河水，使水花溅在她身上。

"你只会讲这种凄凄惨惨的话！"我用轻佻的语调说，"别说了，来跳舞吧！"

她不理解我，撇了撇嘴。

"你不跟我跳，我就跟别的姑娘跳！"我一边大声说，一边抓住混血姑娘的一条腿，把她从查亨身边拽走了。查亨整个儿沉浸在对她的爱慕中，看着她的离开，开始不明白是怎么回事，后来才突然醒悟过来。他妒忌得勃然大怒，但已经太晚了：我和混血姑娘已经跳进河里，游到对岸，藏进了灌木丛。

我这样做或许只想向凤尾花显示我的真实性格，驳斥人们对我的一贯错误看法；或许出于对查亨的宿怨，故意拒绝他作出的友好表示；或许因为混血姑娘与众不同，但我很熟悉的外形勾起了我的欲望，驱使我同她建立一种直接和自然的关系。我们之间将不会有秘密的想法，我们不必在回忆中生活。

第二天早晨，流浪汉们就将离开这里；所以混血姑娘同意在灌木丛中过夜。我和她一直亲热到拂晓。

在我的四平八稳、很少发生什么事件的生活中，这件事只是一个瞬息即逝的小插曲而已。关于恐龙的真实情况，以及关于恐龙雄踞地球的那个时代的真实情况已经湮没在沉默中。对此，我无可奈何。现在谁也不再谈起恐龙，或许人们已不再相信恐龙曾经存在过。凤尾花也不再梦见恐龙了。

有一次她告诉我："我梦见山洞里有一只动物，是同类中的最后一只。谁也记不得这种动物叫什么名字，所以我就去问它。洞里很黑，我知道它在里面，但看不见它。我心里明白它是什么动物，长的是什么模样，但嘴里讲不出来。我不知道是它在回答我的问题，还是我在回答它的问题……"对我而言，这是一个象征：我们之间终于有了一种爱的谅解。我第一次在泉边停留时就盼着能有这一天。

从那时起我懂得了很多东西，尤其是懂得恐龙通过什么方式取胜。我从前认为，恐龙之所以灭绝，原因在于我的兄弟们宽宏大度地接受了失败。现在我明白了，恐龙灭绝得越彻底，它们的统治范围就扩展得越广，不仅控制着覆盖各大洲的森林，而且能进入留存在地球上的人的思维深处。从久远的、引起恐惧和疑虑的祖辈开始，它们不断伸出颈项，举起利爪，扩大自己的势力范围。后来，它们的躯体在地球上消失了，但它们的名字在各种生物的关系中继续存在，并不断获得新的含义。如今，它们将成为一个只存在于人们思维中的默不作声的佚名物件，但它们将通过新人、新人的下一代及下下一代，获得自己的生存形式，实现自己的理想。

我环顾四周：我作为外来者进入这个村子，而现在我完全可以说，这个村子是我的，凤尾花是我的。当然，这是恐龙的讲话方式。我默默向凤尾花告别，离开这个村子，永远离开了这里。

　　路上,我看着树木、河流和山脉,可我分不清哪些是恐龙时代就有的,哪些是后来出现的。一些巢穴周围露营着流浪者。我远远认出了混血姑娘,她还是那么讨人喜欢,只是稍稍发了胖。我躲进树林,以免被人们发现。我偷偷看着她。一个刚会用腿走路的小家伙跟在她身后,一边跑一边摇尾巴。我有许久没看见小恐龙了。它发育得十分匀称,浑身充满恐龙的精华,可又完全不知道恐龙这个名字意味着什么。

　　我在林中空地上等着他,看他玩耍,追蝴蝶,用石头砸开松球取食松子。我走到他跟前。他的确是我的儿子。

　　他好奇地看着我。"你是谁?"他问。

　　"谁也不是,"我答道,"你呢? 你知道你是谁吗?"

　　"嘿,真逗! 大家都知道,我是一个新人!"他说。

　　果真不出所料,我想他是会这么回答的。我抚摩着他的脑袋对他说:"好样的。"我走了。

　　越过山谷和平原,来到一个火车站。我上了车,混进旅客群中。

思　考　题

　　1. 这是一篇怎样的寓言小说? 它与一般的寓言故事有什么不同?

　　2. 作者是怎样来描写恐龙的心理和行为的? 你认为新人怎么样? 凤尾花和混血姑娘在作品中起什么作用?

　　3. 文中说的"恐龙灭绝得越彻底……而且能进入留存在地球上的人的思维深处"是什么意思?恐龙与混血姑娘的儿子的诞生象征了什么?

　　4. 这篇小说的寓意是什么? 从它的寓意看,人们应该从恐龙的灭绝中吸取什么经验教训?

　　5. 这篇小说在构思和叙述手法方面有哪些新颖独特的地方?

左　撇　子

［德国］格拉斯

胡其鼎译

　　君特·格拉斯（Günter Grass，1927—　　　）出身于但泽一个小商人家庭。1944年，中学未毕业就应征入伍，一年后受伤被俘，获释后当过农工、矿工、乐师和石匠。1948年起进杜塞尔多夫艺术学院和柏林造型艺术学院学习雕塑和绘画，1956年起专心从事文学创作，为"四·七"社成员。主要作品有长篇小说《铁皮鼓》、《狗年月》、《比目鱼》、《母老鼠》、《辽阔的大地》、《我的世纪》，中篇小说《猫与鼠》，短篇小说《左撇子》，诗集《风信旗的优点》、《三角轨道》，剧作《洪水》、《恶厨师》等。他的早期诗作和剧作分别受到表现主义、超现实主义和荒诞派戏剧的影响。他的小说常把现实主义描绘和现代主义手法熔于一炉，用荒诞的讽刺笔调描绘历史与现实，在戏谑、诙谐中蕴含着深刻的社会批判。他的作品主人公多为畸形人或拟人化的动物，构思奇诡，故事怪诞，想像丰富。1999年，他由于"以戏谑的黑色寓言揭示了历史被遗忘的一面"，获得诺贝尔文学奖。

　　埃里希盯着我。我也目不转睛地盯着他。我们两个都手执武器，并且下决心使用这种武器打伤对方。我们的武器是上了子弹的。我们举着在长时期的练习中证明有效的、在每次练习后随即拆洗干净的手枪，冰凉的金属慢慢变暖了。时间一长，这样一把手枪就显得像是不会伤人似的。难道不可以把它当成一枝自来水钢笔，一把分量重的钥匙？你戴上黑色皮手套，伸出一只手指，不也是能把某个经不起惊吓的姑奶奶唬出一声惨叫来的吗？我决计不去想，埃里希的武器可能打不响，不会伤害人，是个玩具。我也知道，埃里希一刻也不会怀疑我手里握的是把真家伙，不是开玩笑的。此外，大约在半个小时以前，我们把手枪拆开，擦洗，重又装上，上好子弹，打开保险机。我们不是在白日做梦。我们决定用埃里希周末度假的这所小房子，作为采取我们这次不可避免的行动的地点。因为这所平房离最近的火车站也不止一小时的路程，所以，相当偏僻。我们可以设想，任何一只不受欢迎的耳朵（我是就这个词的真正意义而言），都将在离开枪声很远的地方。我们把起居室里的东西全都搬了出去，画，大都是狩猎场面和野兽的静态画，也从墙上取了下来。子弹当然不应该打在椅子、暖色五斗橱和丰富多彩的镶框油画上。我们也不想射中镜子，或打坏瓷器。我们只想射中我们自己。

我们两个都是左撇子。我们是在协会里认识的。要知道，这个城市里的左撇子，同所有因同类生理缺陷而苦恼的人一样，也建立了一个协会。我们定期聚会，想方设法训练我们那一只可惜是如此不灵巧的手。有一段时间，一个好心好意的用右手的人来给我们上课。可惜他现在不再来了。协会理事会诸君批评他的教学方法，并认为，协会会员应自力更生，学会改变习惯。于是，我们一起，不受条条框框的约束，把本来为我们设计的集体游戏，同熟练练习结合起来，例如用右手穿针线、倒水、开门、结扣。我们的协会章程里有一条：定叫右手灵巧如左手，否则决不罢休。

这句话尽管动听而有力，可是纯属废话。因为那是我们永远也办不到的。而我们协会里的极端派早就要求删除这句话，代之以：我们要以自己的左手而骄傲，不为自己天生的手的抓握方法而羞愧。

这个口号肯定也是行不通的，仅仅由于它听起来慷慨激昂，感情多少豪放一些，才使我们选了这样一句话。埃里希和我——我们两个都属于极端派——完全明白，我们的羞耻心理是根深蒂固的。无论在父母家里，在学校里，在军队里，都未能有助于教给我们一种态度，毫不在乎地忍受这种微不足道的痼疾——所谓微不足道，只是同其他在身体上蔓延的面更广的畸形相比而言。这种羞耻心理从童年时伸手跟人握手时就开始产生了。这些叔叔阿姨，母亲方面的女朋友，父亲方面的男同事，这种不可忽视的、使孩子感到前途黯淡的、可怕的家庭场面，你必须同所有的人握手。"不，不是这只手，这不合规矩，这一只才合规矩。你会做对的，伸出小手来，伸出这只友好的小手，多乖，多灵巧，这是惟一正确的，伸出你的右手来！"

我十六岁时，第一次接触一个姑娘。"啊呀，你可是个左撇子！"她失望地说，并把我的手从她的上衣里拽出来。此类回忆，永不磨灭，然而，我们还是要把这句口号——它是埃里希和我草拟的——写进协会章程里去，无非是要以此提出一个肯定永远也达不到的理想境界。

眼下，埃里希抿紧了嘴唇，眯缝着眼睛。我也同样。我们脸颊上的肌肉在跳动，额头的皮肤绷得紧紧的，我们的鼻梁变细了。现在，埃里希活像一个电影演员，他的面目是我所熟悉的，我在许多惊险镜头上看到过。难道我也得设想,自己也不幸地活像这种身份不明的银幕主角吗?我们可能全都面目狰狞,幸亏没人在偷看我们。如果有那么一个目击者在场,他能不以为这两个性格太过浪漫的年轻小伙子是要决斗? 要么是两个强盗为争一个婆娘,要么一个背后说了另一个的坏话。一场世代为仇的两家人的决斗,一次维护名誉的械斗,一局你死我活的流血赌博。只有仇人才这样互相盯着对方。瞧这抿紧的没有血色的嘴唇,这流露出不共戴天之仇的细鼻梁。瞧他们恶狠狠地咬牙切齿,这两个嗜杀成性的家伙。

我们是朋友。我们的职业虽然不同——埃里希是百货大楼的科长,我则选择了报酬优厚的精密机械师的职业——但却有许多共同的志趣,足以使我们的友谊地久天长而有余。埃里希入会的时间比我早。这一天我至今记忆犹新!我的衣着过于庄重,神情却是怯生生地跨进片面者的聚会地点,埃里希迎面走来,我正不知所措,他给我指点衣帽间,很巧妙地打量着我,不带任何令人讨厌的好奇心,随后用他那种腔调说:"您想必是要加入我们这一伙的。完全用不着害羞;我们聚在一起是为了互相帮助。"

方才,我说到"片面者"。我们是这样正式称呼自己的。不过,我觉得,同协会章程中大部分的条文一样,起这样一个名称,也是不成功的。这个名称并没有完全讲清楚,究竟是什么使我们结成一个团体,并将使我们变得更坚强。如果我们干脆自称"老左",或者更动听一点,叫做"老左兄弟",这种名称肯定要好得多。您也猜得到,为什么我们不得不放弃给自己加上这种头衔的打算。如果把我们同那些无疑令人惋惜的人们,同那些生来就缺少满足爱这惟一合乎人道的可能性的人们混为一谈,会是极不合宜的,而且是侮辱性的。恰恰相反,我们的协会是多种色彩的,我敢说,我们会中的女士们,无论在美貌、魅力和良好举止方面,均可同某些习惯用右手的妇女媲美,不错,只要细心比较,就能得到她们都是规矩而有礼貌的印象,这曾经使某些为他那个教区信徒灵魂得救而操心的神甫,在布道坛上失声惊呼道:"天哪,难道你们当真都是左撇子!"

这个恼人的协会名称。甚而至于我们的第一主席,一个家长制作风有点过分,而且很遗憾,又是市政府即土地局一名握实权的比较高的官员,连他有时也不得不承认,我们不同意左撇子没用,我们既不是片面者,我们的思想、感情和行为也不片面。

诚然,我们在拒绝更好的建议,并像从未有过名称似的给自己定了个这样的名称时,也谈到了政治上的顾忌。自从议会成员从中间向左右两边分化,而议会的座位也照此挪动,以至单凭座位的摆法就可以看出我国的政治形势以后,一篇文字,一篇讲话,如果其中"左"这个词儿出现不止一次,就会被人错误地指为危险的激进,这种情况简直已经成为一种风俗习惯了。不过,对我们这个协会是大可放心的。如若本市有哪个协会不怀有政治奢望,而只靠互相帮助、和衷共济来维持的话,那就是本协会一家。那么,你们协会里有没有男女关系上邪门歪道的事儿呢?为了永远消除这种嫌疑,这里有必要简短地提一下,我已经在我们青年组的姑娘中,找到了一个未婚妻。如果有朝一日,我同女性初次接触时投在我心灵上的阴影会消失的话,我将把这个抚慰归功于莫尼卡。

我们的恋爱,不仅必须解决人所皆知的以及许多书上都描写过的问题,而且还必须忍受我们的手的苦恼,简直要把它神圣化,这才能达到我们微小的幸福。我们试图用右手互相抚摩,开始时乱作一团,不过这也是可以理解的;后来,不得不发现,我们这只麻木的手是多么不敏感,便只好按照上帝创造我们的那个样子去抚摩,那就得心应手了。我不想多透露,并且也希望,如果我暗示,始终是莫尼卡可爱的手给了我坚持和信守诺言的力量,这不至于不得体。我们头一回一起去看电影以后,我马上向她担保,我将珍惜她的童贞,直到相互把戒指套到右手的无名指上——很遗憾,这是一个让步,并且将确证我们先天造成的笨拙。然而,在南方信奉天主教的国家里,象征婚姻的金戒指是戴在左手上的,因为主宰那些阳光明媚的地区的,不是严峻的理性,而是心灵。或许为了以姑娘的方式造一次反,并且证明,如果妇女们的利益看来将受到损害时,她们能够提出多少明确的论据来;我们协会的年轻女士们曾经奋力夜战,在我们的绿色旗帜上绣了一句铭言:跳动的心在左边。

莫尼卡和我现在就经常在谈论交换戒指的那个时刻,并一再得出同样的结论:由于我们久已是亲密的一对,事无大小,共同分担,因此,在一个无知的、往往怀有恶意的世界上,要让人说我们是未婚夫妻,简直是办不到的。莫尼卡经常为交换戒指的事哭泣。尽管在这个我们自己的日子里,我们将会高兴,可是,在所有的礼品上,在丰盛的宴席上,在恰如其分的欢庆气氛上,都将蒙上一层淡淡的悲哀的微光。

现在,埃里希的脸也恢复了正常的模样。我也同样,然而仍有一段时间感到颌骨肌肉组织的痉挛。此外,两个太阳穴也一直在抽搐。不,我们脸上肯定没有这副鬼相。我们的目光平静地相遇,因而也更增添了勇气。我们瞄准。各自想的是对方的那条胳膊。我完全有把握击中对方,对埃里希我也完全放心。我们已经练习很长时间了,差不多工余的每一分钟,都是在市郊一个废弃的鹅卵石坑里度过的,无非为了今天能够一举成功,因为许多事情赖以决定。

你们会叫喊说,这已经到了搞极度的残暴行为的地步了,不,这是自我伤残。请相信我,所有这类说法,我们都熟知。我们不是问心无愧,自认无罪。我们不是第一次站在这间搬空了的房间里。我们这样执枪对视已经有四次了,而四次都被自己的计划吓住了,结果放下了手枪。今天,我们才明确了。最近,个人方面以及协会里发生的种种事情,使我们认为这样做是正确的,非如此不可。在长久的怀疑——我们对协会,对极端派的要求,已经产生了疑问——以后,现在,我们终于拿起了武器。我的良心要求我们,不去沾染协会伙伴的种种习惯。那里,宗派主义的势力越来越大,最理智的人们中间,也掺杂进了空想者,甚至狂热分子。有的人一个劲儿地右倾,有的人一个劲儿地左倾。我简直不敢相信,每次会议都高喊政治口号,左手敲钉子成了誓言,成了令人讨嫌的崇拜,以至于一些理事会会议形同神秘的宗教仪式,大家着了魔似的拼命敲锤子,使自己陷于极度兴奋的状态。尽管没有人正式宣布过,尽管那些显然染上坏习惯而不能自拔的人,至今为止都已被简单地开除出会了,可是,不容否认,在我们会员中间,已经出现了同性之间那种反常的、我完全无法理解的恋爱。最糟糕的是,殃及了我同莫尼卡的关系。她经常同她的女友,一个体弱多病、不能专心一致的女人在一起。她没完没了地责备我在那桩戒指的事情上不够坚决,缺乏勇气,因此我不敢相信,我们之间还一如既往地亲密无间,而她仍是我挽着的那个莫尼卡,至于这样相处的机会,如今越发稀少了。

埃里希和我现在努力使呼吸均匀。我们的呼吸越是一致,我们就越有把握,良好的感觉控制着这次行动。别以为规劝我们根除苦恼的是《圣经》语录。应该说,是那种热切而持久的愿望,是我们想要弄明白,想要更加清楚地懂得,我们周围究竟是怎么一回事,这种命运是不可改变的,还是我们掌握着命运,可以干预它,给我们的生活指出一个正常的方向来呢?不再立无谓的禁令,念紧箍咒以及搞类似的手腕。我们要正直地在自由选择中,在不再被任何障碍将我们同普遍状态分割开的情况下重新开始,并得到一只幸福的手。

现在,我们的呼吸一致了。我们没有作任何暗示,便同时开了枪。埃里希射中了,我也没有使他失望。正如事先商量好的那样,各自都断了一根主筋,手枪跌落在地,再也无力握住它了,因此,继续射击已纯属多余。我们放声大笑,并开始伟大的实验,笨拙地进行急救包扎,因为我们只能用右手了。

思 考 题

1. 为什么这两个左撇子要用互相打伤左手来迫使自己改用右手?

2. 为什么小说中要插入"我"和女左撇子莫尼卡相恋的事？它起什么作用？

3. 小说中提到的政治上的左右之分跟这个左撇子的故事有没有关系？

4. 这两个左撇子相互开枪打伤左手的故事是否有什么象征意义？

5. 试剖析这篇小说的情节构思、文体风格和语言笔调。

巨翅老人

[哥伦比亚]加·马尔克斯

朱景冬译

加夫列尔·加西亚·马尔克斯（Gabriel Garcia Marquez,
1928——　　）出身于马格达莱纳省阿拉卡塔卡镇一个报务员兼医生
家庭。十三岁时迁居首都波哥大,后进波哥大大学攻读法律,因发生
内战中途辍学,进入报界担任编辑或记者,1961年后从事文学、新闻
和电影工作。加西亚·马尔克斯是拉美魔幻现实主义的代表作家,他
用独特的"变现实为幻想而又不失其真"的手法,描绘拉美大陆的社
会现实,审视人生和世界。他的长篇小说《百年孤独》是魔幻现实主义
的经典名作。他的重要作品还有长篇小说《家长的没落》、《霍乱时期
的爱情》、《迷宫中的将军》、《爱情与其他邪魔》、《绑架的消息》、《将
死》、《我们八月相见》,中篇小说《没有人给他写信的上校》、《一件事
先张扬的人命案》,短篇小说集《蓝宝石般的眼睛》、《格兰德大妈的葬
礼》等。1982年,由于"他的代表作《百年孤独》把我们带进了一个奇
异的世界,将不可思议的神话和最纯粹的现实生活融为一体,反映了
拉美大陆的生活和冲突",获得了诺贝尔文学奖。

　　大雨下到第三天,佩拉约夫妇在家里打死了那么多螃蟹,佩拉约不得
不蹚过积满了水的院子,把它们扔到海里去,因为刚出生的婴儿整夜都在
发烧,他们认为这一定是由于死蟹引起的瘟疫。自星期二以来,世界变得
十分凄凉。大海和天空灰蒙蒙地连成一片。沙滩在三月份还像火星一样闪
闪发光,如今却变成一片混杂着臭贝壳的烂泥塘。中午的光线是那么暗
淡,佩拉约扔完螃蟹回家后,费了很大的力气才看见院子深处有个东西在
蠕动,在呻吟。他一直走到离那东西很近的地方才发现,原来那是一个老
人,他趴在烂泥里,尽管拼命地挣扎,还是站不起来,因为他那一对大翅膀
妨碍着他。

　　佩拉约被这副噩梦般的景象吓坏了,急忙跑去叫他的妻子艾利森达,

这时她正在给发烧的孩子头上放湿毛巾。他把妻子拉到院子深处。他们默默地察看着那个倒在地上的人,惊愕万分。他的衣着像个捡破烂的。剃过的头上只留着一缕灰白的头发,嘴里的牙齿只剩下寥寥几颗,他那副老态龙钟、落汤鸡般的可怜样子使他的威严完全扫地。他那一对老鹰般的翅膀脏兮兮的,羽毛已经脱掉了一半,永远搁浅在了泥水里。佩拉约和艾利森达察看了他很久,而且那么专注,两人很快便从惊愕中恢复过来,最后竟觉得他并不陌生。于是大胆地跟他说话,他用一种听不懂的方言却是航海人的声音回答他们。这样,他们便不再在乎那一对让人觉得别扭的翅膀,并十分理智地得出结论说,他一定是一艘遭风暴袭击的外轮上的一名孤独的遇难者。但是,他们还是叫一位通晓人间生死问题的女邻居来看一看。她只看了一眼就让他们明白他们错了。

"这是一位天使,"她对他们说,"肯定是为你们的孩子来的。不过,这个可怜的人实在太老了,雷雨把他打了下来。"

第二天,所有的人都知道佩拉约家捉到一个活生生的天使。那位博学的女邻居认为,如今的天使都是在一次天堂的密谋败露后幸存的逃亡者,不应该用棍子把他打死。人们的看法都和她相反。佩拉约手持警棍,整个下午都在厨房里监视着他。在睡觉前,他把他从泥水里拖出来,和母鸡一起关在铁丝笼里。到了半夜,雨停了。佩拉约和艾利森达还在打那些螃蟹。过了一会儿,孩子醒了,烧退了,想吃东西了。这时,佩拉约夫妇觉得对人应该宽容大量,便决定把天使搁在一个木排上,给他放上三天用的淡水和食物,让他到大海上去听天由命。但是当黎明时分夫妇俩来到院子里时,却看到所有的邻居都围在笼子前,毫不虔诚地拿天使开心,从铁丝网的孔眼里给他扔吃的东西,好像他不是超自然的生灵,而是一头马戏团的动物。

贡萨加神甫也被这不寻常的消息惊动,七点以前就赶来了。这个时刻,早又来了一些看热闹的人,他们不像黎明时来的那些人那么轻浮,他们正对这个俘虏的前途做着种种推测。一些头脑特别简单的人认为他可能被任命为全世界的首脑。另一些生性好斗的人则料想,他可能被提升为五星上将,让他去打赢一切战争。而一些想入非非的人却希望把他留下来做种子,在大地上培植一代能够管理宇宙的长翅膀的智者。但是贡萨加神甫在当神甫前是个身强力壮的樵夫,他走到铁丝网前,迅速重温了一遍他的教义,这才叫人们打开笼子门,好让他到近处看看那个在惊呆的鸡群中更像一只衰老的大母鸡的可怜人。他躺在一个角落里,正伸展着翅膀让太阳晒干,周围全是早晨来的那些人扔的果皮和吃剩的早点。当贡萨加神甫走进鸡笼用拉丁语问候他时,他这个对尘世的无礼行为一无所知的老人几乎连眼睛也没有抬,只是用他那种方言咕哝了点什么。当神甫发现他既不懂上帝的语言也不知道向上帝的使臣致意时,便对他的假象产生了怀疑。后来他注意到,从近处看,他非常像人:他身上散发出一股难闻的气味,翅膀的背面布满寄生的藻类和被陆地上的风吹坏的大羽毛。他那副卑微寒酸的样子和天使的高贵尊严毫无共同之处。于是他离开了鸡笼,通过简短的布道提请那些好奇的人注意,过分天真是危险的。他还提醒他们说,魔鬼有一种恶习,即惯常利用狂欢作乐的诡计迷惑不谨慎的人们。他论证说,如果翅膀不是区分雀鹰和飞机的根本因素,那就更不能据此来识别天使了。但是他答应给他的主教写一封信,让主教再写一封信给他的大主教,让大主教再写一封信给罗马教皇。这样,最高法庭就会做出最后的判决。

神甫的慎重态度在那些麻木的心灵里并未奏效。抓住天使的消息迅速传开,几小时后佩拉约家的院子就成了一个喧闹的市场,不得不叫带刺刀的军队来驱散几乎要把房子挤倒的人群。正弯着腰打扫市场上的垃圾的艾利森达这时想出了一个好主意:把院子围起来,向每个进来看天使的人收五分钱。

好奇的人们甚至来自马蒂尼卡岛①。还来了一个流动演出队,表演飞人的演员在人群上空嗡嗡地飞来飞去,但是没有人理睬他,因为他的翅膀不是天使那样的翅膀,而是像天国的蝙蝠的翅膀。加勒比地区最不幸的病人都来这里寻求健康的身心:一个可怜的妇女从小时候起就计算自己心脏跳动的次数,如今数得连数字都不够用了;一个牙买加人彻夜难眠,因为他遭着星星噪声的折磨;一个梦游病患者夜间总是起来毁掉他醒着时所做的东西。还有许多病情较轻的患者。在这场震撼大地的灾难性动乱中,佩拉约和艾利森达虽然疲劳却感到幸福,因为还不到一个星期他们就使卧室里装满了钱,而等着进门参观的游客的队伍还很长,一直排到了天边。

天使是惟一对他本人引起的事件漠不关心的人。在他那个临时寄住的巢穴里,油灯和蜡烛那地狱般的烈焰把他逼到铁丝网边,弄得他六神不安,他一直在寻找一个安适的地方。最初,佩拉约夫妇想让他吃樟脑球,因为根据那位博学的女邻居的高见,这是天使的专用的食品。但是他却不屑一顾,就像对信徒们给他送来的神圣的午餐连尝一口都不尝一样。人们始终不明白是因为他是天使呢还是因为他太老了,最后只吃了一点茄子泥。他惟一异乎常人的美德似乎是容忍。特别是他刚被关进笼子里的时候,无

① 法属安的列斯群岛中的一个岛。

论在母鸡啄食在他的翅膀上繁殖的寄生虫还是残疾人拔他身上的羽毛去遮掩他们的缺陷时，甚至连最虔诚的人都向他扔石头，想叫他站起来好看看他的全身时，他都忍受着。惟一把他激怒的一次是有人用给小牛打标记的烙铁烫他身体的一侧时。因为他一连好几个小时一动不动，大家都以为他死了。这时他惊恐地醒来，眼睛里含着泪水，用难懂的语言骂人，还扇动了两下翅膀，掀起一阵旋风，把鸡粪和尘土扬了起来。那阵可怖的大风好像不是来自这个世界的。尽管许多人认为他的反应不是由于气愤而是由于痛苦，但是从此以后人们注意不再骚扰他了，因为大部分人知道他的耐心不同于某个隐退静养的英雄，而和一场大动荡到来前的宁静相似。

贡萨加神甫用家常的劝说方式对待轻浮的人群，一面等待着对俘获的天使的属性做出的毋庸置疑的判决。但是罗马的信件早已丧失了紧迫性。时间全花费在调查这个囚犯是不是有肚脐眼儿，他的方言是不是和阿拉米语有点关系，他是不是常常寄居在一根别针尖上，或者他会不会只是一个长翅膀的挪威人等事情上。如果不是一桩偶然事件结束了神甫的烦恼的话，那些慎重的信件来来往往也许会继续几个世纪。

原来在那几天，在来自加勒比的若干流动演出队的许多吸引观众的节目中，有一个由于不听父母的话而变成蜘蛛的女人的凄惨展览。看这个女人的门票不但比看天使的门票便宜，而且还允许向她提出各种各样关于她的不幸身世的问题，可以前后左右仔细察看她，这样，便不会有人再怀疑这件可怕的事情的真实性。那是一只吓人的意大利狼蛛，像一头绵羊那么大，长着一颗悲伤的少女的脑袋。但是最令人心碎的不是她那异样的外表，而是她讲述她的悲惨遭遇时的真正痛苦的样子。她几乎还是个孩子时，偷偷溜出家门去跳舞，未经允许跳了一整夜，当她经过一片树林回家时，一声可怖的霹雳把天空分成两半，从那道裂缝里冲出一道硫磺闪电，把她变成了蜘蛛。她惟一的食物是那些心肠慈悲的人送到她嘴里的碎肉丸。这样的场面，充满了人们的真情和巨大的儆戒意义，无须多说，便压倒了人们对待那个几乎对人类不屑看一眼的高傲天使的情景。此外，人们归于天使的寥寥无几的奇迹也反映了某种思想上的混乱。譬如不能恢复视力的盲人却长出三颗新牙，不能走路的瘫痪病人差一点中彩，还有麻风病人伤口上长出了向日葵等等。这些更像是开玩笑取乐的安慰人的奇迹早已损害了天使的名声，而变成蜘蛛的女人的到来则彻底使这个天使声名狼藉。这样一来，贡萨加神甫就完全治好了自己的失眠症，佩拉约家的院子也恢复了大雨连下三天、螃蟹爬满卧室时的凄凉景象。

这家的主人没有什么感到遗憾。他们用收得的门票钱盖了一幢两层的住宅，有阳台和花园，门口的台阶垒得很高，以防冬天螃蟹爬进来，窗口也装上了铁栏,免得天使飞进来。此外,佩拉约还在离镇子很近的地方建了一个养兔场,并完全辞掉了他那个倒霉的乡村警官职务。艾利森达给自己买了几双光亮的高跟皮鞋和许多闪光的绸缎衣服。这种衣服是最贪心的贵妇们在那个时代的星期天才穿的。那个鸡笼是惟一未受到关照的东西。如果说有时他们也用煤酚皂溶液冲刷一下,在里面洒一些药水消消毒,但这并不是出于对天使的尊敬,而是为了预防已经像幽灵一样到处游荡、正在把新房子变旧的垃圾般的恶臭。最初,当孩子学会走路时,他们注意不让孩子太靠近鸡笼。但是后来他们渐渐忘记了这种担心,也习惯了那种臭味,孩子在换牙之前就钻进鸡笼玩耍了。那时鸡笼的铁丝网已经腐烂,一块块地掉下来。天使对这个孩子和对其他人一样爱理不理,但是他可以像一条完全绝望的狗一样温顺地忍受孩子的机智过人的恶作剧。后来孩子和天使同时出了水痘。给孩子看病的医生忍不住为天使诊断的好奇心,听见他的心脏里有呼呼的风声,他的肾脏里有许多的噪音,以至于让医生觉得他不可能还活着。但是,更让医生感到惊异的是他长那一对翅膀的逻辑性。在他那完全是人的肌体上,它们长得居然那么自然,他不明白为什么其他人不能也长那么一对翅膀。

当孩子上学念书时,日晒雨淋,鸡笼早就毁掉了。天使像个绝望的垂死者一样到处乱爬。佩拉约夫妇用扫把把他从卧室里赶出来,转眼间又在厨房里看见他。他好像同时在所有的地方,他们竟认为他会分身术,能让自己同时出现在家里的各个角落。气急败坏的艾利森达失常地大叫,说住在这个到处有天使的地狱里太不幸。天使几乎吃不下饭,他那双老人的眼睛变得那么模糊,走路时总撞着柱子,他那几乎光秃的翅膀只剩毛管了。佩拉约给他盖上一条毯子,慈悲地让他睡在棚屋里。这时他们才发现,他夜里老发烧,还不断用挪威老人的拗口的言语说胡话。他们感到惊慌的时候很少,这一次却经不住了,因为他们认为天使就要死了,连那个博学的女邻居也无法告诉他们拿死了的天使怎么办。

然而,这个天使不仅熬过了他那个严酷的冬天,而且在风和日丽的日子开始不久他的身体似乎就好多了。他在院子最偏僻的角落一动不动地待了多日,谁也看不见他。到了十二月初,他的翅膀上长出了几根又粗又硬的大羽毛,那是衰老的大鸟长出的羽毛,看上去,倒像是一种返老还童的征兆。但是,他一定知道发生这些变化的理由,因为他十分注意不让任何人察觉这些变化,不让任何人听见他有时在星光下唱的航海人之歌。一天早晨,当一阵像从远海上刮来的风吹进厨房时,艾利森达正在切洋葱片做午饭。这时她走到窗前观望,发现天使正在试着起飞。他的动作显得那么笨拙,他用指甲在蔬菜地里划了一道犁沟。在阳光下他拼命地扇动那一对翅膀,差一点把棚屋扑倒,还是在空中停不住。但是他终于征服了高度。当艾利森达望见他像老鹰那样不顾一切地扇动着翅膀飞过最后几栋房子时,不禁为了他和她自己宽慰地舒了一口气。她切完葱头时还在望着他,已经不可能看到他时她还在望着,因为这时他不再是她生活中的一个障碍,而仅仅是水天相连处的一个看不清的小点了。

思　考　题

1. 小说中的各色人物对巨翅老人事件是如何作出反应的?他们的种种反应表明了什么?

2. 加西亚·马尔克斯是怎样使一桩明显荒诞的事件变得像是真实可信的?

3. 这篇小说具有哪些讽刺幽默成分? 它们的目的是什么?

4. 怎样才能更好地来阅读和理解这篇小说? 把它看做一则寓言,一个民间传说,还是一种象征手法,一个幻想故事?它有一个可以识别的主题吗?

5. 试就这篇小说分析"变现实为幻想而又不失其真"的魔幻现实主义手法。

搭车游戏

[捷克]昆德拉
高　兴译

　　米兰·昆德拉(Milan Kundera,1929—　　)出身于布尔诺市一个钢琴家家庭。年轻时当过工人、爵士乐手,写过诗,画过画,搞过音乐并从事过电影教学。三十岁时走上小说创作之路。1967年,他的第一部长篇小说《玩笑》出版,使他一举成名。1975年,他移居法国。他的主要作品还有长篇小说《生活在他方》、《告别圆舞曲》、《笑忘录》、《不能承受的存在之轻》、《不朽》、《缓慢》、《本体》、《无知》,短篇小说集《可笑的爱情》,论文集《小说的艺术》、《被叛变的遗嘱》等。昆德拉的作品包含着丰富的哲理和思想内涵,评论界认为他"把哲理小说提高到了梦态抒情和感情浓烈的一个新水平",用幽默的反讽解剖了荒诞的人生,用轻松的文体开挖了沉重的主题。他的作品是理论与文学的结合,杂感与故事的结合,虚构与纪实的结合,通俗与高雅的结合,也是传统与先锋的结合。

一

　　油量表上的指针突然向警戒线倾斜。双座运动车的年轻驾驶员断言这辆车的吞油量简直要教人发疯了。"咱们可别又把汽油用光了。"坐在他身旁的姑娘(年约二十二岁)不满意地说。她提醒这个年轻人类似情况已在好几处发生过了。小伙子回答说他并不担心,因为和她在一起不管经历什么对他来说都具有冒险的魅力。姑娘可并不同意这种说法。每次在公路上用完了油,她说,都只是她单方面的冒险。小伙子总是藏了起来,而她却不得不利用自己的魅力竖起拇指搭上一趟车①,到就近的加油站灌汽油,然后又竖起拇指搭上另一趟车背着一桶油赶回来。小伙子问姑娘那些让

―――――――――――
　　①　在西方国家,人们要求搭车时,一般都竖起拇指。

她搭车的司机是否有些令人不快,因为听她的口气好像她的差使一直是种苦难似的。她回答说(用一种笨拙的轻佻口吻)有时他们非常令人愉快,只不过这并没有给她带来任何好处,因为她让那么一桶汽油累赘着,而且往往还没等有什么举动,就不得不离开他们了。"猪猡!"小伙子骂了一声。姑娘立即抗议说她不是猪,可他却是名副其实。天晓得他单独驾车行驶时有多少姑娘在公路上截过他!小伙子一边开车,一边搂住姑娘的肩膀,轻轻吻了一下她的额头。他清楚地知道她爱他,正因如此她才那么容易吃醋。嫉妒虽不是令人愉快的品质,但是倘若不太过分(并且和谦逊结合在一起),那么,尽管它教人感到别扭,却也有其动人之处。至少小伙子是这么想的。他年仅二十八岁,却觉得自己已相当老练,完全了解一个男人所能了解的有关女人的一切。在他身旁的这位姑娘的身上,他所看重的恰恰是他在一般女人身上最难找到的品质:纯洁。

当他看见右边有块路标指明距前方加油站四分之一英里时,油量表上的指针已移到警戒线上。姑娘还没来得及说出她感到如释重负一样,小伙子已打出左转信号,汽车驶入加油泵前的空地。可是,他不得不将车停在离油泵稍远的地方,因为油泵旁停着一辆运油大卡车,车上载着一只庞大的金属罐和一根粗笨的导管,它正在给油泵灌油哩。"我们只好等着了。"小伙子对姑娘说道,然后钻出汽车。"需要多长时间?"他朝身着工装裤的男人喊道。"一会儿就好。"那位工作人员回答。"这话我早就听过。"小伙子说。他想回到车上,但看见姑娘已从另一面跨了出来。"我想借此机会溜达溜达。"她说。"去哪儿?"小伙子故意刨根问底,想看看姑娘的窘态。他认识她已足足一年,可她仍会在他面前害羞。他喜欢看见她害羞,一则因为这种时刻使她有别于他以前遇到过的那些女人,另外也因为他深知宇宙万物稍纵即逝,因此在他看来自己女友的羞怯也就十分珍贵。

二

姑娘实在不愿意在旅途中(小伙子开车常常一连几个小时不停歇)出于无奈而要求他在靠近树丛的某个地方暂时停一会儿。当小伙子故作惊讶地询问为何要停时,她便会生气。她很清楚她的羞怯既滑稽可笑又不合时宜。上班时她多次注意到人们因此而笑话她,故意用话语刺激她。她总是在还未搞清楚自己怎么会害羞时就已经害羞了。她常常渴望泰然自若地、大大方方地看待自己的身体,就像她周围大多数妇女那样。她甚至编出了一套特殊的自我劝导课程:反反复复地告诉自己每个人出生时都是从千百万可用肉体中得到了一个,正如在一座硕大无朋的旅馆中从上百万间客房中分到了一间一样。因而,肉体完全是偶然的、非个人的,它只是一个现成的借用之物。她以不同的方式用这些话反复告诫自己,然而却从未奏效。这种灵与肉的二元论同她格格不入。她太注重自己的肉体了。这便是她常常为自己的肉体而感到忧虑的缘由。

即便是同这个小伙子相处,她也常有同样的忧虑。她与小伙子相识已一年。和他在一起,她深感幸福,也许正是因为他从不把她的肉体和她的灵魂分割开来,这样她便可以完整地和他生活在一起。这种灵与肉的一体性给她带来幸福感,然而也恰恰在这幸福感的背后潜隐着猜疑。姑娘的心里就充满了猜疑。例如,她常会突然想到别的女人(那些从不忧虑的女人)更具有吸引力和诱惑力。小伙子非常熟悉这类女人,对此他毫不隐瞒。姑娘担心他总有一天会为这样一个女人而离开她。(不错,小伙子曾声称他遇到的这类女人已够他一辈子受的了,可姑娘明白他实际上比他自己想像的要年轻得多。)她希望小伙子完全属于她,她也完全属于小伙子。然而她常常觉得自己越是想献给他一切,就越是要对他有所拒绝:即一般轻浮、浅薄的恋爱或调情所轻易给人的东西。令她烦恼的是她无法将轻松愉快和严肃端庄有机地结合起来。

可此时此刻她毫不担忧,心中也丝毫没有类似的想法。她感觉良好。这是他们度假的第一天(她一年来梦寐以求的为期两周的度假)。天空一片蔚蓝(整整一年她都在担心天空会不会真正蔚蓝),而他就在自己身旁。听到这句“去哪儿?”姑娘的脸刷地一下红了。她没有做声,离开了汽车,向加油站走去。加油站孤零零地建在公路旁边,周围都是农田。约一百码开外(同他们旅行的方向一致),有一片树林。姑娘朝那里走去,隐身在一丛小灌木的后面,感到心情十分欢愉。(孤寂时,她所爱的男人的出现会使她极为喜悦。但是倘若他总是与她形影不离,这种喜悦便会不断地消失。惟有她孤身独处时,她才能紧紧把握住这种喜悦。)

当她从树林中出来返回公路时,加油站已清晰可见。载汽油的大卡车已经开始驶出,他们的那辆小汽车正向油泵的红色角塔移动。姑娘沿着公路朝前面走去,不时地回头看看他们的车是否在驶来。最后小汽车终于进入了她的视线。她停下步子,开始朝它挥手,就像一名要求搭车的女子向一位陌生人的汽车挥手那样。运动车放慢速度,紧挨着姑娘停下了。小伙子朝车窗侧过身子,摇下窗玻璃,微笑着问道:“你去哪儿,小姐?”“你去比斯特里察吗?”姑娘轻佻地朝他微笑。“是的,请上车吧!”小伙子说着打开了车门。姑娘一上车,马达便启动了。

三

每当看到姑娘心情愉快,小伙子总是很高兴。因为这种情况实属难得。姑娘的工作相当劳累,工作环境也不尽如人意,经常加班加点,却得不到应有的补休。家中又有一位体弱多病的母亲。因而她经常感到疲惫不堪。她既没有特别坚强的神经又缺乏特别坚定的自信,动辄就会陷于忧虑和恐惧状态。正因如此,只要姑娘面露喜色,小伙子都会以父亲般温柔的关切表示欢迎。他朝她笑了笑,说:"今天真走运。我开车五年了,还从未遇到过这么漂亮的搭车姑娘。"

姑娘对小伙子的恭维星星点点都很感激。她希望在这种温情中多流连一会儿,因此说道:"你非常善于撒谎。"

"我看上去像个撒谎的人吗?"

"你看上去很喜欢对女人撒谎。"姑娘说。

她的话语中不知不觉又冒出了一点儿她惯有的忧虑,因为她确实相信自己的男友是喜欢对女人撒谎的。

姑娘的嫉妒常常使小伙子感到恼怒。但这一次他却全然不当回事儿,因为毕竟她这话不是针对他,而是对那位陌生司机说的。因此他只漫不经心地问道:"你在意吗!"

"如果我与你同行,那么我当然在意啰。"姑娘回敬道。她的话语中隐含着一种传达给小伙子的微妙的指示性的信息。可她接下去的后半句却仅仅是针对陌生司机的:"但我与你素不相识,所以我并不在意。"

"自己男人的事总是比陌生人的事更容易使一个女人操心。"(这是小伙子此时传达给姑娘的微妙的、指示性的信息)"鉴于我们俩素不相识,我们在一起准能处得挺不错。"

姑娘故意不想领会小伙子话中的弦外之音,她下面这句是专门说给陌生司机听的:

"既然我们一会儿就要分道扬镳,这又有什么关系呢?"

"为什么?"小伙子问。

"咳,我一到比斯特里察就下车。"

"那么倘若我与你一起下车又会怎么样呢?"

听他这么说,姑娘抬头瞅了小伙子一眼,发现他看上去正是她在最为痛苦的嫉妒时刻所想像的那个样。小伙子对她(一个素不相识的搭车姑娘)的奉承和调情以及他的潇洒程度使姑娘感到十分惊恐。她于是故意以作对的挑衅口吻回敬道:"我倒想知道你将如何对待我?"

"我不用多费脑筋就知道如何对待这么一位漂亮女人。"小伙子献殷勤地说。现在他这话更多是讲给自己的女友听的,而不是讲给那个搭车姑娘听的。

然而这句奉承话却使姑娘觉得她仿佛当场捉住了他的什么把柄,仿佛她玩了一个花招骗到了他的自供状。一种对小伙子的强烈憎恨突然在她心中闪现。"你是否有点过于自信了?"

小伙子看了看姑娘。他觉得她那张充满敌意的脸完全扭曲了。他为她感到难过,渴望重新见到她平日的惯常表情(他一直称之为孩子气的纯朴表情)。他把身子靠过去,搂住她的肩膀,温柔地喊着她的名字,这是他平日和她说话时称呼她的名字,想借此结束这场游戏。

可是姑娘挣脱开来,说道:"你未免太性急点儿了吧!"

碰了这么个钉子,小伙子说了声"对不起,小姐",然后不再言语,默默地望着公路的前方。

四

然而,姑娘那可怜的嫉妒来得快,也去得快。毕竟她是个明白人,完全懂得这仅仅是一场游戏。这会儿想到出于一时嫉妒竟愤然拒绝了自己的恋人,她甚至感到有点滑稽可笑。如果被他发现是什么促使她这个样,对她来说肯定不是件愉快的事。幸而女人具有一种神奇的禀赋,能在事后改变自己行为的含义。凭着这一禀赋,她决定表示自己并非出于愤怒而是为了把这搭车游戏玩下去才拒绝他的。在度假的第一天玩这荒诞可笑的搭车游戏再合适不过了。

于是她重又扮演起搭车姑娘来。这位搭车姑娘刚才断然拒绝了过于大胆的年轻司机,但那仅仅是为了让他得手慢一些,以便更富刺激性。她朝小伙子半侧过身子,用爱怜的口吻说:

"我并没有冒犯你的意思,先生!"

"对不起,我不会再碰你了。"小伙子说。

他希望姑娘停止游戏,恢复自我。可姑娘不愿听从,断然拒绝。对此他十分恼火。既然姑娘执意要继续扮演自己的角色,他也就将怒火转向了这个陌生的搭车姑娘。忽然间,他猛地发现了自己这个角色的性格:他不再说那些献殷勤的话了,原先他是想以此来婉转地奉承姑娘的。他开始扮演一个莽汉的角色,摆出一副男性的粗暴面孔来对待女人:专横独断、讽刺挖苦、自以为是。

这个角色使小伙子一反平日对姑娘温柔体贴的常态。不错,在与她相识之前,他对待女人确实是粗鲁多于温柔。但还不至于像没有心肝的粗暴之徒那样,因为他从来都是既没有表现出特别的意志坚强也没有表现出特别的冷酷无情。然而,虽说他生来不是这种人,但内心却曾向往过当那么一回。当然啰,这仅仅是一种颇为天真的愿望,可它确实存在过。孩童般幼稚的愿望往往在经历了成年思维的各种考验之后,到了成熟的老年还依然存在。现在这一天真的愿望立即不失时机地在小伙子所扮演的角色中体现出来了。

小伙子带有嘲讽色彩的缄默很合姑娘的心意——这使她从自我中解放了出来。因为她本人可说是嫉妒的化身。一旦那个过于殷勤、巧于诱惑的青年从自己身旁消失,取而代之的是一张不可接近的、冷冰冰的面孔,姑娘的嫉妒心也就随之消退了。这样她便可以忘却自我,完全进入角色。

角色?什么样的角色?那是个从庸俗文学作品中读到的角色,搭车姑娘拦截汽车并非真正为了搭车,而是想借此引诱开车的男子。她称得上是一位手腕高明的诱惑者,非常熟谙如何灵巧地施展自己的魅力。姑娘不知不觉进入了这个愚蠢、浪漫的角色,演得如此轻松自如,连她自己都感到吃惊。她简直着了迷了。

五

小伙子的生活中最最缺乏的便是轻松愉快。他的主要生活道路被规划得一板一眼,丝毫不得有所偏离。他的工作不只是一天八小时。八小时之外的时间还要被各种各样索然无味的强制性的大小会议和业余学习所侵占。甚至连他那少得可怜的私生活时间也逃脱不了无以数计的男女同事的注意。私生活从来不是个人秘密,有时甚至成为人们茶余饭后消闲的话题,被公开地讨论。就连为期两周的休假也未能给予他一种自由感和冒险感。刻板的规划像灰色的阴影一样也投到了这里。在我国,夏季旅游膳宿供应紧张,这迫使他在六个月之前就得预订塔特拉山上的旅馆房间。而预订房间需要本单位的介绍信,这样一来他便一刻也没能避开单位中那个无所不在的大脑的监视。

对于这一切他早已习以为常。然而与此同时,一览无余的生活道路引起的可怕念头不时地袭上心头——在这条生活道路上他总是被人跟踪,总是暴露在每个人的眼睛面前,无法躲避。此刻这一念头重又出现了。通过这一奇特的突如其来的联想,他那条象征性的生活道路竟与眼前他正驾车行驶的公路合为一体了——这导致他突然决定采取一个疯狂的行动。

"你刚才说想去哪儿?"他问姑娘。

"去班斯卡-比斯特里察。"她答道。

"在那里你有何贵干?"

"我有个约会。"

"同谁?"

"同某位绅士。"

小汽车正好开到了十字路口。年轻的司机放慢车速,以便看清路标,然后向右拐去。

"如果你不能如期赴约,又将怎样呢?"

"那将是你的过错,你就得把我照顾好。"

"显然你没有注意到,我已拐向新扎姆基了。"

"真的? 你疯了!"

"别害怕,我会好好照顾你的。"小伙子说。

他们就这样一边开车一边说着话——素不相识的司机和搭车姑娘。

搭车游戏一下子加快了一挡。小汽车不仅偏离了幻想中的目标:班斯卡-比斯特里察,而且也偏离了他们早晨驰向的真正目标:塔特拉山和那间预订的房间。虚构的故事向真实生活发动了突然袭击。小伙子不仅在离开自我,而且也在离开那条丝毫不容偏离的笔直道路。迄今为止他一刻也不曾偏离过它。

"可你自己说要去塔特拉山的!"姑娘感到意外。

"小姐,我想去哪儿就去哪儿。我是个自由人,我做我想做和喜欢做的事情。"

六

他们抵达新扎姆基时,夜幕已经降临。

小伙子以前从未来过此地,因此费了一些工夫来辨认方向。他好几次停下车,向过路人打听去旅馆的方向。由于好几条街都在修路,因此,尽管旅馆相当近(如那些过路人一致断言的那样),他们却不得不绕了许多弯路,兜了一阵圈子,差不多花费了一刻钟才最后把车子停在旅馆门前。旅馆看上去不怎么讨人喜欢,可全城独此一家。再说小伙子也实在不愿意继续往前开了。因此他对姑娘说了声"请在此稍候"就下了车。

一下车,他当然又成了他自己。发现晚上到了与既定目标截然不同的地方,他感到忐忑不安——由于没有人强迫他这么做而事实上他也并不真正想这么做,他的不安感就更为加剧了。他责备自己干了这样的愚蠢事，但过了一会儿也就随遇而安了。塔特拉山的房间可以等到明天去住嘛。况且以某种意外方式来庆祝他们第一天的假期也毫无害处。

他穿过嘈杂、拥挤、烟雾腾腾的餐厅寻找总服务台，人家告诉他那是在门厅背后靠近楼梯口的地方。总服务台的玻璃挡板后面坐着一位上了年纪的金发女人。他费了好大劲儿才拿到了惟一的一间空房的钥匙。

剩下姑娘独自一人时，她也把自己扮演的角色撂到了一边。不过，她没有因为到了一个意想不到的城市而恼火。她对小伙子全心全意，从不怀疑他所做的一切，只是信赖地将自己生活的每一个时刻都托付给他。与此同时，她的脑海里重又闪出了这样的念头：也许——正如她现在这样——别的女人也在车中等过他，他在出差时遇见的女人。但是令人惊讶的是这个念头此刻并没有给她带来丝毫不安。事实上，她想到这有多么美妙，今天她竟然就是这么个女人，这么个不负责任、粗俗不堪的女人，她一直百般嫉妒的这类女人之一，她的脸上不由得露出了微笑。她似乎觉得自己正在将她们一一排挤掉，似乎她已学会如何使用她们的武器，已懂得如何给予小伙子迄今为止她尚不懂得如何给予的东西：轻佻、放荡、不知羞耻。她心中洋溢着一种奇特的满足感，因为惟有她能够集各类女人于一身，这样（惟有她）能够完全吸引住自己的恋人，牢牢地抓住他的兴趣。

小伙子打开车门，领着姑娘来到了餐厅。在一片喧闹、肮脏及烟雾中，他在角落里找到了惟一的一张无人占用的桌子。

七

"那么你现在打算如何照顾我？"姑娘挑衅地问道。

"你想喝点什么开胃酒？"

姑娘并不太喜欢含有酒精的饮料，不过她能喝一点葡萄酒，对苦艾酒则相当喜欢。然而这会儿她却故意说道："伏特加。"

"很好，"小伙子说，"希望你别被我灌醉了。"

"如果我被灌醉呢？"姑娘发问。

小伙子没有回答。他叫来服务员，要了两杯伏特加和两份牛排。不一会儿工夫，服务员便端来了放有两小杯酒的托盘，搁在了他们面前。

小伙子举起酒杯："为你干杯！"

"你就不能想出风趣一些的祝酒词吗？"

姑娘的游戏已开始令他有点恼怒。此刻，与她相对而坐时，他意识到并不只是言语使她变成了一个陌生人，而是她整个儿都变了，她身体的一举一动，她的面部表情统统都变了，她竟然令人讨厌地、不折不扣地变成了他极为熟悉的使他反感的那种女人。

于是(手举着酒杯)他纠正了自己的祝词:"好吧,那么,不为你干杯,而是为你们这类人干杯。在你们这类人身上动物的优点与人类的缺点多么出色地结合在一起。"

"'这类人',你是指所有女人吗?"姑娘问。

"不,我只指像你这样的女人。"

"无论如何,在我看来将女人与动物相提并论总不显得很聪明。"

"好吧,"小伙子依然高举着酒杯,"那么,我不为你们这类人干杯,而是为你的灵魂干杯。同意吗?为你那一旦从头部下沉到腹部便发光,一旦从腹部回到头部就熄灭的灵魂干杯。"

姑娘举起了酒杯:"好吧,那就为我沉到腹部的灵魂而干杯。"

"我要再一次纠正自己,"小伙子说,"为你的腹部,灵魂沉居其中的腹部干杯。"

"为我的腹部干杯。"姑娘说道。她的腹部(此刻被他们特别点出的她的腹部)似乎对此有所响应。她毫发不差地感觉到了它的存在。

这时服务员端来了牛排。小伙子又要了两杯伏特加和一些苏打水(这次他们为姑娘的乳房干杯)。他们之间的对话就以这种奇异的、轻薄的语调继续着。看到自己的女友如此娴熟地变成了一个淫荡女人,小伙子心里越来越恼怒。既然她能做得如此熟练,他想,这就意味着她实际上就是这样的女人。说到底,毕竟不是什么太空飞来的陌生灵魂附在了她的身上,她现在表演的正是她自己。也许,这是她以前囚禁着的那一部分,此刻借口搭车游戏释放出来了。也许,姑娘认为可以借助于搭车游戏而同自我彻底决裂。但能否反过来认为呢?难道不会是惟有通过游戏才显现了真正的她?难道她不是通过游戏在释放她自己?是的,坐在他对面的并不是一个以他的女友为化身的陌生女子。她正是她的女友,不是别人,正是她本人。他望着她,感到一种厌恶的情绪在增长。

然而,这还不仅仅是厌恶。姑娘愈是在肉体上对他矜持,他便愈是渴望在肉体上占有她。现在她灵魂中这个陌生的成分使她的肉体更加引人注目了。是的,事实上,在他看来,她的肉体似乎变成了一个迄今为止一直隐藏于同情、温柔、关切、爱怜和激情的云雾之中的肉体;似乎她的肉体迷失在这些云雾之中了(不错,似乎这个肉体迷失了)。小伙子似乎觉得今天他才第一次看到了自己女友的肉体。

喝完三杯伏特加和苏打水后,姑娘站起身来,轻佻地说:"对不起!"

小伙子问道:"可以问一下你去哪儿吗,小姐?"

"去撒尿,如果你允许的话。"姑娘说罢便穿过餐桌朝后面漂亮的屏风走去。

八

他还从未听她说出过这样的字眼,尽管这个字眼本身无可指责。见到他大吃一惊的样子,姑娘感到很得意。在她看来没有什么比对这个字眼轻浮的强调更能表现她正在扮演的那种女人的性格了。是的,她得意扬扬,情绪处于最佳状态。搭车游戏令她着迷,使她得以感受到她至今从未感受到的东西:一种满不在乎的放荡不羁。

平时她总是预先对自己的每一步骤感到不安。此刻她忽然感到自己完全放松了。她刚刚投入的这种陌生的生活是一种没有羞耻、没有个人规范、没有过去和未来、没有义务的生活,是一种极为自由的生活。作为一名搭车姑娘她可以做任何事,对于她来说,一切事情都是允许的。她完全可以言所欲言、为所欲为、感所欲感。

她穿过餐厅,意识到了各个桌子上的人都在不约而同地望着她。这是一种全新的感觉,一种她从未体验过的感觉:她的身体所导致的猥亵的欢乐。至今她还未能摆脱自己心中的十四岁少女的感觉:为自己的乳房害臊,觉得它们在胸前隆起,被人看见是不体面的,使她烦恼。虽然她为自己有俊美的容貌和苗条的身材自豪,这种自豪感也总是马上被羞耻冲淡了。她曾正确地猜测到女性美是由性挑逗唤起的,但对此她感到厌恶。她渴望自己的身体仅仅展示给自己所爱的男人。当男人们在大街上盯视她的乳房时,她似乎觉得他们正在侵犯她那只属于她自己和她的恋人的最隐秘的天地。然而,现在她是一个搭便车的姑娘,一个不受命运支配的女人。在这一角色中她摆脱了爱情的温柔束缚,开始强烈地意识到了自己肉体的存在。她的肉体愈是觉醒,注视它的那些眼睛就愈显得异样。

当她穿过最后一张桌子时,一个醉汉想要炫耀一下自己多么老于世故,他用法语和她搭讪:"Combien, mademoiselle?"①

姑娘明白他说的法语。她高高挺起乳房,充分意识到了自己臀部的每一个摆动,然后消失在屏风后面。

---

① 法语,意为:要多少钱,小姐?

九

　　这是一场奇特的游戏。其奇特之处体现在，譬如说，这样一点上：扮演陌生司机的小伙子虽然也演得相当出色，却无时无刻不在搭车姑娘这一角色中看到自己女友的形象。恰恰是这件事折磨着他。他眼睁睁地看着女友在勾引一个陌生男子，自己却还享有那种苦涩的权利得以亲临现场，同她近在咫尺，目睹她的神态，听到她欺骗他（过去她欺骗了他，将来还会欺骗他）的每一句话。与此同时，他还有这一荒谬的荣幸：成为她不忠的借口。

　　更为糟糕的是与其说他爱她，不如说他崇拜她。他一直觉得她的内在性格惟有在忠诚与纯洁的界线内才是真实的。一旦逾越这个界线，这种内在性格就消失了。超出这个界线，她就不再是她，一如水超过沸点不再是水。此刻，当他看到她以一种若无其事的优雅神态逾越了这一可怕的分界线，他的胸中充满了愤怒。

　　姑娘走出盥洗室回到桌旁，埋怨道："那边有个家伙问我：'Combien, mademoiselle？'"

　　"你不必大惊小怪，"小伙子说，"毕竟，你看上去像个妓女。"

　　"你可知道我对此丝毫不在乎？"

　　"那么你就该跟那位绅士走！"

　　"可我还有你哩。"

　　"同我分手后，你可以跟他走。去跟他风流风流。"

　　"我并不觉得他怎么迷人。"

　　"可原则上你对一晚上拥有几个男人毫无反对之意。"

　　"如果他们长得挺帅，为什么要反对呢？"

　　"你是一个接一个循序而进呢，还是同一时间拥有他们？"

　　"两者皆可。"姑娘回答。

　　他们的对话朝着越来越粗鲁的极端在进行。这使姑娘微微感到吃惊，但她无法表示反对。即便是游戏也隐含着一定的约束。对于游戏的参加者来说，游戏也有可能成为一种圈套。倘若这并非一场游戏，倘若他们果真素不相识，那么搭车姑娘早就可以拂然离去了。然而要想从游戏中逃脱却不可能。球队在比赛结束之前不能逃离赛场，棋子不能擅离棋盘；赛场的界线一经确定便无法更改。姑娘清楚地知道不管游戏将采取什么形式进行，她都不得不接受，因为这是一场游戏。她懂得游戏越是走向极端，就越是游戏，自己也越是应当顺从地玩下去。此时若想唤醒理性、提醒迷失了的神智必须同游戏保持一段距离、不可认真,那是枉费心机。正因为这仅仅是一场游戏,她的心里才毫无畏惧、毫不反对,而且上了瘾似的越陷越深。

小伙子叫来服务员,付了款。然后他站起身来,对姑娘说:"我们走吧。"

"去哪儿?"姑娘故作惊讶。

"什么也别问,跟我走就是了。"

"你这是用什么口吻在同我说话?"

"用对待妓女的口吻。"小伙子说。

十

他们走上照明极差的楼梯。通向二楼的楼梯口,一群醉汉正聚集在厕所旁。小伙子伸出一条胳膊从背后搂住姑娘,手按在她的乳房上。厕所旁的醉汉们见此情景喧闹起来。姑娘想挣脱,可小伙子大声吼道:"不许动!"醉汉们七嘴八舌地开着下流的玩笑表示赞赏,还冲着姑娘讲了一些脏话。小伙子和姑娘来到二楼。他打开房门,拉亮电灯。

这是间狭窄的房间,有两张床、一张小桌、一把椅子和一个脸盆。小伙子锁上门,向姑娘转过身来。姑娘以挑衅的姿态站在他面前,眼睛里闪动着傲慢的淫荡之色。他望着她,想在这淫荡表情的后面重新找到令他爱恋的她原来的面貌。他似乎正在透过同一镜头观察着两个形象,两个重叠在一起、相互显示的形象。这两个相互显示的形象告诉他姑娘的身上具有一切,她的灵魂缺乏一致性已到了令人吃惊的程度:同时兼有忠诚与不忠、背叛与清白、放荡与贞洁。这种混杂不清在他看来实在令人作呕,犹如一堆杂乱的垃圾。两种形象继续相互显现,小伙子恍然大悟:姑娘仅仅在表面上不同于其他女人,骨子里却是同她们一模一样:充溢着可能有的全部邪念、情感和罪恶,这一切使他心中的疑虑和嫉妒变得合乎情理。光凭她的某些轮廓把她描绘成一个与众不同的女人,这仅仅是旁观者——也就是他——产生的一种错觉。他似乎觉得那个他所爱的姑娘只不过是他的欲望、他的思想和他的信念的产物。而此刻站在自己面前的这个真实的姑娘却陌生得不可救药,模糊得不可救药。

"还等什么,脱吧!"他说。

姑娘轻佻地低下头说:"有必要吗?"

她说此话的语调使他觉得颇为熟悉。他似乎觉得很久以前有另外一个女人也这么说过,只是他不再记得究竟是哪一个了。他渴望羞辱她,不是羞辱一个搭车姑娘，而是羞辱他的女友。游戏与真实生活融为一体了。羞辱搭车姑娘的游戏仅仅成为羞辱女友的一个托词。小伙子忘记了他是在玩一场游戏。他只是憎恨站在自己面前的这个女人。他瞪着她，从钱包里抽出一张面值五十克朗的纸币，递给她说："够吗？"

姑娘接过五十克朗，说："在你看来，我不值这几个钱。"

小伙子说："再多你就不值了。"

姑娘偎依在小伙子身上。"你不能就这个样子接近我。你必须尝试另外一种方式。你得下点功夫！"

她伸出双臂搂着小伙子的身体，嘴巴朝他的嘴凑过去。他将手指放在她的嘴上，轻轻将她推开，说："我只吻我爱的女人。"

"难道你不爱我？"

"不爱。"

"那你爱谁？"

"这关你什么事？脱！"

十一

她以前从未这样脱过衣服。往日在小伙子面前脱衣时总会产生的羞涩、内心的慌乱、晕眩（即便在黑暗中她也无法隐藏）此刻全都消失得无影无踪。她站在他面前，自信、傲慢，沐浴在明亮的灯光之中。连她自己都感到惊讶，不知从哪儿一下子学会了缓慢的、富有挑逗性的脱衣舞动作。在这之前她可是完全不谙此道的。她与他的目光对视，以一种爱抚的动作缓缓地脱下每件衣服，每一阶段的暴露过程都使她感到欣喜。

突然她完全赤身裸体站在他的面前了。这时一个想法掠过她的脑海：现在整个游戏该结束了。既然她已脱光衣服，她也就脱去了自己的伪装。赤身裸体意味着她此刻恢复了自我，小伙子就该走到她面前，用一个手势抹去一切，然后开始他们最亲密的做爱。因此她一丝不挂地站在小伙子面前，停止了搭车游戏。她感到窘迫，脸上露出了真正属于她的微笑——羞涩的、茫然的微笑。

可是小伙子并没有走到她面前，也没有停止游戏。他没有注意到姑娘脸上出现的那种熟悉的微笑。他只看到面前站着他所憎恨的女友的漂亮、陌生的肉体。裹在欲望外面的温情现在已被憎恨一扫而光。她想向他走去，可是他说："站在那里别动，我要好好看一看你。"此时他只想把她当做一个妓女来对待。可是小伙子从来没有接触过妓女。他头脑中有关妓女的概念全都来自文学作品和道听途说。因此他开始求助于这些概念。他首先回忆起的是一个身穿黑色内衣（和黑色袜子）的女人在光亮的钢琴盖上跳舞的形象。在这狭窄的旅馆房间里没有钢琴，只有一张铺着亚麻桌布、靠在墙边的小桌子。他命令姑娘爬上桌子。姑娘做了个恳求的姿势，可小伙子说："我已付给你钱了。"

　　看到小伙子眼中的固执神色，姑娘试着把游戏玩下去，尽管她已不想、也不知如何进行这场游戏了。她眼泪汪汪地爬上桌子。桌面的宽度不到三平方英尺，而且有一条桌腿比其他几条略微短一些，姑娘站在上面感到很不稳当。

　　小伙子对高高耸立在面前的裸体感到十分满意。姑娘羞涩的不安全感只能加剧他的专横。他想从各个角度看到她身体的各种姿势，正如他想像其他男人观看或将要观看的那样。他变得粗俗、淫荡，满口说着一些她从未听他说过的下流话。她想拒绝、想摆脱这场游戏。她喊着他的名字，可他立即厉声呵斥，说她没有权利这么亲密地称呼他。最后姑娘只好噙着泪水、茫然地服从了。她向前弯身，根据小伙子的要求蹲下，行礼，然后扭动臀部就像为他表演扭摆舞那样。在做一个稍为剧烈的动作时，姑娘脚下的桌布一滑，她差点从桌上跌下来。小伙子一把抓住她，将她拽到床上。

　　他同她做爱。她很高兴至少现在这场倒霉的游戏可以最终结束，他们俩又可以像往日那样相爱了。她想把嘴压在他的嘴上。可小伙子将她的头推开，再次声称他只吻他所爱的女人。她禁不住大声抽泣起来。可是她甚至连哭都不被允许，因为小伙子狂热的欲望渐渐征服了她的肉体。她那灵魂的怨诉也随之沉默。床上两个躯体，两个耽于声色的、相互陌生的躯体很快就达到了完美的和谐。这恰恰是姑娘迄今为止一直最担心并尽力避免的事：没有感情或爱情的做爱。她知道自己已跨越了那道禁线，可她跨越禁线时竟毫无异议，而且百分之百地投入其中——只是在意识深处的某个角落，她吃惊地感到自己从未体验过这样的淫乐，此时此刻——越过禁线的淫乐。

十二

　　接着一切都过去了。小伙子离开姑娘的身体，伸手拉了一下悬挂在床铺上方的灯绳，关闭了电灯。他不想看到姑娘的脸庞。他知道游戏已经结束，可他不想回复到他们往日的关系中去。他害怕这种回归。在黑暗中他躺在姑娘身旁，隔开一定距离，以免接触她的身体。

　　过了一会儿他听见她在轻轻抽泣。姑娘的手胆怯地、孩子般地碰了一下他的手。碰了一下又缩回去了，接着又碰了一下。然后一阵恳求的抽泣声打破了沉默。她喊着他的名字,反反复复地说:"我是我,我是我……"

小伙子缄默不语、一动不动。他意识到姑娘这一表白中所包含的可悲的空虚,就像用未知量给未知数下定义一样毫无意义。

姑娘不一会儿从低声啜泣转为号啕大哭,一边哭一边没完没了地重复着那句可怜的话:"我是我,我是我,我是我……"

为使姑娘平静下来,小伙子开始呼唤自己的同情心(他不得不从遥远的地方把它呼唤回来,因为它已不在身边)。还有十三天假日在前面等着他们哩。

思 考 题

1. 试剖析姑娘和小伙子各自在这场游戏中的心理状态,对灵与肉的看法。

2. 在小说结尾,姑娘一边哭一边反复地说"我是我,我是我……",这一场景意味着什么?

3. 这场游戏为什么会造成这样的结果?试推测余下的十三天假期他们将如何度过。

4. 昆德拉的作品蕴藏着丰富的哲理和思想内涵,你认为通过这篇小说他要想告诉我们什么。

5. 昆德拉是一位公认的语言大师,通过这篇小说试举出其语言艺术的主要特点。

战争中的姑娘

［尼日利亚］阿契贝

胡天慈译

钦努阿・阿契贝（Chinua Achebe，1930—　）出身于尼日利亚伊博族一个基督教传教士家庭，自幼接受教会学校教育。1953年毕业于伊巴丹大学，曾任尼日利亚广播公司编导，尼日利亚作协主席，现为尼日利亚大学教授，文学杂志《奥基凯》的主编。他的主要作品有长篇小说《瓦解》、《动荡》、《神箭》、《人民公仆》，短篇小说集《祭祖的蛋》、《战争中的姑娘及其他》，诗集《当心啊，我心灵的兄弟》，儿童故事《契克过河》，论文集《创世日的黎明》等。阿契贝是一位富有社会责任感的作家，他的作品构成了一幅从19世纪英国殖民主义入侵起直至独立后尼日利亚社会生活变迁的画卷，描写了西方的风俗和价值观强加于传统的非洲社会所产生的社会上和心理上的迷惘。在作品中，他善于运用伊博族人民幽默而富有哲理的谚语、格言等来塑造人物形象，刻画人物心理，再现非洲的环境和气氛。

他们初次相遇，什么事也没有发生。在战备初期那些激动人心的日子里，每天有上千的青年（有时也有姑娘）在征募中心遭到拒绝，因为还有其他许多青年，满怀着拿起武器保卫朝气蓬勃的年轻国家的热望，站出来让祖国挑选。

第二次，他们是在奥卡车辆检查站相遇的。那时战争已经爆发，并且正从遥远的北部逐渐南移。他开车从欧尼沙去艾努古，任务很急。虽然理智上他也同意在路卡进行仔细检查，但每当他不得不表示顺从时，感情上总是有些怏怏然。他也许会不承认，不过一般人总觉得，如果你受了检查，那你就不能算一个真正的大人物了。他通常总是用一种深沉的、命令式的腔调说："司法部的雷吉纳尔德・恩旺克沃。"于是就避免了检查。这几乎总是奏效的。但有时候，或是出于无知，要不就纯粹出于固执，某一个爱多事的检查人员也会不买他的账。现在奥卡检查站出现的就是这个情况。两个身背四号重型步枪的警察守望在离路边很远的地方,而把实际的检查工作留给了地方治安人员。

"我有紧急任务,"他向一位朝汽车走来的姑娘说,"我是司法部的雷吉纳尔德·恩旺克沃。"

"日安,先生。我要检查一下您的行李箱。"

"哦,我的上帝! 你认为我的行李箱里有什么呀?"

"我不知道,先生。"

他压抑着一股怒火从车上下来,傲然阔步走到后头,打开了行李箱,他左手掀着箱盖,右手向她示意,似乎在说:请吧!

"你满意了吧?"他问道。

"是的,先生。我能看一下小箱子吗?"

"全能的上帝啊!"

"对不起,耽误您的时间了,先生。但这是人民交给我们的工作。"

"没关系。你丝毫也没错。可巧赶上我有紧急任务,不过这没关系。那是手套箱,你看,里边没有东西。"

"好的,先生,盖上吧。"接着,她打开后门,弯下腰去检查座位下边。到这时,他才第一次从她身后认真地打量了她一眼。她是个美丽的姑娘,身上穿着蓝色的紧胸运动衫和卡其布工装裤,脚上穿一双帆布鞋,头上结着一种新式的发辫,看上去很"帅"。姑娘们自己称这种发辫为"空军基地",这种叫法自有她们的根据;他瞧着瞧着,突然模模糊糊地觉得,这个姑娘有些面熟。

"好了,先生,"她最后说,表示已经完成自己的任务,"您不认识我了吧?"

"是的。咱们见过面吗?"

"那一回我离开学校去参军,您曾让我搭车到艾努古去。"

"啊,不错,你就是那个姑娘。我不是告诉你了吗,我叫你回到学校去,因为民兵是不需要女孩子的。后来怎么样了?"

"他们对我说,要么就回学校去,要么就参加红十字会。"

"你看,我那时说的不错吧。那么,你现在干什么呢?"

"只是在民防部门打打补钉呗。"

"好,祝你交上好运气。请相信我,你是一位了不起的姑娘。"

就在那一天,他终于相信,人们大谈革命,并不光是空口说白话。在此之前,他曾多次见过姑娘和妇女们的游行示威。但他不知怎的没有多想一想。他并不怀疑,那些姑娘和妇女们的态度是严肃认真的,她们看上去确实是这样。那时一些小孩子手持木棍,把妈妈的汤碗当钢盔戴在头上,在街上走来走去进行操练，看上去也是挺严肃认真的。当时，在他的朋友当中流传着的最大的笑话是，一所当地中学的女学生，排着队，举着一面大旗游行，旗上写着："我们是不可战胜的！"①

但是，自从在奥卡检查站那次邂逅之后，他再也不嘲笑姑娘们，也不嘲笑别人谈论革命了，因为他从那位年轻姑娘的行动中看到了革命，她对革命的忠诚已经清楚地、毫无情面地证实了他自己是十分轻浮的。她的话是怎么说的呢？我们正在做人民要求我们做的工作。她不打算让一个人例外，哪怕那个人帮过她的忙，他确信，就是她的亲爸爸，她也要这么严格检查的。

他们第三次见面，起码是十八个月以后的事了。这时，局势已经变得十分严重。死亡和饥饿已经把初期的狂热情绪驱逐殆尽，一些人变得茫然若失，听天由命。另一些人则坚定不移，无所畏惧，视死如归。但令人惊讶的是，这时还有许多人见到好处就捞，恣意寻欢作乐。对于这些人来说，世界已经回到那种奇怪的原有状态。所有那些认真的检查站都消失了。姑娘又成了姑娘，小伙子又成了小伙子。这里的世界依然充满了困难，处于封锁状态，陷入绝境，但仍然不失为一个世界——这里有美德，也有丑行，还有许多英雄行为；当然，这些英雄行为大多发生在这个故事中的人们眼睛看不到的地方——在偏僻的难民营，在衣衫褴褛者麇集着的潮湿处，在战争第一线那些饥饿而又勇敢的赤手空拳的人们当中。

雷吉纳尔德・恩旺克沃当时住在奥韦里。但那一天他到恩克韦里寻求救济去了。在奥韦里，他从卡里塔斯那里弄到几条鳕鱼干，几筒罐头肉和被称做"二流处方"的令人厌恶的美国食品，他确实感到这不过是一种牲口饲料。但他总在模模糊糊地怀疑，由于自己不是天主教徒，和卡里塔斯打交道是否会处于不利地位。所以现在他便去会见一个老朋友——一个在恩克韦里为世界基督教协进会经管救济品仓库的人——去要稻米、蚕豆和通常叫做加蓬卡利的那种优质谷物。

他从早晨六点就离开了奥韦里，想在救济品仓库找到他的朋友。大家都知道，那个人害怕遇到空袭，八点半以后是从不在那里逗留的。那天恩旺克沃很幸运。救济品仓库前一天刚得到大批补充，这是几天前一次空前的夜间空投给带来的结果。当他的司机把罐头、口袋和硬纸箱子装进汽车时，那些总是聚集在救济中心的饥饿的人群中便发出一阵阵粗野无礼的喊叫："战争还要继续下去！"这句话语意双关，意思也指"世界基督教协进

---

① "不可战胜的"原文为"impregnable"，该词另一词意是"不会受孕的"。

会"。①

　　恩旺克沃感到非常狼狈,倒不是因为那些衣衫褴褛、瘦骨嶙峋、像稻草人一样的群众对他揶揄和嘲笑,而是由于那一个个骨瘦如柴、两眼深陷的人本身就是对他无声的控诉。其实如果他们在往行李箱里装牛奶、蛋粉、麦片粉、罐头肉和鳕鱼干时什么也不说,只是拿眼瞅他,他大概会感到更加不舒服。以他的为人来说,面对着这种凄惨景象,只有他交上这得天独厚的好运,他确实感到有些不好意思。但是不这样他又当如何呢?他有一个妻子和四个孩子,他们住在偏远的奥格布村,完全依靠他找到并送回去的这点救济品活着。他不能眼看着他们断粮呀。他所能做的——事实上他也这样做了——至多就是当他获得像今天这么可观的供给时,分出一些给他的司机约翰逊;约翰逊有一个妻子,还有六个,也许是七个孩子,他的月薪只有十镑,而卡利的市场价格已上升到每个纸烟罐一镑。在这种情形下,一个人对群众是完全无能为力的;一个人充其量只能对他的近邻有所帮助,如此而已。

　　在他回奥韦里的路上,有一位很漂亮的姑娘站在路边招手,要求搭车。他命令司机停车。这时有几十个风尘仆仆、筋疲力尽的行人,有军人,也有百姓,一下子从四面八方朝汽车扑了过来。

　　"不行,不行,不行,"恩旺克沃坚定地说,"我是为这位年轻妇女停车。车子的一个轮胎坏了,只能搭一个人。对不起。"

　　"我的孩子,做点好事吧。"一位年老的妇女绝望地喊道,一边紧抓着车门的把手。

　　"老婆子,你不要命了吗?"司机大声喊道,一面开动车子把她甩开。这时恩旺克沃已经翻开一本书,目光凝注在那上面了。这样向前行驶了起码有一英里,他一直没有抬头望那姑娘一眼。后来,也许是她觉得这种沉默太叫人受不了了,便开口说:

　　"今天多亏你救了我。谢谢你。"

　　"不必客气。你到哪儿去呀?"

　　"去奥韦里。你不认识我了吗?"

　　"啊,对对,当然认识。我真傻……你是……"

　　"格莱蒂斯。"

　　"对,那位女民兵。你变了,格莱蒂斯。当然啦,你一向是很漂亮的,但是现在简直是赛美会上的皇后了。这些日子你都在干什么工作?"

---

① "战争还要继续下去!"的原文为"War Can Continue!",这三个词的第一个字母WCC跟世界基督教协进会原文的英文字头WCC相同。

"我在燃料管理会工作。"

"那太好了。"

这太好了,他想,但也更加可悲。她戴着一副精心染制的假发,穿的是价钱昂贵的女裙和开领很低的衬衫。脚上的鞋显然是从加蓬买来的,也决便宜不了。一句话,恩旺克沃想,她一定妍上了一个地位很高的人物,一个发了战争财的人。

"今天让你搭车是打破常规的。这些日子我从不让人搭车。"

"为什么?"

"能搭载多少呢?最好是一个也不让上。你瞧那个老太太。"

"我原以为你会让她上来的。"

他对这句话未加理睬。又沉默了一段时间,格莱蒂斯想可能惹他不高兴了,便又开口说道:"谢谢你为我打破了常规。"她审视着他那微微侧过去的面部表情。他笑了,一边转过脸来拍了拍她的腿。

"你去奥韦里打算干什么?"

"去看望我的一个女朋友。"

"女朋友?真的吗?"

"为什么不是真的?……如果你把我送到她家的话,你就会见到她的。但愿上帝保佑,她没有在今天这个周末的日子出去,要那样的话就麻烦了。"

"为什么呢?"

"如果她不在家的话,那我今天就得睡在马路上了。"

"但愿上帝保佑她没有在家。"

"为什么?"

"如果她不在家的话,我就能给你提供住宿和早点了……怎么回事?"他问司机,因为他突然把车刹住了。他的问话不必回答了。只见前面有不大的一群人正在朝天上看。这三个人急忙爬下车,跌跌撞撞地向灌木丛跑去,一边扭着脖子,瞅着后边的天空。但这只是一场虚惊。天空宁静而又晴朗,只有两只秃鹫在高空飞翔。人群中有一位幽默家说这是一架战斗机和一架轰炸机,每一个人都放心地笑了。这三个人爬上车。继续赶路。

"这么早不会有空袭的,"他向格莱蒂斯说,她正把她的两只手捂在胸口上,好像在抚摸她那颗怦怦跳动的心,"他们很少在十点钟以前来。"

但是她由于刚才这一惊吓,一时说不出话来。恩旺克沃看到这是个机会,便立刻开口说:

"你的女朋友住在哪儿?"

"道格拉斯路二百五十六号。"

"啊！那正是市中心——一个可怕的地方。那里没有钢筋水泥掩体，什么也没有。我劝你下午六点以前别到那里去，很不安全。如果你不介意的话，跟我到我家去吧，我家有个很好的掩体，然后，等危险一过，六点钟左右，我开车送你到朋友家去。你看怎样？"

"好吧，"她无精打采地说，"我非常害怕这种事。这也是我不同意在奥韦里工作的原因。我真不知道是谁让我今天出来的。"

"你会很好的。我们对这种事已经习惯了。"

"那么你家里的人不和你在一起吗？"

"不在一起，"他说，"在那儿是没有人带家属的。我们都喜欢说是空袭的缘故，但是我向你保证，原因还不止于此。奥韦里是一个时髦的娱乐城市，我们过的是一种快乐的单身汉生活。"

"我听说是这样的。"

"你不只是听说，今天你要亲眼看一看了。我要带你去参加一个真正时髦的晚会。我有一个朋友，是陆军中校，他正准备举行一个生日宴会。他请了松德·斯马歇尔斯乐队来演出。我肯定你会喜欢的。"

他立刻从内心里感到难为情起来。他憎恶那种聚会和那些轻浮举动，而这一切，他那些朋友却拼命抓住不放，上了瘾。他现在如此津津乐道地谈起这些，是想把这个姑娘带回家去！这个不寻常的姑娘也是这样，她对于战争曾经怀着多么美好的信念，却受了某个像他这样的男人的引诱（这一点是无疑的）去寻欢作乐，背叛了自己的信仰。他伤感地摇了摇头。

"你怎么了？"格莱蒂斯问。

"没什么。我只是在想。"

此后，在去奥韦里的那段剩下的路程中，他们俩几乎都没有怎么说话。

她很快就显得无拘无束，仿佛一向是他的情妇似的。她换上了一身便服，摘下了她那头深褐色的假发。

"你原来这个发型很漂亮嘛。为什么还要戴上假发？"

"谢谢！"她说，她停了一会儿，不回答他的问题。接着又说："男人真有趣。"

"你为什么要这样说？"

"现在你简直是赛美会上的皇后了。"她学着他的腔调说。

"啊，你说那个！我说的是真心话。"他把她拉过来吻了吻她。她既没有拒绝，也没有完全依从。作为开场，他对此还是满意的。那个时期，许许多多的姑娘都太随便了。有些人说，这是战争给社会带来的弊端。

待了一会儿，他开车去看看办公室，她便在厨房里帮他的小男仆忙着准备午饭。他真的是去看了看,因为不到半小时就回来了。一边搓着手说,他舍不得离开他的赛美会皇后太久。

他们坐下来吃午饭时,她说:"你的冰箱里没有什么东西了。"

"你指什么东西?"他有些愠怒地问道。

"比如说肉吧。"她毫不胆怯地回答。

"你还想吃肉吗?"他挑衅地说。

"我算得了什么? 但是别的像你这样的大人物都吃。"

"我不知道你头脑里都有哪些大人物。但是他们都和我不一样。我的钱不是和敌人做交易赚来的,不是卖救济物资得来的,不是……"

"奥古斯塔的男朋友就不干那些事。他仅仅靠外汇。"

"他是怎么得到的?他欺骗政府——就这样得到的,不管他是谁。顺便问句,奥古斯塔是谁?"

"我的女朋友。"

"我明白了。"

"上一次她给了我三块美金,我兑换成四十五镑①。那个人给了她五十块美金。"

"好的,我亲爱的姑娘,我不倒卖外汇,我的冰箱里也没有肉。我们在打仗,而且我也知道,前线的年轻小伙子三天喝一次卡利粥。"

"可不是吗,"她淡淡地说,"猴子干活,狒狒享受。"

"甚至还不止是这样。更严重的是,"他说,声音开始有些颤抖了,"每天都有人死亡。在我们现在谈话的时候,就有人正在死去。"

"可不是吗。"她又重复了一遍。

"飞机!"他的小男仆在厨房里喊道。

"我的妈呀!"格莱蒂斯尖叫了一声。当他们双手捂着脑袋,微弓着腰,急急忙忙朝着用棕榈树干和红土做的掩体跑去时,喷气式飞机的喧闹声和国产防空火箭的巨大爆炸声在天空中响成一片。

甚至在飞机已经飞走,迟迟打响的大炮又响了一阵子之后,她在掩体内还紧紧地偎依着他。

"飞机不过是路过。"他对她说,话音还微微有些颤抖,"没有轰炸。从飞行方向判断,它是朝前线飞去的。也许敌人又吃紧了。他们总是这样,每当我们的战士对他们加紧进攻时,他们就向苏联人和埃及人发出呼救信号,叫他们派飞机过来。"他深深地吸了一口气。

她没有说话,只是紧紧地偎依着他。他们都听得见,他的小男仆告诉

---

① 指尼镑。

隔壁一家的用人说,一共两架飞机,一架这么俯冲,一架那么俯冲。

"我看得很清楚,"那个佣人同样激动地说,"要是这东西没有伤什么人的话,那就谢天谢地了。"

"真不可想像!"格莱蒂斯终于说话了。他暗自在想,她有一个特点,总能用几个字,甚至一个字,去表达许多层意思。她听到有人面对那些带来死亡的东西,居然那样轻松愉快,就说了这句话,既表示吃惊,又带有责备的意思,说不定还包含着几分忌羡呢。

"别这么害怕。"他说。她往他身上贴得更紧了,于是他便开始吻她,把她的乳房按住。她一点一点地依从,最后完全顺从了。掩体里一片漆黑。未经打扫,说不定还会有些毛毛虫呢。他曾想到从大屋里拿一张蒲席来,但又勉强决定不去拿了。可能还会有飞机飞过来,说不定会有哪个邻居或过路人闯进来。那可就比另一次空袭中那个男人的情形好不了多少。当时人们看见他在光天化日之下身上一丝不挂地跑出卧室,躲进掩体,后边还紧跟一个同样一丝不挂的女人。

正如格莱蒂斯所担心的,她的朋友不在城里。大概她那有权有势的男朋友为她搞到一个机会,坐飞机到里布列维尔买东西去了。起码她的邻居们是这么想的。

"真了不起!"当他们开车回来时,恩旺克沃说,"她大概会乘坐着军用飞机,满载着鞋、假发、裤衩、乳罩和化妆品等东西回来,再把这些东西卖掉赚它几千镑吧。你们姑娘们真是在打仗吗?"

她没有言语,他想他的话终于说到她心眼里去了。待一会儿她突然说:"那也是你们男人让我们干的。"

"哦,"他说,"这儿就有一个男人,他不需要你干这种事。你还记得在车辆检查站对我毫不留情地进行检查,身穿卡其工装裤的那个姑娘吗?"

她开始笑起来。

"我就希望你再变成一个那样的姑娘。你还记得她吗?没有戴假发。我想她甚至连耳环也没有……"

"啊,不对,我戴着耳环呢。"

"好了。你是理解我的意思的。"

"那个时期已经过去了。现在每个人都要生存。人们管这个叫做'六号'。你有你的'六号'。我有我的'六号'。一切都蛮好。"

那位中校的宴会,后一半变得有些煞风景。但是在这之前,一切都是挺令人满意的。有山羊肉,有鸡肉,有米饭,还有大量家酿的烈酒。有一种称做"追踪者"的烈性酒,一喝下去,就像往咽喉里倾注了一股烈焰。有趣的是,这种东西在瓶子里完全像橘子汁一样。但是最引起轰动的是面包——每人一个小圆面包!大小像一个高尔夫球,而且和它一样坚硬!但它是货真价实的面包。乐队也不赖,还有好多姑娘。不久又来了两位红十字会的白衣战士,手里拿着一瓶科瓦瑟酒和一瓶苏格兰威士忌!这真是锦上添花。参加宴会的人对他们报以长时间的热烈欢呼,接着便你抢我夺地争着要喝一口。看行动举止,这两个白衣战士中有一个大概已经喝多了。原因可能是,一位和他很熟的飞行员,昨天晚上往市内空投救济物品时,因天气恶劣失事牺牲了。

在他到来之前,参加宴会的人还很少有知道这件事的。消息传开,气氛顿时冷了下来。一对对舞伴都回到了自己的座位,乐队也停止演奏。接着,也不知是什么原因,红十字会那个喝醉了的人便发作起来。

"为什么一个人,一个很正派的人要去死呢?什么也不为!查理死得太不值了。为了这个臭地方而死太不值得了。确实是这样,这里的一切都散发着臭气。就连那些打扮得漂漂亮亮、一味卖俏的姑娘,她们又值多少钱?我还不知道吗?一条鳕鱼干罢了,给她们一块美元,她们就会跟你去睡觉。"

这一阵发作过后,是一片可怕的沉寂。这时一个年轻的军官冲他走去,狠狠地给了他三记响亮的耳光——右边一下!左边一下!接着右边又是一下!——把他从座位上揪起来(这时他的眼里似乎含着泪花),连推带搡地赶了出去。他的朋友刚才一直徒然地想让他住嘴,现在也跟着走了出去,宴会一下子变得鸦雀无声,人们听他们开车走了。这时那个青年军官擦着手走了回来。

"该死的畜生!"他用一种冷冰冰、恶狠狠的声音说道。从姑娘们的眼睛里可以看出,他被看成了一个男子汉,一个英雄。

"你认识他吗?"格莱蒂斯问恩旺克沃。

他没有回答,却冲着大家说:

"那个家伙明明是喝醉了。"

"我才不管他醉不醉呢,"那个军官说,"其实喝醉了才说真心话。"

"那么你打他是因为他说真心话啰,"宴会主人说,"干得好,乔。"

"谢谢您,先生。"乔说,一边向他行了个军礼。

"他原来叫乔。"格莱蒂斯和她左边的一个姑娘不约而同地说,一边转脸互相对看了一眼。

与此同时,恩旺克沃和坐在他另一边的朋友在低声议论,说那个人虽然粗鲁无礼,但他说姑娘们的那些话却不幸而言中了,只是这话不该由他来说。

舞会重新开始时,乔上尉走到格莱蒂斯跟前请她跳舞。还没等他开口,她已经站起来了。这时她才想起还有恩旺克沃在场,便立即转过身去征求他的同意。上尉也同时转身向他说了一句:"对不起。"

"请吧。"恩旺克沃说,他的两眼并没有朝他们两人看一看。

这个舞跳了很久。他的两眼一直紧盯着他们,不过表面却装出一副漫不经心的样子。一架运输救济品的飞机这时正好飞过上空,有人说可能是敌机,便立即把灯关了。但这仅仅是一种借口,目的是为了在黑暗中跳舞和逗姑娘们咯咯发笑,因为大家对敌机的声音是很熟悉的。

格莱蒂斯舞罢回来,感到有些不大自然,便请恩旺克沃和她一道跳。但他拒绝。"别管我,"他说,"我坐在这儿瞧着你们跳舞也挺惬意的。"

"如果你不跳的话,"她说,"那咱们就走吧。"

"我从不跳舞,请相信我。你去尽情地跳吧。"

她和中校跳了一次,接着跟她跳的还是那个乔上尉,后来恩旺克沃同意带她回家。

"很抱歉,我没有陪你跳,"他们的车开起来后,他说,"我曾发过誓,只要战争不结束,我就决不跳舞。"

她一言不发。

"我想起了一个人,他像昨天晚上牺牲的那位飞行员,他根本就没有参与这场战争。他所关心的只是给我们运来吃的……"

"我希望他的朋友不要像那个人。"格莱蒂斯说。

"那个人不过为朋友的死感到不安。但我要说的是,像他那样的人被夺去了生命,我们年轻的一代正在前线遭受痛苦和牺牲,我不明白为什么我们在这种时候竟能袖手不管,在这里举行宴会跳舞。"

"是你把我带到这儿的。"她终于反抗地说道,"他们是你的朋友。我以前并不认识他们。"

"瞧,亲爱的,我并不是责备你。我只是想告诉你,我个人为什么拒绝跳舞。好了,让我们换换话题吧……你还坚持要明天回去吗?我的司机星期一早晨可以早早地把你送走,误不了上班。不行?好吧,就依着你。你是上司。"

她跟他上床的那股痛快劲儿,她使用的那些语言,都使他惊异不止。

"你要开炮吗?"她问。没等他回答,又说:"开吧,不过可别把部队运进来。"

他并不想运部队进去,这不成问题,不过她说要眼见为实,于是他便拿给她看了看。

　　战争教会人们进行巧妙的节约，其中一件就是橡胶避孕套可以反复使用。你只要把它冲洗、晾干，再撒上大量滑石粉，防止它粘在一起就可以了，而且用起来像新的一样。不过必须是真正的英国货，从里斯本买来的便宜货可不行。这种便宜货经风一吹，便硬得像晒干的可可叶子一样。

　　他尽了兴，但心里却把姑娘看得一文不值。他想，我也不过是和一个妓女睡了一觉罢了。现在事情再清楚不过了，她的姘头是个军官。在这短短不到两年的时间里发生了多么可怕的变化啊！她还保留着对另一种生活的记忆，这岂不令人惊异吗？他暗暗想道，要是红十字会员酒后失言的事情重演，他会挺身而出，和他站在一起，向大家宣布，这是个敢说真话的人。降临在整个一代人身上的是一种多么可怕的灾难啊！她们是明天的母亲呀！

　　天亮时他感到情绪轻松些了，他对她的评价也不那么苛刻了。他想，格莱蒂斯不过是一面镜子，反映出了一个全面腐朽、内部长满痈疽的社会。而镜子本身是完好无缺的，它只是沾满了灰尘，如此而已。只消有一把干净的掸子就行了。"我对她负有责任，"他暗自想道，"对这个把我们面临的形势揭示出来的姑娘负有责任。她现在的处境很危险，一种可怕的影响正包围着她。"

　　他想摸清这种致命的影响的根源。显然还不只是她那个寻欢作乐的女友，那个人是叫奥古斯塔吧，还是叫什么来着。这当中一定有男人起作用，也许是一个没有良心的投机商，他靠倒卖外币，或者让年轻人冒着生命危险，用赃物到敌人后方换来香烟而大发横财；也许是一个承包商，他每天得到成堆的钞票，但从不把给养送到部队去；要不就是满嘴营房里的下流话和虚构英雄故事的既卑鄙又怯懦的军官。他决定把事情弄个水落石出。昨天晚上他本想派司机单独送她回家。但是不成，他必须亲自看一看她住在什么地方。在那里总会找到一些线索，好确定挽救她的办法，在他准备启程的当儿，他对她的感情越来越温和了。他把前天从救济中得到的食品凑了一半，准备送给她。他想，生活是艰难的，一个姑娘有些东西可以吃，总会使她少受一些引诱，尽管这不是绝对的，他要和世界基督教协进会的那个朋友商量好，每隔半个月就发给她一些东西。

　　格莱蒂斯看到送给她东西时，两眼含满了泪水。恩旺克沃身上没有多少现钱，但还是凑了二十镑交给了她。

　　"我没有外汇，我也知道这顶不了多大用处，但是……"

　　她一句话也说不出来，便走过去，禁不住抽抽噎噎，一下子扑到他身上。他吻她的双唇，她的眼睛，一边咕哝地说了些环境会使人成为牺牲品之类的话，这些话打动了她的心。他暗自高兴地想，她为了表示听他的话，已经把那精心染制的假发塞到提包里了。

"我希望你答应我一件事。"他说。

"什么事?"

"再也不要说'开炮'那类话了。"

她笑了,眼里还含着泪。"你不喜欢这么说吗? 所有的姑娘都这么说呢?"

"不过,你是与众不同的。你答应吗?"

"好吧。"

自然,他们出发晚了一点时间。当他们坐进车里时,车子一时发动不起来。司机围着发动机鼓捣了一阵子后断言,是蓄电池没电了。恩旺克沃一下子惊呆了。就在本周,他付了三十四镑换了两个电池,给换电池的技术员向他保证可以用半年。买新电池是不可能的,因为当时要二百五十镑一个。他想,这一定是司机一时粗心造成的结果。

"一定是因为昨天晚上的缘故。"司机说。

"昨天晚上怎么了?"恩旺克沃厉声反问,一边猜想司机要讲些什么无礼的话。但司机不是这个意思。

"因为我们一直开着前灯。"

"难道我不允许使用前灯吗?去找些人来推一推试试。"司机到四邻去找其他的用人帮忙,他和格莱蒂斯便下车又回到家里。

车在街道上被推来推去,过了足足半个小时,推车的人七嘴八舌地出主意,车子终于劈劈啪啪地打着了火,排气管喷出了大量黑烟。

等上了路,一看表已经是八点半钟了。刚走了几英里,一个残疾军人挥手要求搭车。

"停!"恩旺克沃高声说道。司机用脚使劲踏住制动器,然后迷惑不解地回过头来看看他的主人。

"你没有看见那个士兵招手吗? 倒回去让他上来!"

"对不起,先生,"司机说,"我不知道您要让他搭车。"

"你如果不知道,就应该问一声。倒回去吧。"

这个士兵还是个孩子,沾满污垢的卡其布军服浸透了汗水,他的右腿膝盖以下已经被截去了。车子居然会为他停下,这件事不仅使他感激涕零,而且让他大为惊异。他先递过去那副粗笨的木制拐杖,司机把它放在前排两个座位之间,然后,这士兵才痛苦地上了车。

"谢谢先生。"他转脸朝着后边说,显得上气不接下气。

"我非常感激。太太,谢谢您。"

"我们很愿意这样做,"恩旺克沃说,"你是在哪儿受的伤?"

"在阿祖米尼,先生,那是一月十号的事。"

"没有关系。一切都会好起来的。我们为你们这些青年人感到自豪,在一切都过去之后,我们一定要让你得到应有的报偿。"

"求上帝保佑吧,先生。"

时间过了约莫半小时光景,几个人都默默不语。后来,当车子顺着斜坡朝一座桥梁全速开去时,有人尖叫了一声——也许是司机,也许是这个士兵——"敌机来了!"制动器发出的刺耳的刹车声、人的尖叫声和头顶上空的呼啸声混成一片。车还没有停住,车门便一下子打开了,他们跳下车,不顾一切地朝着灌木丛跑去。格莱蒂斯跑在恩旺克沃前边一点。这时他们在压倒一切的喧嚣声中,听到了那个士兵的一声呼叫:"请回来给我开一下门!"他模模糊糊看见格莱蒂斯站住了,便奋力超过她去,同时催她快走,就在这时,从高空传来一声尖锐的呼啸,像一把利剑穿透了混沌的太空,接着炸弹落到地上爆炸了,响声震耳欲聋,把周围的一切都摧毁了。他抱着的那棵树一下子把他从灌木丛中抛了出去。接着又是一声可怕的呼啸从高空传来,又一个炸弹发出轰然巨响。然后又是一声,恩旺克沃就再听不到什么了。

他苏醒过来时,只听见一片嘈杂的人声、哭泣声,看见烧焦的大地冒着浓烟,空气中弥漫着一股难闻的气味。他挣扎着站起来,趔趔趄趄地循着人声走去。

他远远看见,他的司机淌着眼泪和鲜血正迎着他跑来。他看见了还在冒着烟的汽车残骸和那个姑娘跟士兵扭在一起的尸体。他发出一声凄厉的喊叫,接着又倒了下去。

思 考 题

1. 你认为男主人公恩旺克沃是怎样一个人。他在小说中起什么作用?

2. 从男女主人公三次戏剧性的相遇看,女主人公的主要变化在哪里? 为什么说她是一面镜子?

3. 小说结尾处,人们看到姑娘的尸体跟伤兵的尸体扭在一起,这说明了什么?

4. 这篇小说从哪些方面揭露了战争的罪恶?

5. 以这样的角度来描写战争、揭露战争,有什么可取之处?

母亲的天性

[特立尼达和多巴哥]奈保尔

江　帆译

　　维迪亚达尔·苏莱普拉沙德·奈保尔(Vidiadhar Surajprasad Naipaul,1932—　　)祖籍印度,出生在特立尼达的查瓜那城,1938年随家迁往首都西班牙港。他在该城的女王学院毕业后,前往英国进牛津大学深造。1954 年获得该校学位,同年开始他的写作生涯,此后还曾担任广播公司编辑、杂志评论员。从 60 年代起,他常去世界各地漫游,此外便在伦敦近郊一所小平房里写作。奈保尔的代表作有长篇小说《游击战》、《河套》、《黑暗的地区》,短篇小说集《米格尔大街》,散文集《在信徒们中间》,书信集《父子之间》等。奈保尔是一位文笔直率、才华横溢的作家,从他冷峻、严厉甚至偏激的笔锋里,可以窥见现实社会中存在的黑暗、丑恶和不公。他善于在平淡的情节中刻画人物的性格,着墨不多,却耐人寻味。语言朴实无华,真实生动。2001 年,因"其著作将极具洞察力的叙述与不为世俗左右的探索融为一体,是驱策我们从扭曲的历史中探寻真实的动力"而获得诺贝尔文学奖。

　　我敢说劳拉算是保持了世界记录。

　　劳拉有八个孩子。

　　这倒没啥稀罕。

　　不过,这八个孩子却有七个父亲。

　　真要命!

　　这便是我从劳拉身上学到的第一堂生物课。她住在我家隔壁,所以,不知不觉地,我总是注意地观察她。

　　我会数月注意她那越来越大的肚子。随后,我又会有很短暂的一段时间见不到她。

　　等到下次再看到她时,她又会显得十分单薄。然后,发酵的过程又会在几个月之后再次开始。

对我来说,这一切都是我所生存的世界上的奇迹,于是时常留心观察她。她对于自己所经历的事情颇为乐观。常常指着肚皮说:"这事又来了,不过要是经历过三四回,也就习惯啦。当然是件令人头痛的事。"

她常抱怨上帝,数落男人们的邪恶。

她前六个孩子出自六个男人。

海特说:"有些人是很难侍候的。"

我倒不想给人们留下这么一个印象,劳拉把时间全部花费在生儿育女和勾引男人们上,并且谁都为她感到难过。如果说博格特是米格尔街上最无聊的人,那么劳拉便是最快活的,她老是那么活泼愉快,而且她也挺喜欢我。

每逢她搞到一些李子或芒果,总要给我一些;只要她做甜点心,我也会吃上一点儿。

就连特别讨厌嘲笑人、尤其讨厌我嘲笑人的妈妈也经常嘲笑劳拉。

她常常对我说:"真不明白,劳拉为什么会喜欢你,好像她的儿女还不够多似的。"

我想妈妈说的挺对,对于劳拉这样的女人,孩子再多也不算多。劳拉热爱她的每个孩子,当然,如果你听到过她是怎样对孩子们讲话时,你是无论如何不会相信的。她发出的一些叫嚷和谩骂是我前所未闻的,也是我终生难忘的。

海特曾经说:"伙计,在用词方面,恐怕与莎士比亚也不相上下。"

劳拉常常喊叫着:"奥文,你这个大嘴巴畜生,滚回来!"

有时咆哮道:"盖温,你要不赶快回来,我就要你屁滚尿流,听见了吗?!"

有时吼道:"劳娜,你这个罗圈腿黑母狗,就不能睁着眼睛好好干活?"

劳拉有八个孩子,华裔玛丽太太也是有八个孩子的母亲,她俩却有着天壤之别。玛丽照料起孩子来真是细心至极,而且从不训斥他们。不过你要注意,玛丽的丈夫有一家小商店,当她的孩子们肚子里塞满了像炒杂碎、炒饭之类的东西后,自然会对孩子们和颜悦色喽。可是劳拉找谁去要钱来养活那一大帮孩子呢?

晚上,一些男人骑着自行车来到劳拉门前,向劳拉吹着口哨,这些男人是不会为孩子们掏出一个子儿的,他们只要劳拉。

我问妈妈:"劳拉靠什么生活呀?"

妈妈抬手扇我一个嘴巴,说:"小孩子家,少打听这种事,知道吗?"

我想到了最坏的一条路。

可我希望那不是真的。

于是,我跑去问海特。海特说:"她有不少朋友在市场上卖东西;他们常常送她一些东西,不要钱。她的那几个丈夫偶尔也给她一点儿,不过都不多。"

最叫人难以理解的是劳拉本人,她长得一点都不漂亮,就像博伊那天说的那样:"她那张脸活像汽车上的电瓶盖。"另外,她的身材也过于丰满。

说这些话时,她还只有六个孩子。

一天,海特说:"劳拉又勾搭上一个男人。"

大伙哄堂大笑起来:"不值钱的新闻,要是依着劳拉自己,她会和每个男人都来上一次。"

海特说:"这可是真的。他搬来和她一起生活了。今早我赶牛出来时看见他了。"

我们都观察着,等着这个男人。

后来才知道,他也在观察、等待着我们。

那个男人,纳撒尼尔,很快便成了我们米格尔街上这伙人的一员。可是很显然,他与我们全然不同。他来自西班牙港的东区,在我们眼里那儿比这儿还要肮脏贫穷,此外,他的言辞也实在太粗野。

他宣称自己是东区皮考弟力街上的一个街痞,还讲了许多帮伙打斗的事。他还到处宣传他曾给两三个人破了相。

海特说:"我看他撒起谎来可不一般,知道吧。"

其实连我也不相信他的话,他是个身材矮小的人,我一向以为像他这么点儿个头儿的人更可能是坏心眼的狂暴家伙。

最令我们厌恶的是他对待女人的态度,倒不是我们喜欢向女人们献殷勤,可纳撒尼尔对女人们不屑一顾的神态的确令人不快。他老是非常下流地评论着每个路过的女人。

纳撒尼尔常说:"女人就像母牛,她们和母牛没啥两样。"

里考德太太胖得出奇,每当她走过时,纳撒尼尔就会说:"嘿!瞧这头母牛!"

真叫人倒胃口,在我们看来,对像里考德太太这么胖的女人应该同情才是,笑话她实在有些太过分了。

起初,纳撒尼尔竭力要我们相信,他懂得怎样摆布劳拉。他还对人们暗示,说他经常揍她。他总是说:"知道吧,女人这种货色就是喜欢揍揍,你们听过那首克利普索小调吧:

> 不时地把她们打趴下，
> 不时地把她们摔倒打翻在地，
> 眼眶揍青，膝盖踢紫，
> 此后，她们便会永远爱你。

这番关于女人的话比福音书还实在。"

海特说："说真的，女人是挺古怪的。不过我真想不出，劳拉这样的女人看上纳撒尼尔什么了。"

埃多斯说："我对女人可算是摸得贼透。我看到纳撒尼尔在大吹牛皮，我看他跟劳拉在一块儿的时候，准是夹着尾巴不敢出大气。"

我们常常听到那栋屋里传出一阵阵打斗声和孩子们的哭叫声。尔后，再见到纳撒尼尔时，他总是说："教训一下那个女人，让她懂点事。"

海特说："真是怪事，劳拉看上去可一点也不伤心。"

纳撒尼尔说："她真正需要的是拳头，拳头会使她高兴起来。"

当然，纳撒尼尔是在撒谎，挥拳头的不是他，而是劳拉。一天，纳撒尼尔拼命往下扯着帽檐，想遮住青肿的眼眶，这事算是彻底露馅。

埃多斯说："那首克利普索小调好像唱的是男人挨揍，而不是女人。"

纳撒尼尔恼了，要和身材瘦小的埃多斯较量一下拳脚。可是海特说："还是去找劳拉比试比试吧，我知道劳拉。她不会把你打坏的，只不过是要你老实点和她过日子。不过，等她开始讨厌你时，你最好还是跑快点儿，伙计。"

我们暗自祷告，希望能发生点儿什么事把纳撒尼尔赶出米格尔街。

海特说："用不着等多久，劳拉已经怀孕八个月了，再等一个月，纳撒尼尔就得滚蛋。"

埃多斯说："这可真是个最高记录。和七个男人生下七个孩子。"

婴儿出世了。

那是一个星期六。头一天晚上我还看见劳拉倚着篱笆站在院里。

孩子是在早晨八点多钟出世的。真神啦，还不到两小时，劳拉就隔着墙喊起我妈来了。

我躲了起来，偷偷地张望着。

劳拉趴在窗台上，嘴里啃着一个芒果，脸上沾满了橘黄色的果汁。

她告诉我妈："今早儿就生啦。"

我妈只问了一句："男孩，还是女孩？"

劳拉说："瞧你说的，我哪有那福气，真晦气，又是个丫头。我喊你就打算告诉你这事。好啦，我得走了，还有些针线活要做。"

就在当天夜上，海特的预言差一点儿就实现了。那天傍晚，劳拉走出门，来到人行道上，对纳撒尼尔喊道："喂，纳撒尼尔，过来！"

海特说："见鬼，这是怎么回事？她不是今早才生的孩子吗？"

纳撒尼尔还想在我们面前充大个儿，对劳拉说："我忙着哪，不去。"

劳拉向前跨了一步，我看得出来，她那架势是要打架。她说："不来？你不来？这是我听到的话吗？"

纳撒尼尔慌了神，他竭力装出一副与我们谈话的样子，不过讲起话来已是六神不安了。

劳拉说："你以为你是个男人。听着，你少在我面前充男子汉。是呀，纳撒尼尔，我说的就是你，你，长着两片瘦屁股蛋，活像是塞在裤裆里的两块陈面包。"

这话算得上劳拉的又一句妙语。我们忍不住大笑了起来，劳拉看见我们笑，她也憋不住，笑了起来。

海特说："这娘们真冲！"

孩子生啦，可纳撒尼尔仍旧待在米格尔街不走，我们有点儿沉不住气了。

海特说："要知道，她要是不留神，就得和这个男人一起再养一个小崽子。"

其实，纳撒尼尔不走，并不是劳拉的错。她经常揍他，而且现在已经是公开地揍了。有时她把他关在门外，随后就听到人行道上传来纳撒尼尔的讨饶、乞求声："劳拉，亲爱的，劳拉，心肝儿，再让我住一夜吧！劳拉，宝贝儿，让我进去吧！"

现在，他再也不吹嘘他是如何摆布劳拉了。他也再不往我们这帮人里凑合了，这倒使我们挺开心。

海特常说："他为什么不回他老家干河① 去，那儿的人一点儿教养都没有，他会更快活些。"

我也搞不懂，为啥他非赖在这儿不走。

海特说："有些男人就这样，专爱受女人们的提弄。"

劳拉对纳撒尼尔越来越恼火了。

一天，我们听见她对他说："别以为我给你养一个孩子，就成了你的人啦。告诉你，那孩子不是你的。"

她威胁说要去叫警察。

────────────

① 地名。

纳撒尼尔说:"那谁来照顾你的孩子?"

劳拉说:"那是我自己的事,我不想让你待在这儿,你在这儿只会多添一张嘴。你要是不立刻就滚蛋,我就去把查理上士叫来。"

纳撒尼尔到底让警官吓跑了。

他流着眼泪走了。

可是,劳拉的肚子又大了起来。

海特说:"啊,上帝! 和同一个男人生两个孩子!"

米格尔街上的奇迹之一,就是街上没有一个人挨饿。假如你坐在桌前,拿出一枝铅笔,铺开一张纸认真地计算的话,你会发现这是不可能的事。可我是在米格尔街长大成人的,我肯对你保证,没有一个人挨饿。也许他们挨过饿,但我从没听人说过。

劳拉的孩子一天天大起来。

最大的是个女儿,劳娜,在圣克莱尔大街的一户人家当用人,还跟一个住在塞克维尔街上的人学习打字。

劳拉常说:"受教育是世界上最高贵的事。我可不想让孩子们像我一样过一辈子。"

劳拉的第八个孩子如期出世了,像往常一样毫不费力。

这孩子是她最后的一个。

倒不是因为她太疲惫的缘故,也不是因为她已厌倦人生了,更不是因为她失去了生儿育女的热情。事实上,我看她一点儿都没变老,也没有变得不愉快。我总认为,只要给她这种机会,她会一直生下去的。

一天晚上,大女儿劳娜上完打字课,很晚才回来,她说:"妈,我要生孩子了。"

我听到劳拉尖叫了一声。

然后,我有生以来第一次听到劳拉的哭。这完全不同于一般人的哭泣。她好像是在把从出世以来积攒下来的哭泣全部哭喊出来似的,好像是在把她一直用笑声掩盖起来的哭泣全部哭出来似的。我听到过人们出殡发丧时的哭声,其中有不少是做作出来的哭泣。那天夜里,劳拉的哭泣令人毛骨悚然,是我有生以来所听到的最可怕的声音。它使我感到整个世界是一个无聊而悲惨的地方,我几乎要和劳拉一起哭起来。

街上的行人全都听到了劳拉的哭声。

第二天,博伊说:"我真不明白,她干吗为这事发火,她不是也是这么干的嘛。"

　　海特气得够呛,抽出皮带狠狠地揍了他一顿。

　　我也说不清自己为谁更难过——为劳拉还是为她的女儿。

　　劳拉很长时间没有在街上露面,我想也许她是觉得丢人吧。等我再见到她时,简直不敢相信她就是那个经常笑眯眯地给我糖吃的女人。

　　她变成了一个老太婆。

　　再也听不到她骂孩子的声音,也再看不见她打孩子了。不知道她现在对自己的骨肉是关心备至,还是对他们完全失去了兴趣。

　　但是,我们从来没听见她责备一句劳娜。

　　这更使人忐忑不安。

　　劳娜把孩子抱回家来,街上没有一个人因为这事开玩笑。

　　劳拉的家成了一座死气沉沉的房子。

　　海特说:"生活真他妈的见鬼。你明明看见要出麻烦事了,可你他妈的什么事也干不了,没法阻止它。你只能坐在那里看着、等着。"

　　像许多周末版上的悲剧一样,劳娜的名字出现在报纸上。

　　劳娜在凯端治① 投海了。

　　海特说:"这些人都是这样,她们朝海里游啊游啊,直到精疲力竭游不动为止。"

　　当警察来通知劳拉这件事时,她只说出几个字。

　　劳拉说:"这好,这好,这样更好。"

思　考　题

　　1. 小说中的劳拉是一个怎样的女人？通过这个人物的塑造,作者想反映社会生活的哪些方面？篇名"母亲的天性"有何深意？

　　2. 作者对纳撒尼尔着墨不多,但却跃然纸上,他是如何刻画这一人物的性格的？

　　3. 劳拉自己跟七个男人生了八个孩子,但她得知大女儿劳娜马上要做未婚妈妈时却尖叫一声并大哭起来,这是为什么？

　　4. 小说用第一人称叙述有什么好处？这篇小说如果改用第三人称叙述,结果会怎么样？

　　5. 奈保尔被人称为"语言大师",在这篇小说中反映出他的哪些语言特征？

---

　　① 特立尼达和多巴哥一港口。

来　访　者

〔秘鲁〕略　萨

尹承东译

马里奥·巴尔加斯·略萨(Mario Vargas Losa,1936—　)出生于阿列基帕城,1946年随家迁居利马,1957年自圣马可国立大学毕业后赴西班牙留学。1959年去巴黎,一面工作,一面进行文学创作,直到1964年回到秘鲁。1976年至1979年他曾任国际笔会主席。他的重要作品有长篇小说《城市与狗》、《绿房子》、《酒吧长谈》、《潘达雷昂上尉与劳军女郎》、《胡莉娅姨妈与作家》、《世界末日之战》、《部落发言人》、《利图马在安第斯山》,短篇小说集《首领们》、《小崽子》,剧本《凯蒂与河马》、《阳台狂人》等。巴尔加斯·略萨的创作,在题材内容上主要是反映秘鲁和拉丁美洲重大的社会和政治问题,在艺术手法上则竭力探求新的表现形式,特别是在作品的结构上一直不遗余力地进行探索,从而使他成为结构现实主义这一拉美重要流派的代表作家。他的作品充分显示了他把握历史嬗变、刻画现实、塑造人物和驾驭文字的深厚功力和娴熟技巧。

流沙地一直伸延到客栈的前边,在那儿结束了。在充当客栈大门的空洞里,或者说在一片芦苇间,可以看到一片白色的、毫无生气的地面,直至看到它最远端的天空。在客栈的后边,土地是坚硬而凹凸不平的。在不到半公里的地方,便开始出现了光秃秃的群山,那些小山依次增高,并且紧紧地连在一起,山头插入云间,像针,又像斧头。左边是狭窄而曲折的林带,树木沿着流沙地边缘伸展开去,连绵不断,直到两座小山之间,那儿距客栈已很远。树林间,灌木、野生植物和直立的枯草掩盖着一切:干裂的土地、蛇和一小片一小片的沼泽地。但是,这道林带只不过是大森林的前奏曲,大森林的信号,它到一座高山下的洼地处就结束了。在这道林带的后边,才是真正的广阔的大森林。堂娜·梅塞迪塔斯对此了如指掌。几年前,她爬到那座山的顶峰,从那儿往下眺望,她感到惊讶不已:透过在她脚下飘动的云团,她看到纵横一望无际的郁郁葱葱的林海间,竟是茂密得不见一点空隙。

此刻,堂娜·梅塞迪塔斯正躺在两条口袋上打盹儿。过去一点的地方,一只山羊正在用嘴刨着沙地,使劲地咀嚼着一片木头,或者对着下午温和的空气咩咩咩地叫着。突然,它竖起耳朵,露出一副惊恐的神色。女人半睁开眼睛说道:

"怎么啦,库埃拉?"

山羊想挣脱开将它拴在木桩上的绳子跑掉。女人吃力地站了起来。在约五米开外的地方,清清楚楚地站着一个男人,他的影子映在他前面的沙地上。女人把手放在前额上遮住太阳迅速地往四周看了一下,然后就一动不动地站在那儿。男人离她很近,他高高的个儿,十分脏肮而瘦弱,皮肤黝黑。他一头鬐发,眼睛中流露出嘲讽的神情。他的褪了色的衬衫在他一直卷到膝盖的台面呢长裤上飘动着。他的两腿酷似两根黑色的菱形木棍。

"下午好,梅塞迪塔斯夫人。"他的声音是悦耳动听的,但也是嘲弄的。女人的脸色刷的一下变得煞白。

"你想干什么?"她低声说。

"你认出我来了,对吗?噢,我很高兴。如果您发点慈悲的话,我很想吃点什么,当然,也想喝点什么,我渴极了。"

"客栈里有啤酒和水果。"

"谢谢,梅塞迪塔斯夫人,您真是太好了,您永远是那么好。您可以陪陪我吗?"

"干吗要陪你?"女人恐怖地看了他一眼,她已经上了年纪,身体发胖,但皮肤却光润。她打着赤脚。"你是认识客栈的。"

"噢!"男人用亲切的语调说,"我不喜欢一个人吃饭,那太凄凉了。"

女人犹豫了一下,然后便在沙地里拖着双脚向客栈走去。进去之后,她打开一瓶啤酒。

"谢谢,非常感谢,梅塞迪塔斯夫人。但是,我更喜欢喝牛奶,既然这瓶啤酒已经打开了,你干吗不自己把它喝下去?"

"我不想喝。"

"啊,梅塞迪塔斯夫人,别这样,为我的健康把它喝下去吧!"

"我不想喝。"

男人的脸色一下凶了起来。

"你聋了? 我叫你把这瓶啤酒喝下去。干杯!"

女人伸手抓起酒瓶,一小口一小口地慢慢把啤酒喝光。在百孔千疮的柜台上,一只闪闪发光的金属杯子盛满牛奶。男人用大手把在杯子周围嗡嗡飞着的苍蝇赶走,端起杯子"咕咚咕咚"地喝了起来,先是他的双唇被包在那洋铁皮的"笼头"里,继而他用舌头咂咂有声地舔干挂在唇边的牛奶。

"啊!"他一边继续舔着嘴唇一边说道,"这牛奶味道好极了,真鲜美,梅塞迪塔斯夫人。我看这是山羊奶,对吗?我很喜欢。你的啤酒喝光了吗?干吗不再开一瓶?为健康干杯!"

女人没提抗议,服从了。男人狼吞虎咽地吃了两根香蕉和一个橘子。

"喂,梅塞迪塔斯夫人,你别那么急急忙忙地喝啤酒,酒都顺着你的脖子流下来了,要弄湿你的衣服了。你别这么糟蹋东西。再开一瓶吧,为奴玛干杯。对,再干一杯!"

男人一遍又一遍地重复地说着干杯,直至柜台上摆出了四只空啤酒瓶子。女人的眼睛模糊了,打着嗝,吐着唾沫坐在了水果口袋上。

"我的上帝!"男人说,"你是什么样的女人?是一个小酒鬼,梅塞迪塔斯夫人。请原谅我对你这么说。"

"你对一个可怜的老太婆这么做是会遭报应的,哈马伊基诺,等着瞧吧!"她的舌头有点不听使唤。

"真的吗?"男人厌烦地说,"顺便问一下,奴玛什么时候来?"

"奴玛?"

"噢,你可真够呛,梅塞迪塔斯夫人,你什么时候才懂点事儿?奴玛几点钟来?"

"你是一个肮脏的黑鬼,哈马伊基诺,奴玛会杀了你的。"

"别这么说,梅塞迪塔斯夫人!"哈马伊基诺打着哈欠,"好吧,我看我们还有些时间,肯定要等到晚上了。那么我们先睡一会儿吧,你觉得怎样?"

说罢,他站起来走了出去。他走到山羊那儿去了。山羊用不信任的目光看着他。他把山羊解开,牵着它,一边吹着口哨,一边像螺旋桨一般甩着手中的绳子又回到客栈。但是,女人已不见了。男人面部那懒洋洋的、嬉皮笑脸的神态当即一扫而光。他口里大骂着急匆匆地找遍了整个客栈,然后又牵着山羊走进小树林。山羊发现了躲在一棵灌木后的梅塞迪塔斯夫人,开始亲切地去舔她。哈马伊基诺看着女人投向山羊的仇恨的目光笑了起来。他打了一个简单的手势,堂娜·梅塞迪塔斯夫人便乖乖地朝客栈走去。

"你真是个名不虚传的可怕的女人,一点没错。鬼点子实在是不少。"

他把她的手脚都捆了起来,只轻轻一提,便把她放到了柜台上。他不怀好意地看了她一阵,突然开始在她那宽大而粗糙的脚掌上搔痒。女人蠕动着身子挣扎着哈哈大笑起来,脸上露出绝望的神情。柜台很窄,堂娜·

梅塞迪塔斯夫人很快便不由自主地滚到了边缘上,最后重重地摔在地上。

"这女人真是可怕,真厉害!"哈马伊基诺又重复道,"她假装摔晕过去,却用一只眼睛偷偷看我。你没救了,梅塞迪塔斯夫人!"

山羊把脑袋伸进屋子里,目不转睛地注视着那女人。

黄昏将尽的时候,突然传来一阵马的嘶鸣声。天已经暗下来。梅塞迪塔斯夫人抬起脸注意地听着,眼睛睁得老大。

"是他们,"哈马伊基诺说,继而一跃而起。马继续咴咴地叫着,同时焦躁地用前蹄刨着地。从客栈的门口,哈马伊基诺怒不可遏地喊道:

"您疯了,中尉?您疯了?"

在一座小山的拐角处,从几块大石头后边中尉出现了。他个子不高,长得胖墩墩的,脚上蹬着马靴,脸上挂着汗珠。他小心翼翼地环顾周围。

"您疯了?"哈马伊基诺重复喊道,"您是怎么啦?"

"别那么大声跟我讲话,黑鬼,"中尉说,"我们刚到。出了什么事?"

"什么出了什么事?叫您的人把马骑得远远的快离开这儿。您不知道您的职务吗?"

中尉的脸一下涨红起来。

"你还没有自由,黑鬼,"中尉说,"你放尊重点。"

"您把马藏起来,如果您愿意的话,把它们的舌头割掉。但是,不要让人听到你们骑马来了。您在这儿等着,到时我给您暗号,"哈马伊基诺咧开嘴,脸上的微笑是傲慢的,"您没看到现在您得听我的吗?"

中尉踌躇了片刻。

"如果他不来,那可就对不起啦!"中尉说罢回头命令道,"利图马军曹,把马藏起来。"

"遵命,我的中尉。"有个人在山后说道。于是便听到一阵马蹄声,之后便是死一般的沉寂。

"我喜欢这样,"哈马伊基诺说道,"应该听话。很好,将军;棒极了,司令,我祝贺您,上尉。您不要离开这儿,到时我会通知您的。"

中尉朝他晃了晃拳头便躲到了岩石后面。哈马伊基诺走进了客栈。女人的双目中充满仇恨。

"叛徒!"她轻声说,"你把警察带来了。该死的东西!"

"看你这修养,上帝,看你这修养,梅塞迪塔斯夫人!我没有带警察来。我是自己来的。我在这儿跟中尉碰上了。这您清楚。"

"奴玛不会来的,"女人说,"警察会把你重新抓到监狱去。当你出狱时,奴玛会杀死你。"

"你的感觉太差了,梅塞迪塔斯夫人,这毫无疑问。我可是掐指会算的。"

"叛徒!"女人又重复道。她已经坐了起来,上身挺得笔直。"你认为奴玛是笨蛋吗?"

"笨蛋?绝对不是。他是个机灵的丑八怪。不过,你别绝望,梅塞迪塔斯夫人,他肯定会来的。"

"他不会来。跟你不一样,他有朋友,朋友会通知他警察在这儿。"

"你这么认为?我不相信;时间已来不及了。警察是从另一边来的,是从山后边来的。我是单独穿过沙地来的。沿途各个村庄我都驻足打听:'梅塞迪塔斯夫人还在客栈里吗?他们刚放了我,我要去拧断她的脖子。'我这话该有二十多人传给了奴玛。你坚持认为他不会来吗?我的上帝,看你那脸色,梅塞迪塔斯夫人!"

"如果奴玛有个三长两短,"女人咕哝着说,声音嘶哑,"你会后悔一辈子的,哈马伊基诺。"

哈马伊基诺耸耸肩膀,点燃一枝烟,开始吹起口哨。然后,他走到柜台边,端起油灯点上,又把油灯挂到一扇门的粗芦苇上。

"已经是晚上了,"哈马伊基诺说,"你到这儿来吧,梅塞迪塔斯夫人。我愿意奴玛看到你坐在门旁等着他。啊,真的!你自己不能动。看我这脑袋,对不起,我真好忘事。"

他俯下身将她抱起来,然后把她放到客栈前的沙地上。油灯的光亮照在女人的身上,使她面部的皮肤显得柔嫩,看上去她似乎年轻了些。

"你为什么这样干,哈马伊基诺?"此时梅塞迪塔斯夫人的声音已经很微弱了。

"为什么?"哈马伊基诺说,"你没有蹲过监狱,对吗,梅塞迪塔斯夫人?一个人待在那儿,天天无所事事,烦闷死了。我这话全是真的。监狱里不给吃饱,很饿。哎,我刚才忘了一件事:不能让你张着嘴,奴玛来的时候,好不让你喊叫。再说,让你张着嘴,说不定你会吞下蝇子去。"

他笑了。在房间里找了一阵,他找到了一块破布,用它将堂娜·梅塞迪塔斯的半张脸包起来。然后,他左看右看了好一会儿,乐得不得了。

"请允许我告诉你,你的外貌很滑稽,梅塞迪塔斯夫人。这副样子,我简直说不出像什么。"

在黑乎乎的客栈里,哈马伊基诺像一条蛇似的竖起身子,他不声不响,准备随时出击。他的双手支撑在柜台上,猫着腰站在那儿。前方两米远之外,油灯的光柱照着女人,她身体僵直,脸伸向前方,像是在空气中嗅闻

着：她也听到了什么。那是一种轻微但却十分清晰的声响，从左方传来，盖
过了蟋蟀的歌唱声。那声响又传来一次，而且时间更长：小树林的枝杈发
出晃动的声音，并且有折裂声，显然是有点什么靠近客栈了。"他不是一个
人来的。"哈马伊基诺低声说。"行动像猫一般灵巧。"他把手放进兜里，掏
出口哨放到唇边。他等待着，一动不动。女人在晃动身子，哈马伊基诺嘟嘟
哝哝地咒骂她。他看到她在地上打滚，像钟摆一样摇晃着脑袋，企图挣脱
开捆绑。响声停止了：是不是人到了沙地上，脚步声听不到了？女人的脸转
向左方，她的眼像被压扁的蜥蜴，几乎瞪出了眼眶。"她看到他们了。"哈马
伊基诺自言自语道。他把口哨放到了舌尖上：金属对肌肉是富有刺激性
的。堂娜·梅塞迪塔斯继续摇晃着脑袋，痛苦地哼唧着。山羊叫了一声，哈
马伊基诺蹲下把身体藏起来。过了几秒钟，他看到一个黑影溜到女人的身
边，并且伸出一只赤臂去解绑她的带子。哈马伊基诺一边使尽全力吹起口
哨一边朝那闯入者扑过去。哨声如一场大火一般震撼了整个夜空，随即便
淹没在左右一片咒骂声中，继而便是急促的脚步声。有两个人向女人扑过
去。中尉行动迅速，哈马伊基诺刚刚站起来，他的一只手已经抓住了奴玛
的头发，另一只手把手枪顶在了奴玛的脑门上。四个持枪的警察将他们围
了起来。

"快去追！"哈马伊基诺对警察们喊道，"还有人在树林里。快去追！
否则他们要逃掉了。快！快！"

"都老实待着！"中尉命令道，他的眼睛没有离开奴玛。奴玛用眼角偷
偷地看着他，打算确定手枪的位置。奴玛像是很冷静，两只手耷拉在身体
两旁。

"利图玛军曹，把他捆起来。"

利图玛将步枪放在地上，解开缠在腰间的粗绳子，把奴玛的脚捆起
来，然后又给他戴了手铐。山羊走近来，在嗅闻奴玛的腿之后，轻轻地在上
边舔起来。

"牵马来，利图玛军曹！"

中尉把手枪插到子弹袋上，向女人俯下身去，为她解开了捆绑的带子
和绳子。堂娜·梅塞迪塔斯站起来，朝着山羊的背上踢了一脚将它赶开，
然后走近奴玛。她用手抚摩了一下他的前额，没有说一句话。

"他怎么你啦？"奴玛问。

"没什么，"女人回答，"你想吸烟吗？"

"中尉，"哈马伊基诺坚持说道，"您知道吗？就在那儿，在树林里，还有
别的人。您听不到他们的响动吗？大概有三四个人，至少是这样。您还等
什么？干吗不派人去找？"

"别吵吵,黑鬼!"中尉说,看都不看他一眼。他划着一根火柴,点燃了女人放在奴玛嘴里的香烟,奴玛大口大口地吸起来。中尉用牙叼住香烟,烟从鼻孔中喷出来。"我是来找这家伙的,别的人谁都不找。"

"好吧,"哈马伊基诺说,"如果您不知道自己的使命,是要倒霉的。我已经完成了自己的任务。我自由了。"

"对,"上尉说,"你自由了。"

"马牵来了,我的中尉。"利图玛说,他手中牵着五匹马的缰绳。

"把他放到您的马上,利图玛,"中尉说,"让他跟您一块走。"

军曹和另一个警察把奴玛抱起来,解开他的脚之后,让他骑在了马上。利图玛骑在他的后边。中尉走近马匹,牵过了他的马。

"喂,中尉,我跟谁一块走?"

"你?"中尉说,一只脚踏在马镫上,"你?"

"对,"哈马伊基诺说,"除了我还有谁?"

"你自由了。"中尉说,"用不着跟我们一起走了。你爱去哪儿就去哪儿吧。"

利图玛和其他警察骑在马上笑了起来。

"怎么能开这样的玩笑?"哈马伊基诺说,他的声音在颤抖,"您不会把我丢在这儿的,对吗,我的中尉? 您现在能听到树林里的响动。我干得很好,完成了任务,您不能对我这么干。"

"利图玛军曹,如果我们跑得快的话,"中尉说道,"傍晚就到皮乌拉了。最好是夜间穿越沙地,马匹不那么累。"

"我的中尉,"哈马伊基诺喊叫着,他抓住军官的马缰,发疯地摇荡着,"您不能把我扔在这儿!您不能干这么缺德的事!"

中尉从马镫上抽出一只脚,将哈马伊基诺踹出好远。

"我们必须不时地奔驰,"中尉说,"你认为会下雨吗,利图玛军曹?"

"我看不会,我的中尉。天空很晴朗。"

"您不能不带上我!"哈马伊基诺扯开嗓子气急败坏地喊。

梅塞迪塔斯夫人开始捂着肚子哈哈大笑起来。

"我们走吧!"中尉吩咐道。

"中尉!"哈马伊基诺喊道,"中尉,我求求您!"

马匹渐渐地走远了。哈马伊基诺呆呆地望着它们。灯光照着他那变了形的死灰色的脸。梅塞迪塔斯夫人继续纵声大笑着。突然,她不笑了。她把双手捧到嘴上当做喇叭高喊道:

"奴玛!每个星期天我都给你去送水果。"

而后,她又笑起来,笑得声音很高,很开心。树林中传来了树枝和干树叶破裂的声音。

思 考 题

1. 作者是怎样刻画哈马伊基诺这个人物的？随着故事的进展，作者揭示了这个人物的哪些个性特征？

2. 梅塞迪塔斯夫人是怎样一个人？在故事结尾处，她为什么会纵声大笑？

3. 为什么小说中多次提到那只山羊？它在小说中起什么作用？

4. 作者是如何描绘人物的外貌和行动的？试举例说明他怎样通过对话来刻画人物的个性。

5. 这篇小说在结构和表现手法上有什么独特之处？

我怎样在底特律感化院沉思俗世并获得新生

［美国］欧　茨

王义国译

乔伊斯·卡洛尔·欧茨(Joyce Carol Oates,1938—　)出身于纽约州洛克波特市附近伊利县一个工人家庭。1961年,她在威斯康星大学获得文学硕士学位后,便一面在大学任教,一面从事文学创作,现为普林斯顿大学驻校作家,客座教授。欧茨擅长于通过多样化的表现手法,反映复杂的美国当代社会和美国人的生存状态,特别是善于将现实主义题旨和现代主义、后现代主义的各种手法,巧妙地结合在一起,对当代人的生存困境和生存心理作深入的探索和描绘,所以被称为当今世界文坛上的"心理现实主义"代表作家。她迄今已出版长篇小说二十九部,短篇小说集十七部,诗集八部,其中代表作有长篇小说《他们》、《奇境》、《玛丽亚的一生》、《袒露我的心怀》,短篇小说集《爱的轮盘》、《乌鸦翅膀》、《鬼魂出没》、《心灵絮语集》等。欧茨曾获得全国图书奖、欧·亨利奖等多项文学奖。

　　——为鲍德温地区走读学校英语课所写杂文的注释:在断壁颓垣中寻找;厌恶与好奇:人生意义的启示;幸福的结局……

一、事件

1. 这姑娘(我本人)正横穿过布兰登商店,那家商店超群绝伦,位于一著名大城市的郊区,该市是美国著名大城市的象征。那事件神不知鬼不觉地降临在姑娘头上,她相信自己正带着些许凝滞的微笑监管这一事件,这是个十五岁的姑娘,既天真又老练。她步履翩翩,在一个服装珠宝柜台旁闲逛。戒指、耳环、项链,价格从五元到五十元不等,全都买得起,全都面目可憎。她轻快地朝手套柜台走去,那儿的商品也都面目可憎。她穿着有黑毛领子的紧身外衣,凝视着布兰登商店的奢侈品,好多年来她已经熟悉这些东西了：在一片黯淡柔和的灯光下，你的眼睛和灵魂都感到舒适惬意。丁当作响的装饰品玲珑剔透，女顾客们衣着华丽，发式时髦，全都仪态万方、悠闲自得地在这里逛来逛去。

2. 姑娘坐在家中。一间非常小的图书馆，墙壁镶着橡木。有人正跟我谈话。一个沙哑的女声长驱直入我的耳中，这个声音既可怕又神经质，萦绕在我心头："你要想买手套，为什么不说？为什么不要呢？"那家布兰登商店，主人叫雷蒙德·福雷斯特，他住在杜·莫里尔车道。我们住在苏克斯车道。雷蒙德·福雷斯特，他长得漂亮吗？还是丑陋不堪？是个五六十岁、头发花白的老者，还是四十来岁的中年人，目光热切而又彬彬有礼，打得一手好高尔夫球？这个雷蒙德·福雷斯特拯救了我，他是个什么样的人呢？爸爸一直在跟他谈话。爸爸不是他的医生；伯格大夫是他的医生。爸爸和伯格大夫总是相互把自己的病人委托给对方，总有某种联系。妈妈和……打桥牌。星期一和星期三我们的女用人比利在……干活。编花筐用的绳子拉成一个网，使你掉下来的时候不致摔死……

3. 哈里特·阿诺德商店。这是家小商店，但比布兰登商店好。妈妈穿一件黑外套，我穿着紧身蓝外套。我们正在买东西，来看看这件衣服，不是很迷人吗，想要吗，为什么不想要，试试这件，拿到试衣室去，把这件也带上，你怎么了，想买点什么？你怎么样子这么怪……"我想偷，但不想买。"这话我并没有对她说。姑娘低垂着头向前走，她身穿外套，戴一副手套，脚上是一双皮靴，她用眼睛审视着地面尽头那条粉红色的线，这里的地面像布兰登商店一样装饰得富丽堂皇，她审视着那优雅的墙壁，摩登的天花板，上面的挂灯影绰多姿。

4. 几个星期以后，姑娘站在汽车站上。一个星期二的下午两点；显然她刚出校门。

5. 姑娘下了汽车。下车，天气变冷了。底特律。人行道和关了门的商店；当铺窗户上方的格子形图案。当铺到底是什么？

二、人物

1. 姑娘身高五英尺五英寸，普通身材。鲍德温地区走读学校的女学生都是那么高。她沿着走廊边走边梦想，脸贴在塞莫普莱克斯玻璃上。那玻璃上永远也不会有霜或是蒸气。她前额上有一块油脂污迹……她本人能凝练成一块油脂吗？她的头发梳成一九六八年乡村十几岁女孩子的发型，长长的直发披散在肩上。眼睛用铅笔涂成深棕色。棕色的头发。朦胧的绿眼睛。是个漂亮姑娘，还是个丑姑娘？她低声哼着小曲，在走廊里漫不经心地走着，心里想着她那些秘密（有一次她从一位朋友母亲的钱包里拿了三十块钱，不过想开个玩笑，还有一次捣碎了自己家里地下室的窗户，也不过觉得好玩罢了），她又想到她的哥哥，他正在蒋斯奎哈纳男生专科学校读书，那是缅因州一所优秀的大学预科学校，不过她对他的记忆已经模糊了……他留着一头疯狂的长发，嗓音短促刺耳，看起来就像一九六八年那些十几岁的流行歌手似的，是一个集团的成员之一，他们唱的歌曲有《势力》、《出路》、《负有责任的疯子们》。而姑娘本人，就像那漫山遍野的姑娘们一样，她们听男孩子们唱歌，焦躁地梦想，无所事事地逛来逛去，猝然发出尖叫声和乖戾的大笑，显得老练而又天真无邪。

　　2. 母亲。一位住在底特律及市郊的中西部妇女，是底特律体育俱乐部的成员，属于底特律高尔夫球俱乐部，也属于布卢姆菲尔德·希尔斯地区俱乐部。她参加了乡村妇女俱乐部，每年冬天由韦恩州立大学成人教育节目主持人来做讲演，他讲热内①、萨特和詹姆斯·鲍德温……她还参加了布卢姆菲尔德美术家协会，是底特律美术学院的创办者协会成员，还有……噢，她总是忙忙碌碌的，这位女士，头发像充了气的金子，比金子还要精美，头发、手指和身体优雅绝伦。发刷背和手镜上的金子沉甸甸的。餐厅里的烛台更重。那辆黑色林肯牌大汽车重极了，车身长长的，在一个凉爽的秋日，它把一只松鼠一下子轧成了不等的两半。

　　3. 父亲。某某大夫。是上述各俱乐部的成员。他玩小橡皮球，也打高尔夫球，他有把高尔夫球员的斑纹伞，是浓淡两色相间的条纹。然而，他嘴里没有什么能变成糖，唾液在这里创造不出奇迹来。他诊治那些没什么大毛病的人，把真正有病的送到别处去（送到伯格大夫那儿？），把病入膏肓的送回去再做其他检查，并把账单寄到病人家里，而没病的则被送到科罗奈特大夫（闺名为伊萨贝尔的女士）那儿，她是位优秀的精神病医生，专管医治身体没有病的人，那些人怒气冲冲地断定自己生了病并想得到治疗。如果那些没病的人想由男精神病医生治疗，那么某某医生（我父亲）就把他们送往洛温斯坦医生处，他是一位男性精神病专家，医术高明，收费昂

――――――
　　① 热内（1910—　），法国作家、诗人。

贵,不过病人只是有限的那么几个。

4. 克拉丽塔。她二十岁,二十五岁,三十岁,还是更大些?漂亮,还是丑,长得什么样子?这女人总在路边闲逛,穿一条牛仔裤,上身是件毛衣,常常沿途搭车旅行,有时耷拉着个脑袋坐在路旁餐车柜台旁的凳子上。下颌线条生硬。一双好奇的眼睛,对什么事儿都感兴趣。从她那双眼睛里总能看到一连串儿东西,有送葬的队伍,有动画片。她说:"我简直琢磨不透,像你这样的女孩子为什么在这里游荡。你到底想找什么?"她身上有股烟草味。内衣多日未换洗,也许根本就没穿内衣,皮肤也很脏,脚趾甲里有沙子,长发近来也没有洗过,披散下来成一缕缕的。

5. 西蒙。在这个城市里,天气变化无常,因而西蒙的脾气也变化无常。他睡上整整一个下午,睡上整整一个上午。起床以后,就四处摸索想找个什么东西好让自己出去走动走动,找根烟或者一片药提提精神,好让他自己到街上去,街上的气温总维持在三十五度上下。怎么不掉雨点呢?为什么,为什么清洁的冷空气不从加拿大降临至此地呢?他非得去加拿大不成? 难道他非得离开生养他的国土而沦落到加拿大那一片冰霜覆盖的原野里吗?……联邦调查局(他不时梦见它)会追捕他?碎玻璃和断牛角如暴风雪一样向他袭来,在这一片混乱之中,他被追得赤脚跑过加拿大边界?……

"我过去是哈克贝利·费恩,"西蒙说道,"可现在是罗德里克·厄舍①。"此人令我的脊背发凉,他不是狂暴愤怒,就是害怕恐惧,因此总须服药,绿的、黄的、白的药丸,还有深蓝色及绿色胶囊……他还服用一些我不能够说出来的其他东西,因为要是西蒙找到我,从布卢姆菲尔德·希尔斯这里爬进我的闺房,扼死我,那可怎么办?……(写到此我不寒而栗。我为什么发抖呢?我今年十六岁,十六岁还不是该发抖的年龄。)都因为西蒙,他总是冷若冰霜的。

三、国际事件

无。

---

① 厄舍系美国作家爱伦·坡的短篇小说《厄舍古屋的倒塌》中的主人公。哈克贝利·费恩则是马克·吐温同名长篇小说的主人公。

四、造成这类少年失足情况的人们和环境

无。

五、苏克斯车道

克莱德·G·乔治，家住苏克斯车道二百四十号，是一位制造商的代理人，家有子女数人、一条狗、一个妻子；是位身穿普通制服的乔治亚州人。你想到白宫，又想到托马斯·杰弗逊，然后你的头脑撞在白柱子上变成一片空白，什么也不想。拉尔夫·W·诺里斯，家住苏克斯车道二百四十六号，是公司的对外联络员，殖民地居民；凸窗、砖、石头、水泥、木头、绿百叶窗、人行道、灯笼、青草、树木、柏油车道、两个孩子，其中一个是我在鲍德温的同学埃丝特（埃丝特·诺里斯）；有妻子和汽车。迈克尔·D·拉姆齐，家住苏克斯车道二百五十号，殖民地住宅式；大客厅，长三十米宽二十五米，客厅里有壁炉；有图书馆、游艺室、镶板的墙壁、供宴饮的酒吧、五间浴室、五间寝室、两间厕所、中央空调设备、自动洒水装置、自动车库门、三个孩子、一个妻子、两辆汽车、一间早餐室、一个内院、一大块围有篱笆的地、十四棵树、一扇前门、门扉上的门环从未被人敲叩过。隔壁就是我们家的住房，古典风格中含有现代派气息，传统式样中又包含当代风格，附设有车库、佛罗里达式房间、内院、游泳池和更衣室、屋顶，前门有一信箱口，我们订的杂志从这箱口中递进来，有《时代》、《幸福》、《生活》、《商业周刊》、《华尔街日报》、《纽约时报》、《纽约客》、《星期六评论》、《机械设计》、《现代医学》、《当月疾病》……还有……除此之外，还有一封从鲍德温来的盖了章的信，上书：您女儿眼下的所作所为，与她在斯坦福-比奈特的行为举止大相径庭……您的儿子亦有劣迹，品行不端，说来令人伤心。您的儿子究竟在什么地方？一次他从几个六岁小孩儿那里偷了他们在万圣节讨的糖，他本人当时已经十岁了，很健壮。这只不过刚刚开始。现在您女儿又偷窃了。在乡村药店里，是的，她确确实实偷了，无可否认，她无缘无故偷了本《万象杂志》后匆匆离去；她偷了一卷包着绿皮的《生命的拯救者》，可她并不需要拯救她自己的生命，甚至也不需要吃糖。她刚八岁就开始偷东西了，别脸红，偷了一包塔姆糖，就因为它摆在外面的柜台上，举手可得，柜台后面那位好心的女士（现已死去）也不吱声，表示默许。……苏克斯车道。枫树、橡树、榆树。患了病的榆树已被砍掉。苏克斯车道通往罗斯福车道，这是个没有生气的弯弯曲曲的小巷，不是街道。这里有各种车道、小

巷、大路、狭道。秘密警察,不声不响的秘密警察,他们乘的车子没有标志,
在星期六晚上带着父亲般的微笑为居民们驱车巡逻,这里的宴会数以千
计,居民们潮水般地拥进拥出大门,有的去赴宴,有的退席出来,身穿皮裘
的女士们小心翼翼地走下汽车,都是些福特车、通用汽车公司的车、克莱
斯勒车,重得很。没有外国车。在底特律,苏克斯车道二百七十五号,在街
区那边,那栋豪华的法兰西-诺曼底巨宅里住着叫⋯⋯的他本人,他是个
生意人⋯⋯想像一下吧!看他住的那个地方,看那些巨大的树木、高耸的
烟囱,想像一下他的那些壁炉,他的妻子儿女;想像一下他妻子的头发,她
的手指甲,她那闪着柔和的粉红色光彩的浴缸;想像一下他们的拥抱,他
的裤兜里全是奇怪的硬币、钥匙、尘土、花生;想像一下他们在苏克斯车道
上兴高采烈的样子;想像一下他们的所得税申报表;想像一下他们的小男
孩儿坐在他自己的试验汽车里那副傲慢神态,那是辆小型汽车⋯⋯他的
车咆哮着在附近的人行道上横冲直闯,吓得狗和黑女仆躲闪不迭,啊,想
像一下所有这一切吧,把每件事情都想像一下吧,让你的心灵在整个苏克
斯车道、杜·莫里耶车道、罗斯福车道、蒂康德罗戈狭路、燃烧的树丛大
道、林肯郡狭路和洛瓦斯小巷中驰骋呼喊吧。

春天来时,春风并未给苏克斯车道带来什么春天气息,没有蜀葵或是
连翘的气味,没有带来苏克斯车道本身不具备的东西,一切都被安排就
绪,一切都在表演着。就风标而言,就算有风标,它们也无须随风转动、无
须与天气抗争,那里没有坏天气。

六、底特律

底特律天气总是不好。底特律的气温老在三十二度。迅速下降的气
温,缓慢回升的气温。北风和东北风时速四到四十英里,都是些不起眼儿
的天气预报;今日晴间阴,星期三阴间晴,直到星期四⋯⋯关于霜冻的警
告,交通警告,湖里的情况对小船和游泳者有危险,纷纷扰扰的黑人帮伙,
纷纷扰扰的云,纷纷扰扰的气温,一会儿痛苦地降到寒暑表最低点,一会
上升到最高处,红色的水银沸腾溢出。

底特律的气温为三十二度。迅速下降的气温,缓慢回升的气温,北风
和东北风时速四到四十英里⋯⋯

七、事件

1. 姑娘的心怦怦地跳。她口袋里有一副手套!手套放在一个塑料袋

里！密不透气也吹不进气的塑料袋,这手套在布兰登商店的柜台上卖二
十五元一副！在她的口袋里！她装作顾客偷出来的！……她的手提包里
有一只蓝梳子,不很干净。她的手提包里有一个钱夹(是她在费城的奶奶
给她的生日礼物),钱夹里有家里人在干净的塑料窗户前拍的快照,钱夹
里有钞票,她不知道有多少……手提包里有她的朋友蒂基写的一封不吉
利的便条:乔·H和星期六在路易丝商店闲逛的孩子们怎么样了?听到什
么风声了吗?……还是在上法语课时递给她的。手提包里有许多肮脏的黄
色克林奈克斯牌卫生纸,她妈妈要是见了这么脏的卫生纸心都要碎的,手
提包的底层有棕色的发夹、安全别针、一枝断铅笔、一枝她都忘了从哪儿
偷来的圆珠笔,蓝色,还有一个一个钱包大小的、封面女郎为艾弗利·罗
斯的化妆粉盒……她的唇膏是"破碎的心"牌子的,一种颓废的粉红色;她
的手指正发疯似的颤抖着,牙齿也开始打颤,五脏六腑汹涌翻腾,眼睛在
头上闪闪发光,她正冲着她妈妈呆若木鸡的脸说,我想偷,不想买。

　　2. 在克拉丽塔商店。白天还是黑夜?这是什么房间?有张床,一张普
普通通的床,近旁地板上有个垫子。糊墙纸一条条垂落下来,克拉丽塔说,
她是用牙把糊墙纸撕成那样的。那天晚上她与一个野蛮部落打仗,是服用
一些药片引起的幻觉;她正在为求生而搏斗,对手头戴沉重的铁盔,脸不
过是些可以喘气的基督十字架,这些杂种,每个人都像她的情人西蒙,由
于脸上嘴和鼻孔被撕裂了,他看上去呼吸极为困难。克拉丽塔从未听说过
苏克斯车道。雷蒙德·福雷斯特对她没有什么影响,那个三等货色和他几
百万元的巨款对她也没有影响……哈佛商学院满可以设在弗纳街和第十
二号街的交叉口上,这与她无关;成吨的残骸也满可以使越南沉没到死海
里去,尽管她对此表现出极大的惊讶……她的脸劳累紧张过度,才二十岁
年纪(还是三十岁?)就已倦容满面,却又充满幻想,随时都会开怀大笑起
来。克拉丽塔悲哀地告诉我,亲爱的,我要警告你,有人要把你赶出去。在
深夜电视里上演的一部影片中,克拉丽塔可不是这么个傻瓜,她扮演一个
护士角色,留着整洁的短发,具有献身精神,她爱她的医生和医生的病人,
也爱他们的疾病,她迷恋着注射针、海绵和外用酒精……或者她不是护
士,而是私人秘书,雇主是罗伯特·卡明斯,她帮助他设计怪诞的情节,醉
醺醺的观众开怀大笑,不,观众没有笑,因为毫无滑稽之处。或者,她的雇
主是罗伯特·泰勒,他们并非雇主和秘书,而是夫妻,她受到一位年轻小
明星的威胁,她倔强、漂亮,适于做妻子,是一位好人的好伴侣……她是克
劳德特·科尔伯特,她妹妹也叫克劳德特·科尔伯特,他们是孪生姊妹,
长得也一模一样。她丈夫查尔斯·博耶是个极富有的英俊男子,她妹妹克

劳德特·科尔伯特正密谋置她于死地,为的是取而代之,当上那个有钱人的妻子,这事儿会做得人不知鬼不觉,因为她们是孪生姊妹……所有这些惊心动魄的生活克拉丽塔都可能经历过,不过在十三岁的时候她已潦倒到底层。在那个年纪我正为在托尼·德西尔德家乏味的宴会打点过夜用的箱子,她则把肮脏的被单从床上扯下来,搔着胳臂上的红疹……对底特律的白人姑娘来说,十三岁犯罪是过于年轻了些,非同寻常,底特律感化院的布罗克小姐在接受《底特律新闻》报一次伤感的采访时曾这么说过,更多的是十五六岁的姑娘犯罪。黑人中十一岁、十二岁、十三岁犯罪并不令人惊讶……他们更早熟些。我们有什么办法?税款在上涨,纳税的基础却在降低。气温上升缓慢,下降却迅速得很。一切都降到最低点,伍德沃德大街肮脏透顶,利弗诺伊斯大街也肮脏透顶!碎纸片像鸽子似的漫天飞舞,尘土飞扬,竟能迷了你的眼,嗬,底特律正在破碎,碎成一片片破报纸和一粒粒尘埃,危险啊,留神……

克拉丽塔的住宅在一家餐厅的上面。她的情人西蒙晚上从裂缝里露面。克拉丽塔的邻居奥莱斯科太太是位孱弱的上了岁数的白种女人,她虽不抱怨,可对克拉丽塔沸沸扬扬的生活也嗤之以鼻,但警察来时却又不报告警察,她恨警察。我倒应该用更多的假名字,留下更多的空白,而不将这些秘密全盘托出。我本人就是个秘密;我是个未成年人。

3. 我父亲在洛杉矶的医学大会上宣读论文。他正在那儿,在北美大陆的边缘,而这时那位便衣侦探在布兰登商店侧廊里彬彬有礼地把手搭在我的胳臂上说:“小姐,您过来一下,好吗?”

而当克拉丽塔把手搭在我胳臂上的时候,父亲又在哪儿呢?那是在底特律的一个阴郁痛苦的暗黄色冬日,面对着关了门的理发店、关了门的餐车式小吃店、关了门的电影院、住家、窗户、地下室、一个个面庞……她把手搭在我胳臂上说道:“亲爱的,你是在这儿找人吗?”

而父亲是否在家里为我担忧?我离家整整两个星期了,他们是两周前把我带走的……他们用了三个人才把我拖上警车,他们是这么说的,而且架在我胳臂上的不仅是他们的手。

4. 我学这一课。我的英语老师是福列斯特先生,密执安州人,这位福列斯特先生长得并不英俊,名字也平淡无奇,不像雷蒙德·福雷斯特[①] 先

---

① 二者汉语音译相同,但原文拼法不同。前一个福雷斯特为Forest,后一福雷斯特为Forrest。

生——这名字叫起来多响亮；不过他待人亲切，又善于探究人的内心，他与校长及我的父母商议过了，把一切都安排好了……待她要像没出什么事似的，这是一个新的开端，一切重新开始，才十六岁，多么可耻，怎么出的事？——没出什么事，不可能出什么事，这是一种只有妇科医生或是科罗奈特大夫才懂得的些许生理变化。我学我的功课，坐在我的粉红色房间里，悲凄凄的粉红色眼睛四下里打量这房间。我叹息，我懒散，我放下书本，我耗费时间，在家里我感到既倦怠又幸福，我突然十六岁了，我的头像南瓜似的沉甸甸地垂在肩膀上，我刚刚在克里斯特商店由费耶先生给剪了头发，人家说这式样对我合适。

西蒙也把手搭在我的肩膀上说："亲爱的，你得跟我来。"于是我们在他那六米见方的房间里相识了。我是不是再回到西蒙那里去？我是不是要在那一切疯狂与污秽之中与他躺在一起，一次又一次？……克拉丽塔站在卡明汉姆的一家药店前，人家背叛了她，当时她正神经质地盯着一个黑人，此人可能有钱也可能没钱；要么就盯着一个留鬓角的二十岁的白人小伙子，他看上去像阿巴拉契亚山区人，他的夹克衫口袋里说不定还藏着刀子；再不然就盯着一个慈眉善目的红脸壮汉子，说不定他是警察缉捕队的成员，负责黎明时的巡逻。

我为福列斯特先生学习功课。我密密麻麻写了十一页纸，话语不竭地从我心底涌出，一泻而不可止，我想把一切都说出来……西蒙老哼哼的是首什么歌，西蒙的那个朋友又是谁？他身穿崭新的军用防水短上衣，戴着老式的中学毕业戒指……西蒙那个长络腮胡子的朋友呢？当西蒙嫌我堕落得太过分的时候，他就把我一脚踢开，扔给此人三天，我想是在底特律的第十四号街，那是个四面透风、寒气逼人的房间，地板上满是报纸……这事是我记着的，还是从他们告诉我的事情中拼凑起来的？他们说的是实话吗？他们知道很多真相吗？

八、人物

1. 星期三放学以后，四点钟；星期六上午十点钟。妈妈开车把我送到科罗奈特大夫那里去。办公室里有些羊齿植物，不论是塑料的还是真的，看上去都一个样。科罗奈特大夫一副女王派头，是位沾染了尼古丁的高雅女士，只是由于环境不允许才没有和弗洛伊德一起进行研究，她有点像天主教徒，要是你的牙齿平白无故疼痛起来，她会随时给你一些神秘的药物。爸爸大力推荐她！每小时四十元，爸爸的四十元钱！有进展！有好转！好多了！刚剪的发型非常合适，科罗奈特大夫自己说道，以表明这对于一个智商为一百八十并得到过许多高级学位的女人来说是多么正常。

2. 母亲。一位身穿棕色小山羊皮短外套的女士。黑亮的靴子,黑手套,黑皮帽。在世界上所有人当中,走起路来最像她的是我以前的情人西蒙。要是她知道这点,她会感到蒙受了奇耻大辱……她有自我意识,又不真实,倾听着遥远的音乐,她有点罗圈腿,但行动敏捷……

3. 父亲。他在系领带,匆匆忙忙的。我第一天晚上回家时他把手搭在我胳臂上说:"亲爱的,我们要把这一切都忘掉。"

4. 西蒙。户外,一架飞机横越天空,户内我们匆匆忙忙。清晨,一定是清晨。姑娘几乎要精神失常了,她抽泣着,显得精神恍惚;好亲爱的朋友西蒙今天早晨可怜巴巴的……清晨本身造成了他的不幸……他强迫她用她明知是肮脏的注射针给他注射,她对注射针、外科器械和要注射进血液中的东西那股气味满怀恐惧,因为她不知怎的想到了父亲……这是一个不吉利的清晨,西蒙说他的头脑被扭曲得变了形,因此才屈服于他向来不屑一顾的注射针,他用发黄的牙齿咬着嘴唇,脸色异常苍白。啊,心爱的!他以嘲弄的口吻柔声说道,这声音对所有女人来说都是对爱的嘲弄,是这样做吗——慢慢地来—— 姑娘吓坏了,差点把那珍贵的针掉在地上,但总算借着窗户上的光亮把它举了起来……那么这根针是她本人的延伸吗? 她能给他这件礼物吗? 我希望你不会对我这样做,她说,她虽然恐惧但心里却不糊涂,因为在她看来,西蒙的危险——再过几分钟他就可能死掉——是一种比任何拥抱都要更为有力的压她的方式。她要在他的胳臂上注射,在他胳臂上肌肉绷紧、鼓起来的血管上注射,她推送针管,目不转睛地看着注射液中混入了西蒙那鲜亮的血液,这时她的前额不禁大汗淋漓……当药物击中他的时候,她本人能感觉到,她能感到那种魔力,那是任何一个女人都不能给予他的,它击中他的后脑,使他的脸拉长,像是受一个可怕的太阳照射的结果……她想拥抱他,但他把她推到一边去,自己跟跟跄跄地站了起来。天哪,他说……

5. 普林西斯。一位十八岁的黑人姑娘。她负责干什么? 对此她守口如瓶,精明得很,一言不发,你知道,无须让人把她拽到人行道上,送到这里来;她是带着尊严来的。在游艺室里,她坐在那儿读《南希·德鲁与珠宝盒秘密》,这书使她脸上浮现出既惊讶又感兴趣的细小皱纹:这是张多么漂亮的脸呀! 淡棕色的皮肤,双眼眼窝很深,浓密的睫毛,又严肃又阴险的黑眉毛,优雅的手指,优雅的腕骨,优雅的双腿,双唇,舌头,还有糖一般甜蜜的嗓音,那两条长腿迈起大步来比西蒙和我妈妈还有男子气,好穿着弄脏了的白罩衫和白裤子;普林西斯有些海员风度……早饭后她负责擦桌子,并且俯过身来对我说,亲爱的,你真吃饱了吗?

6. 姑娘眼睛睁着躺着,心里在纳闷。为什么在这儿,为什么不在那儿?为什么在布卢姆菲尔德·希尔斯而不在监狱里?为什么在监狱里而不在她粉红色的房间里?为什么在底特律闹市区而不是在苏克斯车道?区别何在?莫非西蒙就是一切区别之所在?姑娘头脑中有一连串儿疑问。她快十六岁了,她的呼吸也由于这种种怪事而变得不可思议,不久以前她用彩笔画画,现在她用油漆胡乱涂抹山水画,这油漆硬是掉不下去,硬是沾在她手指上掉不下去。她对女看守说,我什么也不谈,这并非因为每一个人都警告她不要讲话,而是因为,因为她不愿意谈;因为她不愿意谈有关西蒙的事情,西蒙是她的秘密。她对女看守说,我不回家,直到那天晚上,当时是在厕所里,一切都改变了……"不,我决不回家,我想待在这儿。"听见她本人说这样的话她不禁愕然,她心想,杂草可以爬到那栋价值十八万元的豪华住宅房顶上任何一个地方,恐龙也可以突然出现,弄脏那些米色地毯,但她心里却永远、永远不能把底特律的早晨四点钟与布卢姆菲尔德·希尔斯的早餐八点钟相比……嗳,她仍然为西蒙的双手和他爱抚的喘息感到心痛,虽说他并没有给她多少欢乐,他攫取了她的一切(五元一张、十元一张的钞票,都是男人们递到她麻木的手中的,又被西蒙从她的手中夺走),后来她本人被送到别的男人手中,送到警察手中,西蒙显然已经厌倦了她,厌倦了她的歇斯底里。……不,我不回家,我不想被人保释出去。姑娘的思路就像《固执而任性的孩子》里的主人公一样(已经向她提出了这项指控),女看守心里明白,要是有人威胁让她出去,她就会伺机采取新的暴力行动,好让自己在监狱里待下去,她那疯狂的眼神和发白的眼圈已经流露出这想法。这种孩子想扼死女看守,扼死看管人员,或者相互扼杀……他们想使镣铐紧锁,牢门紧闭……这姑娘也毫不例外,直到后来有一天晚上,她的思想才发生了变化……

九、那天晚上

普林西斯和多利。多利是个大约十五岁的白人小姑娘,然而却胆大包天像个陆军中士,因犯武装抢劫案被关进感化院,普林西斯把她逼进盥洗室最远的一个洗涤槽那儿,而其他女孩子都眼睛瞅着别处装没看见,然后一个个顺序上了床,只留下她一人。天哪,把她打成了什么样子!为什么要打她呢!他们为什么这么拼命揍她呢,哪来的这股深仇大恨?普林西斯把在底特律上千个沉寂的冬日里积攒起来的仇恨全都发泄在她的肉体上,而这姑娘的肉体正是我的,她风风火火驱车驶过中西部平原,扑到这姑娘娇嫩的、淤伤狼藉的肉体上……为美国的受压迫的少数民族复仇!为被屠杀的印第安人复仇!为女性复仇,为男性复仇,为布卢姆菲尔德·希尔斯复仇,为复仇而复仇……

十、底特律

在底特律,云雾压顶。天空显得很大,地平线在烟雾中闪烁发光,闹市区的楼房在雾霭中面目全非。永恒的雾霭,雾霭之中永恒的运动。在那条波浪起伏的河的对岸是温莎市,在加拿大境内。北美大陆的一部分在这里,在底特律的末端隆起,像条口袋似的朝外鼓胀着;寒冷的滂沱大雨落在高速公路上,无止无休……人们阴沉着脸买东西,他们的汽车没有停在安全地区,挡风玻璃可能被捣碎了,乌木般优雅的手说不定还会把他们从破碎的挡风玻璃那儿拽出来(尽管挡风玻璃是抗击打的),同时叫喊道,为印第安人报仇!啊,他们都害怕离开赫德森河,害怕被人拽到城市的最末端,害怕被人从科伯厅这个收费昂贵的坟墓般的停车房里扔出去,扔到河里去……

十一、我们永远与之纠缠在一起的人物

1. 西蒙把我拉进他那柔软而正在腐烂的手臂中,把地球引力呼进我的内脏。然后我回到现实中来,被拽回到现实中来。他说,你是这么个小姑娘,并用他的欢乐把我拽回到现实中来。在他手掌上有一些来自他以前生活经历的牙齿印。他三十五岁,他们这么说。想像一下西蒙在这间屋子里,在我这间粉红色屋子里的情景吧;他大约六英尺高,稍有些驼背,像猫似的小心谨慎,总在思考,总存有戒心,穿着磨损了的轻软小羊皮鞋,衣服和其他人一样,是普通人可以穿着干一种不太坏的工作的普通衣服,稍微有点皱。西蒙留着一头金黄色的鬈曲长发,就像……一样疲乏而又委靡的鬈发,摸起来完全像刨木花似的,我想尽力说得准确些……他身上有股尚未让太阳晒热的清晨的气味、咖啡的气味,太多的药片使他舌头上有一层淡淡的白绿色舌苔……亲爱的西蒙,他在这间屋子、这栋房子里会惊恐万状(就在此刻,比利正在隔壁我父母的寝室里用吸尘器打扫房间;真空吸尘

器的轰隆声是一切好事物的迹象)。据说西蒙出身的家庭与此没有什么两样,多年以前,他从铺满地毯和擦得锃亮的栏杆的家中逃了出来……西蒙的脸一副死人相,只有绝望的人才会爱上这张脸。他的脸瘦骨嶙峋,一副小心翼翼的神态,颧骨突出,好像是因他那无休无止的僵硬的思考和密谋而造成的,因为他必须从姑娘们手里赚钱,钱对她们来说无足轻重,她们已走得太远,几乎顾不上算计钱了,而从某种意义说,除了作为一种维持生命的手段外,钱对他来说也毫无意义。《日复一日骄傲地斗争》,这是在监狱里我们能阅读的一本小说的题目……日复一日他总需要一定数目的钱。他把这些钱贪婪地吞下肚去。他用眼窝凹陷的双眼和彬彬有礼的微笑向我展示的并不是爱,也不是一种幸运往昔的余音,而是一种阴郁的恐惧,需要抱紧他或是另外一个男人……但他是第一个,他来到我身旁,抓住我的胳臂,这是一种要求。我们在楼梯上挣扎着,我说,放开我,你伤着我的脖子和脸了,说来实在不可思议,我的皮肤让他揉到哪儿哪儿就疼痛起来,然后我们面对面躺着,他把所有气息都呼入我的内脏。最后,我想他是抱我就寝去了。

2. 雷蒙德·福雷斯特。今天早晨我刚从报纸上读到,福雷斯特的当着什么董事长的父亲在一架飞往伦敦的飞机上死于心脏病发作。我想给雷蒙特·福雷斯特写封唁函,想对他表示谢意,因为一百年前他没有把指控强加于我,他拯救了我,如此慷慨大度……噢,像雷蒙德·福雷斯特那样的人都宽宏大量,与西蒙不一样。我要给他写封信,表示我的爱,或是表示某种明确而又健康的感情。可不像西蒙和他的诗歌那样,这些诗是他兴致一来胡乱涂抹成的,而且从来都一字不改……不过当我想说什么的时候,回到我脑海里的却又都是西蒙的语言,像一首拙劣的歌曲老在我头脑中萦绕,那永远是西蒙的语言:

> 只有梦幻,并无现实
> 醒来时你的脖子可能被折断
> 我的爱被导向一个狂暴的结局
> 她一直想脱身
> 我的爱走向大地
> 我却奔向云天
> 她要撞在人行道上
> 我要融化在云天里

十二、事件

1. 走出医院，遍体淤伤，悲悲凄凄，改变了信仰，普林西斯的咕哝声仍萦绕在我的发际……爸爸穿着大衣，看上去像个王子似的，他来接我。上了高速公路，向北朝家的方向驶去。天哪，这儿的空气更稀薄，也更洁净。不朽的房屋。令人心碎的人行道，这样洁净。

2. 在起居室里哭泣。天花板有两层楼高，上面挂着两盏枝形吊灯。哭泣，呜咽，尽管女仆比利可能在偷听。我再也不离开家了，再不这么干了，不离开家，再也不离开这个家了，再也不了。

3. 早饭吃糖炸面饼圈。烤箱光亮夺目，照得我的脸都变了形。那是我的脸吗？

4. 汽车折向公路。爸爸带我回家，妈妈拥抱我。阳光照在我们那栋老式而又具现代风格的房屋屋顶上，像一片片电影胶片似的闪闪发光，这栋房子是为那位著名的汽车设计师设计的，要是我说出他设计的名牌汽车的牌子，你们就都会知道他，所以我不能够告诉你们，因为一想到要被起诉……或者有人爬进我的寝室窗户，用绳子把我勒死……我的牙齿就打战。汽车驶进柏油车道。我们的房子像个玩具娃娃房屋似的向我敞开，在阳光下显得如此可爱，看见我回来，宽敞的客厅向我招手致意，欣喜若狂似乎连四壁都消失了。当我失声痛哭并发起西蒙厌恶的歇斯底里时，女仆比利毫无疑问正在厨房里偷听。我在父亲的怀抱里抽搐着，我说我再也不离开家了，再也不了，我当初为什么出走呢，到哪儿去了，发生什么事情了，我的脑子出了毛病，我的身体是一大块淤伤，我的脊骨骨髓已被吸尽，伤害我的不是那些男人，西蒙从未伤害过我，伤害我的就是那些女孩子们……我的上帝啊，她们是怎样伤害我的啊……我再也不离开家了……汽车老是折向车道，我老是在客厅里痛哭流涕，我们老是在高速公路(拉瑟路)上找到正确的出口，休息室的墙壁老是撞我的头，西蒙的双手老是触摸我的身体，还干别的事情，父亲的双手也一样，他抚摸着我遍体鳞伤的颤抖的脊背，但并没有接触我的皮肤，而是抚摸着我那件优质细羊毛蓝外套(为我获释而干洗过的)的表面……我为这儿的所有的钱而哭泣，为金色的上帝和灰棕色地毯哭泣，为美丽的枝形吊灯、为神奇的擦得锃亮发光的烤箱哭泣，为冷热水龙头哭泣，而且我要告诉它们，我再也不离开家了，这是我的家,我爱这里的一切,我爱上了这里的一切……

我回家来了。

思 考 题

1. 主人公对自己的家庭、朋友和社区有些什么看法?她的母亲和克拉丽塔、她的父亲和西蒙是相似的人物吗?

2. 主人公内心的苦恼是什么?对于"逃避现实"的现象,这篇小说作了怎样的评说?

3. 这姑娘为什么会对西蒙和克拉丽塔惟命是从?是个人的病症造成的还是社会的病症造成的?她最后为什么同意回家?

4. 这篇小说就像标题所表达的是"人生意义的启示"吗?表现在哪些方面?

5. 作者是如何利用一些显然是不连贯的注释来构成一篇完整紧凑的小说的?她采用了哪些表现手法?

图书在版编目（CIP）数据

百年外国小说精选／宋兆霖主编. —杭州：浙江文艺
出版社,2004.6（2013.7 重印）
（最新语文新课标必读丛书）
ISBN 978-7-5339-1988-7

Ⅰ.百... Ⅱ.宋... Ⅲ.①小说—作品集—世界—现代
Ⅳ.I14

中国版本图书馆 CIP 数据核字(2004)第 042237 号

百年外国小说精选
（最新语文新课标必读丛书）

宋兆霖 主编

浙江文艺出版社出版发行
地址：杭州市体育场路 347 号
邮编：310006
网址：www.zjwycbs.cn

浙江省新华书店集团有限公司经销
富阳美术印刷有限公司印刷

开本：850 毫米×1168 毫米　1/32
字数：419 千字
插页：2
印张：11.875
2004 年 6 月第 1 版
2013 年 7 月第 8 次印刷

责任编辑　鲍　娴
　　　　　邹　亮
封面设计　王　芳
　　　　　吕翡翠

ISBN 978-7-5339-1988-7
定价：26.00 元